商山四皓之一

吴实

杨弃 著

中国戏剧出版社

图书在版编目(CIP)数据

商山四皓之一：吴实 / 杨奔著. —北京：中国戏剧出版社，2021.11
ISBN 978-7-104-05168-8

Ⅰ.①商… Ⅱ.①杨… Ⅲ.①章回小说—中国—当代 Ⅳ.①I247.4

中国版本图书馆 CIP 数据核字(2021)第 235169 号

商山四皓之一——吴实

责任编辑：赵宇欣
责任出版：冯志强

出版发行：中国戏剧出版社
出 版 人：樊国宾
社　　址：北京市西城区天宁寺前街 2 号国家音乐产业基地 L 座
邮　　编：100055
网　　址：www.theatrebook.cn
电　　话：010-63381560（发行部） 010-63385980（总编室）
传　　真：010-63381560

读者服务：010-63381560
邮购地址：北京市西城区天宁寺前街 2 号国家音乐产业基地 L 座

印　　刷：成都兴怡包装装潢有限公司
开　　本：710mm×1000mm 1/16
印　　张：27
字　　数：540 千
版　　次：2022 年 2 月第 1 版第 1 次印刷
书　　号：ISBN 978-7-104-05168-8
定　　价：128.00 元

目录 CONTENTS

第一回　欣喜楚王忽遭厄　报国学士骤得机

陈郢王宫里，楚王熊完眼望老大一桌三十来道冷、热、果品菜肴，一副不悦相，问询侍者道："李姬怎么没来，可请了吗？"

"请了请了，请三次了，她早已动身……"侍者弓腰曲背回道。

"哎呀呀哎呀呀……这路真难走，让我王久等了哟！"正在这时，一个温温柔柔的女声从门外传来。

楚王闻声立即笑上眉梢，转身向门口迎去。

门外进来一个双手托着下腹、一走一顿迈着八字步的孕妇。看肚子隆起的模样，约六个月了。妇人虽有孕在身，仍不失娇美。她脸若莲花，唇似樱桃；柳叶眉弯藏春讯，杏眼光间漾媚波；白嫩嫩，粉脂相宜，高挑挑，雕琢得体；似仙女下凡，如嫦娥临界；头戴金玉镶嵌冠，身穿锦绣凤舞袍。一双侍女小心翼翼，左右搀扶，两个丫鬟亦步亦趋，后托长裾。此女正是楚王心心念念的李姬——嫣。

"奴家发现，我王又年轻多了，真好！"李嫣眼望楚王兴奋道。

"好，好啊！寡人太高兴了！"楚王双眼笑成了一条缝，破例手扶李嫣，坐到了她最喜爱的臭鲍鱼前……

的确，新近发生的两件关乎国之存亡的大事，让楚王欣喜不已。

第一事是多年来，王后、嫔妃与后宫的众多佳丽，竟然未给他生下一男半女。近五十岁的楚王能不焦急万分？偏偏好事就送上门来了。丞相春申君黄歇，给他奉上了倾国倾城的齐国美人李嫣。嫣来不多久，肚皮忽然就鼓起来了。楚王每每下朝，嫣火辣辣的目光，总是在后宫门口闪闪烁烁候着他……

第二事是合纵连横。赵、韩、魏、燕等四诸侯国王，决定配合楚王，一齐征讨日益坐大且野心勃勃的劲敌秦国。如果利用他兵灭了秦国，楚国不仅可收复过往失去的大片国土，甚至还可将五国夺得的秦国版图纳入治下。下一步，楚军就可直取中原，一举荡平各国，实现数代先祖梦寐以求的夙愿，完成统一天下的大业。他就成了楚国历史上最伟大、最荣耀的楚王。啊！不，到那时，他一定要称帝！每每想到此，楚王就高兴得喘不过气来了。

“嘿！别人不是说双喜临门难吗？可不，这马上就要落在寡人的怀里了！”楚王时常自言自语，满面春风，喜上眉梢。

这天，是联军出征的黄道吉日。被各国推选为纵长的楚王，骑上心爱的汗血宝马，全身银质盔甲亮光闪闪，威风凛凛来到合纵军前。他慷慨激昂的出征词，博得了撼动山河的呼应声。

“上礼！”楚王激动得眼光闪烁，豪气冲天，随即大手一挥。

楚王卫队里，立即走出十个壮健的军士来。五人牵出五匹身缀彩花的汗血宝马，五人各捧一把上好青铜剑，分赠总统领黄歇和各国分统领。

楚王眼望雄气勃勃的五统领，“唰”地拔出御剑，往秦国方向一指，高声大喝道：“出征！本纵长在此等待各统领大捷凯旋！”

“大捷凯旋！”“大捷凯旋！”“大捷凯旋！”各统领和各自军队，异口同声，喊声震天，响遏行云。

“轰！”“轰！”“轰！”随着一阵出征礼炮响过，旌帜翻腾，五颜六色哗啦啦；铁流滚滚，刀枪如林尘遮天。大军向秦国席卷而去。

雪花在空中飘起来了。楚王望了望漫天飞雪，又望了望如洪水猛兽般向前翻滚的大军，不由笑逐颜开。他似乎觉得有无数捷报，像这飞雪一样，正在向他飘来……

数日后，合纵军大张旗鼓出了蒲关，一路势如破竹，到得渭南时，战事进入胶着状态。

“嘿！锅里的鸭子还怕飞了不成？”未有此状况预案的黄歇一声冷笑，即令各军分头扎寨，屯兵城下，待机一举荡平秦军。

“报，报，报！”是夜，楚军细作探得，秦军要抓住这喘息之机，枪打出头鸟，孤注一掷反击“纵长”的楚军。春申君慌了神，竟然忘了谋求合纵军共同破解秦军反击，甚至连军情也未驰报各军，就独令楚军连夜拔寨，仓皇后退五十里。

合纵各军本就各怀异心，生怕自己实力受损，见纵长军不战自退，方才大悟。原来楚军合纵，是在耍引秦灭异的花招，哪个还愿坐以待毙，合纵各军唯恐逃之不及，顿作鸟兽散，连夜藏旌掖帜归国去了。

一场轰轰烈烈的合纵连横征秦战，顿时烟消云散。战况急转直下，得势秦军乘胜大举进击楚地。楚军望风披靡。楚国西北的数座城池，轻而易举就沦落敌手，大片国土划入了秦国版图。

败讯报到王宫，楚王傻了眼。他想起先祖以丹阳小国，拓地五千里的雄伟壮举；想起楚曾在诸侯国中的霸主地位；想起近十年前，他一举汤平鲁国的威风……可是今天，他不由哇哇吐出数口鲜血……

朝廷众大臣慌了手脚，生怕秦军进一步报复，一致奏请楚王迁都东去。迫于无奈，楚王只得匆忙离开陈郢，一直逃奔到离秦国老远的寿春，方才停下了脚步。

这败仗远不是“偷鸡不成蚀把米”的小事。国之损失更惨。一则失信于天下，无义夹私，饱受合纵各国责诟，誓言从此不再与楚联盟；二则楚军示秦以弱，外强中干，临阵怯战，威风扫地；三则不战自溃，楚军将士徒恨，斗志锐减，元气大伤。

军败、丢土、迁都。随着传言四起，国人惶惧不安了。

楚王熊完二十四年春节前后，在楚国南郡下隽县钦上里，就突发了一场由此战引发的大灾难。从北方滚滚而来的逃难楚人，如蚂蚁一样多。

“楚军征秦败北，丢盔弃甲。江北的楚国西部领土都喂给秦军了！”“楚王吓得往东方逃去了。”“秦军要打过长江来了！”秦军打下一地就“屠村”“屠寨”，随着难民而来的传言，让山乡人个个发怵。

“西山密林里，又发现了两具白骨，骨头缝里的肉都被刀剔光了！”

“安港又泛起了四具自沉的难民尸体……”

早就惶恐的人们更加瞠目结舌。天天有这样那样的噩耗，在钦上里花蒲市一带流传。

那些疲于奔命的逃难人，所过之处像蝗虫一样，能食能用之物被一扫而光。到处是哭声骂声斗殴声。也有不少难民，在繁华的花蒲市歇下脚，企图找到吃食或安下身来。

“行行好吧！给点吃的，我一家三天水米未沾牙了。”沿石板街乞讨的江北口音，拖儿带女，面呈菜色，瑟缩在寒风中发抖。

“男崽卖五十铢，女崽卖十铢。小的不求钱，只求老爷开恩，给儿女一口饭。”一个三十岁出头的女子蓬头垢面，匍匐在地，双泪直流，恳求着过往行人，身边四个幼小儿女哭成一团。

“只要有饭吃，能保命，我就随了你……”恐惧、饥饿和寒冷，扯下了年轻女人的最后一块遮羞布。

地处长江南岸的南郡下隽县人，站在幕阜桓山顶上，一眼就能望见有“天堑”之称的长江。一江波涛就能抵挡如狼似虎的秦军吗？若是秦军打过了长江，快马一日行程，就可杀到家门口。人们在思索如何对付兵燹。有在山里挖洞的，有南去逃难的，也有自行短见的。

西寨三个老酒鬼，为了保得“全尸”，把粮食全兑了酒，背上大小十来个酒葫芦，喝得烂醉，钻进早已做好的墓坑，再也没有出来。

没有能力逃难的桃寡妇疯了，嬉皮笑脸到处问：“你知道我把三个孩子藏在哪里了吗？”

穷人焦急难耐，富户也不得闲了。钦上里首富沙老爷，令百来家丁严守府第，防盗防贼防难民。自己则挺着个蛤蟆肚，带着从人，一双三角眼在逃难人群里巡睃。他精心挑选了十多个年轻而面容姣好的女子回了家。若是秦军来了，就将她们献给官长……哼！

世代旺族的吴府镐公，则安排了十个家丁，在南去的十字路口，摆开大锅施粥，又安排十个家丁，将饿死冻死在花蒲市街头巷尾或投安港自沉的难民打捞上岸，挖坑深埋，谨防饥民盗食。

夜晚，村寨冷寂，关门闭窗，灯火稀落，狗都不敢叫了。老人和小孩早早睡觉后，家中大人压低声音，在讲述着发生在村寨间的众多怪事，商议一家人该何去何从。

“一只老猫把一个死人的头盖骨戴在头上，像人一样背着手，在北村里走来走去。”

“一个野猴穿了件花衣，进了南村人家里，大大咧咧往堂上一坐，叽叽喳喳地说要变天了，猴子要当家了。”

“一群无头鬼，在西村头日悲夜啼，一群巫师都没赶走……”

还有一些恶鬼打劫的传闻。更让山乡人惊怵的是，一好端端的晴天白日里，“轰隆”一声巨响，保佑一方乡人的桓山高昂的龙头山咀，竟然突地崩塌了！

大地一派冷落，苍天肆意妄为。大年三十夜，冰霜更兼无情雪，一夜猛落三尺深。万物黯然变色，山野死寂苍白。白雪里，竟有东一点西一点的红色，鲜艳如血……

山乡乱了，乱成一团麻，谁人能理出头绪，知道以后该怎么保命？

多年来，郡、县、乡、里官员，每有琢磨不定之事，总是习惯地往桓山天岳学馆跑。此时，被大难临头折磨的山乡人，莫不将眼光投向吴府和天岳学馆主事吴实。似乎那人的一举一动，才是乡人心底的压舱石。

正月初一傍晚，在天岳学馆里，一个身影投映在圭形窗上，他时而手敲铮亮的额头，时而久久伫立。“多可惜哟，五个诸侯国军队，一个有远见的决策，只因为用错了一个总统领，就招引来了一次如此荒唐的大灾难，让楚国蒙羞。连一向安静的学馆，也时常住进一些病饥难民。学馆事小，国是民事大呀！”

这天，送走登门造访的最后一批乡亲，亮额头疲惫不堪，一会儿蹙眉沉思，一会儿仰望高天。多天了，乡人的急迫之情，让他局促难安。几个陪他守在学馆过年的弟子，亦是放下简册，烧茶做饭，接客送客，忙得不可开交。此时，凶险的国是，又在他心里掀起了万丈波澜！

三十八年前，强秦伐楚，丢失大片国土的楚朝廷弃郢都迁陈，流放江南的三闾大夫屈原，悲天悯民，愤而投江。天下哀伤，国人祭祀如潮，怎么就没能警醒朝廷重视民望，精心组织抵抗外敌呢？如今，弃陈又迁，朝廷就平安无事了？三十多年里，先祖留下的江山，大片大片丢给了秦国，楚王和贵族们怎么就不心疼祖传家业？再说，当权者惧秦，可以抛疆喂土，填塞饿狼欲望，还可远徙他方，躲避刀锋。而手无寸铁、把生存厚望都寄予朝廷的黎庶，又该怎么办？迷惘天下，无情沟壑，无尽黄土，何处才是百姓的安身立命之所？权贵们可想过，民是国之本哪！民本不能丢，民心更不能丢啊！

站了老半天的亮额头，又怜悯起朝廷的难处来。多年的分封制，让楚国形成了昭、屈、景、靳、项等大大小小数十个地方氏族权贵。权贵们为氏族利益，可以舍弃一切，甚至无视国之危难。而楚王呢，一切梦想只能束之高阁。他有能力分封权贵，划界分土，却无任何强硬手腕掌控权贵。朝廷几乎成了个空架子，兵弱财空，拿什么与强秦去抗衡？

眉头越结越紧的亮额头牙一咬，倏忽迈着急促而稳重的步履，踩着冰天冻土，顶着寒风，来到七里山的古井边，焚香烧纸磕头，双手合抱，虔诚一躬，细道了声“请井神先生指教”后，就把自己思索了多天，觉得十分成熟的时政方略，默默地诉说开了……

这人二十七八岁模样，高瘦精干身材，方正脸庞，前额宽大敞阔，油光闪亮，两道如蚕的浓眉下，长一双扁平眼，眼角上翘，鼻直而挺，口阔唇薄，明亮的黑色双眸中，射出两道深邃锐利的光芒。他头戴蓝色学士帽，身穿一袭青色学士袍，足蹬山乡人猎兽硝皮、精心制作的上好皮靴。

这是一口闻名四乡八里的老古井。七里山人世代饮此井水，康健快乐。远近人们生了病，求了井神赐福，莫不水到病除。井边三棵数人合抱大的古樟上，挂满了贺旌颂幡，以彰显井神功德。祖传古井从天外飞来，是给地方送吉祥的。

然而国不安宁，人们失去的是一切，何谈吉祥，亮额头心急如火。

“好啊，子景先生与井神老爷一道，在商量天下大事了！”隔窗相望的人们，无不心头一喜。

原来，这个来到井边的亮额头，就是乡人的主心骨，是以骚赋诗章和远见卓识，享誉楚国南郡的学士吴实。

吴实，字子景，号绮里季。他生于周赧王四十六年，此时二十七岁了。那个安排为难民施粥、掩埋难民死者的镐公，就是他的老父亲。

乡人们都知道，十好几年了，吴实每遇大事，就来拜井神先生讨教。自古以来，在桓山地域，唯一能与井神老爷直接对话的，只有吴实一人。又传井神来自天宫，托井居地，只为辅助吴实，保一方平安。“井神老爷定会把秦楚争斗结果，告知子景，转告乡人的……”

吴实向井神先生认真诉说了自己的主张，又认真倾听起来。

井神先生赞赏弟子匡扶社稷，拯救苍生，其志可嘉；思维缜密，时论恢宏，对策独到，其政难得。忽又正色提醒弟子道：

“你想想，一百四十多年前，吴起的楚国变法成功了吗？三十八年前的屈原，眼看楚国衰败迁都，他满腔革弊抱负成空，再也不能忍受诬陷迫害、长期放逐江南的命运，不是愤而投汨罗江了吗？你的主张若是办不成，它带给你的后果，将会是何等的凄凉啊！”

弟子又说，先生再阻。几个来回过去，吴实脸拉得老长，无奈地一屁股坐在地上。他苦痛难熬，心灵挣扎半晌，“扑通”一声跪在古井边，脸上泪水长流，字字滴血，虔诚地道着心声。

“井神先生哪，你不是见证了吗？七百年多前，楚以五十里穷乡僻壤之地，在丹阳立国。伟大的先祖筚路蓝缕，以启草莽，发愤图强。祖辈先后吞并了汉川等四五十个诸侯小国，西御巴蛮，大军金戈铁马纵横，旌帜所指，庶民富户臣服，开疆拓土，蓬勃发展了数百年，成为众诸侯国的霸主。先楚王一展宏愿，大有问鼎中原之势，那是何等的荣耀……”

回到眼前，吴实又愤而接着道：“如今，楚国江河日下，朝廷不思抗击秦军攻城略地，反倒迁都寿春，将黎庶舍弃在一片凄怆惶悚里。先生哪！国是如此坠落下去，不久，天下定会山崩地裂，遍地狼烟，生灵涂炭，后果不堪设想！”

井神先生一片唏嘘，沉吟许久，问弟子道：“你哪来的把握，自己的革故除弊方略就一定能成功呢？”

吴实又激动不已地分析道：“在这国家危亡的关键时刻，楚王和贵族们绝对舍不得丢了江山。他们在寿春静下心后，一定会为自己的后路和社稷着想。那时，楚王见了弟子奏达朝廷的对策，定会眼界一开，怦然心动。”

“嘿嘿！”井神先生无奈一笑，再劝道：“推断是不错的，但先生认为，现实绝不会按你的意志去走。”

吴实舒了口长气，又道：“先生乃神人，曾谓弟子言，圣人常顺时而动，智者必因机而发。弟子虽非圣人智者，但先生理应鼓励弟子，不失时机地将一腔热血，付之国家与苍生。先生啊，弟子看准了的事，刀山火海也要去闯一闯了……”

“轰隆”一声巨响，井水骤然直喷云天。井神先生深沉的声音，在半空响起：“弟子壮志在胸，以身许国，以智拯民，老夫不再拦阻了。世无艰难，何来人杰？唯愿苍天有眼，朝廷不要辜负弟子的一片赤子之心啊！”

吴实叩头谢过先生，迈着坚定的步伐，兴冲冲地回返了他亲手创办、闻名江南数郡县的天岳学馆。

原来，自朝廷迁都寿春，特别是难民的强烈刺激，吴实愤激了。他费时耗力近一月，潜心考究了秦国由一群养马驾车之人兴盛的谜底，破解了它治国治军的五个致命弱点，提出了“战胜强秦五策”。他细细回忆少小时，祖父丰公给他讲述的楚国演变过程，又细细研读了楚国史，挖掘楚成王开始崛起、庄王称霸诸国的奥秘，结合楚地文化，分析了国人的特点和现实，人心向背，革除弊策的内心呼喊，精心提炼出“强楚强军六政”。吴实兴冲冲地来向井神先生禀报求教了。哪知，多年里疼他、爱他、教导他的先生，不仅不支持，反而怎么也不同意，甚至竭力阻止弟子，不准把时局应对策略奏达朝廷。热血在胸，希望在前，吴实哪里甘心放弃？双方一番争执，井神先生不得不让步了。

吴实焚香烧纸，祭了天地神灵，香汤沐浴净了身，研浓墨，挑竹简，正襟危坐。他提起心爱的狼毫笔，饱蘸心血，激情满腔地在他心爱的楚国土地上，纵横捭阖，万里驰骋……

午饭未尝，一连三个时辰，吴实一气呵成书就了一份五千字的奏章，详细阐述了他“抗秦拒敌，中兴楚国，恢复中原，一统天下”的“五策六政”主张。细读两遍后，他用一方上好锦帛包就，瞒下父亲，驰马邮驿，急匆匆寄给了寿春的楚国朝廷。

完成了一桩纠缠了数月的心愿，吴实好不兴奋，手握拳头，又敲起了敞亮的额头。仿佛那里储存已久的人生美梦，不久就要大手笔地铺展开来了！

第二回　滚滚春雷震山村　盈盈乡梓情未了

“好！好！好！”吴实醒来大喜道。

梦里，楚王熊完御览奏章毕，双眼一亮，拍案叫绝：“楚国有希望，强秦可抗了！”立即下旨，召吴实赴朝廷晋谒。他从乡野走进朝堂，两班文武大臣，专心听他论策。他从容不迫，论楚针砭时弊，一针见血；谓秦抑长揭短，有理有据。娓娓道出他抗秦强楚的“五策六政”，众臣皆服，颔首称道。楚王大喜，当堂降旨，由他执掌朝廷的革故鼎新大政。他大刀阔斧，除弊布新一展抱负。从此，楚国由没落衰败，迅速走上繁荣兴旺、国力强盛的坦途。强大的楚军，向秦军泰山般压去……

有盼望的日子个个都美。神情畅快的吴实，又像过往新年时一样，步履轻盈，踩着吱嘎脆响的白雪，到附近所有的邻家拜年送福，嘘寒问暖，给贫穷家的孩子，补赠年前未送出的压岁钱。

哪知，他见到的场景，竟是如此不堪入目。除了从远方逃难而来的人们依旧如流，家乡父老乡亲的行为举止，一次次深深地刺痛了他的心。

“子景先生呀，你可要给我一家指一条生路啊！”瘪老头一膝跪在吴实前，手指四个未成年的孙儿，空空四壁，老泪纵横哀求着。几年前瘪老头死了儿子，儿媳失踪，林山被官衙没收了，家里无立锥之土。

吴实心一酸，双手扶起老头，又塞给一把钱，不知说什么好……

沙府佃农落差，是吴实少小就兴趣相投的异姓老兄。他家两间破房已倒塌，埋在白雪里。吴实打听其下落后，拄着木棍，爬了五六里冰雪冷峻的陡峭山路，满身雪水泥水，在一个山洞里找到了落差。

吴实看见，三十出头的两口子，把破烂家什和仅剩的三石稻谷，一股脑儿搬进洞里来了。洞壁上，挂满了干野菜、树皮、树叶。三个年幼儿女被雪水湿过的柴烟，熏得泪涕四流，口里不住地叫冷。落差一心一意在造箭。

落差见吴实到来连忙起身，傻笑个不停，一双手在围裙上擦了又擦，口里连道："子景来了，子景来了……"

"哥怎么硬是要把沙府的差事辞了？"落差玩得一手百发百中的弓弩，是沙老爷亲房，却数次拒绝给沙府当家丁头目的差事，甘愿到这山洞来过苦日子。吴实一直解不开这个谜。

"为了名声，哥愿意这样熬日子，心里舒服。"落差突地变了脸色回答吴实。

多年来，凡是涉及沙家的事，吴实遵祖命，从不伸长嘴。缘由是，吴家祖上第六代太公，在郡上为官，来家乡下隽县巡查治理，秉公杀了沙家一个勾结匪贼、明抢暗卖了数个民女的儿子，两家结了血仇。同是乡亲，低头不见抬头见。后来的吴家老爷，每每遇事都让着沙家三分，唯求化旧仇，不结新怨。吴实不再追问落差，于是转过话题道："年后，把房子恢复，我出钱。噢！别忘了到我家去担稻谷来度春荒。"

"又，又麻烦……"落差结巴着，傻笑了。

黑猴是和吴实光腚长大的小伙伴，吴实去看他时，他正在家睡觉。他一手拉住子景起了床，诉说了他家仅有的一片林山，不知怎么就被沙老爷看中。家丁拿着县衙的指令，要黑猴将林山交给一卓姓人家管辖。家丁还一个劲地劝说黑猴，天下要姓秦了，保命吧！黑猴知道吴、沙两家有隙，就未来找吴实。黑猴又生怕吴实担心他无法过日子，一副无事模样说："老兄尽管放心，我会活得好好的。"

吴实心里又在发怔，祖父在世时，曾对那些掠夺山民林山的妖魔鬼怪十分震怒，要时任郡守的老部下严查。郡守派人又发兵，严查数月一无所获。恰逢祖父过世，严查没了下落。那些掠夺山民林山的人，虽然有所收敛，但林山人家破产之事，仍时有发生。抗拒者准会被临羊的山贼，神不知鬼不觉就弄得家破人亡了。更可怕的是，掠夺者将林山又转来转去，山民心生龃龉，相互猜恨，常持械恶斗，结下血仇。山民之矛盾，被掠夺者反复利用。

不知黑猴要闹出什么凶事来，吴实立即诚心实意告诫他道："林山之事，你一定要忍下气，留得青山在，还怕没柴烧？以后寻得机会，我们兄弟再与他们斗智，夺回林山。"

临走，吴实望着不安分的黑猴，觉得还不放心，又信心满满地嘱道："你的事，我管定了。你等着，嗅！"

"好！我等着那一天。"听吴实说要"斗智，夺回林山"，黑猴来劲，立即答应了。

吴实再也不敢去看下一家了。回返路上，他浓眉紧结，脸色严峻。仰望苍天，咬牙切齿道："多少年了，一介草民的沙老爷，总是以官衙名义作恶。沙老爷、官衙和山贼，究竟是一种怎样的肮脏交易？他日若得大权在手，我定要将此罪恶勾当，大白于天下，把那些魑魅魍魉铲除个一干二净！"

家乡父老乡亲的险恶境遇，让吴实敞亮的心扉又悄然黯淡了。国力衰竭，百姓岂有祥日？他唯一期盼的是，自己的奏章能引起楚王的重视，尽快拯救社稷和百姓。他天天祈祷神灵保佑，可愿望能实现吗？

时间一天天流逝，眼看一个多月过去了，吴实的心，就像这寒冷晦暗的初春，放不出一丝暖气。吴实甚至怀疑自己在做梦。一个小小山野小民，坐井观天，即使遍读圣贤经典，哪有轻易打开肉食者眼界的见识？他日渐心灰意冷，难道井神先生的劝阻，是对的吗？

二月中旬的一天，绵延月余的雨雪骤然停歇。苍天云霁，太阳钻出了东山头，笑容可掬，红得可爱。喜鹊在山林和房前屋后的高枝上，叫得老欢，正当人们心里似也透进一丝亮光和暖气时，一个奇特的消息，让乡人震惊不已！

"山乡飞出金凤凰啦！"下隽县钦上里七里山，像炸开了一声惊世春雷。

"什么？出了什么喜事？"久憋的人，神经最是敏感。早已心地茫然的人们，无不带着怔愣的眼光，急切切地相互打听。

"楚王下诏，召子景先生去都城晋谒，垂问拯救楚国、抗击强秦的对策哪！"

毫无疑问，这是山乡开天辟地以来从未有过的稀奇事。人们半信半疑，而消息却不胫而走，一传十，十传百。大小山路上，乡人如春潮般滚动，向吴府涌去。众人血涌头顶，巴不得从与楚王有交往的吴实口里，早点知晓楚军与秦军的底细。他们该把一颗悬了多时的心，放到心窝里去了。

原来，南郡郡守和郡尉，带着随从马队，从数百里外，风尘仆仆赶到吴府来了。好消息似石破天惊，又像春风催开了遍野山花。人们不亲眼一见，哪能消除这日日夜夜听不完的传言……

“一个小小学馆先生，怎么就被楚王看中，莫非是搞错了?”下隽县县令郎二，尖嘴猴腮的脸面上，满是诧愕。

郎二又想起了早几年的一件往事来。郡府曾要吴实当下隽县县令，替下花钱从朝廷买来县令的他。吴实不干。郎二赶紧又去了一趟朝廷，郡府再未提及替换之事。从此，郎二把年轻饱学的吴实，暗暗当作他执政的劲敌，事事防着。他暂停了吞并山民林山，少赚了不少金银。现在，郎二明了，吴实是看不起县令位置，这野小子想去朝廷当权贵。

虽然对吴实妒嫉和愤怒得不行，但郎二还是不得不从设在五塘坳的县衙，冒着寒风，打马五十多里，赶到吴府来送恭贺。郎二又后悔过去没有厚待吴实。将来吴实去了朝廷，将会怎样迫害他?

郡、县衙门的老爷们都来了，乡宿、里正等大小官吏、学人、地方有头有脸的人物、各姓族上主事等，也携着贺礼，带了茶水钱，一身雪水泥浆，生怕落了后地往吴府赶。哪个不怕坐失这个巴结朝廷新贵的好机会?以后的日子里，说不定自己的命运，就攥在这个前途无量的野小子手里了。

特别让吴府镐公疑惑、令乡人大感意外的是，邻寨以家族显赫富甲一方的沙府老爷，也带着管家，担着礼盒，一副谦恭模样，亲自上门道贺来了。一字不识的沙老爷，腆着个蛤蟆肚，倒提着“苍穹八万里，凤凰一冲天”的大红贺幅，当众展开，耷拉着眼皮，手指贺幅字眼，一字一顿，牛头不对马嘴，当着众人指读着，引得众多识字之人捧腹大笑。哪知，沙老爷却不慌不忙，双手捧着贺幅，恭敬地呈给镐公。显然，沙老爷装痴卖傻大不敬，深藏愚弄之意。众人有等着看热闹的，有心提到了嗓子眼的。

在朝廷任过楚国大司马、后被谪贬的镐公，什么场合没见过?只见他未露异色，持一副感谢状，花白胡须激动得直翘，高拱双手，谢过沙老爷，轻松接过贺幅，口里连连唠叨:“烦劳沙老爷赐墨宝，小儿无知，不敢当，不敢当啊!”

众人无不惊讶，心里却是五味杂陈，吴、沙两家祖上有血仇，明争暗斗几代人了。沙家为了争得靠山，与郡、县官吏打得火热。如今，吴家有王府做靠山，沙家该倒霉了。

镐公将沙老爷赠的贺幅，亲手挂在众多学人送来的条幅最前面。条幅皆用丝锦做就，琳琅满目，处处新颖，彰显高雅之贵；华丽辞藻，厚重意蕴，极尽赞颂之能；书写大度，篆体精进，高扬磅礴之气。文人学子们指指点点，连声叫绝。

王府水深如渊，儿子前程未卜。吴老爷不想显摆，贺客却仍然不请自来，酒席大吃了三天，唱了三天三夜社戏。天岳学馆吴实的几十号弟子，里里外外跑龙套，着着实实忙了三天三夜。

一场热闹过后，吴老爷眼望门前场上，足有三寸多厚的鲜红鞭炮屑，忧虑得眉头结成了一团。亲历和深谙官场秘籍的老爷，把儿子瞒着他往朝廷钻的埋怨，变作了担心和忧虑，伴君如伴虎，儿子此去，是福还是祸？

以耕读、官宦显赫一方的吴府虽是富户，在乡人中口碑却很好。声名在外的大公子吴实，尤其关心贫苦农家冷暖，时常救人于危难中。百姓家里若有红白事，吴实准要携礼上门，道贺祝福或致祭凭吊。乡人传，吴实踏足之家，其境况就会转向兴盛。办学馆三年，吴实对贫穷子弟分文不取，更是赢得众多赞声。楚国江南数个郡县的有志青年，多是慕名求学门下。老少百姓都唤着吴实的字，尊称“子景先生”。如今，吴实扬名楚国，要去见楚王了，十乡八里的人们，免不了又是赞声不绝。

“吴大公子少小就有井神辅佐，得圭公真传，有镐公指点，朝廷早该委以重任，任相国最合适，外放个郡守，则是绰绰有余。这次，楚王召见，最少也要给个‘卿’，甚至点个‘大夫’，嘿嘿！说不定还要封个‘公’‘伯’‘爵’呢！吴实少年得志，楚国有望，秦军遇到克星，百姓有救了！”

“子景先生出生的夜晚，不是有只凤凰，从天宫降临吴府了吗？本就不是池中物，迟早都要向天飞。”

“少年吴公子读书，白天圭公教习；夜晚，井神就装扮成一皓首老翁，从天而降，为他授课，教他一目十行、过眼不忘的本事。子景圣贤经典、天文地理、排兵布阵、疗伤治病，莫不皆知。是苍天要吴大公子为衰楚回天了……”

酒宴结束的当夜，吴府家丁突然来报：一只狼狗叼了个包袱，丢在大门前就走了。吴老爷满腹犹疑一打开，一千个蚁鼻钱呈现在眼前，包里没有贺幅，不见任何文字标识，翻来覆去，只在包袱皮上，发现有一个陈旧模糊的“饿”字。老爷陡然脸色苍白，额头冒出一层豆大的汗珠。他手一抖，包袱掉落地上。

吴府酒宴一收场，就有乡人不解了：“来吴府传旨道贺的郡守、郡尉、县令人等，怎么又悄悄住进吴府的死对头沙府了？”

就要大展抱负，参与国是了，吴实感慨万千，眼睛湿润。他终于可以实现祖父圭公的遗愿了。

祖父以文名出仕西周赧王朝。社稷危难时，他捡起少年武功，慷慨血战沙场，立下赫赫战功，成为西周的重要战将。可惜，晚年的周赧王徒有天子之名，国力衰竭，诸侯军不听调遣。秦军窥得时机，大举进攻西周都阳城。周赧王百般无奈，只得献图纳降。祖父悲恸欲绝，愤然拒绝了秦等多国高官厚禄的引诱，含恨返乡，解甲归田。

白发苍苍的祖父时常怨恨自己，没能尽职尽责保下西周，对不起始祖泰伯。他把终身抱负，寄托于天资聪慧的小孙儿吴实身上。儿子在外为官，祖父日夜相守孙儿，亲自执教，一把竹戒尺时刻操在掌中。

"咳咳！天亮了。"每天早晨天蒙蒙亮，祖父假咳两声，就在孙儿窗外大喊。孙儿起床慢了，戒尺就在窗棂上敲得"咚""咚"直响。

祖父教孙儿每天识二十字，傍晚检查，错一字，就打十下手掌，要吴实算数，错一数加罚两数。孙儿日有长进。

有一次，祖父走亲戚去了，孙儿被小伙伴们从后门约出捉了一天青蛙。祖父回来后，将孙儿打得皮开肉绽。背着孙儿面，又对满眼泪水的儿媳怒吼道："哭什么哭？今后看紧门。刀伤药在我的屉子里，三天治不好伤，不准你吃饭！"

孙儿识字三月后，祖父就讲百家经典，细讲一段后，又要孙儿复述，隔个时段，祖父还要检测孙儿是否熟记熟背，牢记于心了。

祖父还教孙儿熟背诸家兵书，又结合诸国历史上近百个经典战例，给其细细讲述兵书运用。后来，又教孙儿读了医书。

有一次，孙儿病了，祖父坐在孙儿床边，三天三夜不曾离开，直到孙儿康复起了床。

孙儿各科学业都得到了祖父的首肯。祖父思考问题捶额头的习惯，也让小吴实学会了。祖父看着茁壮成长的孙儿，梦幻着渐渐没落的楚国天空，似升起了一道希望的霞光，不再像西周那样没落了。

祖父离世时，将一册来不及细教的镇妖降魔图谱传给了孙儿。他拉着孙儿的手，脸上现出了少见的笑容，却一句话也说不出了……

今天，若是祖父能看见，孙儿要去为楚国效力，扭转天下危局，他该是多么高兴啊！吴实想着祖父，潸然泪下。

父亲镐公做过数年楚朝廷大司马，被朝臣倾轧，无端谪贬为县令。父亲回乡后，坚决不准满腹诗书的儿子到官衙出仕，要他创办天岳学馆，为国培养有用之才。

在学馆里，吴实按父亲指点，一边授徒，一边严加修饬立身。他将箴言悬于居室，从早至晚按日课操行，一丝不苟。既长了学识，又影响了众弟子的行为。

如今，吴实要抛下学馆了，他万分难舍，不知不觉又来到了无比牵挂的学馆里。他怎么也未料到，几十个弟子见到他，一齐伏在地上，个个泪水长流。

办学馆三年，吴实教弟子读儒道经典、学礼、习乐，探天象地舆、究农畜稼穑。还悟众兵家法则，请武师教习射御，都是经世致用之学。山区疟疾流行，学馆又增设医学。弟子们都是吴实选留，或是登门动员来的。师徒年龄相差不大，日夜兄弟般和睦相处，留下了很多难忘的记忆。

看着眼前情景，吴实陡地肝肠寸断！弟子们奔他而来，都二十来岁了，废了学业，往后的前程在哪里？他不知说什么好，只得紧咬牙关，生怕感情倾泄，却仍禁不住潸然泪下。王命难违哟！为了社稷，为了黎庶，吴实只能选择抛下心爱的弟子们了。他不忍久看被自己半路荒废的弟子，只是破天荒地面朝他们，恭恭敬敬三鞠躬，送上祝福，慌忙转身离去。

吴实突然感觉，自己的每根感情神经都要绷裂了。他像一截木头，呆滞地向前移去，只有憋不住的啜泣，只有飞流如泻的泪水，掉落在身后一片“咚咚”的磕头声和大哭声里……

第三回 豪情满怀奔寿郢 勇谋兼施解危难

启程前夜，吴实又兴冲冲地来到了古井边。他焚香烧纸，虔诚地祭拜和告别井神先生。他把楚王召见的喜讯，向先生禀报后，便诚恳地讨教去郢都后，弟子为人待事的应对策略是什么。

先生明显失去了往日的热情，有的是满腹心事，许久未回一句话。迷糊的月光下，暗影斑驳的古樟枝丫间，慢慢地现出六个大字来："时不时，毋争毋"。

吴实看了，心里一阵不快，却还是紧皱眉头，记在心上了。

大字渐渐隐去。井神先生的声音，突地在空洞里响起："吴氏开氏始祖泰伯，有三让王美谈，弟子要引以为敬，切切记住'忍让'二字。现今，楚朝廷有张无形的大网，不是谁有勇气、有力量能冲得破的。弟子所做之事，无论对社稷、对百姓怎么好，都会有人把你严严实实地遮盖。你要准备放开胸怀，自作自受，切莫争功，默默地接受其结果，否则，性命堪忧啊!"

吴实又不高兴了。他不相信由楚王主宰的前程，竟是这般灰暗，但他还是三跪九叩，谢过先生道："弟子记下了!"

楚王召期在即，吴实不敢怠慢。他打点了简易行囊，选装了一袋心仪的简书、一副围棋，带上屈子亲书、祖父转赠的《离骚》，在父亲精心选定的吉日启程了。

天刚蒙蒙亮，倚门送行的家人不声不响。父亲的兴奋情绪，像被数天的酒宴耗尽了一般，眼里只剩下凝重和忧伤。

吴实拜别父母，努力压抑着激动的心情，细声叮嘱眼含泪水的堂客道："汝千万要照顾好年迈父母，我一旦有了着落，就立即来接你们去寿郢。"

堂客深情地眼望丈夫，连连点头，目送吴实跨上红鬃马，信心满满地朝着一千五百多里外的寿春赶去。

沿途喧天的锣鼓，噼里啪啦的鞭炮，祝福的山歌，洪亮而绵长。吴实感受着这美好的乡情，血如潮涌！

此时，呆呆地立在吴府门口的镐公耳朵里，尽是乌鸦声叫得老响。

这天夜半，一袭蓝衣快马从沙府后门出来，像鬼影般躲躲闪闪，循着吴实的去路，飞箭一般追上去了……

夜宿晓行，风雨无阻，紧赶慢赶。寿春就像一颗启明星，冉冉升起在吴实亮朗朗的心空中。

这天途中，吴实倏地想起一件事，禁不住后悔得不行，又心痛不止。祖父在世时，多次给少小的他，讲述楚国三闾大夫屈原忧国忧民、壮烈赴死的故事。离家前，他怎么就没有挤出时间去汨罗江边，祭拜一番祖父的这个“义弟”呢？

屈子谪贬江南到汨罗后，曾多次应祖父之邀，来家里做客，一住就是一两月。二人游桓山圣境，登幕阜主峰，遥望沉沉楚天，阔论楚国是如何演变成诸侯国霸主，又如何没落的。他们时而开怀大笑，时而悲戚嗟叹。夜晚，两人不是在高岭摆酒赏月，就是在深院秉烛长谈。道经世济民，论骚赋醒世，往往纵论到天明，还兴致不减。

祖父大屈子两岁，二人亲如兄弟。有一晚酒席上，祖父一气背出了《离骚》，动情处，老泪横流。

醉醺醺的屈子大受感动，书兴突起，一挥而就《离骚》，恭敬书上“尊义兄圭公雅正”，署上名，送给了祖父。屈子常对朋友说：“知我者，圭公义兄也！”

得讯义弟投汨罗江后，老祖父双手捶地，哭拜失声。随后，他快马加鞭，连夜赶到汨罗江边。义弟是五月初五投江的，尸体还未找到。老祖父与几个卜师一算，尸体为蛟龙所困。他立即请百姓包来大量五色丝粽子，投于水中，以稳住蛟龙，不要伤了屈子。江中无数渔船竞发，打捞屈子尸体。多日未果后，老祖父只得与众多屈子的崇拜者和百姓一道，在屈子投江处的玉笥山坡上，造了个衣冠冢，又建了个屈庙，供人们祭祀屈子。竣工那天，皓首的老祖父，在屈庙里仰天悲号：“先生去矣，楚国何堪？”

第二年五月初五，祖父来汨罗江边祭祀义弟，意想不到的是，汨罗江边的百姓为了纪念屈子，将这天定为端午节，把五色丝粽抛在江中，又举行了龙舟赛。从此，赛事一直延续了两千多年。这是后话。

吴实刻骨铭心地记得，他启蒙入学的当年端午节，老祖父带上他，分坐两乘轿，赶了一天一夜的路，来到屈子的衣冠冢前。爷孙俩焚香烧纸，跪拜了屈子。老祖父又给他唠叨了一遍义弟屈子投江的原因，说得声泪俱下。

祖父年轻时，求学于齐国稷下学宫，不仅满腹才华，还练得一身好武功。让吴实崇敬不已。

又一年的端午节晚，祖孙二人从汨罗屈庙返乡，老祖父一反常态，敦嘱孙儿："要学屈子爷爷心怀天下，时忧苍生!"又把屈子手书《离骚》，郑重地转赠给了孙儿。小吴实跪地接过《离骚》，像接过一座沉重的大山。不久，老祖父又把收藏的简册，悉数交给了孙儿。他念着义弟的名字，与世长辞了……

此后，吴实遵祖父嘱托，多次到汨罗江边祭祀屈子爷爷。特别是办天岳学馆的三年里，每年的端午节，吴实都带领弟子，寒食即发，顶风冒雨，步行百多里，来到屈子投水处。在乌云低垂的江边，向滚滚的江水抛下粽子，吴实又和弟子们，迎着呼啸的山风，站到屈子坟后的玉笥峰顶，昂头挺胸，齐声大诵屈子的《离骚》和众多经典篇章。直诵得江水呜咽，风雨悲号，鸟雀哀鸣，游人痛泣。

吴实仿佛看见，忧伤的屈子衣袂飘飘，在危机四伏的楚地上，疾步奔走于民间，高声大呼。屈子那骚赋塑造的纯洁、高大、完美，"与天地兮同寿""与日月兮同光"的超凡脱俗的楚人形象，正在变作无数的来者，其中包括他……

想到此，吴实信心倍增。快马加鞭，飞也似的驰骋开了。他在心里高傲地大喊："屈子爷爷请看，一个步你后尘的来者，是如何去完成你遗愿的!"

这天上午，吴实途经一个小镇。街面人来人往，货物齐全，叫卖声此起彼落，一幅繁华景象。

一临街楼下，琴声伴着悠扬的歌声，引来阵阵欢快的大呼小叫。吴实一笑，多天的孤独，迅速从脸上消失了。哪知歌声琴声欢笑声戛然而止，围观的人们低首快步四散。吴实一愣，两腿一夹坐骑，想催马近前看个究竟。

迎面街道上，一身穿翻毛皮长袍的矮胖子，大模大样踱着步子，朝欢声息处来了。十多个嬉皮涎脸的紫衣人，早围住了卖唱女，双双贼眼在卖唱女身上巡睃，个个脸现淫色，满嘴污言秽语。

“求求你们，不要欺侮我孙女啊！”瞎子老琴师步履蹒跚，浑身发抖，双手在空气里乱抓，口里一个劲地求情。

卖唱女紧缩着身子，双手抱在胸前，弓腰曲背，吓得直打战，满脸恐惧却难掩几分秀色。

“嘿嘿！果然是个大美人！”矮胖子盯着卖唱女一阵淫笑。转向紫衣们喝道：“快把美人请到家里去，怎能让她四处流浪，无有着落？”

卖唱女扑通跪地，头叩个不停，哀求声凄凄惨惨。

“哈哈……”众紫衣一拥而上，有在卖唱女屁股上摸的，有在身上捏的，有在脸蛋上揪的……

顿时，吴实怒火中烧，奋力打马上前立定。他大义凛然，手指矮胖子与一众紫衣，厉声呵斥道：“住手！光天化日之下，众目睽睽之中，你们还敢抢人啦？”

疯了，吴实简直疯了！人地生疏，谁人买他的账？没有武功，甚至连躲避也不会的吴实，岂不是平白招惹飞天悬祸？吴实更不知道的是，这里早有人设下笼套，在待君入瓮呢！

矮胖子回身，细细打量对方，二十七八岁的模样，岸然挺拔，相貌堂堂，一副文人学士装束，江南下隽县口音，单人独骑，身无器械。心里暗喜“对上了”，口里却戏谑着大声动问：“足下莫非是学士吴实？”

吴实诧然。他在这里没有熟人呀？回过神来，禁不住一阵心疑，大声回道：“在下正是！”

“嘿嘿，在我胖烧瓜的地盘上，你个喝墨水的，手无缚鸡之力，逞什么威风？这事你管得了吗？”胖烧瓜白眼一翻，又是“嘿嘿”两声尖厉冷笑，倒打一耙大叫：“原来，吴实也是个花心色鬼，吃了熊心豹子胆，想英雄救美。你做梦去吧！小的们，叫吴实认识认识马王爷长了几只眼。”

“得令！”紫衣们手一拱，齐声大呼。面对赤手空拳的吴实，紫衣个个满脸傻笑，不紧不慢，撩衣挽袖，晃着双拳，一副猫戏老鼠的神情，一步步朝吴实逼近，讥讽笑语接连不断，似乎早食到这顿大餐的滋味了。

胖烧瓜似乎突然觉得，这么多的手下，去收拾一个被远近学人神化的斯文相公，有失道行，给江湖留下笑料。他又挥手大叫：“吴实，我胖烧瓜让你死个明白。我们也尊学士，与你无怨无仇，今天，我们纯粹是‘拿钱消灾’

罢了。”

“胖烧瓜，我看你今天敢动我一根汗毛!”眼前情境，吴实从未遇到过，一时呆了。急迫里，满腹诗文的吴实，竟找不到一句更恰当的话语回复他们，只得憋足全身气力，手一指，严厉呵斥了一声。他既想吓退紫衣，又为自己壮胆。吴实少时，祖父因怨恨自己满身武功，却不能挽救西周命运。回到家乡后，只要见到兵器，就生出一把无名火来。他要孙儿把全部精力，都用在熟读各种经典书籍，甚至医书上，却从不准他习武。在天岳学馆里，武师教习弟子，吴实尊祖父遗训，看也未看过。

如今，吴实脑壳麻木，眼直了，心提到了嗓子眼，外面的世界怎么这样恐怖？他额头上迸出一层豆粒大的冷汗，不知如何是好了，甚至对胖烧瓜“拿钱消灾”的话也未领会。他突然想起自己是去寿春，不久后，他定要把这些紫衣们，统统拿了去充军抗秦!

“哈哈!”临近吴实的紫衣们突然一阵狂笑，张牙舞爪，凶神恶煞，一副要把吴实捏成齑粉的架势!

吴实蓦然强硬起来，怒眼一瞪，也是“嘿嘿”两笑，两手叉腰，他怎么也不相信，这些地痞敢对他下手。

“上，赶快动手！我要看看这老虎有几根须。”胖烧瓜愤激了，胖手一挥。紫衣们发出一声喊，如狼似虎地冲上来了。

“呼”的一声呼哨，在这节骨眼上尖厉响起。吴实一抖，未及辨清声响来自何处，早见大小两个黑色身影，像从半空里飞来一般，稳稳地落在他的马前，堵住了众紫衣。

黑衣人不慌不忙，左一个飞腿扫堂，右一个旱地拔葱，好一番拳脚施展，紫衣人立时倒下了一大片。小黑影则张开大口，猛蹿上去，紧接着“哎哟”“哎哟”，传出数声惨叫来。

“小的们快亮器械，将他们一齐往阎王殿里打!”随着胖烧瓜一声大喝，从地上爬起的紫衣，早执械在手，有砍刀，有飞镖，有短铁棒，有九节鞭。眼看一场恶斗，马上就要开始了。

“哈哈……”紧束腰身的黑衣，好一阵高声大笑，不慌不忙从身上亮出一个约三寸长、两寸宽的光闪闪小黄牌来，朝对手晃了几晃。

说来也怪，杀气十足的众紫衣，顿时像霜打的茄子般蔫了。胖烧瓜竟身轻如燕般纵出老远开溜了，众紫衣架着伤者，疾步跟了上去。

“你们拿了钱，不准跑，快去杀了吴实。”这时，角落里突地冲出一蓝衣来，拦住矮胖子和紫衣们，歇斯底里斥责道。

“小的们，快给老子灭了这个下套子的奸贼!”胖烧瓜咬牙切齿，手朝蓝衣一指。

“去死吧，奸贼!”一紫衣一声怒吼飞起丈高，举刀劈向蓝衣。

蓝衣头一撇，一声哀叫，口里连嚷“饶命!”手捂腰间，东倒西歪沿一条小巷逃命去了，地上留下一行鲜红的血脚印。

胖烧瓜和众紫衣，唯恐爹娘没生出四条腿，眨眼间没了踪影。

吴实吐了一口气，回神定睛一看，忙不迭翻身下马。待他细细打量站在面前的救命恩人时，那条紧贴黑衣人的大黑狼狗，突然冲向吴实，一双前脚几近搭到了吴实的肩膀上，摇头晃脑，尾巴直摆，老长的舌头，在吴实的颈上、下巴上舔个不停。吴实一乐，习惯地抬手在狼狗身上直拍，嘴里连连发问：“你的家在哪里？真乖，真乖!”

再看黑衣人，二十岁出头，中等身材，肩宽背厚，黑里透红的面庞上，长了个大红鼻子。他衣着紧束腰身，绑腿打就膝下，脚蹬多耳麻鞋，精干壮健，英气勃勃，正在朝他傻笑呢!

吴实一把推开狼狗，抹去流到眼角上的冷汗，禁不住喜得大叫：“我不是做梦吧，真的是你吗？”

第四回 门生兴奋说蹊跷 先生心酸遇白来

“嘿嘿，弟子来迟，让先生受惊了！”黑衣人一吐舌头，滑稽笑过，执门生礼向吴实躬身一揖。

吴实好兴奋，几步近前，两手抓住弟子双肩，看了又看，惊呼道：“叔文！你怎么在这里？”

叔文是吴实在天岳学馆的得意门生之一。他出生在桓山的贫穷农家，靠先生资助念了三年书，习文章，操兵器，出类拔萃。不仅书读得好，而且练得一身好武功。

晚上，师徒在客栈住下。吴实用好酒好肉招待了这个在异地相逢的弟子，感谢他的救命之恩，又问他来此干什么。

叔文觉得饭桌上不是细谈之地，用一句“晚上再说”搪塞了先生。

晚饭后，叔文熟练地下了马料，喂了心爱的狼狗。在小客栈昏黄的桐油灯光下，侍候先生洗漱毕，叔文想起饭桌上先生的问话，就向吴实讲起了自己来追先生的经过。

在学馆里，不忍离去的众门生，对手无缚鸡之力的先生，千里迢迢独自前往楚都，哪里放得下心来？个个争着要去护送先生。众人一合计，最后做了三个阄，抓到的就去护送先生。

叔文拔得头筹，担心众人生变，穿着学馆的练功服，带上大黑狼狗，拔腿就来追先生了。途中，他趁夜摸进一富户家马厩，偷得一匹老马，路上加快了速度，刚好碰上了下午那一幕。

“这怎么行？你快快回转，把后面的二人挡回去。”吴实考虑到叔文家特别穷，家大口阔，他是全家不可或缺的顶梁柱。何况弟子们都是成家立业的年龄。此去楚都，门生家人同意吗？吴实不愿因他而耽误了弟子为养活家庭出力。

“不行，我决不回去。今天，那伙紫衣不是说‘拿钱消灾’吗？先生的前路，说不定还有凶险呢！”叔文语气坚定道。

吴实冷静一想，若是有叔文在身边，当然是再好不过了。可是……他又左右为难了。

面对沉思未语，还在手敲额头的先生，叔文爽朗一笑，赶紧堵住先生的嘴，自我回答道：“弟子与先生随行，有个照应。今日，若是弟子不来，先生准定上当。护送先生到寿春后，我再回返也不迟呀！”

吴实一笑，无奈地默许了。

叔文又从怀里掏出下午镇住了胖烧瓜的小黄牌来，大红鼻子直抽搐，向先生讲起一件神秘的往事。

两年前，叔文有个远房舅父，到一昭氏封地卖麻布，偶尔在大街上看见，两黑衣人手持一个闪着亮光的小黄牌晃了几晃，就拦下了一顶前呼后拥的官轿，簇拥兵勇扑通匍匐在地，眼睁睁看着自家主人，被黑衣人用木枷锁走了。叔文听舅父说后，一时兴起，按舅父描述，用青铜敲了个小牌，用黄色石粉上了色，拿给舅父看。

舅父双眼大瞪，异常惊奇地急问叔文道：“真是怪了，你怎么也有这种东西？”

叔文见小黄牌可以假乱真，就带在身上，有意试试它的神通。今天，果然派上了用场，还救了先生。叔文顿了顿又说，不怕先生笑话，弟子身无分文，一路上，就靠这小黄牌讨生活。还到一沿途县衙里，要了一些蚁鼻钱，又在邮驿住了两晚，混吃混宿。日子过得有滋有味！叔文滔滔不绝说完，向吴实递上薄薄小黄牌，好奇地问道：“这真是个上天入地的好宝贝，先生定知其中奥妙。”

胖烧瓜们为什么突然逃跑了？吴实心里一直在纠结，突然就听到这桩乌龙事，禁不住“扑哧”一笑。这个弟子心灵手巧，还有个助穷家女出嫁的故事呢。有个富家男与穷家女爱得死去活来。可富家嫌女穷，坚决不准儿子成婚。叔文用青铜为穷女假造了十件金银饰品。富家见了大为惊异，说女家财不露白，立即娶了穷女。

吴实看过小黄牌，递给弟子，极其谨慎地叮嘱道：“这种小黄牌，我也未见过。从用途分析，极有可能是朝廷‘鸥鸮’的身份和行事凭证。你可千万要慎用，听说鸥鸮心狠手辣，若是碰上‘真神’，命就玩完了，还会祸及家族呢！”

“先生尽管放心，知晓了底细，我就不会再用了。”叔文运足气力，几摸几捏，手掌里竟魔艺般地变出一只楚国人喜爱的凤凰来，栩栩如生，展翅欲飞。

夜，师徒俩好多话，一直谈到鸡啼头遍。

又一天清晨，师徒二人上路，只见一座大山挡在前头。叔文忙向早行人打听此山。

行人打量了吴实一番，狡黠一笑对吴实道：“客官哪，这‘两重天’山我走得，你这伙计走得，就你走不得。这山上有贼，专门等待你这号富人上钩。你可走大道绕过，仅远一天路程，图个安宁吧。”

“走，走山路。”叔文还在踌躇，吴实早催促开了。

二人上到半山腰，已然大汗淋漓，时过午了。

“我们歇歇吧！”见快马已是一身汗水，吴实提议道。下得马来，吴实抬头四望，禁不住连声叫绝。他早忘记了疲劳，迅捷选了路边一宽敞处，饶有兴致地品赏起山景来。

脚下连绵不绝的青翠，到此陡然收敛，不见了绿影。造物主变戏法似的，推出了又一个世界。满眼里尽是嵯峨峰岭，凌厉怪石直刺青天。云雾东一团白、西一团黑，奇异迷离，野兽巨鸟乱叫个不停。最让人生疑的是，流泉飞瀑泻如白练，河道里却不见一滴水，明明是一处绝壁，却汹涌出一股黄水来……

“先生，我们快离开！”吴实背着手，看得十分起劲的当儿，叔文早挺着大红鼻子，左闻闻，右嗅嗅，又抓起一把风紧紧捂在鼻子上，细细一番品味后，倏尔急迫地催促起先生来。

吴实依旧满有兴致地观景。显然，他还沉浸在自然的鬼斧神工里，并未领会弟子的话，还在兀自评价道：“真是看云得雾，观白现黄。这山奇，奇在先现假貌；这山怪，怪在后露真容。”

“先生，我们快快躲避，西边来的危险正在紧急迫近我们，快马真的在送‘真容’来了啊！”叔文接过话，急不可耐，话语沉重，在自己的老马屁股上狠狠一鞭，将其赶下石坡隐藏毕，又纵身跃到先生的红鬃马前，手挽辔口，向附近一高崖下快步避去。吴实莫名其妙，极不耐烦地跟了上去。

“嘚……嘚嘚……”说时迟那时快，早有一阵急风暴雨般的马蹄声，由弱转强，由远及近。只见十多匹快马，转眼就来到了吴实刚才观景的驻足处。

这伙人的头领是个瘦老儿，穿个大白长袍，戴白虎面罩，两只尺长的白耳，高高地耸立在白帽两边。“白虎”下了马，嘿嘿两笑立定。一群身穿灰色服饰的骑手，绘着五颜六色的野兽脸谱，分立白虎身后。

这时，一花豹脸谱大汉走到白虎身边，双手一拱，好不滑稽地手一拍，头一仰，哈哈大笑道：“先生这卦真灵，果然，老天送肉食上门来了。弟兄们，我们在此候着，让衣食父母自己走出来，不要吓着他们了。噢！”

嘿，这山贼还很仁慈呢！避在高崖下的吴实忍不住一笑。

野兽脸谱们打着哈哈，阴阳怪气地朝着高崖下大叫：“父母们出来吧！到家了，还躲什么迷藏，何必麻里麻烦的，伤了感情呢？”

“坏了坏了！遭遇剪径山贼了。”隐伏在高崖下的叔文，听着路上的怪叫声，身上肌肉团团发紧，怎么保护好先生？叔文很快平静下来。他并未偷窥山贼举止，也未琢磨那些叫喊声，只是使劲地抽搐着红鼻子，细细品味着山风的气息，像山贼与他无关一般。片刻过去，叔文凑向还在拳敲额头的吴实细声道：“先生，眼下这场祸，我们是躲不过去了。令我不解的是，这伙山贼身上，没有一点血腥味。我们不如走出去，见机行事，早点脱身离去。”

“欲少留此灵琐兮，日忽忽其将暮。吾令羲和弭节兮，望崦嵫而勿迫……”

未及吴实回应弟子，早听得山路上，突然一阵抑扬顿挫的诵读声，怪异地传过来了。

“路漫漫其修远兮，吾将上下而求索。”山贼们继续齐声大诵。

叔文惊诧了，山贼也喜诵《离骚》？

哪知，吴实早已欣喜若狂，一蹦现了身，一边走向山贼，一边循着下文高声诵道：“饮余马于咸池兮，总余辔乎扶桑。折若木以拂日兮，聊逍遥以相羊。前望舒使先驱兮，后飞廉使奔属……”

“先生哪……”叔文哪料先生有这般莽撞举动，脸色陡变，心里埋怨个不停，只得大步跟上，保护先生。

听到石坡下的诵读声，山路边的巨石上，那个四仰八叉的“白虎”，像被黄蜂蜇了般猛然立起，一把揭去虎罩，露出一张显然是被忧愁长久煎熬而扭曲了的脸面，挤出几分喜容来。“白虎”双眼盯着越走越近的吴实，双手高高一拱，礼貌而和蔼地向吴实道："原来是位先生驾临，敢问台甫吗？"

吴实笑逐颜开，拱手应答道："学士吴实经过宝地，拜过老头领！"

头领一听，连忙急问："先生莫非就是应召去寿春，晋谒楚王的大学士、子景先生绮里季吴实？"

"在下正是。"吴实点头回道。

头领一听，早一膝伏地三拜，反手一指喽啰，兴奋道："贵客莅临，快快！快快回寨备酒！"一喽啰迅速打马走了。

吴实急步赶上，双手扶起头领，突地蚕眉紧结，双眼迸出一道白光来。他在头领脸面上细细扫过，端详再三，一膝跪地，激动得声音直抖道："足下莫非是十几年前，楚国那桩'乌有案'的'傲骨'郡丞白来大人？你该是四十才出头的呀？"

"白虎"大惊失色，许久，才痛苦地沉吟答曰："多年来，还从未有过客认出过老夫呢！唯有先生……"突然，白来又疯了般哈哈大笑，口里连道："老夫足矣，人生足矣！"

原来，十几年前，楚国有个叫白来的郡丞，治郡策与少读诗书的项氏封地项郡守每每相左。二人时常争得面红耳赤。二十出头的白来偏不服输，多次把双方治策上奏评判，却是泥牛入海。项郡守诬白来"通敌"，刑府捉拿白来下了狱。项郡守即时晋升了朝廷司徒。刑府郎尹弄清真相后，楚王又和稀泥，调白来到异地做县令。白来非要上头给个结果，不吃不喝不出狱。朝野一片哗然。后来，一身刑伤的白来刚去任县令，就挂官封印，不知所踪。

"走，老夫太高兴了，今晚要好好陪陪先生，不醉不休。"白来喊罢，立即吩咐一个叫白熊的副头领，又先行回程去安排。

吴实还在白来瞬间大起大落的情绪里不解，早被白来一手拉过。白来又一手拉着叔文，啧啧赞道："先生的侍从一表人才，太可爱了！"

"他是后来的得意门生。"吴实回道。

"啊！是吧，好一位聪慧学士。"白来眼观叔文，好兴奋。

匪寨是几个大石洞，让吴实新奇的是，三个洞里摆设如学堂，桌凳整齐，书柜里装满了多种经典简册。一石洞里摆满了习武的刀枪器械。吴实师徒被白来请到了中洞。一进洞，叔文一闻，心里就闹腾开了，洞里哪来的梅香？

宴席早已排好。酒过三巡，吴实不解地问询白来道："当时，郡丞大人复职了，昭了冤情，为什么要隐身离去呢？”

白来脸色陡变，愤慨道：“楚王复职令刚下三天，朝廷鸱鸮又下了捕杀老夫的密令。刑府一同情老夫的吏员急来告老夫‘快逃’。几天后，老夫差遣朋友回家打听，父母与堂客都被鸱鸮抓走，杳无音信。捕快在家中留下三岁小女，不给吃喝。小女终日啼哭，捕快想用她来钓老夫。几个朋友想方设法救出了老夫的女儿。从此，老夫百般无奈，隐姓埋名，流落江湖。为了让女儿得个安身之所，长大成人，老夫不得不与一群生死不离的朋友，干起了这丑恶勾当活下命来。老夫倒要看看这是非不分的楚国究竟是何种结局。天意让老夫亲见先生去朝廷，担当重任。望先生能铁腕整饬朝纲，一扫官吏腐堕之气，破格起用智者能人，再展楚国雄风。先生此去，楚国有望，足以慰老夫心了。但愿苍天有眼，切莫辜负先生大才啊！”

吴实在白来的遭遇里沉闷良久，回过神来，忙拱手道：“郡丞大人受委屈了。在下得先生褒词，于心不安哪！”

“社稷中兴并不难。既然先生去晋谒楚王，老夫就不怕先生见笑了。”白来放下竹箸，又娓娓道出他的国之治策主张来。

吴实边听边暗暗吃惊。原来，白来的对策，与他的奏章，竟半数大同小异，不免心中暗赞：“难得之才啊，难怪有如此傲骨！”

话语十分投机，二人谈兴大起。酒后，他们又从泰伯的“无得”，到老子的“无为”，从抗强秦，到兴楚国，又议天象，论阴阳八卦，还探讨了其时萌发于少数学人中的五行……二人相见恨晚，话题越说越多。

“郡丞大人广闻博采，满腹诗书，善谋善治，年轻时求学何处？”办学馆的吴实，不无好奇地问。

白来陡然喜形于色，毫不自谦道：“老夫虽然不才，年轻时却是求学于齐国稷下学宫。”

“稷下学宫！”吴实不觉脱口而出。其时七国学子，哪个不想到这名满天下、首屈一指的学宫求读？

吴实以羡慕的眼光投向白来，不觉怔住了。白来充满豪气的笑容骤然收敛，老脸倏地苦楚不堪，伏在桌上痛哭失声。

“在下无礼，惹郡丞大人伤感，请饶恕后来莽撞。”吴实不知所措，连忙站起拱手歉疚道。

白来猛然抬头立身，抹了一把泪水对吴实道：“老夫思前想后，感慨万端，一时失态，羞煞我也，请先生切莫记念在心。”

叔文连忙奉上一杯茶道：“郡丞大人用茶。”

正在这时，大洞里套着的一个小洞内，隐隐传出一个少女的嘤嘤低泣声来。

吴实师徒陡地犯狐疑了，“她是谁？莫非这里还有年轻女山贼？”

第五回　打虎义女亮绝技　羞涩季左见先生

耳听啜泣声，赔酒的白来慌忙起身，来到小洞门口，低声而慈爱地埋怨道："粉儿呀，多年来，父亲总是嘱你要快乐过日子，不要陷入父亲的情绪里。你又叫父亲心疼了！"

刚说到此，白来又像突地想起了什么，忙道："噢！十几年来，父亲第一次遇见大贵人了，你快来见过楚国的大学士子景先生，还有先生的弟子叔文学士大哥。"

"父亲别误会，你看，粉儿不是高兴着吗？"一个少女声，从屋内柔柔地传出。少顷，父女俩一同来到酒席边，粉儿叉着手，赔着笑脸，向两贵客行了礼。

叔文一望，禁不住双眼大亮，心早怦怦跳得老高了。只见粉儿缁装素裹，粉黛不施，脸若桃花，眉似柳叶；凤眼微红难掩闪亮，窈窕腰身步步袅娜；尤其是双眉间那颗不大不小的美人痣，红红地、恰到好处地点在中堂间；满头黑茶色结束发丝上，斜斜地插朵新梅。芳香玉容里，似暗藏隐痛郁结。

白来瞥见叔文举止，不由得心灵暗暗一震。他赶忙向吴实师徒解释道："当年，为了教养好失去母爱的三岁小女，老夫不得不漂泊江湖。每到一处，老夫当爹又做妈，还特地给她僻出静静一角，教她读书习武，避免红尘浸染。老夫若外出，就采把时令山花回转，插在小女头上，同时装点她的小屋。"

说到此处，白来眼望吴实与叔文，脸现百般无奈，神情万分苦楚，又凄婉道："只是……只是小女十八了，跟着老夫这个倒霉父亲，还在钻山洞，未知前程何在?!"

吴实心里一顿。他原本同情白来遭遇，敬重他的才华，现又同情他的女儿了。从白来的眼里，吴实似乎读懂了求救之意，看出了白来对叔文的满意之情，叔文也该成家了。若能两全其美，岂不是好事一桩？想到此，吴实忙欠身道："若是郡丞大人放得心，在下愿收千金为妹，带到身边，以后，给她找个如意郎君，请大人检视后，将义妹下嫁，在下决不负大人重托。未知大人意下如何？"

白来双眼越瞪越大，当他看出吴实眼中的诚意时，"哇"的一声大恸，头磕得地面咚咚作响，口里"再生父母"叫个不停。

粉儿一把抱住父亲啜泣不止，撕心裂肺道："女儿决不离开父亲。女儿一生要守着父亲！"

父女俩哭作一堆。吴实师徒赶忙上前，费尽嘴舌，好不容易才劝住了父女俩。

起得身来的白来，抹了抹眼泪，突然破涕为笑，朝洞外大喊："弟兄们，快快重新摆酒，招待老夫的再生父母！"

灯烛辉煌，洞中如同白昼。白来的所有兄弟都来了，酒席摆了六桌，吴实被尊到客座，白来又要拜，被吴实硬生生拽住了。

酒过三巡，白来吩咐粉儿，执意以女儿礼拜了吴实，又以妹礼拜了叔文。礼毕，粉儿早哭成了泪人儿，又抱着父亲痛哭。

白来满脸泪水伴着笑容，满斟酒杯，再三再四敬过吴实，又敬了叔文。白来的众多崇拜者和众山贼朋友，在白熊的带领下，一一敬过大义贵客，众人皆醉。

洞外，早已是红日东升。

在白来的再三挽留下，吴实在山寨歇了两天脚，执意要上路了。白来用自己的壮马，替下了叔文的老马，又选一匹快马给粉儿，催促她上路。粉儿拜在父亲脚下，长泣不行，被白熊和叔文扶上了马。

白来率众跪地惜别。众人齐诵屈子骚赋送别吴实师徒。吴实好感动。他数次想说，他在寿郢立下脚，就请白来们去共事，话到嘴边又咽下了。

众人又齐诵《橘颂》，送给粉儿……

行进路上的第三天晚饭后，粉儿从行囊里掏出两件物品，流着泪，双手交给吴实说："义父，这是父亲嘱女儿今晚交给你的信，还有这支玉管玉套狼毫笔。"

吴实看了玉笔，陡地爱不释手了。他从未见过这样的玉笔，知道它是稀世珍品。其实，吴实还有不知道的是，白来要让这“道上”人人景仰而向往的玉笔，秘密传出道外，给信得过的人掌控，以挽救天下更多人的生命，这是后话。

回到房间，就着灯火，吴实急切地展开简书读起来：

子景先生惠鉴：

先生展读此书时，吾以践誓去矣。小女三岁，吾曾对天盟誓，能为小女认展前程者，或道出真吾者，任有其一，都是吾归天之时。许是天意，先生二者该为，吾心安理得去也。吾寡闻为官之道，身为属吏，心高气傲，好赌气斗狠，勿知低眉贴首。最难饶恕者，莫若祸及家人，吾亦百身难赎！剪径多年，专抢豪富，不欺贫贱，更无血债，实为小女而苟延残喘，然罪孽亦重。吾枉读经书，如食草料，辱没儒名，真乃罪莫大焉。吾今已将积攒金银，尽遣众兄弟，弃恶从善，制地造屋，自食其力矣。在下尚有一不情之求，若叔文能相中小女，请先生定夺婚配，在下九泉瞑目矣！终生解脱磨难，得益先生，来生定衔环相报。先生辅朝，楚国有望，敬颂大吉大利。

白来顿首

吴实读着读着，早已泪涕四流了。白来满腹才华，却无门报国，空置抱负。满是亲情，却无以为家。为养育女儿，不得不寻一角山野，心头滴血做肮脏事，在灵魂的折磨里，煎熬时日，苦苦挣扎多年。吴实又怨恨起自己来，“是我害死了郡丞大人哟！”

痛彻心扉之余，吴实又叫过隔壁的叔文来读信，而后郑重地问：“郡丞大人的意思，你看出来了吗？”

三天里，叔文见识了粉儿的知书识礼，想起郡丞对他的满意神情，他眼盈泪水，认真地点了头。

“粉儿没亲人了。你要多给她温暖，要对得起她父亲的在天之灵。”吴实唉声叹气，沉吟半晌，又嘱叔文道：“郡丞之死，你可是千万不要告诉粉儿！”

叔文的心在战栗，回吴实道：“请先生放心！我会善待粉儿的。”

夜半，吴实邀叔文一道，面对绵延直通远方的青山，沉痛地祭拜了白来一番。

这天天刚亮，叔文帮先生打理了行囊，绑上马，粉儿亦准备完毕。

翻过前面这座不高的青山，再赶一天路，就到寿春了。三人好高兴，沿着一条近乎荒芜的崎岖山径，走了老半天，上得山顶，只见漫山绿树如盖，林下幽深空旷，和风徐徐涌来，一派平和气象。吴实顿觉神清气爽，不由得停下了脚步。他笑对叔文和粉儿道："此地好一歇脚处，我们吃过干粮，歇息一番再下山。"

粉儿一听义父言，早把米粑和盛水葫芦，笑盈盈地送到吴实手上道："义父慢用。"

粉儿看似大家闺秀，却做事麻利，待人知冷知热，贴心贴肺。几天相处，见叔文与她情投意合，吴实如释重负，不再为她的前程担忧了。

昨夜，客栈主东告诉叔文，楚都迁寿春后，一些家养大型宠物的朝廷功勋贵族，一时难以觅得兽舍，就把黑老虎、红熊、白狼等珍稀凶猛野兽，就近丢在此山中了。山中凭地添了不少嘴巴，一时食物匮乏，猛兽祸害了十多路人后，从此山经过的人骤然少了。叔文以为主东在吓唬他，就未将此情告诉先生和粉儿。现在，他暗暗震惊了。可不是吗，一路上草木荒芜，少有人迹，不闻鸟鸣，未见鼠兔，只有阴风惨寂之感。叔文心里哽哽塞塞，却一直未敢给先生道明。他一边把马系在一棵树上，一边习惯地使劲嗅着四面来风。

突然，大狼狗丢下米粑，夹着尾巴冲到叔文身边，浑身瑟缩，口里嗡唧个不停，咬着他的裤管直往山下拖。

这时，叔文亦闻到一股浓烈血腥风，从西边急急吹来。叔文一怵，三人若要离去，显然是来不及了。

吴实餐毕，喝了水，正在摇头晃脑吟哦山景，突见叔文从马背上的行囊里，拔出两把青铜剑，几步蹿到他和粉儿身边立定，不禁一愣，叔文在干什么？

其实，柔弱纤瘦的粉儿也似意识到了什么，她突然像个勇猛的斗士，麻利地从马鞍袋里，迅速拿出一把青铜弹弓，又摸出几颗磨得滚圆、鸡蛋大小的黑石子，三两步跨到义父和叔文前挺立，杏眼圆瞪。她以不容争辩的口气，坚定地吩咐叔文道："义父不能没有大哥，我来对付这猛兽。"

"义妹别逞能了，快退后，保护先生要紧！"叔文高声厉喝，一手把粉儿拉到吴实身边。他昂首挺胸，摆开一副搏斗架势，复站到了二人前头。

吴实四周一望，并无任何动静，不知二人为何所为，丈二和尚摸不着头脑了。他抚着额头，漫不经心地问二人道："你们这是演的哪出戏？"

叔文无事般答："先生别急，没事。"

粉儿捏紧义父的手，从容一笑。

正在此时，一股怪风从西边幽林中猛刮而出，相伴着飞沙走石，烟尘弥漫。几乎是同时，吴实身后的大树上，一个花衣影子，灵动地穿越数棵大树浓密的树冠，轻飘飘地几乎不见枝丫作响，若隐若现地直往西边去了。

叔文仰头一瞥，不禁眉头紧皱，心一顿，莫非是……

粉儿早将利刃捏在右手，左手紧抓了弹弓。

"嗷呜！"随着一声令人丧魂失魄的虎啸，一只黑色猛虎，蹿出幽林，枯枝败叶踩得嚓嚓直响，血盆大嘴中，两只长而大的獠牙，闪着森森白光。

吴实一见大骇，顿时浑身泛起一层鸡皮疙瘩来。

"粉儿护紧先生！"眼望越来越近的老虎，叔文头也未回吩咐过，就挥起两把青铜剑，大吼一声，流星般直面老虎冲了上去。

"汪"的一声犬吠，大狼狗浑身黑毛根根竖起，紧跟上了叔文。

粉儿急得直跳脚。她本想上前助义兄除了大虫，但怎能丢得下无人照顾的义父，若有不测怎么办？她只得大喊着叮嘱叔文道："大哥小心，小心啊！"

老虎或许是饿急了，或许是对对手不屑一顾，一步也未犹豫，疯了般只管朝三人恶狠狠扑来。

正在这节骨眼上，只见树上的绿荫里，"唰"地泻下一片白光来，白光忽闪忽闪，在老虎前后左右上下乱飞，织成了一张锃亮的光网，看得人眼花缭乱。

"真的是他！"叔文骤然大喜！

"嗷呜！"老虎面对身边乱晃的白光，戛然止步，双眼四顾，却不甘心地又大吼了一声，山岳震动！

粉儿抓住时机，利刃入鞘，跨前数步，趁机举起弹弓，"嘣"地一颗黑石子飞出去了，紧接着，又是第二颗、第三颗……

随着两声哀嚎，老虎脸面上、眼窝里，顿时迸出一片鲜血来，刹那间就染红了那张凶残的脸。受伤的老虎又是一声哀嚎，无可奈何地掉头跑得无影无踪了。

原来，少小无有玩伴的粉儿，喜欢玩山里各种颜色的石子，父亲给她做了个弹弓，教得她指哪打哪，练得百发百中。今天派上用场了。

眼见老虎离去，吴实舒了一口长气，少顷，又眼望粉儿连连称赞道："义女真行，弹弓玩得出神入化，感谢你救了义父的命哟！"

粉儿收起器具，脸庞绯红，抿嘴笑过，满是心喜道："天佑义父，寿年千秋。义女是伴福沾恩，才消得这浮云淡雾的过眼灾难呢！"

吴实乐得哈哈大笑。

叔文抓片树叶，摁进嘴里，一声呼哨尖厉响过。他又朝着树冠的浓荫里大喊："你个'猴精'，若还不快下树来，见过先生，我们可是要把你丢在这山里喂老虎了。噢！"

"红鼻子，那女子是谁？我穿着这倒霉衣裳，怎么见得生人？"浓密的树冠里，一个声音怯声怯气地反问叔文道。

"是呀！义妹可是大家闺秀，最看不起你这种不男不女的生性丑陋之人。"叔文刁钻地回过话，捡起从树上掉下、散发白光止住了老虎的青铜解腕刀，转身就要离去。哪知，刚走了没几步，树上飘下一股风，手中刀早从叔文背后被夺走了。叫"猴精"的人弓腰曲背，躲躲闪闪跟在叔文身后。

吴实早认出了"猴精"，喜得大叫："季左，你怎么来这里了？"

缩手缩脚的季左偷偷瞥了粉儿一眼，浑身一颤，四尺长的身躯，在花衣里瑟缩得越矮越小了，羞怯让一副猴脸变得更加难看，好不窘迫。当他抬袖擦着额头上的冷汗时，一眼看见手中的解腕刀，忽然来了话题。他忙举刀晃了几晃，不无自豪地道："若是弟子有五把刀，先生今天就有虎肉吃了。"他又白了叔文一眼，讥嘲道："若是今天我不在场，此时，叔文肯定躺在老虎肚子里睡大觉呢！"

"若不是义妹打伤老虎，你有什么本事？尽会吹牛皮。"叔文不知粉儿还有这种本事，借机称赞粉儿，讥讽季左。

听到叔文的夸奖，粉儿心一跳，脸一红，头一低，抿嘴暗暗直乐。

未待季左回击叔文，吴实又边笑边问季左道："你怎么穿了个花袄，莫非是在哪个巫戏班里饰角色？"

"嘿嘿……我道出了真情，请先生不要责怪我噢！"季左满面通红地一笑，道出一段让人啼笑皆非的经历来。

第六回　门生山野道奇异　众臣朝堂辱奏章

季左在天岳学馆抽得二阄，身上一个布钱也没有。他立即去追叔文，想跟着混饭吃。哪知追了两天，怎么也不见叔文的影子。季左饥肠辘辘，只得在一菜地里，偷挖了一堆冻萝卜，好歹吃了个饱。第三天，他心急地忘了问路，错了半天程，又折回了老地方。

这晚夜半，季左在一大山脚下的村庄里找寻吃食，窥得一屠坊里堆满了各种野兽肉，就悄悄地爬上去。好不容易寻得几个屠夫在宰杀一头活野猪的机会，他瞄着后门内的一个大包，赶忙拖出了门，复偷了一把解腕刀溜了。哪知，那包里装的全是各种野兽臭肉。慌乱里，他哪有心思辨别好坏。几天里，他只得拿衣服捂住鼻子大吃臭肉，整天呼出的气也是臭臭的。他估摸着该是要见到先生的时候了，就把臭肉丢了。未料，没有见到先生，反倒又断粮了。

这天夜里，季左又摸进一村庄偷食，见一大户人家张灯结彩办婚事，他心中一喜，便躲进了后门外的一大柴堆里。许久过去，好不容易待到屋内吆五喝六的酒令声小了，他才摸到了后院灶房外。

季左正在思忖怎样进得灶房，突然“汪”的一声犬吠，一条恶狗猛扑了上来。季左忙向恶狗打了几个驯狗的手势，狗摇了摇尾巴，不声不响地走开了。

季左忙扒在门缝朝里一望，两嘴角突地涎水直流。灶房案板上，满是切好的大块熟肉。这时，前屋一些零星行酒令又传入季左耳鼓。他再也等不得了，手中刀尖早拨开了门闩。他一边大坨大坨往嘴里塞肉，一边轻手蹑脚四处搜寻包袱皮。寻不着包袱皮的当儿，他一把脱下棉袄，包了老大一包肉，蹿出灶房，进了后院。

“咚！咚！咚！”突然一阵急促的脚步声，从另一后门也入了后院。忙乱里，季左一头闯进了一间门口亮着昏黄烛光的矮屋里。一股臭味冲进鼻腔，他一看是茅厕，正准备出门，门外早响起了一男声问：“要我陪你进去吗？”

一女声羞答答道：“不了，你在门口候着吧！”

季左忙转身一蹦，轻轻地落到了墙下的一处黑暗里，用手一摸，这里是个农家拌屎尿沤肥的灰窖，身边有口高出地面尺多的大缸。他身子一缩，躲在了缸侧的阴影里，刚朝门口一望，顿时傻了眼！

随着一阵清香飘来，新娘子进了门，急步迈上粪缸，忙不迭褪了裤子蹲下去。季左一望，那屁股又大又白又圆，他还未回过神来，“哗哗哗”地一泡急促的尿水泻下，随之而来的是雾雨直往季左头上脸上乱飞……

众人“嘻嘻”暗笑个不停。叔文拍起巴掌笑得老响。

季左瞥了一眼捂嘴低头暗笑、转过身去的粉儿，“哼哼”两声，忙不失时机地挖苦叔文道：“若是叔文在那里，他肯定要抬手摸那白屁股了！”

“先生哪，后来我就更糟了。”好个季左，一把拉进先生，堵住了正想还击他的叔文的嘴，又接着讲起来。

出得院外，季左在野外找了个大草堆，掏了个深深的洞，钻进去了，嚼着偷来的冷肉，填饱了肚子，就迷迷糊糊睡着了。梦中，他追上了先生，天天好酒好肉……突然，一股臭气把他熏醒了，他往身边一摸，棉袄肉包早没了。他急急忙忙爬出草洞，手在洞口抓了一手狗粪。四野茫茫，不见任何动静，倒是北风呼啸，冻得他浑身发抖。他在野外一水沟里砸开冰，洗了手，就狂奔起来。噢！前头有个村庄了。

季左急忙溜进庄里，在一窗下听得有梦呓声，他探头往里一瞧，隐隐看见床边木椅上，搭放着睡者脱下的衣服。他轻手轻脚操起场上的晒衣竿，从床边钓出了一件棉袄，赶紧穿在身上。他又从一大户的马厩里，偷得一头驴子，连夜上了路。天明一看，身上穿的是这花袄，怎么行得路？他赶忙撕下一大块棉袄里的花布，严严实实包了头脸，扮了个走娘家的小媳妇，赶着驴子，一天赶出两天路。昨晚，才赶上了先生……

“你这个满头尿臭的贼，快把夹裤脱给我！”叔文突然打断季左的话，手指季左穿的大长裤子叫起来。

众人一瞧季左，只见他单薄矮小的身体上，穿着一条又大又长的夹裤，长裤管翻过来，又套到了大腿上，用藤蔓缠得铁紧。

"嘿嘿！你躲我害我，我也要让你尝尝卖冻肉的味道。"原来昨晚，叔文睡下后，季左正赶上来了。他顺手牵羊，从窗外偷走了叔文的外裤，又想偷上衣，叔文未脱。

"昨晚你住在哪里？"吴实凝视季左，担心地问。

季左回先生道，昨晚，他摸到一户人家偷吃的，听见这家人在议论，前面山里有黑老虎、红熊等猛兽作祟。他猜想先生不会避路，就先行来到山顶，在大树上打了一夜盹，果然等来了先生。季左像突然想起了什么，手指叔文大叫："你整天喝酒吃肉，我可是又饿两天了！"

"你怎么不早说呢？快把包里的熟鸡蛋给季左。"吴实一副心疼模样，赶紧吩咐叔文道。

叔文紧按腰巾上的小布袋，脸孔严峻地一转身，断然拒绝道："这是给先生备下充饥的，任何人也别想吃。"

"是的是的，我不吃。"季左边笑边答，布袋早攥在了他手上。他抓起鸡蛋放进嘴里，连皮带壳，嚼得吱吱直响，转眼就将十个鸡蛋吃了个精光。

"啊！我的驴子。"众人又要上路了。季左急步跑向昨晚系驴子的树下，只见到半截绳索一摊血……

离寿春越来越近了，吴实既紧张又高兴。他再次把向楚王的应对启奏，在心里默述了一遍，越来越觉得踏实了，才放下心来。其实，吴实哪里知道，奏章在朝廷上下引起的轩然大波，此时正在众大臣官吏中，明里暗里翻滚个不停……

多时以来，楚朝廷官吏中，流传一句习惯语："若要飞上天，奏折战功先。"一份好奏折，不流汗不洒血，可当相国，一人之下，万人之上。更是征战沙场、九死一生、立下赫赫战功的武将，一生也难以争得的荣耀和地位。大臣们都知道，多年里，楚王还从未有过如此看重吴实奏章的先例。楚王不仅要召见那个"山野匹夫"，亲听时局对策，还将奏章御批抄送昭、屈、景三大公族和各大衙门，要求朝臣细读，认真思考，准备廷议。

昭、屈、景三大公族的功勋重臣们览过奏章，噤若寒蝉，心中暗骂吴实，小子乳臭未干，就想抢夺老爷们的权力，削弱我氏族利益，若是这小子被楚王委了重任，那还了得，封地几尽削了，权力几尽没了，军队几尽交了。今后的日子怎么过？

各府第也是一片哗然。众官吏读了奏章，心生妒忌大骂道："这个山野匹夫嘴巴伸进了朝廷，我们都是吃干饭的？”

数天里，大臣和吏员们三人一团、五个一伙，私下里纷纷谋划，要合力阻止吴实，绝不能让他踏进朝廷门，不能让楚王见那野小子，更不能让奏章在朝廷得以实施。还有人在图谋，干脆把吴实这山野匹夫除了，去了祸根，一了百了。

各方势力准备的廷议，都是如何诋毁奏章及吴实。尤其是合纵攻秦失败、饱受指责的相国春申君，生怕吴实取代了自己的位置，日急夜愁。他派出心腹，了解各方态度后，心中不免暗喜。

众臣反对之声不绝，唯有帅府例外，奏章读得武将们眉开眼笑，大呼“楚国有望，拿酒来！”个个喝得东倒西歪，还在一个劲地唤酒。

这天，楚王临朝，百官拜罢。殿头官刚喊了声“奏议吴实奏章”，立即就有一昭氏大臣出班奏曰：“微臣遵旨览读奏章，尽觉云天雾地，不知所云。这个山野匹夫，可谓别出心裁，出些馊主意，不值一议。伏乞我王圣鉴。”

昭臣刚刚言毕，一景氏大夫迫不及待闪班进奏：“微臣认为，吴实奏章是处心积虑，想乱纲乱纪乱朝政，动摇国之根基，祸害天下百姓，伏乞陛下明察。”

又一白须项氏老臣，慢条斯理踱出，直言不讳曰：“微臣识得，若是吴实阴谋诡计得逞，吾等大臣，就做了强秦帮凶，成了朝廷罪臣。伏乞圣主，将吴实速交刑府彻查，立斩祸国者，事不宜迟！”

更有那三朝靳氏老文臣，须发雪白，手握朝笏，声音沙哑，气喘吁吁念奏：“微臣细览奏章，吴实想仿效秦国先时商鞅变法。但此‘五策六政’不同了，离秦、楚两国之现实，有着天壤之别，真乃水火难容也……”

资历尚浅的帅府屈柱国，早听得怒目圆瞪，他怎么也未意识到，文臣们对奏章竟是如此不屑，妄加指责，抛若弃履。待重臣们说过，他忙出列奏曰：“微臣认为，奏章乃强楚抗秦之灵丹妙药。国难当头，强敌压境，楚国若再不思新策，改除旧制，国力军力何盛，强秦何抗？楚军将士如大旱以盼云霓，铁腕实施奏章。微臣伏乞吾王明鉴！”

柱国说着说着，扑通跪地，头叩地面，声泪俱下。

帅府副将和几个老武将，早被保国抗秦的重责压得喘不过气来了。他们个个按捺不住情绪，齐声附议柱国，力挺奏章，直奏得面红耳赤，长须直抖。

昭、景、项、靳四大公族和众多文臣，个个反对实施奏章，虽然几个武将说得在理，但势单力薄，怎能扭转廷议大势？楚王眉头紧结，天颜难展。

他只得无奈地手一挥："下次再议！"

廷议早散了，可怜一班武将们还匍匐丹墀下，痛心疾首，高声大呼，久久不起。乞请楚王定夺，早日实施"五策六政"，拯救楚国。

回到内宫，楚王又气又恨。当初合纵军败，众臣迁怒春申君，严办之声极高。而春申君黄歇是有大功于朝廷的呀！黄歇为多年无后的楚王献上了倾国倾城的齐国美女李嫣。嫣产下一子，如今又有新孕。若无黄歇，他身后就无嗣了，如此盖世功臣，他能不保吗？楚王也确实为难，每每他捧着丢了西北老大一块土地的楚国舆图，被痛心与愤怒逼得热泪滚滚时，李嫣几个媚眼，王儿往怀里一滚，就消融了他的忧愁。一背李嫣面，楚王就又想起了自己丢失的先祖血沃土地，该如何将它夺回，对策在哪里？可如今，对策就在眼前，怎么却尽是如此的诋毁之声？

楚王心知肚明，楚国迫在眉睫的大事是，尽快改变强秦弱楚态势，扭转当下危局，进而强大楚国。否则，他就要沦为千古遗恨的败家子。而吴实的奏章，曾读得他双眼一亮，身心大悦，眼前升起了漫天霞光，这正是他在苦苦寻找的良策，楚国不改变旧制，何来兴盛？哪知，廷议却将他的希望一扫而光。怎么就只有武将们竭力附议，却得不到众文臣的拥护呢？他唉声叹气，脑中一团乱麻，不知怎么办好了。

一天又一天，时间如流水。前方告急，帅府连奏，要兵员、要吃食、要刀具器械。封地贵族的兵马如何调出，国库空空的现状如何扭转？楚王眼光呆滞，苍老的脸面拉得老长，堆满了愁云，唯有以酒浇愁。当李嫣凑上大肚子，牵着他的手去抚摩时，才给他一种解脱的些许快意，回到现实，快意便立即烟消云散了。

恰在此时，谒者奏报楚王："吴实到寿郢了。"

廷议关难过，诏者又逼到眼前。楚王一阵犹豫后，快快地吩咐道："暂不见！"

谒者回话左徒，吴实被安排在郊外邮驿寄住。

吴实一行人刚住下，老司邮就笑容满面地来了，规定他们不准出驿门，不准会客，不准与邮驿内任何人交谈，不准往外寄信。临别，司邮又补充道："你们是贵客，上头令我们精心照顾。"

两个兵勇日夜守在住房附近，"精心照顾"让吴实一众人半点不准违规，否则，准要受到兵勇呵斥。

叔文和季左虽然十分不满，却不愿去刺激先生，只得强忍了，他们和粉儿一道，一心扑进先生带来的简书里。

在粉儿的记忆里，这是她第一次出大山，直面人间。她曾数次设想逛都城的情景，如今，却被困在这冷僻的邮驿，寸步难行。但为了义父的大业，她总是装出一副十分满意的神情。

吴实亦强装笑颜，心里却结了个大疙瘩。当他犹自猜测，莫非是楚王有变，但又立即否定了，君无戏言呀！

"咣当"一声响，关闭的后窗突地被撞开了。正在灯下看书的吴实猛地抬起头，不见人影。他以为是风吹所致，忙起身掩窗。隔壁的叔文与季左早进了门。两个兵勇也冲进来了。

叔文见一只猫头鹰扑棱着翅膀掉落地上。未待兵勇动手，他迅急抱起猫头鹰，忽然感觉手上触到了一个硬件，解下一看是支竹简，忙递给先生。吴实就着灯光一看，上面写着"提防黑手"！

诧异里，吴实轻松一笑道："我哪有时间博彩？"随手一丢竹简，骗过了众人。兵勇走了。

这时，猫头鹰眼望窗户直点头。季左会意，刚开窗，猫头鹰就一声不响地飞走了。

叔文偷偷捡起竹简，回到与季左合住的房间。看了竹简，联想到进寿春的处境，二人脸色越来越严峻，先生在危险中，危险可能随时降临。但他们哪敢向吴实道明，只得暗暗提防，时刻准备应对不测。

这天，几大衙门细作探得一惊人消息，吴实的奏章已出现在了秦、赵、燕、韩、魏、齐等六国诸侯王的案头上。一时间，消息在大臣大吏和各大衙门中传得沸沸扬扬。

昭、屈、景三大氏族鸱鸮亦得消息。三大文臣争先恐后，将探报奏禀楚王，唯恐抢不到头功。

大火里撒了一把盐，朝堂又炸开了锅。众文臣像抓到了铁证般叫叫嚷嚷："吴实胆子真大，又把奏章奏给敌国了！""这个山野匹夫，究竟是哪国的奸细？""吴实是为楚国谋前程，还是伙同敌国，给楚国下套……"

廷议被大臣们生生转换了话题。他们愤怒至极，纷纷奏乞楚王，要求钦定郎尹细查、严查、重办奸贼吴实，决不宽恕。否则，对楚国将是后患无穷！

楚王脸面铁青，一言未发拂袖而去。

第七回　羁邮驿先生迷惘　冷内宫楚王心碎

“奸贼！究竟谁是奸贼？”回到上书房，楚王一屁股坐在红木椅上。他对奸贼早就恨入骨髓。奏章是吴实寄给敌国的，还是宫内或哪个衙门里的奸贼，向敌国出卖情报的？

过去，朝廷曾多次发生过重大泄密事件，特别是帅府策划的西北抗秦战，如果不是内奸走漏消息，哪有楚军节节失利，给国家造成巨大损失的？楚王曾严令郎尹彻查，却始终查无结果，没有抓到一个内奸。如今，大家都说吴实是内奸，可吴实并未涉足官场且并不知晓朝廷秘密呀？肯定是早已潜藏在朝廷衙门里的内奸，想利用吴实来转移视线，保下他们。楚王最痛恨的就是内奸，或许他们从未停止过行动，不知又向敌国出卖了什么重要情报，尤其是军情！

楚王恨得牙齿咬得咯咯响。许久，他又想起了吴实。他相信吴实不是内奸，而是可用之才。可是如今吴实被大臣们说得一无是处，而朝野又都知晓他颁召见吴实，一旦处置不当，定会冷了天下文人学士之心；还有堵塞言路之嫌；更有自己金口玉言的尊严放到哪里去，又如何向天下人交代？

“吴实还在邮驿吗？”楚王愁眉不展，问询中射。

中射回奏：“禀陛下，吴实还在邮驿待着，等候召见。”

“唉……”楚王叹了一口气，见又见不得，见了如何答复朝野？放又放不得，放了如何回应天下？

六神无主里，楚王极不耐烦地手一挥：“你去传……”不知是有意无意还是他意，楚王突然丧气地中断了后面的话语。

跟随楚王多年的中射，得到一句摸不着头脑的谕示，又不敢细问愁苦在脸的楚王，只得怏怏退出，思索许久，就把自己的理解，懵懵懂懂地传去了邮驿。

“搬行囊！”这天，不得中射传御旨要领的老司邮正在不知所措，急得脸面绷得铁紧时，却接到了帅府的明令。他立即派了两个驿卒，来到吴实住处，进门就大嚷。

吴实和门生们及粉儿正在读书，听了莫不发愣。楚王要见先生了，不应该是驿卒来告之呀？如果不是，又要大家去哪里？驿卒的态度可是不善的呀？

驿卒见吴实他们一动未动，又一字一顿催促道：“搬——行——囊！快！”说完，两个驿卒脸一拉，就要动手了。

“先生是文人学士，朝廷请来的客人，你们怎能这样对待他？”叔文与季左一蹦上前，忍气吞声责问两个驿卒。

正在这时，一个下层军官大步走上前来，瞪了一眼叔文等人，抬手一指，轻蔑地讥讽道：“你们这些文人学士，只会放狗屁，骗酒食。你们有本事就像吴实一样，谋国是，写奏章，帮国家和军队说点实在话，献点良计妙策嘛！”

“啊！”吴实虽然挨了一顿臭骂，却喜得骤然大乐。多天来，这是他第一次听到有关奏章下落的消息。他忙抓住机会，向军官手一拱，兴奋地道：“兄弟辛苦！在下想，既然奏章对楚国楚军双双利好，朝廷为什么不按奏章实施呢？”

眼望一团和气，且关心楚军的学士，军官态度明显变了。少顷，他脸面又陡地生出几分怒气，却慎言细语地回吴实道：“那些只顾往自家进财宝的大臣们，能赞成实施吴实奏章，丢却权力和颜面吗？我们都在担心，他们准不会放过吴实，说不定，早晚还要派杀手暗暗除了吴实呢！只可惜，我们不知吴实在哪里？楚国无福啊！”

军官愤怒说完，紧接着又是一愣，忙掩盖失言对吴实笑道：“这是我瞎诌的。请先生切莫外传。”军官转身手一指，两个守了吴实近月的兵勇，随他往邮驿外去了。

叔文和季左正要去追军官，细问奏章详情，却被吴实伸手拦下了。

毋容分说，两个驿卒要动手搬行囊了。十分开心的吴实嘴一努。叔文、季左和粉儿会意，赶忙转脸微笑，热情地对驿卒道：“我们来！”大家迅速搬起了行囊。

驿卒把吴实一行，带到驿舍一个偏僻的角落住下了。这里阴暗潮湿，霉气刺鼻，吴实一众人活动地方更小了。当天，吃的是咸腌菜和黑窝窝头。吴实看出，弟子脸上都有漶色，他该怎么扭转大家的情绪？

其实，叔文与季左是亦喜亦忧的。虽然楚王还未见先生，但奏章能得到一个下层军官的赞誉，说明奏章已在朝野广泛传开，且反响犹大，那就宽心耐烦等吧！他们着急的是，军官说“有人要暗杀先生”的话，联想到猫头鹰传讯，说明大臣们围绕奏章，争斗异常激烈，让楚王拿不定主意。如果赞成方赢了，先生将有大担当；如果反对方赢了，先生必有大凶险。

二人一番商量，不管结局如何，他们都应该守着先生。那就以静制动，静观其变吧！

吴实则在思索眼前处境，即便“有危险”，这些也都该他来担承呀，怎么能搭上门生和义女？想到此，他以不容商量的口气，果断地吩咐两个门生道：“你们把粉儿带上，一道回老家去。”

听了吴实坚定的话语，叔文、季左嘿嘿两声笑，一脸轻松道：“既来之，则安之。我们理应与先生在一起，有难同当，有福同享。”

叔文朝粉儿眼一眨。心有灵犀的粉儿忙笑盈盈地拉住吴实的手，恳求道：“义父，我在山里待了十几年，这里与石洞相比，真是活在天堂里了。你可别把义女又赶回石洞去啊！再说，受得苦中苦，方为人上人。我们都年轻，什么苦难都可承受。以后，还要助义父办大事呢！”

“办大事！”吴实心一喜。他知道，门生和义女并不仅仅是为了摆脱眼前窘迫，而是要和他共担危难。他感动不已。他有了前程，一定要让弟子人尽其才，担当重任。

其实，吴实内心深处还有一喜。数天来，他看出了，叔文与粉儿互唱互随。若是他们真心相爱了，他就让二人在寿郢成婚。这可是他向白来许了诺的！

夜，烛火如豆，火苗摇曳不定。吴实浓眉紧锁，在屋里踱来踱去。他体会着上天不测的个中滋味，更忧心奏章的命运。邮驿对他步步冷落，说明奏章在不断地被众大臣否定，让楚王举棋不定。

想到此，吴实的心又是一阵战栗。莫非此来真的被井神先生“时不时”言中？苦闷良久，他心里又犯嘀咕了，从那军官话语里听出，楚军是拥护奏章的。而众大臣和楚王，就甘心丢下日益衰败的楚国，任由其走向灭亡吗？不会，绝不会！俗话说，好事多磨，人间的哪一场变革，不是夹杂着一番激烈的争斗？没有争斗，就辨不明真理。想到此，吴实仿佛眼前又腾起无限希望，更加坚定了他等待的信心。

第二天清晨，大狼狗衔来了两只野兔，众人欢喜。从此，大狼狗懂事一般，不时叼个黄鼠狼、小麂子、小野猪来，为守在这偏僻角落的人们送上欢笑。

这天早饭后，吴实正在给门生和义女授课，只见老司邮慌慌张张冲进门来，手里拿着两把尖刀，满脸严肃地递给叔文，又提醒吴实和门生道："你们可要注意呢，若是先生没搬离原住房，昨晚，就被人刺死在床上了。是哪个仇人追到这里来了？你们细细看看这刀，有了线索就告之我。"

这是两把六寸长的锋利好刀，叔文与季左仔细看过，刀上却没有任何文字或标识。

叔文与季左胸涌波澜，是谁情报如此准确，催促搬家，让先生避过了危险，是有意还是巧合，二人怎么也究不出结果。

眼望利刃，吴实粲然一笑，以不屑一顾的神情轻松道："先生命大，不是没事嘛，继续授课。"

吴实早已在天岳学馆给弟子们讲过《百子》，现在，又给两个弟子和粉儿授杂家。杂家言论引得大家争论个不休。冷寂角落又像天岳学馆一样，有了勃勃生机。课余，大家又加上围棋，小小的世界里，舒心而充实……

俗言道，官有十条路，九条人不知。纵然满腹诗书，吴实哪里知道，楚王至今不见他的真实原因。此时，人们不知道的是，一手遮天的楚王，却在夹缝里进退两难。

这天，廷议的结果，又让楚王再次失望。面对众多大臣的反对之声，他气得满脸红紫，胡须直翘，大瞪凶眼，手中镇山河拍得条案咚咚直响，甚至梁上也掉下尘灰来了。

殿头官一见，适时地大喊了一声"退——朝"。

楚王气呼呼地回到上书房，又遇难事四逼。案头上，帅府征集军士、操练雄兵、添置器械、打造设备、要塞垒城、关隘布防的奏折；户部数地洪灾风灾、难民亟须救助，河流亟须治理的巨大开销呈文；几处饥民造反，引发内乱，大有扩张之势的郡守禀报……这老大一堆急奏，件件都是关系社稷存亡的大事，如同救火排洪般在等待御批。可是，积重难返的窘境，捉襟见肘的国库，依然故我。他拿什么来解决这众多的需求？

楚王又一次感觉自己坐在一个火堆上。国家处于万分危难时刻，而那些终日把“忠心耿耿，肝脑涂地报效朝廷”挂在嘴上的氏族大臣们，非但献不出良谋妙计，哪个不是遇事把一氏一己之利，首先放在心上称量？哪个不是大事大斗、小事小争？哪个不是依然声色犬马，乐得逍遥？又有哪个是真心实意为朝廷排忧解难？

本来，楚王心中明白，这次迁都，绝对是他的治策失败之举。迁都后，他也曾雄心勃勃，励精图治，想重整旗鼓大干一番事业，改变楚国日益衰败的困境，改变自己在天下人眼中，以及将来在楚国历史上的庸君形象。他也曾用心寻找大才，寻找治国良策。而恰恰吴实的奏章，让他眼界大开。他欣然决定召见吴实，一旦吴实有真才实学，就果断而大胆地起用吴实，按“五策六政”施行，痛除弊端，养精蓄武，一扫国之颓势，中兴楚国，积攒各方力量，重拳抗击强秦。可有谁理解和支持他？

楚王十分痛恨那些自恃功高，满头白发的重臣。偏偏是他们倚老卖老，逼着他固守老路。可是，残酷的现实证明，老规制是不可能兴盛楚国、战胜强秦、收复在他手上丢失的国土和城池的呀。长此下去，甚至还会国将不国了！

每每想到此，楚王的心就像被刀尖在扎一般疼痛。他也曾多次暗下决心，在朝臣的重重阻挡里，杀开一条血路，用哪个大臣的头颅，来祭奠他的新政。但廷议时，反对叫嚣声最高的，偏偏是分别支撑朝廷一角的昭、景等族的功勋重臣。不仅杀不得、撤不得，还惹不起。即使伤了一人，朝廷也会垮了一角，又乱了几个衙门，甚至内讧，从上至下散去一氏族人的心。再说，这朝廷里的官吏可是千万不能乱哪，有人瓜准有长藤，还定有一人把长根，四通八达扎到地下。稍一忽略，甚至全国就难收场了！

楚王又联想到民间。在寿郢，他曾微服私访，百姓对迁都之事，可谓民怨鼎沸，反对声浪高涨，人心早已离散。若是那日百姓认出了他，唾沫都可将他淹死！他慌忙离开了。如果朝廷依然故我，没有一个振奋民心的大良策，或是大举措，改善他们的心情和生活，怎么能提振已经丧失的民心？

楚王老泪迷糊。他的主张走不出朝堂，而这些衙门急奏，则像洪水一般汹涌而来，一个个如千钧重锤，砸得他喘不过气、抬不起手。但他不能置之不理呀?！这下步该怎么走……

楚王六神无主，不敢多想。倏忽，他双拳在头上乱打，撕心裂肺大怨：

“寡人怎么就如此不走运啊?”

少时，谒者来报：“屈左史求见。”

“什么，屈左史?”楚王一阵沉思，突地眼一眨，多天里愁苦的脸色渐渐一开。

楚王虽然仅见过屈左史两次，却留下了深刻的印象。左史三十刚出头，个头高大，气宇轩昂，浓眉下，一双灵动的大眼炯炯有神，彰显出卓越的胆识和见地。左史还是帅府的高层谋士。是呀！他早就应该听听这批年轻的少壮派对吴实奏章的见解。况且，他们都是楚国的未来，看问题的角度，肯定与那些老朽们不同。自己怎么就疏忽了，对！说不定，他还可利用这批生气勃勃的年轻俊杰，杀出老臣们为他设置的重围呢?!

楚王一喜，连忙吩咐谒者道：“快快传见。”

第八回　寻机左史纾愁心　聊奈先生遭横祸

候在宫外的左史屈化，因为官小位卑，难得一见楚王。尤其是独自晋谒，楚王不一定见他。再说，这一见足可谓祸福同系。在楚王印象中的好坏，说不定就决定了他终身的前程和命运。

屈化的父亲是个功勋卓著的武将，战死疆场后，屈到帅府供职。十数年里，他因未读兵书，没有智谋出主意，又没武功上战场，三年一步还是个“左史”。他对有职无权的左史早就厌倦极了，做梦也在渴盼得到晋升、抓到军队实权的机会。可偏偏拔擢升迁之机却不眷顾于他。他也时常痛恨自己不能谋划战事，干脆整日不声不响。赋闲的日子，他倒是看了不少“好戏”。

楚军每每与秦军交战败北，武将们有的暗暗洒泪，有的沮丧无言，有的拍桌打椅，乱摔器物，更多的是大发雷霆，乱叫乱骂。

有一个武将的牢骚话让左史牢记在心：“国人啊，你们不要老是闭着眼睛，埋怨楚军无能，只会打败仗。你们去看看，楚军究竟是怎样的一群人？他们从贵族封地调来，本就不是精锐之师，且武器陈旧，物资匮乏，将士老少不齐，衣着褴褛，甚至吃食都不足，面呈菜色，训练都没劲力，如何与强秦抗衡，保卫楚国?!”

帅府将楚军现状三番五次上书楚王，却不见一个御批。武将们听到“秦军”二字，就个个焦心如焚。

今春，屈左史又见到了另一番情景。吴实奏章抄送帅府后，帅府轰动了！吴实的强军抗秦策略，竟像一剂灵丹妙药，一下子治好了武将们的心病。大家神情大振，赞誉之声不绝。无不惊呼：“楚国楚军有希望了啊！”

帅府里几个参加廷议的重要武将更是兴致大涨，道着奏章眉飞色舞。这天，他们高高兴兴跟着柱国去了朝堂。

哪知廷议回来，武将们垂头丧气，大失所望。帅府又引发了一场震动。不少将军指名道姓，咒骂那些嗅不到战火气味，不知前线秦楚敌对两军战力悬殊的文臣们在“祸国”，“楚国必将断送在他们手里！却要楚军背黑锅。”“秦军杀来，他们手中的大权和家里的财宝，就能保住身家性命吗？”“不用吴实也就罢了，还诬他是内奸，何其歹毒，想借王手除了吴实。”“哼，说不定还要鸱鸮杀了吴实呢……”

见武将情绪大起大落，屈化骤然对吴实奏章产生了极大兴趣，隐隐感觉其中必有玄机。

左史细细研读了吴实奏章，牢牢记住了“五策六政”主张，又把武将们对奏章的评价一一默记在心头，还携礼拜访了一个参加廷议、与父亲关系特好的屈氏武将“老伯”。这位老伯直言不讳向他道出了楚王在朝堂上的言语、表情和神态。左史暗暗高兴，又摸到楚王的底细了。

屈左史又在思忖，楚王是受群臣左右对吴实召而未见的。吴实还有“内奸”之嫌，出头的日子是没有了。若是能把满腹才华的吴实捏到手上为他效力，他准能为楚军谋划出很多好方案，他的身价和前程就大不相同了，说不定还能抓到军权。

左史高兴得不行了，突然，他又想起，武将们说有人要暗杀吴实。他眼珠转了几转，赶紧去找屈柱国。

柱国五十来岁，熟读兵书，久经战事，连连晋升。是屈氏公族在朝廷的最大实权派。他掌管帅府三年，战事连连失利，让他焦头烂额，抬不起头来。柱国日思夜想，想寻找奇人奇策，改变目前楚军困局。他对吴实奏章读了又读，推崇有加，脸上有了笑容。

屈左史虔诚地拜了柱国后，把各氏大臣要派鸱鸮谋害吴实的传言，说得比亲眼所见还要真切，禀告了柱国，并提出了“要暗中保护吴实”的建言。

柱国听了心一沉。他知道，吴实奏章对他对军队是多么重要，要是楚王哪天想见吴实，没人了怎么办？他连连夸赞屈左史，说他整天不言不语，心里却亮堂着，很精明。柱国立即吩咐左史道：“你去安排屈氏鸱鸮，一定要好好保护吴实，不得有任何差池！”

屈左史怎么也未想到，柱国轻易就让他插手屈氏鸱鸮，这可是个暗中握有生杀大权的神秘机构呀。他大喜过望，连忙找来鸱鸮头领，以柱国的名义，安排他对邮驿吴实的暗中保护。这就引出了前书所说，要邮驿里的吴实们搬家，撤出帅府安排的下层军官和两个兵士之事。

左史又在苦苦思索，如何取悦楚王，答应把吴实交给他。过去，他曾听武将们私下议论，迁都后，为了稳定天下，振奋百姓，楚王不仅改寿春为“寿郢”，还大建宫殿，又怂恿心腹大臣廷议时力奏请他称帝，哪知附应者寡，让楚王极不开心。楚王心不甘，不时在后宫、在私下里，仍然自称“朕”。左史兴奋地笑了。

思索万全的屈左史，单待晋谒楚王的时机了。这天，屈左史听老伯说，吴实奏章在廷议中又搁浅了，有不少大臣旧话重提，又把吴实是“敌国内奸”翻了出来。左史的好时机来了……

屈左史听得王召，深深呼了几口气，整了整军服，平抑心情，大步进了上书房。

向楚王叩过头，山呼“万岁”后，屈左史不慌不忙起得身来，一改别人点头哈腰见王的模样，他身板挺得笔直，直面楚王启奏道：“微臣秉陛下御批，细读了吴实奏章，又精心研习了秦楚史书，深感朝廷若按‘五策六政’实施，与昔时商鞅变法兴秦，有异曲同工之妙。‘皇上’不仅可指挥楚军打败强秦，还可为进军中原打实基础。‘皇上’精心设计的宏伟蓝图，一定指日可见。‘皇上’中兴楚国，统一天下的盖世之功，定会名垂青史，让万代景仰。”

“好好好！”楚王大喜。屈左史把抗秦，特别是与统一中原的远见结合在一起，似春风暖暖地吹开了楚王紧皱的眉头。这是他在廷议中还从未听到过的，顿觉心旷神怡。尤其是听到左史的“皇上”之称，更是圣心大悦。

楚王的心又痒得不行，人也飘飘然了。如果有昭、屈、景三族一批像屈左史这样的少壮干成，忠心耿耿，助他冲破眼前的重重罗网，全力支持奏章，辅助吴实，施行富国强军抗秦的“五策六政:，不仅楚国大有希望，他还可以一统天下，创下史无前例的大业。自己就可与历史上的三皇比肩了！

楚王眉开眼笑，兴致极高地对屈左史道：“爱卿继续说！”

左史按照预设，突然话锋一转，满是严肃道：“只是奏章数处的改弊鼎新之举，莫不触犯到各氏和大臣权贵们的既得利益。那些只知爱财贪色保命的庸臣，谁能心地坦荡、真心谋国是而能不反对？天下事，国是最大。微臣时时为皇上担忧，寝食不安。”

“说得好！爱卿忧君忧民，十分难得。依爱卿之见，下步怎么走？”楚王紧盯左史道。

言中要害了！屈左史心中暗喜，但他想到，自己不宜猛进，尤其是，他也说不出下步走的具体道道来，省得困窘，暴露了自己的弱点。于是，按照设想，他又话题一转，故作吞吞吐吐道："只是……"

"说，说，爱卿一片忠心，什么话都不妨直言相奏！"楚王连连催促左史。

左史腰一挺又道："微臣认为，撇开奏章对楚国楚军的重要暂且不说，应先弄清吴实其人及奏章形成的背景。若是此人污秽不堪，无真才实学，或是别人捉刀代笔，甚至通敌为奸，蒙骗朝廷，皇上就会授人以柄了。"

"是呀！"楚王如梦方醒，深深一个怔愣。廷议时，就有数个大臣指责，吴实是他国奸细。此结不解，怎能去贸然实施嫌疑人的对策。他立即降旨屈左史曰："爱卿马上出发去下隽县，替朕将吴实底细及奏章来路，弄个清清楚楚回奏朕。"

未及左史应旨，楚王又严肃道："此事关系重大，说不定还可以顺藤摸瓜，抓到朝廷内的奸贼。爱卿的行动，要严格保密，尤其不能让别人插手，省得他们夹带私心，贻误社稷大事。"

楚王停了停，又紧盯屈左史眼光一亮，兴奋道："爱卿少年英武，定要把握一切时机，学得真知灼见，深明大道，准备将来为社稷谋宏图、出大力。"

屈左史听出了楚王的话外音，屈膝跪下，连连叩头："皇上教诲极是，微臣一定勤奋刻苦，掌握真才实学，懂大道、明大理，肝脑涂地效忠朝廷，不负皇上错爱。"

"好好好！朕需要的正是如此帅才。"楚王欣喜不已，对聪明智慧的屈左史连连赞赏。

嘻嘻！满面春风出得宫来，"帅才"之说让屈左史喜不自胜。原来，楚王也像他嫌"左史"一样，也嫌"寡人"刺耳。怪不得二人一拍即合，真乃天意。现在，他是为皇上办事了。他感觉一片光亮灿烂的前程，正在未来等待着他，甚至要名扬四海！

高兴之余，屈左史决定马上去吴实的家乡。他兴奋地默念着"吴实！吴实！"他咬紧牙关，悄悄捏紧了拳头，一副已把吴实操在了掌心的模样。

让屈左史更高兴的是，他刚回帅府，就听在邮驿保护吴实的屈氏鸱鸮报，当他以帅府的名义，要邮驿把吴实迁到下等偏僻客舍去受苦受难，为将来他救出吴实，收买人心做铺垫。哪知歪打正着，避凶保了吴实的命，这不正是神灵也在护佑他的美好前程吗……

在邮驿里，吴实过着下等人的生活。所幸，他有了等待的心理准备，情绪自然放得开。这天，他偶尔听到弟子们在悄悄议论："楚王为什么要把先生骗到都城关押起来？"

吴实听了忧心忡忡。他生怕弟子闹事，总是别出心裁地想出办法，填充时光。授课之余，他不是招呼两个弟子掰手腕，就是怂恿他们和粉儿比赛背书。书背累了，就摆出围棋，四人轮流对弈。

吴实当然没有对手，只得让粉儿三子后再动手。而粉儿的棋艺，却远在叔文、季左之上。两个弟子不是被粉儿杀得焦头烂额，就是被逼得满头大汗。粉儿递手绢给叔文擦汗，却早被季左一手抢去擦脏了。季左不服输，逼着叔文与他联手要赖欺负粉儿。叔文虽然心里不忍，却不得不从季左。季左不时偷子移位，要叔文做伪证，让粉儿下不了台。粉儿不恨季左，单恨叔文辜负了她的深情。她又不能明说，只得求救于义父。

吴实主持公道，讲了《尧造围棋，丹朱善弈》的故事。两个弟子不得不践约，输者不是蹲马步、做俯卧撑，就是背一段圣贤书。

数天对弈下来，叔文与季左把《道德经》和《论语》都背完了，又在背《孟子》了。

季左又要赖了，不时趴在地上装几声野兽叫，或作鸟儿飞，逗得吴实等人哈哈大笑。

叔文也亮出绝技，用小黄牌的材料，一会儿捏公鸡，一会儿捏飞鸟，还捏了个丑滴滴的季左。

再说，自从出现那两把凶杀刀后，叔文和季左表面平静，一到夜晚，二人就轮番睡觉，仔细倾听和搜索屋外动静。这晚，叔文红鼻子直抽搐，像嗅到了什么，感觉不对劲。二人好不容易才说服先生，将他请到了自己屋里，三人换房睡下了。

夜半，待在先生住房的叔文与季左，见窗户上一声未响，就现出一条缝来，一股白色烟雾，翻翻滚滚进了屋。

"刺客在放毒气！"季左与叔文呛得几蹦几蹿，带着大黑狼狗赶到了邮驿后。迷蒙的星光里，只见四个黑影在狂奔猛逃。

大狼狗疯狂地扑了上去，乱叫乱咬。二人迅急追起黑影来。

突然，一串火星从天而来，掉落在前面的四个黑影丛中，一股白烟冲天而起。刺鼻的味道让叔文、季左停下脚。

待到烟雾散尽，二人上前一看，四个黑衣人躺在地上，个个七窍流血，早咽了气。大狼狗躺在一边，嘴角白泡直翻，大喘粗气。

叔文与季左赶紧抱回狼狗施救，灌下一盆浓茶水。狼狗呕吐一地白水才平静了。二人好蹊跷，螳螂是谁？谁人又是黄雀？

此时，在酒肆里，屈左史招待两个鸱鸮头领，边喝酒，边聊着刚才发生在邮驿后的除凶事。他称赞二头领一番，又严厉吩咐，“切切保护好吴实”后，才放心地走了。

这天，老司邮一反常态，兴奋地来到了吴实的驿舍。他恭敬地招呼了一声“先生”，又找到叔文，神秘兮兮地问：“我再三观察，看出你先生不是一般的学人，他是干什么的？”

叔文立即警觉了。他从容地一个哈哈，试探着反问司邮道：“先生是个学士，手无缚鸡之力。你说，他能干什么？”

司邮一阵新奇，一边离开一边自言自语道：“好好好，你不说，我也猜出了几分。了不得，了不得啊！难怪有那么多的好人和坏人，都在关注他……”

从此，每天有驿卒到角落里来，把住房打扫得干干净净，通风透气除湿。饭桌上还不时添了个荤菜，时而供上了南方人喜食的米饭，节庆日子还额外加添了酒菜。

平时，老司邮不时提来一觞酒，殷勤地与吴实对饮，又有意无意地把自己听到的关于吴实奏章的消息，细细地讲给先生听。吴实虽然不插一句话，却总是认真听着。让他焦心的是，他始终没有听到一心想要了解的楚王召而不见的内情。

就在吴实危机四伏、生活大起大落、焦躁不安地等待楚王召见的日子，老家却发生了一件稀奇事。

第九回　弄玄商贾百姓恨　谋富沙府人财空

一个晴朗的日子里，吴实老家钦上里的人们，被一伙从未见过的豪华富商轰动了。

这是一支六人马队，威风八面来到了花蒲市，巨贾富商个个珠光宝气，让围观的山民们目瞪口呆，无不心生疑惑，他们莫非是从天堂下凡的仙人？

有个跑了数年山外的小贩，在指指点点卖弄见识："哼！这才是汗血宝马！""呀！那嵌在帽额上的蓝宝石就叫'猫眼'，粒粒都是天价！""哎！那戒指上镶的是钻石，价值花蒲市一条街！""那手指上戴的翡翠指套，是夷国产的！""那衣料是……是……"小贩满脸憋得通红，来不上词了。

听者个个瞠目结舌。

富商请人四处张贴告示，要在山乡采购数额巨大的各种山货。开具的品种几乎包括了山乡所有出产的农林特产品，价格更是诱得乡人垂涎欲滴。

尤其令山乡人敬佩的是，这些商人均乃饱学之士。他们大大地赞扬了山乡风情一番，又悬赏一千布钱，向地方文人学士征集描述幕阜山主峰、桓山、钦上里名胜之地的秀美风光，以及独特风土人情的骚赋诗章。

虽然富商未说他们来自何处，但山民们没有哪个不怀疑，他们莫不是老天送来山乡的救世主？山民怎么也未想到，穷乡僻壤发大财，也有这千载难逢的好机会。贫家、富户和文人学士，个个心情激动，人人都能赚大钱了！

一阵惊讶浮躁的热闹比晨露消失得还快。山乡骤然寂静，山民们咬紧了牙关，恨不得抓住这个机会，挥霍出吃奶的气力，狠狠地挣个坛满钵满。

穷苦人家老少出动，起早贪黑忙在山里，汗流浃背备办山货。

彻夜灯光把老少学子的眼睛熬得通红。他们用冷水驱出头脑中所有的字词知识储备，努力搜寻从古至今发生在山乡的奇闻逸事，用时兴的屈体，呕心沥血，雕词琢句，人人一副不挣得那千个布钱，绝不罢休的模样。

里上一些从商的小贩，特别是富豪大户，焚香烧纸，拜托菩萨，抓耳挠腮，打破脑壳想办法："怎样才能把这单大货，吃个独食，发个天红地白，富甲一方呢？"

再说沙老爷，派门客去买通胖烧瓜，在寿春路途截杀吴实却失了手，他怎么也想不通，杀人如麻的胖烧瓜，怎么就杀不了手无缚鸡之力的吴实。他和胖烧瓜曾有多次合作，从未失过手，那偏僻之地，哪里来的鸥鸮？莫非是胖烧瓜派人装扮，放了吴实，又赚他钱的？他一直心烦意乱，不仅五千布钱打了水漂，门客也反被胖烧瓜诬为"与鸥鸮勾结，装套灭了他们"的奸贼。更可恨的是胖烧瓜派人送来信，扬言不给五万布钱，为他手下疗伤，就要到官衙去告发沙府。

沙老爷急了，生怕阴谋败露坏了名声，忙又送去两万布钱，说尽好话，才息事宁人。他又派人把因刀伤致残的门客接回了沙府，治了数天，花费近千布钱，而伤势日恶。他不得不再掏五千布钱，把奄奄一息的门客，好好歹歹才送回了家。虽然了了各方事，却让他惨遭巨大损失。他对吴实更加仇恨了……

这天，沙老爷听说来了个大商队，派管家前往看了确实属实。他即刻与众门客商议到夜半，也没商量出个捷足先登、压下其他富家贩客，特别是对付吴府的好主意来。若是吴家以儿子被楚王召见的名义，去接待富商，生意就没有不成的。哪个富商不想巴结王朝人？若是吴家独吞了这笔生意，赚了大钱，那么吴府又要在经济上压下沙家了。

正在这时，闷头苦脸的沙老爷一直期待的那个声音，终于传进了耳鼓。"老爷，我去想方法，马上把富商接到府上住下。"

"好！你能把富商接进府来，我有重赏。"沙老爷眼望出主意的门客，愁眉尽展。

这门客是湘人，叫猴首，四十来岁，瘦高个，额宽脸长下巴窄，门客们都叫他"尖削脸"，五年前进了沙府。尖削脸能说会道，机灵过人，来府不久，很快就得到沙老爷赏识。尖削脸什么都好，就是少不了女色。多次偷窥沙府一漂亮的浣衣女洗澡，将此女的隐秘直言道给女方。女方害怕尖削脸四处乱说，不得不从了他。沙老爷知道浣衣女怀了孕，就婚配尖削脸，养下一儿，府里人都说此儿像沙老爷。尖削脸和其他门客不同，极少出府，钦上里少有人识得他。他出了门，大小事伸手即成。

寻上门来的富商，怎么就没有引起吴府的兴趣？沙老爷派出的家丁，暗暗盯了吴府一天一夜梢，天明回报，吴府竟未走出一个家人来，更别说与富商接头了。沙老爷纳闷得早饭也咽不下了。

却说吴实去楚都后，吴府家人极少出门。老爷生怕关心吴实的乡人问及儿子状况，无以回答丢脸面。老爷天天掰着手指算，儿子去都城四个月了，怎么不见一简家书？古言伴君如伴虎，那可是他亲眼见识了的，莫非儿子遇到了什么为难事？他寝食不安，话少了，人瘦了，白发满头，显得更加苍老，六十岁不到的人，看着像七十多岁的人。吴实的白发母亲，整日在天神地神和家神前，焚香烧纸磕头，特别是三两天就去古井边，祈祷井神先生保佑儿子平安。吴实的堂客，更是天天登上阁楼，向东北方向的寿春，膜拜那方神灵护佑郎君。一家人牵肠挂肚，心神不安，哪里还有心思去打探富商之事？

尖削脸出门不久，忽然一阵"嘚嘚"的马蹄声由远及近，六个富商客，果然来到了沙府前场上。

在门外迎候的沙老爷大喜过望，弓腰曲背迎过客人，就亲自动手为富商搬行李，跑前跑后，安排食宿，直忙得汗流浃背，大张瘪嘴直喘粗气，脸上则笑成了一朵梨花。沙老爷刚坐下，又起了身，把祖传的几件精美玉器摆设，从自己屋里搬到了客商房里。

客商被沙府待为上宾，食宿住行样样周到，山珍野味应有尽有。尖削脸应富商要求，陪他们到汨罗屈原投江处的屈庙住了一夜，祭祀了屈子，又陪客人登临幕阜山主峰，观云海日出，览千里河山。还游历桓山风光，听林海涛声，赏竹抱月影，亲历了江南秀色，打鸟捕兽，尽享山乡欢乐。

这天，陪同富商的尖削脸突然发现，老板和众客商怎么都观其一个随员的眼色行事？他暗暗一笑，立即向沙老爷要了一万布钱，说是要谈生意了。沙老爷美滋滋地给了。从此，尖削脸白天与老板虚伪周旋，晚上就到那随员屋里，精心侍候。这晚，尖削脸把自己的女人骗到随员房里，突然在外关上了门，女人虽然恨自家男人，却哪敢叫喊？否则，一家人就在沙府待不下去了。第二天天未亮，尖削脸将女人放出。尖削脸能说会道，口角春风，吹得随员心旷神怡。一连三晚，尖削脸每晚给随员奉上三千布钱。随员赞他"有眼力"。

尖削脸立即试探随员道："小的若有福分，终身侍候老爷就好了！"随员一笑，二人一阵耳语。尖削脸狂喜，又献上一块随身的祖传宝玉，纳头就拜。

这天，尖削脸想打听富商是否从都城来的，就拐弯抹角与随从说起这里有个吴实，被楚王召见，有三个弟子追去了。随从一顿，追问了三个弟子姓名，嘿嘿两笑，随口道了声"山里人名字真有趣"。

钦上里虽然是个山乡，但受吴府世祖及吴实天岳学馆影响，读书的人还真个不少。富商们来后的第六天，就征到了十多篇屈体骚赋。老板拿给了随员。随员读过，暗暗心喜，立即决定回程。

第七天早晨，客人要走了。沙老爷心情骤然沉重，尖削脸的生意谈得怎么样了，怎么不见禀报？他急匆匆赶到场上，拉住富商老板问起生意之事来。

老板眉一皱，脸现懑色，不屑一顾地反问沙老爷道："你去问猴首，早谈好了。"转而，老板又带着几分惋惜口吻，向沙老爷埋怨道："如此美丽山乡，文化穷极，征得的骚赋，篇篇狗屁不通。"

客商怎么只有五人了？沙老爷还在纳闷，富商早已打马启程，一阵旋风卷起，一众人绝尘而去。

眼望远去的烟尘，沙老爷一阵茫然。转瞬，他似突然想起了什么，转身入府，摆设在富商屋里的玉器一件也不见了。他大喊大叫"尖削脸！尖削脸！"然而，哪里有人应答？他忙去问尖削脸的女人，女人正在房里哭泣，回沙老爷的话是："这个天杀的，不知哪去了，负我可以，怎么可以负了老爷？"

沙老爷愤怒至极，像没了头的苍蝇转了几转，疯狂地跑回他的住房。一头扎在床上直喘粗气。

一连多天过去，仍不见尖削脸踪影。沙老爷生疑了，莫非是尖削脸与临羊山贼合谋，勾结富商，蓄意坑害我？

沙老爷后悔不迭。千不该万不该，当年，他不该安排尖削脸结识临羊，他们可是什么鬼祟之事都做得出的。他又猜想，是吴府派人使诈作践他？沙老爷想着发大财，却落得人财两空，连连叫苦。

"富商怎么一声不吭就走了？"山乡人惊诧地你问我、我问你。他们准备了数天，这堆积如山的山货，只能当柴薪烧了，个个唉声叹气，切齿痛恨。更多人在咒骂是沙老爷变作法子坑害山乡人，"这老东西瞒心昧己，是什么坏事都敢做的！"

十个交了骚赋的文人学士愤愤不平了。有的说："骚赋是好是歹，总要有个回音呀。”有的说：“那一千布钱，肯定是被沙老爷吞了，可不是吗？这个老东西，大吞山民林山，小吃文人骚赋，大钱小钱都要……”

却说富商千里迢迢返回寿郢，扮作随员的屈左史家门未进，就脱了富商装，换上了一套沾满尘土的白衣皂服，直奔王府。他向楚王禀报钦上里之行来了。

匍匐王前，屈左史拜了“皇上”，谨慎禀报道，吴实奏章是一群老少学子突发奇想，翻书摘句，你一言，我一语，多天乱凑，吴实记下来的。吴实未进过任何学宫，无真才实学。其祖父是西周没落武将，父亲是谪贬县令，均无大作为。吴实从未与深山外有过关联，找不出任何通敌嫌疑。

楚王渴盼的脸面，看着看着变了味，双眼几眨，不无惋叹道：“真个想不到，读书人也有招摇撞骗的。若不是爱卿车马劳顿，深入穷乡僻壤，哪里探得这实情？！”

“皇上英明！”屈左史应了一声，暗暗吐了一口气，放心了。

楚王回过神来，瞄着一身风尘的屈左史，脸上似又露出了满意的笑容。

屈左史随即奉上数个简册，不好意思道：“南郡下隽县钦上里风光如画，物产连年丰收，民情淳美，风俗淳朴，百姓勤劳。山民们对皇上感恩戴德，山呼万岁。县中的幕阜山主峰，主峰下的桓山，各领秀色，争奇斗葩，真乃江南两绝。这是微臣睹景生情，一时感慨，随笔涂鸦的骚赋，请皇上赐教！”

楚王饶有兴致览毕道：“爱卿文笔老到，气势不凡，骚赋结构严谨，华美流利，大有屈子之风。爱卿文武兼备，将来必定大有可为！”

屈左史心花怒放，连连叩谢皇上。转而又支吾着禀道：“吴实在邮驿住下数月了……”

楚王略作踌躇，瞥了屈左史一眼，果断地手一挥，降旨曰：“放出邮驿，任由他去。”

屈左史一副为难相，摇着头，却未吱声。

楚王看着左史的异样神情，心一震，紧接着又问道：“爱卿是什么意思？”

屈左史暗自高兴，此事有了转圜之机。他赶紧匍匐身子，把早已想好的话，趁机禀告道：“微臣冒昧进言皇上，吴实是奉旨进都，天下皆知。现在，若是叫其归去，天下人必有三猜。一谓皇上贸然召见，有失察之嫌；二道我朝胸襟狭小，难容高才；三曰大才高傲，不愿为社稷效力。舆论无情，众口难掩，百般猜测，谬传难阻。微臣浅识，伏乞吾皇恕罪。”

楚王眼望左史，做再三思虑状，陡又紧皱眉头曰：“爱卿说得有道理，那吴实怎么处置才好呢？”

屈左史故做沉思状，稍停，又奏道：“微臣认为，皇上可将吴实放个虚职，交由下官甄别。若是庸才，下官可假借别事，将他严厉惩处，革职归籍，处置吴实就与皇上无关，由微臣担责了；若其果有真才实学，下官就荐给皇上，为国效力。”

“爱卿想法极好，为朕解难了。那就给吴实个右领职，放在爱卿手下，严加看管甄审。”楚王满口答应，手一挥。

眼望左史大步离去的背影，楚王摇着头，眉头紧结，长叹了数声。

此时，在邮驿里待了近四月的吴实，在希望与失望的交替煎熬中，高大身躯瘦了老大一圈，昔时那昂扬和自信的神情，似也消磨得所剩无几了。他变得深沉而少言寡语，不时手按额头发愁：楚王为什么要把他骗到寿郢关押起来？

第十回　任右领先生脱羁　进帅府戒夫随从

这天上午，阳光灿烂。吴实与两个门生和粉儿正在读书，一相貌堂堂的年轻军官，来到了吴实居住的邮驿角落里。

军官笑容满面，显露出亲切随和的神情。他看了吴实的住房后，道了声“辛苦了”，就从身上掏出一白绢，向吴实宣布：“帅府令，着吴实领右领军职，到帅府屈化左史手下供职。即刻上任。”

随员手指军官向吴实介绍道：“他就是屈左史大人。”

屈左史温文尔雅地对吴实道：“以后，本人与吴右领就是同侪了。”

“啊！这年轻左史就是我的主人。”吴实暗自高兴，自己终于不再待在邮驿了。可他们……吴实望了望还在突然到来的好消息里发着呆的弟子和义女，又眼望左史。

“他们一道去。”屈左史对叔文等三人手一指，和蔼地吩咐道。

吴实一众人高兴地收拾了行囊。屈左史早吩咐了司邮，领养好右领们的几匹马，就招呼吴实们出了邮驿，上了马车。吴实虽然知道，右领只是个中等级别的军官，但他心里依然好兴奋。屈左史同意了他把弟子和义女带在身边，他一定要在都城里，为他们找个好前程。

马车行进在街面上，吴实刚吸了几口新鲜空气，忽见一个熟悉的面孔和一双特大的耳朵一闪，定睛再看，那身影早已消失在人群里了。吴实好蹊跷，这人似曾相识，却没有准确捕捉到他是谁。

来到一高大门栋、宽大檐下站着两个兵士的府第前，屈化叫停了马车，向吴实介绍“这里就是帅府”。他礼貌地嘱咐叔文等人在外等待，将吴实领进了府内。

二人来到一僻静角落，屈化打开门，向吴实道："这房是右领的公廨，不知你中意否?"

吴实一观室内，只见文房四宝等用具一应俱全，有一条桌、两把木椅，一个立柜。小时在家读书，吴实就喜欢寂静的屋子，看了这房连道："好好好!"

屈左史又叫来了给吴实配备的随从。此人叫戒夫，年龄二十六，个头高大，体格壮健，皮肤黝黑，两粒犬牙伸出唇外格外显眼。他身穿洁净普通黑装，腰上挂一把铜鞭。戒夫礼貌地尖声尖气道过"右领大人"，深深一躬，就满脸肃穆，威风凛凛地站在了吴实身边。

"感谢壮士!"吴实拱手答过礼，令他心疑的是，如此一条壮汉，怎么说话操一口女人腔?

屈左史吩咐戒夫，要他负责支付吴实及门生义女们在寿郢的一切吃住费用花销，妥帖侍候右领。随后，又虎着脸嘱咐戒夫道："如果有人对右领诬陷欺诈，图谋不轨，你可当机立断，甚至格杀毋论!"

说完，屈左史转脸一笑，在怔愣不已的吴实肩头拍了拍，亲切道："寿郢虽然复杂，但右领准会平安无事的，你尽管放心。如有戒夫处理不了的难事，右领可直接找我。"

出得帅府，戒夫陪吴实到住处去。众人穿过一条幽深胡同，进了一家高墙四围的小宅院。宅院正面是堂屋，两边各有三间厢房，两侧各四间耳房隔院相对。院里长着两棵数尺围的珍贵紫檀。

吴实正观察间，屋内一阵琴声，悠扬悦耳，如潺潺春水般流出。或许是院里人声惊动，琴声戛然而止。

随即，堂屋大门吱嘎一声开了，春风送柳般飘出一个婀娜多姿的少女来。她身材姣好，皮肤白净，面容美丽，大眼灵动。她笑容可掬，熟人般快步走向吴实，彬彬有礼道过吉祥，从戒夫手里，接过吴实的行囊，热情地把一众人引进了堂屋。

堂屋里，戒夫手指少女，尖声尖气对吴实道："她叫芷水，年方十八，念得诗书，善知音律，巧手针指，能饭弄菜。是屈左史安排侍候右领，给右领大人当家的。"戒夫把"当家"二字，特地说得很重，道完，戒夫与吴实告辞，出了小院门。

芷水偷眼瞥过还在木讷的吴实，脸早红得像个熟透的苹果。她低眉贴首，脸面羞涩，语音柔柔，话意甜甜向吴实道："以后，大人就是芷水的'主'，芷水呼大人先生。芷水一切都是先生的。"芷水把"一切"二字不露声色地加重了语气。

"什么人？站住！"正在这时，院外一声呵斥传来。

叔文三步并作两步，来到了小院门口，声音是虎牙闪着幽光的戒夫发出的。叔文一望门外，双眼越瞪越大，惊奇得大叫："这不是齿先吗？你即使变成鬼了，我也认得出你这双猪耳朵来。"

吴实听说是"齿先"，突然想起在街上看到的那双耳朵，想着"齿先怎么在这里"便忙来到小院门口。

"先生！"齿先兴奋地呼了吴实。齿先身高八尺，长一双似闭非闭的小眼，却目光灵动，歪嘴歪鼻的脸面堆满了肮脏，咧嘴一笑，露出一口大黄牙。一双耳朵大得离奇，据说能前后左右摆动、听出老远外的声音。一身褴褛衣衫上，尽是闪亮的油污渍。

"这是我在老家学馆的门生。"吴实连忙上前向戒夫解释道。

戒夫向齿先说了"请"做了个进门手势。戒夫又转向吴实道："明天早晨，我来接右领大人去点卯。"说完大步走了。

芷水毫不客气当起了家。她直言点着叔文、季左、齿先的名字，将三人领进一间耳房里。屋内干干净净，摆着三张窄床、三张小桌、三个木柜，床上被盖都是新的。芷水偷偷瞥了一眼跟进门的吴实，分别指着三人，一一点了床位，又说："委屈三位大兄弟，住在一起了。床头木柜里的衣服，分别是你们的。"

吴实连声赞道："好好好，比你们在大岳学馆的住房强多了。"

听了吴实的赞声，芷水脸露喜色，又把粉儿引向对面的一间耳房里。芷水刚推开门，一股淡雅的香气就扑面而来，沁人心脾。粉儿一看屋内摆设，早惊住了。她只在书上读到过，豪门小姐的闺房才是这样精心布置陈设的。在现实里，她哪里见过，如此梳妆穿戴用具一应齐全的！

芷水一双眼睛，偷偷地在粉儿和跟进门的吴实脸上瞟来瞟去，像是对粉儿，又像是对吴实道："先生的义女就住在这里。"

吴实生怕委屈了粉儿，对不起她父亲的托付，见了这住房，自然十分满意，又一连声说了三个好。

粉儿这才回过神来，喜滋滋道："这里真好！"

最后，芷水领着吴实，从堂屋右侧，穿过摆着一张小床的厢房，来到一大套间里。这里暗香扑鼻，摆着条桌、梳妆台等红木家什，特别是那张精美的宽大床上，锦裘玉被，叠得整整齐齐。三尺宽的榻凳上，有序摆放着男女四季新鞋靴，床头挂着一把精致琴。两个鲜红的油漆大柜，大敞开着，一个挂满了男人四季官装服饰，另一个则挂满了玲珑满目的女装。

“这是谁的房间？你带我来这里干什么？”吴实看了脸面一紧，禁不住连声向芷水发问。

芷水浑身一颤又快速静下心来，柔声细语对吴实道：“这柜里是先生的官服，这房就是为先生准备的。”

吴实犯狐疑了，双颊一热，啊啊两声，又惊奇地支支吾吾问：“那……那女装是谁的？”

芷水骤然脸色绯红。她不知吴实还不明白这安排是什么意思。她也是首次“当家”，虽然早些天，朝廷的老当家，特别是她“妈妈”，曾手把手教她当家，但没教过此种情形该如何应对呀。芷水心里像突地塞进了个鹿儿，在乱蹦乱跳了。她手捂满是羞色的脸面，低头结巴着道：“那……那是……先生的……芷水的。”

吴实似乎明白了一切，心一阵狂跳。他赶忙结结巴巴地向芷水申述道：“我……我可是有……有堂客孩子了。我怎么能……能害了你呢？这……这怎么行！”

芷水怎么也没料到，吴实是这般不解人意，她似被迎面泼了一盆冰水，全身打了几个冷战，突地泪水直流，“扑通”一声跪在地上，万分痛苦地急急恳求起来。

“先生哪，只要你高兴，怎么做芷水都随你！寿郢街邻都知道，未带家眷在官衙的吏员，谁个不是在这里又找了个侧室？再则，若是先生不这样做，可就害死小女子了！”

芷水又无比苦楚地痛泣道：“前年春上，小女子失去双亲，无有其他亲人在世了。小女子被逼去富豪家抵父母欠债。富豪婆娘一见小女子，狠狠地瞪了富豪几眼，骂了声‘狗改不了吃屎’，就立即喝令家丁将我绑了，卖去青楼。”

“小女子呼天天不应，喊地地不灵，想一死了之却无机会。恰逢途中被官衙人撞上，一看小女子模样，就截下买了。一年多里，几个老当家教小女子学当家的一切活路，弹琴唱曲，识字读书。小女子稍有过错，则被脱去衣服，打得满身青紫，受尽了屈辱……”说到这里，芷水突地满脸惊恐打住话，浑身战栗不止。

许久，芷水才回过神，唰地流下了眼泪，满是哭腔又道：“来此之前，小女子从未侍候过别的男人，更未行过男女之事。如果先生看不上小女子，小女子绝不玷污先生名声，也不怨恨先生，唯求先生怜悯担待，留下小女子当牛做马使。如果先生把小女子推出了这个门，老当家们定要把小女子卖到青楼去了。”

吴实听了一阵唏嘘，转而又苦楚不堪了。他能把一个无辜的弱女子亲手推进火坑吗？恻隐之心油然而生。他连忙双手扶起芷水，一个劲地宽慰道：“留下你，留下你，我答应了！”

“谢谢先生救命之恩，小女子永世不忘先生恩情！”芷水确认吴实是真心诚意后，泪如泉涌，纳头拜过。

缓过气来的芷水又骤然满脸绯红，粗气直喘，捂着嘴巴低下头，支支吾吾地问询吴实道：“小女子有一事求问先生，如果错了，请先生千万饶恕。先生是否……想……想让粉儿早晚侍候……”

“不！不是，她是我的义女！”吴实迫不及待地打断了芷水的话。

芷水领着吴实，来到了外间小房里，指着小床，满是郁结地说：“小女子晚上就睡这里。先生睡在里间，先生不唤我，我绝不去打搅先生。”

“这……这怎么行？”吴实瞥了一眼漂亮的芷水，心骤然一阵狂跳。晚上，一个水灵灵的女子睡在外间，一个孤身男人进进出出都要从她床前经过，他哪有……哪有不动心的。吴实像生怕芷水看出他心底似的，猛地 手按住胸口，又愁眉不展了。

虽然其时，男人三妻四妾不足为怪。吴实却在想，若是他和芷水睡在一起，但毕竟不是明媒正娶，纯属男女苟且，自己也就不清不白、陷入肮脏的泥沼了。他有何颜面直对义女和弟子？如果夜夜二人相处于一套间里，他即使与芷水没有那种事，但他又怎能向他们说得清楚、道得明白？！

想到这里，吴实手指堂屋左侧，一脸严肃对芷水道：“那里除了灶屋，不是还有一同样的大套房吗？你住这套房，我到那边的套房去住。”

芷水又浑身哆嗦个不停了，万般苦痛道：“先生，老当家说，男人都是花心的。若是她们知道我们是这种情景，定然会说小女子不会用情，是个木头人，招惹不来先生兴趣，甚至诬我有外遇。她们肯定要换其他女子来给先生当家，将小女子卖去青楼了。”

吴实又心一痛，牙一咬，纠结却又温和地安抚芷水道：“我就住里间，一定说话算数，决不食言！”

芷水像从鬼门关转了一圈般轻松了。她看出，吴实是真心留下她了。她突然想起“妈妈”的话来，男人都是嘴硬心花的。过了一段，家眷不在寿郢的吴实，一旦熬不住了，说不定还要把她抱到他的床上去哩！她心一热，脸一红，那就等着吧……她又想起，既然吴实留下了她，二人就是命运相连，不必与吴实做戏了，应该把自己的难处和盘托出，求得他的帮忙。

暗下了决心，芷水又诚恳地对吴实道：“先生是小女子碰上的、世间最好的男人。先生既然同情小女子，小女子就不妨把老当家的规定，一股脑儿告诉先生。他们要小女子首先必须做到，精于梳妆打扮，会琵琶琴瑟，善抒袖歌舞，又会捶背捏腿，为先生排闷消愁，贴心贴肺讨先生好。”

看了吴实一眼，芷水又道：“他们要小女子把持家道，洒扫庭厨，针指活路，浆衣洗裳，做好菜肴炒焖蒸烹等活路。还要……还要……”

芷水陡地结巴得不行了，愁苦地低下头，捂着脸，羞涩不堪，声音细得如蚊虫一般嗡道：“他们还要小女子为先生生个一男半女，留住先生的人，拴住先生的心，让先生不再想家了。他们说，只要先生有了拖累和牵挂，就会死心塌地留下，不敢做坏事，不敢逃跑。他们又要小女子……”

芷水戛然打住话，漂亮的大眼霎时瞪得滚圆，放出一种惊悚的光芒来。

吴实看出，芷水是无意间说漏了嘴，无非是要她监视他和弟子义女，及时向老当家禀报他们的不轨行为和活动，否则是要杀头的。他淡然一笑，忙岔开话题为芷水下台，轻松道：“今天的午饭……”

“先生！”芷水一吐长气平静了，打断吴实的话悄声道：“老当家说，有人要小女子掌握你们的言行和外来访客。又说，粉儿是那个近日已故的昔时郡丞的女儿。小女子却不知道‘有人’是谁？他们还说，小女子若是泄密或失职，都是要杀头的。小女子既然已命系先生，不妨把一切秘密都告知先生。先生心中有数，就会招呼门生和义女，大家一道帮衬，渡过这些难关，小女子和你们便都性命无虞了。”

一股肃然起敬的神情，从心头涌起，信赖爬上了吴实的脸。他盯着真情实意的芷水，好不激动道：“感谢你的诚意，我们一定真诚待你，命运共担。

路遥知马力，日久见人心。”

芷水感激谢过，又随吴实来到三个弟子的房间，吴实双眼霍然一亮。三人早洗了澡，穿戴着新衣帽，个个整洁得体，正兴高采烈着呢！芷水急步上前，一一拉了拉三人衣角，前前后后看了看，高兴地说：“这下我才放心了！”

吴实不解地自语道：“没人量过尺寸，是谁人做得这般得体的？”

芷水脸泛红晕，低声回吴实道：“是戒夫吩咐小女子，从窗外偷看了你们的身材后，小女子请了十个工匠，忙了两天两夜，给先生、义女和弟子们赶做出来的。”

“啊！你还有这种手艺？”大家惊奇地看着芷水。

芷水不好意思地脸面一红，低头一笑，说声去做饭，轻步走了。

粉儿眼望芷水背影，兴奋地连连道着“奇女子”。

吴实心一酸，芷水是个多好的女子，然而却时刻在赌命！他不敢多想，转而盯着齿先，迫不及待地问：“你怎么来寿郢了？”

齿先一阵苦笑，向先生道出桩桩蹊跷事来……

第十一回　齿先到来小院欢　芷水当家心不爽

在天岳学馆里，齿先抽得最后一阄——第三阄。他考虑自己身高腿长走得快，就回了趟家，带上简单行李，母亲给了他一大包熏豆腐干、炒土薯片、炒饼折片、窖藏的小栗子等山货零食，嘱带给先生路途充饥。哪知，齿先追了两天两夜，也未赶上先生和师兄弟。

这晚，他偷宿在一个农家的柴草房里。齿先饥肠辘辘，不得不偷吃一些给先生预备的零食。后来，他饿得睡不着，又吃了一点。还是睡不着，又吃，包袱早空了。

一路上，他靠吃野外的庄稼、青蛙、蛇、蟋蟀、蚂蚁等度日。

他有走不完的路，几次明明问了路，走着走着却又回到了老地方。他多数时间在野外过夜。这天夜半，齿先梦见叔文给他端上饭菜，就狼吞虎咽大吃起来，醒来天亮了。

嘿！他怎么睡在一个山洞里？全身软绵绵的，动动手脚，被绳索绑了。他举目四顾，发现四个手持刀棍的马夹汉，包了头脸，只有几双大小眼转动，在附近守着他。

马夹汉见他醒了，为他放出一只手，给他五个大烧饼。他吃了又要，马夹汉怒骂了一声“真是只猪”，一下摔给他十个大烧饼。他又一气吃了个精光，还讨要一大葫芦水喝了。

“你老老实实随我们走，否则这刀棍会把你打得稀烂。嘿嘿！”四马夹汉围着齿先一阵冷笑。

这天，马夹汉带着双手被缚的齿先，在大山里绕来绕去。傍晚，将他带到深山中的一小场上停下了。他见一些人赤身裸体，全身墨黑，身负一筐筐乌黑色土石，从一个山洞里背出来，倒在一个小场上的大堆里，转身又背着空筐进了山洞。稍有怠慢，就有马夹汉用皮鞭乱抽。

场上有个台子，上搭小窑，窑里燃着红红的火焰，几人在不停地把乌黑土铲到窑里烧火。

抓齿先的马夹汉手指山洞，要他去洞里背土，齿先不从。马夹汉有的拿刀，有的拿棍，有的拿皮鞭，猛扑上来。齿先赶紧答应了，脱下衣服交给马夹汉。

这背土的活没日没夜，倒是能吃饱饭。背土人有的在洞里被石头压死了，也有人逃跑，被抓回后，立即就当众杀了，埋在小场边。齿先看见，小场边的山坡上，埋了几十座坟，其中有七座新坟。

山坡上的花开了又谢了。齿先不知在这里干了多久，晚上就睡在洞里，洞口有数个持刀马夹汉守着。他想着先生，不知多少次想逃跑，但总是找不到机会。

这天，来了五匹快马。马上的绿衣人一下马，一个红马夹汉就迎了上去，红绿衣们一阵嘀咕，齿先被叫来了。

“这里谁人识得我？”齿先还在犹疑，绿衣人就让他穿了衣，又把他绑了，蒙上眼睛带他上路了。坐在马上，齿先心里纠结个不停：“他们要把我带到哪里去？”

想起先生，想起背黑土的艰难日子，齿先决心要趁机逃走。走了约莫一个时辰，眼睛看不到的齿先，努力转动耳朵，隐隐听见路下有水声传来。断定下头是一条深涧，他猛力一挣，脱去绳索，一手扯下眼上黑布，瞄着路下的密林，从马背上一蹦跳下去了。

“齿先不要乱跑，我们是来解救你的。”绿衣人大喊。

齿先哪里相信。他不要命地消失在丛林中。这时哪管山岭陡峭，飞一般穿过荆棘丛林。他不知跑了多久，不见绿衣人追来，才停下脚。喘息甫定，他又吃了一阵山螺、蜗牛，根据太阳辨出方向，就背向山洞走起来。傍晚，他来到山中的一残墙破屋里，躺在屋角就睡着了。

一觉醒来，齿先看见，启明星正亮。再看身边，他傻了眼，一只老大的花豹躺在身边。他连忙镇静下来，念起了桓山老家山民的训豹咒语。

花豹竟然收敛了恶相，像家狗一般摇着尾巴，围着齿先直转。他欣喜地摸着花豹，示意花豹给他带路出山。花豹果然在前走了起来，大半天后，把他送到山外，才风一般回转深山里去了。

原来，屈左史在钦上里听猴首说，三个门生去追吴实，他在寿郢只见叔文与季左，担心齿先落入敌手，对他和吴实都不利，就立即派出六人中的一随员来寻找齿先。随员一路向当地楚军打听。此处楚军头领见是帅府来的人，不敢怠慢。给随员送了一份厚礼，随员承诺保密后，告诉了他一件隐秘事。楚军无钱添置刀具，就在深山里办了个冶炼青铜的作坊。他们既可添置兵器，还可赚点钱改善伙食，又说你可去那里寻找。果然找到了齿先。

齿先继续道，追到寿春，先生在哪里？他两眼一抹黑，漫无目的，只得在大街小巷讨饭找寻先生。他利用黑夜，摸进过多个衙门的深院府宅，也是一无所获。于是，他把眼光投向了城外。一天，他看见一大门口挂着邮驿招牌，待到深夜，就前往察看，终于发现先生和叔文在一角落屋里下围棋。

为了守着先生，齿先就在邮驿外的一家小饭肆里，求主东只给饭吃，不要工钱，谋得一份杂事，干了二十多天，终于看到先生出了邮驿。

说到这里，齿先打住话，满腹困顿道："来寿春后，特别是在小饭肆的多天里，我不时感到身边有双狡狯的眼睛，若即若离，若隐若现，却从未照过面，不知那人想干什么？"

季左猴脸往前一伸，逮住话把儿，龇牙咧嘴对齿先道："没人跟着，谁给你准备衣服的？蠢货！"

齿先搓揉着歪鼻子，反击季左道："我身边的风声，不像是女声呀？你个泼猴！"

"你个丑八怪还捡了一条命呢！"季左将邮驿放毒人被杀之事告诉了齿先，又道，"若是他们不识你，早就把你当刺客杀在邮驿后了。"

这时，粉儿身穿新装来到了门口，喜笑颜开地给义父看过，又瞥了笑眯眯的叔文一眼，兴奋地说："芷水叫我喊她姐。芷水姐请叔文哥和我们一道，陪先生去用饭。"

芷水真有能耐，半个时辰不到，满满一桌菜，色香味俱是上等。三个弟子和粉儿，多时未见过这好的饭菜了，吃得好欢。

吴实嚼着饭菜，总感觉少了点什么？正在猜想之时，芷水悄悄递上一小碟红辣椒酱来，细声细气道："小女子特为先生准备的。"

吴实一喜，忙送上感激的目光。

这夜，吴实洗完澡，来到弟子处。粉儿和三个弟子在下围棋，怎么没有喊叫和争吵声了？他不觉一愣。在院里紫檀树下弹琴的芷水，忙停住手，进门收起吴实的脏衣洗弄去了。吴实在小院里踱了许久，直到琴声又在屋里响起，才向弟子们的房间走去。

弟子们突然失去了热情，像吴实根本没有到来一样，粉儿也没给他沏茶。众人没有话语，只有零零星星的落子声，在有意无意里重重地打破屋内的寂静。

吴实心里清楚，晚饭后，粉儿和几个弟子高兴地来看先生住房，热情的心绪戛然冰冷。大家一句话也未说，就拉长了脸，脚步咚咚地踩得特响出了门。弟子们哪里知道，在先生心里，一个疙瘩，结得比他们的疑虑更大。

“我和粉儿下棋，你们观战。”遭受冷落的吴实大声说过，旋即又蚕眉一皱，扁平眼拉得老长，小声却严肃地嘱咐众人道：“我有话要说，你们边听边像往常一样，不时大声评说棋路。噢！”

看着先生少有的庄严神情，弟子们莫不心一紧。吴实边落子，边把芷水的身世和遭遇，细声简约地说了一遍。

叔文他们惊得目瞪口呆了。粉儿更是吓得浑身直抖，棋子失手掉落在地，老久才无比酸楚地怜悯道：“芷水实在可怜，活得多么艰难！”

本来，芷水的聪明伶俐和勤劳智慧，在不到一天的时间里，弟子和粉儿都领略了，并产生了极大的好感。可当大家看见她的住房安排后，那好感顿时烟消云散，甚至在背后恶狠狠地骂她“淫妇”“荡妇”“水性杨花”“披着人皮的色鬼”。但大家怎么也未想到，芷水是被一双无形的魔爪在任意摆布。她如此苦痛不堪地在心灵里挣扎，无法解脱，还不得不哭脸装笑脸，心悦诚服去做，以摆脱一种更大的苦难。一股强烈的同情心，在众人心里油然而生。

回过神来的众弟子，又纷纷赞扬先生“厚道”，表示一定要“善待”芷水。

粉儿更是赞不绝口地称道芷水，“这样聪明能干的女子，实在是世间罕见。”她杏眼一顿，又不失时机地叮嘱吴实的三个弟子道：“以后，你们这些肮脏鬼，千万不要把我义父的影子看歪了。噢！”

弟子们忽而又同情起先生来。他们知道先生不是那种好色之徒，可今后的日子怎么过？叔文不无愤慨地道：“我们干脆陪先生回老家去，无羁无绊，无官一身轻。”

“回老家？”粉儿接过话，朝叔文做了个怪相，反问道，“我们早被无数双眼睛锁住了，大哥出得了寿郢一步吗？”

季左也乜斜了叔文一眼，幸灾乐祸，反唇相讥道：“粉儿看得准，朝廷不是菜园门，不是你想进就进、想出就能出去的。不过，有本事的人，可以试试看嘛！”

“不争了！”吴实眉头紧锁，又细声嘱咐众人道，“今后，大家在一起，只谈家乡风土人情，子曰学而，不要乱说其他，谨防隔墙有耳。同时，要少接触和交往外人，更不能把外人引进院里来，人心隔肚皮，省得招惹麻烦。”

吴实将众人以后的话题，划了个范围。却未将芷水奉命监视他们的话告诉大家。他担心弟子们以后不好和芷水相处，甚至产生仇恨。他更担心芷水的命运。

琴声突然停歇，吴实赶紧一手抓白子，一手着黑子，迅速摆弄起来。又说：“我们快下棋，芷水送茶水来了。”

粉儿会意，快速摆了十数粒子，转而指着棋盘，故作大声问吴实道：“义父怎么走出了这步黄莺扑蝶？”

众弟子赶紧附和粉儿道：“先生不准耍赖！”

正在这时，房门响过两声轻叩，“吱嘎”一声开了。

芷水满脸微笑，给吴实沏了茶，双手递上。转身又给其余四人送茶。粉儿连忙起身，亲切地叫过“芷水姐”，和芷水一道，端茶给三人。叔文他们接过芷水的茶碗，连声道谢。

看到这场景，吴实暗暗吐了一口长气，心中的块垒终于化解了。

是夜，躺在舒服的大床上，吴实辗转反侧，怎么也睡不着。他思索着从家乡出发到今天，才几个月，胖烧瓜拿钱消灾，猫头鹰送信，换驿舍躲过刺杀，处死四个放毒人，有人搭救齿先。尤其令他不解的是，他喜食红辣椒的生活小事，芷水也知晓。这一切足以证明，他和弟子义女的一举一动，都在别人的掌控里。有人在挖空心思谋害他，亦有人在千方百计保护他。他仅仅是写了份奏章，脚还未踏进朝廷门，就遭遇了这多蹊跷事，结下这多冤仇，真是怪了？!

吴实又想起，朝廷才搬来寿春不久，官吏们的住房，肯定是非常紧缺，却给他这个小小的右领，安排了这般精致的小院，又派芷水来照顾侍候他，不是楚王授意，谁个办得了？想到此，他精神大振，若是哪天楚王召见他，出人头地了，他才不怕那些谗言和阴谋，更不怕什么妖魔鬼怪！想到这里他又高兴得睡意全无了。

“啊嗬!”“啊嗬!”“嗵！嗵!”“咚！咚!”“轰！轰!”在邮驿听不到的这些声音，在寿春城里却听得这般清晰。新王宫的浩大工程建筑工地上，铜、木、石器敲打撞击声，昼夜不歇的劳动号子，长一声短一声地远远传来，格外清脆，给黑夜添进了一派勃勃生机，更给吴实增添了无尽的苦闷。

迁都后，朝廷挖空心思，将不打胜仗的大司马府改为帅府，将统军主帅大司马改称柱国，又将一些小衙门挂上了大招牌，还在寿郢安排了数个壮观的建设工程。尤其是王宫工程，负责督修的大臣，特按史载的皇帝宫殿设计，不惜抛掷巨资，唯恐不显富丽堂皇。而支撑国家的楚军，还在靠暗暗绑架百姓，冶炼青铜，自造兵器打仗。二者是多么不合情理!

楚国再不自救就无望了，弊政再不革除，朝廷就有危险了。吴实想到此，又寄希望于楚王了。

“楚王绝对是清楚这些弊害的。不然，他怎能看中‘五策六政’?”吴实坚信一定有那么一天，被楚王召见后，派他来主持实施“五策六政”。楚国定会脱胎换骨，重新崛起。战胜强秦，恢复中原，再傲天下!

“啊！明天要去帅府点卯了。”吴实坚信，即使不靠楚王，他也要一展才华，让帅府众人刮目相看……

第十二回　帅府点卯好费力　门生得意尽逢时

第二天早晨，吴实刚出小院，早候在院外的戒夫，就满脸严肃迎上来，恭恭敬敬道过“右领大人早安”，随即紧跟在吴实身后。身材高大的戒夫是那样专心致志，手把腰间青铜鞭柄，双眼鹰隼般灵动发亮，眉宇间杀气腾腾，像随时准备要与人拼命似的。

此后，从小院到帅府，戒夫早中晚三次接送吴实，从不误时，也不在小院停留，更不留下吃饭，天天如此。吴实上街买东西，戒夫亦是寸步不离，为吴实付钱后，又一同随返。他极少主动与吴实说话。

吴实不解了。他并未感觉身边有什么危险，值得戒夫长期认真去做。吴实还发现，有些年轻力壮的汉子，不时在小院四周游荡，街邻们见了，总是老远就避过小院，绕道走开了。

右领是帅府的中下等军职，而吴实做的却是文牍誊录事，公务概由屈左史安排。左史不在，便由戒夫安排。

吴实整日有抄写不完的军文，有复制不尽的军事方案，有下达不绝的军事命令，常常干到深夜。令吴实困惑的是，每每当他烦躁不安之时，屈左史就恰到好处地来了，热情地邀请吴实到酒馆痛饮一顿，还不时给一些赏钱。吴实每遇难事，左史就适时来到身边，助他解困。虽然二人相识不久，但屈左史总是把心里话，像知己一样掏给吴实。还提醒吴实，在帅府里，官大一级，气势高人三分，教他如何与同侪相处。那股兄弟一般的亲热劲，让吴实感激不已！

休歇的日子，吴实在戒夫的陪同下，与弟子、粉儿游过了寿郢的八公山、珍珠泉、颍口等名胜。这天他们去逛街。一众人刚进一商铺，突然人声大哗。

“奸细，快抓住这个秦军奸细！”几袭黑衣高喊着向一蓝衣冲去。蓝衣刚跑了数步，就被打翻在地，拳脚相加。蓝衣满脸是血地被拖走了。

吴实身边一老者好不感慨道：“奸细真多，杀了一批又一批。”

在一巨大空旷地上，数十处建筑在忙个不停，场面十分壮观。每栋楼前都立着一个大招牌，分别写着“昭氏封地都城驿馆”“屈氏封地都城驿馆”“景……”“靳……”……

“走，去挑几件珍宝回家。”吴实好奇地随着几个衣着华丽的男子，七弯八拐来到一偏僻处。吴实突地惊呆了。这里摆满了秦国玉器、赵国丝履、韩国漆器、齐国博具和其他物什，还有不少他从未见过的珍禽异兽，装在大大小小的笼子里。这可都是被朝廷禁售的呀！

“郢爰。没有郢爰绝对不卖！”主东语气坚定地回复讨价还价的红男绿女。

吴实听说过郢爰，却没见过。他忙挤了上去，这是他第一次大开眼界，郢爰是光灿灿黄金做的。

街道上，一些花花公子在斗鸡、斗蟋蟀；一些穿绸摆缎、手提鸟笼的大肚子，在无事闲逛；一些醉醺醺的酒鬼，搂着年轻女人，在满嘴胡诌；一些肠肥脑满者，在对衣衫褴褛之人强买强卖；还有趾高气扬的司税，信口开河就是官纳；更有骨瘦如柴、沿街讨要的老少乞丐，多如牛毛……

吴实心一冷，忙邀上戒夫和一众人回了小院。此后，他就再也没有兴趣上街了。

低眉贴首做事，吴实的心海却是波涛翻滚。在闲暇或夜深人静时，他就思念家乡，年老父母，肯定在倚门远眺，妻儿肯定是焦心如焚。他寄回过两次家书，却未收到一简回音。

心灰意冷的吴实又为弟子和粉儿的着落犯愁。三个弟子都是桓山乡里贫穷的农家子弟，父母都有受人欺凌的深深创伤，渴望儿子出人头地。吴实免费把他们招到天岳学馆。三年里，他们在吴实的指导下，勤奋刻苦，学得功底厚实。三人都二十出头了，却毅然抛别父母，跟着先生奔楚都。即使一路遭遇凶险，他们也没退缩，对恩师不离不弃，寿郢街上到处是闲人，他到哪里去为他们谋份活命的事？

正在吴实愁苦时，戒夫配合弟子义女，为他解难了。

叔文和齿先乐呵呵地告诉他，二人在四海武馆谋得习艺兼打杂，抵交学费。这天，二人扫完地，又逐个倒房间屎尿，正在刷马桶，突然戒夫脸面拉得老长，大步进武馆来了。

教头连忙丢下正在教习的众弟子，弓腰曲背迎上戒夫，“军头兄军头兄”地叫个不停，又高声大呼灶房“快快备酒待贵客”。

丰盛的酒宴上，被尊坐首席的戒夫吩咐教头道：“给我把新来的小弟叔文和齿先喊来。”

教头呆愣着，不知是何人。

“下午刷马桶的。”戒夫平静地补充道。

叔文、齿先一到，戒夫立即拉了他们，在他的左右席上坐定。

弟子上坐了，教头诧然，一头雾水坐了旁席作陪。

戒夫手指叔文与齿先对教头道：“我的二位小弟任副教头，带不带徒弟，武馆每人每月都要给他们各开五百布钱的工价。”

习艺打杂之人哪来这高的工价？席上一帮大小头目，你望我，我望你，脸现难色的当儿，教头早连连颔首称是答应了。

季左祖上世代帮人办酒宴，跟先人学得一手烹制硬功夫。他租赁了三间小屋，开了一小酒肆，专做江南菜。粉儿不愿坐在家里吃闲饭，硬要去做伙计功夫。

小酒肆开张的当天，就有几个泼皮喝了酒不付钱。又有地痞来了，要酒肆买“地皮”。这些人还对粉儿嬉皮笑脸，口出秽语，要她陪酒。王侯脚下，季左和粉儿不知水深浅，更怕闹事坏了师父名声，只得忍气吞声。

第二天，戒夫到小酒肆吃晚饭后，婉言谢绝了季左和粉儿的招待，坚持付了酒饭钱。租赁房东一见，当场向戒夫表态，租金减半。更为新奇的是，第三天，泼皮和地痞把敲诈钱，都乖乖退给了季左，还对粉儿打躬作揖道了歉。

店小二是个贤淑漂亮的小女人，酒肆生意红火。粉儿总是忘不了要给先生和兄弟们带上一些吃食回家。

吴实尝着粉儿的吃食，听完弟子们的诉说，双眉紧蹙，目光凝重。须臾，他特别提醒叔文与齿先道，武馆的教头和那些弟子们，说不定要给你们难堪呢！

晚上，吴实又细细琢磨开了。如此好心、到处吃得开的戒夫，究竟是什么身份？他怎么跟一个小小的右领当随从？

“先生真是神了！”这晚，叔文与齿先一进屋，就笑呵呵地向小院人讲起发生在武馆的事来。

下午，两个接替刷马桶的弟子，陡然胆壮起来。他们相互使了个眼色，同时举起马桶，朝经过他们身边的叔文背上猛砸过去。

叔文听得风响，头也未回，反手将两只马桶一拨，飞上半空。两马桶突然回落，倒扣在那两个弟子的头上。同时，叔文从眼角余光里，瞥见一窗户上，几个头领身子一缩，不见了。

从此，再也无人敢戏弄二人了。武馆的那些弟子们见了他们，不是喊“副教头”，就是称“师父”，还时常向二人讨教。教头对他们十分尊重，月头一到，立即预付了工钱。

这天，吴实走在回小院的路上，迎面一位老学究，鹤发童颜，目光炯炯有神，突然堵住了吴实去路，双手一拱问道：“足下莫非是子景先生？”

吴实一惊，来寿春后，还无人识得他。他猜想老者肯定是熟人，忙执下辈礼恭敬答道：“在下正是，请老先生赐教！”

“啊，吴实？”“是南郡的大学士吴实？”“是楚王召见的吴实？”街人一阵沉默后，大呼小叫个不休了。“吴实在哪里？”“吴实是哪个？”人们你问我，我问你，争相四处搜寻。

就在众人喧嚷个没完时，戒夫一手拉住吴实，边快步离去，边向左右人们急问：“吴实在哪儿？”“吴实在哪里？”问着喊着，戒夫早把吴实拉出了聒噪声不绝的人群，走得远远的了。

此后，寿郢街巷里，总有一些素不相识的人，在打听吴实，还真有人千方百计在路途中拦住了吴实。也有人进得帅府找到了他。有拜师求学的，有来谈儒论道的，有与他探讨楚国前程的，有谋划怎样对付强秦的，也有同情他的遭遇、请他喝酒的，亦有相赠茶水钱的，更有暗暗怂恿他，去投奔其他诸侯国，得富得贵，名扬天下，荫庇子孙的……

人们见到吴实，谈资大都是从那篇闻名天下的奏章开始的，之后，道出众多有关奏章在朝廷里的传闻来，像神话一样诡秘，如天籁一般悠忽，似鬼神一般怪异，请吴实证实。

吴实哪知这众多的传闻，听得云遮雾障。每每这时，他就想起屈左史的提醒，一概拒之不答，统统一笑了之。唯独怂恿投敌者，他则是严声厉色斥责，拂袖而去。

后来，让吴实不解的是，他再也没有见过同一个来找他的人了。偶尔在街巷碰面，这些人准像躲避瘟疫一般，迅即走远了。

不久后的一天下午，帅府院中噪声大哗。吴实外出一看，一个军官被几个赭衣打得头破血流，用笨重铜枷锁走了。

屈左史一见围观的吴实，立即把他拉回房间，神秘地说，此人向秦国卖情报，被刑府侦获。此人肯定是满门抄斩，甚至要诛及三代六亲。稍停，左史又以严肃神情、关切口吻叮嘱吴实道："寿郢人多乱杂，敌国奸细无孔不入。帅府中人多，什么角色都有，奸贼难辨，常有机密外泄。小弟千万不要去串门，更不要与别人深交，切忌谈及秘密，省得招惹麻烦，甚至背黑锅。"

听到如此真诚的话语，不谙官场秘籍的吴实连道："感谢左史教诲，在下牢记于心了。"

一天傍晚，在小院门外，已辞别返程的戒夫转过身来，满脸肃穆告诉吴实道："右领大人不知，楚王收到你的奏章，仅仅过了半个多月，奏章就出现在各诸侯国王的案头上。一些大臣愤怒至极，在朝堂上，公然指认你'通敌'，奏请楚王降旨刑府，严查办罪，闹得楚王心神不定呢！"

戒夫瞥见吴实额头上陡地冒出的冷汗，又接着道："事后，屈左史单独觐见楚王，以身家性命担保你是清白的，才将你接出邮驿，又要到帅府供职，住进小院。左史还让屈氏鸱鸮秘密保护你。你弟子在武馆和小酒肆遭遇的为难事，也是屈左史要我出面去办好的。"

吴实擦着冷汗，目瞪口呆，真是人在屋里坐，祸从天上来。原来，楚王召而不见他，是这个缘故。若不是屈左史担保，他身上背负的通敌罪，铁证确凿，无可狡辩，足可让他抛尸市曹。他骤然感觉，屈左史灵魂高洁，是那样值得可亲可敬。屈左史对他的弟子和义女，既怜悯，又出手相助，关照入微。他万分感激地对戒夫说："人生得一知己足矣。我定要吐出一腔热血，为国效力，洗白自己，尽心报答左史和你的关心，绝不负楚王的信任！"

对屈左史交办的事，吴实更上心了。他总是思考着，怎样让左史省心，把事情办得妥妥帖帖。除了点卯，他就再也没去逛过寿春了。每每夜晚，吴实就给门生和粉儿授课，或是下围棋，把他们的心拢在一起。

这天晚饭后，吴实正准备给门生授课，突然双眼一亮，极少入院的戒夫也来了，执门生礼拜过吴实，坐到了弟子间。

戒夫是什么意思？吴实怎么也猜不透。为了警防失言，吴实临时改讲家乡的山川地舆、风土人情。巍峨的桓山，高耸入云，壁立千仞。彤云簇拥群山，势如千乘从天降；雄峙江南一隅，独立百世傲楚天。主峰下的山北，连绵不绝的翠绿里，有生养着一方山民的七里山。那眼远近闻名的神井边，千年的古树下，准定又有老媪在焚香烧纸，给古树挂彩带，感谢井神赐水，治好了老翁的绞肠痧……

随后，吴实又讲起了桓山的天相与地势。刚刚讲到天布五星寓世事，地列九川行人气时，突然“吱嘎”一声门响。

吴实停下话，只见芷水推门而入，向他道了声“打搅先生”，随后，附耳几句低声细语。

“今天的功课到此结束。”吴实宣布后，连忙唤起众弟子迎贵客。大家紧随先生出了门。吴实向着站立当院黑暗中的人，深深一揖道：“左史莅临，寒舍蓬荜增辉！”

屈左史忙施答礼，又拉起吴实开心地向众人道：“自古农家出俊才。现值国家用人之际，兄弟们随先生学得真才实学，就会摈弃自我卑微，眼观天下，前程无量啊！”

众人早从先生口里，得知屈左史的恩德。如今，又听到他称众人为兄弟，且赞誉之声真诚，莫不欣喜盈盈，执礼道谢。

屈左史又吩咐戒夫与芷水去备酒。他要与右领大人和众兄弟喝几杯。

吴实眼望左史犯疑了，心里一阵忐忑。白天还在一起，若无有特别嘱咐，左史有什么急难事，非要寅夜造访不可？

第十三回　抗偷袭吴实献计　洗清白芷水用情

吴实正在猜度，屈左史轻松一笑，一改过去“右领大人”称谓，亲切地问吴实道：“先生在寿春习惯否？先生和众兄弟如有不方便之处，千万不要客气，向老兄道一声就是了。”屈左史把自称也改得亲热了。左史拉起吴实进了一间空房，反手掩上了门。

吴实看着左史一副神秘样子，心一顿，随即道：“左史大人有什么吩咐，尽管言说。”

陡地，屈左史神色凝重，目光无神，两颊下垂，显出一脸难色。少时，他又百般纠结道：“新近，帅府探子费金百镒，买得一重要军情。秦军正在秘密操练两万精兵，打算在四个月后，偷袭南阳郡的垒沙，控制淮水渡口。楚王和柱国很着急，如果秦军沿淮水东下，对寿郢的威胁就大了。先生认为，这情报可信吗？”

吴实略加思索，反问道：“若左史是秦王，你会怎么做？”

屈左史似乎早有准备。他眼一眨，从容不迫，用同样的话，反问了吴实。

吴实稍作思考，娓娓回道：“在下认为，现今，抗秦楚军从各世族调来，并非精锐之师。合纵楚军新败，士气低迷，战力倍减。尤其是败军主帅，仍然得到重用，无有惩戒。将士对胜败更是任之由之了。而秦军新胜，士气正旺，斗志犹高。一低一高之际，如果在下是秦王，绝不会放过这个让楚军喘息还魂的良机。而攻击楚国，夺取垒沙，则正是打蛇打在七寸上。秦军沿淮水挥师东下，就可直逼寿郢。楚国则会措手不及，陷入大乱。合纵联盟已破裂了，各诸侯国军，闻秦攻楚，定会幸灾乐祸，隔岸观火。寿郢一击拿下，楚国就是秦的版图了。在下愚笨，请左史明察！”

屈左史听了吴实的分析，暗暗赞叹不已，兴趣骤增。他立即顺着吴实的话头，急切切地追问道："若先生是楚军统领，又将如何组织反击偷袭垒沙的秦军，打一个胜仗呢？"

吴实手敲额头，略作沉思，侃侃而谈道："时间尚有四月，不多亦不少。在下若是楚军统兵，就要在一月内，重建一支三万人的新军上战场。兵员来源有五。一是严令各县令县尉，从豪门大户家丁中（吴实想起了沙府家丁），精选两百凶士，亲送指令地，徇私不征者立斩；二则布告各地山贼悍匪（他想起了临羊山贼），从军即从良，往日恶迹，一概既往不咎，坐失良机者，容后严剿必斩；三乃动员江湖好汉、地方上凶残杀手（他想起了胖烧瓜）从军，比智比武，领取军职，待遇一律从厚；四即从现军伍中，破格拔擢一批受到压抑而自荐的军官，给领新职，来带领这支新军各部；五是从各湖泊水乡，征调五千强悍且水性极好的青壮渔民，令各县上送操练地从军，习练水下刺杀功夫，昼夜小股出击，毁秦舟师船、淹杀舟师将士。此法还可为今后楚国建立强悍舟师，打下坚实基础。"

稍停，吴实抚着额头又补充道："前四种征调之卒，不缺武功，只要加之以为国效力、出人头地、光宗耀祖的训导，使之大长血性，加之赏罚严明，他们必然建功立业心切，战力顽强。操练新军要选一偏僻处，千万不能走漏用兵风声。临战前不久，将新军悄悄布防到垒沙去。新军非新败楚军，好斗不惧秦，战力必然强盛，胜算无疑。而秦乃骄兵，目空一切，必定败北。这看似危险一赌，但利大于弊。打了胜仗，对现楚军的恐秦症，也是一剂极好的疗药。"

说到这里，吴实脸一拉，又严肃道："这次征调将士，一定要狠，未按时上缴军令的县乡吏员立斩。"

屈左史听着听着，浓眉结成一团。在帅府，将军们对情报的判断，与吴实的分析是一致的。但对调动哪支军队去保垒沙，选来选去，军中多有与秦军交战的败北史，领军与将士均心有余悸。再去封地调军，各氏同样不会调出精锐之师，同时，嘴巴官司推来打去，还会耗上数月。武将们一筹莫展。可吴实说的这支新军能靠得住，这方案若是提给屈柱国和武将们，能够得到重视和批准吗？他心躁不安了。

"禀告左史，酒菜备好了。"戒夫在门外细声告之。

"好好好！先生喝酒去。"屈左史强掩内心空虚，有说有笑，和吴实出了门。

那晚酒后，送走的屈左史多天不见了，吴实又不好向戒夫打听其下落，心里却焦急得不行，过了一月又一月，亦是音讯全无。吴实尽是牵挂，“左史到哪里去了”？

这时，小院里发生的事，让吴实心烦意躁了。

昨天晚上，愁眉不展的芷水找到吴实，脸面酸楚，未语先流泪。

“我们同住一个院，就是一家人嘛！你有什么为难事，可直说与我！”吴实扁平眼惊异得疑光闪闪，满是困顿。他一个劲地鼓励欲言又休的芷水。

芷水一阵无奈，满脸羞涩地支吾问：“小女子没家了，先生是我最亲的人。先生不要我，小女子能……能找个男人吗？”

吴实怔呆了。前晚，他醉了酒，芷水侍候他脱衣睡觉。笑眯眯的她温柔体贴，多像夫人，醉眼蒙眬的吴实，一把将她揽在怀里，紧紧搂着，“夫人夫人”地叫个不停，滚到了床上。

芷水一阵兴奋，喘息个不停，忙帮吴实脱衣，又脱自己的衣。这时，芷水突然听到吴实“夫人”的叫喊，心里一咯噔。她知道，先生是醉酒认错人了，并不是要她。她一阵沮丧停了手，忙不迭连声提醒吴实道：“先生，我是芷水，我是芷水啊！”

吴实扁平眼瞪得滚圆，刹那间酒醒，额头满是冷汗。他细细看了一看芷水，一把松开，手忙脚乱，边穿衣，边歉意道：“醉鬼是疯子。先生对不起芷水。我早说过，决不能害了你的前程。”

那晚事后，吴实想起就后怕，若不是芷水提醒，岂不是弄假成真了？如今，芷水要找人了，他高兴得额头一亮，如释重负般吐了一口气，虽然心里免不了一酸，但还是暗暗一咬牙，满口应答道：“好哇！相中了谁，先生为你牵红线。”

芷水羞羞答答，向吴实讲出一段宿缘来。少小时，老家隔壁有个小伙伴，十来岁时，二人在河边扯猪草。她一个失足，掉落河道里，被水呛得哇哇直嗝。小伙伴一头扎进水中，把她抱上了岸。小伙伴本不会水，大人们笑说，二人是姻缘所注。

朦胧中的小女孩心一热，虽然不明就里，她却暗把小伙伴作为依靠了。小女孩聪明漂亮，一些大孩子逗戏她，小伙伴和他们打过多次架。不时遍体鳞伤。小伙伴手中无钱，就夜里摸进城里作坊，偷糕点给她尝新。稍长大些，又到店铺里偷头饰、衣服、袜子送她。把她打扮得天仙一般，就玩过家家，学大人样子，过小夫妻生活……

她父亲去世后，小伙伴像一下子长大懂事了，时常帮她家做田地里的重活路。她母亲又去世了，家徒四壁，又是他一手承办葬丧的。后来，她被山贼抢去，还是他带领众伙伴，趁黑夜冒充官军救出了她。山贼识破伙伴身份，杀声震天追来。她又怕又饿，怎么也跑不动了。伙伴背着她，躲进了一处悬崖下。夜半，天又黑又冷。伙伴抱着她，相互取暖，那是多么幸福的时刻……

芷水突然觉得自己说走了嘴，一愣打住了话，脸红到了脖子根。她害怕吴实误会了，又连忙补充道，那好的机会，她的心怦怦直跳，然而，伙伴仍是那样的正派和纯朴，没有任何失礼之举。芷水又突然捂脸道，她被官衙买去后，老当家都细细检查了的……

过了老久，芷水泪水涟涟，脸上却挂着笑意。她抹了把眼泪又道，他个头不高，脸面黝黑，机智灵敏，脾气爽朗。每每见了他，她心里就生出一种温暖来。哪知，她抵债离家后，就再也没见过他了。“我做梦都是他在满世界找我……”

芷水五味杂陈地回忆着，早哭成了个泪人儿，稍稍平息心情，又语不成调道：“今生……我们肯定是……活活地……阴阳两隔了。”

“人生命定，世间难为。非你一己之力能扭转的。现实难改，忧伤何用？”吴实双手直搓，不停地叹息，不住地安慰芷水。

芷水止住哭泣，擦干了眼泪，接着道：“离开了他，小女子曾决心一生不嫁。被官衙买来后，小女子决定随由命运，陪伴先生过一生。先生是高尚之人，小女子知道自己是先生的烫手山芋，丢又怜悯，爱又不行。总想着给先生下个台阶，让先生在弟子和义女面前，能挺起腰杆。或许是苍天开眼，我初见季左，左看右看，总感觉他像那个伙伴，心就乱想开了……”

芷水低眉贴首打住话，偷偷瞥了一眼吴实，脸泛红晕又道：“我见季左办了酒肆，就偷偷绣了两件并蒂莲厨袍，悄悄送给他。哪知，季左看也未看，就双手一摆拒绝了。几天前，我见粉儿在做袜子，不知怎么就穿在了季左的脚上，莫非……莫非他们……我的心凉透了。”

恋人的心最纯真，又最脆弱，一丝风就可将其绊倒，再也没有爬起的力量。芷水对季左失望了。她无比哀痛地悲泣道：“难道……难道小女子唯有一死，才能保全先生的清白吗？”

说到此，芷水哭得更伤心了。

“别别别，你千万别这样想，更别干傻事，我从不埋怨你。”吴实在屋里不停地打转。他哪里知道，芷水是这样尽心尽意在为他着想。他感动得不知如何是好，却又没有办法为芷水解难。再说，他也不能让粉儿陷入误会，否则，小院要乱套了。

当晚，思来想去，苦于没有办法的吴实，把局外人齿先找来，将芷水的话，原原本本告诉了他，问他有办法转圜否？

齿先轻松一笑，信心十足道："小事一件，举手之劳。先生交代，弟子一定办好。先生静待佳音好了。"

几晚后，叔文和季左喊粉儿下棋，粉儿怎么也不来了。二人刚摆开战场，发现黑子少了一小半。这副棋可是先生的心爱之物，二人慌了神，不约而同去找粉儿，逼着她把"偷走的"棋子交出来。

粉儿还在生季左的气。她悄悄为叔文做的袜子，生生就被季左抢去穿了。她又不敢明说是做给叔文的。哪知，季左还一蹦老高，跷起双脚，在众人面前显摆粉儿的手艺。

粉儿有苦难言，偷偷一望，叔文脸都变了色。

沮丧不堪的粉儿见季左又来诬她偷了棋子，叔文跟着瞎起哄，气不打一处来。她柳眉倒竖，杏眼流怒，手指二人大骂"你个猴精""你个红鼻子""你……你……"就再也找不出泄愤的词儿来，泪水却早已流过了双颊。

吴实正在看书，听见粉儿怒骂，惊惶着出了门，来到了院中。躺在床上的芷水，也无精打采地跟上来了。

悄悄在叔文和季左身后咧嘴暗笑的齿先，哪里料到，此事竟惊动了先生。他赶紧几步跨出了门。那五官布局本就不合理的脸面，拉得老长，显得更加狰狞了。齿先手指叔文和季左，大声斥责道："你们生就了两个猪脑壳，怎么能随便诬陷粉儿是贼呢？到屋里去找棋子嘛！"

吴实脸面铁青，跟随一众人来到三个弟子的房间。齿先首先抖出自己柜子衣物，没有棋子。又抖叔文柜子，也不见。再开季左柜子，齿先一伸手，就扯出两件崭新的厨袍来，抖得棋子撒了半地。齿先手中的厨袍早大展开来，两朵鲜艳的并蒂莲，红得耀眼。

季左一把从齿先手中夺过厨袍，先是惊诧，而后，双手抖个不停。

芷水脸色骤然惨白，心中怨恨顿生，"我绣厨袍给季左示爱，是先生同意了的，厨袍心事，也只告诉了先生，可先生为什么要串通大家，让我当众出丑？我一片诚心洗白先生，先生为什么要用厨袍来羞辱我？"芷水气得牙齿咬得铁紧，扭头跑进自己的小房间，猛地抓住被裹，紧紧蒙住了头……

粉儿脸面冷若冰霜，狠狠地瞪了季左和叔文一眼，一言未发，脚步嗵嗵地跑回了自己屋里。

叔文如梦方醒，一脸苦楚去追粉儿。粉儿“啪”地合上门，门板刚好撞在叔文的额头上，磕了个不大不小的青紫血包。叔文手摸血包，傻呆呆地立在院中。

“成功了！成功了！”齿先抹着歪嘴，歪着鼻子，高兴地向吴实连连表功。

吴实看着芷水与粉儿都在生怒，早气得直抖。听了齿先幸灾乐祸且不着边际的话，他转身就走，咬牙切齿，骂出一句从未伤害过弟子的脏话：“你个丑八怪！”

“先生等着，一定成功了。我只是想看个热闹，闹个玩儿罢了。”齿先眼望吴实的背影，几句解释，哈哈大笑。

一连数天，小院冷落，没有了欢声笑语。吴实气恼齿先，不理睬他了。而齿先却一如既往，无事一般，还不时在先生面前，呈上一副嬉皮笑脸相。

金风送爽的九月，又在人们烦躁不安中来临了，此时，寿郢人都知道，楚秦又在垒沙开战了。大街小巷的人都在猜测垒沙战事结果。

“屈左史到哪里去了？”当弟子们把街市人牵挂的秦楚垒沙之战告诉吴实时，吴实似乎明了五月不见的左史的去向。他的一颗心陡地悬起来了！

这天，吴实依旧在那偏僻角落的公廨里，重复着由戒夫转来的、做不完的誊录之事。

“噼噼啪啪……”“噼噼啪啪……”一阵清脆悦耳的鞭炮声，在吴实的莫名其妙里炸响开来。

“垒沙大捷！”“垒沙大捷！”“楚军大胜！”“秦军败北！”

紧接着鞭炮声落，又是一阵巨大的欢呼声起，在帅府前场上，响遏行云。呼喊声是那么有力，那么激动人心，如春雷滚滚，像潮汐汹涌，久久不息。

吴实好奇地出得帅府，只见偌大的府前场上，人头攒动，群情振奋。

举目再望，吴实看见四面八方的人们，还在一个劲地呼号着，像洪流一样，向场上源源不断地涌来。

吴实的眼光又向欢闹处的中心投去。这时，他突然震惊得扁平眼瞪得老圆，一股热血直冲头顶。他兴奋得双腿也迈不开步了。他怎么也不相信自己的眼睛：“这是真的吗？”

第十四回 屈左史晋升获赏 裨将军悄言谈机

“屈左史！那不是数月未见的屈左史吗?”吴实忙擦了擦双眼，定睛再看，再看，果然是他!

年轻高大的左史，身穿一袭崭新得体的将军薄铜片甲胄，头戴闪闪铜盔，八面威风，由一伙帅府的中青年武将簇拥着，在接受如潮的欢声和赞扬。

众人看见，英武挺拔的屈将军，谦逊可人，从容不迫，不时向人们高高拱手，展示着雄兵在胸的老成稳重形象。是啊！几年来，有几个楚军将领，在楚人面前显摆过战胜强秦的得意?

吴实听见身边的人们在兴奋地议论，屈将军别出心裁，大智大勇，仅用四月时间，就组建和操练出一支首战告捷的新军，到南阳郡布防，杀得偷袭垒沙的两万秦军精兵丢盔弃甲，斩得敌首一万七千余级，缴获兵器粮草无数。新建的舟师，更是英勇善战，各显神通，在淮水渡口，淹毙秦舟师兵士七百，擒获活口两千余。

人们又说，合纵新败，楚军多么需要一场胜仗啊！垒沙塘报奏到朝廷，楚王圣心大悦。朝堂上，楚王兴奋地挥动大手，盛赞这是迁都寿郢后的第一件大喜事，谓此役足可张扬楚军战力、振奋军心民气，强秦也是不可一击的。楚国的中兴，必从此始!

帅府的几个屈氏武将在显摆，朝堂上，一些大臣纷纷恭贺楚王，慧眼独具，早就看中的这个屈氏少壮派，果然为楚国争了面子，给社稷带来了无限新的希望。楚王当着众大臣面，立即降旨，新军统领屈左史，拔擢三级，荣膺将军，赏金百镒，赐上好青铜盔甲一副。所统新军中的立功军士，皆得重奖，容后再赐。楚王又严令帅府，立即将御旨和赐赏，送往尚在前线的屈将军，并号令全国军士百姓，人人皆知，强秦是可以战胜的。又召屈将军朝堂觐见，令众文臣武将一道，听取垒沙战秦禀报。

现今，风尘仆仆的屈将军从前线应召回寿郢来了。

听了众人议论，吴实喜不自胜，屈将军是按照他的战场设计，取得了如此惊动朝野的大捷的。他更想到，若是楚王知道了垒沙破秦偷袭战是他谋划的，定会立即召见他。他的整个强楚抗秦对策，不就可以顺势实施，改变强秦弱楚的天下大势了吗?!

人一高兴，就神清气爽，心旷神怡，话语也多了。吴实朝着一个从身边经过，数次谋面却从未搭理过话儿，白须白发的屈氏裨将军双手一拱，高声致礼道贺大捷。

帅府元老裨将军见了吴实，双眼倏尔大亮。他敏捷地拉起吴实，一拐进了公廨，掩上房门，像多年的老熟人一般，推心置腹向吴实道："小兄弟……不！先生呀，这次胜利来之不易，好难喽！"

紧接着，裨将军绘声绘色，向吴实道出一段惊险往事来。

近五月前的一天上午，帅府在讨论垒沙布防，应对秦军偷袭。一屋子武将们犯难了，大家逐一把帅府掌握的现有楚军队伍一一掰在手指上，而后摇了头。哪一支都不适合担纲重任。众人埋头喝了老半天茶，眼看议事又将无果而散。屈柱国抓耳挠腮，额沁冷汗，两眼发直，时不待人啊！

此时，没有资格参加议事的屈左史推门而入。他向众人致过礼。气恼的屈柱国一怒，大声喝问左史："有甚事?"

屈左史不慌不忙，竟娓娓道出个建立一支新军、抓紧操练、布防垒沙、全歼偷袭秦军的全新方案来。

武将们霎时活跃了，一番哈哈大笑后，有抚额谓"神来之策"的，有捋须喻"异想天开"的，也有挤眉弄眼称其"新奇事新奇事"的，亦有盛赞"好好好！让老朽大开眼界"的。唯有几个屈氏武将，在心里埋怨个不停："这个不识时务的小子，傻卖到这里来了……"

"唉！蛤蟆哪怕山崖高，只认往前跳！"不少武将暗暗摇头。难怪，与秦军开战，武将们哪个不是避之不及，生怕葬送了来之不易的地位，甚至生命。独有受到楚王器重，却胸无点墨的屈左史主动请缨，莫非是已与屈氏柱国串通，有了必胜方案，让他得到了晋升的机会?大家不妨看看屈氏结伙，究竟能唱出什么好戏来?怎样向帅府，特别是向楚王交差?还可看看，这小子究竟长了几个脑袋?!

众将军们一阵假心假意恭维后，一齐眯缝戏眼盯着柱国。

许久过去了，屈柱国仍然脸面一阵红，一阵白，绷得铁紧，始终一言未发。

眼看午饭时间又到了，一个昭氏老将军，瞥了一眼久未开言的屈柱国，突然立身，脸露怪相，严声厉色，大赞道：“老夫认为，屈左史方案，思考缜密，见解独到，定会大功告成。年轻人爱国心诚，立功心切，志存高远，将来，国家还要靠他们呢！老夫支持左史方案，不妨拿去战场试试嘛!”

一景氏老将军会意，赶紧接过昭氏将军的话，拖腔拖调附和道：“可以——试试，试——试嘛!”

不少武将似乎突然清醒过来，一阵附应，“试试”“试试”“试试”，起了身，快步出了门。

众武将全走了。屈柱国额上青筋直冒，眼珠血红，一蹦立身，勃然一拳打在条案上，抖手指着屈左史厉声斥骂：“你小子癞蛤蟆打哈欠，好大的口气。你整天坐着，有吃有喝有钱拿，到时候，照常升职晋级。哪知你竟然活腻了，偏偏想要做个断头鬼！你小子玩命事小，坏了屈氏家族名声，不打胜仗，老子要诛杀你全家。”

屈左史一则坚信吴实，二乃为出头日一赌，仍不死心地耗着。待到屈柱国骂得没劲了，一屁股坐下，呼呼直喘大气时，屈左史又走上前，细声问询柱国道：“大人，众官长不是都赞成‘试试’吗?”

“你你你……你个不知天高地厚的狗东西，战场是试试的儿戏吗?别人在耻笑你，你还蒙在鼓里听咚咚响，你给老子滚！滚！快滚！滚得远远的！老子再也不想见到你这个鲜廉寡耻的东西了!”屈柱国脸色紫黑，凶相毕露，伸出的手指抖个不停，突然转身背对左史。

屈左史方才被吓得不浅，气得脖子硬了，脸也歪了。他快速溜出柱国房，羞辱难耐，双眼血红，疯了一般朝帅府外冲去。

正在这时，因年老未再在任的皓首屈氏禆将军，一头碰上了气冲牛斗的屈左史，震惊地一手拉住了这个懵懂小侄，生怕他去惹祸，将他拽到了家里。

禆将军细细动问了帅府议事的来龙去脉，听了屈左史方案，手捋白须，踱来踱去一番沉思，突然老眼一亮，拍案叫绝，高声道贺：“小侄高明哪！老夫身经百战，还从未谋划过这独辟蹊径的好方案。它看似胡言乱诌，其实有充足的道理，有完胜的把握。”

屈左史陡然喜出望外，双眼眯成一条缝，傻笑个不止。他知道，裨将军出身卑微，从伍长干起，打了几十年仗，身经百战，功勋卓著，一路晋升。他资深德厚，说起打仗条条是道。柱国和帅府的众多武将，都打心眼里佩服他。屈左史忙将柱国和众武将对新军方案的态度一番细说，一头拜倒在裨将军前道：“小侄拜托老伯，在柱国面前给小侄拉个弯，说个直话，否则，小侄一生休矣。小侄永志不忘老伯的再造之恩！”

当晚，屈左史在家摆酒，裨将军出面，把十多个当职帅府的屈氏武将统统召来了。屈左史躬身曲背，端菜斟酒，侍候在侧。

酒过三巡，裨将军挺身立定，对屈左史组建新军、布防垒沙的方案，一连摆出了六大新意，兴奋地击掌道：“这方案若能步步落实，环环紧扣，定会像昭氏老将军耻笑的，真正来个‘大功告成’！”

屈氏众武将被裨将军一一说服，连连颔首。裨将军又手捋白须，老谋深算道：“别人想看柱国和屈氏家族的戏。屈氏敲了锣，就该登场，岂有脱逃之理？我们不妨照此剧本，演出一场精美绝唱来。在座各位老少兄弟，都要为屈氏公族出力，分到各郡县去征调凶士，迅速组建新军。郡、县、乡、里有敷衍或拖延官吏和富豪者，以抗圣旨军令为由，不惜多斩多杀，此事定然可成。”

众武将纷纷拱手承诺：“尊老哥死令！”“尊老叔死令！”

寅夜时分，裨将军又带领屈左史和一众屈氏武将，来到屈柱国家。柱国还在堂屋里生气，喝闷酒，摔东西，地上满是碎瓷片和乱物。夫人在厢房流泪。柱国一见裨将军和众武将，叫了裨将军一声“老叔”，又狠狠瞪了屈左史一眼，扭头就往里屋走。

“老叔寅夜来送恭贺，老侄不赏酒行吗？”裨将军声若洪钟。

屈柱国愁眉不展，向府中侍者有气无力地手一挥道：“摆酒！”

酒菜很快上了桌。柱国请裨将军上座，给众武将点了位置，眼角也未瞥一下屈左史。裨将军一笑，拉起屈左史坐到身边，突然正色道：“今晚，老叔是为这小侄来说句公道话的。”

柱国仍是愁脸闷脑。酒过三巡，裨将军打开了话匣子，把在屈左史家说过的新军方案六大妙意，又认认真真道了一遍。

“啊！新军方案有这多奥妙，好！小侄立即按老叔的决策办。”柱国头脑灵光，刚听了四大妙意，脸面早露出了笑容，听完后，更是大声叫绝。他又不忘偏头赞扬屈左史道："嘿嘿！还真看不出，你小子有这点本事。独到，可行！"

众人皆喜，一直喝到天亮，早聊好了落实新军方案事宜，大家直去帅府点卯。

第二天早晨，按柱国令，帅府所有将军人等，手持楚王御旨，风风火火去了各郡县。

为了征调凶士，大多地方官吏借故除害，把山贼地痞拎鸡鸭般送来了。也有办事不力的，将军们斩了四个县令，砍了七个富豪的头，用头颅号令天下，谁敢不真办圣旨，新军很快建成。一班屈氏将军辅佐左史，督办新军操练，悄悄布防到垒沙战场上去了。

为了打好这仗，给屈氏公族长脸，屈柱国操碎了心。战前，就安排两个久经战阵的屈氏武将，伴在屈左史身边，助其指挥作战，处置不测之事。他则和数个屈氏武将，待在距垒沙不远的另一座楚军营里，令官兵枕戈待旦。一旦屈左史战局不利或有失，柱国就和众武将亲领这支预备楚军，不惜一切猛扑上去……

讲到这里，白须裨将军眉飞色舞，啧啧称赞个不停："新军长了脸啊！战前，我数次去看他们操练，军纪一严，重赏一悬，嘿嘿，这些个亡命之徒，武功和凶恶都发泄在兵器上了。他们个个如狼似虎，杀气腾腾，喝了人血一般猩红的眼中，只有财宝、战功和权势了。据说，不少人在垒沙战场上，斩首秦军十几级，按帅府的《军功奖赏律》，他们可任千户长或是右领这级官员了……"

吴实心一震，老家桓山的临羊山贼参战了吗？还有胖烧瓜……

裨将军讲完，昏花老眼又是一亮，紧盯着吴实看了老久，满面笑容，悄声细语问："新军方案是否出自先生之手？"

其实，吴实在裨将军拉他进公廨时，就猜想将军定会试探他。他想起了"出头"的苦楚，想起井神先生"毋争毋"的嘱咐，早已准备好了答案。他从容地回复道："老将军哪，在下一介书生，哪有这等本事？那是智勇双全的屈将军杰作。"

裨将军听了，乐得白须一翘一翘的，拍了拍吴实的肩膀，大拇指一伸，连声赞道："对对对！书生是手不沾血的。先生心澄身洁，高尚。上等之人，真个高尚！”

刚刚道完，裨将军又突然脸一变，心一沉，长叹了一气，唏嘘不已道：“唉，老朽一介武夫，与高尚的先生相比，就截然不同了，全身溅满了血。敌人的、自己的、同侪的，嘿！什么样人的都有，全身从里到外，都散发着血腥臭。老朽晚上做梦，东一伙，西一群，讨血债的，成群结队来了……”

思绪回到眼前，裨将军又较真地对吴实道：“先生见笑了，老朽斗大的字不识一箩筐，可心里却亮堂着呢！”

裨将军停了停，又朝吴实满意地点点头，十分诚恳道：“今后，先生若有什么难事，尽管来找老朽，千万不要客气。噢！”

吴实听了一喜，把纠结在心头的话说了出来：“在下不知老家的那伙山贼，此次参战立功了没有？”

“好！老朽去把新军登记、兵士立功两册，给先生拿来。”裨将军出门不久，就把《垒沙参战兵士名册》、帅府审定只待上奏楚王御批的《垒沙战议立功兵士名册》拿来了。

吴实翻看两册，喜、惊、忧同时浮上了心头。胖烧瓜赫然在立功名单中，家乡的山贼临羊却未参战，被白来放回家从良的白熊，竟然也在立功名单中……

小院晚餐上，破天荒摆上了酒。吴实兴奋地举起了酒杯，津津有味地向弟子们描述了下午见到屈将军的情景。众人听得喜笑颜开。吴实欣然提议道：“来，大家一起，为恩人屈将军大展才华，为楚军垒沙歼敌大捷，连干三杯。”

又令吴实意料之外高兴的是，季左和芷水，叔文偕粉儿，双双笑容可掬，一齐向先生鞠了躬，敬了酒。芷水和粉儿又按老家桓山习惯，为月老吴实各捧上了一双亲手制作的新鞋。

吴实大喜，高兴地祝福两对恋人，又一连喝了三杯。吴实醉眼惺忪，瞄着齿先开怀大笑，似乎那面目突然变得可爱了。他与弟子破天荒单喝了一杯道谢酒。小院众人皆喜，个个醉意醺醺。

第二天，帅府的将军们都去了朝堂，参加楚王摆设的庆功酒宴。帅府里的大小官员，都兴奋地下了酒馆。吴实婉拒了同侪邀约，照常点卯。

下午，偌大的帅府少见人影，一片死寂。只有不知死活的知了，仍在窗外的树上聒噪个不休，似乎在尖声问询吴实：“怎么唯你不懂得该乐就乐？”

还真有人给吴实送乐来了。一个景氏武官醉癫癫到来，满嘴酒气手一挥，颐指气使地吩咐待在吴实门外的戒夫道："到府外去玩！"武官东倒西歪坐到了吴实对面的木椅上，血红的双眼直直地盯着吴实，口里"先生""先生"地呢喃着，高高地翘起大拇指，直直伸到吴实面前，晃了几晃。

吴实忙给他沏了一杯茶，武官打了个酒嗝，连忙起身，恭恭敬敬接过茶杯，无比惋叹地哆嗦道："若是先生……能给我出个好战案，我定要送……送先生一条街，外……外加一百个女人……"

吴实若有所悟，却故作不知所云，赶忙回景氏武官道："在下一介书生……"

"不！"武官大瞪红眼，骤地打断了吴实的话，一本正经道："先生不要骗我，你是真人不露相，为他人作嫁衣……失陪先生了。"

武官说完，手一拱，歪歪倒倒刚出门，被支走的戒夫突然出现上前搀扶。武官手一摆，脱去身，颠颠颠走了。

垒沙大捷后，吴实的誊录之事突然减少了许多，读书的时间多了。吴实亦感到，戒夫对他更在意了。

屈将军又成了大忙人。他秉承楚王旨意，到各楚军驻地，特别是边关要塞巡察，检查军队操练，指导督促合理布防。又给他们介绍新军，讲垒沙战反击秦军经过。

一支四月建成的军队战胜了秦军，真是天下奇闻，楚军无不震惊。不久，屈将军"战神"的称谓，迅疾在楚军中遍扬开来。战神美誉传到帅府，老少军吏炸开了锅。

"唉！老夫一生征战，满身伤疤，九死一生，至今方知白活了。"一些老将军摇头叹息，唏嘘不已。当晚，几人就喝酒去了。

"屈将军为我们长脸了，一战成名，活在楚军史上，多么荣耀。"一些中青年军官喜得狂呼乱叫。屈化成了偶像，个个跃跃欲试，似乎离出头日不远了。

屈柱国听到议论好不惊怵，在屋里低头皱眉急速地转来转去，突地昂头大骂："猴子戴了王冠，但谁人不知猴子的手脚功夫？"

吴实听了议论，仿佛别人都在赞扬他一般欢心。哪知，他暗暗乐了几天后，突然觉得不对头。一些人对他的态度明显大变，只要戒夫不在，就有人探访他，还感觉有一些眼光在窥视他。

这天，一个昭氏中年军官进了吴实房里，掏出一个小包，喜滋滋道："右领大人，这是楚国制造的第一批郢爰，请大人留个纪念吧！”

眼望放在桌子的小包裹，吴实一边说“这怎么行”一边将小包往昭氏军官手上递。

“没什么，小玩意。大人有钱了再给我。”军官说完就出了门。

吴实像捏了一把火，不知怎么办？

恰在这时，戒夫进门了。吴实忙把刚才之事说了一遍。戒夫一笑道：“这点小事，大人收下！”

“不！我与他素昧平生，更无人情往来，我怎能要他的郢爰？！”吴实态度坚决。

“那就先放下再说。”戒夫劝道。

“先生！”又一天，突然一声轻呼惊动了正在埋头看书的吴实。

一抬头，帅府一靳氏将军站在桌前，吴实连忙立身道：“将军请坐！”吴实奉上茶，又道，“将军造访，不知有何吩咐？”

将军脸面陡地堆满了愁容，快快道出一个故事来。

内妹出生在大户家，父亲是侍郎。她从小喜读诗书，年方二八，吟骚作画，针指女红样样精通。人称一朵花，却不曾婚配。父母再三逼问，她才羞羞涩涩道出一个梦来。月里嫦娥说她，如果嫁了一江南读书男子，就会荣华富贵，儿孙满堂。嫦娥又说，男子已来寿郢了。后来，内妹又梦见了那男子。她在街上偷偷看了三月，不见那男。早天在帅府门前见到了你。她喜不自胜，说你就是那梦中人。

“内妹一家好喜欢，要我来提婚。不知先生意下如何？”

“不行！我已婚配，有两个儿女了。我绝不能害了她的前程。”吴实赶紧手一摆，又道，“蒙内妹错爱，实在抱歉了。”

“婚配了不要紧。请先生再考虑吧！内妹天天想着你。我想先生绝不会辜负神意的。”昭氏将军临别又道。

吴实唉声叹气。新近，还有人邀他去列国游览风光。这些人是好心还是坏意？吴实茫然的是，这些人为什么盯上了他？他身上还背着“通敌嫌疑”，离死仅差一步。他绝不能再上当了，也上不起当了。

“先生，刚才有人来过？”戒夫发现吴实情绪不对，忙问，得到证实后，他脸面一拉，两颗虎牙幽光闪闪。

第十五回　失珍宝痛惜端午　见猴首心结疑团

又一个五月来临了。端午节这天，官吏们按律休歇。特殊的日子，吴实又想起了祖父和屈子，天未亮就起了床，点上灯，捧起屈子手书《离骚》高声大诵。读着读着，屋外起风了，雨点噼里啪啦打在窗棂上。触景生情，吴实仿佛看见，龙舟水中泛起了家乡。老祖父、屈子、天岳学馆、七里山等，顿时像一座座海市蜃楼，在他眼前升起，一派灿烂，一片模糊，又一声坍塌……

来寿春一年多了，吴实何尝不是时常在梦境与现实里起起落落？他曾多次梦幻，楚王令他实施“五策六政”，辽阔的楚国大地上，军威雄壮，万民康乐，四季丰收！强盛的楚国又在号令六国，老祖父和屈子迈步在失而复得的南阳郡、黔中郡、南郡等大片国土上，又站在舞动着庄严的楚旗城头，对他连声称赞。哪知，醒来却是一场梦！

吴实想起当初对井神先生的“时不时”心怀不满，现实不是被先生言中了？如同心酸的屈子只能在荒凉冷土上无奈地朝苍天空呼，而他也只能透过灯红酒绿望天兴叹。他感觉自己就像一块顽石，被抛在一角落里，无人在意。

吴实感激屈将军。不是将军挺身而出，冒着风险实施新军策略，夺取垒沙大捷，他纵然浑身都是谋略，又能为楚国做什么，又有何用？

新近，吴实得知他住的小院，也是屈将军个人出钱租赁，让他一众人有住处的。他感激在心。

吴实在想，既然“时不时”，那就顺其自然，辅佐屈将军。虽然将军并非大才，但一旦身居高职，甚至掌管帅府，他的强楚抗秦主张，就可以通过屈将军得到实施。他也就心慰了。

今年春节、元宵、清明等节日，屈将军都把他和弟子们请到家里团聚，像家人一般亲切。今天的端午节，屈将军在哪里？

“各位小弟、小妹端午节安康！”刚吃过早饭，小院倏忽响起了屈将军亲切的招呼声。而后又问“先生呢”？

吴实正要迎出门去，一身便服的屈将军手提一个包袱早进了门。他亲切地对吴实道：“昨晚，老兄特地从外地赶回，来陪先生过节。不久，天就炎热了，这一千个布钱，是老兄给先生消暑的。”

未待吴实致谢，屈将军又道：“老兄请先生和弟子、义女一道，到寒舍小聚，一同祭念我叔祖三闾大夫屈原。”

“啊！屈子是将军叔祖？”

“是呀！每到这个时节，我们都深深怀念祭祀他。”屈将军说着，一眼瞥见桌上的《离骚》，手捧简书惊问，“这抄字大气遒劲，雄浑磅礴，是出自哪位高人之手？”

“此乃将军叔祖屈子遗墨。”特定的物件，一下勾起了吴实的满腹惆怅，他声音明显低沉了。

屈将军一怔，迅速翻到竹简落款处，霍地双眼瞪得滚圆，手抚屈子亲笔签名，念着“尊义兄圭公存正”字样，忙惊奇地急问吴实道：“先生的祖父、名满西周的圭公，怎么与我叔祖这般情深义重？”

屈将军一语惊起了吴实思潮泛滥。在老家时，每每思念祖父，他就来到坟前久坐。如今，他一年多未给祖父上坟了，顿觉心中无比懊丧。吴实心情沉重地回话道：“将军的叔祖屈子蒙冤流放江南到汨罗，数次被在下祖父接到家中小住。二人谈古说今，相见恨晚。互以义兄弟相称。祖父告诉在下，一次酒后，屈子酣畅淋漓，一气书就了这册《离骚》。”

屈将军听得惊讶不已，一阵思索慨然道：“先生可否将《离骚》珍宝带去老兄家，叔祖的不少后人虽然很有名望，却极少见过祖上的亲笔字。”

吴实极不愿将珍贵的《离骚》示人，更害怕丢失。但哪有理由拒绝屈将军，只得随声附和“可以”，就精心包裹好《离骚》，紧紧挟在腋下，与一众人来到了屈将军家。

这晚，醉醺醺的吴实，竟然忘了带回被他视为珍宝的《离骚》。懊恼之时，哪知又惹出一件烦心事。

吴实进小院不久，一个黑影就悄悄翻过高墙，进入小院来了。

少时过去，小院亮起灯，少顷，就响起了喝酒的欢闹声，叔文他们和一自称“猴首”的尖削脸，说着家乡话，道着乡情，喝得好开心……

第二天早晨，芷水一见吴实，就酸楚地眼望先生，欲言又止。

吴实看出了猫腻，慨然对芷水道：“今天上午，你一定要去告诉老当家，猴首到小院来了。”

第二天傍晚，戒夫将吴实送到小院门口，一阵犹疑，满脸肃穆，双眼直直地盯着吴实道：“我有件事想跟大人打听。”

“兄弟之间不要客气，你觉得该问就问，我一定如实告诉你。”吴实轻描淡写地一笑，用早就学得的同侪习惯口气，与戒夫兄弟相称了。

一年多帅府生活，吴实察觉到，哪怕是同事或跟班，平时“兄弟兄弟”叫得亲亲热热，做事却是神秘兮兮的。相互之间从不言及公事，也不互相打听来路。即使有人突然消失了，也不见引起“兄弟”的丝纹波澜。

“事不宜迟，在下直说。”戒夫脖颈青筋凸起，严肃地问询吴实道，“大人及门生与尖削脸是什么关系，在家乡是有恩还是有仇？”

吴实直言回道：“我们过去从不相识，无任何交往，更无恩怨。”

这晚，吴实怎么也睡不着。他在想戒夫，在武馆里，那般受到教头和大小头目尊重；在季左的小酒肆里，威风八面，主东和地痞讨好都唯恐不及；在帅府，可以任意安排自己的主人；手中的钱财说用就用。所有这些事，与一个跟班随从的身份是绝对不相衬的。若不是随从，怎么对他又这样专心致志，服服帖帖。戒夫究竟是什么人？

一年多来，吴实暗中发现，在寿春这块巴掌大的地方，朝廷有鸱鸮，昭、屈、景三大公族亦有鸱鸮。其中朝廷鸱鸮最得势。

吴实知道，鸱鸮是市人们的隐秘话题。他们潜藏于各衙门或街市的三教九流中，市人称他们是氏族大臣的“护院犬”。他们间既相互拆台恶斗，对外又心狠手辣。随着秦楚战事紧张，几家鸱鸮疯狂暗查、抢抓官吏里的秦军奸细，缉捕庶民中的贼人。被他们盯上的人，不是被打入囚笼，就是颈上开花。戒夫莫非是鸱鸮？

“好啊！秦军在攻打的韩、魏两国，十来天就占去老大一片领土了！”这天帅府里，突然一阵呼声惊动了吴实。

原来，秦军大败于垒沙，楚国西面边境平静数月后，又有消息从西北传来，秦军突然掉转矛头，大事兴兵指向楚国西北的韩、魏两国了。

秦军在教训誓言不再与楚合纵的韩、魏，楚国上下一片欢欣。

朝堂廷议好热闹，大臣争相奏报时局见解。“老天有眼，沸汤在煮韩、魏了。”“秦军也只捏得软柿子。”“秦军在垒沙被打怕了，楚国最少可安定十年、二十年，或许更久。”“楚军养精蓄锐后，夺取中原，一统天下，定是手到擒来……”

楚王听了，多时的苦脸一放开，手捋花白胡须笑盈盈的，立即颁旨大宴群臣。

官吏们从上到下，由过去的消极颓废，一变扬扬得意，又泡在了灯红酒绿里。

朝廷征调抗秦的各氏族军队也松了一口气，纷纷提出要回封地去。将领们甚至放弃训练，懈怠了防守。帅府对秦军的情报刺探也不当一回事了。

“垒沙一败，难道秦军就服输了？”吴实看着官史们的享乐，楚军的轻妄，不免心生忧虑，深深震惊。他总觉得此事蹊跷，像有一种什么凶险事，要在这貌似平和的环境里发生。他好奇地投入一项新的探究里去了。

吴实沿着秦军进攻韩、魏的路线，死死盯在了魏、楚两国交界处的舆图上。他一会儿拳敲额头，一会儿用老长的小拇指甲剔牙，整整看了一天。他边看边思索个不停。

秦军兵败垒沙后，多么需要一场新的胜仗，以振国威军威。尤其是针对楚国，若是有了新胜，就可以震慑各诸侯国了。眼下，秦军看似在进攻韩、魏，更则他们得到的却是叶地的一片荒岭野土。尤其是在魏国，靠近楚国一方的尽是深山，这些土地对秦国来说，几乎是没有任何价值和意义的。秦军要这些地方干什么？真实意图何在？

吴实又从王朝藏书馆找到几卷手抄而未成籍的《山海经》，查阅到此山中并非有秦国急需的铜矿石记载。

吴实又趴在舆图上细看了半天，像突然明白了什么，禁不住迸出一身冷汗。若是秦军在占领的魏国深山中，矛头往南一转，不就指向了楚国吗？这里可是离寿郢更近哪！

多年里，魏、楚不是敌国，边界上一直没有重兵布防。假若秦军真的要从此处攻楚，那可是楚军的软肋，定会一击成功。届时，楚国就面临一场大灾难了！

一连三天，吴实敲着额头，紧盯舆图，一寸寸土地地寻找起来：秦军最有可能从边境的哪里下手？

三天过去了，吴实从舆图上细选出了三处险峻之地。他又反复对比，再三推敲，精确计算兵力投入和辎重消耗。他抚了抚额头，一拳砸在了魏、楚交界处的“黑风口”关隘上！

事不宜迟，黑风口若是不加强防备，楚国就要上大当了。吴实又一番思索，确认判断无误后，立即把想法写成了一篇短章，交给了屈将军。他又提醒将军道：“秦军在玩假手韩、魏，实则图谋伐楚的策略。”

屈将军看过短章，又听了吴实的解释和结论的依据，压住激动的心跳，轻松一笑，赞扬了吴实一句“先生操心了……”

六月的寿春，烈日如火。这天傍晚，吴实回到小院，硬拉着汗流满面的戒夫进屋歇息喝茶。

戒夫正已口渴，又难却吴实盛情，就进了小院。

叔文他们回来了。粉儿带回了一包时令的寿郢烧鸽。吴实吩咐，众人一齐陪戒夫喝酒。

芷水立即风风火火添加了两个菜，又摆上了寿春圩市上最时兴的青稞美酒，大家请吴实坐到了首席上，请戒夫坐了二席，三个门生和粉儿分坐两边陪客。季左为众人斟满酒，大家一齐站起，向吴实举起了酒杯。

正在这时，戒夫眼角朝门外一望，突然“咚”的一声，酒杯掉落地上，摔了个粉碎。

众人一愣，眼光不约而同转向戒夫，只见一向稳重的戒夫，突然满脸煞白，额头汗珠直冒，虎牙露得老长。

这是怎么啦？吴实惊奇得还未回过神来，戒夫早一蹦离了席，未置一言，拉起身边的叔文，几步蹑进了灶房，出后门走了。

“哈哈！来得好不如来得巧。在这遥远的异乡，我们还是喝点家乡酒，一道陪先生快乐快乐。”一个熟悉的乡音，送进瘦高的尖削脸来。他把一个花蒲市匠人制作的精美酒陶罐放在饭桌上。

上次尖削脸寅夜造访小院，戒夫提醒过后，吴实严禁弟子们与他交往，只能表面应付，切忌深谈。眼见戒夫如此神情离去，吴实和门生们及粉儿好生纳闷，二人是什么关系？

眼见众人的诧异神情，尖削脸眼珠瞄了几瞄，惊奇地一笑问道：“大家这是怎么啦？刚才好像有人向后院跑了，他是谁？”

“没什么，哪有什么人？是叔文。叔文快来，有贵客来了。”吴实打破僵局大喊。叔文应答一声，大步从后院进来了。

大家随着吴实，霎时恢复了平静。席间，每每尖削脸开口夸赞屈将军的垒沙大捷，众人就避开话题轮流向“贵客”敬酒，横生枝节说家乡。芷水也上了桌，破天荒地敬起贵客的酒来。

吃过饭，喝了茶，又坐了许久，众人醉意醺醺，送走了东倒西歪的尖削脸。吴实催促门生们睡了，关上门，还在闷头喝茶。突然，他感觉门外有动静。

“咚咚咚！”一阵轻轻的敲门声，却是急迫传进屋来的。

“你是谁？找哪个？”吴实一蹦起了身，几步跨到门后连问。

“是我，戒夫，右领大人。”门外低声细语答。

戒夫进了屋，反手关上门，随口问：“我那三个兄弟和粉儿呢？”

听说他们都睡了，戒夫骤然脸面一阵抽搐，虎牙寒光闪闪，咬牙切齿，又重提旧话对吴实道：“这个魔鬼，想在先生这里做恶毒事。你们可要提高警惕噢！”

戒夫稍许沉思，又对一头雾水的吴实道：“如果，他明晚再来，你们照常喝酒，谈家乡，热情品茗，千万不能让他感觉到你们在提防他。望大人嘱咐门生配合。过了明晚，就万事大吉了。”

“明晚后万事大吉。”戒夫的话是什么意思？吴实怎么也想不出，于是连忙答道，“我和弟子们一定办好！”

戒夫看出吴实疑虑，又道出一段让人目瞪口呆的原委曲直来。

尖削脸是洞庭湖汨罗江边人，出身于破落人户家。他粗读诗书，能说会道。三十出头还在打光棍，识得一富户未婚女子后，夜夜翻墙入室，好言纠缠不休。女子生怕坏了名声，不敢声张，万般无奈与猴首同宿。女子怀孕后，恼怒的富家，逼着猴首娶亲。猴首家徒四壁，只得远逃钦上里，以门客身份藏在了沙府。

猴首寻得机会，来了寿郢，以吴姓自称，当了屈氏族的鸱鸮，娶妻成家，不久前，生了一子，日子过得惬意，却又不安分了。

前天早晨，屈将军来帅府点卯，途经西街。

“冤枉啊！天大的冤枉！请将军为我们做主。”一家老小七口，扑通通跪在屈将军马前。

屈将军从未遇到过这种情况，忙勒马问道：“你们有什么冤情？快说。”

一个七十多岁的老头双泪直流，气得直抖道：“昨晚，将军所管的屈氏鸱鸮尖削脸和两个恶鬼，与我儿前后脚进了我家，随手关上门。尖削脸突然大怒，呵斥我儿是‘秦国奸细’，领了秦的六千布钱奖赏，一搜我儿行囊正是六千，当场没收了钱财，把我儿绑走了。老夫知道，那钱可是我儿讨回的货款，请将军明察，为小民申冤！”

一时间，街面上行人云集，众人大怒，辱骂、斥责屈将军之声不绝于耳。

“别看屈将军冠冕堂皇，却是心灵丑陋，手下养这般恶人！”

“什么‘战神’，原来是个小人。”

“听说屈将军还是个骗子，垒沙作战方案也是别人谋划，被他所用了。骗子瞒天过海，欺骗楚王……”

屈将军听了大骇，知道这是别有用心之人在利用告状，实质是冲着揭他老底来的。将军好不震怒，但众目睽睽之下，又不便发作，只得硬着头皮对众人道：“本将军一定彻查，严惩罪犯！”

“你就是个欺君罪犯，先查自己吧！”不少人又是大呼小叫。

“呸！”“呸！”“呸！”有向屈将军吐口水的，有摔臭鸡蛋的。将军早已弄得一身肮脏。几个卫士竭力拦阻，才保得将军离去。

屈将军气得直抖。是谁在背后操纵告状人，当街丢他的颜面？不是尖削脸在外炫耀，有谁知晓其是屈氏鸱鸮？在寿郢，各家鸱鸮都千方百计地策反对方人，肯定是尖削脸早已脚踩两只船，在为别家鸱鸮办事，才制造了这场攻击侮辱他的闹剧？

更让屈将军不安的是，街上有人骂他“欺骗楚王”，尖削脸竟敢瞒着上司，甘冒杀头风险去接近吴实，肯定是想从吴实处了解新军方案，提供给大臣到朝堂上去闹，逼着楚王令刑府彻查，这样他就身败名裂，甚至还会牵连屈氏族。

一到帅府，屈将军立即找来鸱鸮头领，严令他亲自督办，一定要除了告状人，不得有违。

第二天早晨，鸱鸮头领禀报屈将军，那生意人被抓的当晚，尖削脸就将其沉了颍水。昨晚夜半，尖削脸和数个鸱鸮，将那家拦马告状的老小，悉数装袋子丢进了颍水。

屈将军松了一口气，立即吩咐鸱鸮头领，马上去宴请尖削脸，安慰他，此事了了。还要他善意提醒尖削脸，以后办事要注意云云。

吴实听着戒夫讲述的故事，浑身毛骨悚然。刹那间他明了，时常找他的人，就是企图从他口里得到新军谋划铁证，来搞掉屈将军。阴谋难以实现时，就转向利用民众舆论了。他还知道，尖削脸来小院的企图了。

眼望沉思的吴实，戒夫问："先生在想什么，还有什么要告诉我？"

吴实忙摇头道："没有了。"

正如戒夫所料，第二天傍晚，尖削脸左手提酒，右手提着一大包熟食，兴高采烈来到了小院。

吴实不经意间瞥见，尖削脸的包袱皮上，隐隐有个歪歪斜斜的"饿"字。他心一愣的当儿，赶紧回过神，不露声色地回到小院众人的家乡情里，热情地接待了尖削脸。

这是一顿欢快的酒，门生们喝得大醉睡了。尖削脸好兴奋，拉着醉得东倒西歪的吴实品茗，又聊到了新军。吴实口里喃喃个不清不白："明晚……你再来喝……喝酒品茗……细说你想打听的事……"

尖削脸以为吴实在约他，暗地一乐起了身。吴实醉眼惺忪，把尖削脸送出小院，转身关上门，熄了灯。他赶紧伏在窗台上，沿着深巷眺望。尖削脸哼着小曲，踉踉跄跄往前去了。

在一朦胧黑暗处，平地骤然冒出三个黑影来，一团东西迅疾堵住了尖削脸嘴巴的同时，一条布袋从头到脚，量身定做似的刚好罩住了高瘦的尖削脸。黑影麻利地将布袋口一扎，往马背上一放，三匹快马一阵风似的不见了踪影。

"啊！"吴实突然浑身一紧，那个身手敏捷的高大个，不就是戒夫吗？他那敏捷的身手却从未露过相。吴实倏忽感觉，那虎牙是多么可怕！

就在吴实一片茫然之时，他数月前的一个预见，真真切切地得到了证实，让他既震惊又兴奋，莫非是命运之手，又给他送来了一个转圜之机？

第十六回 预见成实黑风口 钦点晋升早朝堂

“秦军在攻打黑风口了!”边关六百里加急塘报传来，深秋时节的寿郢，又炸开了锅。

秦军攻打韩魏，兴奋了不久的郢都，又像历经了一场骤降的寒霜，冻得几个冷战后，一片愕然了。

原来，正与吴实数月前所判断的那样，不甘垒沙失败的秦军，攻占了韩国南部、魏国西南部分领土，打通魏、楚边界后，秦军兵锋一转，直指楚国的黑风口关隘。秦军成功地玩了个假韩魏而伐楚的鬼把戏。

帅府震惊了，过去，楚军不曾严格设防黑风口，更无重兵驻守此关隘。如果黑风口失守，秦军突破了这个重要关隘，就会直接影响楚都寿郢的安全，甚至加快战胜楚国的步伐。

“黑风口危急?”楚王得帅府报，惊悚之余，突然想起一件往事来。

几月前，屈将军不是曾给他上过一个奏章，预言秦军可能要进攻黑风口关隘吗?他御批给了屈柱国呀，怎么就没引起帅府的重视，还不见回音呢?大怒之余，他抖手一指中射，厉声喝道：“你快去帅府，把黑风口御批奏章找来!”

中射一阵犹豫，还是迟疑着走了。许久过去，中射愁眉不展回返王宫。在记忆里，中射曾给楚王递上过这份屈将军上呈的奏章，可未见楚王有御批，更未要他送给谁呀?!

“御批奏章呢?”楚王一见中射就连连急问，脸面十分难看。

中射屈膝跪下直言道：“微臣确实许久未见皇上有御批奏章，要下官转达给谁了。”

“有鬼，真是有鬼了！”楚王一急，粗言俗语大骂，立起身，双手急速地在条案上一大堆竹简里翻寻起来。

中射几步跨上，在高高的简束堆里，迅速抽出一个在他记忆里熟悉的小简束，麻利地展开一看，双手递给楚王道：“陛下说的就是这份奏章！”

“啊？”楚王大叫了一声，奏章上怎么就没有一个红字？这样重要的军机大事，自己怎么就忽略了？他脸色惨白，一屁股坐下，瘫脚手软了。

真个难怪，垒沙大捷，秦军转攻韩魏，楚王，也该放一放沉重的心情了。

朝会上，廷议的话题当然是告危的黑风口。

楚王又恢复了丢失不久的肃穆相。他把屈将军的奏章，郑重地摆上案头，目扫低眉俯首、大气也不敢出的文武百官，双眼气恼地停止在柱国身上，眼里陡地迸射出两束厉光来。他突然高声喝问：“秦军要进攻黑风口，哪位爱卿安排细作探得了情报，又有哪位预先测知，还有哪位精心布置了要塞防守？”

昨天，中射来帅府向柱国要秦军进攻黑风口预测奏报，他一口否定了。事后，他猜想是楚王着魔所致，就没在意。但军事毕竟是他职责，不容推脱。他忙战兢兢闪出朝班队伍，眨着血红的双眼，扑通一声跪奏道：“微臣失职，让陛下焦虑，微臣罪该万死。为了补救，昨夜，微臣通宵达旦，已经做好了黑风口严守方案，待容启奏陛下后，即刻发兵救援。”

“过去，帅府可曾想到过或置备过预案，对付秦军进攻黑风口关隘吗？”楚王怒容未改，声音却忽然变得不紧不慢，但仍让柱国感知，楚王喷着牙齿咬碎的粉末，掉落在他的脸面上了。

屈柱国赶紧接话奏道：“启禀陛下，黑风口原有预案，是对付魏军的。现今，对付秦军的方案已经做好，滴水不漏，万无一失，大军待发。微臣请陛下御览审视！”

“嘿嘿！”楚王两声皮笑肉不笑，狠狠地白了柱国一眼，“咚”地一掌拍在条案上，咆哮大吼：“临阵磨枪，仓促应战，还说万无一失，你骗鬼去吧！”

楚王吼完，猛地抓起面前案上屈将军的预测奏折，劈头盖脸朝柱国甩去。又是大吼道：“帅府养着那多武将、谋士，那多细作、暗探，花金费银，都干什么去了？”

可怜的楚王突地一手按住阵阵作痛的胸口，呼呼直喘粗气。

屈柱国冷汗直泼，慌忙捡起打在头顶，又掉落在地的奏折，看着看着，他顿时吓得魂不附体了。奏折上明明白白写着，秦军是假韩、魏而攻黑风口，预测竟然是这般准确。一看奏者，竟然是屈将军。这小子怎么就不将这奏折告知他呢？若是其他任何人奏报的，柱国都不怕，楚王决不会改换屈氏族武将的柱国职位。因为楚王害怕各氏恶斗，早平衡了掣肘之权。如今，奏折是屈氏将军呈送的，其人在朝野有“战神”之称。楚王巴不得你氏族内讧，甚至斗得死去活来，楚王才有好戏看呢！顿时柱国一阵沮丧，心里暗暗叫苦，“完了……自己的职位动摇了……”他忙鸡啄米般磕头，口里念着“罪臣该死，罪臣该死”！

“国家朝廷，为什么要文武兼备？因为社稷这张经纬大网，靠文官织内兴，武将织外安，各有职责。如果各安本分，呕心沥血，赤胆忠心担承大业。楚国能不兴盛，众爱卿还在这里焦急不安吗？”楚王早吼累了，气累了，浑身无力。他目视众臣，虽然语音变得和缓了，却不失气冲牛斗。

朝堂鸦雀无声，静得连一根针落地的声音也听得出来。楚王抬起头，眼瞥匍匐在地的柱国，稍稍一抬手。

殿头官会意，几步上前，伸手从柱国手中一把夺下奏折，双手捧着，恭敬地放在楚王面前。

楚王一把抓起奏折高高举起，又突然提高了嗓音，对众大臣道：“爱卿们都看看，这份奏章，是早在三四个月前，就有人未卜先知，秦军要进攻我们的黑风口。有人在其位，却不操其心，有人不在其位，却在操心。”

殿头官接过奏折，双手递给相国。相国首先瞥了一眼启奏人名字，火速览过奏章，又传给昭太师、景太傅、屈少师、项少傅……

“好啦好啦！不看了。”奏折刚传过五六个重臣，楚王又极不耐烦地开言道，“能者上，庸者让。着屈化将军领帅府副将职，即刻领兵赶赴黑风口……”

在帅府伸长脖子等候廷议消息的屈将军，突然接到晋升帅府副将、出征黑风口两道御旨。他仿佛听到了朝会上，楚王面对众大臣，连连称赞他的众多褒言。他关起门来乐，手之舞之，足之蹈之。他也不知自己口里说了些什么？只知楚军历史上，三十刚出头的帅府副将，还没有几人做过。他成了凤毛麟角。离柱国仅差一步之遥了。

啊！要出征黑风口了，屈副将陡然想起御旨，不由得浑身一抖。

垒沙大捷后，副将去过黑风口守军兵营，只是饱吃了一顿酒，望了几眼老弱病残的兵士，感觉自己怎么也提不起劲来，就怏怏地走了。哪里想到今日，他要领兵去防守这里的关隘，抗击秦军了。他心里没有半点准备，怎么对付来势汹汹、一心想复仇的秦军？束手无策之时，他忽然双眼一亮，大叫“有办法了”。

对！找吴实。既然吴实预料秦军要攻打黑风口，就一定在舆图上细细分析了原因，甚至早就有了防守，或者秦军攻取黑风口后，楚军复夺的方案。屈副将一喜之余，心禁不住又是一沉。他左右为难，陷入了深深的困顿。

这次去黑风口，他带不带上吴实？过去，戒大和止水时常禀告他，吴实既不爱财，又不贪色，更是拒绝与任何不相识的人接触，显然，吴实是听了他的警告，害怕生人中藏有敌国奸细，谨防“通敌”之故。对外敌策反吴实，他是放心的。但无孔不入，手段毒辣的昭、景氏公族的鸱鸮，岂是吴实能对付和识别得了的？

屈副将又想到了猴首。他是何其精明，不是也被景氏鸱鸮策反了？若是他不带吴实去黑风口，两氏鸱鸮说不定就会利用他不在寿郢之机，不择手段控制吴实。如果，吴实经不住鸱鸮的引诱或严刑拷打，把曾作出的垒沙作战方案、黑风口预见之事，一五一十告诉了他氏鸱鸮。那么，昭、景两族大臣，还不抓住他这“欺君之罪”的铁证，趁机闹翻了朝堂才怪。其结果就不是几个庶民在街上拦马乱叫了。

副将害怕了。他猜想着知晓了真相的楚王，即使再信任他，也定会拍案而起，以欺君之罪治他。届时，他就身败名裂，身首异处了……

想到此，副将丧魂落魄。为了处理决定自己前程命运的吴实，过去，面对众人议论，他曾请教过对他关怀备至的屈氏裨将军，暗示是否将吴实做了，除了祸根。未料，裨将军竟眉一皱，一言不发。

刚过了一天，裨将军又主动找到他，讲出一番骇人听闻的道理来，吓得他赶紧打消除了吴实的念头。既然不能除掉吴实，他就打算要让吴实暗暗被自己使用更长的时日。可不是，如今，黑风口之战，不是迫切需要吴实吗？

屈副将也想过，把吴实带去黑风口，可帮他再打一次震惊楚国朝野的大胜仗。但如果那样做，被他精心隐藏了多时的吴实，就走到前台、抛头露面了。军队里的人，就知道了有吴实在助他，众人之口如何封得住？何况他“战神”的名气大了，往后的危急战事，如果失去了吴实，他又该怎样应对。

吴实该怎样存在，逼得副将不知如何办才是好。他痛苦地权衡再三，只得走一步看一步了。刚想到此，他又牙一咬，决定带上吴实去黑风口，先打了这场胜仗再说。如果有任何对他不利的情况出现，他可以随时掌控局面，甚至果断地除了吴实！

决心已下，屈副将立即去找柱国。

哪知，柱国不仅没有了屈化初晋将军时，对他的那些热情祝福，甚至连笑容也没有。柱国窝在大木椅里，双脚高高地跷在条案上，一副爱理不理模样。

屈副将一头雾水。旋即，他大眼一眨，装一副忠诚模样凑上前，信誓旦旦道："柱国若是遇到了什么难事，尽管交小侄去办，小侄一定肝脑涂地，为长辈排忧解难！"

柱国还沉闷在朝会的羞辱里。当一眼见到让他受辱的始作俑者时，虽然怒火直冒，但他仍努力压抑情绪，皮笑肉不笑，对屈副将摆一副鄙夷状，嘿嘿两声冷咳，头往前一伸，酸溜溜地逼问屈副将道："你小子能排忧解难，就你那猴子打拳的手脚功夫，能办什么事，你屙泡尿照照自己的模样，看看是个什么东西？"

好心挨了一顿臭骂，屈副将哑然失色，呆若木鸡。他双眼瞪着柱国，傻乎乎愣着。

"滚！快滚！你带上吴实快滚！若是保不住黑风口，你给老子提头来见！"

柱国骂完，勃然起身，大步进了里间。他担心再待下去，会把满腔愤怒发泄个淋漓尽致。这对一个即将出征的主帅是不利的。他还担心，如果黑风口仗打不赢，他脸面更加无光，不仅不好向楚王交差，还不好向屈氏公族交代。他不得不明令副将带上吴实。其实，他更担心自己的威望和前程。

难怪，在朝堂上，柱国已被屈副将弄得威风扫地了。该如何救场？他却一点办法也未想出来。

虽然朝会后，屈柱国也曾深层次考虑过，即使楚王再不满意，也暂时不会动他的宝座，但一旦那小子反复利用吴实，几次战功，光环叠加，羽毛丰满，加上不明真相的人们狂呼大赞，楚王定会以众命难违之名，断然换了他这个哪怕只有五十来岁的朝之重臣，让屈副将取代他。届时，你屈氏公族也找不了楚王的岔子。

柱国心里又是一阵彻痛。想看想着，他骤然一拳打在墙壁上，到那时，他只有把多时就已发现，屈副将暗暗利用吴实，做欺君勾当之事，一股脑大白于天下，将屈副将送上断头台。

啊！是的。柱国又想起，现在迫切需要的是，必须留下证人吴实。裨将军曾告诉他，屈副将想除了吴实，到那时，就死无对证了。“对！必须切实保护好吴实……”

被晾在一边多时、受尽柱国侮辱的屈副将，高一脚，低一脚，连自己是怎样走出柱国公廨的也不知道。他骤地想起了，吴实预料的秦军进攻黑风口，他一时高兴，竟忘了向柱国禀告，而是直接奏报了楚王，肯定是此事引起了柱国不满的。令他更不安的是，柱国主动吩咐他带上吴实去黑风口，难道柱国也知晓，他是利用吴实作了垒沙大战方案和黑风口预见的底细？他浑身一颤叮嘱自己，今后，吴实有任何好主意，他都要首先报告柱国，绝不能让其成为他前行的绊脚石。

屈副将刚出帅府门，裨将军就被柱国请进了帅府，二人好一阵嘀咕。裨将军满脸肃穆，急匆匆地走了。

第十七回　恨现实痛谅芷水　离寿郢再谋合纵

这天傍晚，吴实回到小院，突见屈副将已在院里了。他赶忙上前，拱手恭贺将军晋升帅府副将。

呼了声先生，屈副将就紧紧拉住吴实，亲亲热热地进了一间空房。二人关门一阵长谈后，有说有笑出来了。屈副将满脸笑容对吴实嘱道："后天早晨，老兄在兵营里，静候先生、弟子和义女到来。"

"好！一定按时赶到！"吴实果断地答应了副将。

屈副将去赴禆将军为他饯行的晚宴了。一路上，他兴奋地想着，此战有吴实亲临战场，无须要他操心，此战是必胜无疑的。自己又可打一场震惊国人的胜仗了！

兴奋之余，副将又突然想起下午发生在帅府的事，心又一抖。他已是帅府副将了，若是再打几次胜仗，楚王说不定就要他任柱国了。若是卸任的屈柱国从中作梗，揭露他利用吴实"欺君"怎么办？"啊！"他突然一喜，柱国不是与禆将军关系很好吗？可助他化解矛盾呀！他一鞭抽在马屁股上，马儿飞箭一般向十分关爱他的禆将军家跑了起来……

"要随屈副将出征黑风口！"吴实甚喜。近两年囚徒般的郢都生活，埋没了他的才华，让他的心都发霉了。现在，他终于可以走到熟悉的山野田园中去了。那里不仅有他无限喜爱的风光，还有他任意挥洒智慧的战场。屈副将吩咐的黑风口防务，虽然是他第一次参加的实战，但他早已设计了几种方案，在心里演绎了数次，可谓成竹在胸。楚军胜利，自己又可以为楚国献上一份忠心，告慰井神先生和老祖父了！

一阵兴奋过后，吴实想起什么时候可以凯旋？他又有意无意地信手卜了一卦。

“啊！难道真的是这般结局？”卦象让吴实浑身发怵！黑风口战后，他将不再折回郢城了。那么，他是死于战场，还是被逼迫回家？

吴实再卜，卦象仍是一样。只是他阳寿未断死不了，但从此要流落他乡，这是为什么？

焚香烧纸，吴实虔诚地请教井神先生。先生嘱他道：“毋争毋。此番胜仗后，如果有人要你走，你千万不要打听原因，更不要犹豫，顺从命运果断离开。否则，就有性命之虞了。”

如五雷击顶，吴实目瞪口呆。难道晋见楚王的机会，从此就彻底失去了？多灾多难的楚国啊，一个赤子的满腔热血，拯救社稷的美好抱负，就这样报国无门，付诸东流了？命运不该捉弄任何一腔痴情家国的美好情怀呀?!

吴实静静地坐着，浑身瘫软，苦痛不堪，绝望如毙。他使劲地敲着额头。他也不知想从额头里敲出什么。他紧捂着滴血的心，仍在一次次祈祷黑风口胜仗后，能平安地返回寿郢。

许久，吴实擦了擦眼角，牙一咬，决心抛下一切顾虑，轻装上战场，全心全意为楚国保住黑风口！

吴实调整好了心绪，简约地吩咐弟子和义女，把别人的欠账欠物全还了，退了租赁的小酒肆，辞了武馆，把必需的东西都带上，不要的物什一把火烧了，准备后天早晨轻装出发。

翌晨，芷水得讯先生要走，不禁浑身发抖：“先生怎么没有叫我准备行李？”

芷水连忙去问询粉儿，得到证实后，她快步回到灶屋，流出两串心酸的泪珠来。“先生这一走，家就没了，可就苦了我啊！”

“决不能让先生走了！”一阵思索后，芷水突地杏眼一顿，挽起菜篮出了门。她无事一般在小院转了一圈，确认戒夫不在，先生的三个弟子去酒肆和武馆辞行未回，她迅速出了小院。

芷水买菜回来不久，一个身穿戒夫服饰、个子高大的男子和一军士进了小院，二人恭恭敬敬叫了吴实“先生”，又操着一口女人腔礼貌道：“屈副将请你去帅府，商量明天出征事宜。”

吴实一听，立即和两人一道走了。

小半个时辰过去，戒夫回到小院，四处一看，不见了吴实。粉儿告诉他道："刚才来了两个人，说屈将军要先生去帅府，他便跟着一道走了。"

戒夫在小院转了一圈，突地虎牙幽光一闪，把芷水找到屋里。

芷水一见怒气冲冲的戒夫忙问："大哥，怎么啦？"

戒夫努力平抑心情，他用蹲牢狱在刑府学到的软化手段对付芷水，细声细气回道："被你小妹气的。"

芷水急忙辩解道："哎呀！我可没有和大哥作对头呀?！"

戒夫反问芷水道："你是个穷孩子出身，我们没有作对头的理由。现在是对先生。先生被别人关押，军士去救先生，刀矛不长眼，若是误伤或误杀了先生，你就不是被卖去青楼，而是拉去市曹斩首了。"

"啊！"芷水骤然满脸苍白，大叫一声申辩道，"小女子一时糊涂，却并非要害死先生，只是想把先生留在寿郢。我才不被……"

戒夫果断地手一挥，打断芷水话说："好啦，你快告诉我，先生在哪里。若是副将见不到先生，屈氏鸱鸮还不来找你？你知道后果的。"

芷水震悚。去年，老当家曾当着她与其他女子的面，把一个受了男家聘礼，不愿去"当家"的女子，交给一伙下人玩弄了半月，又卖去了青楼。她一屈膝跪在戒夫面前，说出一个地名来，又连连磕头道："请大哥快去救出先生来，还不要暴露是小女子所为啊！"

"下不为例！"戒夫出了小院，举起左手挥了几挥，又举起右手挥了几挥，瞬间身边聚了四个黑衣壮汉，五人一道走了。

午饭前，芷水隔窗望见，戒夫把吴实送回了小院。她刚松了一口长气，又突地满脸羞愧，浑身发抖。见戒夫转身走了，她才快步迎出门来，心里怦怦直跳，好不酸痛地呼了吴实一声"先生"，就猛扑过去，一手拉住了吴实，像怕他飞了似的，泪水早流了一脸。

"你不要哭，我不是平安无事回来了吗？"吴实心里五味杂陈，却不忘宽慰芷水。他猜想芷水并非要害他，只是不愿小院散伙，多么可怜的女子！

芷水从吴实平静的态度里揣摩，他并不知晓绑架内情，戒夫也没有出卖她，禁不住一阵暗喜。当她眼光再次投向吴实时，心又猛地一阵抽搐，先生身上到处是血迹，不禁惊呼道："啊！先生负伤了？"

"可惜，这不是我的血。只是误杀了四个壮士啊！"吴实脸面铁青，一副惋惜状。

"杀了？谁被杀了？"芷水骤然停下了为吴实更衣的手，迸出一额头冷汗，急得大叫。

吴实看着惊得发怵的芷水，一阵犹豫，道出一段怪事来。

早晨，两个军士来说，屈副将要吴实去帅府。走到半路，不知从何处冒出四个便衣来，拦下了他和两军士。

“你们要干什么？”两军士尖声尖气，忙拔刀护住吴实，怒问来者。

在这人来人往之地，便衣不敢发作，只是“嘿嘿”一阵冷笑，把外衣一掀，露了一下满身长短暗器，戏言道：“就你两个阉男的那点手脚功夫，护得住先生？”

两个军士脸一红，泄了气，只得跟着吴实，与便衣们一道来到一豪宅里，便衣反手关上了门。

吴实正在盯着宅内观看，早听得背后两声“哎哟”的尖叫，两个躯体的倒地声传出。他忙回头一看，顿时吓傻了。两个军士躺在地上，胸口血流如注。

“你们为什么要杀他们？他们可是屈副将派来找我的军士！”吴实怒斥着大喊，忙卷起袖子，蹲下身子去施救伤者。然而，一切都迟了。

“先生，他们并非屈副将的人。他们是想把你骗出小院，将你暗杀了。”便衣和颜悦色向吴实道。

吴实还在茫然，四便衣留下二人，另两人出门前向吴实道：“先生不要急，我们去禀报屈副将，马上来接你。”

约莫半个时辰，吴实喝了两碗茶，突然门被撞开了。四黑衣冲进门来，举刀向二便衣扑去，吴实赶紧去护二便衣，哪知早被黑衣人杀了。他溅了一身血，被四黑衣送回了小院。

吴实瞥了芷水一眼，只见她满脸死白，牙齿咬得下唇直滴血。她用抖得厉害的手，沏了茶，嗓音哽咽地说了声“先生用茶”，就乱步出了门，哇的一声大哭，倒在自己床上，抓起被褥蒙住了头。

吴实从未见过芷水如此哀状，连忙追到她房里，坐在床边，一个劲地宽慰芷水。

许久过去，芷水停止了哭泣，一挺身坐起，对吴实道：“先生，小女子实在对不起你，上午绑架先生之事，与芷水有关。芷水是生怕先生离去家散了。可如今，芷水又没生路了。”芷水痛苦说完，又道出一段原委来。

还是在老当家教习她们当家的日子里，众女子住在一大四合院里，门口有一帮寺人当看守护院。老当家个个残暴，让小女子受尽了苦，其苦难远非上次告诉先生的。她亲眼见过，一砸烂窗户木栏想逃走的女子，被老当家捉住后，送给一个常来小院，给老当家送钱送物的富家子。女子不从，富家子将她打得奄奄一息，当众强暴了。富家子将一大把布钱给了老当家，住了数天，将那女子折磨死了才走。老当家常将不听话的女子，交给一些不三不四的人带出去，几天后归还来时，个个只有一口气了。

经常遭受挨打和受尽侮辱的芷水整天吓得发抖，病倒在床。这时，一个先她而来、交往甚厚的姐姐，侍候她一天后，告诉了她一个秘密。“如果你认了一个‘妈妈’，她可助你逃过不少难关。”

老当家都是过往“当家”没有生下一男半女，“家”就“散”了的女子，被“妈妈”救下才没被卖去青楼。可她们已卖身官衙，是无法嫁人的，就成了“老当家”。她们渴盼了一生，至死也没个家。如果有了“女儿”，就有人养老送终了，她们能不对“女儿”尽心尽意吗？

芷水掏心掏肺跪拜侍候了一个“妈妈”。妈妈琵琶琴瑟、针指活路、梳妆打扮样样出色，当家两年，“主东”将军战死了，未留下儿女。妈妈十分疼爱女儿芷水，吃的穿的用的都特别关照，手把手教她习艺。芷水摆脱了过往动辄脱衣、脱裤子，任由看守男子打骂玩弄的羞耻日子。

这些护院看守都是贫穷家子弟，生活走投无路，被阉割了。家人想将他们送去王宫当寺人。王宫不要，他们就来护院了。一些乖巧的寺人也拜老当家作妈妈，一些老当家又有了“儿子”，同一老当家的“儿女”，互称“义兄”“义妹”。

当初，芷水被安排给吴实当家。妈妈立即去户部找昔时主东的朋友、现任侍郎了解吴实。侍郎与妈妈“姨兄妹”相称来往二十多年了。表兄一听说吴实，立即严肃地告诉表妹道：“此人一旦发达了，就是一人之下，万人之上。你千万不要让表侄女失去了这个好机会。”

妈妈高高兴兴回来了，将表兄的话原原本本告诉了芷水。芷水当家后，妈妈又要女儿十来天就去禀报一回侍候吴实的情况，每每摸着女儿的肚子，总少不了对女儿一番斥责：“你一定要为吴实生几个儿女，越多越好。这可是关系我们母女面子和将来生活的大事啊！”

芷水听说吴实要走了，就去告诉妈妈。妈妈去问侍郎。侍郎曾听风传，吴实是屈化新军的谋划者，但屈不可能要吴实亲上战场挥刀杀敌。他把自己的想法对表妹说了。

“啊！吴实想摆脱女儿，女儿一生的前程就完了！”妈妈气呼呼回来，立即吩咐两个“义子”扮着戒夫模样，骗过护院鸥鹗，来劫持吴实。

“如今，两义兄被杀，小女子成了一个先生不爱、妈妈不要的人。小女子难逃一死了……”芷水痛泣着，越哭越伤心。

原来是这么回事！吴实被羁和被屈氏鸥鹗救出时，他猜想定是芷水出卖了他的行踪，确实气恨在胸。现时，他又无比地怜悯芷水了，忙道：“你不要哭。原来，我猜想绑架我与你有关，现在明了你不是存心害我。我原谅你了。我去天涯海角都要带上你。”

芷水听了立即跪拜在地，痛泣道：“先生大度，可是又一次救了小女子的命，小女子永志不忘先生恩情……”

“啊！明天要出征，自己可能回不来了。”晚饭前，吴实突地想起了什么，就急匆匆赶到帅府的公廨里。他分门别类，收捡好了手头的所有资料后，打算将一份思考成熟，却未完稿的抗秦新策最后完成，留给屈副将从黑风口回来再用，作为副将对他和弟子、义女关照的报答。至于楚王能否见到新策，朝廷办不办，不是他能掌控得了的，就当是一个学子，为楚国再献上的一份忠心吧。

原来，近几月里，吴实又细细分析了接触到的所有秦军材料，发现秦军并非只想灭了楚国，而是想吞并六国。即使秦国的联齐远交，也只是分化蒙蔽齐国，掩饰其勃勃野心的权宜之计。此时，如果楚国真诚实意结交其他四国，甚至包括齐国，揭穿秦之阴谋，让五国都知晓被秦各个击破的利害，阐明再结新盟人义，重新合纵，同心同德一致对秦。那么，诸国不仅可以灭了强秦，甚至楚国也就奠定了再入中原、一统天下的基础。

天完全黑下来了，夜色是那样沉重，似乎要把整个世界彻底压垮似的。

戒夫拨亮灯，吴实的心里比灯火更亮。他埋头奋笔疾书，宽阔的前额，闪着柔柔的光芒，照耀着笔下新的合纵联盟。

这是一支为了本国之生存，而六国联盟的大军。大家抓住最后的机会，同心勠力战秦。军队旌帜似海，兵士如虎，在纵长楚军的带领下，如惊涛骇浪，澎湃千里，向秦军席卷而去。它无坚不摧，战无不胜。翻腾的诸国战旗，鼓起烈烈长风，涌向西北，涌进咸阳，在高高的城头翻飞……

吴实仿佛自己是一个统帅，也是一个兵士，一个普通楚人。他把心中的愿望和呐喊，全着力在了如锋刃般犀利的笔尖上！

“咚！”“咚！”“咚……”一声声悠长的敲钟声，从都城的钟楼远远传来，撞在亥时的尾声上，显得那样沉重而又无奈。

白驹过隙，日月如梭，流逝的时间，是否想利用钟声唤醒人间的什么？在这个浑浑噩噩的世界里，有多少人感知了它的一去不复还？又有多少人知晓，它在默默地见证着历史和人生的无情演绎？眼望寂静的都城，吴实的心翻滚个不停。

吴实使劲地揉了揉布满血丝的胀痛双眼，又低头挥笔，直至写好最后一个字，才放下手中笔，挺起高大壮健的身躯，兴奋地几步跨到窗前，一把推开紧闭的窗门，那束洞悉时局的眼光，刚刚投入都城，心又骤然冷得一紧。

深秋的风一阵阵凛冽，像无数把不见形影的小利刃，在狰狞地分割这个世界的万事万物。大树上的残枝败叶，在发出飘零的回响。低矮茅屋飞起的草屑，以掉落回应。流落街市的褴褛衣衫，在楼房的角落里，咂咂嘴，又紧了紧身上的单衣薄裳，再入梦中……唯独那些悬在高楼门厅上的灯光，一如既往地锃亮，眼也不眨一下！

吴实又抬起疲惫的眼光，仰头向西北眺望。他仿佛看到了黑风口，随着楚军的到来，随着血与火的高扬，楚国的旗帜，坚定地插在关隘上，放出一片灿烂的光芒来！可大军保住了一关，又能保得一国吗？他低下头，恭恭敬敬地双手合十，虔诚地祈祷道：“老天保佑，愿我多灾多难的楚国，从此吉祥太平，重振雄风，再展抱负！”

突然，窗外一阵更劲的冷风，从吴实无比心仪的中原，呼呼涌进屋来，小小灯火几个摇曳，就无声无响地倒在了黑暗里。冷风将桌上吴实再次合纵抗秦兴楚的方案，翻得一阵乱响。竹简噼噼啪啪，纷纷掉落地上。

“右领大人，让我把窗门关了，点上蜡烛吧？”戒夫急匆匆进了门，关切地问。

“不，谢谢兄弟了，就让我这样冷静冷静吧！”吴实平和亲切地对戒夫说。

戒夫从黑暗里摸起一支支竹简，一把递给吴实，又悄悄出了门。

吴实蚕眉紧皱，郑重地抱着竹简，又抬起手，用衣袖小心翼翼地抹了又抹，把新方案紧紧地靠在了心口上。

“啊！”吴实忽然满脸笑容遐想开了。苍天不是翻看了他的方案吗？天神定会读懂了一个小小楚士的赤子之心，定会保佑他的楚国，重新回到雄风万里，心中顿时憧憬无限，美妙无边！

“啊嗬！”“啊嗬！”“叮叮咚咚”“嗵！”“嗵！”寿郢皇宫等建设工程的劳动号子，笨重铜具、巨大石器的击打声，又将吴实远走的思绪，唤回到现实里。

此时，如果有人问吴实，离开寿郢的最大愿望是什么？他会毫不犹豫地回答，若是谋事者们从争权夺力、灯红酒绿中解脱，就不会麻木国是，就会系念社稷和百姓。民众一心，力能翻天。哪里还怕烽火连举，还怕秦军穷凶极欲？

“咳！”戒夫假咳一声进了门，轻言细语提醒吴实道：“大人，子牌过去多时了。明天就要出征，弟子和义女还在等候大人吃晚饭呢！”

“对！我怎么就疏忽了？谢谢兄弟提醒。”吴实连忙起了身，把书有抗秦联盟新方案的竹简包好，双手像托着一个襁褓里的新生儿，放在摇篮里一样，放在桌上。他关好门窗，无限深情地望了一遍待了近两年的公廨，锁上门，依依不舍地离开了帅府，大步流星向小院奔去。

“哈哈，先生回来了，快上团圆饭！”不时到门前眺望的齿先，老远就辨出朦胧小巷尽头的吴实身影，高兴地回头朝屋内大嚷。

“大人到家，我告辞了。”戒夫又像往常一样，拱手和吴实作别。

“兄弟呀，这是我们在寿郢的最后一顿晚饭。你无有家室，客气什么？我们一齐团个圆，喝顿酒。”吴实激动地拉住了戒夫。

戒夫声音哽咽，不无惋叹道：“在下本应随先生同行去黑风口，但……但……”他突然打住话，双肩急速耸动，低头快步离去。

“请留步，老兄有话说。”吴实几步追上戒夫道，“请你关照芷水。另外，如果要我离开寿郢，请让芷水与我们一道走好吗？”

一向果断的戒夫，竟然支支吾吾，突然转身离去了。

吴实眼望戒夫背影，蚕眉骤然一皱，心一阵发冷。

谁知，小院里这顿最后的晚饭，吃出的竟是如此结局。

芷水虔诚地祝福过先生，又祝众兄弟一路平安，早日凯旋。当她与季左四目相对时，突地泪水涟涟，泣不成声了。

早已心事重重的季左，一见芷水模样，满脸苦痛离席而去。

吴实心里一咯噔，陡地生出无限的牵挂和忧虑来。他们走后，是一种怎样的命运，在等待独自留下的芷水。无有任何能力自保的她，又将如何应对那多有形无形的魔爪……

第十八回　风云关隘忽易手　兵营守军陡惊心

清晨，北风漫卷，寒气凛冽，落木萧萧。

迷蒙的秋风秋雨里，各色旌帜哗哗飘飞，刀枪闪闪发亮。一支两千人的带甲，昂首挺胸，阔步大跨，头也不回，顶风冒雨从寿郢出发，向西北方向的黑风口关隘急急开拔而去。

迎风招展的蓝底白色“屈”字旗下，魁梧高大的屈副将，坐在这支楚军的头马上，御赐盔甲光亮闪烁。年轻的将军手持长戟，目光坚定，平心静气，微微翘起的嘴角上，传递出战胜一切妖魔鬼怪的无敌力量和气概。

“战神!”“战神!”“胜利!”“胜利!”“凯旋!”“凯旋!”将军稳操胜券的无敌神情，壮士毅然赴死的英雄气概，让早起送行的人们，个个激动得热泪盈眶，呼声连连大起，震天撼地。

白发裨将军陪着身穿便服的屈柱国，夹在众多送行百姓的队伍里，心事抑郁，愁眉不展。二人看着，惊得几乎叫出声来，屈副将怎么只领了两千带甲，这不是以卵击石吗?

二人奇怪地相互一阵窃窃私语，而后，瞪大四目，在行进的队伍里紧张地巡睃起来。最后，在辎重队里，他们发现了混杂在骡马间的吴实的高大身影、闪光的额头，以及众门生和义女。二人会意一笑，如释重负，紧结的眉头和紧绷绷的脸，兴奋得骤然放开，手一扬，兴奋地打马回府去了。

“报!”“报!”“报!”这天上午，当屈副将的队伍，行进到离黑风口只有两天路程时，早有一匹六百里加急，去寿郢送塘报的快马迎面来了。信使老远望见一支到来的楚军，像抓到了救命稻草般，老远就挥手呼喊着，转眼，疾风般来到了队伍前。

“禀报副将大人，黑风口昨天下午失守了！”关隘信使滚落马下，屈膝跪地，一边呼哧呼哧出大气，一边声嘶力竭地禀报。

“关隘失守？”屈副将大吃一惊，这是他始料未及的。震惊之余，他愤怒问道：“关隘上的一千守军干什么去了，是吃干饭的？”

信使吓得连连磕头道：“关隘守军千人的队伍，老弱病残不能出战的有百多人，七天固守，虽然秦军死伤近三千，但我军也死了六百多，伤了一百多。关头带领仅剩的不足两百号兄弟，誓与关隘共存亡。哪知……老天作祟……”信使激动得说不出话来了。

老天作祟是怎么一回事？快说！屈副将接过话急问。

信使浑身一抖，吐了口长气，又禀道：“守军战到第八天午后，骤然一阵黑雨瓢泼而下，一股黑风呼啸而来，裹住了关头和众兵勇。以前，兵勇们早经历过这场景，凡是遭遇黑风黑雨的人，都头晕目眩倒在地上，找不到东南西北了……”

“既然你们知道有这种天气，为什么没有预防方案？”副将的怒气越来越大，手一挥，打断了信使的话。

“恰巧这天，老军头未上关隘，没能控制住黑风。秦军随风雨尾巴，虎狼般杀上关隘。不知是什么原因，在这关键时刻，关头和众兵士竟然一声未喊，也未听见兵器拼杀的撞击声，大家就全没了，关隘也丢了。”信使极力辩说，暗暗落泪，头越埋越低。

一股飕飕的冷风，倏地掠过屈副将的脊梁，他不由得浑身隆起一层厚厚的鸡皮疙瘩。这可是他从未听说过的神秘之地呀！如今，秦军占领了关隘，楚军失去了居高临下的地理优势，要复夺关隘，只得改防守为佯攻了！

出征前，副将想从垒沙调新军来参战。吴实听了道：“那显然是来不及了，可就近从防守寿郢的军队里，抽调两千兵士即可。”

屈副将急了。目下，他手里仅有这点兵，这仗该怎么打，如何取胜？他心里一团乱麻，但他唯一清醒的是，要信使速去寿郢禀报，要让朝廷知道，他是在未到目的地之前，关隘就已失守的情况下，迎险而上的。

信使一走，副将立即叫亲信去队伍后面，把右领叫来。

“先生，信使来报，黑风口关隘失守了。”副将浓眉重结，满脸沮丧，信使的话，让他还在暗暗胆战心惊。

吴实平静听过，忙和蔼地宽慰着一脸愁苦的将军道：“副将不要着急，秦军既然得了关隘，敌变我也变。那就他打他们的仗，我打我们的仗嘛！”

见副将没有领会，吴实又道：“依愚见，我军千万要注意，不要过早暴露现有两千兵士的踪迹，省得增加攻取关隘时的难度。现在，将军可派六百精锐轻骑，随我先行，连夜赶去黑风口，守住关内要道，摸清秦军情况。大部队照常行动，后天下午，经过当地的县衙后，不远处有个废弃城堡，大部队就住下来。废城堡离战场仅二十里左右，将军就在那里静候前军消息。不知将军意下如何？”

面对突变军情，吴实无惊无诧，肯定早已预料，胸有成竹，不然，他怎能想得如此周到？屈副将又想起裨将军嘱咐的“多用吴实计谋的”话来，连道“可行”，又派亲信向众头领传令：“从现在起，这支楚军任由右领调遣，那是他在执行本副将的整体作战方案。有违令者立斩！”

吴实早料到主帅有这一招，接了将令，接了帅府行军调兵印，忙行礼，却被屈副将一手拉住：“先生辛苦了，免礼！”

第三天天未亮，吴实亲领的六百前队，提前一天赶到了黑风口关隘的山脚下，队伍停下了。

吴实仔细地辨着朦胧的山影，指着舆图上的一条峡谷，叫过两个头领，语气坚定道：“这是一条约莫一里长的险峻之处，是关隘通向内地的必经之路。现在，你们带领各自队伍，即刻布置到两边山上去。今天，就要在战阵上，备足滚石檑木、硫黄燃料。今晚，大家一定要休息好，五更头造饭，五更尾前，一定要让兵士悄悄各就战位，坚决消灭企图通过此处攻击内地的秦军。敌方若有逃出峡谷者，一定要用强弓硬弩将其射杀，一个也不准从关隘逃回。明白吗？”

“下官……明白！”一个头领脸现犹豫，支吾着应答了右领。

“先生还记得白来手下的白熊吗？”另一头领问。

吴实一看惊问：“白熊头领，你们不是被白来郡丞安置回家了吗？你怎么在军里？”

白熊回道：“大家安葬了服毒自尽的白来大人后，就回家了。哪知，县衙捕快四处捉拿我等，众人只得又弃家上山为贼，后来，我们参加新军找生路。垒沙大战，我立了功，就调到都城守军里来了。”

“好好好！你又有学问，又有武功，果然是一条好汉。祝你为国再立功吧！”吴实高兴一笑，又严肃地嘱咐白熊和另一头领道：“你们打伏击的这些山，荫庇极好，你们悄悄进去后，切切隐蔽好战马，收藏起旌帜。至于你们伐木取石，埋锅造饭，就不要顾忌声响和炊烟了，怎么能把事办好，就怎么办。大家尽管放开手脚干，只要秦军认定你们是疑兵，此仗就胜券在握了。”

白熊与头领相视一乐，他们正在担心，在关隘秦军眼皮底下备办战阵如何悄悄得了？未料，右领早为他们想到了。

吴实又继续道：“你们责任重大，守住峡谷，事关战局成败。它既可保证我军稳住阵脚，消耗秦军机动力量，让我军变被动为主动，还可保证我军抓住有利时机，组织力量，迅猛出击，一鼓作气夺回关隘。拜托二位头领了！”

两头领都上过战场，少见指挥官有如此缜密思维，体谅谦和下属，顿时信心倍增，高声应答过“遵令”，可又突然犹豫了。他们曾听说过，关隘白天有黑风黑雨，该怎么办？

吴实像早看透了两头领心思，又拿出一幅镇服黑风黑雨的粗麻布符咒，交给两头领，一番吩咐后，又向白熊和另一头领道：“今天，峡谷里风和日丽，没有黑风黑雨，你们放心去准备吧！”

两头领大喜，向吴实一躬，高兴地走了。

吴实的弟子、义女草草吃过干粮，立即按吴实安排，叔文和粉儿，季左带着狼狗，分两拨先后走了。吴实则带着齿先，去了山脚下的楚军军营。他迫不及待要尽快了解，关隘守军掌握的秦军情报、我方战力及关隘失守的原因。

这是一座老旧军营，房屋破败不堪。一个褴褛军服上沾满了血迹的白发白须老军头，来见吴实。

老军头满脸苦楚，慌了神，手脚战栗着，扑通跪下道：“守军丢了黑风口，又丢了关头，真是罪该万死，小的任凭右领大人发落！”

即使石头人见了老军头，也怒不起来，齿先早扶起了老军头，吴实忙道：“老军头辛苦，只怪我们来迟了！”随即又问，“你能带我去看看关隘尚存的兵士们吗？”

泪水立即在老军头脸上深深的皱纹里，像小虫般爬动起来。他边走边无比惋惜地唠叨着：“一群多好的小伙子啊！八年里没被饿死，一场仗就没几个好的了。丢关隘的那天，他们偏偏不准老夫上去助力，留下这把老骨头，丢人现眼啊！”

“剩下的兵士都在这里。”老军头一指茅棚说。

这是一个茅草盖顶、四面透风的大棚。关隘战受伤的百多兵士，全挤在棚里，门内放着两大桶粥，两大盆咸菜。乱糟糟的茅草铺地，黑不溜秋的被窝里，躺满了头脸裹布、缺胳膊少腿、骨瘦如柴的伤兵。两个呼呼直喘粗气的老医官，衣不蔽体在忙碌着，一见右领，战战兢兢上得前来，未说出一句话，早已喉头哽塞了。

吴实心里一阵酸痛，脸也变了形。老医官向他简约诉说了医疗少器具，伤病兵士缺药，还吃不饱等状况。吴实叹了一口气，不忍直视。他闭着眼，向大棚内深深鞠了一躬，转身走出了茅草大棚。被老军头请进了一间四面漏风的屋里。

“这里守军的情况，上面知道吗？”进屋刚坐定，吴实就怒气冲天询问老军头。

老军头略一思索道：“队伍换防八年来，仅有一个屈将军，去年来吃过一顿酒，看了兵士，未过问关隘事，就赶忙走了。”

吴实眉一皱。他怎么也不愿听到，有关屈副将的任何谗言。转而，他怒眼一翻，大声斥问：“当地县令知道军营状况吗？”

“小的该死！”老军头扑通跪地，头磕得“咚咚”作响。

老军头怎么啦？吴实犯迷糊了。

齿先赶紧又去搀扶老军头。哪知，老军头死死趴在地上，怎么也不起来。抖着嗓音道：“小的正是当地县令。任职十多年了，虽一直住在军营里，却无能为力，不能为关隘守军解难，真个是罪该万死。小的任由右领大人发落！”

吴实怎么也未想到，老军头就是当朝县令，一股同情泛起心头时，又猜想县令定有难言之隐。他双手扶起老军头县令，坚定地说：“老县令有什么难处？另外，比如兵士‘没被饿死’‘换防八年’是什么意思？请一并将真相告诉我，究竟出了什么事？”

老县令眼望没有恶意的吴实，挺了挺干瘪的腰杆，慨然道：“这些驻守黑风口的千多兵士，是从靳氏封地调来的。八年前，从另一关隘换防到这里。从此，他们像被上头遗忘了一般。有四十多个老死、病死、饿死的，也没补充过一员。如今，三十岁以下的兵，一个也没有了；五十岁以上的，有三百四十多人；六十岁以上的，有五十多人。关头早几天与秦军交战失踪之日，正好是五十八岁。八年来，守军没有更换和添置过武器。关头年年禀报，上头年年轻飘飘地发回一句老话，‘楚、魏无战事’。”

吴实眼皮直跳，帅府不是常常禀报楚王，要塞和关隘守军生活安排了吗？想起大棚里的伤病兵士，他突然感到，不该过问此事，现在知道了，他官小位卑，又能怎样，能改变兵士们的生活或命运吗？不知是六神无主，还是鬼使神差，本想着改换话题，口里却仍在问道："'兵士饿死'又是怎么一回事？就靠那些白粥和咸菜，能养好伤病兵士吗？"

老县令脸现难色，当他看到吴实尖利的目光时，又支吾道："山里土地少，大家想种菜，就得挤占百姓土地，与民争地，只得作罢。平时，兄弟们吃的粥里，拌着大家从山林里扯来的野菜。现在打仗，又是深秋，就只有白粥了。过去，大家想打牙祭，就去老远的深山里打猎。现在，附近的老鼠、鸟雀都打光了，只有咸菜吃……"

"帅府安排的军资，都到哪里去了？"吴实早听得眉头大结，不耐烦地手一挥，厉声喝问。

老县令擦了擦昏花的双眼，端详了吴实一会，暗想，此人虽然正直，可一个右领，在帅府只是个走卒，有什么能耐？省得他怄气，忙叹了一口气，沮丧道："这都是小人失职啊！"

"此话怎讲？"吴实进一步逼问。

老县令被逼无奈，只得道出实情。原来，帅府下达关隘的军资，只有两成，令当地郡守出三成，令当地县令筹措五成，郡、县两级的筹资，双双落空了，帅府年年扣欠，实到关隘守军的，仅有一成。

吴实听了怒火中烧，再也忍不住了。他勃然大怒，手指着老县令高声怒骂道："你个老奴才，装出一副瘟猪相，巧言令色，还说要上战场助力，为什么该筹的军费，兵士吃饭的钱粮，你也让它们落空了？你失职。你居心何在。你图谋不轨。你……"

"哈哈……"老县令猛然一阵狂笑，张开双手仰头高喊，"老夫这个无才无能的老东西，真真是个老奴才。上头多年没人理我了，右领大人骂得好，骂得老奴才心里高兴啊！"老县令喊罢，突然号啕大哭。

正在吴实一片糊涂之时，军营里两个老火头军，不顾一切冲进来，跪在吴实面前，为老县令慷慨陈词鸣冤了。

"老县令年轻时，求学于郢都学宫。四十多岁，在此地当了县令。十多年前住进军营后，他的全部俸禄，一个子儿也不留，都给兵士们吃了饭。他还经常教习兵勇识字读书，和大家一道守关，与山贼搏斗受过伤。这次守关隘，若不是他用卦象破敌，秦军死伤三千，我们这些残兵老勇，哪里能守得了七天？”

“第八天清晨，他向兵士们讲，今天，关隘危险极大，要刮黑风，下黑雨，说不定要失关，又要亲自上。关头考虑他六十七了，县令之职未归位，大家都不甘心，就命令我们把他绑在柴房里。如果，他上去了，说不定就保住关隘了……请大人不要冤枉他。他是个一心为军营，一心报楚国的大好人哪！只是他被冤屈了十几年，怎么申诉，上头也无人过问。老县令冤哪！请右领大人开恩，放过他啊……”

“郢都学宫”“卦象破敌”“算出第八天失关”“他上去就保住了关隘”“冤屈”，这些呛人的字眼，像一个个高高的浪头，扑进了吴实的喉头。他噎得好不容易才缓过气，忙踉跄起身，抖手拉着老县令，坐在了身边，又嘴一拨，示意齿先搬来一条凳，请两个火头军坐下。

吴实深深地呼出几口气，才平静心情，对老县令肃然起敬。他拱手恳求老军头道：“在下粗鲁，对不住老县令了，请先生宽恕后来。我还想知道，先生才智无边，又是怎么沦落到这般地步的？有什么冤屈，能告诉我吗？”

未待老县令开口，两个火头军又争相道出一件朝廷司宫事来。

第十九回　斩富豪军营得惠　识县令神鬼唏嘘

三十多年前，本县有一赤贫农家，将无法养活的儿子，忍痛一刀阉割后，送去了王府。不久，老两口饿病交加死了。十多年前，都城来了两个阔商，替做了寺人的儿子，到老两口坟前祭拜。

寺人的一叫石蜕的远房穷表亲，红了眼，立即赶来引路陪同，又杀鸡宰羊，热情接待了阔商。不久，都城给石蜕寄来了大量钱财，还有十数件国王赐宝。

原来，那阉割儿在王宫里，由寺人晋升当了司宫。从此，石家发得天红地白了。家丁如狼似虎，石蜕强买强卖，霸占了县里一条街，把县衙也占去了，还打伤吏员数人。县令告到郡里，郡守支吾搪塞无暇，派了两个下人，来石蜕家喝了几天酒，拿了一包钱财，就回返了，“强占县衙案”不了了之。

偏僻山野，百姓贫穷，天高皇帝远，上头几乎无官吏来。石家抢得县印后，自封县令，安排了一众吏员。平民都把石家当作县衙了。从此，石蜕强行号令乡里，强征县民赋税，政出石家。石蜕横行霸道，巧取豪夺，鱼肉乡里，奴役县民。百姓敢怒不敢言。石家所得钱粮，一个子儿也不给军营，一晃就是十多年过去了。

失去县衙，郡守不管，县令不服，没回家与亲人团聚，而是来军营住下了。县令家离此五百多里，亦是大户。多年里，家人多次接他回去过享乐生活。他硬是不走。好端端的一个家也败落了。兵勇们要为他打抱不平，杀到石家去，他拦住大家，说总有一日“天要管的”。大家以为县令要用妖术巫咒灭石家，他说“人不做鬼事”。他始终相信“天”一定会过问县事，还一个县衙给朝廷，还县治给黎庶。哪知，苦苦等了这些年，“天上”杳无黄鹤，县令已是白发满头了。

吴实听了一阵唏嘘，思索一番，又问："去年帅府办新军，石家征调家丁了吗？"

关头去石府征家丁，石蜕眼一瞪，大骂道："你瞎了眼，这里哪有家丁？他们都是县衙吏员。快给老子滚！"

"目无王法，这还了得？"吴实拍案而起，扁平眼寒光逼人。他静了静心，即刻修了一封军书，派齿先和军营一老兵勇，持了帅府行军印，即刻去请石蜕和家丁头目到军营来。

齿先一走，扮作乡村夫妇的叔文和粉儿，满身泥土，绑来了个披头散发、一身泥水的精瘦北方汉。

叔文拿出一块描画着黑风口内楚地的白布舆图，一把锋利短刀，摆在吴实面前禀报道："我们在小村间溜达，听乡人说，昨天，一个北方汉挑着货担，串乡走村，不时打听军营楚军动静，在布帛上画着什么。我们按乡人指点，追出十几里地，才赶上了他。我趁其不备，一手揭下了他的皮帽，这块布掉落地上。他突地抽出这刀，向我刺来，被粉儿一脚踢进水沟里，我们将他绑来了。"

看了缴获物，听了叔文叙述，吴实眼里射出两道锐利目光，紧盯精瘦汉子狡黠的脸，陡地手一挥，怒喝道："快把这秦军细作推出砍了！"

北方汉到来就一双眼睛四处张望，见楚军官发狠话了，陡忽一脸愁容，扑通跪地，头磕地上，向吴实苦苦哀求道："小的是魏国人，家乡被秦军占了，只能到山南来逃难营生。小的不是秦军奸细，这布图是小人在路上捡的，请军爷饶恕！"

军营两个老兵勇听说"秦军奸细"，早已怒发冲冠，哪容狡辩，拔刀扑上去，手抓汉子长发，往肘上一挽，往外就拖。

"我坦白，我坦白。"北方汉一见楚军官尖锐的目光，仿佛像一把利刃透穿了他的灵魂，捅在了他的心上。他知道任何抵赖都是无效的，不由得浑身发颤，脸色惨白，忙高声哀求道："小的什么都告诉老爷。秦军在黑风口北集结了。他们派小的来刺探情报，打探是否有楚军援兵到来。五天后，秦军就要下山攻取这个楚军营，然后向东南的寿春方向进攻，以报垒沙败仗之仇。"

吴实又斥问奸细道："在黑风口，被秦军抓去的那百来楚军呢？"

细作又一个哆嗦，怯怯答道："关在秦军营里。"

“哼!”吴实一声冷笑，伸出两个手指道：“难得你对秦国的一片忠心，可惜的是，你刚才扯了两个谎，再不实言相告，你就失去生机，活不过明天下午了。”

吴实再次审问细作。细作打躬作揖，一口咬定，他说的都是实情。他并不相信眼前人能识破他的“两个谎言”。

吴实嘴一拨，细作被押走了。吴实又在背后喊：“给他弄点上路饭。”

这时，石蜕和家丁头目满脸傲气，骑着汗血宝马大模大样来了。

吴实平静简洁地询问了石蜕，是怎样以县令名义，号令全县子民的?又是怎样拒征家丁参加新军的?

石富豪见召他的只是个帅府右领，早不满意了。他对吴实的问话全部供认，大大咧咧画过押，就拖过一把木椅，跷起二郎腿，坐在正堂中，仰头望天。

吴实突然拍案而起，正色厉言：“石犯听着，你无视朝廷律法，强占县衙，驱赶县令；你盗用官衙名义，号令百姓，横行乡里；你无视楚军帅府军令，拒调家丁参加新军；你的家丁头目，无视国法，助纣为虐。按律法，这四宗都是死罪，二犯立斩，石府全部家产充公。”

石蜕哪里相信自己的耳朵，还是一副目空一切模样。

叔文早抢前数步，飞起一脚，将石蜕踢倒。齿先一把将其紧紧摁在地上。家丁头目一见，回头就逃。

吴实嘴一拨，粉儿捡起一块石头，呼的一声将其打倒在地。二人被绑到了军营校场木柱上。

石蜕似清醒过来，知晓右领要来真的了，突地声嘶力竭大叫：“司宫是我表亲，你们谁人敢动我一根汗毛?”见无人反应，又大喊，“谁人惹了我，司宫准会把他株连九族!”

“苍天开眼了?”听说右领要斩石富豪和家丁头目，军营兵勇人人惊异，老弱病残军士、走得动的伤兵都出了门，伤重的趴到窗上远望，就在众人的疑惑里，鬼头刀寒光两闪，两股黑血把两颗人头喷出去老远。

“啊！右领为我们出气了。”冷寂的军营里，骤然欢声如雷!

吴实当众宣布：“收回被占县衙，老县令归位。石富豪房屋，收归县衙；石家所有用具食物，归属黑风口关隘军营所有。”

“啊!”“啊!”“啊!”吴实话音刚落，军营里又是一阵高声大呼。几个老火头军兴奋地手提石蜕和家丁头目的头颅，老弱病残兵士持了器械，瘸着、拐着，相互搀扶着的伤兵，瞬间聚集了六七十菜色脸孔。

叔文、齿先手一挥，众人狂呼乱叫，又蹦又跳，向石富豪家蜂拥而去。

吴实好奇地想尽快知道老县令“保关隘”的战术。他把还在发呆的老县令拉了坐在一起。粉儿忙给二人上了茶。

“恭贺老县令归位!”吴实手一拱。

如梦如幻的老县令，似乎此时才想起了什么。他一言未置蹦起身，久久端详吴实，支吾问道：“这……眼前这一切都是真的吗?”

老县令见吴实头一点，刹那间老泪纵横，又问吴实道：“老夫……老夫可打听右领大人的台甫吗?”

“我义父姓吴，名实，字子景，号绮里季。”粉儿抢先回答，吴实恭恭敬敬，拱手应承。

老县令骤然满脸苍白，抬起抖得老高的手，使劲擦了擦眼泪，又紧紧盯着吴实细细看了一番。“扑通”老县令跪地，又是泪水四溢，高声大叫道：“果然!果然楚王召见的大学士先生，天庭饱满；果然是老夫的应梦先生，大智大勇，无畏强权暴戾，来成全风烛残年之老夫的梦想啊!”

吴实激动地双手扶起老县令，连道：“先生折煞后来，折煞后来!”

老县令倏忽年轻了，猛地抬手拭去泪花，深深皱纹里，溢满了笑容。他向吴实和义女，兴奋地道出多年前做的一个美梦来……

老县令说，来军营住下当初，他整日整夜心烦意乱，茫然失措。县衙丢了，郡守不管，他该怎么办?想一死了之。一天夜里，他在郢都学宫求学时，曾任过太子少傅、十分欣赏他的老先生，突然来到梦中，嘱他宽心耐烦等候，以后定有出头之日。先生又指着夜空中一颗闪亮的星星说：“此人将成全弟子人生里，最后一次为楚国尽忠出力的愿望。”他望着那颗星看着，久久看着，星光里，竟然现出一张人脸来。再看，那张脸朝他一笑，就不见了。虽然十多年过去了，但他一直在坚守等待着，那脸一直历历在目，竟和先生一模一样，不意今日得遇。他哪敢相信是真的?

“感谢老先生在天之灵，让后来和先生结缘。”吴实激动地倒地三拜天堂里的老先生后，又与老县令聊到了黑风口。

老县令一乐，对吴实道：“先生，黑风口真怪，乱石高崖，山峰险峻，黑水流泻。天上飞禽哀鸣，地上走兽悲嚎。关隘风云雨雪，神鬼莫测。清晨，时有青雾腾腾，现妖脸怪相；白天，忽作黑风滚滚，黑雨倾盆；晚上，则飞沙走石，似妖魔横行。老夫从未见过这般怪异之地。尤其是那些鬼怪作祟的传说，更是令人心胆俱裂。”

稍停，老县令喝了一口水，清了清嗓子，又接着说：“多年来，卑职早就细细琢磨黑风口，对着八卦图，才看清了它的真面目。前天下午，守军兵力不足，武器陈旧，士卒疲惫。加之有黑风作祟，黑雨捣乱，关隘失守了。卑职肝肠寸断，连夜做了个收复方案，就迷糊了。老先生又来梦中了，弟子连忙禀告方案，求老先生指教。老先生一笑道，弟子等了多年的‘青天’来了，无须弟子操心了。卑职大惊醒来，原来是一场梦。”

接着，老县令把黑风口收复方案，向吴实细细述说了一遍。

吴实听得大喜道：“先生的方案，与后来几月前做的所差无几。”难得一遇的智者就在眼前，吴实双眼一眨，又与老县令商妥，双方把以后的战事预料写下来，一同探究。

粉儿迅速找来竹简笔墨，分送二人。

一杯茶的工夫，二人都交出了三片竹简。对照一看，二人你看我，我看你，心有灵犀，禁不住大喜！

原来，他们都写着，明晨，秦军要进攻了，将在峡谷里损失惨重。明晚，南面楚军收复关隘时，北面有人在秦军营纵火策应。老县令的竹简上，特别写上了吴实大人将画符咒，镇住关隘妖孽兴风作浪。

吴实看了大笑不止，又指着竹简笑问老县令道：“先生怎么知道，今晚，后来要派人去营救在关隘被秦军抓获的楚军？”

老县令手捋白须，不慌不忙道：“先生在审问秦军细作，追查被俘楚军下落时，老夫就料定，今晚后半夜，楚军在南面抢关时，先生就安排解救被俘的楚军，同时在关北秦军营放火。秦军前后挨打，不知有多少楚军来了。关上关下，敌军自然会乱了阵脚，斗志尽丧，争先恐后逃亡，楚军不就收复了黑风口？”

“哈哈哈……”二人一阵大笑。

回到唯一的异议，即收复关隘的时辰选择上。老县令选的是卯时头动手，吴实选的是子时头进攻。二人都在思索，如何说服对方。

吴实放下使劲地敲着额头的手，脸面一改常态，扁平眼里射出一束异乎寻常的幽光，一脸狡狯，紧盯着云谲波诡的远方，似乎在求证或期待什么？

眼望吴实神色，老县令顿感浑身膨胀，似有某种东西在让他的心火辣辣地生疼；又似有某种神巫般的导引，在牵着他的思维，游离了自身，在关隘、时辰和卦象间相互穿插、搅和运作。他隐隐感知自己选时错了，就是不知它的原委所在……

幻觉里，老县令在郢都学宫的老先生飘然而至。那熟悉的声音又在耳边响起："时下，人间极少数智者，在探究一种'五行'术，即金木水火土五者。五者相依相克。吴实把成熟的八卦，与始兴于学士间的五行巧妙关联，进行一一对接破译，以求相得益彰的奇效。吴实将此法运用到了关隘收复时段的选择上，将有效避开关隘的凌厉杀气，可谓慎思独到，构思奇特。弟子可照此思路去领悟吴实选择的时辰。弟子比起你的这个恩人来，尚差几分智力呢!"

老县令从迷糊里清醒过来，纳头拜在吴实前，口里连叫："先生高明！所选时辰最好了。先生高过老夫十分智力，佩服！佩服!"

吴实大乐。若是老县令知晓了他的良苦用心，攻取关隘不就更有把握了?! 他赶忙双手扶起老县令，口里"后来不敢!""后来不敢!"地道个不停。

老县令迫不及待地把老先生对他迷津中的指点，告诉了吴实。

吴实乐不可支，赶紧吩咐祭拜老先生。

掌灯时分，到石富豪家去的叔文、齿先和众多兵勇，满载着各种吃食物品，兴高采烈而归。众人草草吃过晚饭，又相互呼喊催促，急匆匆又去了。

吴实留下了叔文与齿先，一番吩咐，二人迅疾消失在黑夜里。

少顷，一个老火头军给正在下围棋的吴实和老县令、观棋的粉儿三人，弄了满满一桌肉食大菜，又摆上了两壶陈酿。老火头军喜得摇头晃脑大喊，"发财了!""托恩人洪福，我们发大财了!"又躬身曲背向吴实"大恩人慢用!""大恩人慢用!"地嘱个不停。

正在这时，在外转了一天的季左，带着大狼狗来了。他朝吴实喊过"先生"，相互一阵耳语。吴实朝季左一笑，抬手向桌上一指。

粉儿会意，正要为季左收捡吃食，季左早手一按，倒了两盘肉食给大狼狗，又从怀里掏出个包袱皮，把桌上的一大盘牛肉，一个猪髈包扎起来，塞进了怀里。粉儿苦着脸，扑哧一笑。季左伸出猴面，向粉儿做了个鬼脸，转身就跑了。粉儿追上去，嘱了声："你切切记住，先生交代之事办好了，就立即回来，芷水还在等着你呢!”

“好！一定的。”季左轻松回了一声，旋即与大狼狗消失在黑暗里了。

吴实与老县令一直在静静对弈，难解难分。

一夜过去，白天来临。粉儿侍候义父和老县令，在棋盘边又吃了早饭，复吃了中饭。她把老火头军新送上的一觞酒，又不断地添进义父和老县令的陶碗里，眼看觞里只剩一小半酒了。

申牌尾时刚到，夜色初上。吴实吩咐高悬起一盏灯来。他猛然“一子定乾坤”落下子，满脸兴奋地抬起头来……

第二十回　风卷残云收关隘　悄无声息归故乡

“叔文与齿先回来了!”粉儿随着吴实目光方向望去，高兴得拍起了手。

叔文、齿先满身战尘，打马向军营奔来，老远就挥着胜利的手势，不停地高喊：“峡谷伏击战大胜!”

二人向先生缴令，禀报了在峡谷里，楚军的滚石檑木自天而降，砸得向南进击的秦军鬼哭狼嚎，侥幸没砸着的又被弓弩射杀。众兵勇斩得秦军首级两千多，敌卒无一逃脱。我军伤亡无几。

吴实满脸肃穆听过，向叔文与齿先又是一番吩咐。二人拱手，异口同声大叫“得令”转身打马回峡谷去了。

老县令心情大悦，高高地翘起大拇指，向吴实晃了几晃。

吴实轻松一笑，又埋头执子，继续与老县令对弈。少时，吴实头也未抬，向守在一旁的军营两个老兵勇平静吩咐道：“劳烦两位老兄去告知那个秦军细作，今天，从黑风口进攻楚地的秦军，已在峡谷里献上了两千首级。他的第二个谎言是，在关隘被俘的楚军，不是关押在秦军营，而是关押在北坡的山洞里。我们要让他死个明白，楚国不可欺。你们去砍了他。”

两个老兵勇大叫一声：“得令!”高挽双袖，手提快刀，双眼喷火走了。

围棋下到亥时中，老县令将觞中倒出的最后一杯酒一饮而尽，笑盈盈地叫过粉儿，代他上阵。他向吴实招呼过，就去了自个住房。

不知过了多久，吴实突然想起了什么，骤地将手中了随手一丢，嘱粉儿收棋，叫军营兵勇领着他，急速来到老县令房间。

屋里早已不见了老县令人影。微弱的灯光，照着几支竹简。吴实赶忙拿起一看，只见上面写着：

“子景先生，我们下的围棋，是老夫的心爱之物，也是老夫唯一的家产，请再造之恩的先生收作纪念！”

“楚国很美。老夫多么爱她，却让她丢大脸了。十几年来，老夫日夜守候归位的那一天，以抹去老夫给国之脸上的羞耻。终于，先生帮老夫办到了。老夫永志不忘先生的大恩大德。老夫在人间的最后一个夙愿，终于圆满了。”

“今天，是老夫十几年来最高兴的一天！可是，人间的幸福，老夫实在是消受不起……”落款是“老军头”。

吴实双眼陡然湿润了。他飞步来到场上，迅速吩咐粉儿道：“我们快去黑风口！”

两匹快马旋即冲进了夜色中……

一大片火把亮着，把黑风口关隘照得如同白昼。

关隘上，肃立着吴实带来的六百兵勇。大家见统军右领大人来了，激动得忘却了甲胄不施大礼的习惯，扑通通全跪下了，连连磕头。近年来，战事常常失利的楚军，在这场被动的战事中完胜，谁不扬眉吐气？统军高超的指挥艺术，让六百兵勇尽乎完整地站在失而复得的关隘上，谁个不感恩戴德？

吴实谦恭地高拱双手，向下跪的军士们连连致谢！

老军头县令和白熊的尸体，满身血污躺在关隘上。

叔文、齿先及打埋伏的楚军另一头领，围着老军头和白熊的遗体，激动地向吴实说开了。

正当我们要去夺取关隘之时，老军头适时来了。他带领我们六百兵勇，一路走捷径，悄悄地摸到了关隘下。守关秦军发现后，奋起反抗，箭矢如雨。白熊头领避之不及，身中五箭死了。老军头见状大呼，叫众兵勇暂避在石崖下，等待时机再攻。

少顷过去，突然，只见北面山中火光骤起，霎时映红了半边天。

防守关隘的秦军，回头望见后方军营起火，不知有多少楚军截断了他们的退路，哪有心思作战。秦兵顿时阵脚大乱，慌作一团，不知该怎么办了。

“杀贼啊！”老军头乘机一声高呼，带头向关隘上猛冲。

“杀贼！”“杀贼！”“杀贼！”众楚军杀声震天。叔文、齿先和那个头领及众军士，狂呼大叫，紧跟老军头往上冲。大家见了秦军，就是一顿猛砍乱杀，残存的秦军丢盔弃甲，有的跪地求饶，有的像兔子一样，四散逃命去了。

老军头眼望北山，见秦军大火连营，火龙乱滚，乐得连声大呼：“吴实啊！吴实！先生文韬武略，用兵如神，楚国有希望了！”紧接着，老军头又大喊了一声，“就让老夫的灵魂，为楚国守黑风口关隘吧！”话毕，老军头骤地举剑自刎了。

吴实听罢，匐匍在遗体前哽咽道：“老县令啊，你满腹才华，刚刚归位，正是大显身手之时，为什么要自裁而去啊？”

众人扶起吴实。在黑风口关隘上，吴实按老军头遗愿，精心挑选了一处风水宝地，又带领众兵勇，一番祭祀后，将老军头知县的遗体和他的剑，以及白熊一同埋葬了。老军头面向北方，背靠楚国。他用深情而又历经磨难的一生，守护着他的国家。

这时，一队楚军从山北上了关隘。几个军士脸呈悲哀，静静地抬着一具遗体，一声不响走在前头。

粉儿一见紧跟在尸体旁的大狼狗，几步跨上细看，大叫了一声“季左哥！”伸手试了试鼻息，就哭着大喊，“你不是说一定回来吗？你为什么要骗芷水啊！”就哭成了泪人儿。

吴实赶上一看，季左浑身是血，早没了气息。吴实脸皮急促抽搐，泪水早流了下来。他努力憋着悲情，“唰”地撕下一块带着体温的内衣布，一点一点亲手拭去季左脸上的血迹。季左滑稽的面容，仍在微笑。吴实再也忍不住了，痛心地高喊了几声弟子，泪流满面。

叔文和齿先头磕得鸡啄米般哭着，在地上一拳拳乱打。

众军士一齐动手，将季左埋在老军头一侧。

可怜的大狼狗，眼角挂泪，哼哼唧唧，两爪在坟堆上乱刨。

“壮士一身好武功，却替老朽挡箭而亡，你不值啊！苍天不公，为什么不让老朽去死……”楚军关头白须垂地，跪在季左坟前，悲恸欲绝。

原来，季左领了吴实交给的任务后，趁夜从树上越过秦军重兵把守的黑风口关隘，下到北山一石洞处，悄悄停下了。正如先生所料，大狼狗嗅得的被俘关隘楚军，被秦军关押在此处。季左悄悄摸上去，平地蹦起，刺杀了一个守兵。狼狗一跃扑上，咬断了另一个守兵的喉咙。季左解救了被死死绑缚的众楚军，又与他们一道，杀了睡梦中的十来个看守秦勇。他们在吴实规定的时辰里，下到北山中，潜进了秦军营。他们在秦军熟睡的连营里，四处点起了大火。

火光中，季左突然发现，两个逃出大火的秦军，正向身材高大的黑风口关头拉开弓箭。季左双手一甩，两把刀向秦军嗖嗖飞去。他又一转身，用身体护住了关头。不幸的是，他和那两个秦军，同时倒在了地上。

晨曦把黑风口夜色一点点收去，大地渐渐明亮起来，万山葱翠，怪石嶙峋，流水飞泻，百鸟和鸣。关隘少见的真面目，清晰在朝霞里，亮朗在征服者脚下。关隘上残存的烟火，在奄奄熄灭。

"嘚……嘚嘚""嘚……嘚嘚"。正在这时，一阵急促的马蹄声，送来了裨将军、戒夫和一个小马队，还有笑盈盈的芷水。她一阵阵心喜，终于摆脱了那时刻让她在生死间挣扎的寿郢。

裨将军迅速翻身下马，呼过吴实"先生"，连忙将他拉到一旁，一阵悄声细语。

吴实听着听着，扁平眼顿时瞪得老大。

未及吴实开言，裨将军又急匆匆叮嘱吴实道："柱国信任先生，闻在汨罗的先贤屈子坟被贼人偷掘，肝肠寸断。思来想去，唯先生能擒拿凶帮。屈氏公族就此拜托了，望先生速去办妥，容当后谢。往后定有机会，我们会再见面的。回程路上，千山万水，凶险难料，望先生一路保重，切忽滞留。"

屈坟被掘？吴实一听怒气冲天，又陡地想起，地方官吏不是可以擒拿凶犯吗，为什么要他从这千里之外赶去操办？正在这时，井神先生的话突然在吴实耳边响起："快走！不要犹豫，赶快走！"

吴实无奈地向裨将军细声恳请道："我还未向屈副将交差，是否该见上副将一面……"

"先生别担心，老朽会告知他的！"裨将军截住吴实的话头，果断道过，朝吴实高拱双手，深情而又坚定地道，"先生，事情紧急，我们就此别过，祝先生一路平安！"

戒夫大步上前，拱手叫过先生，不由分说，扶起吴实上了马，又在马屁股上狠力一鞭，快马向关隘下飞奔而去。

叔文泪如泉涌，迅速挤过人群，拜了季左坟，一手抱起还在坟头上哼唧着乱拱乱扒的大狼狗，转身上了马。

戒夫、众弟子、粉儿和芷水，打马紧紧跟上吴实，朝着先生老家——幕阜桓山方向疾驰而去。

被硬生生推上马背、还在懵懂里行进的吴实，不由自主地朝寿郢方向望去。他感觉自己一颗热烘烘的心，被一只无情的手抓住，霍地按进一个冰窟窿里了。他梦幻了近两年的楚国美好的春天，被一股强大的寒流瞬间倾覆。他心中像一轮旭日上升的楚国，被漫天黑暗席卷而去。他苦苦等待而又相伴热切期望的近两年时日，突然碎作一片冰碴，化作一地乌有。忽地，他又想起裨将军所说，以后还会再见面的，是什么意思？但他清楚，那只是帅府或秦军的事，与他的希望无关。他平生从来没有这样绝望过。难道，他从此就告别了寿郢，再也见不到楚王了？

芷水前后一望马队，笑容陡地从脸上抹去，心里怦怦乱跳，惊得大声喝问道："季左呢？季左在哪里？他为什么没有跟上来？"然而，只有急簌簌的风声，在耳畔回应她……

此时的关隘上，裨将军手抚白须，直到不见了吴实背影，才暗暗吐了一口气。他在关目和一头领的陪同下，饶有兴致地细细看过关隘多个险峻处，打听了青雾、黑风黑雨和飞沙走石状况，又向兵士们详尽询问了此次收复关隘的战斗经过，脸色渐渐冷峻得吓人。许久，他长叹了一声，摇了摇头，连道了三个"神、神、神"！他又认真地祭祀了老军头、季左和白熊，就带领小马队下了山。

送走裨将军，被季左救下的楚军关头，激动地大声动问众人道："谁是派季左壮士，救下老夫和众楚军的吴实大人？"

众人你望我，我望你，无人应答。

倒是攻上关隘的头领和六百骑兵，回想起老军头的呼喊，想起被裨将军支走的那些人，似乎明白了一切。他们疯狂地张开双臂，大伸青筋直暴的双手，仰面朝天，死命大号："吴实大人！""吴实大人啊！"直喊得声音沙哑，喉咙发燥。

然而，苍天无声。只有几朵身穿霞衣的白云，在炫耀它的美色。

众守关兵勇眼噙热泪，朝着吴实远去的黑风口关隘下，朝着连绵不绝的青山，伸长了脖子，企盼着最后看上一眼右领的背影。他们久仰其大名，正在不知其下落时，他却轻巧指挥他们打了一场胜仗。胜利之时，他却悄然离去了……他们默默地为远去的他祈祷送行。

再说在废城堡里，一千四百名等待吴实调遣的兵勇，得到黑风口失而复得的消息，众人无不惊讶至极。回营复令的轻骑兵，向屈副将禀报了复夺关隘的经过。副将大喜过望。他却怎么也难相信，六百兵勇伤亡无几，就歼灭了两千秦军，又复夺黑风口。

“啊，吴实！”屈副将疑虑之余，骤然大惊失色！

“赶快把已经抛头露脸的吴实接回来！”念头刚在脑海一闪，副将就立即带领一队亲信，急急打马直奔黑风口。

雄伟险峻的关隘上，一面“楚”字大旗，在劲吹的大风中猎猎作响。关隘果然收复了！北面山中，火烧过的秦营延绵十数里远。屈副将欣慰无比，立即吩咐亲信去找右领，却怎么也不见人影。关目和众人都不知右领的真实去向。

副将好一阵惶悚，火速赶到关隘下的守军营里，只听到兵勇们都在津津乐道“吴实”的能耐。那话儿句句如箭，箭箭穿透了副将的心。他双眼喷火，杀意陡生，紧紧捏着剑柄的大手，掌中早沁出了大把的汗水。

正当副将向兵勇们打听右领时，白头裨将军赶上来，向副将拱手恭贺道：“副将指挥如神，用兵奇妙，收复关隘，又建殊勋！”

副将听得脸面火辣辣的，忙问老伯见右领否？

裨将军一副轻松模样道：“那小子到一个偏僻的旮旯里去了，再也没人能见到他了。”

副将半信半疑，不知裨将军玩的什么把戏，又不便详问。他拱起抖簌簌的手，向裨将军道过“感谢老伯指教”！

裨将军几步近前，一手拉走了屈副将。

屈副将愁肠百结，刚踏进废城堡，裨将军立即催促他道：“收复了黑风口关隘，小侄可谓功莫大焉，快将大捷禀报朝廷呀！”

“好好好！多亏老叔提醒，小侄怎么就忘了这大事呢？”此时，屈副将才眉结舒展，脸现喜色。

副将执笔，裨将军一一指点，一份“柱国精心谋划，屈副将临阵指挥，全体将士浴血用命，黑风口关隘大破秦军，斩得敌首级一万九千余，胜利收复了关隘”的塘报，迅速书就。屈副将虽然觉得“柱国谋划”字样极为碍眼，但不得不尊裨将军言，照写不误。

塘报以六百里加急，迅疾向楚王和帅府投去。

却说战后，那个在峡谷打伏击的头领，四处找吴实不着，却一头碰上了屈副将。他忙向副将打听吴实下落。

当晚，副将安排宴席，亲自陪他喝酒，一番盛赞他“有功有功”后，官晋一级，将他派为细作，差亲信连夜送过黑风口关隘，去了秦国。以后，他再也没有回来。

第二十一回　张扬宫门迎战神　凄凉回路得晋升

夜半，关头回营，看过满营的精美用具，军营里到处塞满了粮食，伙房里堆积如山的肉食和美酒，听了伤兵们叙说右领杀石蜕、与老军头县令下了一天一夜围棋的经过，他把右领派出心爱弟子，去救了老朽和兄弟们，弟子却丢了性命的事告诉了大家，又激动地问众兵勇道：“你们知道这右领是谁吗?”

众人哑然。关头热泪盈眶，声嘶力竭大喊：“他就是楚王召而未见的大学士、天下人景仰的吴实大人啊!”

“怀才者不遇。楚国危难了，遭败啊!”众军士为朝廷白白失去韬略在胸的吴实而心痛不已，又为满腹经纶的吴实打抱不平，更为楚国的前景担忧了。

众兵勇在关头的带领下，为吴实盖了一个简易却是严肃的竹木生祠，两个做过雕匠的兵勇，根据老火头军的回忆，为吴实雕了座像，立在祠内。众兵勇天天拜吴实。

守关兵勇又做了一面“吴”字旗，将吴实画的、贴在峡谷高石上的镇关麻布符咒揭下来，请心灵手巧的山妇，精心刺绣在吴字旗上，将“吴”旗插在关隘上的“楚”旗下。

哪知，奇迹出现了，关隘青雾一天天淡去，黑风黑雨收敛了，飞沙走石销声匿迹，关隘现出了花香鸟语的壮丽景象。

第二天中午，在守关军营的酒宴上，裨将军听了兵士们介绍右领大人斩石蜕、得酒食的经过，高兴得拍案叫绝，连饮数杯，早醉醺醺了。他突然好奇了：“这里出了个司宫?”

百姓虽然眼见石富豪头颅示众后埋了，却还是余悸在心，不敢道及石富豪。有个胆大的山乡人，悄悄告诉四处打听“真假司宫”的裨将军道：“我地的那个寺人，确实在楚国当司宫大人。有一年，石蜕还去走了亲戚，司宫大人又给了他不少宝贝。石县令回来后到处说，他还顺路去看了孔夫子的老家呢！”

“嘿嘿！”裨将军一阵好笑，告诉乡人道，“那里叫齐国。”

乡人听了，立即纠正裨将军话道：“不是！寺人在家里叫‘山狗’，当大官后，是国王的大管家，管天下宝贝，叫司宫大人。”

“对！”裨将军一阵苦笑，挥挥手走了。

再说黑风口关隘北面的秦军将军，一直琢磨不透，秦朝廷卜尹画了各种符咒，为秦军兵士护身，才攻取了关隘。未料，楚军竟能平白无故突然冒出，不仅全歼了进攻内地的秦军，还反手复得了黑风口关隘，又救出被俘楚军，火烧秦军连营里睡梦中的兵士，伤亡九千余，损毁物资无数。几天一夜，秦军伤亡一万三千余人。这楚军里也有这般能镇住各种妖魔鬼怪的高手？

几天后，当秦军探子得悉，吴实在关隘下的守军营里，下了一天一夜围棋，从容指挥六百带甲，打败了他们时，秦军武将恨得咬牙切齿。垒沙战后，细作在寿郢探得，官吏庶民都在私下议论，垒沙反击秦军的新军是吴实谋划的，如今，又是吴实！

面对楚国西北方向布防和进攻的秦军大将，秦军将军骤然对吴实产生了莫大兴趣。几天后，一张精心谋划的大网，向黑风口的吴实罩了下来……

此时，从黑风口通江南下隽县的崎岖山路上，一支小马队在夜宿晓行，紧赶慢赶，马不停蹄投西南而去。

雨水又替代了晨曦，在灰暗的天空中飘落。凛冽的寒风阵阵吹来，悄悄地抹去了地面上的一切。唯有一阵“嘚嘚”的马蹄声，在风雨里，不懈地向大地急匆匆地叩问。“是哪个乱臣贼子，为什么要伤害为楚国献身的屈子？”

吴实紧跟在戒夫身后，朝老家方向一路打马疾行。屈子坟被掘，祖父的义弟受辱，就像掏了吴实的心一般疼痛。他恨不得一步回到家乡，抓住那个黑了心肝的奸贼，用头颅祭祀屈子老先生。他还一路懊悔，屈子手书的《离骚》，被他丢在寿郢的屈副将处了，他怎么对得起祖父？

这天晌午，小马队在路边一处滴着寒水的屋檐下停靠下来。屋角挑竿上的酒幡，蜷缩在一起，像来客的心情一样沉重得无法展开。

芷水一下马，又一次向身边人打听季左下落，无人应答。只见叔文、齿先和粉儿泪流满面转过身去。芷水浑身一阵抽搐，疯了般大喊："季左！我的季左干什么去了啊？"她骤然昏死过去。

在众人的呼唤里，芷水醒了过来，哭喊着要留下为季左守坟。

戒夫几步走上前，鼻子两哼两哼，操着女人腔，不痒不痛却不乏刁钻地问："这是上头安排你随先生走的。你要留下来，留得了吗？"

芷水听了浑身一颤，又号啕大哭，呼喊着季左纳头就拜，当她在模糊的泪眼里，看到身边的吴实泪如泉涌、悲恸欲绝的模样时，她突然止住了悲伤，站起身，上齿紧咬下唇，一声不响了。只见殷红的血滴，从唇上沁出，沿着她的下巴往下落，被劲吹的寒风，不知刮去了何方。

午饭席上，众人竟然没有扶起竹箸的力量。连戒夫也仅扒了一碗饭，就仰头出了门。

小马队又要出发了。芷水刚爬上马背，就又昏死过去了。戒夫掏出绳索，麻利地将芷水紧紧地绑缚在了马背上。他默默地拉起了行进的缰绳。

这天，一众人路过白来郡丞当山贼的两重天山。粉儿支支吾吾，刚小声向义父提出，想进山去见父亲一面。

吴实尚未开口，戒夫早就催马走上前来，歪着头，尖声细气反问粉儿道："山中什么都没有了，你去见谁人？"

吴实听了眉一皱，脸面骤然紧张。

戒夫瞥见，赶忙笑脸盈盈地改换话题，变了口吻，以风马牛不相及的话语宽慰粉儿道："凤凰是假的，这山里只有乌鸦，叫起来吓死人。先生老家的桓山中，百鸟和鸣，到那里后，哥带你去看个够。"

被戒夫搪塞的粉儿，早就听得不耐烦了。她一反常态，满脸绯红，杏眼大瞪，转向叔文大发雷霆。

眼见戒夫凶相渐露，虎牙闪出了寒光。叔文生怕粉儿上当，又担心她知晓父亲去世的真相，便赶忙伸手揽起粉儿，抱到同一马背上坐下，一手搂住拼命挣扎的粉儿，一手使劲打马前去。

粉儿白白地丢失了见父亲的机会。她想起不知何年何月，才能再见到在苦难里养育了她的父亲，想到甚至一生再也见不到父亲了，她哭得好伤心，一步三回头。

吴实眼望伤感的粉儿，心里一阵苦痛。白来郡丞的音容笑貌和人生遭际，又在他心头如波涛卷起。白来可是他认出，道出了名字才逼死的。作孽啊！

他喉咙哽噎，双泪直流。但他努力憋着喷发的情感，咬紧下唇，一声未发。

小马队急速地行进着，不息的秋风秋雨不知在诉说着什么……

再说屈副将遣使送出塘报后，毅然决定将他又带来的、知晓吴实指挥收复关隘底细的两千人马，悉数改为黑风口守军，留在边关。但他在担心柱国是否同意，还无比忧虑吴实，现已离开了他的控制，不知将对他的前程带来什么后果？他的心像针尖在扎一般疼痛！

裨将军像看透了屈副将的心，未待副将开言，就在其肩头一拍，高声赞道："小侄不要着急。关隘无守军了，老夫决定将两千兵马留下了。柱国那里由老伯去申说。至于吴实，他是个忠臣。过去，他对你感激不尽。有了这个基础，你再给他晋个级，安抚好了，他准会对小侄感恩戴德的。只是小侄在吴实晋升运作上，可要多费心喽！"

裨将军见屈副将眉头紧皱，又与其一阵细细嘀咕。副将听着听着，倏地笑了。

第二天，屈副将在裨将军的陪同下，回了寿郢。他怎么也没想到，楚王竟然安排了如此盛大的欢迎场景，在静静地等待着他。

文武百官奉旨，在宫门外摆酒，迎候复得黑风口关隘的功臣凯旋。更有寿春闻得黑风口胜利喜讯的百姓，一传十，十传百，源源不断地赶来了。宽阔的王宫场上，早已是人山人海。

屈副将一到，欢迎人群声嘶力竭，"战神！""战神！"高喊个不休，欢声像海潮翻滚，如惊雷炸响。狂热的人们，多么渴慕冲向战神，披一身荣光，沾一身福气。若不是王师卫队舍命拦阻，人们感情的洪流，准会冲决所有的堤岸！

屈副将一副笑意模样，高拱双手，向欢呼人群连连致意。他双手接过丞相递上的御赐接风酒，欢快饮过，就在百官的簇拥下，入宫去晋谒楚王。

楚王破天荒地早早就在朝堂上候着了。他一边等待得胜将军回程，一边默念着心心念念的"吴实""戒夫"，双眼骤然湿润了……

屈副将进得朝堂，刚三跪九叩拜毕，楚王早龙颜大悦，就赐了座，又从讨好大臣给他安装的龙椅上站起，步履轻盈地走下来，满脸笑容。

早已站立的屈副将又立即跪拜，被楚王一手拉住，他多么希望江河日下的楚国，将士们都像眼前的战神一样，护国守土，让大楚再展雄风。

看着看着，楚王骤然回头，咚咚咚上了六级楠木小阶梯，兴冲冲回到龙椅上坐定，少见地二郎腿一跷，圣手一挥。

殿头官早已捧起备好的御旨，当即诵读起来……

出得王宫，屈副将喜不自胜，朝堂上的情景，仍然在他的眼前飞扬。楚王竟然赏赐了他一座豪华府第！

副将瞥见，众大臣目不转睛听过，有的情不自禁吐出了舌头。

楚王又降旨，重赏参战有功军士，还轻描淡写说了几句赞誉柱国的话。屈副将看见，柱国受宠若惊，连连叩头谢恩。副将虽有几分妒意，悔不该在塘报里写上柱国谋划方案，但他还是愿意，在未执掌帅府前，消除与柱国的隔阂。

屈副将刚回帅府，裨将军就忙迎上来提醒道："不仅是吴实几人要晋升，特别是那支留在黑风口关隘的守军，只有在军功和晋升上尽力安抚，才能稳定军心。"

"人多面大，不知如何处理是好？"屈副将眉一皱。

"只要你同意，老朽教你处理。"裨将军道。

屈副将会意。二人立即去见柱国。

柱国有说有笑，大大赞扬了屈副将一番，欣然同意了裨将军留下两千都城军守关隘的请求，要屈副将去准备奖赏将士名单，一直把副将送到了门外。

回头一进门，柱国一副焦急模样问裨将军道："吴实是怎么安排的？还有那个当家的女子，是除了还是卖了？"

裨将军嘿嘿两笑答："关隘一收复，老夫就地把吴实支回老家去了。临别时，老夫又细嘱了吴实，说以后还会去找他的，让他把心稳定下来。那当家的女子是个穷孩子出身，老夫确实下不得手，加之戒夫转告老夫，吴实要她。我就让她跟去了。老夫已吩咐了戒夫，若是有碍柱国的大业，可随时除了她。在那山旮旯里，除掉她不就像捏死个蚂蚁一样无声无息吗？"

"唉！以杀人如麻著称的老叔，越老心越软了。"柱国无奈地咧嘴一笑。

两天后，楚王对屈副将呈上的帅府按《军功奖赏律》审批的有功军士奖赏晋升奏章，看也未看，就兴奋地朱笔一挥，画了个又重又大的红钩钩，一想后，又郑重地加写上了"照准"二字，即刻就交还了屈副将。

副将一喜，"过关了！"他将吴实以绮里季姓名，及小院一众人挤列在一叠厚厚的《授赏有功军士名册》里。暗暗高兴的还有柱国。他把帅府和郢军里数个给他送了郢爰的屈氏下层军官，也塞进了黑风口授赏军士名册中。这些人得晋升后，柱国立即将他们调往异地就职，在军中没有掀起一丝波澜。这是另话。

屈副将又担心起吴实来，留下他毕竟是个后患。他找到屈氏鸥鸮头领，严令他们立即派人寻得吴实，就地除了他。

头领得令后，思虑良久，派人去了江南，又将此令告之了戒夫。

这天，吴实一行人在路上紧赶慢赶，眼看离家乡不远了。突然一阵“嘚嘚”的马蹄声，像一阵急风暴雨在背后响起。众人立马回首张望，只见两匹快马，旋风般卷到面前。信使气喘吁吁，从公务袋里掏出一卷公文简，恭恭敬敬递给吴实。

吴实展开一看，这是一篇很特别的军功奖赏令。文书上没有军功记载，唯有楚王御批的奖赏晋升令一项。其上写着：着吴实领郡尉职衔；叔文、齿先领县尉职衔，三人待开缺派用。粉儿、芷水领县尉禄。季左奉县尉恤金。以上人等禄恤，由当地驻军供给。落款处盖着帅府的火印。

吴实口里默念着屈副将，忙不迭与受奖晋升的众人一道，朝东北方向跪地，谢了王恩。

这天，马上就要回家乡了，吴实心里突然纠结了。此番去寿春，楚王召而未见，虽然自己做了垒沙反击秦军方案，取得大捷，又成功指挥收复了黑风口，但天下人并不知道是他的功劳。近两年在外，在家乡人心里，他是一事无成的。他有何颜面去见热情送行的父老乡亲，如何面对寄予无限希望的父母和堂客儿女，如何向井神先生交代？

吴实又想起了季左，一个活跃跃的生命，跟随他命亡他乡。他怎么向季左父母说？想到此，他万般心痛，犹犹豫豫，不知不觉临时一拐，带领一行人去了汨罗。在汨罗江边玉笥山的屈庙里住下了。

这夜，吴实偷偷溜出屈庙，朝着家乡方向，拜了井神先生，又拜父母，再次祝福堂客儿女康健快乐，禁不住泪如泉涌。他又想起了自己报国无门的遭际，呼着季左，泪水流得更凶了。他赶紧躲到一僻静处。

这时，一阵啜泣声也在附近响起，吴实努力憋住情感，悄悄擦了把泪水，抬起头来。

黑暗里，一个身影急步走近，啊！是芷水。

芷水双手扶住吴实，脸带微笑，却掩不去泪痕。她轻声细语宽慰着先生，二人回了屈庙。

第二天清晨，吴实去看屈坟，却怎么也不相信自己的眼睛，屈子坟不是好好的吗？屈氏公族鸥鸮神通广大，情报不该有错呀?!

第二十二回　先生点将水中鳖　吴实再谋黑风口

这晚，吴实辗转反侧失眠了。他回想起完胜的黑风口收复战后，却被人赶出了寿郢。他怎么也猜不透这是为了什么？

敲着额头想着，吴实突然明白了。是啊，楚朝廷并不需要他的智慧和策略，更不缺乏谋士。白来郡丞被迫做了山贼；黑风口的县令，当了十多年的老军头。楚地不知有多少智者被遗弃，沦落凡尘的文人学士何其之多，还缺少他吗？若不是屈副将担保他未通敌，说不定他早已成为市曹之鬼了。他提醒自己，“时不时”，不要异想天开了，扎扎实实把手中的事办好，一定要对得起良心。

几天后，吴实等人又去给屈子上坟。众人莫不大惊，屈子的衣冠冢真的就被人挖开了，现场一片狼藉！吴实猛扑在坟上大恸，好不容易才被众人劝住。

更令大家愤怒的是，掘墓人竟然在坟地里喝了一顿酒才走。地上众多乱七八糟的吃食遗物里，有一个隐隐书着“饿”字的包袱皮。叔文捡了送到吴实前。

吴实一看，又陡然生出一股怒气来。他离家去寿春前，也有一个这样的包袱皮，包了一千个蚁鼻钱，丢在他的家门前。在寿春，尖削脸也是用一个同样的包袱皮，包了吃食来小院的。在老家时，吴实听山民说过，主宰着幕阜桓山一带山林，乡、里官吏都畏而远之的山贼，头领是“临羊”，道上名“饿虎”，是他们在坑害林山乡人。屈坟被掘，难道也是山贼所为，这不是在挑衅他的到来吗？山贼怎么就没被征调去参加新军？再则，尖削脸肯定与山贼有牵连，又同沙府有关系，以后少不了要他来穿针引线。一个新的设想，在他心里形成了。

这天，戒夫要回寿郢复命。吴实把他叫到屋里，拿出一封简书，要戒夫代交屈副将。

多天里，吴实想起在寿春、在帅府，曾数次耳闻别人在议论屈副将，是暗暗利用吴实建功立业的。吴实巴不得恩人尽快解脱人言羁绊。虽然吴实知晓副将不是帅才，但毕竟有大恩于他。他必须尽力保住副将的名声和地位。近日，他思索着，若是败北秦军知晓他不在黑风口了，必定再攻关隘。帅府一定又要屈副将上阵主战。他又思考了一个对付秦军再攻黑风口的新方案，要戒夫转交副将，又告之曰："若是副将需要，下官愿意随时为您效力。"

吴实还想请戒夫向屈副将讨回屈子亲书《离骚》，终未开得口。末了，他又向戒夫提出一个特殊要求来。

戒夫一阵惊愕，少时转脸一笑道："尖削脸早成'水中鳖'了。先生要他干什么？"

吴实笑曰："他还活得好好的，这水中鳖对我可是有一大用呢！"

"有这种事？先生知道他在哪里？"戒夫吃惊不小，骤然怒火直冒，两颗虎牙伸得老长了。

吴实道："初时，我只是一种感觉，后来卜了数卦，都是一个结果。他还在寿郢城里，说不定就在一个最显人眼的地方隐藏着。"

回到寿郢，戒夫没先去见裨将军，倒是悄悄进了屈副将府第。

话说屈副将在朝堂禀报收复黑风口关隘散朝后，虽然楚王赞誉仍犹在耳，但他的高兴劲儿比一杯茶凉得还快，心里总是折腾个不休。为什么在他要除了吴实时，吴实却远走高飞了？裨将军看重他，可为什么要偏袒吴实？裨将军是掌握了昭、景二氏鸱鸮底细的，知道他们都想绑架吴实，要以两场胜仗为突破口，发难于他与屈氏公族的，而他为什么要保护吴实？这决定是他做的，还是屈柱国指使的？

屈副将怎么也找不到答案，又不敢去问裨将军。他恼羞成怒，无处发作，在家中闷坐了数天，时常有一种不祥之感，像鬼怪一样在身边游荡。这天，他听门房禀报，戒夫求见，不禁一喜，戒夫是知晓吴实下落的人。他急忙迎到前堂。

听戒夫禀报，吴实一路顺利离去，直至汨罗。副将暗惊。他不动声色地又询问道："一路上，先生心绪如何？他对离开帅府是何种态度？"

戒夫将吴实要他代转的那封简书递上，把吴实的话，原原本本告诉了副将，又分析道："郡尉大人这次离开，虽然收拾了全部行囊，但显然没有足够的思想准备。路途中，我们每每谈及副将，他不是高兴，就是眼含热泪。他盼望副将前程远大，救下楚国。他为离去时，未能见到副将一面，而时常懊恼。还多次动情地说，'若不是副将保护，他定是早已身首异处，成阴间鬼了'。"

"你是否看出，他是真言实情，还是虚情假意？"屈副将接过话柄，又急切地问。

戒夫道："说实话，在下接触郡尉大人这么久，发现他是重情重义之人。他有无数办法对付强敌，却没有心思想着为了自己，也没有想过怎么对付身边的人，或是打过任何诳语，心里清澈见底。他唯独盼望的是楚王召见。"

屈副将虽然感觉这话有些刺耳，但是，此话是出自忠心耿耿的戒夫之口。且戒夫并不知晓吴实曾为他做了两个打了胜仗的军事方案。副将非但未入心中，反而对吴实放下心来。

"吴郡尉还有一个要求，叫我找副将要尖削脸。他说用得上。"戒夫又把屈子坟被掘，告诉了副将。

"猴首不是被你亲手沉入颍水了吗？"副将对屈坟并不上心，而突然高声反问猴首之事。

戒夫答道："尖削脸确实是在下亲手抛进颍水的，可吴郡尉硬说他卜了数卦，尖削脸还活在世上，藏在寿郢一最显眼的地方。"

屈副将擦着额头上骤然冒出的冷汗，果断吩咐戒夫道："你要不惜一切代价，翻江倒海也要把他抓获！"

戒夫又去见禆将军。将军似乎对戒夫的到来并不热心。他漫不经心道："副将知道吴实的情况就可以了。"

戒夫听了，丈二和尚，摸不着头脑。

领屈副将命，戒夫让屈氏鸥鸮头领，选调了众多鸥鸮，一边日夜悄悄监视尖削脸的家，一边暗暗在寿春篦头发般找了数遍，又到附近郡县寻了一番，均不见尖削脸半点踪影。

屈副将却天天催问抓获尖削脸否？弄得戒夫焦头烂额。他甚至带人到颍水里打捞，也无结果。尖削脸究竟藏在哪里？他甚至怀疑吴实卜卦的能力了。

又找了数天，当戒夫准备把网撒得更远时，监视尖削脸家的鸥鸮，忽然向他禀报了两件离奇事。

一即尖削脸消失后，他家突然热闹起来了。年轻妻子不见悲伤，还时常有人手提大小包进了门，夜夜有人留宿。早晨，荡妇花枝招展，公然在门前送客，打情骂俏，惹得争风吃醋的人大打出手。

原来，景、昭二氏鸱鸮的人，都想到尖削脸妻子那里过夜，探得她老公的下落。

二是离荡妇家不过十数丈远，有个小小圩市。每天傍晚，人们把以物易物未交易完的物品，寄存在一个瘦高中年人手里。此人新来不久，跛着左腿，披头散发像个乱鸡窝，没有眉毛，生一张从不发笑的脸面。圩市人叫他“木板脸”。晚上，木板脸不时到荡妇家外偷窥风流事。一个夜深人静之时，木板脸将圩市的牛马粪悄悄拖来，在荡妇家门口堆得老高，把门堵死，人们进出不得了。

戒夫上了心，连夜去观察了木板脸一番，高兴得大腿一拍。

第二天，日上三竿，荡妇仍未开门。几个来客一商量，撬开大门，直扑内室，宿客昭氏鸱鸮浑身是血，死在床上。荡妇和小儿都不见了。

当夜三更，木板脸被几个敲诈钱财的穷汉，用麻布袋装了，七弯八拐，带到一荒凉处，放出了布袋。这时，一废弃破屋里，突然传出一小儿大叫“爸爸”的哭声，木板脸霎时双眼瞪得老大，上前隔窗一望，刚叫了一声妻名，屋内一个年轻女人，就疯了般扑到窗上大骂：“你个死鬼，到哪里去了？害得我娘儿俩被人绑到了这里……”

女人干号着，迅速出了门，可四下一望，哪里有人影？

木板脸早被人带到另一处屋里，进门就浑身打战，瘫软在地。灯光下，戒夫一副淡定模样坐着，慢条斯理一连串问道：“你是谁？何方人氏？干什么的？”

“大人，你我间就不再打哑谜了。天让我又落在你手里，唯求大人不要杀我。我把沉河被救之事全告诉你。”木板脸跪地，连连磕头求饶，见戒夫未动怒色，暗暗一喜，赶紧一五一十道起往事来。

木板脸将当街拦截屈副将告状的老小一家，悉数沉颍河后，想起鸱鸮常常干杀人灭口之事，预感自己必是这般下场。他就用两千蚁鼻钱，雇了五个水性好的颍水渔人，日夜守候在河边。

那晚，尖削脸刚被抛下河，就被渔人救到了水草里。他在渔人家躲藏一段时间后，估摸风声已经过去，就请人打断左脚，变成了瘸子。又请人拔去眉毛，用一种特质树胶涂了几遍，眉毛就长不出来了。还请一老医者，用树皮帮衬了脸皮，改妆了尖削脸，隐在圩市。

“嘿嘿!”戒夫两声冷笑，虎牙闪着幽光，又紧紧逼问道：“‘他们’要你干什么?”

尖削脸战兢兢道：“景、昭二氏鸱鸮，得知我是屈氏鸱鸮后，分别找我说，他们的大臣都认定，屈副将垒沙大捷的新军方案，定是出自吴实之手。就各自指使其鸱鸮，要千方百计从吴实口里挖出证据。他们要到朝堂上去奏告屈副将的欺君之罪。他们说，这御状有一举数得之效。一则除了屈副将，二即让屈氏公族蒙羞，三者还可夺过屈氏的柱国位。”

“两氏鸱鸮争功较劲，都想绑架吴实。各自暗中跟踪了吴实数月，都想了多种办法，苦于大人和屈氏鸱鸮内外看着吴实，寻不到半点机会。束手无策里，他们就分别用重金买通我，要我作内应，或把吴实诳出门，或从吴实口里得到真相，他们再公开来抓吴实。”

“我财迷心窍动了心，两家好处都得了，分别答应帮忙。我打算以故乡人情谊，骗出吴实，交给任何一方后，就赶紧按早就作好了的方案逃跑。我知道昭、景鸱鸮的脾气，即使我帮他们办了事，也是一个死字。我更知道屈氏鸱鸮规矩。我罪该万死!唯求大人不要折磨我。”尖削脸朝自己脸上“噼啪”两记耳光。

戒夫听了，脸朝向了一边，轻描淡写道：“我不杀你了，只要你同我去办一件事。事成后，你就可以回寿郢与家人团圆了。现在，我派鸱鸮护你婆娘和小儿，住到一安全僻静处去了。你婆娘再也偷不到汉子了。办不办，凭你一句话。”

尖削脸眼珠越瞪越大，许久，才试探地问：“如果是真的，小的上刀山，下火海，万死不辞，绝不欺骗恩人!”

戒夫转身进了里间。早就坐在这里偷听隔壁谈话的屈副将，忙立起身来，在戒夫肩头拍了几拍，嘿嘿两笑，加重语气提醒道：“你可千万别忘了，一定要寻找机会，好好‘保护保护’先生啊!”

“在下时刻未忘副将密令!”戒夫礼貌答道。

当夜，鸱鸮用两个布袋分别装了尖削脸婆姨娘俩，深深地踩进了颖水边老大一摊烂泥潭里。

戒夫听了鸱鸮禀报，叮嘱了一番，又特别强调：“记住，后天你们就要出发，我在汨罗等待你们办事！”

第二天，戒夫从后门悄悄进了一趟王宫，直至夜半方才出宫。他带着尖削脸，趁黑夜离开了寿郢，飞也似的去了汨罗。

这天，屈副将把吴实留下的合纵新策，认认真真重抄了一遍，说是自己思考的抗秦新方案，交柱国指教。他又按戒夫转告的吴实指点，煞有介事地向柱国禀报，小侄用八卦预测，新近，秦军要再次偷袭黑风口。

柱国抚着合纵新策一笑，放在了一边。对秦军再攻黑风口，虽然模棱两可，但还是想到是否又是吴实预测了。他仍耐心地对屈副将道：“那就请小侄再辛苦一趟，我调给你一万兵马，祝小侄再打一个大胜仗！”

听说要给他调兵，屈副将暗暗着急，留在黑风口的两千兵马都知道，是吴实指挥收复了关隘的，这早已是他的一块心病，若是再有一万兵马知道了此事，这么多人之口怎么堵得住，岂不是楚军都知道了？他连忙回柱国道：“感谢柱国关照。只是新调大军已来不及了，在下想轻装简从，速去关隘，了解军情，详细制订对付秦军方略。”

“嘿！你这小子又在玩什么鬼把戏？”柱国暗笑，欣然头一点，依了下属。

屈副将高兴不已，回到家里，找出一副特好围棋，兴奋地拍了几拍，装进了行囊。

吴实请戒夫转来的黑风口作战方案，屈副将已然细细领会，可谓成竹在胸。他早已向几个亲信头领，细细讲述他卜了卦，又描述了他“预见”的与秦军的作战经过，说得神神秘秘。头领们对“战神”佩服得五体投地，个个期盼随战神出征，建功立业。

屈副将多么盼望，天下人都看着他，指挥打一场没有吴实的智慧仗，破灭秦军攻击。他在吴实方案外，随意点起都城卫队中的一支三百兵勇马队，随行黑风口。屈副将要的是三百张嘴，回寿郢后，到处讲述他用兵如神的智慧，以化解朝臣和军队中人对他过往两次克敌制胜的猜忌。

一切准备就绪，屈副将待亲信们将战神用八卦测出，秦军又要进攻黑风口的消息在寿郢四处传开后，一行人疾驰去了黑风口。

第二十三回　柔情男女皆服命　云雾桓山尽迷离

近些天，叔文去了老家花蒲市，吴实不知家乡状况如何，父母是否康健、堂客儿女可好，季左的父母将是多么悲痛？想起这些，吴实双脚沉重得数天迈不出门，额头捶出了茧皮。

原来，戒夫回寿春后，吴实趁一时空闲的当儿，吩咐叔文带上粉儿回老家一趟。一来向几个随他去寿春的弟子家人报个平安，到驻县楚军落实季左恤金和一众人的俸禄。二来看看家乡近两年状况。三则让粉儿去拜见公公婆婆。二人年岁不小了，若是叔文家同意，吴实就做月老，让弟子回家成亲，过养儿育女的安稳日子。粉儿有了着落，他也了却了对白来郡丞的承诺。

哪知，叔文把粉儿拉到一旁，商量了一番。粉儿找到吴实，满脸羞怯道："感谢义父为我们的婚事操心。如今，义父大事未办完，女儿哪有丢下义父不管，一走了之的道理？让我和叔文助义父把大事办妥，不就可以心安理得回家，办二人成家立业的大事了？"

粉儿情真意切，说得在理，吴实身边人手少，只得依了二人。

叔文离去后，粉儿天天傍晚去山头眺望，渴盼心上人出现在视野里。这晚天黑了，还不见粉儿回来。吴实着急了，他领着芷水，齿先带着大狼狗，分作两拨，往粉儿去的山头两边沟里寻找。

吴实与芷水打起火把，寻出老远，高声大呼，怎么也不见粉儿回音。吴实声嘶力竭回到住处，算了一卦，大骇了，粉儿有危险！吴实急呼芷水去找齿先来商量怎么办。芷水许久才回转，未语先流泪，痛苦不堪道："齿先也没回来。"

热闹的屈庙突然冷落，只剩下吴实和芷水了。芷水给吴实沏了茶，一个劲地安慰哑然木讷的吴实说："粉儿命大福大，神灵菩萨都会保佑她的。再说，粉儿武功超群，打跑了老虎，对付野兽或几个蟊贼，是绰绰有余的。先生千万不要着急，身体要紧。我们这些跟班人，还有屈坟被掘的事，都要依赖先生指挥操办呢！"

吴实被芷水说的"跟班人"一言提醒，突然想起死去的季左，如今，粉儿和齿先又是生死难料。白来的嘱托和自己的承诺，再次在脑中泛起，不觉潸然泪下。

芷水眼望悲哀的吴实，骤然柳眉紧结慌了神，不知如何是好。双手搓个不停，焦急得泪水盈满了眼眶。

吴实透过迷糊的泪眼，看见芷水痛苦而无奈的模样，想起芷水对他的真情实意，心里又是一酸，哽咽道："粉儿和你都是苦命的孩子，自跟随我后，吃尽了苦头。将来，我就是死，也要给你们争来幸福。"

芷水想起在小院串通"妈妈"绑架先生，险些害了他，先生却原谅了她。如今，又听先生道出如此怜爱她的话，泪水刹那间漫出了眼眶。她动情道："先生是办大事的，千万不要这样想。小女子生来命苦，做梦都想改变命运，争得幸福，但现实却是那样残酷。可能是天地报应小女子的心地丑恶，请先生不要为我烦心了。"

吴实知道芷水还在为绑架过他而痛苦不堪，忙宽慰道："你想把我留在寿郢，并不是蓄谋害我，只是为了大家不散伙，我决不怨你。"

芷水好感动。她疯了般冲上前去，双手抱着吴实，放声大哭道："先生是天下最善良的男人。小女子把先生推进了魔窟。先生却大仁大义，将小女子救出魔窟，又带在身边。我要报恩，永远侍候先生，珍重先生，直到离开这个世界。"

"先生不值得你这样忠心啊！"吴实又激动道，"先生永远记得你的恩情。为了保全我在弟子和义女心中的完美，你逼着自己去爱原本没有感情的季左，真爱上后，我又没保护好季左，让你失去了他。你的痛苦是我给的啊！我早失信于你了，有什么资格许诺再给你幸福，任何人都不会再信任我了。"

"不！先生，你千万不要自责。你是小女子心中最完美的人。"芷水忙不迭宽慰吴实道。

吴实又道："一个男人汉，用一个弱女子的痛苦，来保全自己的名声，活到这般田地，我是多么自私与悲哀……如今，义女又不见了，生死未卜。两个多好的女子，人生路上碰上我，得到的却是这种结局。”

“我不是人，我不是人啊！”吴实越想越恨自己无情无能，说着说着流起泪来。

“绝不是你说的那样，先生啊！是你才让我做了人，抬起了头。”芷水倏忽脸现笑容回忆道：“自从我跟了先生，每次去见老当家，那些过去折磨了我的人，都对我笑容满面，拿吃拿喝，生怕我不高兴。‘妈妈’每次都摸着……”芷水突然打住了话，吴实感觉她浑身筛糠一般发抖了。

未待吴实开言，芷水明明是鼓起十足勇气又接着道：“妈妈摸着我的肚子问，怎么还没鼓起来？她们哪里知道，先生压根儿就没有碰过我。可我却仍然觉得是那样自豪，昂头走过那个四合院。”

“唉！是先生对不住你哟。”吴实痛心道。

“啊！不，先生，我是多么珍惜你。啊！不，我是多么地爱你，你可知道吗？”芷水突然手抖得老高，拉起吴实的手，一下紧紧按在了她的胸口上。

吴实骤然感觉那温暖的酥软里，一种怦怦的急促冲动，一个劲地直往他的手心里撞，芷水抱着他，全身在猛烈战栗，脸儿猛地直往吴实的颈窝里钻。

啊！这是吴实几年里从未历经的，他突地浑身膨胀，血冲头顶，脑袋都要炸裂了。

芷水陡地抬起头，将滚烫的双唇一下贴在吴实的嘴皮上，双手搂着他的脖子，疯狂地吻了起来。

吴实不由自主地紧紧搂住了芷水，感觉芷水柔软的身体紧贴着他，在扭动个不停。他的心在咚咚咚地乱跳。

芷水结结巴巴道：“先生，我要你……我现在就要你……其实……知道我身份的寿郢人……都铁定认为我们已经……即使……你明天就不要我了……我也不怨你……我更不会向任何人说我们间的事……更不为难你……你相信我！”

“啊！”吴实陡地明白，接下来的将会是什么。其实，芷水在他的心中是那样美好，甚至是爱，却是那样沉重，在他的脑海里，曾涌起过无数次幻想，甚至做梦也搂着她。他却不敢去做，只能深深地埋藏在心底。他知道，这种情感一旦爆发，是无法控制得了的，控制比没有发生过更难受。

不行，绝不行！突然清醒了的吴实又想起，一定不能伤害芷水的自尊心，要将此事得个完美的结局。

吴实果断却是轻轻地推开了芷水，亲切道：“芷水呀，你聪明能干，贤淑练达，是先生少见的好女子。说句心里话，我是多么喜欢你，但我不得不压下心中的感情，不能做自私自利之事害你。因为，凭哪一条，你都应该有个美好的人生，而不是陪着我的这种难堪结局。从现在起，你就是我的亲妹妹。大哥向你起誓，一定要再给你找个好人家，把你风风光光嫁出去，让你幸福一生。”

芷水听了，一阵木讷后感动了，破涕为笑。她惊奇道：“本来，我早已打算，这一生就伏在先生脚下，当牛作马。未料先生风高气洁，怜悯小女子，不想害我。如今，先生又做了我的大哥，啊！小女子有亲人了。我过去是爱先生，现在，小妹是爱亲人爱大哥。人生都是命定的，不服也得服。小妹唯求大哥千万不要再逼迫小妹去爱不爱之人，小妹的心伤不起了。”

吴实的心像被撕裂一般地疼痛，喉咙透不过气来了。他禁不住又生出一丝惋惜来。芷水成了他的小妹，他的一切杂念都要剔除，要死心了。唉！服命吧，“小妹”也是一个完美的补偿。他口喊小妹，拖过一把木椅，让芷水坐在身边。

天上的星星眨着眼睛，看着人间这个偏僻的屈庙里，两个心中流泪的男女。

芷水在弹琴，音调悲怆凄婉。

吴实让思想逃避现实，在牵挂失踪的粉儿和齿先的同时，脑中又翻江倒海了……

这天，叔文从老家回来，将一个吴实家人捎来的大包袱、一葫芦从七里山灌来的井水，双手递给先生。

吴实打开包袱，一一抚着留存有父母、夫人手温的用物、食品和衣裤鞋袜，眼皮耷拉得怎么也撑不起来了。许久，他又捧着葫芦，庄重地喝了一口家乡井水，口里啧啧品赏着这久违的水中况味，默念着“井神先生”。想起没有听从先生对他去寿春的劝阻，以致落得今日有家难归，他的心里尽是懊悔与酸楚。

芷水几步追进叔文屋里，将粉儿失踪的消息，先生万般痛苦的心情，一股脑告诉了叔文。

叔文虽然像雷击一般天旋地转，但听芷水说到先生的伤悲，不得不忍下心疼，反倒去安慰先生道：“粉儿若是被山贼劫去，先生切莫担心，她和山贼在一起生活了十几年，道上的行规都明白，又有武功，不会有人敢欺负她的。”

入夜，叔文把见到和听到的老家两年近况，选择性地告诉了吴实，他生怕伤害了先生的心。

对于儿子在寿春的遭际，乡人在传，有说吴实无能、楚王未见的，也有人说吴实被关进了牢狱的……而井神先生早就托梦告诉了吴实父母，平安回来是最好的结局。一家人终于松了一口气。后来，老父母听说驻县楚军以军费告罄为由，不愿支付季左的恤金，老两口嘱叔文，不要告诉季左家，恤金由他们来支付。先生的家人，对他领受了朝廷的新任务，表示了极大的支持。

叔文又说，他家与齿先父母，都支持儿子追随先生。吴实在天岳学馆的门生，不少人来打听先生的消息。叔文对同砚瞒下先生来了汨罗。吴实生怕门生来找他，听到此，方才松了一口气。他又问落差和黑猴的情况。

叔文脸上又罩上了一层乌云。吴实离开家乡半年多后，县令郎二见郡守未谈吴实“发达了”的消息，喜得道了句“老天保佑”。他肆无忌惮了，多次放势下令，将桓山地区的大片大片林山，拨给沙老爷经营。钦上里不少山民，失去了生活依靠，流离失所。黑猴一家了无踪影，不知去向。

落差被沙府家丁抓了，沙老爷逼他当家丁头领。落差严词拒绝，被关在沙府地牢里一年多了。

叔文还说：“沙家的地牢不知关了多少乡人。山民们说到先生就流泪。都盼望先生从寿春快快回来，保护乡人，保护林山。”

吴实心里一片痛楚。还是六百多年前的周厉王时，王宫颁令，天下山林川泽，划归大户所有。时楚立国丹阳，地处荒野贫困之地，楚人在艰难发展中，加之西周王并未把楚国当回事。楚地也不具备落实王令的条件，故未施行。后来，楚国发展壮大，西周也灭亡了，却仍有一些地方豪强，千方百计勾结衙门，以西周王宫令为依据，剥夺山民林地。吴实早就猜度是豪门、山贼和衙门三方勾结，但终未看出究竟是怎么一回事？

如今，吴实刚从朝廷回来，就遭遇屈坟被掘，粉儿被劫，莫非是有人在操纵，要狠狠地打他个下马威，或是其他图谋？

却说吴实刚回汨罗，沙老爷就知道了。他害怕吴实回家，坏了他兴起不久的圈山发财梦，就指令临羊去汨罗掘屈坟，挑衅吴实。他想让吴实与临羊去死磕，斗得两败俱伤，最好两败俱亡，他就平安了。他又派人在钦上里到处放风：“吴实无有真本事，被朝廷识破，一脚踢进牢狱，囚了近两年才放出来。”

听到乡人议论儿子，吴老爷一家人的心如刀割。老爷虽然思念儿子，但不愿儿子回家看乡人的势利眼受辱。吴实夫人更是整日整夜，守着织布机暗暗流泪。吴老爷想，即使叔文向乡人告知了实情，可儿子确实未晋谒楚王，更未被朝廷重用。即使是信任吴家的乡人，知晓了底细，也会心灰意冷。

数代出仕朝廷、风风光光的吴家，镐公被贬，儿子不得志，受人讥嘲。老爷哪里受得这般腌臜气，哇哇吐出数大口鲜血，重病卧床了。叔文返汨罗三月后，心情抑郁的吴老爷，就忧伤而终。临死前，死爱脸面又担心儿子受辱的镐公，再三叮嘱家人，千万不要将他的死讯告诉吴实，不要让他回来招惹众乡人的白眼。哪知后来，吴实却因此落了个不孝的罪名，被坏人利用。这是后话。

这天，芷水进了门，当着别人面，她照旧称呼吴实道："先生，戒夫兄领一个生人回来了。"

"这下可好了，添人加马，马上可以去救粉儿了！"吴实扁平眼笑成一条缝，赶快迎出门去。

晚饭后，吴实把大家召到一起，新来的尖削脸也参加了。吴实把掘屈坟和家乡发生的剥夺山民林山事，关联一起说了一遍。他又特别提出，要赶紧出手营救粉儿，还要找到齿先下落。

哪知，戒夫听了眉一皱，头一低，无事般一言不发。

难怪，吴实哪里清楚，多年里，几家鸱鸮均探得白来不愿用玉笔举旗亮号，率天下众山贼造反。朝廷指令各家鸱鸮，不准伤害白来和他的家人。又暗中知会白来山贼所在地的楚军统领，任由他们抢劫富户，反正无碍朝廷平安，生怕逼迫他们造反。白来死后，朝廷无须再保护粉儿了。当知晓那管寄托着众山贼希望的玉笔，被吴实带在身上，要去汨罗时，朝廷又感到事态严重，若是玉笔流落到哪个野心勃勃的山贼手里，岂不是要乱了天下？帅府令跟了吴实近两年的戒夫，又陪吴实从黑风口来了汨罗。

来汨罗前，裨将军交给戒夫的任务，是暗中保护吴实；而屈副将令他做的，是一有机会就除了吴实。重任在肩，孰轻孰重，戒夫心里有数。他不愿意也无更多精力去管其他闲事。

戒夫怎么啦？吴实大失所望。戒夫可是有同情心的呀，怎么突然就变了模样？

吴实怎么也不理解了。他喝了半天茶，越喝心越冷……

第二十四回　副将显勇谗言尽　柱国痛感危机来

再说黑风口关隘收复战后，屈副将留下的两千带甲，本是都城守军中的一部分。队伍里的不少头领，都与朝廷官吏有千丝万缕的关联。多年里，他们除了日常操练，就是护卫大臣、保驾楚王出都城巡察，有空就在灯红酒绿的街巷里出没，过着养尊处优、威风八面的公子哥生活，更未有历经战事一说。

收复关隘初次参战，众兵士满是新奇感，斗志甚高，加上吴实指挥得当，兵士伤亡甚少，他们轻易就打了一场漂亮仗。不少兵勇立了战功，晋了级，增了俸禄，众皆大喜。大小头领和兵勇们都认为，秦军也是豆腐渣，后悔没有早上战场立功，早日出人头地。

哪知，兵士们一阵兴奋地玩过关隘周边的奇山异水、捕过野兽的新奇感消失后，寂寞和孤独，简单的菜饭，让他们心境渐变。面对要长期固守的穷乡僻壤，众将士莫不生出许多怨气来，哪里还把关隘守备当回事？稀拉懈怠，甚至日常操练也停止了。

这天上午，又是风和日丽，百鸟鸣啾。北面山下，又有数拨自称“魏国难民”的人逃到关隘上，楚军守卒草草问过话，就躺到一边晒太阳去了。

一群难民在关隘上停顿歇脚。其中的几个文人学士，眼望壮丽的远山近水，文趣大发，摇头晃脑一阵吟哦后，就把一包小吃食，顺手丢给了一个懒洋洋的兵哥。几句闲聊后，他们好奇地问兵哥道：“都说关隘上白天有黑风黑雨，怎么现在没有了？”

兵哥挺起鼓囊囊吃食的嘴巴，朝着两面柔柔地摆动的旗帜一努。

文人学士一望，一面“楚”字黄旗下，插着一面“吴”字蓝旗。众学士暗暗一乐，相互一番挤眉弄眼，吴实还在这里！他们别过兵哥，与一大群各色难民快步下了关隘，进入楚国。

关隘败秦后，黑风口地域里，山民们都知晓从郢都来了个手段通天的吴实，镇住了关隘妖魔兴了数年的青雾、狂风和黑风黑雨。众嘴越传越神。

这天，两个逃难的魏国青年学子，到军营附近的小山村，打听吴实在哪里。虔诚地向山民道着，他们要拜吴实为师。

山民实话实说道："我们也未见过吴实。都传他是神仙，凡人连他的影子也见不到。"

也有人为青年学子指点开了。"如果吴实不在军营里，就是背一副围棋，在彩云里飘来飘去。"

"晚上，吴实一屁股坐在月亮上，左手执黑子，右手执白子，天幕就是棋盘，那些明明暗暗的星星，就是他落下的围棋子。"

两天后天擦黑，几个魏国难民学子把一单独劳作的山民堵在一山旮旯，满脸焦虑道："我们千里迢迢找来，怎样才能见到先生呢？"

山民说："我只听传人间能找到吴实的地方，就在关隘上。若是秦军杀来了，他就坐在关隘上下围棋，左手举惊雷，右手撒豆为兵。众神灵都来助阵，山上的石头乱飞，就把进攻的秦军灭个精光……"

学子们唰地拔出短刀，一齐架在山民脖子上，怒喝："快说！"

山民一膝跪地，指天发誓道："我确实未见过！"

这是他们第二次来到楚地，烦躁不安的学子将山民几刀捅死。学长拍着胸脯道："我要把吴实烧出来。"

这晚，天色漆黑。夜半三更，十来个蒙面黑衣人，抹了关隘下守军营的两个门哨，似一阵风吹进了军营。他们见营内无兵士巡查，就迅速四处点了火，停留在营外不远的高处观望。大火烧起来后，只见兵士有的穿着短衣、有的赤身裸体，有的烧得乱蹦乱跳跑出营房。官长在场上大叫救火，一片乱糟糟的，更无兵勇追击纵火者。

学长欢喜道："吴实不会带这样的军队，他不在黑风口了。"

却说屈副将从寿郢往黑风口行进中。他唯一思考的是，像传说的吴实那样，从容不迫在关隘上下棋，吓退强悍秦军。以后，楚军将士定会人人传说他的大智大勇，用兵如神。谁个还怀疑垒沙大捷、黑风口关隘收复战，不是他的智慧所为，"战神"的地位不就巩固了？

这天傍晚，屈副将按吴实指定的时间，满身尘土赶到了关隘下的军营里，一见军营焚烧状，心里一阵暗喜："秦军来此寻过吴实了！"

屈副将询问了军营被焚情况后，立即派出细作，去黑风口北刺探秦军进攻的时日。

得到情报，想到明晚要上战场，屈副将心里又怦怦直跳了。那直面秦军的情景，仿佛就在眼前，一旦被秦军识破，眨眼之间，他不是被万箭穿身，就是被剁成一堆肉酱……他浑身发抖，不敢多想。这夜，数不清的噩梦，吓得他一次次满头大汗，惊醒过来。

早饭后，屈副将用冷水洗了头，脑袋清醒了。他想着今晚一赌，将会终身受益。他牙一咬，眼一红，决定豁出去了！

下午，副将和几个换上了便服的亲信头领，信马由缰地登上了黑风口关隘。

此时，关隘上红日普照，浓霜消融，秋景虽残，却是金风如流，千里气爽。高高的楚旗在"哗啦啦"飘响，当他一眼看见旗下的"吴"字旗时，陡地眉头紧结，它是那样的不顺眼。

屈副将向北立定，心里阵阵发怵。他努力压抑心绪，静静地眺望连绵不断的群山。只见一片深灰衰败之色里，没有鸟鸣，不见人影，没有半点生机，万籁死寂，尽展凄凉。

那里本是魏国的土地，现在，被刀枪无情地划进了秦国的版图。屈副将既渴盼又害怕发现那里有秦军的蛛丝马迹，却什么也未看到。他心里又打鼓了，在这样的寂静里有仗打，难道吴实的预料错了？一串串的疑团，从他的思绪里不断地翻滚出来。

刹那间，他又担心白跑一趟了，亲信们在寿郢放了他卜卦的风，还向柱国禀报了他的预测，怎么交差？

在副将朝北沉思之际，原防守兵士被支下了关。几个身怀绝技、盼望着跟随副将立功晋升的亲信头领，早在关隘两边险峻的山崖上，猿猴般寻找各自队伍的合适布防位置。副将对他们的要求是，进，可在眨眼间，像天兵天将莅临关上，迅雷不及掩耳地出击秦军，护卫下棋的副将，保证毛发无损；退，可在瞬间像风一样卷起，保护副将，无影无踪地消失于群山之中。

"都准备好了吗？"副将回转身来，不无担忧地问询头领们。

"保证万无一失！"众头领异口同声，如雷贯耳。

夜色似天堂里打翻了一湖墨水，瞬间铺天盖地罩住了眼中的一切，更罩住了小小的黑风口关隘。

此时，屈副将从寿郢带来的三百勇士，个个身穿黑衣，在几个头领的带领下，身负精良武器，悄悄进入了各自阵地。在关隘北面的山坡上，一亲信头领带领六十个强悍勇士，潜伏扼守在一险要处，随时准备出击企图向副将下毒手的秦军，或截下被秦军抓获的副将。

一切部署妥当，屈副将令一亲信下山，带领两千留守军的大小头领和近百兵勇，来到了关隘上。副将醉意醺醺，却从容不迫地吩咐他们，可任由行动。副将要让大家看看，他是如何大智大勇，未动一兵一卒，就轻易击垮偷的袭秦军，从而抹去吴实在他们心中的形象，转而再来传说“战神”。

三更头牌时分，伸手不见五指的关隘，徐徐升起一盏大灯来，在漆黑的夜里，显得格外耀眼。

灯光下，两个兵勇搬来一张方桌，两把大椅，又摆上了一副围棋。屈副将穿戴整洁，尽显神气，由一个他带来的、身穿一袭宽大长袍的头领陪同，有说有笑地来到方桌前。两人略作谦让，就坐下对弈起来。两个高大亲信分坐两边观棋。

屈副将哪有情绪手谈，他心猿意马地坚持着。他在苦熬时，手中黑子乱落。好不容易挨到三更中，他的心突然跳到了嗓子眼！

却说北山中，那个昨天才溜离楚地的学长，早还原了秦军头领面目，他自告奋勇任了先锋，带领一千兵勇，这天天亮前，就悄悄埋伏在北山中了。下午，他望见了一个楚将军来到关隘，此时，他又仰望关隘上夜晚从未透出过的强烈灯光，不知何故了。他一番思考，若就此折返，如何向身后埋伏的秦军交差？当他又一次坚信吴实不在黑风口，他所见的散漫楚军，决不会玩出什么花招来时，他陡地气一壮，带领手下兵勇，向关隘偷偷摸上去。

刚登上关隘，先锋和众兵勇惊得一步也迈不动，禁不住“啊”出声来。

先锋一望傻眼了，灯光下，二人在关隘上从容对弈，那身穿便服的人，不正是吴实嘛！

“秦军果真偷袭来了！”此时，正当对弈的屈副将，吓得几乎要昏死过去时，奇迹陡然发生了！

一阵“哗哗”风响，随着“吴”字旗飘带，突然由南向北转过。旗面上，陡地泼下阵阵黑风，霎时，高空闪电，像一条条猛劈长天的金鞭，“轰隆隆”地炸雷，一个劲向关隘上猛砸，似山呼海啸。天地旋转起来了，飞沙走石平地生出，越来越强劲的黑风，向关北凶猛地席卷而去。

眨眼间，刚登上关隘的先锋和一众秦军，以及关隘两边山崖上潜伏的三百楚军，统统变作了疯狂黑风里飘零乱舞的落叶，夹杂在山岭上被折断的大小树木中，被卷上半空，不知抛去了何方。

紧接着，瓢泼黑雨漫天而降，布满了偷袭秦军的北山中，传来一阵阵山崩地裂的巨响……

约莫一顿饭工夫，吴字旗上的哗啦声响渐渐消减，稍许时光过去，天地复归平静。一轮山月回归高空，静静地照着悲凉的人间。

屈副将早已呆若木鸡。待到惊雷和风雨消停，他回过神来一看，关隘上像被扫帚扫了般干干净净，一些没有收捡的物件荡然无存。他从寿郢带来的三百勇士和几个亲信头领，一个也不见了。唯有高悬的灯，依然亮着，下棋的一应用具，一动未动，关隘守军的简易住房，完好无损。屈副将往身上一摸，竟然是干爽爽的，只是内衣早被汗水湿透了。陪同对弈的头领迫不及待地脱下了外衣。副将从容地抬手向他一指，慨然道：

“我们继续下棋！”

关隘守军大小头领和一百兵士惊奇地围了上来。他们望了望副将，又望着头领脱下的宽大长袍、长袍里的众多短兵器，又瞥了瞥高扬的吴字旗，心里乱想开了……

这盘棋一直下到第二天中午。

两千关隘守军，兴高采烈地从北山中打扫战场归来了。他们做梦一样向屈副将禀报，北山到处山崩地裂，山岭上的树木荡然无存。他们搜寻了十数里远，眼中尽是被洪水冲洗过的荒凉之地。最后，大家在一座长长的高岭山脚下，发现了一座约里多路长、码得数丈高的秦军和楚军兵士的尸岭，究竟有多少尸体，数也数不清。在他国土地上，大家不敢久留，赶快回转了。

屈副将笑容满面站起，一边吩咐头领收起围棋，一边平静道：“这结果早在本副将的预料中。”

众兵勇对屈副将肃然起敬，大呼小叫着“战神”，只有那六百参加过上次黑风口战斗的兵勇，瞥着“吴”字旗，心中犯嘀咕了……

返回军营的屈副将犯难了，这仗没有斩得秦军首级，也无尸体数字，这战况该如何向上呈报？

两千兵士中的一个景氏头领，觉得这是个巴结副将的极好机会，忙以关隘守军的名义，起草了一份塘报，禀报了战神屈副将摆开围棋八卦阵，祭来黑风黑雨助战，天神地神显灵，众兵勇舍命反击，追杀夜袭秦军十数里，赢得了斩敌首三万级的黑风口大捷。

屈副将看过塘报，欣喜地赞扬了景氏头领一番，又慨然道："这场胜仗，也有你的一份大功劳呢！"

"出头日来了！"景氏头领大喜。他立即派出手下兵士，以六百里加急，向帅府和朝廷报去。

此后多天里，屈副将游山玩水，打猎围棋，平静表面下的心里，却每时每刻都在惦念着，朝廷收到塘报后的消息什么时候传来？

这天，楚王召见的御旨终于送达了。屈副将才从他精心探究"关隘布防"的黑风口，带着那个起草塘报的景氏头领，满身战尘回返寿郢。一路上，他是多么高兴，唯一缺憾的是，若是留着那三百亲信，三百张嘴，到寿郢去传"战神"的奇迹，那该有多好啊！

接下来的自然是赞誉声如同春潮，从朝堂涌出，流淌到寿郢的大街小巷，激动的浪花，把"战神"抬到波峰浪顶。

话说昭、景大臣们早得本氏鸱鸮禀报，吴实已去江南多时了。加之这次黑风口胜仗塘报，是由黑风口都城军里一景氏守关头领写就的。谁人还去怀疑？此战中，景氏头领战场立功，已晋升为寿郢城防军副将。几个大臣听了景氏副将介绍战斗经过，屈副将在离秦军仅十数丈远的关隘上下棋，祭起风雨雷电，众神助阵，尽灭了秦军。过去那些非议屈副将的嘴巴，惊得老大合不拢，闭上又像蜡封般喑哑了。但又有多少新的怨恨、妒嫉和暗算，在一些武将中生出来了。

屈柱国也在暗暗震惊，他打算去试探楚王态度了。这天，他进得内宫，把屈副将给他的"新合纵联盟方案"，献给了楚王。

楚王早知道了有这方案，看着看着双眼一亮。可派谁去说服五国？黄歇早失去了诸国信任，吴实未任职不能用，思来想去，怎么也想不出一个合适的和得力的大臣来。他一阵沮丧，信口问柱国道："这方案是爱卿杰作？"

柱国恭敬回道："微臣不才，献丑了！"

一股愤恨从楚王心头陡然生出，他头一偏，愤而耻笑柱国道："乌合之众，顶个屁用？"

看着柱国满脸羞愧，一副不自在的模样，楚王觉得还不解恨，又戏弄柱国道："这方案屈副将看过了吗……"

出得宫来，柱国的心还在发抖。他害怕楚王了，在楚王眼里，屈化就像是他的上司了。他更气恨屈化。这小子在想方设法给他下套，让他再次在楚王面前受辱。屈化已在动摇他的地位，他若再不寻找机会下手，定会后悔莫及的！

此时内宫里，楚王又细读了一遍方案，口里念着"合纵""合纵"，又无奈地长叹了一声，用一黄绢细细包好方案，慎重地写上"保存再读"字样，放在了手边的案头上。

第二十五回　入贼窝粉儿遭难　耍挑拨师爷黑心

却说那天，粉儿惦念回了老家的叔文，掰着手指算了六天，该返回了。近两天，她吃不香睡不宁。那天傍晚，她又登上屈庙外的一山岭，朝钦上里来路眺望。时已进入腊月，她盼望着叔文快快回来，不要出现什么差池。她更担心的是，叔文父母对他们的婚事态度如何，能否看得中她，应允了吗？

天擦黑了，路的尽头仍不见叔文的影子，她还是坚持着站了许久，直至腰酸腿麻，才无精打采地往回返。哪知，她刚走了数步，一张大网就从树上铺天盖地落下，刚好罩住了她。粉儿顿感眼前一黑，就迷糊过去了。

粉儿醒来，发现自己被缠在一行进的马背上，立即意识到被人绑架了。她左思右想，绑架她的莫非是临羊的山贼？她鼓足气力，试着严声厉色大喝一声，说了两句道上话："星星吹落坡。""云能放在荷包里？"

少顷，两个黑影慌慌张张靠上面前，瞪大惊眼，细辨过粉儿，忙对上"山风有情""朝霞飞天"的道上黑话，口里就"小姐小姐"地喊着，"对不起！对不起！"地连声道歉，又七手八脚褪去网罩，解开绑绳，放出粉儿来。还恭恭敬敬道："大水冲了龙王庙。请小姐千万鉴谅！"

粉儿甩甩手，踢踢腿，刚恢复了麻木的手脚，又倏尔想起，义父不是在为找到临羊的下落而日急夜愁吗？叔文未归，她在义父身边也没事做，不如趁这空闲去会会这个临羊，看看这伙山贼究竟是些什么样的人。主意甫定，她从从容容问询黑影道："你们可是临羊'山仙'手下的好汉？"

"小的们正是。"

"那就请兄弟带我去会会你们的山仙。"

黑影装了三声夜莺叫，粉儿前后立时蹦出两个壮汉来，礼见了粉儿。四匹快马陪着她，向深山疾驰而去，一夜就上了桓山。一行人沿着天岳关一条极不显眼的山路，绕崖过岭，来到一个叫只角楼的地方，天已大亮了。

在一处极度隐秘的山崖下，有一排精美的绿色木屋，掩蔽在浩瀚的林海里。山贼们叫它绿巢。山贼将粉儿带到了这里。

“报，天上来了星客。”值风向晨练的临羊大王禀报。

“星客？”临羊收起两把青铜剑，右脸刀疤陡地亮了，现一副疑惑相。稍停，他擦干额上汗水，整了着装，连忙吩咐按道上规矩，召集东南西北风等四个头领，还有十来个精干亲信，手持最新最好的青铜兵器，到聚仙堂排定。

堂上号令台侧坐着师爷，师爷是个精瘦小老头，长一双在眼皮里滴溜溜直转的三角眼，下巴上一绺稀疏的山羊胡须呈赤色。黑帽后头，拴着一条长长的狐狸尾巴，直拖在后背上，一把卷得铁紧、须臾不曾离手的曲把黑丝绢伞，走路当手杖用。

“绑来的是吴实义女，这祸就惹起来了！”师爷暗暗高兴。几天前，他向大王谏言，吴实要剿灭我们，我们也要了解吴实的底细呀，未料山贼们抓来了个宝贝，现在有好戏看了！

临羊刚到号令台主人位上坐定，值风就清了清嗓子，拖着长腔高喊：“迎——贵——客喽！”

过去在山里，父亲早把天下山贼的道上话儿和规矩，一五一十教给了粉儿，省得她在这种场合失礼或上当。父亲还领着她，见过两次楚地山贼中地位最高的月仙。粉儿学到了山贼们迎来送往的客套，今天派上用场了。

粉儿拱手拜了山门，步履从容，款款入得堂来。只见号令台上，坐着个一副威严不容侵犯模样的壮汉，三十出头的样子，一双炯炯有神的眼睛，射出一束审视一切的逼人光芒。好一条汉子，只可惜，黑里透红的面庞上，左耳失了廓，一道刀疤贯穿右脸颊。稍一动怒，刀疤由暗转亮。粉儿琢磨，这肯定就是义父纠结在心，有着一身好武功，却心狠手辣的临羊大王。她叉着手儿，向“山仙”道了声“吉祥”。

按道上规矩，接下来应是山仙问话，互报家门了。哪知，堂上一片死寂，这些威风凛凛的山贼，刹那间像一尊尊雕就的罗汉，个个痴痴呆呆，额头青筋凸出，脖子伸得老长，一齐盯着粉儿看，眼珠都快瞪出眶来了。个个暗想，天下还有这般漂亮女子？

师爷眉毛紧皱，一双三角眼似睁似闭，在众人脸上睃来巡去，脸面早拉得老长了。

临羊盯着粉儿满是疑惑，吴实的人里怎么会有“星仙”山贼？但他还是耐着性子问道：“小姐贵姓？”

粉儿早已被众贼眼盯得两颊飞红。她镇定神情，从容礼貌地答道：“小女子姓星，是寿春城外两重天山上星仙的女儿。初到宝地，还请山仙和各位兄弟多多担待。”

粉儿话音刚落，众山贼唰地一齐立起身，低头拱手，向粉儿连道：“星客吉祥！”“星客吉祥！”

临羊更是惊愕得仓皇离坐，走下号令台，弯下腰，恭恭敬敬拱起手，向粉儿报上标号道：“在下贱姓风。”

末了，临羊又眉头紧皱，装出副一时失忆神情，双眼瞥过粉儿，仰头做一番沉思状后，又支支吾吾问粉儿道：“小姐说的星仙是……”

粉儿明了临羊想打听她父亲的名字，霎时眼含热泪。她为从寿春来汨罗路上，未能去见上父亲一面至今深深痛疚。她接上话，酸楚地答道：“齐国稷下学宫学士、星仙白来，即是小女子的家父。”

“啊……”满堂山贼又张着老大的嘴巴，合不拢了。

原来，楚地的山贼，几年就有一次秘密集会，汇集各地消息，探寻道上的生存法则，从而修改总标规矩。山贼们根据各方人马、战力，特别是大头领名声，分出等级为月亮、星辰、雷霆、狂风、暴雨等五个标级。各标间相互联络，凭道上黑话对接，等级就是姓氏。标内大头领在等级后，冠上仙字。手下人统称好汉。五标好汉对外，身份是严格保密的，外泄者一律按总标规斩首。

粉儿知晓，临羊比她父亲低两个标级。她又从众头领的情绪里，看出父亲“白来”在山贼眼中的分量，心中便有数了。她要看临羊接下来怎么办？

其实，粉儿还有不清楚的是，父亲被天下好汉称为“神算子”，实际地位比星仙更高。虽然父亲上头还有月仙，但月仙年老体弱，是武将出身，自知远不及星仙的才华智慧和威望胆识，亦感无能为力为天下好汉谋得一个美好的前程，多次提出要逊位给星仙，均被她父亲婉拒了。

临羊也在想。有一年，五标众仙又一次推戴星仙亮旗挂帅，号令天下好汉，举兵造反，推翻楚朝廷，再建自己的新王朝。月仙拿出一管玉笔，当看众仙面，郑重地赠送星仙，掏心掏肺说，此笔有两意：一乃是他诚意表白，星仙指挥众好汉打得天下称王后，他的臣服；二乃是预祝星仙早日登基称王，用此笔御批天下奏章。月仙又讲述了他是如何千方百计，以重金买通朝廷玉师，秘密治下这管玉笔的。月仙又说，现今，天下只有两管玉笔，一管在楚王手中，一管则在你手里了。说完，月仙把玉笔双手递给星仙。星仙坚辞不接。月仙不由分说，硬生生塞给了星仙。令临羊至今不解的是，数年过去了，星仙为什么还不以玉笔号令天下众好汉举旗起事？

“星仙女公子来了，快排酒摆宴待贵客!”临羊刀疤一亮，立即安排众好汉，为星仙女公子接风洗尘，而心里却是百般纠结难纾。

好汉中曾风传，神算子有个漂亮且才学高深、武功精湛的女儿。几年前，临羊曾去秘密拜访过神算子，却和众仙一样，也未识得女公子一面。如今，星仙的女公子怎么就神不知鬼不觉来到了眼前？此女是真还是假，怎么和吴实在一起，莫非是个骗局？

酒宴在热闹中很快结束。送星仙女公子去客房休息后，百般疑惑的临羊回到了自己房里。

“哼哼”两声，师爷轻脚慢步，打临羊门前过去了。

临羊一望师爷，心里又结成了一团乱麻。

师爷自称是云游道人，五十来岁，叫拓申，别名“小狐仙”。几年前，拓申游到了钦上里便不再出游了，成为沙府食客。猴首失踪前不久，沙老爷派猴首送信给临羊，将“满腹诗书”的门客老道人拓申，介绍给一字不识的临羊当师爷。

师爷来自沙府，临羊曾数次向他打听，自己在沙府的父亲可好？师爷总是皮笑肉不笑回复道：“你父亲好着，在享清福呢。”

临羊多年未见过父亲了，听了虽心中存疑，却百般无奈，只得在心里一遍遍祝福父亲康健。

十数年前，沙老爷把临羊的父亲从官军手里救下，留住沙府，控制着临羊和他手中的山贼，为沙老爷抢夺乡民林山而杀人放火。同时又命令临羊不召不得去沙府。过去临羊行事，都是由尖削脸传达沙老爷指令，近两年，猴首突然不见了，改由拓申转告。

有一次，临羊发现师爷数日未离绿巢，却突然道出了沙老爷指令。是谁人在沙、拓间传话？临羊暗暗打听，排除了跟随父亲、又跟了他多年的手下众人，得到否定后，就怀疑是师爷在假借沙老爷名义，向他传令。他既无机会去找沙老爷对质，又苦于没有师爷作弊的证据，心里好不焦急。

临羊决意要把“师爷传令”的底细彻底弄个清楚，就特别留意师爷与外人的交往，眼光盯上了流水庙。

桓山深山里有个古庙，坐北朝南，依山傍水，建筑坚实而又精致。庙里无有匾额和碑文留存。不知是何人所建，也不知是哪年荒废了。后来，山里人见有一溪清水绕庙而过，就叫它流水庙。

约五年前，庙里住进了两个外地来的道人。他们摆了两狮石雕镇山门，就埋头读书写字，唯独热衷的是为山民们疗伤治病。道人医术高深，深得山乡人的信赖。他们吃的用的全是山民们自动奉送的。师爷上山后的某天，山民们突然发现，两个道人不知怎么就失踪了。大家都觉得好蹊跷。每每临羊听到山民议论两道人，就快步离去了。

不久，流水庙里住进了一伙外地来的“道姑”。从此，时有南来北往的道人在这里歇脚。这伙道姑不搭理当地人。山民也就没人到流水庙里去了。

临羊曾得亲信报，师爷总是趁大王外出之机，不时夜奔流水庙，天亮前才回来。临羊惊异了，师爷转沙老爷指令，要他杀了庙里的两个道人。临羊明了两道人与众山民的关系，又念他们治好了数个山贼痼疾，一七了还未动手。师爷又三番五次催促，他才叫手下“办了”。原来，师爷是要为这伙道姑腾出庙来。这道姑又是什么来头？

临羊曾趁月黑风高的夜晚，悄悄摸进庙里三次，看见十来个身穿宽大黑衣的道姑，个个精神饱满，个头高大，哪里像道姑？倒像是一伙男人。是道姑在师爷和沙老爷间传讯，可他们也不可能有一夜往返行走百几十里山路的脚力呀？师爷与道姑是什么关系？

一个先从父亲、后又随临羊多年的老山贼曾神秘兮兮地说，师爷凭借夜风，张开手中黑伞，反手捏着背上的狐狸尾巴，口里念念有词，陡地就飞离了地面，像个蝙蝠，瞬间就不见了踪影。

师爷真的是蝙蝠精？临羊心里的疑团越结越大，总感觉师爷神鬼莫测！

吴实刚到汨罗，师爷又传沙老爷指令，要临羊派人去掘屈坟。临羊虽然照做不误，心中却怒不可遏。他既挑衅了与己毫无仇恨的吴实，与官衙结下仇恨，又干出了这千夫指其项背的丑恶之事。况且，这有悖伦理的事，是道上总标规矩所不容许的。临羊不解，沙老爷和师爷有什么深意？

如今，这星仙女公子又来得好蹊跷！

拓申哼哼两声进门了。他估摸着猜度到了临羊此时的心思，三角眼一眨，手捋稀疏的山羊赤须，手中黑伞戳着地面，故意不紧不慢道："天下之大，无奇不有。足智多谋的神算子，女儿怎么就跟了官衙的吴实？他们之间，可谓是八竿子也打不着边际的呀？再说，道上头人，竟要自己的女儿随吴实来汨罗，参与剿灭兄弟。道上哪有这样的稀奇事？鬼也不会相信呢！"

瞥见临羊暗暗吃惊的模样，拓申又进一步挑拨道："这女子莫非是吴实派来的细作，以道上的名义来糊弄大王的？"

临羊突然刀疤由暗转亮，似乎明白了一切。他最恨奸细！但他未显震惊，头也未侧，一副不屑一顾的模样，强迫师爷道："你有话就说，我们该如何处置这女子？"

"嘿嘿！"拓申两声冷笑，煞是戏言道，"桓山乡人都说，吴实是凤凰转世，大王不妨让凤凰与'白雀'去斗斗法嘛，我们在一边看着，'凰、雀'谁个更高明。"

临羊即刻接过话，愤恨地大叫："快把这黄毛妖女，押送去白雀庄看管，待本大王测得良辰吉日，再来祭发神！"

临羊刀疤闪亮，神情好不得意。师爷只是想借白雀刀杀人。他故意留下"测吉日"的时间，是等待吴实带兵来攻打白雀庄救人，他就可亲眼见识吴实的智慧和兵力，考虑以后怎么对付吴实了。

其实，吴实一到汨罗，拓申就慌了神，吴实不除，他的"大事"准办不成了。于是，他假传沙老爷指令掘了屈坟，却未调动吴实征剿临羊。他又派人夜探屈庙，见吴实人少，又挑拨临羊，说吴实是来剿山贼的，临羊也未去屈庙动手。如今，山贼绑了吴实义女，吴还按捺得住？

第二十六回　白雀庄粉儿疗瘡　天岳关猴首耍狂

天岳关西侧有一座高峰，峰顶有个沸沙池。此池无源头活水，却常年丰水盈池。人传池底连着洞庭湖，故永不干涸。亦传是龙工特降神水，养这方圣地的。这池水也怪，像一大锅烧沸的黄汤，常年翻滚着黄色的细沙，在阳光下金烁烁，闪耀耀。

沸沙池周边数十里内的陡峭山岭得黄汤滋养，古木参天，珍禽异兽众多。春夏秋三季，林下都有几十种菇类，新鲜鲜地大片大片爆出。倒地的朽木上，黑、白木耳和灵芝，竞赛般大串大串生长。林中还长有两三人合抱的大楠木、紫檀等山外走俏木材。羡慕这片福地的山乡人众多，却不知哪年哪月，被一群人捷足先登，住到高峰下的山坡里来了。

福地真养人，山民生活无忧无虑。可天下哪有十全十美的好事？山民们虽然吃穿用住均不发愁，但别处山民林山被夺的消息，让他们时常胆战心惊。他们想了一个绝招，每年将山里无数个收获的第一，比如蘑菇、野兽、食粮等，都是首先孝敬了驻扎在离此不远的临羊，尤其是林下特制的“人间仙”茶，临羊特别爱喝。这让临羊对庄人刮目相看，庄人也确实讨得了安宁。庄人放心生活的同时，有件十分难堪的事，折磨了他们数代人。

庄上七八十号老少，男不男女不女，个个头上都不长发，偏偏长出满头白雀屎来，而且白雀屎越堆越高，奇痒难忍。人人剥得血淋淋的，剥了一层又长一层。数代山民想尽了办法，虔诚地祭天祭地祭发神，也未治好白雀病。是命运所弄，还是庄人有什么恶行，惹怒了哪方神灵或妖孽，要报复庄人？庄民们怎么祭神，怎么忏悔，怎么用巫法，也得不到神灵和鬼怪的半点宽恕。

钦上里富豪沙老爷，早就相中了这块好地。曾数度指令临羊操入掌中。

碍于时常相见的“孝顺”近邻，尊于兔子不吃窝边草的乡俗，临羊见山民们个个善良诚实，又顾念这多人的身家性命，一直不敢也不忍下手。如今，临羊十分高兴，让吴实与庄上人去“凰雀相斗”，他就尽可作壁上观了！

听说临羊大王给他们送来个祭发神的“黄毛妖”，白雀庄男男女女、老老少少夺门而出，叫叫嚷嚷奔到前场来看妖精。

庄人见了粉儿，个个惊异，哑了般无人开言。许久，才有人迸出一句话：“人间哪有这般漂亮女子，只有妖精才这样媚人。”

白雀们齐声附和，无不感激临羊大王的恩泽。几个老人掰着手指，在猜测大王将定下的祭神日，盼望着早一天到来。

庄人议论黄毛妖时，一个流落桓山、待了两年的哑巴白头老乞丐，也从蜷伏的屋角里走出来，远远里伸长脖颈张望。

这晚，粉儿被庄人丢进一个深深的地窖里。四个壮年白雀在旁边燃起一堆火，手持硬木棍，戴着虎头傩面，口念镇妖经，大呼乱叫为己壮胆，守着盖有大石的窖口。

夜半了，地窖里的粉儿在想，庄人颜值尚好，尤其是女人，个个脸若桃花，就是白雀头吓人，顿时生出深深的同情来。她想起跟父亲学过疗治山民此疾，决意寻得机会，搭救一把白雀们，但不知山中有这药草否？迷迷糊糊里，父亲的声音在耳边响起，说有个叫“崩云石瀑”的地方云云。粉儿惊醒，好高兴，纳头拜过父亲。

“啊！”“哎哟！”正在这时，几声尖叫从地窖口传来。紧接着，窖口大石被一脚踢飞，一个黑影蹦下了两丈多深的大地窖里。

“齿先兄，你怎么在这里？”借助窖口火光，粉儿隐隐认出了来人，喜得连问。

齿先三两把为粉儿卸去了绑缚，拉着粉儿，一纵身弹出了窖口，忙不迭催促粉儿“快走”！

大狼狗也哼唧个不停，咬着粉儿的裤管，直往门外拖。

原来，粉儿失踪的那晚，与吴实分头找寻粉儿的齿先，边走边旋转着两只大耳朵，细心辨听四方动静。他总感觉有一个声音在前头不停地叫着他的名字。他循着声音，一直追到了桓山，就四处寻找起粉儿来。

这天，齿先在白雀庄背后的山林里，远远望见屋场上，白雀们在围观被捆绑的粉儿。他心中一喜，待到夜半，就带着大狼狗来救人了。正在他想要探得关押粉儿的具体位置时，不知从何处闪出一个哑巴老乞丐，指出了粉儿所在。

哪知，已经摆脱山民控制的粉儿，却亲昵地抚了抚大狼狗，在窖口边的木凳上从容坐下了，又吩咐齿先解救被他打晕的山民。

“你你你……难道是想等叔文来救你？你是叔文的，我救你，决不会娶你。”齿先见粉儿不领情，歪嘴一咧，愤懑地做了个鬼脸，坐在同一凳上，屁股挤了挤粉儿，二郎腿跷得老高，脚板直摆。

“老兄呀，义父为找不到临羊日急夜愁。现今，临羊已与我扯上了关联，如果我放弃了这个套住他的机会，你说，不可惜吗？再则，我还想帮这些山民治白雀病呢！”粉儿一本正经道。

齿先虽然觉得粉儿说得有道理，但性命关天哪！齿先一想，觉得他拗不过粉儿，只得讥讽一句：“就你乖，你就留下等死吧。好可怜的叔文啊，要打光棍了。”

好不耐烦的齿先，把四个打晕了的山民一一救醒。为了吓唬山民不要坑害粉儿，他趁着在山民脖子上摸捏解救的当儿，又把四人的右膀悄悄地卸出臼来，还让锁骨移了位。

山民们醒来，眼望齿先八尺身躯，狰狞面目，以为遇上魔鬼了，吓得纳头就拜。但骨头移位的右手，哪里撑得起身子，个个体一歪，嘴巴戳在了地上。

“你们去告诉庄主，我主人黄毛仙女要给你们治白雀病。庄人若是不听仙女的话，我就把庄人的双手全都废了，胯下那东西也要长成个白雀，断你们的根，绝你们的后。若按仙女的话去做，他们四人的伤痛自然会好的。否则，本神要带一众妖孽来，将庄人一个个都捏成齑粉。”齿先说完，抓起个杯子大小的石头，一把捏得粉碎，往山民面前一甩。大小石子蹦作一地。

山民们浑身颤抖个不止，一抬头，那魔鬼和一条吐着老长红舌头的恶狼狗，早已不见了。

听了山民的报告，庄主吓得魂不附体。天一亮，他就按黄毛仙女的要求，安排了四个健壮山民随她去采药。山民按仙女指点，来到一个叫崩云石瀑的地方。

陡峭山坡上，林涛声声，百鸟喧闹。坡中一条数十丈宽的白石带，光洁如玉，煞像天上飞来的一条白银飞瀑，一泻坡底，镶嵌在葱翠丛中，白绿相间，鬼斧神工，亦动亦静，好不壮观，世间罕见。

这不正是父亲在梦中指点的采药妙石吗？粉儿一乐，立即带领山民到白石上去采药。山民你望我，我望你，这寸草不生的白石上，哪里长有药草？庄人犹疑间，仙女早飞鸟般就下到了白石上。

山民们无奈，只得赶紧攀崖附葛下去了。说来也怪，仙女走过的白石，竟然覆着一层毛茸茸的黑色小草，油光闪亮。少时，四个山民背着四大篓药草，笑嘻嘻上了来路。

回到白雀庄，粉儿吩咐山民熬汤服药，又捣药泥外敷白雀。粉儿动手，给一批迟迟疑疑的女人用了药。

过了一天的清晨，庄主带领数个山民，还有那批粉儿亲手施药的女人，兴冲冲来了，报喜般告知粉儿，白雀不痒了，还自动掉落了两层壳。粉儿叮嘱大家，继续采药疗治。第三天，庄人的白雀头全不见了，不少人长出了黑茸茸的新发。众庄人拜倒在粉儿前，“仙女显灵!”“仙女显灵!”地欢叫个不休。

这时齿先来了，把四个庄人的手接上，让锁骨归位。众人又是一阵欢呼。在一旁观看的老乞丐，也张着瘪嘴笑嘻嘻的。

众庄人感谢二仙治病救命之恩，个个欣喜若狂。一伙女人更是拉着仙女妹妹，亲热得不行，又提出要留下她过新年。庄人们搬出乐器舞器，男男女女戴上各式傩面，男觋女巫，领着大家在神坛旁又唱又跳，闹了足足三天三夜，比过新年还要热闹。

与庄人欢闹吃喝的几天里，粉儿和齿先总是不忘，要把那个哑巴白头老乞丐拉上桌同食。粉儿还给老乞丐斟酒夹菜。过去，哪里有人这样待过他？哑巴感激得哇哇直叫。

哪知，在欢待仙女之余，庄主和不少庄人都在暗暗忧心，杀人如麻的临羊，能收回用恩人祭发神的成命吗？庄人们暗暗商议，一定要保下恩人黄毛仙女的性命。

又过了两天，临羊那边仍无音讯，齿先急了，又催促粉儿回返汨罗，省得先生焦急难耐。

未料，粉儿却没有半点离去的意思，她还轻松地劝慰齿先，信心百倍道：“老兄急什么？本小姐料定，三天内，临羊一定会亲自找上门来……”

再说尖削脸骑上快马，背着个大包袱，揣上吴实要他带给临羊的小包裹进山了。他虽说是离开了吴实，离开了戒夫那两颗寒光闪闪的虎牙，自由了，心里十分高兴，但他仍然明白，有一把滴血的刀，如影随形地跟着他。

出门不久，一只快乐的八哥飞到尖削脸头顶，“啾!”“啾!”叫了数声，仿佛在提醒他，“若要逃，就杀头”。

尖削脸仰头一望，手一拱，唏唏两声戏谑道：“八哥老爷呀，猴首大哥身边的风，都是杀手，大哥如何逃得了，你取笑我干什么？”

从寿春到汨罗，尖削脸一路走一路想，吴实为什么要救他？吴实有什么能耐，能在嗜血成性的鸱鸮爪下救下他？他始终不得其解。这多天，虽然戒夫对他的态度温和多了，但他绝对明白，他留在寿春的妻儿俩，早已不在人世了。以后再放他回寿春，也是戒夫一句骗他的谎言。他现在要明白的是，如何再求不死。他思来想去，总感觉自己在一种死的旋涡里不断沉沦。即将见面的临羊，也是杀人不眨眼。还有刁滑的沙老爷，他怎能逃得过这即将面临的重重险关？他只能走一步，又看一步，凭自己的聪明应变求得生存了。他赏山玩水，不紧不慢，老马行了两天两夜，才挨到了天岳关。

桓山的天岳关，条石高垒，飞鸟难越，雄峙云端。夕阳照射着漫山遍岭的过冬青，树木仍在吐露着永不衰竭的生机。只有欲起还休的山风，似也不忍倾诉这座雄关的悲怆。

漫长的古时，蛮夷掠地，他国吞并，官军东西挞伐，南北征剿，都绕不过这座重要雄关。只要占得了这座关隘，三百里范围内，就可操控掌中了。

关下兴兴衰衰的长山寨，人人鬼鬼的过往事，仿佛在道着风雨草木下掩埋着的金戈铁马岁月，述说着腥风血雨的时光。更有无数累累白骨，在山石间，泣诉着翻来覆去的王旗，将它们驱赶向死的冤屈。

巍峨的天岳关，历经无数杀伐，并入楚国版图后，成了草木凄凄的内关，落得一时冷寂。而此时，楚国丢失黔中郡和南郡的江北领土后，此关又成了楚西南的重要防御关隘。可惜，楚军大部分被掌控在分封权贵手中，楚王能调集的为数不多的兵马，疲于西防。加之此关与寿郢相距老远，帅府更不用说派军力布防了。与王族不睦的氏族，谁个还把这闲关野隘放在心上？

按两年前约见山贼的老规矩，时间尚早，尖削脸一瘸一跛系了马，四肢大摆地躺在约见地。他知道有一双血红的眼睛，还有两支箭或两把刀，从不同的两个方向，早就指向他了，但他却不知隐在何处。他不能声张，只能静静等待。

真个是说来也怪，直到月上中天，高山寒降，连树木也冻得缩起了脖子，尖削脸竟然还是无人过问。他努力回忆起过往，沙老爷派他来见临羊的情景。他被山贼用黑布遮了眼，七弯八拐，走了老久，才被牵到了一处木屋。可眼下夜色茫茫，到何处去寻得木屋？他只好忍饥挨饿受冻，唯盼那个隐在附近的山贼早点现出身来。

“咕咪！”“咕咪！”几声猫头鹰高一声低一声叫着，像是彼此唤情，又像是打饱嗝。往时，尖削脸听着这声音，总觉得很有味道。而此时，他妒意大发了。山里人传，猫头鹰叫就要死人，一下触到了心中的痛处，他不由得大怒。他朝着黑森森的山岭，跳脚大骂：“死死死，你这瘟鸟，先死给你老爷看看！”

“呜……呜……”尖削脸未等来接头人，却等来了几声饿狼嗥叫，从远处传来。他知道，饿狼想吃食了。

“来呀，快来呀！你若咬到老爷脸上的这块树胶皮，还可尝尝新呢！哼！哼！”死过一回的尖削脸尝到了死味。他朝狼嗥方向嘴一努，一副嗤之以鼻的神情。

尖削脸突然想起自己改了相，接头的人谁个认得他？他又无其他联络方式，怎么办？若是空手而返，如何向吴实交差？戒夫虎牙上的寒光，仿佛就在眼前闪烁，吓得他大骇。他只有主动招引山贼，来抓捕他了。他艰难地爬上高峻关隘，把自己的酸楚遭遇，扯起破嗓子乱号开了。“啊嗬！啊嗬！啊嗬！

凤凰展翼兮，落沟沟；
燕雀冲云兮，鹰叼叼。
鼠儿得势兮，食猫猫，
生不逢时兮，人兽兽。”

“哈哈……”“哈哈哈……”尖削脸在关隘上狂舞乱跳大笑。回答他的是，林涛声呜呜咽咽，夜莺叫悲悲凄凄，饿狼嗥长长短短。

尖削脸唱了一遍又一遍，直唱得声音嘶哑，喉咙流血，他累得浑身绵软瘫倒在地。

天放亮，高高的关隘上，尖削脸和那匹老马，早不见了踪影……

第二十七回　惊玉笔临羊释疑　玩失踪猴首逃遁

十来天过去了，手下人每天将白雀庄发生的事，禀报给临羊。临羊仅听到有个“丑恶魔鬼”，从地窖里救起了黄毛妖女，甚是失望。黄毛妖女被那个魔鬼救出，不仅未逃跑，还治好了庄里老少的白雀病，头上生出了黑发。庄人将恩人奉称仙女供着。

临羊好纳闷，预料中的吴实兵马未到，还惹出仙女之事。他气得刀疤一亮，决定亲去白雀庄，戳穿黄毛妖女治病疗疾妖术，以黄道吉日，逼迫庄人杀了妖女，一定要让吴实和庄人结下血仇。

这天清晨，十个手持兵器的山贼，在场上等得临羊到来，众人高呼一声“杀”就向白雀庄进发了。

“报!”“报!”“报!”恰在此时，四山贼押着一个黑布捂眼人来了。此人两只手被绳索紧紧地绑着，由一个山贼牵到临羊前高声禀报道：“小的们在天岳关抓到了一个奸贼。奸贼说话上嘴不对下唇，一忽儿说他是木板脸，一忽儿又说他是尖削脸。”

“大王，我不是奸贼。我叫猴首，就是当年的尖削脸。”捂眼人极力辩解。

虽然两年未见，但临羊还是听出了那熟悉的声音。他下了马，就一手撕下蒙眼人的黑麻布，紧盯来人，望望脸面，又品品跛腿，现出满脸狐疑。

“大王，你不记得我了？过去，沙老爷要我给你传令，天岳关就是接头点，然后，你在绿巢见我。后来，我在寿春打跛了腿，改了相。现人叫我木板脸。”尖削脸急了眼，连忙道出了往事。

辨出真伪，明白两年不见他去了寿春，临羊嘴一努，山贼解了绳索。临羊又脸一拉，大声斥问：“谁叫你来干什么？”

尖削脸放了心，从随身包裹里翻出一个小包，双手递向临羊道："这是吴实要我交给大王的。"

吴实送的，是什么？尖削脸怎么和吴实搞在一起了？临羊好奇怪。迅速打开小包。

"噢!"临羊一看，细细再看，惊得唰地迸出一身冷汗来！这不是道上人人景仰、现在星仙手中的玉笔吗，怎么又到了吴实手里？这玉笔可是号令天下好汉造反称王的呀！吴实送我是什么意思？莫非是他被朝廷冷落发了怒，想来辅佐我……他兴奋得气都喘不过来了！

"散了散了!"临羊哪里还有心情去白雀庄？他大手一挥，解散了队伍，立即把尖削脸带进了一间木屋。

多时以来，临羊就想通过尖削脸，了解沙老爷要他传讯的几次凶杀事究竟是真是假？尤其要弄个明白，要他斩杀流水庙的两个道人，是否沙老爷指令，以解开他对师爷作祟的心结。哪知，却怎么也见不到尖削脸了。眼下，尖削脸送上门了，又出现玉笔，这是怎么一回事？他迫不及待想明了玉笔来历，知晓吴实的意图。他甜甜地想着，若是星仙托付、吴实支持他，号令天下好汉夺王位，他就前程发达了啊！到那时，他定要用狡谲师爷的头来祭旗出征。同时，警告手下众人切莫耍阴招！

临羊脸上刀疤亮光闪闪，紧握玉笔的手抖得厉害，心跳得老高了。他细细品味着这天外飞来的大喜事，好不容易才镇静下来。他双目紧盯尖削脸，惊奇而又兴奋地询问道："你快说，这玉笔怎么在吴实手里？他又是怎么给了你的？吴实要你带给我，究竟是什么意思？"

竖起双耳，临羊听得好专心。哪知，尖削脸像截木头，仅仅平淡地讲述了吴实抖着手，慌慌张张将玉笔交他带来的经过，并未说出其他话，只是泛泛道："别的事，吴大人什么也没说。"

临羊很是丧气，吴实为什么没有嘱咐尖削脸要他怎么做呢？想着想着，他突然惊眼圆瞪，大叫了一声："啊！坏了，坏了，险些坏了老子的大事!"

临羊将玉笔忙乱地往怀里一揣，急急忙忙朝尖削脸嘱咐道："你在这里等着，老子回来后，有重要话要问你。"说完，就三步并作两步，冲出了木屋，单人独骑打马就跑。他恨不得立即飞到白雀庄去。星仙派宝贝女公子亲来，定是有什么特别紧要的话传给我。

清晨，拓申就临窗站立，反手抚着狐狸尾巴玩弄，快乐地品赏着临羊去白雀庄杀黄毛女祭发神。可当他看到临羊突然解散了队伍，带着尖削脸进了木屋，他满是兴奋的脸面陡地浮起一层厚厚阴影来。

“不好了！”“不好了！”拓申知道，临羊对他早就不满了。但他相信，临羊是怎么也翻不过他手掌的。可若是尖削脸将他二人串通，假造沙老爷指令的众多事告诉了临羊，临羊定会宰了他。沙老爷也要宰了他。他辛辛苦苦的“修炼”，眼看就要成“正果”了，岂不是竹篮打水—— 一场空？正当他在屋里蹿来蹿去，惊慌失措时，突见临羊快疾走了。

拓申禁不住大喜，忙出得后门，左右一望无人，就轻手蹑脚进了尖削脸的房间。拓申估摸临羊还未向尖削脸打听他的作弊之事，又好奇地问起了玉笔来历。虽然没有得到尖削脸的准确回答，他脸上却仍然浮起了一片刁滑的笑意，口里念着“玉笔”，三角眼里立时射出一股凶光来。他又一转身，滑稽地笑问尖削脸道：“你还不趁机远走高飞，在这里等着被他们烹了吃吗？”

尖削脸大悚，急道：“请师爷救我！”

“好！你等着。”一碗茶工夫，尖削脸带着拓申给沙老爷的信，乐滋滋地溜出后门，钻进密林不见了。

临羊一路行进去白雀庄，一路想着玉笔。他又从怀里掏出玉笔，看了又看。这玉笔可是承载着天下众好汉的无限希冀啊，若是他举起了它，九州定要长河翻滚，四海必将巨浪掀天。他就是好汉之王。他定要杀了沙老爷全家，洗白自己的罪恶之身！他为这玉笔竟然捏在手中而豪情万丈了……

啊！这莫非是一管假笔？霎时，临羊又怀疑了。他双眼大瞪，对着玉笔看了又看，好不丧气。噢！对了，他突然一惊，怎么不用这玉笔来辨别在白雀庄的黄毛女呢？若她真的是星仙女公子，定然识得这玉笔是真是假！

想到此，临羊又骤地迸出一身冷汗。若是他杀星仙女公子祭了发神，或是女公子在他的地盘上有个任何闪失，道上还不翻了天？好汉们准会说他是叛逆，不点天灯，不五马分尸，不蒸了烹了下酒才真怪！想到此，他不经意地摸了摸脖颈，忙把玉笔揣进怀里，在马屁股上狠命地抽了一路凶鞭。

“快告诉我，我们送来祭发神的黄毛仙女在哪里？”一到白雀庄，临羊就迫不及待滚下马来，一手揪住一个庄人，急不可耐地问。

“大王是问那……那送来的……那仙女吗？她……她早走了。”庄人被吓得不浅，以为大王此来是要斩首黄毛仙女祭发神的，忙支支吾吾打马虎，应付临羊大王。

临羊似乎看出了端倪，忙直截了当对庄人大叫："老子不祭发神了，是来解救仙女的。你害怕什么？老子从来是一口唾沫一个钉。你快说，仙女在哪里？"

"吱嘎"一声门响，屋里大步走出个歪嘴歪鼻、如魔鬼一般的壮汉来，大步流星走到临羊前。

未待大汉开言，临羊快步上前，双手一拱，礼貌地问："壮士可是仙女的手下？"

"是呀，你是谁？找我主人干什么？"大汉不急不慢，一副藐视一切的模样。

临羊刹那间明白了，星仙女公子还在白雀庄。他放下心。他要立即见到她，再不能拐弯抹角了。他脸上刀疤锃亮，忙从怀里掏出玉笔，高高地举在手上，疯狂地大叫大喊道："我是临羊，特来请仙女看看，这是个什么宝物？"

隔窗望见玉笔，粉儿既诧愕又伤感，双眼陡然湿润。她大喊了一声"我的父亲啊"就飞跑出了门。她从临羊掌中，一手夺过玉笔，跪在地上，呼着父亲，虔诚地拜了又拜，捧着玉笔，亲了又亲。少时，粉儿一愣，倏忽立起，杏眼圆瞪，满脸怒色，眉心痣激动得直跳。她抖着手，直指着临羊，急迫地大声喝问道："你把我义父吴实怎么了？快说！"

临羊明白了这真是星仙的玉笔，心又怦怦乱跳开了。他扑通一声跪地，对着这管天下众好汉个个尊崇，又日思夜想的玉笔，叩了三个重重的响头。又起得身来，头一低，腰一弯，朝粉儿恭恭敬敬手一拱，百般谦逊道："在下有眼不识星仙女公子，请大人不记小人过！你义父在汨罗好着呢，我们未去惊动他。此番我来，是专程迎接女公子到敝下处歇脚，在下要诚心实意向女公子讨教。"

"别客气。大王诚意来请，我家主人肯定要去领情的。"齿先早明白了粉儿的打算，生怕失去这机会，又不忘给粉儿撑架子。未待粉儿开言，他就率先打了圆场。

粉儿带着白雀庄人赠送的灵芝、石斛等一大包山珍，告别送行的众庄人。与齿先一道，随临羊来到了只角楼的"绿巢"里。

临羊选了一间最舒适的木房，让粉儿住下，将齿先安排在隔壁间里照料主人。

安顿了女公子，派了专人照顾，临羊拱手道了声"女公子歇着"就急忙转身去找尖削脸，却怎么也不见人影了，亦无人知其下落。临羊脸上突地浮起一层疑云，眉毛挤成一团，尖削脸是吴实派来找我的，怎么就不辞而别了，吴实在玩什么花招？

此时，待在汨罗屈庙里的吴实，整日里焦躁不安，一个劲地喝着芷水添了一遍又一遍的茶水。他既担心粉儿的平安，又痛恨自己，究竟是一时糊涂，还是粉儿失踪让他六神无主所致，怎么就把白来像生命一样珍惜，临死而赠他的那管玉笔，轻易就交给尖削脸，带给了临羊呢？其后，将会引出一种什么恶果来？

吴实懊悔不已。他思来想去，还是将玉笔之事，告诉了戒夫。

“噢！有这事？”戒夫听了，猛地迸出一额头汗珠来，保护玉笔不让外传，是他的职责之一呀！当他向芷水证实此事后，又是嘴一咧，虎牙凶光一闪，瞄着吴实的背影，咬牙切齿地埋怨了一句：“先生哪，你怎么这样糊涂啊！”

戒夫立即叫来叔文，嘱他助芷水保护先生。他赶紧收拾停当，心急火燎打马跑了……

这天傍晚，临羊饶有兴致地带领四个头领，陪着星仙女公子和齿先，有说有笑地登上了只角楼顶峰。

落日像一只血红的眼睛，盯着天下，像有什么心思，又像有什么没看够一样，久久不愿落山。

粉儿淡淡一笑，千万年了，太阳天天巡察天下，是什么还让它在贪恋着这一刻？

美丽的落霞浓浓淡淡，染红了千山万水，百里江山通明透亮，一览无余，无限壮观。无边的林海里，茅屋村舍像黄色的小船，在波峰浪谷间出没，恬谧雅致；北面的长江，似一根银线，缝合着南北国土；西面的洞庭湖，波光粼粼，用它的浩瀚情怀，滋润和养育着生长于斯的万民……

粉儿看着想着，心又一凉，相比天地之大，卑微得可怜而渺小的人们，却在翻手覆掌之瞬，就操纵和改变了天地间的一切……

众人啧啧赞叹美景的当儿，恰巧一群飞鸟掠过头顶，急急归巢而去。临羊眼一眨，向身边人举手一指道：“快射下一只天鸟来，招待星仙女公子。”

几个头领迅速张弓搭箭时，早听得平地一声“呜”的尖厉风鸣，一颗石子直向长空飞去。一只尾鸟随声掉落高崖。众人一看，粉儿正在拍落石子沾在手上的尘灰。

“啊！女公子果然好身手。”临羊和众头领一阵惊奇，齐向粉儿高声大赞。

粉儿微微一笑，信口道：“献丑了，小意思，不足挂齿。”

晚饭后，临羊带着崇敬的心情，与粉儿聊起几年前去拜会星仙的感受。他津津有味地道着星仙那宽敞的石洞，众多的简册，让他看呆了。神算子的无穷智慧，肯定是来自那些书里……

哪知，临羊的回忆，一下打开了粉儿的话题。她无限留恋地追忆道，父亲的千多卷简册，都教她读过。宽敞石洞里套着的那个小洞，就是她住宿、读书，向父亲学围棋的地方……粉儿深情地说着，眼泪静静地流淌起来……

临羊心一颤，彻底证实了眼前人就是星仙女公子。他清清楚楚地记得那个小洞，却不知道那里藏着女公子这多美好的记忆。他一高兴，禁不住向粉儿连连发问：“星仙福体可安康，女公子怎么舍得离开父亲？星仙与吴实又是什么关系，女公子怎么与吴实在一起？”

念及父亲，粉儿又激动了。新近，父亲时常出现在梦里。她总感觉父亲出了什么事。她不敢多想，早流下了泪水。回到眼前，她又想起了给自己定下的任务。她该怎样以自己的特殊身份，用充足的道理说服临羊，让他心甘情愿地站到义父麾下来？

第二十八回　说大王粉儿晓义　要暗算义女命危

临羊见女公子动情了，忙泡了一杯人间仙茶奉上，不住嘴地安慰她道："你父亲是神仙，肯定是一切都好的！"

"对，我父亲熬过那么多的苦难，什么都压不垮他。他肯定好着呢！"粉儿压抑着心绪，喝了几口茶，又兴奋地道，"父亲与义父在山里偶然相识后，就把义父请到寨上，住了三晚，二人秉烛长叙，谈经论道，心心相印，把酒临风，相见恨晚。义父见我到了成家的年纪，提出要把我带去寿春。父亲好喜欢，要我认吴实为义父，又把视作生命的玉笔，赠给了义父……"

回忆往事，粉儿一忽儿笑，一忽儿擦眼泪，激动不已。

临羊随着粉儿的话语，一忽儿愁眉苦脸，一忽儿脸露笑容。粉儿刚说完，临羊双眼瞪得老大，迫不及待地问道："到寿春后，吴实没有把女公子献给朝廷领赏，也没去告发星仙？"

"义父是个重情重义的人。他一直把小女子带在身边，视为己出，百般疼爱。他不仅没有告发父亲，还十分同情父亲的遭遇，还对门生说，若是他得了志，一定要请父亲去朝廷，帮他办大事。"说到这里，粉儿脸上泛起两朵红晕，漂亮的眉心痣一跳，无比快慰。

少顷，粉儿又欣悦道，"义父还兑现了他对小女子父亲的承诺，为小女子找了婆家呢！前些天，义父催促相公，要他带我去见公公婆婆，还要为我们做月老，又做女家主东，把小女子嫁了。我的义父真好，重情重义，一诺千金！"

粉儿说着说着，突然觉得不该讲后面的这些话。她羞涩地捂住嘴，低头嘻嘻几笑，却怎么也难掩内心的无限幸福。

原本在临羊耳里，就装了无数山乡人，对吴实满腹诗书、无限智慧的不少赞语。吴实来汨罗后，与拓申传给他的沙老爷贬语，却大不相同了。他怀疑女公子的满口赞声，是吴实帮她做了媒人，她高兴，能不夸奖？吴实究竟是一个怎样的人，以后，他该怎样对付吴实？现在，正好问问女公子呀？！他又支吾着道："人传吴实爱财贪色，心地丑陋，是只笑面虎……"

"风仙不要听信谗言！"粉儿脸现怒色，突然打断了临羊的话，又气咻咻地正告道："风仙如果相信小女子父亲的眼光，相信小女子近两年的亲眼所见，就不要听信别人的谬传。"

"别别别！"临羊生怕引起女公子误会，一蹦弹起身，双手直摆，笃诚道，"在众好汉里，不相信星仙神算子的人，谁在道上混得下去？女公子的话，在下记在心窝里了！"

临羊想到星仙，又想起玉笔，怎么也不好直问。他又摸着额头，拐弯抹角，装出一副迷惘神情，对粉儿道："女公子刚才说，如果吴实掌了大权，要请星仙去帮忙，究竟是怎么回事？再则，他为什么要千里迢迢，来汨罗剿灭我们呢？若不是吴实在寿春把我说成魔鬼，朝廷有谁人知晓我这个偏远深山的小蟊贼？"

听了临羊一连串的问话，粉儿暗自高兴，打动临羊心的时候到了。她联想到义父说的，幕阜桓山的山贼与富豪、官衙勾结，剥夺山民林山，以及新近的掘屈坟，都与眼前的临羊有关。为了转变临羊对义父的敌对情绪，粉儿把早已想好的话，忙娓娓道出来。

"义父早年就知道，我父亲熟读诗书，满腹经纶，忠心事国，只是得罪了朝廷的个别权贵，以致屡遭迫害，无有生路。为了养活三岁的小女儿我，才沦为山贼的。义父理解同情我父亲，说他不是心地不良，而是被逼无奈所为。又说，谁人不愿光宗耀祖，谁人甘愿遗骂后世？父亲听了，十分感谢义父，好不激动地说，'知我者，先生也。'这就是父亲与义父相见恨晚的原因。"

"二人相识后，义父见我父亲不愿举笔起事，担心天下百姓惨遭涂炭，对楚地山贼的看法就转变了。义父对我父亲说，目下，强秦压楚，国家有难。如果天塌了，地上人就全完了。国家需要众人的力量，一齐来撑起倾斜了的天。楚地有文治之能、有武备之力之人，只要愿意为国效力，不管他过去做过什么错事，都要以慈悲为怀，伸搭救之手。让他们为拯救社稷和黎庶，发挥才智，增添力量，要尽量避免兄弟相残，主张招安山贼。"

说到此，粉儿直直地盯着临羊道：“义父心里容得下天下好汉，难道还容不得无仇无恨的风仙?！义父此来，是为屈坟被掘，并不是要剿灭大王的队伍，与风仙为敌的。手上沾上家乡人的血，不是义父的愿望，更不是他的职责。我猜想，掘屈坟这类伤风败俗之事，也并不是风仙心甘情愿所为吧?”

临羊默默地听着，一言未发，心潮却在翻滚。本来，他在等待女公子道出吴实送玉笔的真情。哪知，女公子的这番话，不仅消除了他对玉笔的幻想，还像打开了另一扇窗，让他看到了另一个新鲜的世界，看到了一个真实的星仙和吴实。星仙多年不举旗亮号，吴实不愿兄弟相残，原来是意气相投，才让两个高才智之人的心，走到了一起。既然星仙都与吴实交好，他哪里有与朝廷为敌，与吴实为敌的本领？他的心一阵阵颤抖，又一次次后悔，千不该，万不该，不该听从沙老爷指令去掘屈坟，挑衅吴实和天下人心。

粉儿看着临羊越来越肃穆的脸，心里猜度开了，自己的话，是否打动了他？她紧接着又试探道：“既然风仙明了义父的意思，以后相遇的日子，风仙遇事就要三思而行噢！”

临羊听出女公子在问询他的态度和打算了，忙抓住机会坚定道：“女公子教诲的极是，在下牢记在心了。唯求女公子代我向子景先生道歉，屈坟是师爷传沙老爷令，我派人挖的，并非在下本意。在下明白，自己远非先生的对手。以后时光里，决不与先生作对。”

粉儿笑容满面，高兴道：“那边是我的义父，这边是我的兄弟。风仙能这样做，我就放心了。”

夜，一点点往深里去。临羊意识到，女公子并未受星仙委托，有玉笔之事要告诉他。他心一沉，死了心。忙起身告辞道：“女公子光临敝处，大山生辉，只是深山贫乏，无有珍肴，还请女公子宽住，在这里过新年，以慰在下对星仙和女公子的景仰之情。”

粉儿忽然脸现焦灼神情，对临羊道：“现时已年关了，加之我是被劫进山的，时过多日了，义父肯定急得不行。明天，我就回程。待春时择得吉日，我一定再陪义父上山，来看望风仙。”

吴实进山来！临羊双眼亮光一闪，兴奋道：“好，一言为定！”

“咚！”突然后门外一个小石头的落地声，隐隐传进屋来。

临羊一阵风般冲出后门，双眼四处搜寻。只见月光下，无休止的朔风，又在折腾千山万岭。屋后高高的石壁顶上，被寒霜几经折磨的茅草，虽然只剩下一些稀疏的小骨架，却依然在风中起起伏伏，向周边的大树连连鞠躬。一块被雨水冲洗得洁白的小石头，滚落在屋后阴沟里。临羊捡起小石头，眉毛结成一团，是有人在窗外偷听屋内谈话，还是山风所为？临羊想了想，刀疤骤然一亮，嘿嘿一声冷笑："哼！多心了，谁敢！"

临羊一走，粉儿怎么也按捺不住激动的心。她敲开了齿先的房门，把与临羊的对话，一五一十告诉了他。

"好好好！先生知道了，不知该有多么高兴呢！"齿先喜得连声称赞。

粉儿小嘴一翘，脸一红，做了个怪相，提高了嗓音，刻意问齿先道："小妹如何？配得上叔文吗？"

齿先向粉儿大拇指翘了几翘，高声道："远远胜过叔文呢！"

粉儿回了个鬼脸。突然，她又为自己的滑稽"扑哧"笑出了声。在齿先的欢笑声里，粉儿又是双手一反，学着戏台上的老爷，头一昂，迈着八字步，一摇一摆一晃踱出了门。

清晨，师爷再三劝导临羊，留下星仙女公子在山里过年，又半开玩笑地道："将来，星仙反旗一举，你不就是朝廷大将了吗？"

临羊引而不发，一声未哼。

早饭后，晴朗朗的天空陡地变得阴沉沉的。朔风呼号，乌云沉重得像要坠落山头。

粉儿又一次摸了摸怀里的玉笔，捎上山珍大包，跨上了马。她坚辞了师爷盛情安排伴送的四个山贼，又一次应承了临羊要她陪义父上山的邀请，而后，满面春风向众人拱拱手，道了谢，与齿先一道，欢快地打马而去。

一路上，粉儿好高兴。她想着义父听到临羊的态度，双眼肯定会笑成一条缝，连连赞扬义女"做得好，你真行！"她又想着，大家吃了她带回的山珍，对她给白雀庄人治病，少不了又是一番恭维。她的心比吃了蜜还甜。啊，还有他！他定会把她一手拉进屋，抱着她亲个不停，还有他那不安分的手……她定然又是一把捏住了那手，眼一顿，嘴一翘，悄声道："你急什么？助义父把大事办好，一切应了你。"随后，她双手紧紧抱住他，幸福得不知如何是好……

想到此，她的心怦怦地乱跳开了。路边山上的鸟儿，叽叽喳喳叫得好欢。粉儿仰脸一笑，冲着鸟儿小嘴一翘，暗道："你们高兴什么？本姑娘的心思，是你们猜得着的？好！那就告诉你们吧，本姑娘出嫁后，要与叔文生一大堆比你们还要机灵的孩子，跟着外祖父读书，歌儿唱得比你们的还亮，羞煞你们！”

粉儿又脸一红，眉心痣直跳，回头望了一眼齿先，“扑哧”笑出了声。从小就玩惯了马儿的她，手中鞭一扬，快马跑得更欢了。她恨不得一步赶到义父和叔文身边！

齿先的马术哪里是粉儿的对手，早被粉儿远远甩在身后。

“嗖”的一声风响，骤然打断了粉儿的畅想，当她下意识地抓紧马鬃，弯下上身，紧贴马背，想取出弹弓时，却早感到右侧腰里传出一阵透心痛。她恍恍惚惚了，脑里顿时一阵迷糊，手一松，滚下马来，重重地摔在了地上。无意中，她就地抓起一粒石子捏在手中，就什么也不知道了……

齿先远远望见粉儿落马，又见三人骤地从路边树丛中蹦起老高，疯狂地向粉儿扑去。齿先大怒，唰地拔出青铜剑，大叫了一声“杀贼”双腿一夹坐骑，快马箭一般朝粉儿身边冲去。

正在这时，十来匹快马，从山下风一般奔来，一支箭早扎进了冲在前面的杀手的脑袋里。杀手像一捆麻布般一声不响倒地了。其余两杀手，慌忙转身，兔子一样逃进了路上的山林里。

那个箭射人、紧束腰身的黑大汉飞下马来，一把抱住了粉儿。齿先赶上，朝汉子大叫了声“戒夫兄”！

戒夫早从粉儿身上摸出玉笔，急急地揣进了自己怀里。他将粉儿一把递给齿先，不容分辩地喝道：“好生照顾粉儿，一步也不准离开！”

戒夫又向同行的紧身黑衣们，做了个向杀手四面包抄的手势。众黑衣迅速散开，钻进了丛林中。戒大虎牙幽光一现，唰地拔出随身剑，一个筋斗翻起，一线风“呜”地响过，消失在密林中了。

齿先把昏迷的粉儿护在臂弯里，只见一支箭从右腰侧，深深地扎入了粉儿体内，鲜血染红了她的衣裳和身下的土地。齿先狰狞的面目上，刹那间堆满了无限的痛惜。他一个劲地呼唤着粉儿。粉儿毫无反应，呼吸时急时缓，浑身软绵绵的。齿先湿润的眼睛又是一眨，大喊起“叔文”来。

奇迹出现了，粉儿眼皮动了动，却未睁开。齿先像发现了灵丹妙药一般，“叔文”“叔文”地大叫。

在粉儿下巴上舔个不停的大狼狗，也仰头狂吠起来。

少时，又是一阵风响。齿先一抬头，戒夫左手提着滴血的剑，右手拧着一个身穿山贼服、前胸流血的猿猴一样的杀手，“嗵”地摔在了地上。

戒夫虎牙一凶，往猿猴身边的石头上一坐，煞像一尊罗汉，双腿大叉，对猿猴愤怒道：“快说，你们为什么要刺杀小姐？若有半句诳语，老子立即结束你的狗命。”

猿猴脖子上淌着血，有气无力地抬了抬头，又耷拉下来。他几次想跪起，又几次趴下了。口里嗫嚅，声音山蚊一般嗡唧。

“我只是个跟班小卒，我把知道的都告诉老爷。天亮前，我和屋檐神（高个子）在巡山，小头领手拿三支令箭来了，说大王被一个有玉笔的狐狸精迷住，患了相思病。这狐狸精饭后要下山，令我们跟他在路上等候，把妖孽除了，为大王治病。还说，谁得到玉笔，就赏给一块大玉佩，官晋三级。哪知，碰上了老爷。被箭射杀的是小头领，屋檐神刚才也被老爷捅死了。小的不想死，小的什么都说了，决不骗老爷，请老爷饶命。”

“是谁派小头领和你们来的？抢了玉笔给谁？”戒夫震惊不已，虎牙伸出老长。

“是……是……”猿猴声音喃喃，气息骤减，双眼无光。

“是谁？快说！”戒夫急速蹿起，双手扒地，俯下身子，把一只耳朵紧贴在猿猴的嘴上。

猿猴急促地喘息了几声，声音渐渐消失，合上了眼睛。

戒夫把两个手指往猿猴鼻下一伸，试过，猛地站起，懊恼地飞起两脚，将两个身穿山贼服饰的杀手尸体，踢进了路边的密林中。他转身手一挥，黑衣们全走了。

戒夫掰开粉儿的手指，抠出掌中的小石子，丢落在地，双手抱起昏迷的粉儿，一蹿上了马。

齿先牵着粉儿的马，紧跟戒夫，向汨罗疾驰而去……

第二十九回　入木场叔文陷困　进沙府猴首被囚

早几天，叔文从家乡返回屈庙，不见了粉儿，整日里焦躁不安，丧魂落魄。吴实担心他急出病来，就要他去梓木里看看，散散心。

吴实知道这个弟子很有心计，定能发现一些与郎二或沙老爷有关的线索。送别时，先生信心满满地对弟子说，再过几天，他定会把一个笑眯眯的粉儿交给叔文。叔文谢过先生去了。

天岳关西南，峰岭突兀，山势险峻。一条石径绕峰避岭，曲曲折折地贴在陡峭的崖壁上，下到了梓木里的南虹桥。

南虹桥在下隽县南面，因有一座古老精美的石桥，如彩虹般架在南江河上而得名。南江河有幕阜桓山众多的山溪水汇集，碧水长流，直入洞庭湖。

桓山是个生长贵重药材的好地方，出产灵芝、石觞，尤其是杜仲、黄柏和厚朴等木本药材，更是远近闻名，同时，山里还有众多的优特木材品种，如紫檀、金丝楠木等，广受山外人喜爱，畅销四方。往东、北方向销售的，概由山北的花蒲市经营，从隽水河水运，直达长江，送往各大沿江城池。往西、南去的，多集中于南虹桥，由南江河载去洞庭湖四岸散去。

地处偏远深山的下隽县县衙，因有这两处水运发达、声名远播的市廛，赋税收入满满。同时发富了众多地方豪强，人传钦上里富豪沙老爷，有富可敌县、敌郡的财富。

叔文来到梓木里，从西门入得寨内，早已时交二更。

朔风呼啸，寒意凛冽。年关的南虹桥更加繁忙。此时，虽然市集已散，但商家却还在忙碌。三条老长的青石板街，侧翼里几十条弯弯曲曲的小巷，被灯火照得如同白昼。各种招牌和旗号式样繁多，还没有上门板的店铺，东家在指点摆设添加上架的货物，伙计在搬运着红红绿绿的山珍。通宵达旦的欢闹声，充斥在大大小小的酒肆、客栈或青楼里……

叔文在一偏僻小客栈投了宿，早已饥肠辘辘了。他把马缰绳交给伙计去侍弄，待上了饭菜，就埋头狼吞虎咽吃起来。老板瞧着来客并不寒酸的穿戴和吃相，转身又端出一碗热气腾腾的髈来，诱惑地说："我看你是一条好汉，这油嘟嘟的野猪髈，半价送你。"

几天来，叔文确实被思念粉儿折磨得够呛，饭食无味。虽然先生放了粉儿平安的话，但他哪里安得了心？现经东家一说，他加了野猪髈，又吩咐添了一觞酒，吃了个酒足饭饱。

出得店来，刚转过一条街，叔文又想起："先生仅仅是要我来散心的吗？"

想着想着，他脚步不由自主地走向了城侧。这里一片黑暗，只有一些稀疏的灯火，在守着默默流淌的南江水。

叔文一路走，一路看，河对岸两百来丈远近里，设有编号为一、二、三的三个大木场，场上木料堆积如山。二号场内有个大棚，棚前高高地亮着一盏灯，灯下二人在玩六博象戏。轮流败下的八人，有的身挎腰刀，有的手持长枪，到三个木场去巡夜。

"叔文老弟！"一声轻轻的呼唤，在身后响起。

叔文回头一看，一个黑影快步走过来。他好生奇怪，这里怎么有人识得我？忙小声问黑影道："你是谁？"

"我是黑猴，在天岳学馆见过你。"回话间，黑猴挺着个扁脑壳，满脸堆笑，已站在了叔文前。

叔文一看那精干瘦小的身躯，立即想起，他是先生要好的发小，隔段时日，就到学馆来看望好友。叔文忙道："几天前回家乡，先生要我去了老兄家。邻人说，兄家的林山被县令郎二征占后，老兄一家早搬走了。先生苦闷极了，十分忧心你的下落呢！"

"啊！子景回来了？在哪里？快告诉我！"黑猴好高兴，一副迫不及待要见吴实的模样。未及叔文回话，黑猴又脸一拉，咬牙切齿骂道："这个世道，子景还去当什么官？官越大，害的人越多。到了阴间，准被冤鬼们撕碎生食了不可！"

叔文把先生的情况简略告诉了黑猴，又问："你来这里干什么？老兄一家搬到哪去了？"

黑猴说，叔文一进寨门，他就看见了，在后跟着。他知道叔文准知道子景下落。他家林山被强抢后，他听从子景的话，强忍了。一家搬到了洞庭湖边，靠打鱼讨生活。他坚信子景不食言，一定会回来帮被抢占林山的众多山乡人申冤的。子景走后半年，抢夺林山的魔鬼们大都浮出了水面。他这是第六次来南虹桥，大略弄清了“魔鬼”们的套路。一年三节，他们先到花蒲市相会，而后来南虹桥分赃。子景再不回来，我可忍不住了。说完，他一手拉起叔文，愤恨地催促道：“今天正好，我带老弟去看‘魔鬼’。”

二人复入寨。寨内灯光已渐次熄灭。黑猴把叔文带到一暗巷，手指前头一座灯火通明的两层木楼道：“再过一炷香工夫，大鬼小鬼都要从这里出来了。”

果然不久，随着一阵热情送客的招呼声响起，一伙酒鬼东倒西歪地步履蹒跚走出大门来。每个酒鬼，都是两手搭在两个狐媚妖气的风骚女子肩上，涎水吊得老长的嘴巴，满是胡言脏语。酒鬼们还不时地在女子脸上、颈上“吧唧”一口。

黑猴手指酒鬼，双眼喷火，向叔文一一介绍道：“走在最前的塌鼻子中年壮汉，是南郡郡尉；尖嘴猴腮的瘦个，是下隽县县令郎二；那个滚圆的癞蛤蟆肚是沙老爷；后面是梓木里寨主、司市、司税人等。”一众人分别走后，黑猴说：“在南虹桥，这些人都有沙老爷为他们置办的享乐窝。”

“趁着夜色，我想摸进郡尉、郎二、沙老爷的住宅去看看。你帮我指个路如何？”叔文血冲头顶，兴致骤然来了。

“不行！”黑猴一口拒绝了，又道，“他们这次来，每人将分得很多钱财，因此带来了不少亲信，享乐窝暗哨放出老远。不然，老子早把那些狗窝烧成灰了。”

夜深，街面上人迹稀少了。黑猴随叔文住进了小客栈。他不必再瑟缩在某个屋角过夜避寒了。

第二天，叔文跟着黑猴，远远看过沙老爷三个堆积如山的木场，看了挂着“沙”字号，足足占了一条街的七八十家山珍店铺，又远远望了一回几个魔鬼的宅院。整天里，黑猴双眼红得吓人。

这晚，酒足饭饱躺在客舍的黑猴，有说不完的话。他眉飞色舞地告诉叔文，过往来南虹桥，他晚上的屎尿都屙在了沙店门前或后院。一些店里的蕨粉、葛粉里，都有他偷偷带去掺进的小沙子，竟一回也未被店主发现过，只听见过店主骂街。

三更梆刚刚响过，黑猴就悄悄起床穿了衣。叔文惊醒，忙问去哪，干什么？黑猴丢下一句“你等着，我去去就回”就溜出了门。

叔文赶紧起床，拐出后门跟了上去。只见黑猴在一大堆垃圾里，翻出几把大葫芦来。叔文抢前疑问：“你要干什么？”

“子景回来，老子不再害怕了。我要用这桐油去烧他个地龙腾空。”黑猴掉头就往沙字号街的屋后跑，那里早有他看好的点火地。

叔文快步跟上。只见黑猴步履轻便如飞，动作猿猴般敏捷，迅速将桐油倒在屋后数个柴薪堆上，麻利地点上了火。

黑猴好高兴，一手拉起叔文，远远躲藏在一处黑暗的偏僻里张望。

天干物燥，朔风阵阵，风助火势，火腾风威，一片呼呼作响。转瞬大火跃上店铺屋顶，整条街倏地像一条火龙，烈焰翻滚，炸炸生风。待店里人们起床出门，大呼小叫救火时，哪里还下得了手？不久，又赶来了一大群操刀持枪的人。众人莫不束手无策，望火兴叹。

“走，我们再去烧木场。”黑猴又提出两个大葫芦，兴奋道。

“这扁脑壳还挺管用呢！”叔文暗暗赞叹。他不愿扫黑猴的兴，又随黑猴从一条下水道出了寨。二人刚摸进三号木场，突然，一阵喊杀声传来，那群操刀持枪的人，从寨内火场气势汹汹赶来了。他们在几个木场外分散开来，打起火把，举起刀枪，指东喊西，乱砍乱戳，一番折腾后，就守在木场外不走了。

本来，凭借拳脚功夫，叔文是可以打出去的。但他一问，黑猴不会武功，只得放弃了。场内外都有看守，叔文不得不随黑猴爬进一个早已备下的矮小木材洞里，蜷缩身子躺着。他心里急得不行了，夜里出不了这木场，天明后怎么办？

黑猴无事一般，在木材洞里很快就睡着了，还打出呼呼的鼾声。叔文赶紧弄醒了他。黑猴擦了擦眼，示意叔文待着别动。他独自爬出了木洞。一会儿过去，黑猴躬腰曲背，醉醺醺回来了。他手里抓着一大坨熟野兽肉，一脸歉意对叔文说，这是他从守木场人的灶房里偷来的，可惜，那里一大桶酒，搬不动，又没葫芦给你盛酒。

“有机会出木场吗？”叔文急问。

“不行，场外有不少人四处巡查。”黑猴答。

被困的叔文嚼着野兽肉，又牵挂起粉儿来。相识以后，他们从未分开过这么久。她在哪里，可安好吗？叔文眼前尽是粉儿在汨罗屈庙里迎接他的神情……当他把父母盼她尽快回家完婚的喜讯告诉她后，他听得出她的心在“怦怦”直跳，却平静地用一个简单的笑眯眯表达，而后，红晕一现，手捂脸面低下头，高兴得直喘气了……

再说尖削脸听了拓申的话，怀揣师爷给沙老爷的信，风一般逃出临羊魔窟，心里好不欢喜。但当他回味师爷的话，不觉又震惊了，沙老爷真的十分思念他？细细一想，他做门客几年，沙老爷在外遇到的难事，哪件不是他去摆平的？沙老爷高看他，不时给几个赏钱，还帮他成了家。虽然有人传他的儿子像沙老爷，但他也没在乎过。俗言女人是衣，他不也经常换嘛？

尖削脸一笑，还是逃命要紧。为了避山贼眼线，他在一处高崖下躲了一天。天擦黑，他辨着朦胧山势，循着野兽路，出得深山，上了大路，急急忙忙向沙府赶去。为了掩盖不辞而别去寿春的真相、讨得沙老爷欢心，一路上，他边走边苦苦思索着对策，如何自圆其说，才能过得了那个老滑头的关？

天亮了，尖削脸满身疲惫赶到了沙府前。他热情地叫过两个守门家丁名字，经再三解释，家丁才犹犹豫豫把他引入府内。

沙老爷不在家，早起的管家听报，尖削脸回来了。管家一阵惊奇，又眉头一皱，习惯地手一挥，恶狠狠道：“交牢头‘特别关照’。”

家丁会意，把尖削脸推向了宅后。

沙府有五重堂，前两重住沙老爷家人，三四重住亲信家丁和贴身男女奴仆，五重里，则供奉着祖宗牌位，是祭祀祖先和神灵的地方。

数十个门客和百来家丁，住在左侧院。右侧院是生活地。沙老爷祖上就把水牢、地牢和杀人场，都设在宅后，为的是让后人少小就习惯和学会杀人。尖削脸做门客时知道，宅后不知杀了多少沙府的敌人、坏了家规的下人。门客间悄悄传，宅后白天也有鬼怪哭泣。

尖削脸见把他推去宅后，吓得大喊：“我真的是尖削脸，如果骗了老爷，你们再杀了我也不迟呀?!”

任凭尖削脸如何求情，也无人理会。他又喊：“拓申师爷有重要信简，要我交给老爷。”

几个家丁听你的？打着火把，揪着扭着尖削脸，沿着一条狭窄、潮湿而又黑暗的通道，将尖削脸推入了地下。又扯了几扯，将尖削脸浑身剥了个精光，塞进了一间腐肉和霉臭味刺鼻的单人地牢里。一声沉重的关门声响过，家丁走了，火把熄灭，一片漆黑。

尖削脸倒在地上，手一伸，就摸到了一块人骨，差点吓得晕死过去。他听说过，地牢里的人都死得很惨。怎么今天轮上他了。他后悔不该听那赤须鬼师爷的话，送上门来。

第一天，牢头送来一碗混杂了沙子的稀饭。饿得前腹紧贴后背的尖削脸，仍然贪婪地吃了。

黑暗里，大小蚂蚁不知从何处钻出，在他身上叮咬了个遍。

尖削脸抓又抓不到，打又打不绝，只得一个劲儿喊着沙老爷求情："我见吴实去寿春，担心他陷害老爷，就暗中跟去了。吴实在寿春没有见到楚王，没有做官，都是我做的圈套啊!"

见无人理会，尖削脸又咬牙切齿大骂拓申："你个千刀万剐的畜生，几次串通我，假借沙老爷的名义，向临羊大王传话，杀这人，杀那人。如今，又把我骗到沙老爷的砧板上杀人灭口。老爷呀，你可千万不要上那口蜜腹剑的畜生的当，他和你不是同心的啊!"

任凭尖削脸怎么叫骂，怎样把地牢木栅打得嗵嗵作响，回答他的都是一片死寂。

掌灯时分，偷偷伏在地牢外，听着尖削脸叫骂了老半天的管家，捂着鼻子走出了地面，嘿出几声得意的冷笑。

第二天，尖削脸的地牢里，不知怎么又有了山林中的大批旱蚂蟥，在被蚂蚁咬过的地方，又被蚂蟥叮了个遍，血吸得饱饱的。后又来了一群饿得吱吱乱跳的老鼠，在尖削脸身上乱咬。尖削脸手脚乏力，浑身发热，呼呼喘气像拉风箱，只能任由老鼠们作践了。

傍晚，管家又去偷听。尖削脸声音沙哑，有气无力，嘀咕的却是同样的话。

第三天清晨，一桶冷水突地泼在尖削脸身上。迷糊的尖削脸几个抽搐醒来了。一股从未闻到过的怪味，冲进了他的鼻孔，紧接着，不知是一些什么虫，迅速爬满了他的全身，奇痒难耐。有乱咬吃肉的，还有往鼻孔、口腔、肛门等缝隙乱钻的，更有在皮肤上打洞的。尖削脸一下就什么也不知道了。

不知是什么时候，尖削脸又醒来了。他突然想起，往时，曾听沙老爷亲信说，老爷经常把手下人打入地牢，以考验对他的忠诚。当一线希望从心里升起之时，他又失去了知觉……

第三十回　猴首应允当坐探　临羊绝望奔汨罗

这天傍晚，沙老爷从南虹桥回了家。虽然运回了大量钱财，他却还在为那多些店铺被焚而闷闷不乐，这是谁在捣鬼？

“老爷，尖削脸回来了。”管家见主人情绪低落，禀报声很小。

“噢！”沙老爷一怔，立即气恨起几十个门客来。他们吃的用的花的，一概都是沙家的。他们也去过南虹桥，却只知道吃喝嫖赌，逍遥自在，却不能为他操心想事，以致店铺都被人烧了。门客还不时有一两个拐钱拐物叛逃他处。特别是拓申，更是掌控不了了，早成了他的一块心病。可否用尖削脸的头，来警告众失职门客呢？

提起拓申，沙老爷就气不打一处来。他曾要拓申寻机把临羊杀了，把山贼们抓在手里，让山贼养活流水庙的秦军细作，省得他月月送吃送喝，拓中偏偏不为。如今，吴实来了，怎么能叫临羊去挖屈坟？屈氏世族是块天，落下一朵云，就可把桓山砸平，何必要去捅天，引火烧身。即使只有吴实，他也是难以对付的。拓申多次自作主张做蠢事，沙老爷数都数不过来。拓申根本就没把他放在眼里。

更让沙老爷气恼的是，拓申竟然还不登门了，肯定是有了异心，想甩脱他。以后，若是秦军得了天下，他还能继续发财吗？他脚踩两只船的双保险，岂不是落空了？他思索了许久，也没找到管治这红发赤须贼的妙方。

“这两年尖削脸去了哪里？他在死牢叫喊些什么？”沙老爷停下翻动盆里炭火的火镰，苦闷地问。

管家腰身一屈，把偷听到的尖削脸的话，鹦鹉学舌说了一遍。

沙老爷震惊了，尖削脸说拓申串通他，以老爷的名义乱发指令，忙问管家道：“你说，尖削脸的话哪几句是真的？”

“依愚见，尖削脸说拓申的话，句句属实。但他说的有关吴实的坏话，我一句也不信。”管家说完，又把从尖削脸衣服里搜来的拓申信简，读给沙老爷听，又特地指着简上画的毒蛇头，给沙老爷看。

沙老爷思着想着，突然三角眼白光一泛，惊呼“上当了”，忙厉声对管家道：“尖削脸不能杀，否则，我们就中了拓申的借刀杀人奸计，他就心安理得了。”

“那接下来，在下该怎么办？请老爷明示！”管家困惑了。

沙老爷沉思道：“再折磨他一天，让我仔细想想，怎么让两个魔鬼去互斗。”

夜半，一阵阵怪叫，又把尖削脸惊醒了。他耷拉着眼皮，只见几点绿光，鬼火般在身边闪闪烁烁。隐隐约约里，只见一群恶鬼，有的没了头，有的披头散发，有的牛头马面，有的断手没脚，有的红舌头吊出老长。他们用死白的手，捡起地上的人骨，一会儿在他身上乱敲，一会儿疯舞狂跳。有拉他手的，有拖他脚的，口里怪声怪气唱着：“阎王要我们来接你，要剥你的皮，做成鼓；要抽你的筋，绑成锤，天天敲你打你……”

尖削脸早吓得昏死过去了。

傍晚，随着一阵急促的脚步声响，惊醒的尖削脸听到管家在严声厉色大骂着牢头：“几个猪脑壳，你们是怎么对待功臣的？猴首先生对沙府是有大功劳的呀！”

两个家丁忙进了地牢，给尖削脸换上了全套新装，扶出死牢，回到了前堂。

“许久不见，我想你呀！”沙老爷一副热情相，急急赶上前，一看被折磨得人鬼难分的尖削脸，赶忙传呼专为他及家人治病的老医者，吩咐快给尖削脸疗伤。他又手指家丁一顿臭骂：“我不在家，你们就胡作非为，对功臣也敢下毒手，我定要狠狠责罚你们。”

服药疗伤，吃了几天好酒好肉，尖削脸身体见好。这天，沙老爷来了，与他交谈了老半天，屈指数了他为沙府立下的功劳，说了好多想念的话，又把如何关照他妻儿说了一遍。

尖削脸感激泪淋，把拓申串通他乱传的指令，又把吴实勾结富商来诳沙府，他在寿郢如何花钱请了一帮人，大事散布吴实是骗子的谣言，传得满城风雨，最终楚王未见吴实，一五一十讲得天花乱坠。还主动许诺，以后，一定要把吴实的举动及时禀报沙老爷，要让吴实在沙老爷的掌控下。

“我知道你是个大忠臣！”沙老爷好高兴。突然，他脸一拉，掏出尖削脸带来的拓申信简，指着上面画的毒蛇头暗号道：“你看看，这是什么？”

尖削脸吓得脸色寡白。过去，他也为沙老爷送过毒蛇头信杀人。拓申要他送给沙老爷的，竟然是杀他的信。当时，他逃命要紧，哪去细看？他一膝跪地，向沙老爷连连磕头求饶。

“嘿嘿！”沙老爷一阵冷笑，一语双关地对尖削脸道，“你放心，谁好谁坏，本老爷心里亮着，从未上过别人的当，你快起来。”

尖削脸听出了沙老爷的话中话，为了让沙老爷信任他，他连忙赌咒发誓道：“小的一定为老爷当好‘坐探’，报答老爷对我一家的深情。”

沙老爷听了暗喜，笑盈盈地将尖削脸送出了大门。临别，沙老爷又亲热地拍着尖削脸的肩膀道：“你的堂客和儿子，日子过得好好的。只是娘俩天天流泪，思念和盼望着你早日回家团聚呢！”

保得性命的尖削脸，快步离开了沙府……

再说芷水帮忙，吴实小心翼翼取出伤者腰上的箭矢，敷了药泥，精心包扎，又撬开伤者牙齿，灌下一大碗亲手配制的解毒药汤。吴实已然累得脚瘫手软了。

确实是，吴实已是多时没疗治过红伤了。他一屁股坐在木椅上，喘着粗气。虽然他尽了最大的努力，却难放下紧张的心情，杀手在箭头浸了毒，要保住伤者的命，却是很难啊！他一一吩咐芷水，如何为伤者调制汤药，备办吃食后，就使劲地捶起额头来。

芷水一一应承，收拾了污血物，满脸苦楚地低头出了门。

松了一口长气的当儿，吴实仿佛沉浸在噩梦里。他扁平眼骤然睁得老大，晃了晃脑袋，使劲眨了眨眼，举手猛力拧出脸上的痛感，抬头巡睃四周一圈，确认了这是粉儿的房间，又仔细地辨认了伤者。她脸色苍白、双目紧闭，唯有那颗眉心痣，仍然鲜艳夺目。这不是粉儿吗？吴实禁不住猛然立身，大骇不已！

的确，伤重的粉儿一进门，吴实翻看伤者眼珠后，就全身心沉浸在一个医者的责任里，赶紧抢救伤者。他哪有心思辨别是谁人？当他从职业里放下心情，回到眼前，他能不万般惶悚？他恨不得把粉儿的伤痛掏出，放到自己身上来！他眼望义女，像撕开喉咙般大喊："是我糊糊涂涂送去的玉笔害了你啊！粉儿呀，你可一定要坚持挺过难关啊！"

一直守在门外、衣服上沾满粉儿鲜血的戒夫，听了齿先诉说，为了转变临羊，粉儿有机会也不逃命。她冒着被斩头颅、祭发神的风险，坚定地守在白雀庄，为庄人疗痼。戒夫感动得大叫一声"女丈夫"一拳把条木凳打成两截。他无比愤怒地问询齿先道："你说，刺杀粉儿的究竟是谁人？"

未及齿先回话，就听到屋内吴实的叫喊声，戒夫一蹦起了身，扒在门缝上望了望粉儿，强硬的汉子，竟然也偷偷抹了把眼角。戒夫进得门来，向吴实打听过粉儿伤情后，抖着双手抓住吴实的手，大瞪着红眼，求情般哽咽道："先生，请你一定要想方设法，救活粉儿这个女丈夫啊！"

戒夫说完，三两步回到自己屋里，狠狠地一巴掌打在自己脸上。他拿出从粉儿怀里偷偷摸出、沾满了粉儿血迹的玉笔，回到吴实面前，双手递给了木呆呆的先生。

吴实眼望粉儿，似乎猛醒一般，立即唤来齿先道："你快去梓木里，叫叔文立即回来。"

夜半，一天未吃未喝的吴实，依然守在粉儿床边，不时敲着额头，双眼盯着粉儿。突然，他发现粉儿动了动嘴唇，声音极度微弱地叫了声"义父"。吴实一阵高兴，忙把芷水熬好的一碗药汤，亲手侍候粉儿喝下了。

粉儿脸上泛起了些许血色，身体却仍是那样虚弱。她又动了动嘴唇，却未发出声响来，又昏迷过去了。

吴实忙扒着床沿，大呼粉儿，却不见回音，泪水早沿着他的面庞流下来了。

夜深，芷水又一次端来吃食，一个劲地劝慰吴实吃点东西。吴实无力地头一摆。

瞧着憔悴的吴实，戒夫心疼地劝慰道："先生吃了饭去歇息吧，我和芷水来守着粉儿。她醒了，我们就立即去叫你。"

吴实像个木头人一般，一声不响，敲着额头，眼盯粉儿一动不动。少顷，吴实突然对戒夫道："临羊身边有奸贼，刺杀粉儿的虽然是山贼，但绝不是临羊指使所为。"

正在纠结的戒夫心里一亮，是呀，临羊要玉笔，可以冠冕堂皇留下来，何必要拦路抢劫？刺杀了星仙的女儿，临羊又交得了差吗？一定是临羊身边的奸贼，想挑起吴实与临羊间的仇恨，让双方死斗，奸贼好从中得益。这狡猾而歹毒的奸贼，说不定还想利用抢到的玉笔，号令楚地山贼造反，搞乱楚国。戒夫虎牙幽光闪闪……

齿先心急马快，一夜就赶到了南虹桥。清晨，他在街道上转了老大一圈，只见一条街烧成了灰烬，四处不见叔文踪影。齿先根据叔文外出习惯，尽到一些偏僻处去找寻下落，果然在小客栈发现了叔文的行李和马匹。东家说，前天晚上，放火贼把沙老爷的店铺烧光了。寨主和司市，带领一大群操刀持枪的人，把寨内翻了个底朝天，也没抓到放火贼。东家又心事重重支吾道，他家宿客那晚出去后，不知怎么就没回来？

齿先心里一顿，莫非那火是叔文放的？他准是被困在哪个难以脱身的险境里了。

出得寨来，齿先来到河边，看见三个大木场都有沙府家丁在四处巡查，个个脸面肃穆。他似乎明白了一切，远远一番察看后，回寨买了几葫芦桐油，回到小客栈，吃了个大饱，就安然睡去了。

“哗啦!”夜三更，三个守在一号木场靠河一侧的家丁，突然听到一声水响。他们凭借迷蒙的星光朝河道里一望，只见一个大黑背脊尾巴一摆，弄出一声响亮的水声，随即卷起一个老大漩涡消失了。

“啊！好大的鱼。”三个家丁异口同声叫起来，慌忙操起弓箭，朝漩涡里一顿猛射。

少时过去，河中翻起一个又长又大的白色鱼肚来。受伤漂浮的鱼，不时一个挣扎，被河水向下游冲去了。

“大鱼中箭翻白了，快下河捞起来!”三家丁喜得发一声喊，丢了器械，“扑通”“扑通”争先恐后跳下水，向中箭的大鱼奋力游去。

哪知，他们刚游到河水中流，就被河水呛得哇哇直叫，转眼就没了影子。

酒气冲天的齿先悄悄上了岸，将几葫芦桐油全倒在场地的木料上，打燃了火石。

朔风阵阵，转瞬间，大火就熊熊燃烧起来了。齿先赶忙游过河，又翻墙回到了小客栈。

困在三号木场的叔文二人，听着家丁在四处高呼，大喊去一号木场救火，就悄悄爬出藏身处，一望不见了巡查队，就赶紧溜出了木场，从下水道进了寨，回到了小客栈。

“抓你个放火贼!”一个声音突然从叔文背后响起。

叔文猛一回头，见是齿先，高兴得大笑道：“先抓木场的放火贼。”

叔文向齿先介绍了黑猴，随后又急问：“你怎么在这里？粉儿和你到哪里去了？她可好？”

齿先脸上失去了习惯的傻笑，一本正经道：“粉儿回了汨罗，先生要你赶快回去。”

叔文高兴之余，突然红鼻子一阵抽搐。他从齿先身上似乎嗅到了一股淡淡的血腥味，还伴着一种他十分熟悉的清香。加之齿先回话没有了玩笑和脏话，不由得心中存疑。他又双眼紧盯齿先再问：“粉儿可好？”

齿先歪嘴一咧，脖子伸得老长，反问叔文道：“她怎么不好？”

叔文犹疑着没有再问。一众人草草吃了饭，结了账。黑猴早从附近人家的马厩里偷得一匹快马，三人连夜向汨罗急驰而去……

再说白雀庄两庄人，那天路过粉儿遇害处，看见路边草丛里有个包袱，捡起一看，竟是他们送给黄毛仙女的山珍包裹。包袱上沾满了血迹，旁边地上还有一大摊鲜血。庄人疑惑地用手蘸了血，放在舌尖上一试，有咸味，辨出是人血：“啊！坏了!”

二人慌忙四下里去寻找，却怎么也不见黄毛仙女，倒发现了两具山贼的尸体。庄人吓得满脸苍白，忙背了包裹，汗流浃背地跑回找庄主。

“这是什么意思？”庄主忆起临羊见仙女的虔诚情景，慌忙携了包裹，去禀报临羊。

临羊手捧包袱，看了血迹，脸上刀疤猛然一亮。他火速打马前往粉儿遇害处，查看了地上血迹。一会儿，几个亲信从丛林中拖出了三具山贼尸体来。临羊一辨，顿时目瞪口呆。

三具尸体都是驻守凤凰翅的手下！临羊顿时刀疤闪闪发亮，血冲头顶，星仙女公子怎么啦？他突然疯狂地打马向山下猛跑，边跑边狂呼大叫：“女公子千万不能出事啊！否则，我只能追随你去了……”

第三十一回　智慧才女辞世去　送命大王得生还

进得屈庙，叔文大红鼻子一阵抽搐，一股浓烈的血腥味，早冲进了他的鼻腔。他三步并作两步，疯了般直奔粉儿房间。

围在粉儿床边的众人，马上给叔文让出了位置。

叔文扑上前，一见脸无血色、昏迷不醒的粉儿，心疼得“粉儿”“粉儿”地呼喊个不停。

芷水连忙靠近，伸手在叔文背上拍着，轻声劝慰道：“大哥不要急，先生给粉儿取了毒箭，在床边守了三天三夜，水米未进，寸步未离，一直在用解毒药。我们为粉儿念了消灾经，粉儿会好的。”

眼望满脸苍白、身体瘦了一圈的吴实，叔文跪在前，磕了三个响头，感谢先生营救粉儿的救命之恩。

吴实想起过往要“把一个好好的粉儿，交给叔文”的承诺，忍不住低下了头。

齿先忙将泪流满面的叔文拉出了门。

三天三夜里，吴实守着粉儿，额头都捶肿了。射中粉儿的箭头上，沾着一种叫荞壳斗的蛇毒。此蛇是幕阜桓山一带的特有毒蛇。被它咬伤的人，若是小半个时辰内得不到及时解救，生命就无望了。粉儿从负伤到用药，足足耽误了一天。吴实已使出了浑身解数，但要救活粉儿，只能靠奇迹出现了。

吴实心如刀绞。他又想起了白来郡丞，为了养育女儿，甘心当了十几年山贼，受尽磨难和屈辱。是他的出现，让白来丢了性命的，如今的粉儿……吴实泪水又唰地流了一脸。若是能用他的命去换粉儿，他会毫不犹豫去做。他怎么能辜负白来，再欠白家一条命呢？他双手捂住了自己的脸，想着来生，哪有颜面见白来父女？泪水顺着指缝，流淌个不停。

腊月二十九日凌晨，昏迷了几天的粉儿眼皮眨了几眨，杏眼顿时明亮起来。她呼了声守在身边的叔文，一把拉住了他的手，又喊了声床边的义父，另一只手拉住了吴实。

"粉儿醒了！"守护在床边的众人大喜。

"你父母看得中我吗？"粉儿声音低微，怯怯地问询叔文道。

"看得中！看得中！双亲盼着我们快快回去，请先生为我们主婚呢！"叔文双手抱着粉儿的手直摇，高兴得大声回答。

粉儿脸上掠过一丝多么美丽的笑容，眼角滚出了两串喜泪。

吐了一口长气，粉儿又告诉义父说，临羊已表明绝不和义父作对，还邀请她陪义父上山去做客。她看出，临羊是诚心的。以后，大家都要善待他。粉儿还说，对她下杀手的人，绝不是临羊指使的。掘屈坟也不是临羊的主意，是师爷转达的沙老爷的指令。

粉儿艰难说完，呼吸一阵急促，被迫停下了话语。待到稍稍平息，她又眼望吴实，眼光一阵兴奋，欣然道："来生，我还做你的义女！义父若是见到了我父亲，拜托义父就说义女出嫁了，养儿育女，一家人过得好好的，以后，他的孙儿还要来拜见外公呢！"

说到这里，粉儿又转头朝向叔文，嘴角露出笑容，口气无比深情地道："你把对粉儿的爱，不遗余力地献给义父的大业吧，扫净桓山上的龌龊，让天上艳阳永照，地上干干净净。来生，我们再请义父主婚，在这片幸福的土地上，永结连理，度过一生！"

扫视了众人一眼，粉儿又感慨道："各位兄弟姐妹，你们的情义，都刻在粉儿心上了。感谢你们，给了粉儿人生里，这段最有意义、最美好的时光……"

粉儿声音越来越小，脸上浮起笑意，两手无力地垂下了。然而，那颗美丽的眉心痣，依然鲜红夺目。

众人高呼着粉儿，捶胸顿足，万分悲哀，啜泣声一片凄惨。

吴实几天未吃未喝未睡，全身立时烧得滚烫。他大喊了一声"我的好女儿啊"就晕死过去了。

窗外，呼啸的北风戛然而止，灰沉沉的天空，倏然飘起雪花来。晶莹玉白的飞絮大朵大朵，转瞬，将四野覆在一片白皑皑里。死寂的大地上，只有几只寒鸦，在长一声短一声地悲啼……

明天就是大年三十了，大家赶紧一齐动手，给粉儿设置了肃穆的灵堂。

天刚刚发亮，黑猴扶着有气无力的吴实，坐到了灵堂里的一把大木椅子里。他没有一滴泪，扁平眼里仅有两道寒光射出，那是仇恨淬就的两把利剑。他决心要用临羊身后魔鬼的头颅和鲜血，来祭奠他的义女。

鞭炮声响，会巫师活的黑猴身穿法衣，手持禅杖，呜呜咽咽，朝四方唱着“魂兮归来”的招魂曲。曲调凄婉嗟叹，哀声低回，却不失悲壮和激昂。

叔文痛苦不堪，泪水长流。他以夫君的身份出现在灵堂里。

众人流着泪水，眼望平静的粉儿，个个生出无比的痛苦和感慨来。在打虎的寿春路上；在都城的邮驿里、在小酒肆里、在居住了一年多的小院里；在屈庙、在白雀庄，粉儿给众人留下的，是苦难里的欢欣，是逆境里的坚定，是满腔的仁义和高尚。一个弱女子的举止，有温柔、有坚毅，有才情，更有轰轰作响的壮烈……

粉儿是一本朴素的简书，却是那样耐读和厚重。众人感觉自己流淌的泪水，既升华了粉儿，又提振了自己生命的信念。

戒夫心里波涛翻滚。他怎么也想不到，粉儿竟是这样高大，让他汗颜。他静静地流着悔悟的泪水，他为以前藐视了粉儿，甚至放弃营救粉儿而羞愧。若是他早早上了桓山，粉儿肯定不会丢命，是他害了粉儿啊！许久，他又突然想起，临羊背后是些什么妖魔鬼怪，在要阴谋作祟？戒夫虎牙越伸越长，寒光闪闪。

正在这时，突然一个雪人兀自一头闯进了灵堂。绳索反绑着雪人的双手，雪人痛苦地高呼着“女公子”，纳头就拜倒在粉儿灵前。

“临羊！”黑猴一见大呼。

众人莫不惊诧。

吴实满是震惊的脸上，又陡地浮出一种深深的忧虑来。

临羊重重地叩了三个响头，就撕心裂肺大喊：“我的心比黄连还苦。我的冤屈比天还大。是女公子让我看到了前程和希望，可你却走了，谁来领我走前路，谁人看得起我？”

临羊哭诉道，他的父亲叫饿狼，是个山民，经营幕阜桓山的一片老林，一家人生活无忧无虑。近二十年前的一天，突然祸从天降，沙府四个家丁手持县令手令，逼他家交出林山。

父亲一气之下大喊“反了”。他把一家老小送出山外，与众多失去林山的山民结成一团，操械持刀去打县衙，要杀昏官报仇。哪知，他们被驻县官军杀得大败。父亲受伤被抓，山民死伤六十余，逃回山的仅四十来人。弟兄们垂头丧气。

正在这时，饿狼悄悄潜回山中的大儿子、十六岁的临羊一蹦丈高，挥刀砍断一棵碗口粗的树，声嘶力竭大叫：“报仇！为父亲和弟兄们报血仇。男子汉大丈夫，生来就为打抱不平活着！”

众人大声叫好抬起头，一致推戴临羊接过父亲的队伍，做了山贼大王。众山贼折箭为誓紧跟大王，与官衙不共戴天。后来，不少失林山民又投奔了他。一次，山贼与官军搏斗，为了解救被围兄弟，他杀入重围，连砍五个官军，右脸却被敌手砍了一刀，解救了兄弟，却差点丢了头。从此，弟兄们更加敬重和拥戴他了。

不久，沙府来人了，将一块小玉佩转交于临羊。他一看，这不是祖父遗存给父亲的随身宝物吗？忙大声斥问：“我父亲怎么了？”来人说，沙老爷已从官军手里救下高堂，疗了伤，现住在沙府里。又说，只要临羊一众人听从沙老爷的，老爷保证他父亲性命无虞，享尽荣华富贵。还保证他和手下吃喝无忧，官军绝不进剿。

得知父亲被救，临羊和弟兄们无不惊喜。但如果要听沙老爷的，就是一同欺压和剥夺山民林山，“绝不行！”临羊愤怒拒绝了。

几个老山贼一凑头，上前劝解临羊道：“大王先答应下来，救出老大王后，我们再反了嘛。”

众山贼个个同意照此办理，临羊牙一咬，许诺了来人。来人又道，沙老爷说，空口无凭，信物是一只耳廓。临羊断然一刀割下了自己的左耳廓，血淋淋地交给了来人。

众山贼为了不忘老大王的初衷，在所有的包袱皮上都写了个“饿”字，表示明人不做暗事，拿走了人家的，将来一定奉还。

后来的漫长时日里，临羊却从未见过父亲。他去了一次沙府，被沙老爷灌得大醉抬回，父子俩失去了谋面的机会。以后，沙老爷从未召他去过沙府。

临羊和山贼们不与官衙为敌，成了沙老爷的帮凶。失去林山的山民，又成了摧残山民的恶魔，山民们分裂了。他们不知杀害、活埋了多少无辜百姓，惹得山民们对他痛恨至极。他还遵师爷转传的沙老爷指令，要手下人杀了流水庙里的两个道人。他又听从师爷传沙老爷指令，要手下人做出掘屈坟、让天下人戳脊梁的大错事。如今，手下人又杀害了星仙女公子，做出这等大逆不道之事。多年来，百姓指其项背，可有谁人知晓，他是在代人受过？

临羊在沙老爷的陷阱里越陷越深，回不得头了，但他心里却又怀着一线希望。

约十年前，临羊去参加了楚地的山贼聚会，认识了女公子的父亲星仙。从此，临羊天天盼望着星仙举起玉笔，号令天下山贼造反，他定要做一个为天下穷人出气的英雄，洗白身上的耻辱。可如今，星仙女公子却被他害死了……

哭诉到此，临羊脸上的刀疤突然锃亮。他抬头大叫："男子汉活得如此窝囊，还有什么颜面立在人世？我要去黄泉路上追赶女公子，向她当面忏悔！"

临羊说完，重重地叩了三个响头，猛然立起身，"嘣"的一声挣断了满身捆绑的绳索，唰地拔出青铜剑，朝自己脖子上抹去。

刹那间，只听得"呜"的一声风响，一只喝茶的陶茶碗"嘣"的一声砸在临羊的手腕上。临羊手一软，青铜剑砰地掉落在地。

"大丈夫有仇未报，女公子尸骨未寒，你自寻短见，企图了断尘世，真是猪狗不如！"戒夫满脸怒气，手指临羊破口大骂。

临羊霎时满脸羞愧，纳头拜倒在戒夫前。

戒夫立起身，虎牙一龇，又严声厉斥临羊道："凭罪过，叫你死一百回，众冤鬼和受害山民定会说，你远远不够抵罪。若不是女公子大仁大义，临终还在担保你的这条狗命，进得这个门，你早就身首异处，变成鬼了！"

痛痛快快骂完，戒夫手指吴实，对临羊吼道："快去见过吴大人，求先生饶恕你的狗命。"

临羊一进门，黑猴就看出叔文怒气冲天，虽然他心里也刻骨地仇恨临羊，但他有吴实吩咐，又见戒夫在保临羊，感觉他们另有打算。他于是赶紧上前拉起临羊，护着他来到吴实前。

原来，听了粉儿临死前的话后，吴实对临羊的态度有了大转弯，决定保下临羊，为他所用。他早就预料，临羊知道粉儿遇刺负伤，定会前来打探消息。心里万分苦痛的吴实和众人，哪有时间商量怎样对待临羊？他只嘱咐了黑猴注意叔文，不准伤害临羊。一阵思索后，吴实又满是忧虑了。临羊来汨罗，那个组织刺杀粉儿的奸贼，定会猜想临羊要投靠吴实，感觉自己末日来临，很可能要孤注一掷，借机控制山贼，那就麻烦了。想到此，吴实心一颤，他是多么盼望又是多么不愿看到临羊出现在汨罗。可如今，临羊还是出现了。但让他欣慰的是，戒夫出手救下了自戕的临羊，莫非与他想到一起了？

临羊拜过吴实，久久不起。黑猴拉起临羊坐下。

吴实诚恳道："你我一定要对得起用生命阻挡我们双方恶斗的星仙女公子。我们要诚心诚意合作，为苦难的家乡山民，做点公正之事。天堂里的女公子正在看着我们的一举一动呢！"

说到此，吴实又催促临羊快快回山，还特别提醒临羊道："你要千方百计掌握和稳定自己的队伍，要防止被别人诳走，像刺杀粉儿一样，以你的名义干坏事，把你逼上绝境。"

临羊一震，感谢吴大人指点，拜别时，他又提出要吴大人给派个人去，好相互传递消息。其实，临羊是担心吴实不相信他，却没有明说。

吴实看出了临羊的心思，觉出了他的诚心，也就立即答应了。他刚望了一眼身边人，黑猴早就挺着个扁脑壳，一脸滑稽向吴实道："在下愿往！"

吴实眉一皱，满是担心道："你没有武功，不会使器械，怎么保护得了自己？快到一边去。"

黑猴见吴实身边人不多，想到自己留在屈庙也做不了什么事，岂能在此吃白饭？更是执意要前往了。

吴实理解黑猴，一阵犹豫后，拍着黑猴的肩膀，细细一番叮嘱，特别是要把临羊的队伍，为他所用的想法，告诉了黑猴。他又掏出一方麻布方帕，塞在黑猴手里，深情地说："兄弟的聪明和智慧在敌手之上，你去吧！"

黑猴与临羊向众人手一拱道："兄弟们放心，我们一定会把吴大人交代的事办好，不负粉儿在天之灵。"

正在这时，几个候在庙外准备为大王收尸的临羊亲信，从门外偷窥得庙内情景，号啕大哭拥进屋来，一齐拜倒在女公子灵前。

黑猴将他们扶起，一同随临羊上桓山去了。

却说临羊自裁被阻，特别是被吴实提醒，一定要掌控好队伍后，他已静下的心又猛然一阵发抖。山贼队伍没有他的命令，任何人都是不敢擅自行事的呀？是哪个奸贼指使山贼，暗杀了星仙女公子？啊！现在，他离开了桓山，这奸贼又要做出什么恶事来？他奋力打马，恨不得一步跨到绿巢去……

第三十二回　大年三十葬义女　哑巴元日道鬼魅

入夜，白雀庄四十多个男男女女，翻山越岭，紧赶了一天一夜的路，来到了屈庙。他们简单洗了汗水、雪水和泥巴，来不及休歇片刻，就立了斋醮，支起乐器祭器，戴起傩面，男觋女巫，在祭坛旁哭的哭，舞的舞，拜的拜，唱的唱，做起了功果道场，为他们崇敬的恩人黄毛仙女超度亡灵。

庄人的歌声是那样悲凄而哀怨。仙女美好的灵魂，生来就不应该沦落到这个鬼魅的世界，应该是属于美丽天堂里的。只是为了给他们救难疗痼，才降临了红尘。公平的苍天啊，不该这样惩罚她！仙女是为拯救他们而招来灾难的。他们期冀仙女归天后，与众神一道，携朝晖巡过长天，将春风喜雨播洒大地。让苦难的人们，斩断妖孽的缠绕，摆脱痼疾的折磨，去掉羁绊的桎梏，生活得自由自在。让土地尽长五谷和鲜花，叫猛兽、乌鸦和毒蛇，从森林里绝迹，善良人的睡眠里，不再有噩梦……

庄人如泣如诉，让人心碎。

大年三十，楚人们都沉浸在辞旧迎新的欢乐和期盼里。而吴实只能按乡俗，匆匆布置了葬礼。一众人深陷在送别粉儿的惨痛里。

白色的旗幡、白色的云鹤、白色的布钱、漫天白色的飞雪，伴着白色的人们。唯有撕心裂肺的哭泣，煞是鲜红的血花。

吴实眼泪早哭干了。送葬路上，他在吹埙。回想起粉儿短暂的一生，吴实的心海里，像有百丈狂涛在汹涌澎湃，在撞击高崖，在寻找倾泻的出口。

埙声从平和里响起。人间不是传说，每个人都对应着天上的一颗星星吗？星星守着夜空，却是在偷别人的光芒，粉饰着自己容颜，有自尊心的脸红，胆小的寡白，怨恨的淡蓝，肮脏的漆黑。何必活得这般窝囊？不如自燃一瞬火光，划过长空，让某些夜行者，捕捉到一段前行的路。即使这路程很短很短，但对于一个渴盼的灵魂，却是那样珍贵。他们定会记念一生。

灵动的指尖上，又飞出一只鹞鹰来。它的家乡在蓝天里，彩霞为它铺路，阳光点亮了它的眼睛，攫毒蛇，灭老鼠。即使在墨黑如漆的夜晚，也担承着无可推卸的责任。人们常常在高天下、劲风里，放飞一只布鸢，祈愿自己生活在快乐与平安里。如果每个人都是鹞鹰，天下哪里还有恶毒、抢劫、盗窃与暗杀？

埙声里盛开了一朵红梅。它寻着大地冰雪封存的机会，把自己积攒了一年的力量和全部的美，欣然就放了，引来多少欣赏的目光和赞词。深陷在严寒里灰心丧气的人们啊，你可理会，梅花有一种多么倔强的神力！有理想的智者，如果不到艰难困苦中跋涉，没有与邪恶苦斗的勇气和壮举，怎么能够让宝贵的生命，像寒梅一样灿烂一次？没有灿烂过的生命，哪有“宝贵”可言？

埙声突然激越而悲壮。一段烁烁的流光，在埙的空腔里熠熠生辉，于瞬间就消失了，回归为泥土。或是一块石头，或成一块美玉。都是悄无声息，都蓄积了世间千年万年热和力的磨砺。可当哪一年，再被人们发掘出土时，石头被遗弃，美玉则被雕琢，装饰在众人的倾慕和惊讶里，甚至成为传世之宝。你可曾知道，它是一颗与石不同、散发着光芒的灵魂吗？

尽情抒发了心中的疼爱、祝福和期待，吴实的埙声，戛然停止在屈子衣冠冢下方的山坡里。覆满白雪的土地上，又添了一座新坟。

在吴实眼里，这黄红色的土堆，在白雪的映衬下，恰如一团燃烧的火，既把吴实烧得浑身发烫，又深深地启迪了他。他瞪得滚圆的双眼里，喷出两束熊熊的烈焰。他猛地脚一蹬地面，咬牙切齿地迸出七个字：“毋争毋，燃烧自己！”

正月初一早晨，吴实和众人携着鞭炮和酒肉，去祭扫新坟。

突然一阵悲号声，从新坟方向隐隐传来。众人快步赶上一看，坟前燃着一炷焚香，摆着一个箪筥，盛着五色饭、一个鸡蛋和一些零星的杂食，一看就是从百家要来的。坟地前坐着一个雪人，衣帽和眉毛胡子上，挂满了冰凌，老泪纵横在啼号。

齿先几步跨到近前，细细一辨大叫：“你不是指引我在白雀庄解救粉儿的哑巴老乞丐吗？”齿先一手将老乞丐拉起，把他介绍给吴实和众人。

芷水早已上前，双手在拍打老乞丐的破帽破衣上积攒得厚厚的白雪。

祭祀新坟后，老乞丐向众人拱拱手，举起打狗棍，探着深深的雪路，往另一条路上走去。

吴实一手拉住了老乞丐，恳切地说："我叫吴实，是粉儿的义父。老叔于义女有恩，冰天雪地又来祭祀义女，我怎能让你饿着肚子走呢？我们就在一起过新年吧！"

老乞丐抬起浑浊的双眼，打量了吴实一番，看出诚意，点了点头，随吴实来到了屈庙。

新年饭，众人流着泪围桌而坐，在饭碗上插了竹箸，呼过粉儿用饭后，大家端起了酒杯，首杯酒敬了粉儿。

吴实叫着老乞丐"老叔"，向他敬酒，祝福新年。

哑巴老乞丐突地眼光一亮，瞄着吴实，激动得双唇发颤，双手抖得老高。他一把挺身站起离坐，纳头就拜在吴实前，清清晰晰叫了声"子景先生"。

老乞丐满是陈郢口音，脸面涕泪四流，像哭又似笑，痛楚而又惊喜道："我苦苦等来的先生，果然仁义！"

"啊……"哑巴说话，奇事骤然发生，众人无不惊异！

回过神来的吴实，连忙双手扶起老乞丐。他猜想，"哑巴"心里必有深深的隐情，忙一个劲地安慰老乞丐，又恳切道："老叔有什么事，再不要憋在心里了，尽管道明，小侄能帮你的，一定尽力而为，还事实一个真相。"

饭后，喝着茶，老乞丐好不激动。他擦了擦双眼，扫视着一张张笃诚的脸，昏花目光陡然一亮，兴奋道："子景先生哪，我终于把你盼来了！"

接着，老乞丐愤怒地道出一桩隐匿在桓山里的沉冤来。

二十多年前，他与两个陈郢学宫的同堂交往甚好，兴趣相投。三人探究了多年的老子《道德经》，尤其是发现《道德经》与楚国传统医学关联甚深，颇有心得。三年前，三人了解到江南的桓山药草丰富，打算来此细察，著书立说，详解二者渊薮。

"啊！老叔原来是陈郢学宫的学士？"吴实震惊了。多年来，没有出外求过学的吴实，对所有学宫学士，都心生一种深深的崇拜。他对老乞丐的精神，陡然生出一种敬重来。

"唉，真是枉读诗书，错来人世啊！"老乞丐一脸无奈。

吴实忙立起身，亲手给老乞丐添了茶，双手递上，对老乞丐恭敬地改口称呼道："老先生不要自责，请用茶。"

老乞丐忙起身接过茶碗连道："不敢不敢！在子景先生面前，老朽岂敢造次？"

喝了茶，平静心情，老乞丐又道，哪知临走，老乞丐家人突得急病。他只得留陈侍候。同堂二人则带着平时积得的全部研习记载，先行走了。数月后，二人回了他一信，说桓山乃人间宝地，他们收获颇丰，催促他若家人病愈，就快快成行。

数月后，他才赶到了桓山，这里真美！他欣喜地向山民打听流水庙路径和道人情况，山民愁眉苦脸说，两道人医术高明，待山民如亲人。二人本来好好的，却一夜间突然没了。山民四处寻找，既不见尸又未获人。他们还道出众多有关同堂的疑虑来。

老乞丐听了又惊又悚，气闷难解，决意留在桓山弄清真相，一定要找到同堂下落，找到三人辛辛苦苦多年记载积存的资料。从此，他装作哑巴，靠要饭度日子，悄悄寻找起来。

"唉！"老乞丐叹了一气又摇头感慨道："谈何容易。几十年里，老朽埋头书斋，未料一入红尘，就弄得斯文扫地。眼看多时过去了，老朽依然无有所获。初时相见山民发现老朽又聋又哑，讨米要饭，沦落到如此埋汰而寒碜地步，估计是猜想老朽在干什么，无不怜悯道，'若是子景先生还在山里就好了，定然早助其弄清真相了'。"

老乞丐卑贱地一番自嘲，一顿苦笑。又骤然变脸道："是山民的话启发了老朽。老朽十分无助时，曾满怀希望来到天岳学馆，先生早已去了寿郢，老朽多么盼望先生早日回返。老朽十天算一卦，都是说先生要回来，老朽就怀着希望苦苦等待了。"

老乞丐道，是桓山的灵气保佑、百家饭养活了老朽，给了他智慧和力量，懂得了担承和坚持。他在山里待了两年多，竟无病无恙。几次差点丢命，却又转危为安了。

老乞丐两次碰上了狼群，眼见无处可逃了，他只得伏地待死。哪知，狼群在身上嗅了嗅，竟然都走了。又有一次，他饿得爬都爬不动了。突然，一堆茅草里"轰"地燃起一团山火，飘出一阵诱人的香味来。火熄灭了，灰烬里竟露出两只烧熟的焦黄野鸡来，救了他一命。讨饭的日子，他跑遍了幕阜桓山大大小小的村庄，几次在流水庙的屋角里过夜。暗中寻找同堂的线索，以及他们带来的三人的研究资料，可至今没有发现一文半字。

道到此，老乞丐神情一变，又道："俗话说，十哑九聋，别人以为老朽听不见，说话也不回避老朽，而恰恰是这听力，帮了老朽的大忙呢！"

"这期间，老先生发现了桓山里有什么奥秘吗？"吴实兴趣十足地问。

老乞丐回道："有一天，老朽听到两个山民在悄声议论，祠里的两个道人是被山贼杀了的。老朽不能开言打听，就悄悄四处寻找起来。"

一天，老乞丐在山里漫走，突然发现流水庙后的老鹰嘴石崖上，一只没有毛的瘦骨嶙峋的老秃鹫，口衔一段人脚骨，在那里乱嗡，显然，秃鹫太老了，无法吞下这大骨了。

这夜，月光朗朗。老乞丐好奇地爬上了老鹰嘴，凭借月光看见两具残存人骨，没有了头颅骨，只有几个脚骨和少许杂骨，白森森地留在石缝里，一块小玉佩在月光下耀眼。老乞丐捡起一看大叫："这不是同堂的随身物吗？"

老乞丐大哭了一场，是哪个恶魔将两同堂砍了头？

老乞丐又说，他在那里守到快天亮了，就试着从石崖的另一边下崖去。一不留神脚下一滑，囫囵摔下去了。老乞丐正想着，要在这里陪同堂了。哪知，他掉落在石崖间一块不大地方的厚厚茅草上，惊得两只老鹰一声尖叫，直蹿上半空去了。

老乞丐接着说，他扶着身边的石头坐起，哪知，石壁上一块两尺见方的板石竟然晃动了。他好奇地移开板石，顿时现出一个洞口来。他好奇地摸着黑洞，往里走了约莫二十丈远，摸到里面摆着一捆捆麻布包裹的物什。他在包裹头上一摸，吓了一大跳，都是枪尖、刀尖。他赶紧退出了黑洞，盖好洞口，却怎么也找不到下崖的路。他只得又攀上崖顶，从原路返回。为了不惊动藏械人，招来杀身之祸，他记下那个洞口，或许今后还可利用呢！

从此，他再未去看过老鹰嘴崖上的同堂，只是逢年过节，远远地焚香祭拜。他相信善有善报，恶有恶报，他在苦苦等待仇人被杀的那一天，好掩埋同堂白骨。

在山里，老乞丐时常听山民说，是子景先生保住了他们的林山，满是感激之情。后来老乞丐又去学馆，哪知学馆已被山贼烧成了一堆灰烬。

"学馆被焚?!"吴实心里一阵疼痛，脸面变了色。他努力压抑心情，回到眼前。又从藏枪人，联想到刺杀粉儿、抢玉笔的人，莫非奸贼是想利用玉笔，号令天下山贼，反抗朝廷？他忙问老乞丐道："老先生可发现山里人有异动否？”

戒夫听到这话题，突然脸色严厉，脖子伸得老长，支起了耳朵。

“坑害山民的坏事，表面上都是临羊干的。为了保父亲的命，临羊忍气吞声活着，一切听从师爷拓申的。可拓申是很有来头的，老朽至今都不敢相信自己的眼睛……”老乞丐突然打住话，双眼瞪得老大，而后，道出一件惊骇众人的奇闻来！

几年前的元宵节那天上午，老乞丐和几个同砚上街吃汤圆。只见陈郢街上人山人海，热闹非凡。突然，前头呼声大起：“秦人的大商队来了！”

人们踮起脚来朝前看。商队经过眼前时，老乞丐清楚看见，一个精瘦小老头，长一双三角眼，右脸颊有一条两寸来长的刀疤，穿戴得雍容华贵，满面春风地坐在头马上。无意间，他心里刻下了这刀疤小老头的形象。

去年的一天，他在桓山绿巢讨饭，偶见一个刀疤小老头，不觉大愣。他擦了擦眼睛再辨，果然和陈郢见到的是同一人。某次，他蜷宿在流水庙屋角过夜，只听得一阵嘈杂声起。凭借亮光，他见刀疤小老头与祠里人混得厮熟，众人都用秦语交谈。那伙往日极少开言的道姑，竟然说话都是男人腔。小老头与道姑一道离去不久，就从祠后山岭地下，隐隐若若传出阵阵有节奏的喊杀声来。

秦人在这里练武？老乞丐一惊，是非之地，不宜久留，他赶忙摸进山林离去了。

吴实听得热血直冲头顶。他努力平复心情又问：“老先生可曾发现，道姑们的吃食从何而来？”

老乞丐答：“一夜深人静之时，老朽在流水庙外山上枯草里过夜。突然一阵嘈杂的脚步声把老朽惊醒了。一望路上，一溜人四五十个挑着担子，抬着丨来头猪，还有儿担布样的捆过去了。老朽悄悄跟上去，只听这群人的头领向在庙外候着的秦人说，这米和猪是沙老爷送的，这麻布是郡守大人送的，郡尉大人问你们还需要什么武器。县令大人说祠里如果需要什么，尽管通过沙老爷转告。”

“啊！桓山里藏有秦军，还与郡、县官吏有关联。”吴实听得双耳发麻。

戒夫早已虎牙幽光闪闪了！

吴实深感事关重大。他未露声色，连忙岔开话题，向老乞丐道：“来，先生喝茶……”

下午，老乞丐怎么也没被留住，也踩着积雪上路了。吴实拉着他的手，信心百倍地嘱咐道：“今年金秋时节，晚生在桓山等待先生，我们一道埋葬两位老先生的白骨吧。”

老乞丐未吐一言，两眼含泪，默默地朝吴实高拱双手，与众人作别，转身望天而去……

入夜，尖削脸一身雪水泥水回来了，拜倒在吴实前。他把给临羊送玉笔之事，一五一十道出来，却对去沙府之事只字未提。

吴实暗暗一喜。若是尖削脸道明见了沙老爷，他还真的难以准确琢磨出二人究竟是什么关系，现在明白了。以后，唯有尖削脸才能去办好的事情，他就好安排了。

第三十三回　毁绿巢师爷作恶　护兵符黑猴显能

白雪茫茫，夜色沉沉，冰风阵阵。林涛声如狼似虎，狂吼个不休。快马在盈尺的雪原上跑得气喘吁吁，鼻孔里直喷白气。

临羊一路行一路想，指使他手下人杀了粉儿的奸贼太歹毒了，这一招就将他前后都逼上了死路。前与吴实结下死冤，逼着吴实快快出手剿灭他。现在，吴实这边是压下仇恨，放过了他。但后面道上的人，若是知道他的手下杀了星仙女公子，还不把他烹了下酒？他身背这冤屈哪里甘心？他牙齿都要咬碎了，脸上的刀疤闪闪发亮。

临羊手下有一百多号人，分别驻守在桓山的只角楼绿巢、凤凰翅云巢、狂风坳风巢三个制高点上，扼守着桓山的重要部位，互成犄角之势。官军来剿，乱贼来挠，不仅有利于防守，还能相互策应。这是他精心布防的杰作。

山贼们有个规矩，没有他的调兵符印，任何人不得动用一兵一卒。多年来，还没有人破过这个规矩。临羊简直不敢相信，手下谁人敢玩命来挑衅他，去杀粉儿，但现实毕竟出现了。他从心里一一排查了数个大小头领，可那都是他过命的心腹，绝不可能。虽然他怀疑是师爷指使的，但又否定了，拓申没有杀粉儿的必要呀?！粉儿动身下山，拓申不是还禀报他，安排了四人去伴送吗？

奸佞是谁？他一定要将其揪出来，大卸八块，碎尸万段，烹了与手下分食，告诫众人，以绝来者，解他心头之恨！

上了天岳关，回绿巢路上，临羊的心又骤然冷彻了，几处暗哨位上，怎么就没有卒勇拦路问话，查核来人身份？山径上的雪，被踩成了一条凹坑。临羊深感不妙，唰地迸出一身冷汗来。

绿巢就在眼前了，临羊又一惊，往时灯火旺盛的木屋一片漆黑，只有一大片方正的白雪，泛着死人脸般的白光，与周边参差的雪林区别开来。驻守在这里的四十多个兄弟到哪里去了？

临羊急匆匆赶到木屋前场的雪地上，刚下马，突然看见几个黑影从一林下暗处里，疯了般举刀杀出，几个大嗓门嘶哑着声音，悲壮地高喊："杀贼啊，为大王报仇！"

辨着声音，临羊听出了是几个过去跟着父亲、后来又跟随他的老属下，忙大呼了属下名字，又放声大喊："我就是临羊！"

下属们听出大王声音，一阵震惊，刀一掷，跪地纳头就拜，扯开嗓子悲号起来："大王啊，你早该显灵了。你死得真冤，阴魂难散啊！我们一定要找到你的尸首，厚葬于桓山的风水宝地。老叔们不为大王报仇雪恨，誓不为人。黄泉之下，大王尽管等着老叔们来报信，你就静待佳音吧！"

"你们疯了，说什么昏话？睁大眼睛看看，大王好好的，不是站在你们面前吗？！"临羊的几个亲信拉起众人，大声呵斥。

几个老山贼骤然安静，一一辨过亲信，又眼望临羊，抖着手，摸过缺了廓的左耳，才"哇"的一声哭拜在地："老天有眼，吴实哪里是大王的对手？"

一个老山贼争相禀报道："大王走后的前天傍晚，绿巢来了两个陌生刀枪手，师爷一见，连忙陪他们进了屋。一会儿，师爷出门，与二头领一阵嘀咕后走了。我们好奇怪，就去问询二头领。老二突地一脸泪水说，大王不见了。吴实的兵进山了。大王不是被捉，就是被杀了。说吴实还要攻打绿巢，师爷去打探军情，要我们按原定方案，做好战斗准备。"

是谁人在造谣作乱说他死了，把他的队伍诳走了？临羊哪有心思听其他的。他气得大叫："你们扯什么淡，我们快进屋去，把队伍的去向告诉我。"说完，拔腿就往漆黑的木屋内走。

"进不得进不得，有危险！"老山贼们像黄蜂蜇了胯般蜂拥到临羊前，挡住了他的去路，又七手八脚地拉住他，直往场外拖。

正在众人纠缠一处时，临羊的一个亲信，一脚踹开一扇门的当儿，只听见"轰"的一声炸响，一股巨大的黄绿色烟雾，从木屋内冲向云天。转瞬，又是数声轰响，数处烟雾化着一片大火，把整个绿巢烧起来了。刹那间，火光映红了半边天。

就在连续轰响的瞬间，几个老山贼利索地将临羊摁在了雪地上。哪知，临羊却身一挺，猛然立起，高声大呼："黑猴兄弟！"几个亲信们回过神，一齐四下里大喊。可是哪里有人应答？只有熊熊的大火在噼里啪啦炸响。

"黑猴哪里去了？"临羊急得又是搓手，又是在大火边乱窜。前头，他害死了粉儿，眼下又不见了黑猴，黑猴可是他向吴实要来的呀！若是黑猴没了，吴实不说是他杀了黑猴才怪！

"哎！""哎！""哎！"临羊气得直哼。如果能确认黑猴就在火堆里，他会毫不犹豫冲进火海去救出黑猴，甚至与其一同丧命，他定会无怨无悔。啊！临羊又是一怔，黑猴莫非是被人趁乱劫走了？

念头刚在脑中一闪，临羊立即吩咐几个亲信，令他们去附近寻找黑猴。

少顷，临羊又急得跳脚。他是半路上拐去汨罗的，调兵符印和一应统兵之器，都放在木屋里，是被火焚化了，还是被人趁机拿走了？那可是要坏百多号人大事的呀！

临羊眼望大火一脸无奈，只得叫上几个老山贼，踏过积雪，来到附近一处高崖下，在乱石雪堆里几转几拐。当老山贼们还摸不着头脑时，临羊早撬开一块乱石，现出一个洞口来。原来，这里是临羊的一处紧急避难之所。众人进得黑洞，点上灯，临羊迫不及待催促老山贼道："队伍去了哪里？你们快告诉我！"

"师爷说是带大家去凤凰翅。"一老山贼垂头丧气地答道。

立时，临羊脸上现出一种极度痛苦的神情，转瞬，又瞪大眼道："你们快把绿巢里发生的事，详尽告诉我。"

老山贼们道出一件奇怪事。

今晨天刚亮，一天一夜未见面的师爷突然露脸了，一副心急火燎的模样。他到绿巢的每间屋里看了一遍众兄弟，脸面才稍稍放开了。上午，他闷着头，在绿巢转了整整半天。待到下午，他把四个头领和众兄弟找到一起，手中黑伞戳得地面咚咚直响，满是悲痛道："大王被那自称是'星仙女公子'的风骚女子诳去了汨罗，生死难料。"

正在这时，两个前回来过的刀枪手，领着六个杀气腾腾的陌生刀枪手，突然闯入绿巢来了。六人叫过"师爷"，对大家说："我们是大王安排，隐蔽在山下刺探敌情的兄弟。"

刀枪手倏忽愤怒道："大王一到汨罗，就被吴实杀了。我们是来与众兄弟们一道，为大王讨血债报仇的。"

师爷一副感慨状，高声谢过刀枪手，骤然老泪纵横，叫着大王的名字，就悲啼开了。

众人眼望报信的陌生刀枪手兄弟，以为大王真的死了，个个号啕大哭。众怒燃起，一齐高叫着，要师爷带领大家下山，去寻吴实报仇。

师爷擦去眼泪道："吴实早有了对付我们的准备，此时下山，我们就是去钻吴实的圈套。兵不厌诈，我们要以静制动，避其锋芒，待我们集中了兵马，商量了对策，制好了方案，悄悄杀去汨罗，定叫吴实插翅难逃，活捉吴实祭大王。"

众人神情大振，舞刀弄枪，狂呼大叫："报仇！""活捉吴实祭大王！"

几个老山贼对师爷和陌生人的话半信半疑，联想到过往，他们从未听大王说过山下还有隐蔽兄弟，加之师爷平日里阴阳怪气，感觉他包藏祸心，在与陌生刀枪手串通，要把队伍诳走。他们赶忙从后门溜进临羊木屋，把一应统兵、调兵符印用麻布包了，塞在临羊房梁上一个不显眼的屋角里。后来，他们果然见师爷进了临羊屋里，一阵翻箱倒柜后，灰头土脸空手出了屋。

傍晚，急匆匆又来了两个陌生刀枪手，慌慌张张对师爷和众人说，我们在山下探得，吴实要带兵来打绿巢了。师爷忙派人在木屋外堆上柴薪，洒上了硫黄燃料。他亲自安装了打火机关，又安排四个头领分两拨，各带五个陌生刀枪手，分头去掌控凤凰翅和狂风坳两处队伍，吩咐把绿巢的人带去守护凤凰翅，随后师爷就独自走了。

几个老山贼不愿随队伍行动，趁天黑悄悄留下来了。老山贼们愤慨地说："过去，我们就看出，师爷歹毒，早就在打大王的坏主意。特别是那十个陌生人，来路蹊跷，语音也不是本地人，个个脸露凶相，绝不会是大王的人。"

其实，老山贼和临羊还远远不知，近些天，拓申确实在大喜大忧里起起落落。初见粉儿和尖削脸上山，带来了号令天下山贼造反的玉笔，就梦想着，若是能怂恿临羊，利用玉笔号令天下山贼造反，楚国准会狼烟四起，天下大乱。秦军正好趁乱夺取楚国，他不就成了秦国的大功臣？当他看见临羊已被粉儿说服，化解了对吴实的仇恨，他的心凉透了。他虽然没有调用山贼的权力，但还是铤而走险，利用山贼对临羊的感情，以营救大王的名义，指令凤凰翅三个巡山的山贼去刺杀粉儿，抢到玉笔。这样他就可以偷偷除了临羊，以临羊的名义，利用玉笔号令天下山贼造反搞乱楚国了。

哪知，玉笔未抢到，还倒逼临羊追着被刺的粉儿下山去了。拓申曾分析，临羊见了吴实，无非是三种可能，一乃吴实杀了临羊，为粉儿报仇，这是他最愿看到的；二是临羊向吴实道明，是师爷传令掘屈坟的，就暴露了他是幕后黑手的真实嘴脸；三即吴实与临羊双方化解仇恨，不再恶斗，联手对付内奸和外贼，那就坏大事了！

拓申整日提心吊胆，焦躁不安。甚至感到他隐蔽在流水庙多时的秦军也有危险了。那么，他利用山贼，利用被沙老爷收买的郡、县官吏，以及他们所掌控的楚军，在桓山腹地开花，迎接秦军过长江，夺取楚国江南的宏伟计划就泡汤了。他这个秦军派往江南的将军，不仅不能为秦军建立大功，说不定还将末日来临，身首异处。

想到此，拓申决定先下手为强，他赶紧命令流水庙的秦军，时刻准备与吴实作战，又点起十人，随他去控制山贼；又着人连夜下山，将临羊可能发生的变故，作为实情告知沙老爷，让沙府家丁，亲秦的官吏们，以及他们控制的郡、县楚军，都做好征剿吴实的准备。他要亲自掌控山贼，只要数方联手了，灭了无兵力的吴实，夺取桓山，迎接秦军过长江，夺取楚国江南，就易如反掌了。

听了老山贼们的叙说，临羊刀疤一亮，牙齿咬得咯咯响，一拳砸在洞壁上大吼："老子与拓申不共戴天，非把你的十个爪牙，斩了下酒不可！"

"对，我们紧跟大王，把奸贼除了！"老山贼拍着兵器大叫。

"走，我们快去找回调兵符印。"众人随临羊火速返回绿巢火场。

木屋火势已衰，正在熄灭。临羊向几个陆续回来的亲信厉声喝问："你们找到黑猴了吗？"

亲信个个垂头丧气，摇着头，畏缩着道："四处都不见人影。"

临羊大王住的那间木屋，早烧光了，几个老山贼用木棍拨动残渣败木，怎么也不见了包裹。

突然，一个老山贼支起耳朵听了听，惊奇地对同伴道："你们听，这是哪里来的鼾声？"

临羊听了，疯了般猛地冲进来，拨开地上的炭灰，撬开一块石板，竟然露出了一个洞口来。临羊忙俯下身子，对着窖洞里的鼾声大喊："黑猴！黑猴兄弟！你在这里吗？"

"啊！大王，我在这里。"随着应答声，一个黑影擦着惺忪的睡眼，怀里抱个大包裹，从窖洞里钻出来了。

借着少许残存火光，临羊看见，黑猴浑身煳焦，脸面被烟火熏得黝黑，咧着嘴，龇着大黄牙，活脱脱一只真正的黑猴了。他将包裹一把递到临羊前道：“还给大王！”

“兄弟呀，你可是救了我和一百多号人的命啊！”临羊捧起包裹，迅速翻看，高兴得不知如何是好。转而，他又用疑惑口吻问询黑猴道：“兄弟是怎么想到，要为我抢下这宝贝的？”

黑猴答：“上山前，吴实大人嘱我，来绿巢后，如遇有变故，就要我立即去大王屋里，见有包裹类的物件，就保护起来。吴大人还说，屋里一定有暗窖，如果有危难，你就躲进去。你们在场上厮杀说话时，我就从一窗口进到屋里。哪知一声轰响，四面起火了。我见满地乱糟糟的，就往房梁上一望，果然拿到了包裹。此时火势四起，迅即里，我想起吴大人说的暗窖，双脚往地上跺了几跺，忽然听到一处嗡嗡作响，忙用手撬开一块石板，见现出一个窖口来，就跳进去了。我还睡了个好觉呢！”

“吴大人料事如神。感谢黑猴兄弟了！”临羊边说边从包裹里取出两个调兵符印来，派两个亲信，分头前往凤凰翅和狂风坳，令那里的头领，一定要把陌生刀枪手除了；若是碰上拓申，就将其抓获；带领队伍速来绿巢集结。

哪知，二人去了一天一夜，竟杳无音讯。

他们怎么啦？临羊震怒，刀疤闪闪发亮。他抓起兵器，气势汹汹翻身上马，就要亲往察看。

黑猴箭一般冲上前去，一手挽住了马辔口，对临羊直言道：“大王，既然兵符调不动人马，说明兄弟们不是被人牢牢控制，就是队伍不在驻地了。大王此去，必有凶险。不如先派一位老叔和我一道，去看看情况再说。”

几个老山贼也生怕临羊去上当，一齐上前说黑猴的话有道理，极力劝阻大王。

山贼队伍怎么调不动了？临羊心里焦虑万分，一片苦楚，却无对策，见老山贼都在劝阻，只得勉强同意了黑猴的主意。

黑猴立即和一个老山贼扮作采药父子，去了狂风坳。临走，他从容地安慰临羊道：“大王既然信得过我，就哪里也不要去，待在这里静候佳音吧！”

黑猴说得越轻松，临羊心里就越是着急。他眼望黑猴背影，满脸无奈摇着头，又重重地叹了一口气，一介山民，不会武功，能在刀光剑影里办出好事来？

第三十四回　灭奸细黑猴赚贼　拜师爷大王倾诚

夜，天空一片漆黑。朔风把漫野白雪，冻成了一层厚厚的硬壳。饿狼和寒鸟的号叫，东一声西一声，分外凄怆。

黑猴和老山贼来狂风坳一天半了，却怎么也寻不到一个进入石城堡的机会，倒是狂风呼啸，整日整夜陪伴身边。二人冻得上下牙一个劲地打架，不得不瑟缩在一小石洞里避寒，苦待时机。

说到狂风坳，不得不说说桓山的风。桓山不仅因山势险峻秀美而名扬天下，山里的风，更是独具佳景。桃风、樱风、枇杷风；芍风、荷风、榴头风；菊风、梅风、望春风……嗅着不断变幻的山风，准会令人措手不及——季节又转换了。

各色新吹的风，温柔亲切，意蕴缠绵，似有细语在耳，亦有清香附身。总是让人感觉，时令花卉烂漫处，心中人的倩影就在那里若隐若现。伊人衣袂飘飘，风舒长袖，轻歌曼舞，姿态万千。因此，吸引了众多文人骚客，不惜千里迢迢前来寻风采意，寄思托情，寓发抱负理想，遗存了不少名篇佳作，脍炙人口，流传于世。

而狂风坳恰恰是另一个世界。这里因四季风狂险恶而得名。春风里，偏偏夹杂着丝丝缕缕黑烟，让人生惑；熏风则像举着千万个火把，让人生烫；劲风几个来去，就把天吹得很低很低了，让人生闷；朔风是个疯子，狂呼乱叫，稍不留神，就会把人如落叶般卷起，不知抛到哪里去了！

虽然狂风坳条件恶劣，险象环生，但出人意料的是，不知何年又是何等人，在一避风处，遗存了一座坚固的石头城堡，荒废在林木茅草丛中。

多年前，少年临羊看过此堡，一番思量，连叫了三声“妙！妙！妙！”他兴奋地指着远山近水，向头领们一一道出自己的设想，最后说："这城堡箭矢不受，刀矛不着，烈火不燃，雷电不损。周边更有狂风护佑，胜过一道防线；若是在此驻军，又与凤凰翅云巢、只角楼绿巢互为掎角，相互策应。敌手要战胜我们，真是比登天还难！"

头领们看了听了，莫不心服口服，连连叫好。

"好，石城堡就叫风巢！"临羊高声道。后来，临羊又将石城堡辟为山贼最后的退守之地。堡里吃食囤积，器械存足，一应生活用品俱全。

其实，拓申任山贼军师，也多次探寻狂风坳秘密，早就相中了这个诡秘的屯兵之地。这次，他掌控山贼队伍后，派来控制狂风坳山贼的五个秦军，个个武功高强，足可以一当十。

黑猴和老山贼来后，登上四处高崖，远眺石城堡，细察了数遍。只见城堡上，三个陌生壮汉，各带两个山贼，持矛负箭，如临大敌般在巡察。城堡门洞上方，挂着几个竹筐，引得几只秃鹫和大群寒鸟，在上空盘旋打闹鸣叫。石城堡三面无进路，仅西边有一条石径曲曲折折，穿云绕雾，通向城堡。

黑猴遥见石径上路陡峭，人难立足。径顶有一狭窄小关隘，一个陌生壮汉，带领两个山贼，守在这进出石城堡的唯一通道上。大有一夫当关、万夫莫开之势。要进城堡，撇开或不惊动守隘人，谈何容易，老山贼直摇头，黑猴焦心不已。

第二天下午，黑猴思索着今天晚上，一定要杀了城堡里的陌生人，解救山贼队伍，向大王交差，绝不能再拖延了。他忽然想起，小时候和吴实一道玩抓奸贼的游戏，禁不住高兴地一笑："有办法了。"

傍晚，黑猴把想法告诉了老山贼，就打扮起来。他通身白色，抓把黑土涂在面上，打扮就绪，又试着把吴实给他的麻布手帕拿在手里一顿乱舞。霎时，还在疑虑的老山贼一阵震惊后大喜。

黑猴二人上路了。快到关隘下，黑猴忽然喉咙发响了，不知咕噜些什么？他乱叫乱跳，身轻似燕，大步踩过陡峭山径上的大小乱石，径直走在那段人难立足的险路上，大模大样向陌生人和山贼严守的小关隘走去。

老山贼则隐在石径边的树丛里，悄悄快步跟上黑猴。

守关隘的三人看见，一个怪异的白影越来越近了。白影手舞一面招魂旗，左一挥，一片绿光；右一挥，一片荧光。斗大的头上，乱发蓬松，蒲扇大的黑脸上，两只吊眼拳头一样大，射出两束绿光，嘴里吊出个尺多长、五寸宽、闪着红光的大舌头，一直拖到了胸前。身上尺长的汗毛，根根竖起，雪一般白。

陌生壮汉和两个山贼，哪里见过这般如魔似鬼的怪物，百般畏惧里，早握紧了青铜剑，壮起胆子，向迎面而来的白色影子大声呵斥："什么人？站住！"

"报仇！报仇！阎王要我来找恶鬼报仇，无仇者快到一边去……"白影兀自怪叫，旁若无人，一个劲朝前蹦跳，像跑又像飘。

陌生人早吓傻了眼，口里"我与你无仇！我与你无仇！"地解释个不停了，浑身战栗地让到了一边，手里的青铜剑也垂下了。两个山贼亦慌忙闪到了一边。

白影飘至近前，突然抬起一荧光直闪的手指，戳一戳陌生人，怪腔怪调地大骂道："畜生，你是秦军探子，反诬老子是细作，把我杀了。阎王要老子来找你去对质。走，走，走！到阎王殿去说个清楚！"

陌生壮汉骤然举起长剑，凶猛地向面前的恶鬼狠狠刺去。

恶鬼一阵冷笑，荧光一闪，早避到了一边，手中招魂旗猛力一挥，一片绿光劈头盖脸裹住了陌生壮汉。

壮汉顿觉头晕目眩，找不到东南西北了。

隐在路旁树林中的老山贼逮着机会，饿虎扑食般蹦出，一剑从陌生壮汉后背进、前胸出，捅了个透穿。壮汉惨叫一声，刚要回身，又被老山贼一连几剑刺倒在地，举剑剁下了壮汉的头颅。

跟随陌生人守路口的两个山贼，大惊之余，一眼认出了老山贼，急忙询问老叔是怎么一回事。

老山贼道："我们二人是奉大王之命，来打探你们的消息的。"

"啊！大王？大王不是被吴实杀了吗？"两个山贼一头雾水。

"我们瞎了眼，都上当了！师爷原来是秦军头领，藏在我们的队伍里。这边的五个陌生人，都是听命于师爷的秦军探子，是来控制你们，为秦军攻打江南做内应，对付官军的。大王从吴实那里平安归来了。"老山贼又指着卸下了身上装束的黑猴，介绍给两个山贼道："他就是大王从吴实大人那里要来，在我们双方间搞联络的兄弟。"

黑猴对两个山贼道："兄弟，大王还在绿巢等待你们的消息哩！你们快把城堡里的实情告诉我。"

两个山贼说，五个陌生人和他们的头领，奉师爷令来城堡后，牢牢地控制着众人。前几天，陌生人和他俩截获了大王的亲信，收缴了调兵符印。那亲信大声争辩，说他是奉大王令来调兵的。

陌生人破口大骂，说大王已被吴实杀了，这下令将亲信五花大绑，说他是吴实派来的细作，想策反众兄弟，一剑将他砍了，头颅悬挂在城堡门洞上。昨天上午，有两个稍稍不服陌生人的兄弟，被绑到了练兵场上。头领苦苦求情，还是被当众砍了头。虽然兄弟们都不服气，但大王不在了，师爷派来的人，兄弟们谁敢言不？只得任由陌生人遣使，紧紧地把守着石城堡，时刻提防吴实。

老山贼赶紧把大王的实情告诉了二人。明白真相后的两个山贼怒了，嚷着要去保护大王。

黑猴说："绿巢毁了。大王在一个小山洞待着。目下，我们最要紧的是，杀了这里的另外四个奸贼，保护城堡，把大王接来。"

一番商量，四人趁晚饭机会，悄悄进了石城堡。

夜半，寂静的城堡里，突然杀声大起。四个秦军奸细，被山贼们摁在被窝里剁了双手，绑在场中木柱上。

山贼头领立即点起人马，要亲自去绿巢连夜迎回大王，又安排其余人，在堡里备办酒宴。

黑猴向头领要了两个身手敏捷的山贼，与二人一番细语。二人连连点头，颌首称是，往另一处做黑猴吩咐之事去了。

临羊到来，一见秦军奸细大怒，唰地拔出一把锋利小刀，亲自动手，从奸细身上各割下几大坨肉，送进了灶房。

酒席上，临羊听了收复石城堡的经过，瞄着身边的黑猴，一拳打在肩头，赞扬了一番，又立起身，敬了黑猴一碗酒。众人欢着闹着，临羊却突然满脸忧郁，悄悄离席而去。

黑猴欣然一笑，快步追上，轻声问道："大王为何心情郁闷？"

临羊一看是黑猴，忙道："兄弟呀，狂风坳是收复了，我担心的是绿巢离去的兄弟和凤凰翅，不知如何了？"

黑猴仰头望了望天，语气坚定道："大王勿躁，我和头领商量，已派了两个兄弟去凤凰翅营寨探讯，天亮前准有结果。"

凌晨，黑猴派出的两个山贼回来，向临羊禀报，绿巢离去的山贼都在凤凰翅云巢里，两处人马被拓申带来的五个陌生人管束得老紧。

临羊气得拍桌摔椅。黑猴拉着临羊一阵细语。临羊转怒为喜，又是一拳打在黑猴肩头。

第二天早晨，黑猴安排五个山贼，换上狂风坳秦军的服装，打扮成逃跑模样。被八个持械山贼紧追不舍，阻截在了凤凰翅前场上。

太阳还未升起，凤凰翅还沉寂在若隐若现的云雾里。一众人杀声震天，搅得场上云翻雾滚，杀得难解难分。几个秦军连连乱叫。

却说拓申掌控了山贼，高兴地去了江北。凤凰翅驻地里的五个秦军，听了同伴的乱叫声，虽然有拓申不准出寨门的命令，但望见只有八个山贼，就连忙命令开了营寨门，五个秦军赶紧带领众山贼，大呼大叫地杀到场上帮秦军的忙。

正在这时，埋伏在场外丛林中的山贼们潮水般杀出，临羊坐在马上挥刀大喊："兄弟们杀贼!"

凤凰翅的众山贼一见大王面，惊呼上当，赶快临阵倒戈，紧紧围住了五个秦军。众山贼很快就把秦军全杀了。

全体山贼会合凤凰翅。历经劫难的人们欢欣鼓舞，做了十席秦军肉酒宴。坐在首席上的临羊突然怒火骤起，刀疤光一闪，一拍饭桌，咬牙切齿地问众人道："弟兄们，下酒菜还差什么?"

"拓申肉!"众人异口同声大吼，怒声震动屋宇。

"那就暂且留着那秦军老畜生，来日再下酒!"临羊骂完，转怒为笑。哪料，他刚高举酒杯，脸上又陡地布满了阴霾。

临羊想起了善良智慧、武功超群、漂亮仁义的星仙女公子。他声音痛苦而又沉重道："弟兄们，这第一杯酒，让我们一道祭祀星仙女公子。祈祷女公子魂归天堂，早日登仙!"

众人悲悲戚戚，将杯中酒洒在了地上。

好一番沉吟，临羊又提议，第二杯酒，遥敬在汨罗的吴实大人，感谢大人为大伙拨开乌云，指明了一条新生路。

临羊又端起第三杯酒来，欣赏地望了一眼黑猴，激动地问众人道："这杯酒，我们该敬谁?"

"敬黑猴兄弟!"众山贼对黑猴两次与秦军交手，解救众山贼所表现出来的智慧称道不已，又见识了他对大伙的仁义，心里早已生出敬佩，由衷地呼声大起。

其实，黑猴从大火中抢出调兵符印，临羊就见识了他的能耐，现又听了众头领和众兄弟，对黑猴智灭秦军奸细的赞扬和敬佩之情，揣摩着众望所归了。他兴奋地站起，向黑猴高拱双手一拜，郑重地宣布："敬请黑猴兄弟给我们当师爷！"

几个头领大喜，不由分说，硬生生把还在犹豫不决的黑猴，按在了师爷的席位上，纳头就拜，表示诚服。

众山贼"黑猴师爷！""黑猴师爷！"呼声大起，一齐站立，有举拳的，有击掌的，纷纷催逼黑猴，接受大王和众头领的拜托。

黑猴生来哪里受过别人如此敬重，大王请他，头领们拜他，众山贼在击掌喝彩。他知道师爷是一人之下，百人之上，心里美滋滋的，好不快活。又想，若是当了师爷，岂不是实现了吴实的愿望，把这支队伍捏在手里，可以听从吴实调遣了?!

一喜之余，黑猴又着急了。师爷是干什么的？只要喝下这杯酒，他就陷在山民们谈虎色变的恶魔窝里了。他该怎么掌控这些恶魔，为山民办事？想到此，他心里一片茫然。倏忽，他又想起了子景，肩不能挑，手不能提，仅仅是肚里有书，就叫别人干这干那，不是干得很好吗？别人都心甘情愿围在他身边转。他猜定师爷就是想办法、出主意的。嘿，有子景帮忙，他少睡点觉，多想点事，认真去做，肯定能干好。对！他收复狂风坳、凤凰翅，主意不是很好吗？他绝不能推却这师爷位置了。

黑猴安安稳稳地站起，笑眯眯地举起酒杯，高声谢过众兄弟抬举，兴奋地喝下了杯中酒。

这晚，躺在床上的黑猴难以入睡，他的心在久久翻腾。此时，他想到的不再是自己一家失去的林山，而是他该怎样带领众山贼，全力帮助子景，尽灭山中秦军，杀尽剥夺和欺压林山山民的贪官污吏，为山民们报仇雪恨了。他要为数百家山民收回林山，让他们乐享家乡之福。虽然有吴实谋划，可他该怎么做呢？

第三十五回　戒夫诱招入沙府　家丁反水上桓山

此时屈庙里，残酷的现实，逼着吴实从失去粉儿的悲痛里解脱出来。吴实又习惯地敲着额头，陷入了深深的沉思。

综合黑猴在梓木里南虹桥的发现，老乞丐提供的流水庙线索，吴实知道，秦军下江南的先遣队伍，早已隐伏在桓山了；楚地的郡、县两级贪官被沙老爷策反，出卖灵魂，暗中投靠了秦军，随时有里应外合、占领长江南岸南郡数县的危险；沙老爷和叛官卖主求荣，不惜为秦敌提供资助，还有为虎作伥的沙府家丁该如何对付；秦军头领拓申成了山贼的师爷，实际上已经掌控了临羊的队伍。黑猴上山怎么样了？面对战云密布的桓山，四面是敌，他该如何应对？

吴实吃不下，睡不香，苦楚不堪。如果他置身度外，不久，家乡就会战火弥漫，不知有多少山民将会死于兵燹。如果他出手制止这场战争，尽灭山里的秦军，扫荡与之勾结的妖孽，又不知要付出多少代价，胜算有多大？他卜了卦，卦象对他十分不利。自己性命事小，可能还要殃及身边人。他已经失去了季左、粉儿，其他人说不定还有性命之忧。他的心在苦苦挣扎。

戒夫整天忧心忡忡，埋头喝闷酒。这天傍晚，戒夫又把尖削脸支去圩集买酒了。

夜，伸手不见五指。吴实提着芷水为他准备的祭品，来到屈庙后。面对空旷无边的黑暗，吴实摆开酒菜，焚了香纸，拜了天地，拜了井神先生，又拜了祖父。他刚向众神酸楚地说了一通桓山面临的险恶现状后，就一阵头晕目眩。多天的悲痛、疲劳和忧虑，让吴实一下迷糊过去了……

待吴实清醒过来，发现自己躺在床上。只见昏黄的桐油灯下，正襟危坐着戒夫、叔文、齿先和芷水。他们个个脸色严峻。

疲惫不堪的吴实一见，忙支身起床，焦急而郁闷地问：“你们这是怎么啦?”

“先生，你对当下桓山军情的分析，你的策略和主张，与井神先生和圭公的对话，弟子们都听到了。弟子们会毫不犹豫地跟着你干，为解家乡苦难出力。”叔文、齿先立起，坚定道。

芷水起身，昂头挺胸与叔文、齿先紧紧站在一起。

“先生，事不宜迟，请吩咐吧!”戒夫出奇的平静，随即又道，“先生安排我去沙府，不失为一着妙招。此举成功，不仅可重创沙老爷，还可拦腰一刀，斩断了卖身求荣的叛官与桓山上秦军的勾结。既可乱了敌人的阵脚，我们又可各个击破敌人，赢得时间和机遇。尤其是控制了沙府的百来家丁，可解决我们的后顾之忧。先生计策高明，连井神先生和圭公都首肯了呢!”

原来，迷糊里的吴实与井神和圭公的对话，戒夫和门生们都听到了。

众人的支持和理解，让吴实好感动。众多牵连事中，沙府是毒蛇的七寸。如何打中七寸，让这条毒蛇首尾难顾或一刀两断，早就是他的纠结之处。如今，智慧和武功集于一身的戒夫请缨，他当然是求之不得。他向众人深深一躬，欣慰道：“感谢各位鼎力相助。让我们一道为楚国、为家乡苦难的父老乡亲，尽忠尽孝，还幕阜桓山一片干净的蓝天吧!”

戒夫要单枪匹马去沙府了。吴实把陷在沙府地牢里、弓弩射技出众的朋友落差，详细介绍给了他。

这天，花蒲市好热闹，圩市的一处空场地上，不时呼声大振。一个卖艺的流浪汉，武功非凡，尤其是那根如意棍，惹起围观红男绿女们的阵阵喝彩。随后，传言像春水一般在石板街上漫开，流淌到钦上里的村村寨寨，然后就沸沸扬扬了。

“卖艺人那虎牙可咬死人，加之武功盖世，特别是那棍，真是神了……”

人们从四面八方，赶来花蒲市看新奇。

“神棍!”“神棍!”众人惊惊乍乍，摇头晃脑，称道个不停。

欢闹声早引起了一个富态蛤蟆肚老者的兴趣，他静静地站在人群外观赏。这棍无踪无影，就从卖艺汉手中脱出，一会儿高高弹起，在众人头顶忽闪忽闪；一会儿像游蛇，扭曲着从人们胯下急速穿过；一会儿直上云天，噼里啪啦打得脆响；一会儿又凶狠狠地向人们头顶劈来。当众人吓得惊讶着埋头缩颈，慌忙躲避逃离时，那棍却只是一个虚晃，突地就不见了踪影。

这时，蛤蟆肚兴致勃勃嘴一努，身边一随从迅速从衣袖里掏出一枚鬼脸钱，往场地空中一抛。那如意棍忽地不知从何处飞来，一声响亮，鬼脸钱碎成数片，掉落地上。

蛤蟆肚一乐，从袖里掏出一大把布钱，往空中一抛。眼花缭乱里，只听得一阵乒乒乓乓的清脆声响过，所有的布钱被击成粉末，好一场碎铜雨直下尘埃。蛤蟆肚诡谲一笑，向身边人一指。

一中等个头家丁，乐呵呵在场中弯弯曲曲飞跑起来。那条棍竟突地追上去，照准屁股两棍，将中等个打翻在地。飞棍又骤然不见了。

“神棍！神棍！”蛤蟆肚老者哪里见过这种神棍？兴奋地翘起大拇指，好一番赞叹。

众观者一听蛤蟆肚赞声，偷偷往后一看，脖颈一缩，慌忙弯腰屈背，一声不响溜走了，腾出一片空地来。

蛤蟆肚大模大样走上场，朝身材高大的卖艺汉手一拱，欣然道：“壮士好身手。能否将此棍亮给老夫瞧个明白？”

卖艺汉一笑，露出两颗大虎牙，拱手回蛤蟆肚道：“在下献丑了，老爷见笑。这棍本无器具，只是一种念想，从在下心里飞出，思长则长，念短则短，无大无小，无多无少，悉听心便，任意打伐，仅此而已。雕虫小技，何足挂齿？！”

蛤蟆肚一喜，忙又拱手道：“请问壮士尊姓大名，能否到老夫府上一叙？”

“在下姓戒名夫，四海为家，无依无靠。若得老爷容留，是在下之幸。在下谢过老爷了！”壮士拱手深深一揖，高兴地应允了。

是夜，沙老爷置酒，与戒夫喝到深夜。二人越谈越投机，大有相见恨晚之意。令沙老爷更高兴的是，戒夫心悦诚服，竟答应为沙老爷统领家丁。沙老爷好不得意。

沙老爷的家丁队伍两年没有头领了。他曾亲自登门，请过数个武功出众的乡人出山，都是托词不就。特别是有“箭神”之称的乡人落差，是他的远房族侄。沙老爷要将他由普通家丁晋升为头领，他横竖不干。这让沙老爷在乡人面前丢尽颜面，一气之下，沙老爷找个岔子，将他下在地牢两年了。如今，这个被乡人赞为武功盖世的戒夫，领了家丁头领职，沙老爷不就什么脸面都找回来了？！

第二天早晨，沙老爷破例兴冲冲地来到府侧的演武场，紧急集合了全体家丁，拱手拜请戒夫出任了家丁头领。

鸟无头不飞。两年里，家丁们除了沙老爷亲口布置的事，就外出去打打杀杀，否则，就在府里大吃大喝，赌鸡斗蟋蟀。沙老爷虽然习过刀，但长蛤蟆肚多年后，也懒得再问家丁习武之事。何况，家丁们外出，从未输过场。家丁们更是认为天下无敌，不仅不习武，连引起乡人轰动的卖艺人精技，也懒得去花蒲市瞧瞧。现在，卖艺人成了他们的头领，众人大哗，个个不服气。

沙老爷也想进一步察看戒夫底细，故作向众家丁脸一拉，怒道："大家要瞪着狗眼看好，头领是怎样耍那些兵器的。"又转身一笑，向戒夫拱了拱手，大嚷了声"头领请了"！

家丁们听出沙老爷的弦外之音，早把十八般兵器搬到了场上，三三五五，嘻嘻哈哈，待在一边看新头领丢丑。

戒夫早在思忖，如何进一步博得沙老爷的信任，如何制服和震慑众家丁，现在时机来了。他精心表演了一番十八般兵器，脸不红，气不喘。

"武功平平，不见特技。"一些家丁转过脸，窃窃私语嘴一翘。

戒夫看在眼里，又平静地演练起如意棍来。这下子，看得家丁们眼花缭乱了。如意棒无踪无影，只有风声在空中"噼啪"作响。

几个爱出风头作践别人的家丁，觉得头领在耍他们，一凑头，决心要让头领丢丑，一齐向飞棍扑去，想捉住它。哪知，飞棍明明在眼前晃荡，冷不丁就一棍打在屁股上，家丁扑通个个嘴啃泥；飞棍明明在身边悠忽，刚伸出手，后背就猛地一着棍，家丁四脚趴了地。骤然，飞棍像生怒了一般，大打出手，一阵噼里啪啦声响过，打得余者满地找牙。众人伸头瞪眼咋舌！

沙老爷看得哈哈大笑，练就一支武功高超、能征惯战的家丁队伍，是他梦寐以求的夙愿，到那时，何愁幕阜桓山不稳稳操在他掌中？

"哼！"戒夫收起如意棍，皮笑肉不笑，对众家丁戏言道："还想试试的再来，脑门一棍，你吃饭的家伙准会开成一朵鲜艳的大红花。"

众家丁服气了，纳头就拜，"师傅""师傅"地叫个不停。七嘴八舌高喊："师傅教飞棍。"

戒夫脸现犹豫相。在一旁观赏的沙老爷正要上前恭请，只见戒夫突然正色，对众家丁道："在下既蒙老爷抬爱，师傅必然卖力。师傅答应你们了，来日定教奥妙。师傅要让汝等个个意棍得棍，想刀有刀，念戟来戟。何愁武功不精，敌手不灭？”

“什么？还有如意刀？”众人诧然，脱口而出。

稍停片刻，戒夫又手指场边一棵杯口粗树慨然道：“师傅要用如意刀把它劈作两截。”说完，他运足气力，口里念念有词，空手猛地一挥，只见一把刀影，扑扑闪闪，凶光烁烁，疾如闪电。“咔嚓”一声劈响，那树早被拦腰砍断。飞刀却骤然不见了踪迹。

众家丁个个目瞪口呆，回不过神来。

戒夫向呆在一旁的沙老爷，双手恭敬一拱，转头兴奋地向众家丁道：“现今，汝等武功粗糙，必先打牢基础。我等众人绝不能辜负沙老爷殷殷厚望，练得一身硬功夫，听候沙老爷调遣，定能战无不胜，攻无不克！”

戒夫一言中的。沙老爷乐得孩童一般。现今，正恰配合秦军夺取江山之际，天赐戒夫来助他圆梦。他疾步来到队伍前，眼里白光一泛，凶相大露道：“自古军令如山。汝等众人听着，有违头领令者，武功不见长进者，剁手切脚，由头领自便，别求我讲情了。”言罢，满脸肃穆地向戒夫拱手拜托，扬长而去。

自此，每天五更中，戒夫就带领百多家丁，披星戴月练功习技。演武场上杀声震天。家丁们哪个不怕剁手切脚？

基本功操练之时，师傅不仅教习兵器，出招解招，招招令人叫绝，还演练战阵，每每新意迭出。众家丁大开眼界，习武兴趣大增。头领又出新招了。

这晚，月明如许。一阵紧急哨音突然响起。家丁们紧急集合了。师傅站在队前道：“今晚，大家操练在沙府抓‘飞贼’……”

沙老爷知道后甚喜，连连赞扬道：“头领想得周到，现在的贼太多了。”

“今日讲的是《谋攻》……”下雨的日子，师傅就给大家讲《孙子兵法》。

沙老爷一改往日习惯，不时来演武场瞧瞧。这天，他又是欢心不已。昨晚酒宴上，戒夫对沙老爷说：“家丁告诉我，地牢里关了个会弓弩、不愿当家丁头领的乡人落差，现逢用人之时，我想出面教训此人，非要他出山任副头领不可。”

“好好好！头领想得太好了！”沙老爷高兴地满口答应了。

晚宴后，戒夫进了地牢，悄悄把他随吴实来汨罗云云告诉了落差。落差一番问询后喜出望外，连忙答应听从戒夫派用。

随后的牢头和家丁只听得一阵拳打脚踢声响，落差随师傅出了牢狱。

第二天早晨，落差就心甘情愿在新头领手下当了副手，在校场助戒夫操练家丁了。家丁在私下议论："副头领被头领打怕了。"

沙老爷见了，喜不自胜。里外都赢得了面子，他能不高兴？

一段不长的时日过去，眼看家丁武功日见长进，沙老爷天天设宴款待头领，把酒叙话，好不畅快。

头领一进练武场，就杀气腾腾，下场后却似另一人，与沙老爷谈笑风生，博古通今，无事不晓。特别是古代经典战例、猛将奇侠，信手拈来，评价精准。沙老爷常常听得津津有味，对头领敬佩有加。从此，二人心心相印，无话不谈了。

师傅既严格教习弟子，又待众人亲如兄弟。尤其是教导大家如何处世，怎样做人。家丁个个盼望跟着头领，习得一身好武功，出人头地。对头领敬若神灵，唯头领之命是从。

这天，头领在场上演练排兵布阵。他一会儿叫几家丁堆成一座小山，一会儿叫数人躺作一条水沟……

正在这时，沙老爷来了，问得缘由后，高兴地对头领说："烦头领把他们带去各种实地操练吧！"

头领手一拱答应了。从此，头领不时带领家丁出府，到山水间操练攻防，教习阵法，几成寻常事了。头领每每回府，就得到沙老爷盛情款待。

这天，家丁们歇息了一天。戒夫与落差在花蒲市转了一圈，进了一家饭肆。半个时辰过去，二人醉醺醺回了沙府。午后，两匹快马出了饭肆，向汨罗急驰而去。

第二天，头领又带领众家丁上桓山演练布阵去了。沙老爷早置了酒饭在府上等候，眼见天黑了，头领还未归来，就到场前眺望。

突然，只听得后院人声鼎沸，团团黑烟滚滚升起，直冲云天。紧接着，烟团轰地炸开，大小火球乱飞。紧随其后的是一排密集的火箭，冷不丁从后院飞起，四散开来，纷纷扎落在沙府五重堂的屋顶上。转瞬，大火在屋宇四处熊熊燃烧了起来。

家丁们不在，几十个门客都是读诗文的，谁人也不敢去救火，唯恐逃之不及。

沙老爷的儿子惊慌失措，跑来告诉父亲，众门客和从私牢里逃出的囚徒，四处翻墙走了，要父亲快拿主意。

沙老爷眼望府第大火在发呆，脸憋得紫黑，抬起抖得老高的手，指着疯狂夺命离去的人群，一句话也说不出来。他刚向府门口蹒跚着走了数步，就口吐鲜血，一头栽在了地上。

正在这时，一阵马蹄声响，落差和十多个家丁，骑着高头大马，高举刀枪从后院飞出，快要冲出府门了。沙老爷的儿子见众人一副怒状，赶紧躺在地上装死。

落差瞥了一眼地上的沙老爷，见他躺在血泊里，满脸鲜血，一动不动，以为他被离去的仇人杀死了，手中长剑欣然入鞘，扬鞭打马跑远了。

落差和戒夫带领的家丁队伍，在桓山会合了。

戒夫当着众人面，愤怒地数落了沙老爷勾结官衙，巧取豪夺山民林山和财富，逼得山民走投无路；尤其是资助潜藏在桓山流水庙的秦军，企图燃起战火，涂炭庶民，梦想颠覆楚国，犯下的叛国通敌的滔天大罪。戒夫又说，按国之律法，沙老爷罪当车裂，祸灭九族。跟着他犯罪的协从，亦有灭门之罪！

师傅一番话，说得众家丁惊恐万丈，摸颈缩脖，浑身生冷。过去，家丁们按沙老爷指使，数度为山里秦军送过食物和武器，师傅是怎么知道的？叛逆是国之大罪呀，他们岂不是摊上了灭门之祸？

第三十六回　讯鸟飞传王染疾　先生惊异星象图

戒夫眼看众家丁模样，知道唬住大家了。他继续说，过往，你们为秦军做的事，朝廷早已记录在案了。现在，如果你们脱离沙府，弃暗投明，反戈一击，过往之事他保证统统不咎。

为了让众人相信他的话，戒夫又交底说，他是跟随吴实大人从寿郢来的，可以为大家反水做证，担保他们和家人都不受牵连。死活两条路，供大家选择。

“弟兄们！”众人沉默之际，落差登高一呼道，“大家想想，男子汉大丈夫，活着不能保地方平安，还为自家老少人等惹出死祸，与畜生有什么两样？现在师傅代表官衙，为大家指明了一条生路。我们即使不了解师傅，山乡人哪个不知吴实的为人？现在，我们唯有一心一意跟着吴实和师傅走，将功赎罪，方能保家人平安。”

“跟着师傅干！”“紧跟吴大人和师傅，将功赎罪！”众家丁知晓吴实，早就敬佩和信任师傅。在这涉及家人生死的关键时刻，谁人还愿失去眼前良机？

戒夫与落差商量，整顿了家丁队伍，让几个有武功、有威望、过往受沙老爷排挤打压、在乡人中有好感的家丁，当了小头领。

临羊得知沙府被焚，戒夫与落差上山了，忙和黑猴一道，亲自迎到沙府家丁队伍驻地，拜过救命恩人戒夫后，立即向落差等人打听他父亲的下落。

落差说，沙老爷的亲信曾悄悄告诉他，当年，你父亲被领回沙府后，沙老爷热情地款待了他。过了数日，沙老爷又满脸愁苦向你父亲说，官军要斩草除根，要杀你了。你父亲一膝跪在沙老爷前，连连磕头求情搭救你。你父亲为了表示诚意，把藏在石缝里的祖传玉佩，告知了沙老爷。沙老爷派亲信寻得玉佩后，就把你父亲下在水牢淹饿死了。你当了大王后，沙老爷严令府里人，不准将实情告诉你，谁说了就割其舌头，杀其全家。数年来，沙府里人见到你的人，只得一律按沙老爷的话，说“你父亲在沙府享清福”来蒙蔽你。

父亲早不在了，临羊一滴眼泪也没有，只有仇恨的火焰把刀疤烧得锃亮。他咬牙切齿号道：“沙老贼这个畜生，我带领弟兄们为他卖了多年命，不知为他赚了多少金钱，他竟敢如此黑心欺侮我。我不把他家斩草除根，誓不为人！”

戒夫又把流水庙的“道姑”是秦军、拓申是秦军的头领，告诉了临羊。

临羊惊得目瞪口呆，回过神来，怒气冲天，立即就要带领山贼去打流水庙，杀拓申报仇。

“拓申和这帮秦军是我们共同的敌人。待禀报了吴大人，做了周密方案，我们一齐动手，除恶务尽。”戒夫劝住临羊道。

临羊见戒夫统领的家丁队伍生活无着，就将库存食物丰富的狂风坳石城堡，执意让给了恩人和家丁驻扎。

黑猴指挥山贼，迅速重建了绿巢，请临羊住了进去。

恰在这天晚上，一只猫头鹰飞进了石城堡，钻进了戒夫的房间。

紧接着，屋内传出一声尖声尖气、撕心裂肺的大号……

临羊到狂风坳看望戒夫，只见恩人满脸苍白，躺在床上，忙细问病情。戒夫撑起身体坐定，否认自己生了病。临羊随即向戒夫陈述了多年里，他与山民们结下的怨恨，认为他一时难以博得山民的信任和支持，诚请戒夫统一指挥家丁和山贼队伍，歼灭山里的秦军。

显然，戒夫失去了往日的果断。他有气无力道：“我想过了，不久后，桓山的天要塌了。这凶险不是你我能扛得住、化解得了的。我们赶快去汨罗，见了吴实大人再说。”

其实，戒夫心里还从来没有这样纠结过。他掌控家丁队伍后，又见黑猴助临羊收回了山贼，心里高兴极了。吴大人利用两支队伍，联手灭了山里的秦军，莫若如小菜一碟。哪知，他带来的、时刻与寿郢保持联络的一众鸱鸮，用猫头鹰传给了他一个天大的噩讯，楚王病重，朝廷鸱鸮头领，令他速回寿郢。

这消息无疑给了戒夫当头一棒，让他比任何人都痛苦，但又不能言说，也无处言说。本来，他可以立即回寿郢，但“好人”没要他回去呀?！他能离去吗?回了寿郢，如果好人问他，“你怎么离开了吴实”，他怎么回话。他还能说，秦军已经潜藏在桓山了，他竟一走了之，岂不是要让好人双双失望，把好人活活气死吗?

反转思忖，戒夫还真有点舍不得离开吴实了。吴实忠心朝廷，而生命却处于危机四伏中，姑且不论外部阴谋，单就他带来的十人鸥鸮中，包括他，还有几人都负有死令。有要刺杀吴实的，有要绑架吴去寿郢的。若不是他未点头，吴实早已死于非命。他一走，吴实就完了。可吴实却浑然不知。在权力角逐中，先生竟是这般稚嫩，连保护自身的意识也没有，他能昧着良心离去吗?

戒夫愁肠百结，是走还是留?若是遵头领令回了寿郢，他就是大臣们的刀具，卷入到各方阴谋死斗的旋涡里，甚至他也可以得到巨大利益。他一时拿不定主意了。

临羊哪里知道戒夫的心思，只是听了戒夫的话心情沉重。他立即跟着戒夫，一道去了汨罗。

却说屈庙里，自从临羊与黑猴、戒夫分别离去后，虽然无人来送讯，但吴实预测，山贼和家丁两支队伍已会合于桓山了。下午，吴实吩咐尖削脸扫净了屈庙场上的残雪，架起了木柴。

这晚，雪后初霁，篝火正旺。吴实吹起了埙。激昂的音符，像一个个正气活现的身影，在他的家乡跳跃；又似一阵狂澜，在荡涤着家乡土地上的污秽。他要为家乡吹奏出一个朗朗光明的天地来！

芷水被吴实的激情感染了。她高兴地弹起了琴，音调随着义兄埙声的旋律转悠，亦步亦趋。她感觉自己是一朵云霓，在相伴旭日；是一朵山花在紧跟春风；是一声叮当在回应激越的流泉。她要永远相伴义兄，不！说不定哪一天，义兄会把一颗心全部交给她，让他们开成两朵并蒂莲！她的渴望和梦幻，在指间灵动而欢快地飞起，直达美梦的天堂。

叔文与齿先戴上笑口大开的男女娃傩面，“哟嗬哟嗬”唱起了山歌，雄壮的歌声，相伴张扬洒脱的山乡舞，在火堆边轻飘飘地旋转。他们憧憬着紧跟先生，为家乡那轮明月下的群山，送上恬谧的睡眠；为灯下农家热气腾腾的饭桌，送上无忧无虑的欢声；为腊月的嫁女歌，送上高扬而又快乐的音韵，缭绕在村头的古树上，于绵延岁月里袅袅不绝……

一切都是那么美好，唯有尖削脸心事重重。他在不声不响添柴加火。他不知吴实为什么这般高兴。他又想起了在沙府里的妻儿，他们可好？近些天，他突然莫名其妙地心神不定。晚上，不时被噩梦惊醒。他怎么也猜不出是什么在搅动魂灵？他又想起了对沙老爷的承诺，要尽快从吴实口里，掌握一个有价值的情报，逃出屈庙，去晋见沙老爷，去看望妻儿。

夜半，欢乐了半宿的众人，又喝了一阵喜酒。大家一杯又一杯敬着先生，直把吴实喝得满脸通红才作罢。醉醺醺的人们闹了一番，回屋歇息去了。

屋内灯火渐次熄灭。浑身被喜酒烧得热烘烘的吴实，心里好畅快，他解开外衣，在场上边溜达边想，让戒夫和芷水回寿郢的时候到了，朝廷知道了郡、县里的乱臣贼子，定会抓起来斩首示众，诛灭九族。再调用官军兵力，灭了流水庙里的拓申秦军。到那时，失去林山的乡民，回归家园，重操旧业，山乡又是一种怎样的欢乐情景？想到此，他骤然感觉桓山的月亮，又大又圆又干净了。他禁不住抬起了兴奋的眼光。

哪知，刚仰头一望夜天，吴实满肚喜酒，刹那间化作一身冷汗迸出，骇得他六魂跑出七窍来！

深黑色的天幕上，繁星满天。吴实习惯地将目光移向紫微星。只见这颗他心中寄予无限希望的星星，竟然失去了往日的光彩，变得黯淡无光，隐隐约约。

吴实急忙低下头，擦了擦双眼再看，紫微星光仍然照旧。他赶紧一声不响跑回房间，急匆匆用冰水洗了一把挂满冷汗的脸面，又擦拭了双眼，复跑到场上再看。他双腿打战，一个站立不住，一屁股坐在了地上。他怎么能接受这眼前的现实：病得不轻的楚王熊完，大限正在到来！

任凭冷风在身边呼号回旋，吴实双眼骤然湿润了。两年多来，一直萦绕在他心里的那丝晋谒希望，马上就要彻底灭了！

在寿郢的日子，吴实通过无数观察，才逐渐明白，朝廷里，有那么多常人看不见的相互掣肘之手，还有胡言乱语，扭曲和迷糊了楚王的视觉和决断。否则，他的五策六政，肯定已让大地变得面貌一新了。此时，他虽然为未达目的而心痛不已，但又为楚王曾经的召见而感谢，楚王毕竟赏识过他的才华和策对……

两天里，吴实茶饭不思，唯独不忘日夜细观天象。他又看见了白虹贯日，还发现了星孛。他痛惜着楚国的命运，又哀叹与国之命运相连的家乡，还有他肩负的屈子和祖父的遗愿。祖父教他满腹诗书，遗存给他志存高远的理想。他怎么就不能为楚国出力，扶持一把将倾的天呢？他苦痛不堪！

回到现实，吴实又骤然感觉，一旦楚王已染恶疾之事，传出了宫门，不仅仅是桓山，甚至天下大势也要大变了。一心想吞并楚国的秦军，就心甘情愿，放弃这进攻楚国的大好时机吗？钩心斗角的楚朝廷官宦们，为了氏族利益，定会不遗余力地争夺朝权，斗得你死我活。各个衙门准会乱作一团。谁个还去思考全力以赴抗强秦？吴实唉声叹气，无限唏嘘。

痛楚之余，吴实还想起桓山来，按他原来设计的利用官军力量，一举歼灭桓山里暗藏秦军的方略，显然是不合时宜了。现时，寿郢的官吏们都寻思着各自利益，谋划前程，巴结新贵，谁个还把一些郡、县官吏的叛楚通秦当回事？谁人又愿意丢却美梦，到这千里之外的深山，来办这芝麻大官吏的叛逆案？

尤其令吴实忐忑不安的是，一旦楚王薨，楚王仅六岁的儿子登上王位，权威何来？又将有多少双浑水摸鱼的黑手，想把朝权抓在手中？各官衙定会重新洗牌，谁人顾及国事？到那时，调动南郡官军去灭桓山潜藏的秦军就落空了。说不定暗通秦军的郡、县叛官，还会把江南借机送给桓山的秦军。他为家乡失去林山的山民讨回公道，也是一句空话了。

吴实一番沮丧，又捶起额头来了。若是楚王薨，秦军燃起战火，他就什么事情也办不成了。一种急迫感让他牙一咬，牙缝里迸出六个字：“一切都靠自己！”

他首先想到的是利用智勇双全且权力甚大的戒夫，以及戒夫带来的鬼魅一般的黑衣人，几个弟子和朋友，还有山贼和家丁两支队伍。若是能很好地利用这些人的力量，充分发挥众人才智，不是仍有把握办好桓山的一应难事和大事吗？

“对！必须赶在楚王薨逝之前办妥，否则就迟了！”吴实态度坚定，思虑再三，一个新方案在心中形成。一直未动用的尖削脸，该发挥他的关键作用了。

吴实渴盼戒夫和临羊快来汨罗，把新的应对之策，尽快落地生根。他测算着，二人近两天定会回来的。可怎样向他们道明新方案，原因是什么呢？他是无论如何也不能把观天象之说，当作既成事实，去说服众人，特别是戒夫呀?！吴实又着急了，戒夫只是为了掘屈坟而来，现今，掘坟人已找到了，戒夫还管其他的闲事吗？

第二天，正在吴实焦躁不已之时，叔文来报："戒夫兄和临羊大王来了。"

戒夫与临羊进得屈庙，时近午时头了。二人只见吴实愁容不展，背手低头在踱步。未及他们开言，吴实就迫不及待道："我正在候着你们呢！"

吴实简略赞扬了二人收复山贼、沙府家丁两支队伍的功劳，又紧盯戒夫难看的脸相，不由自主地心一颤，欲言又止，难道他也知道……

戒夫亦是心里一咯噔，吴大人怎么啦？自跟先生以来，除了季左和粉儿二人遇难，戒夫还从未见过吴实如此憔悴。啊！莫非是楚王病重之事，善观天象的先生也看出来了？

得到吴实褒赞，十分高兴的临羊，转眼看到吴实和戒夫双双沮丧的模样，不禁又呆住了。

叔文猜出先生有要事与戒夫商量，忙邀临羊喝茶去了。

戒夫从吴实眼神里看出，先生是那样急迫地在等候他的到来。

第三十七回　落圈套猴首走讯　得密报叛逆惊心

其实，戒夫的心情在脸色上颇有呈现，吴实早就预感戒夫很有来头，但一直不便打听，只得强打起精神，无话找话道：“老弟若是身体欠安，让我给你瞧瞧，服点药，好好休歇一段就恢复了。若有什么心结，如果方便，就告诉老兄。”

戒夫眼望吴实的诚意，眉头紧结，不知说什么好，只得连道：“先生别担心，我一切都好！”

吴实又把埋藏在心里多时的一件事，以关切的口气，对戒夫道：“我和芷水只是兄妹关系，你们年纪都不小了，我想让你们成个家，相互有个照应……”

“别别别！”戒夫听了，脸面唰地通红。他果断地打断了吴实的话，双手直摆，又嘴一瘪，突然转身，双手捂住脸，跑回自己屋里，关上门，扯起被子裹住头。任凭众人怎么喊，他也未吃午饭。

午后，好不怔愣的吴实准备了一觞酒，两个杯，几样点心，抚着额头在屋里静坐。

半晌过去，房门“吱嘎”一声大开，戒夫进了门，在吴实对席坐定，二人连喝了三杯酒。戒夫坚定而果断地对吴实道：“先生有什么新方案，就全部告诉我。我会不遗余力协助先生做事的。我们耗不起这个时间了。”

明了戒夫态度，吴实一喜。二人立即聊到了一起，酒和点心迅速吃了个精光。分手时，二人异口同声道：“就这么办！”

傍晚，戒夫醉醺醺来到晚饭桌上，又一连喝下数碗酒，已然醉眼惺忪。他抬手擦去嘴角涎水，突然一改过去慎言的性格，口无遮拦地讲起了在沙府的日子来。

戒夫说，他发现了一个天大的秘密，气冲冲向众人道：“给流水庙送物品的沙府家丁告诉我，庙里的道姑是潜藏的秦军。南郡郡守给秦军送麻布，郡尉供给武器，下隽县县令、县尉和沙老爷提供吃食。待我禀报了朝廷，定将这些黑了心肝、暗通秦军的叛官，统统抓获归案，诛灭九族！”戒夫拳头一挥，头一歪，就扑在桌上呼呼大睡了。

吴实眉一皱，脸呈懑色手一挥，叔文和齿先将戒夫搀去床上了。

二人一回饭桌，吴实摇着头，一脸无奈道：“酒是断肠的毒药，常常坏大事。我卜了卦，沙老爷还活着。我们要提防他向叛官通风报信。戒夫的酒话，大家千万千万不要往外传噢！”

夜深了，吴实还守在戒夫床边，与芷水一连给他灌了数次醒酒汤。

正在这时，叔文气喘吁吁进了门，禀告先生道：“尖削脸怎么也找不到人影了！”

戒夫一挺身坐起对吴实道：“先生哪，多时以来，我一直在自问，先生要尖削脸干什么？今天我才明白，他的作用是任何人都不能替代的哟！”戒夫大笑，又欣然道，“来，我陪先生下盘棋！”

第二天，吴实安排临羊与齿先一道上了桓山。他要齿先去协助落差掌控家丁队伍，又要他们掌握拓申动向，若是他从江北回山，不准惊动他，更不准伤害他。还要他们把流水庙的秘密监视起来。

戒夫带来的十个黑衣人，骑着高头大马，来屈庙住下了。

“网紧鱼跳。”吴实在想，戒夫的酒话，尖削脸传去后，定会倒逼出来郡、县衙门里的叛官，狗急跳墙要行动了。他怎么利用这个机会，把郡、县两处楚军官军队伍夺过来，掌控在手里呢？

再说那天，沙老爷昏倒在自家府前，在儿子的哭喊声里醒来，望了一眼暮色中遍地焦土的沙府，听了全家老小被囚徒尽杀，哇地又吐出数口鲜血。他双眼喷火，踉跄站起，令儿子找来两匹马，到得下隽县县衙，已是夜深了。

喝得醉醺醺的县令郎二，正在火盆旁剔牙，听了衙门哨卒学说的沙老爷哭诉全家被害、沙府被焚情景，满肚酒水顿时化作一头冷汗。他随哨卒快步来到大门口，避在门角里，观得场上沙老爷父子的狼狈相，又是大吃一惊。他双眼一翻，朝哨卒嘴一努，转身快步回了后院。他哪里愿意把这个暗通秦军、有杀头之罪的祸害背在身上？

听了哨卒“县令不在”的回话，沙老爷脖颈都气歪了，抬腿就往衙内闯。

四个哨卒谁人不认得县令常客沙老爷？而此时，他们却立即变脸了，一拥而上，手掣亮晃晃的青铜剑一横，大大咧咧地挡住了沙老爷的去路。

沙老爷怒气冲天，放声大骂郎二。儿子一望哨卒面孔，担心父亲上当，赶紧扑上去，搂着父亲往回拖。沙老爷还在扭头大骂："郎二，你个忘恩负义的狗东西，分起钱财来，你小子巴不得喊老子爷爷。如今老子遇难，你当了缩头乌龟，来日准不得好死！"

两天后，沙老爷又来到南郡府衙门口，欲进衙内找郡守。哪知沙老爷非但未进得门，反被门哨大骂"快滚！快滚！"一掌推出老远，嗵地倒在地上。沙老爷恼羞成怒，刚骂了句"白眼狼"，又被门哨赶上，左右开弓一顿耳光。

难怪，沙府的灭顶之灾，肯定是吴实指使人干的。郡、县官吏哪个敢接纳与桓山潜伏秦军有勾结的沙老爷，给吴实抓住把柄，自招灭门之祸？

做贼心虚的郡吏们惶惶不可终日了。当晚，郡尉还是沉不住气，找到郡守诉说了一番心中的不快。郡守陡地凶相大露，要郡尉尽快除了祸根沙老爷，杀人灭口，一了百了。

翌日，缉捕沙老爷的画像布告，贴满了郡府所在地的大街小巷。兵勇们如狼似虎，严把城门，一一细辨过往人等。捕快在城内闹得鸡飞狗跳。

沙老爷父子看了布告，低眉贴首，缩头缩脑，直往偏僻里躲藏。好在几天里，沙老爷急得掉了半身肉，蓬头垢面、破衣烂衫，早与布告画像判若两人，无人识得真面目。父子俩躲了一天又一天。

这晚，疲惫不堪、投靠无门的沙老爷，满腔愤慨和仇恨无处发泄，由儿子搀扶着，无可奈何地住进一家简陋客栈里，与一群汗臭熏天的穷汉，挤在硬邦邦的木板铺上，沉沉睡去了。

夜半，一阵轻轻呼唤将他惊醒。他一头缩，钻进了烂被窝里，又伸手捅了捅身边的儿子。儿子细问了来人，在父亲耳边一阵嘀咕。沙老爷喜得立即爬起来，轻手踮脚和来人一道出了门……

却说寿郢城里，楚王病重的消息，还是翻过了王府高高的宫墙，悄悄传遍了街衔巷巷。不久，消息在郡、县官吏中也暗暗传得沸沸扬扬了。南郡府郡、县与秦军有勾结的吏员，高兴得手舞足蹈，相互暗递喜讯。王朝要换代了！一朝天子一朝臣。此时，朝廷大臣们为了各自前程，肯定都在不择手段，瞄着高位暗暗较劲。御史和刑府人等，谁个还把郡、县之事放在心上？这不正是把南郡献给秦国，保住自己荣华富贵的极好机会吗？

这天傍晚，暮色朦胧，华灯初上。郡尉家的后门，响起了急促的叩门声。

守门人刚现出一条门缝，门外人就哼了一声，来人大大咧咧自我介绍道："我就是被郡府通缉的沙老爷，你快去禀报郡尉老爷，他可是要大难临头了！"

片刻过去，沙老爷等人被请进了门。等待在后院的塌鼻子郡尉，一见沙老爷，好不亲切地迎上前来，说了许多同情话，随即安排人去为沙老爷准备洗澡更衣，摆酒设宴。

郡尉刚一停顿，沙老爷只字不谈自家事，而是拱手恭贺郡尉道："大人升官发财的好机会来了！"

"你一会说祸，一会说福，是什么意思？"郡尉一副不以为然相。

沙老爷指着身边人道："此人叫猴首，是跟随吴实从寿郢来的，一直待在汨罗。他是我安插在吴实身边的坐探。前几天，他得重要情报后，寻机逃出屈庙，向大人来报信。"

郡尉半信半疑，警惕地盯着尖削脸，塌鼻子哼了两哼，喷出两股水气。他突地拔出青铜剑，一把架在尖削脸脖子上，恶狠狠地问："快说，吴实派你来干什么？若有半句诳言，老子立即要你人头落地！"

尖削脸吓得浑身直抖，嘴巴张得老大，却不知说什么好，双眼惊恐地向沙老爷求救。

沙老爷连忙按住郡尉的手，笑眯眯道："大人别误会，此人跟我多年，信得过！"

"我凭什么相信他？"郡尉满脸疑惑，反问沙老爷。

尖削脸抢先解释道："在下妻儿一直在沙老爷府上生活。"

"是是是！"沙老爷点头证实。

郡尉收起剑，一个劲地催逼尖削脸道："有什么情报快说。"

尖削脸忙把戒夫在晚饭桌上说的，要把郡守、郡尉和县令、县尉与桓山潜藏秦军暗通款曲的事立即禀报朝廷，缉拿归案，诛灭九族的话，一五一十说了一遍。

"噢！"郡尉骤然脸色惨白，急得在屋里乱窜了。

沙老爷暗中兀自高兴。他多么想利用郡尉杀了吴实和戒夫，收回家丁队伍，以解心头之恨。他向尖削脸使了个眼色。

尖削脸连忙乘机献计道："大人不要着急。楚王病重，朝廷大臣自顾无暇。这不正是给了大人升官发财的好机会吗？现今，屈庙里仅有五人。吴实手无缚鸡之力，其余四人中，还有一女子，只会弹琴、做饭、端茶送水。吴实的跟班戒夫，说话像个鸡公叫，花拳绣腿，不足为虑。如果大人派出杀手，寅夜潜入屈庙，取吴实头颅，莫若于探囊取物。”

尖削脸又把在寿郢当鸱鸮掌握的内情翻出道：“秦军在垒沙和黑风口惨败，早已对谋划者吴实深恶痛绝，如果郡尉大人能把吴实抓了或杀了，与南郡一道，作为晋见礼献给秦军，大人定会得到秦军重赏，岂不是前程无量吗？良机在前，转瞬即逝，望大人三思。”

沙老爷不失时机怂恿道：“拓申将军已去江北了，不久，大批秦军人马就要打过长江了。大人宜火速行动，省得拓申回来，抢去了大人的功劳。望大人千万不要迟疑。”

郡尉暗暗心喜，却耐着性子，依然不动声色道：“待我从长计议后，再把行动方案告诉你们。现在，外面正在缉捕沙老爷，我给你们安排一个好去处，切实保护起来。”

沙老爷一乐，不用再东躲西藏了。

郡尉唤进四个兵勇，手一甩就走了。四个兵勇把三人押进了一座地牢里。沙老爷深感不妙，大叫大骂，被兵勇一顿好打，闭了嘴。

保住拓申将军代表秦朝廷许诺他的官位，是郡尉的美梦。虽然目前江南的秦楚两军对抗态势尚不明朗，但他还是安排了两个知书识礼的亲信，又在兵士中暗暗物色了四名刀功极好且百发百中的弓箭手，准备当杀手，去灭了吴实。郡尉思忖着，待到秦军过江消息确定后，立即让亲信扮作学子去汨罗，以拜祭屈子的名义，入屈庙摸准吴实住房位置，再通知杀手，不能活捉吴实，就将其刺杀，把头颅献给秦军，岂不是大功一件？

此时，来到江北的拓申好不得意。向上司禀报了他与吴实斗智斗勇，带领手下控制了临羊的山贼队伍，沙府家丁可任由他调遣，驻郡、县的楚官军，由他招降的官吏控制，秦军过了长江，就可兵不血刃接管南郡了。他建议秦军尽快过江。

“好好好！”上司大赞了拓申一番，又告诉他，秦在楚细作探得实情，证明了秦卜师观出的天象，楚王病重，秦军正准备抓住时机与他联系，内外策应下江南。上司要他把在秦都咸阳的家小带去江南。秦军得南郡后，他可“一心一意当好郡守”。

话说江北秦军，早从拓申的飞鸟传讯里，得知了吴实在江南的消息，现又当面确认后，秦大将好高兴，立即严令曾两度败北黑风口的秦军，务必攻占黑风口。

这支秦军听说吴实在江南，一阵狂喜，陡地点燃了复仇怒火。将士们磨刀霍霍，决心大杀一场，尽雪前耻，旗开得胜，占领黑风口。

“秦军又要进攻黑风口了！”楚细作探得消息，火速报到寿郢。

屈柱国急得如同热锅上的蚂蚁。本来，他命令裨将军留下吴实性命，除了到时应付昭、景氏等大臣，把屈副将冒功领赏告上朝堂，吴实可作直接证人外，还有以后战争谋划之需的考虑。如今，吴实远在千里之外，如何应付得这急用？若是此战打不好，病重的楚王喜怒无常，性情暴戾，说不定还要治罪于他呢！

柱国立即召集众将商议抗敌。武将们瞄着屈副将，相互一番眉来眼去，众口一词向柱国荐道：“请‘战神’再辛苦一趟，为国建功嘛！”

柱国虽然有苦难言，却不免心中暗喜。他猜得屈化此去的必然结果，但还是顺水推舟，立即允了众将，把动摇他地位的屈副将推上了战场。

屈副将得令，带着一支亲信队伍，又来到了黑风口。听了守军禀报，作了战斗部署，喝得醉意醺醺的副将，健步登上了黑风口关隘，就在关上溜达。迷糊里，他一见那面刺目的“吴”字旗，顺手拔去，丢进了山涧，换上了“屈”字旗。

哪知，天色变脸了，青天白日里，乌云四合，遮没了太阳，黑风黑雨平地卷起，飞沙走石四野怒号，飞禽走兽逃之不及。守关兵士更是惊恐不安。

三天后，关北秦军打着秦军卜师画了符咒的各色旌帜，飞蝗般地向黑风口掩杀而来，一鼓作气就登上了关隘，直杀得守关楚军丢盔弃甲，逃之不及。

又在关隘上下围棋的屈副将，被秦军洪水猛兽般的杀势吓破了胆，丢下棋子就跑。

秦军顺利占领关隘后，马不停蹄乘胜直捣关南。一支马队死死缠着楚军副将。亲信护着副将向关下猛逃。秦军紧追不舍。亲信们拼死抵抗，死伤殆尽，才救得副将单人独骑，落荒而逃，保得了性命。

秦军轻易占领了关隘下的楚军营。营内兵士不死即逃，一败涂地。得胜秦军志得意满，兵士们大哄大闹，正要动手毁了军营边的简易吴实祠。一个秦将军赶忙上前，喝退了众兵士，恭恭敬敬向吴实雕像作了揖，上了香。

屈副将刚刚喘过气来，又唉声叹气了。他哪有胆量和面子回寿郢，向信任他的楚王交败北仗？如何直面心怀鬼胎的柱国？说不定还要到刑部受审。走投无路之时，他突然想起可利用吴实挽回败局，重夺关隘。想到此，副将火速打马往千里之外的汨罗奔去……

第三十八回　奔汨罗副将替死　待屈庙吴实蒙冤

拓申带着小妾，兴冲冲返回桓山。一路上，他想起一连串发生的喜事，心里着实高兴！在咸阳，受一家人欺负的小妾，终于摆脱困境走出家门，与他一道过幸福日子来了；秦军夺得黑风口，他有提供吴实在桓山的情报，得到了上司奖赏；他准备动兵南郡时，楚王病重，天赐良机。不久后，他就要在南郡府拍响惊堂木，管治一方楚地了，他能不高兴？不高兴也不行哪！

哪知，回到流水庙，拓申听了秦军的禀报，一下冷了老半截。去江北的这段时日，他派去控制山贼的十个秦军被杀了，临羊又重新掌控了山贼队伍；沙府被毁，百多家丁被一个叫"戒夫"的拐走了；尤其是他与楚官衙的接头人沙老爷没了下落，不知死活。约定的秦军马上就要过长江了，他怎么向已招降的郡、县官吏传达秦军命令，谁来配合他接管南郡和下隽县？失控的山贼和沙府家丁两支队伍，虽说战力不强，却是人熟地熟，如果被吴实利用，说不定还会给潜藏桓山的秦军制造不少麻烦呢！

拓申急得抓耳挠腮了。思考再三，他决心一赌。他要亲自去南郡府，把楚官军亲自捏在手里，全力对付吴实……

这天，吴实刚送走两个祭祀屈子的南郡学子，背手踱步，又心疼起丢失在寿郢的屈子手书《离骚》，惦记起屈副将来。未料刚一抬头，眼前情景，震惊得他目瞪口呆！这是吴实曾数度设想而又多么不愿见到的情景，还是赫然出现在眼前了！

来人满身血污，御赐盔甲破烂不堪，目光呆滞，愁容不展，满脸苍白里夹带着菜色，昔日里意气风发的容颜早已荡然无存。屈副将双手捧着吴实日思夜想的《离骚》，一声不响地站在他面前，活脱脱一个乞丐。

“屈副将啊！真的是你?!”吴实竟忘了礼节，万般心疼地扑上去，一把抱住了信任他而他也寄予了无数希望的副将。

吴实明了屈化已是败军之将。吴实恍若自己遭受了惨败一样，彻骨地心痛。他一手拉住副将，一手接过《离骚》，喉咙哽塞，双眼倏地湿润了。

精心款待了副将，吴实又将祠里条件最好的自己的住房腾出，安顿副将住下。当晚，吴实向副将了解了黑风口败情，一阵沉思，以坚定口气安慰萎靡不振的副将道：“胜负乃兵家常事，在下一定助副将重夺黑风口。”

“那就请先生务必尽快拿出方案，翻转危局吧!”副将转忧为喜，双眼一亮，迫不及待了。

“好，在下一定办好!”吴实满口答应，立身告安，就去客房歇息了。

“杀!”“杀刺客!”两天后的夜半，天黑得伸手不见五指。突地一阵喊杀声冲破夜空。

被惊醒的吴实一骨碌起了床，忙向喊声爆出处的副将住房赶去。还未进门，他就被一阵痛苦的呻吟声吓得不浅了。“啊!”他大喊一声，不要命地扑进门，抖着手，好不容易才点上灯，只见屈副将身中数箭，从床上滚落地下，口鼻里黑血直流。

“啊！我的副将啊!”吴实一屁股坐在地上，抱着屈化叫喊个不停。他使出浑身解数，和赶来的芷水及弟子们一道，赶紧施救。然而，一切努力都无济于事。副将中了毒箭，黑血流个不止。

副将脸色越来越苍白了。他努力睁开眼睛，珠目无光，瞄着先生动了动嘴唇，却怎么也吐不出一个字来，就头一偏，在吴实怀里咽下了最后一口气。

吴实泪如雨下，大喊：“是谁用毒箭射杀了我的恩人啊?”

此时，戒夫带来的几个黑衣人，提着四颗人头，打着火把进了屈庙，叔文等人一看人头，无人识得杀手是谁。

吴实骤然明白，这些刺客是冲着他来的，是屈副将代他受死了，禁不住又是一阵伤心。他本想利用尖削脸把叛官逼出郡、县城池，送上门来就斩，哪知却先期害死了副将。他脸面铁青，决心要为恩人报仇，为家乡官衙清理门户。

埋葬屈副将时，吴实把心爱的《离骚》陪了葬。葬礼结束，众人回了屈庙，吴实独自留了下来。他要为恩人守坟。

哪知，当天下午，吴实就急匆匆回了屈庙，告诉戒夫说，拓申从江北回来，肯定有行动了。二人一番商量后，吴实立即安排叔文去南郡府，又嘱道：“把拓申倒逼出来，露出真面目，尽杀叛逆，掌控官军，这场戏尖削脸已开场了，你的任务是催促他们尽快登台。”

叔文收拾了四颗刺客人头，装进了一个麻袋里，又做了四个匣子，打马去了南郡，连夜混进了城里。

清晨，南郡府的城门口，来往百姓熙熙攘攘，对着城门上方指指点点，叫嚷个不休。“郡府没有在市曹斩首罪犯，哪来四颗人头挂在城门上？”“郡府除凶，怎么不见告示？”

突然，一行人停下步，指着城墙上一行字大声念道：“郡守和郡尉叛楚通秦，欲将南郡送给秦军。把知情兵士杀了！”

众人震惊之时，守城门的兵士拥出，辨出城门上挂的是同伴头颅，个个诧然，火速报到军营。

不见了四个兵士的头领，带领手下拥到城门口一看，大喊大叫：“通秦官吏太恶毒了，为什么要斩杀兵士？”

卒长、伍长、百户长等一批官长，也高声叫骂开了。小半天时间，头颅之事一传十，十传百，一城人大哗。

日上三竿，还在吃早饭的郡尉胃口极好。他破例喝了数杯酒，暗暗思忖着，吴实肯定不在了。他脖颈一仰，又一杯满斟下了肚。当他高兴不已时，突然亲信来报，城门上挂着去刺杀吴实的四兵士人头。顿时，郡尉骇得手足无措，浑身直抖……

叔文走在街上，看到人群为兵士激愤了，心里比吃了蜜还甜。他又在城里转了两圈，听了各色人等的惊讶和怒骂，又是喜滋滋的。叔文忙按先生吩咐，快马加鞭去了桓山。

“风暴要来了！”清晨，吴实与屈庙里的人说过，就带领一众人离开汨罗，上了桓山。

吴实刚到绿巢住下，就得黑猴派来的兄弟禀报，拓申扮了个采药老头，装了大半背篓药草，配了锄头和砍柴刀，骑着个小驴子，出了流水庙。

“你去回黑猴师爷话，不要阻拦拓申。没了沙老爷，他着了急，要亲自出马去南郡了。请师爷派两个精干兄弟，悄悄跟踪他，待南郡官军向桓山开拔，即刻先行回报。”吴实一喜，忙吩咐报信人道。

这天傍晚，头闷脑涨的郡尉刚进门，一阵哈哈大笑就在背后响起。郡尉回头一看，塌鼻子惊得直抽搐！

一个精瘦小老头，三角眼笑成一条缝，手拄一把黑伞进了门。未待主人开口，小老头就径直进了一房间，大方落坐，跷起二郎腿。

“啊！是你？真的是你？”郡尉双眼瞪得老大，傻呆了。

“对，是我！”拓申从容应答，眼角白光一闪，脸一拉，主人般厉声训斥道：“你去街上看看，你和郡守坐在一座火山口上哩！一城愤怒的百姓，还不要你脑袋搬家？快去把郡守叫来。”。

郡尉战战兢兢，赶紧照办。

“怎么搞的？成事不足，败事有余，我要看你怎么收场！”郡守还在门外，斥责声早已传进屋来。转眼，一张冷峻脸庞摆在郡尉前。

“这……这……”如何扭转这危局，郡尉紧结眉头，望望郡守，又望望拓申，束手无策地盯着两张不悦的脸孔。

郡守这才看出，旁边坐的竟然是许诺他任“南郡郡守”的秦军将军，慌忙扑通跪在恩人前。

“起来，快起来！难道你们看不出，是吴实在借风打石作祟吗？嘿嘿！但他不知老夫化解这等小事，如鸡毛蒜皮罢了。”拓申脸色转好，从容镇定，一副临危不乱的神情对郡守道。

“报！”正在这时，郡守亲信手持一束简册，出现在门口。

“啊！帅府来的。”郡守一手夺过简册，开了蜡封，迅速浏览，简册上写的：“令南郡官军，速将黑风口逃跑败将屈化，谋划失职者吴实，即刻抓获，押解寿郢问罪。”喜得双手直抖，连叫道：“妙！妙！妙！天助将军也！”

郡守讨好地将简册双手递给拓申。

拓申读着帅府缉捕吴实的命令，他怎么也不相信自己的眼睛，秦军不是一直在想着除了吴实吗？不仅报了垒沙和黑风口败北之仇，还可以放胆攻占楚地。这份天大的功劳，马上就要落到他手里。他依赖反水官吏夺得南郡，更是唾手可得了！他的心激动得怦怦直跳，捧着缉捕令的手抖得老高。他努力压抑着兴奋心绪，转而又是嘿嘿两笑，不失时机地自夸道：“本将军不是叫你们不要慌吗？我早就预料有这一着借刀杀人的妙招，要助我们夺得南郡哩！”

拓申说完，哈哈一阵大笑，将简册随手递给郡尉，又鼓励道：“此时，楚王病重，朝廷和各氏鸱鸮肯定都回了寿郢，无人向上呈报真相，你们正好抓住机会，快去把吴实斩了。”

郡尉读着缉捕令，顿时喜得大叫：“对！把吴实斩了，一了百了。”

拓申连连点头赞许，又兴奋地撺掇道：“若是你们斩得吴实的头颅，去晋见秦军大将，那可是一份不菲的投名状。将来，你们在秦国秦军中，名声和地位就十分牢固，甚至无人可匹了。天佑你们啊！”

拓申眉飞色舞说过，又骤然满脸肃穆，询问二人道：“你们打算如何组织官军去除了吴实？吴实现在何处？”

“在下和郡尉一道，领能征惯战兵士五百，另派下隽县县令、县尉，领五百官军，共一千人，去缉拿吴实，定然叫他插翅难逃。”郡守自告奋勇前往。他没忘记把下隽县叛官一道扯上。

郡尉道：“在下已探得，吴实上了桓山，与反水山贼在一起。”

拓申肯定了郡守的计划，考虑到事关重大，着眼目前，从扭转官军情绪，到说服郡城百姓；从组织官军出征，到斩杀吴实。他又条条是道，向郡守、郡尉细细推演了一遍。最后，他还是不放心，手一挥，决定亲自随官军一道行动。他要亲自指挥捉拿斩杀吴实。

郡守、郡尉打躬作揖，连连道好。

当天中午，阳光灿烂，官军队伍整整齐齐集合在校场上。

郡尉手捧帅府缉捕令，当众读过，又将杀害四名兵士的罪行，城墙上那行诬陷郡守、郡尉通秦叛楚的谣言，全部推到吴实名下，把吴实分化瓦解官军的阴谋，煞有介事地说了一遍。

拓申以谋士身份，又向众官军作了一番感人的挑拨煽情。明白了“真相”的兵士们，愤怒像火山一般爆发了。大家恨不得生吞活剥，即刻食了吴实。个个摩拳擦掌，高举刀枪大呼：“为死去的弟兄报仇！”“杀吴实，讨血债！”

眼看众兵勇的情绪调动起来了，郡尉又按拓申事先吩咐，当众宣布，让兵勇们去市曹吃喝玩乐半天，将吴实的罪行，告之全体市民。

傍晚，吴实“手段卑鄙，在家乡杀害无辜兵士、企图瓦解官军”的市井流言，迅速传遍了全城。百姓公愤了，“杀吴实”的叫骂声不绝于耳。

虽然南郡城也有不少人了解吴实的脾气性格，绝口否认此事，但他们有口难辩，何况郡守郡尉手里，还持有帅府缉捕吴实的铁证呢！

这里不得不啰唆一番这份缉捕令的由来。楚王病情加重，卧床不起后，性情大变，脾气暴戾，语言模糊不清，下人不解王语时，就根据楚王脸相，用一个简单的“杀”字了之。臣子们吓得脖颈直缩，不仅不呈报真实消息，还千方百计躲之避之。而当宫娥们不知楚王言甚时，早被楚王手中的汤药、燕窝、鱼翅等吃食，泼得满头满脸。司宫只得起用往昔侍候过楚王、熟悉楚王脾性的老宫娥，替下新宫娥。楚王更怒了，手指司宫喊杀。司宫赶紧叫来了楚王喜爱的新宫娥一道侍候，楚王才平息了怒气。

屈副将黑风口战败后，屈柱国当着众武将面，连夜奔黑风口去了。跑了一天，就在一隐僻处住下了。裨将军每过一个时辰，就暗派亲信将朝臣们对败仗的反映，向柱国报去。

军败消息刚被柱国压了两天，昭、景等氏大臣们闻到风声炸了锅。上次起草黑风口战秦大捷塘报的景氏头领，现在的都城守军副将，在一班景氏武将们逼迫下反戈一击了。他一把眼泪一把鼻涕，揭穿了屈化利用吴实，战胜偷袭黑风口关隘的秦军，冒功晋升。帅府一片哗然，除屈氏之外的众氏武将，个个怒发冲冠，拍桌打椅叫嚷，若不严治屈化的欺君大罪、严治柱国失察之罪，天理难容！

裨将军见状，忙将柱国早已议好、放置待呈的黑风口败讯，以及屈化的欺君之罪奏报，赶紧呈送了楚王。

楚王看报，立即昏死过去。御医们一齐上前，好不容易才将楚王抢救过来。楚王刚喘了一口气，喉咙里就一阵叽里咕噜。一个老宫娥赶紧吩咐小宫娥，快速递上朱笔。楚王抖着手，小半天才在一方锦帕上写了一个字，连同朱笔一起甩下了床。

帅府武将们高兴不已。哪知，众人手捧御批，你看来，他看去，横看看，又竖看看，足足认了老半天，也没认出楚王写在数个大大小小红点中、浑身长满歪歪斜斜手脚的字，究竟是什么意思，无不摇头叹气。

裨将军暗暗一乐，忙派亲信把御批和众将情况报告了柱国。柱国松了一口气，又踌躇良久，突然牙一咬，赶忙回了帅府。他手捧御批，一眼就“认”出了御批的字。楚王令“抓败将屈化，还要抓谋划失职、与屈化合谋欺君的吴实”。他迅疾写成了一份缉捕二人的帅府令，着亲信速送南郡府代行，将二人押解送都。

帅府令刚送走，柱国又暗令屈氏鸱鸮，务必在半路截杀二人。

待在一旁的裨将军，盯着屈柱国的举止神情，偷偷瞥过缉捕令，暗暗叹息一声，沮丧地悄悄离去了……

第三十九回　叛逆头落桃花坳　奸雄逃逸飞云天

当晚，郡尉按拓申的吩咐，将失去了作用的沙老爷、其儿子及尖削脸三人，统统勒死在地牢里。郡尉又派亲信去下隽县传令，着县令郎二和县尉，领本县驻屯官军五百，配合南郡官军，一道上桓山抓捕吴实。

郎二手捧县尉送上的郡守、郡尉命令，读了老久，捉拿吴实，既让他高兴，也让他心里一阵阵发怵，脊背上冷汗直泼。他仿佛看见吴实就立在面前，一副神鬼莫测的模样。顿时，他魂灵出窍，瘦长身躯突然倒在了一把大木椅角上。木椅一翻，他砰地仰倒在地，嘴里呼呼涌出许多白泡，沿着嘴角直流，眼珠向上乱翻。

县尉暗暗自喜，唤来下人，吩咐送县令去医馆就诊。他火速返回军营，整顿兵马去了。他边走边摇头晃脑，兀自嘟囔："郎二无福，偏偏在这灭吴实立大功的节骨眼上，突然就病了。不久，秦军到来，县令的职位说不定就该本县尉一肩挑了！"

翌晨天未亮，南郡和下隽县共一千官军就会合一处，人喊马嘶，浩浩荡荡往桓山开拔了。

拓申坐骑紧跟郡守、郡尉，在和风送惠的队伍里，快意行进着。他喜滋滋地一路思忖，只要杀了吴实，南郡无须江北秦军到来，就是秦国的土地了。他就要建奇功一件了……

话说吴实听了从南郡回返的黑猴手下人禀报，官军与拓申一道，向桓山进发了。他估摸了官军到达的时辰，和众人吃了中饭，不慌不忙地向桓山半山腰中的桃花坳而去。

桃花坳是上桓山的必经之地。一条石径穿过一段狭窄的山坳，直通山下。

坳外因长满漫山遍野的野桃树而得名。此时，正值仲春时节，远望山山岭岭，俨然一片鲜红的海洋。桃花抹去了山势的峥嵘，像一层层巨大的波浪，起起伏伏。春风将清香飘出十数里。近看，桃花朵朵似血，膏腴欲滴，争妍斗艳，引来众多蜂蝶飞虫嗡嗡唧唧，上下翻飞，好一处人间仙境。

吴实为什么选择在这里等候官军呢？他相中的是桃花坳前，有一个百十丈的斜展展大山坡，估摸刚好摆下官军队伍。山的左边是仙人台山，怪石嶙峋，不易攀爬，桃花掩映着它的险峻；右侧是一个十数丈深的石崖山涧，清澈的涧水经年流淌不息。涧边的象鼻山，高高耸立，把鲜艳的桃花拥入云端，如霓似霞。

面对四周地势，吴实似乎十分满意。他一直在思索，进入此地的官军越多越好。若是兵士们都能亲眼见识，忤逆官吏与秦军头领勾结，就看清了叛官嘴脸，他就能更好地掌控郡、县两处官军，利用他们来抗击即将来犯的秦军了。

戒夫出得山坳，一见眼前地势，就焦心如焚了。桃花坳对于吴实一众人，则是一处难守亦难逃的特殊危险之地，少数人要在狭窄的山坳里，抵挡山坡上的进攻之敌，莫若于螳臂当车。要是不明真相的官军组织攻击，吴实的十多人，准会被官军踩成肉酱！戒夫一颤，换地方显然已来不及了。他近乎愤懑地乜斜了一眼吴实的轻松模样，只得焦急地向他带来的十个黑衣人，打了两个特殊手势。黑衣人紧张起来，立即做好了打恶仗、斩杀叛官的两手准备。

同时着急的还有叔文。他心里早就在埋怨个不停，善于用兵的先生哪，黑风口战，你谋划得滴水不漏。今天，你是疏忽了，还是太自信了，为什么偏偏要选择这陷己于不利，甚至插翅难逃的危厄之境，难道，你就有胜券在手的把握？

让叔文啼笑皆非的是，他们站立的旁边，吴实竟然早就安排竖好了四根斩杀叛官的木桩。这木桩究竟是为谁竖的还未定哩！

吴实的人马刚在桃花坳外站定，官军前队，就熙熙攘攘来到了斜展展的山坡上，后面的兵士更是如同蚂蚁一般，越聚越多。

叔文一见官军队伍凶相，大惊失色，红鼻子抽搐个不停。他似乎闻到了一股血腥味，在向先生迫近。他立即手握双锏，打马上前，靠紧了先生。

看着叔文的焦虑神情，大黑狼狗一阵狂吠，竖起了浑身黑毛。戒夫脸色铁青，虎牙凶光直闪，亦赶紧站到了吴实的另一边。众黑衣人一见眼前情景，骤然如临大敌，个个手捏一把冷汗。说来也怪，那些叫叫喊喊的众官军，看见从容站在眼前的吴实，不知怎么就停下了脚步，个个双眼瞪得老大，骤然鸦雀无声。

难怪，南郡的人们，哪个没有听父辈唠叨过，吴实的上辈圭公和镐公，对他们的武功和品行，谁不推崇备至？哪个不曾听说过，吴实是天上凤凰降临人间，有不死之身吗？即使是那些狂呼过“杀吴实”的众兵士，面对吴实，也没有胆气再喊一声，更无举刀相向的勇气了。

“快走快走，不准停留，快去绿巢抓吴实。”郡尉打马赶上前来，不知就里地大声驱赶着停滞不前的众兵士。当他抬眼一望，堵在前头的就是吴实时，不禁大愣，慌忙从怀里掏出帅府的缉捕令，战战兢兢读过，便不再吱声。他哪有勇气带领兵士上前捉拿吴实？

而吴实也惊诧万分，他冷不丁听到了帅府的缉捕令，顿时从头冷到脚。他如五雷轰顶，滚落马下，一膝跪在戒夫马前，反手待缚。显然，他不愿落入叛官之手，而请戒夫捕获。

叔文立时大怒。他知道先生没有犯罪，一蹦下马去扶先生。吴实哪敢起来？叔文又大山般叉腿站立，怒视戒夫，红鼻子直抖，手提双锏护着先生，一副谁敢捉拿吴实，就要与谁拼命的模样。

却说戒夫听了缉捕令，更是怒发冲冠，虎牙露出老长，凶光闪闪。屈化败北黑风口之时，吴实早在汨罗了，柱国应该是知道的，吴实何来谋划失误，何来合谋欺君，帅府为什么要冤屈吴实？

与郡守同行在后的拓申，看着前头官军停下了，赶紧催促郡守和他一道打马上前。郡守问明前头跪地的就是吴实，回头一望满脸兴奋的拓申，倏地血冲头顶。他唰地拔出青铜剑，凶狠狠地朝前一指，对一众亲兵声嘶力竭大喊：“快去执行帅府令，绑了吴实！”

拓申怎么也未料到，自己日憎夜恨的死对头，竟然兀自就送到眼前来了。他见兵士们还在磨磨蹭蹭，忙不失时机地大声呵斥郡尉道：“你还等什么？快领兵上去绑了吴实，拒拿者立斩！”

郡尉再也不敢耽搁了，何况吴实跪地待缚。他陡地拔出青铜剑，大喝了一声“快快捉拿凶犯吴实”，就带领众兵士向前猛冲。

“嘚嘚嘚……”正当吴实处在生死关头之际，一阵急风暴雨般的马蹄踏石声，在桃花山后响起。转眼间，一队人马风一般奔出山坳来，在桃花山前驻足立定。

众人一看，一位战袍在身的老将军，风尘仆仆，领着一支精悍小马队，出现在吴实面前。

“啊，裨将军亲自来捉拿吴实了！”戒夫再也忍不住了，忙打马上前，虎牙幽光一闪，唰地从怀里抽出一块御制小金牌，铁面无情地挡在了裨将军前，大喝一声：“听令！”

坐在快骑上的裨将军怔愣之余，忙拜了金牌，又十分兴奋地向戒夫释疑道：“小弟别误会，老朽见柱国签发了吴实的缉捕令，就千里迢迢赶到桓山，一心想用这块老面皮，保下子景先生，为秦军留个对手，为拯救楚国留一线希望！”

吴实听了裨将军的话，早已感动不已。但让他不解的是，跟了他两年多的戒夫，竟然怀揣有御牌。他是干什么的，肩负了什么特殊使命？吴实无法得知，也没有时间多想。他血如潮涌，向救了他命的戒夫和裨将军拜了三拜。他不知从哪里生出一股猛劲，一蹦骑上马来。他要亲眼目睹叛官的下场。

未待吴实开言，裨将军早一马当先，堵在了吴实前，剑指即将冲到跟前的郡尉，高声怒骂道：“你个狗杂种，可认识老子吗？”

当郡尉认出眼前的是德高望重、名贯楚军的裨将军时，如入梦境，突然勒住马缰，木呆呆了。他不知老将军为什么出现，是保护吴实，还是来亲拿吴实，或者是他们的通秦之事败露了，惹得将军破口大骂。他忙不迭收敛了杀气，声音颤抖，酸楚地回复裨将军道：“禀报老将军，在下缉拿吴实，是在执行帅府令。”

戒夫双眼扫视众官军，突然手指郡守身边那身穿便服的拓申，尖声怒气问郡尉道：“他是谁？你快告诉我。”

拓申一见眼前态势陡然逆转，好不丧气，秦军得南郡，成败在此一举了。他朝着众官军兵士，突然脱口放胆大呼：“谁人抓了或杀了吴实，秦军赏金百镒！”

喊罢，拓申又迅速张开手中黑伞，瞄着挡在吴实前头的裨将军，只听“嗖嗖”两下风声响过，两支极不显眼的小箭矢，迅疾飞出。原来，黑伞是一把快弩。

众官军听了拓申的“秦军赏金”，顿时云天雾里，你望我，我望你，无不在心里发问：“这是怎么啦？我们在为谁办事？”

官军们还未回过神，裨将军早哀叫了一声，掉落马下。

戒夫手指拓申，尖叫了一声："快抓了这个秦军奸细！"

几袭黑衣领命，旋即飞马奔出，随戒夫直取拓申。

拓申打马转身之际，又不忘反手伞指吴实，一连三箭飞出。他边跑边收了伞，反手一拉背上的狐狸尾巴。说来也怪，拓申竟轻飘飘地就离开了马背，掠过官军队伍头顶，瞬间就下了山坡。

山坡上，到处都是愣得目瞪口呆、不明就里的官军。戒夫的飞刀和黑衣人的弓箭，哪里出得了手？待他们赶到坡下，拓申早像一阵黑风，没入翠绿山岭中，像飞了一般不见了踪影。

大黑狼狗飞箭一般追上去，哪里赶得上脚不沾土的拓申？

却说叔文眼见拓申接连三箭朝吴实飞来，而吴实却仍然一动未动在目睹众人捉拿拓申。叔文惊呼了一声"先生危险"就迅即从马背上一跃而起，一个劈面抱住了先生。哪知，三支无情箭全扎在了叔文背上。

此时的山坡上，戒夫又高举起御牌，大喝一声"全体听令"，众官军一见楚王御牌，纷纷跪地叩头不止。几个黑衣从人群里，死猫般拎来了郡守、郡尉和下隽县县尉。

戒夫当众严厉审问叛逆。秦军奸细拓申成了三人通秦叛楚的铁证，众目睽睽，哪容抵赖？三叛官无话可说，头磕得地面嗵嗵直响，对罪行供认不讳，唯求饶命。

众官军回过神来，刀枪拍得嗵嗵直响，异口同声高喊"除叛逆！""杀奸贼！"呼声响遏行云。

戒夫手一挥，几个黑衣人早拎起郡守、郡尉及县尉，将他们分别绑在了场中的木柱上。黑衣人手起刀落，三颗人头落地。

众官军叫着骂着，蜂拥上前，举起手中刀枪器械，将叛官尸首，眨眼间就剁成了肉酱。

"跟吴大人走！""我们跟吴大人走！"群龙无首的官军，又是高声大叫。

吴实走上前来，高拱双手，谢过众官军，满是兴奋道："弟兄们，国难当头，清剿叛逆，是我们所有楚人的职责；保家卫国，是我们每个人的本分。请你们回营准备着，时刻听从朝廷召唤，去抵抗秦军。"

戒夫把从郡尉、县尉身上搜来的调兵符印，令四个黑衣人领受，统领官军下山归营去了。

话说禆将军的随从，万分惊异地把负箭的老将军和叔文抬到一起。

老将军身中两箭，一支扎进了胸膛，另一支扎断了颈动脉，血流如注，脸色越来越白。禆将军拉着吴实施救他的手，双眼直直地瞪着吴实，嘴巴嚅嗫，像有无数话要说，却始终未发出一个音来，就撒手人寰了。

叔文背上有一支透穿箭，穿过前胸，鲜血沿着箭杆越流越少了，他的大红鼻子渐渐褪了色。吴实使出浑身解数施救，无奈叔文中了毒箭，气若游丝，渐渐停止了呼吸。

吴实大恸，哭拜在禆将军前。将军一生为了楚国，身经百战。如今，又不辞劳苦，老远赶来解救他，并对他充满无限希望，让他十分感动。他头磕得地面咚咚直响，额头流血。他又抚着几年里，患难与共的弟子叔文的遗体，悲恸欲绝，号啕不止。

傍晚，林涛似吼，流泉如泣。暮霭飘孝，夕照含悲。吴实在桃花滴血的山坡上，选了一处风水宝地。众人万分悲痛地埋葬了禆将军。吴实又安排齿先等人，将叔文的尸体送去汨罗，与粉儿合葬。面对禆将军的新坟，吴实再三拜过，而后，发疯似的仰头大吼："我吴实若不用拓申的头颅，来祭奠老将军和死去的弟子，誓不为人！"

大黑狼狗一阵狂吠，又哼哼唧唧，跟齿先去了汨罗。多天后，不吃不喝的狼狗，死在了叔文的坟边。

回绿巢的路上，吴实为失去弟子叔文和禆将军心里哀痛不已。他又想起了县令郎二，为什么没有陪同郡守一道上桓山来？今朝留下了这个忤逆，以后，定是一个巨大的祸害。还有流水庙里的秦军，怎样尽快将其歼灭？

第四十回　烹小鲜先生显技　灭寇贼随从动情

却说戒夫亮出御牌保吴实、斩叛官，吴实对戒夫的认识，又增添了新的疑团。戒夫高超而娴熟的武功，控制场合和驾驭大事的能力，精悍干练的办事举止，表明了他绝非凡夫俗子，甚至他露出的身份，还仅是冰山一角。同时，吴实对他又增添了几分敬意，改过往称兄弟尊他为“大人”。戒夫再三推辞，说了声“敌情在即，没有时间和先生争辩”，就未再坚持了。

处斩叛官的当夜，吴实与戒夫一道，在凤凰翅召见了临羊、黑猴、落差等人，部署消灭流水庙秦军。特别是一定要活捉拓申，更不能让其家人逃跑了。拓申一家人刚到桓山，就被监视流水庙的山贼发现，报告了吴实。

哪知，吴实刚把调动郡、县官军主攻流水庙秦军，用临羊与落差两支队伍打配合的设想向大家道出，戒夫表示全力拥护时，众人却哗地嚷开了。

临羊猛然立起，脸上刀疤在灯光下闪闪发亮。他一拳砸在桌上，扯开嗓子大吼：“我与秦贼拓申有不共戴天之仇，冤家就在眼前，让我在一旁观战，弟兄们和山乡人定会骂我杀乡人有劲，杀仇敌躲在一边，是个没有血性的东西。大家为我想想，以后，我怎么洗白自己，在桓山重新做人？”

说到此，临羊一膝跪在地上，打着哭腔，激动得语不成调地向吴实恳求道：“先……先生，你……你不相信我，流水庙……的秦军，我……我舍命也要全包了啊！”

黑猴竟然也紧挨着临羊“嗵”的一声跪地，未语先流泪了。他叫了吴实一声“老兄”和“戒夫大人”，无比痛心道：“为弟若不为粉儿和叔文报仇，我还是人吗？”

“还有我！”落差突地立身，一手抓下帽子，紧捏在手，大黑脸衬着桃红的癞痢头，煞是吓人。他深深喘了两口长气，声音出奇的平静道：“子景老弟，戒夫大人，我被沙老爷关进地牢两年，妻儿几个未知生死，家没了。我若是不亲手杀了拓申和沙老爷，报这妻离子散之仇，你说，我能心安吗?”

吴实赶紧劝众人“冷静冷静，千万不要激动”。他又告诉落差道，据他卜算，官军上桓山之前，郡尉已将沙老爷父子和尖削脸，在一个漆黑的地方，杀人灭口了。

落差大叫了一声“好啊！老天开眼。那恶魔早该死了”却仍然坚持要带领沙府家丁去参加杀拓申、歼灭秦军的战斗。

面对众人的激愤情绪，吴实为难了。虽然他没有领受朝廷处斩拓申、消灭流水庙秦军的命令，但是，为了楚国和南郡不致马上落入敌手，为了家乡不遭战火涂炭，祸殃生灵，他怎么也不能放过眼前的敌人呀?！可打秦军的确是一场硬仗，如果让家丁和山贼去参战，不知又有多少乡人将死于拼杀。本来，季左、叔文和粉儿的死，已经在他心上刺了三刀，让他一想起就刻骨铭心地痛，如今，若是再有谁……他怎么向这些兄弟的亲人交差？丧子之痛，失父之哀，他不敢多想。他决心难下，灵魂在颤抖！

吴实许久没有作声，一副犹豫不决的痛苦模样。他知道，随同拓申来的先行秦军，绝对是精选细挑的。秦军个个身经百战，武功高强，刀枪器械精良。而在他眼前的求战者，哪个也没有经过正规操练，更没有与军队作战的经历，仅仅是有了仇恨和激情，就能消灭秦军吗？他可不能驱赶羊群去灭狼呀。

眼看沉闷的吴实老久一言不吐，众人叫嚷得更响亮了。

戒夫一看态势，虎牙一现，细声却坚定地提醒吴实道：“先生，大敌当前，谁人都有保家卫国的责任。在下支持三位兄弟联合灭秦，何况他们都有正义感，卫国爱家乡，在道德上就占了上风，扬了正气。山乡人都会帮助他们的。再则，他们是本地人，坐占地利，可更好地发挥歼敌优势。事不宜迟，若是拓申借机逃走就不好了。还是请先生早早决断，部署歼敌为要。”

吴实倏忽像从噩梦里醒来，绝不能让拓申逃了！他不得不改变原来用官军攻取流水庙秦军的计划，只得根据眼前态势谋划了。他在思索着，既要尽快歼灭秦军，又要尽量减少己方伤亡。

他喝了几口茶，抚着额头一番沉思，而后眉一展，眼一亮，大手一挥，声音洪亮而又无比坚定地道：“弟兄们卫国爱民的大义，令我无法阻拦，就让我们一道，用这颗滚烫的赤子之心，为桓山扫荡污秽浊垢，为家乡赢得一个朗朗的蓝天！”

言罢，吴实目光闪闪，一一吩咐各位头领听令……

不过一碗茶工夫，众人兴奋地出了门，旋即消失在黑暗里，按吴实部署，准备歼灭秦军去了。

却说拓申借丛林掩护，迅速逃回了流水庙，喘息甫定，忙叫来三个秦军头领，吹嘘道：“今天真过瘾，本将军在楚官军万马丛中，射杀了楚军帅府老将和吴实，而后，飞天而去。”

“啊！”三个头领听得心花怒放，连连称道，“楚军哪里是将军的对手？”

随即，拓申话锋一转，愤怒地埋怨起“坏了他好事的南郡和下隽县庸官”来，臭骂一通后，立即下令：“各头领做好准备，明晚子时，流水庙里的全部秦军，往北撤出桓山，避敌锋芒，再谋良机，夺得南郡……”

翌晚夜半，齿先刚把沙府家丁撤出布好了伏阵的丛林，回到各自战位，就听见一尖声细语在轻言呼唤他。

“啊！戒夫大人来了。”齿先忙禀报道，“按先生安排，昨晚，我和二十个家丁兄弟，在流水庙北山径上，悄悄挖了三个小陷阱。今晚，又在小径两边山上的密林中，安装了三十处暗器机关。此时，大家正守在阵地上，等待好戏开锣。请大人指教！”

其实，戒夫不仅是来巡查各处执行吴实军令状况，更是带着好奇心，来看吴实指挥作战结果的。他知晓吴实助屈化谋划了三场对秦人胜仗，但他对吴实昨晚的军事部署，确实存有疑虑，那些方法奏效吗？在正规作战方案被否定后，吴实就能于眨眼之间，重新安排一场零打细敲的丛林战？再则，吴实又能准确预见，今晚，拓申和秦军一定要走此山径突围？

戒夫向齿先不经意一笑。他也没有这样零敲牛皮糖的作战经历，何谈指教，只得言不由衷地道了三声“好！好！好！”

少顷过去，突然，一阵窸窸窣窣的脚步声，从靠近流水庙那边的山径上，隐隐约约传来了。

齿先忙伏在山径地面上一阵细听，喜形于色了。他拉起戒夫，并排坐到山头的一块石头上，兴奋地道：“大人，好戏马上要开锣了！”

“嘿嘿！好戏？好！”戒夫将信将疑。他要看结果。哪知，他屁股刚刚坐定，就有一连串惊心动魄的惨叫声，陆续传过来了。

“哎哟!”“哎哟!”先是两声悲啼从山径上传出，接着是“哗啦”一声闷响，像掉进地底下去了一般。

齿先忙向戒夫悄声道：“山径上的第一个陷阱坍塌了，两兵士掉下去，被竹签透穿了身体，又被沙石一股脑埋在了洞底。”

“快下去救人!”一声命令从山径上传来，虽然是那样低沉，却是十分有力。

“哎哟!”声音好不凄惨。

齿先又细声向戒夫道：“下陷阱救人的一个秦军，也被竹签扎死在同一个陷阱里了。”

紧接着，又是“砰”的一声闷响，从地下传出，随即是一声“哎哟”，在寂静的夜空里，像杀猪般号叫过后，惨痛的呻吟声越来越小，渐渐听不见了。

正在这时，一阵急促的马蹄声响从后面赶来，向前头的人压低语气，却是愤愤地斥问：“怎么停下了？快走快走!”

啊！戒夫辨出那语气明明是拓申的腔调，喜得一把站起，迅即就被齿先摁下了。

“老……老爷，路上……有……有陷阱，先后……掉……掉下去了四个兄弟，被阱里埋着的竹尖……扎……扎死了。”回应声颤颤抖抖，一口哭腔。

“我清楚，这是狡猾的山牯佬抓野猪的，山径上不会再有陷阱了，绕过去快走，一刻也不准停留!”拓申声音低沉，却是一副不容置疑的命令口吻。

其后，又是窸窸窣窣的脚步声响，又是“哎哟”“哎呀”声起，又是沉闷的坍塌声传来，又是惨痛的呻吟声渐渐消失……

戒夫从连续的惨叫声中早听出了端倪，在他的战场经历里，哪里见过这种痛快杀敌的手段？他一反常态，高兴得像个小孩子一般，手捂嘴巴，头抵地面，哧哧哧地笑个不停。

“大人，按先生的预料，接下来，丛林中的好戏马上要开唱了，比刚才还要热闹得多。”齿先俯下身子，在笑得直喘粗气的戒夫耳边悄言细语提示道。

“啊！是吧?!”戒夫一喜，身体一挺坐起叫出了声。突然，他意识到自己的失误，吓得舌头一伸，赶紧缩在地上，再也不敢作声了。

齿先听了戒夫发声一愣，忙随手摘了片树叶塞进口里。“啾啾!”“啾啾!”几声清脆的夜莺叫立即传出，声音在寂静的夜空里格外响亮，又是那样从容，掩饰了戒夫发声可能给敌手引起的猜疑。齿先把树叶一丢，瞪大双眼，竖起了大耳朵，专心识别着林中的动静。

或许是得夜莺声提醒，解除了对山林里的顾虑；或许是从适时布置阻截秦军，联想到吴实还活着，齿先都不得知拓申是怎么想的，只听见逃命心切拓申的低沉声，又在山径上急切地响起：“弟兄们，林中不会有陷阱，赶快进丛林，分开往北走！”

随即，一阵“嚓！”“嚓！”“嚓！”的树枝搅动声，脚踩枯枝败叶的嘈杂声，乱七八糟地传出丛林来。

齿先大喜，兴奋地在戒夫肩头一拍，歪嘴往林中一拨。

“嗖！”突然一声弩箭风响，随即一声“啊”的哀号，紧接着，“砰”的一声人体倒地传出丛林。

“唰！”前头声音未落，又有一支尖竹竿风声响起，一个“哎哟”的号叫声，格外刺耳。

“呜！”随着一种怪异声和“啊”声响过，一个悲声倒挂半空，在枝丫上苦苦哀求：“快救我啊！快救我！”嚷声刚罢，一声棍棒“嗖”地劈下的风声，连着一声惨叫，半空里没了声息。

“嚓！”“嚓！”“嚓……”丛林里乱成一片了。

“嗖！嗖！嗖！”“唰！唰！唰！”“呜！呜！呜！”连着“哎哟！”“哎哟！”的惨叫，东一声，西一声，从丛林中连连爆出。

正在这时，热闹非凡的丛林里，突然鸦雀无声了。难怪，迈动脚步就是死，林中的秦军谁个还敢动一步？

“你们这些蠢猪，站在林中，是等待吴实来收尸吗？”拓申气得呱呱直叫，不经意暴露了吴实还活着的猜想。

或许是拓申意识到自己失言，或许是拓申不知吴实还有什么阴招，在前路上等待他，让他遭受更大损失，甚至歼灭他们。这一切，齿先无法得知。只听得拓申脚一跺，转口叫嚷开了：“你们这些蠢猪，赶快给我撤退回营！”

是否吴实二字，让林中的秦军听了丧魂落魄，是否临死而骤得新生，一阵乱喳喳的声音响得老欢。即使是又响起了几次稀落的悲哀声，也没能阻住那洪水猛兽般的脚步声撤出丛林。

而后，一切声音从山径上和丛林中消失了，山野复归平静。

“快告诉我，你们这是玩的什么鬼把戏，消灭了多少敌人？”憋了老久的戒夫寻得了机会，一蹦站起，一拳打在齿先肩头忙问。他甚至觉得，齿先的歪嘴歪鼻也长得恰到好处了。

齿先把按吴实指点的杀敌技巧一一告诉了戒夫，又把身边的一堆小石头指给了戒夫。那是他从山径上和丛林中的哀号声里，分辨听出的消灭秦军数量。

戒夫一算小石头，是二十四颗。肃穆立时爬满了他的脸面。他若有所思地抬起头来，远望夜空，情不自禁感慨道："这个先生哪，谋大局，横扫千军如卷席；布小阵，精致细到，煞似烹鲜。难得，真个是十分难得，'那眼光……'就是与众不同啊！"

"大人，我们也回营吧！"齿先的声音在戒夫耳边响起。

不知戒夫在想什么，他竟理也未理齿先，就兀自转身，朝着寿郢方向"嗵"的一声跪下了。他虔诚地拜了三拜，又抬起头来，脖子伸得老长，颈上青筋直暴，陡然尖声尖气大喊道："苍天哪，你为什么要辜负一个'好人'的眼光与意志，白白地浪费高才，让楚国军势如此颓废，如此尴尬而无奈呢?!"

喊罢，在众人眼里，坚毅勇敢果断、从未流露过柔情的戒夫，竟然流起泪来了……

"大人这是怎么啦?"齿先一片狐疑。

在凤凰翅，吴实听了齿先阻击截杀逃跑秦军的禀报，立即命令家丁队伍，回营养精蓄锐，听令参加下次战斗。

第四十一回　锦鸡图存得出口　野猪弃生喂鲇魔

临羊好焦急，领受了吴实交给的任务后，他决心一定要显显能耐。他安排师爷黑猴统率山贼队伍，做好战斗准备，待他寻到流水庙地道出口后去布防。他带领手下一个人称“千山通”、办事机警的小头领，扮作采药人出发了。

原来，在部署歼灭逃跑秦军时，吴实从老乞丐发现的老鹰嘴洞口分析，拓申在流水庙地下挖了很多地道，一旦地上突围受阻，就会争取主动，立即组织秦军从地道出口突围。临羊争着要到老鹰嘴布防。吴实说，那不是突围的出口。

秦军突围的地道出口在哪里？众人为难了。

临羊盘算着自己在山里待了三十来年，哪个角落没去过？爬虫飞鸟他都知道住在哪里，众多秦军进出的地方，还怕没个大洞，那里不就是出口处？凭借对桓山的熟悉，临羊觉得自己露一手的时候到了，就主动站出来，信心满满要求去寻找秦军突围的地道出口，并保证在出口处，按时部署好自己的队伍，歼灭企图突围的秦军，活捉拓申。看着戒夫和众人赞许的神情，特别是吴实在频频点头，临羊的心比吃了蜜还甜。

偏偏山神不作美，临羊二人在山里跑到第二天傍晚，身上衣服被荆棘和尖石刺得稀烂，皮肉多处受伤，带在身上的干粮吃得精光，饿得肚皮贴着后背。他们汗流浃背地把流水庙附近的山岭沟壑，一处不落地翻了个遍，也没找到目标，甚至连痕迹也未发现。

过往岁月里，临羊多是舒舒服服坐镇指挥山贼行事，哪里吃过这般苦？即使如此也未完成任务。作为山贼大王，他怎么向吴实大人交差？不是送给吴大人和众人瞧不起？他后悔不该想着抢功劳，该将这个上天入地都难寻的洞口，交给黑猴师爷去找。即使他没有找到出口，吴大人也绝不会小看他的。

“什么‘通通通’？你是通牛皮的!”临羊又把千山通臭骂了一顿。

千山通满脸尴尬，悄悄缩在一边，翻开记忆，冥思苦想。

难道流水庙的地道再没有了出口？临羊想到此，无奈地头一摇，暗自嘟囔埋怨开了：“吴大人哪，你肯定是见我遇事粗心大意，就用这种大海捞针的方法，来细细折磨我!”

临羊把这个想法，告诉了喜欢思索问题的千山通。

“吴大人点了大王的将，要你找出口？”千山通细声细气刺了一把临羊。当他感觉出了气，又赶忙岔开话说：“流水庙里的秦军地道，很可能还有第三个出口呢!”

“你说，在哪里？说呀！说呀！本大王可是点了你的将的。你的能耐哪去了？”气不打一处来的临羊，恶狠狠地剋了千山通一顿，丧气地坐在一块石头上，不知该怎么办了……

临羊又想起，昨晚，第一次领受吴实命令的沙府家丁，肯定在丛林伏击中打了胜仗。山贼队伍也是第一次听命于吴实，他又在众人面前夸下了海口，如果失误，让拓申跑了，那就不是丢脸面的小事，可谓罪责难逃。他恨自己不能变作一只穿山甲，钻到地下去看个明白，地道出口究竟在哪里？

此时，太阳西下。只有天空的流云，像在嘲笑临羊一般，穿上亮丽的霞衣，让临羊心生忌恨。

一只老鹰在空中急促地盘旋，像是发现了地上的猎物，随时准备俯冲抓获一样。

“大王快看!”千山通一手拉住临羊，往十数丈外的一处小空地上一指。

临羊看见，一公一母两只正在觅食的野锦鸡，突然慌慌张张地把头埋进一片杂草里，拼命向一处水沟里逃去。然而，公鸡的那只漂亮大尾巴，却耸得老高，吸引着他的目光。

未待临羊开言，千山通早已飞也似的追赶野鸡去了。

少时，临羊看见，老鹰飞走了。千山通眉头紧皱，两手空空，满腹心思回来了。

“你抓的野鸡呢？”脸面铁青的临羊，讥讽地问询千山通。

“大王，这两只野鸡出奇地狡猾，你猜猜，它们藏在什么地方？”千山通答非所问，还饶有兴致地反问临羊。

“藏在你姐的屁眼里。真无聊!”临羊气不打一处来，将手中无意玩弄着的一颗小石子，猛地砸向一边。

哪知，千山通照旧不依不饶，耐着性子，将野鸡在水沟凸出的流水线上做窝藏身，两手比画着，细细道了一遍。

临羊听着听着，骤然兴奋得一蹦老高，赶快背起药篓，一个劲地催促同伴“快走快走!”又自责一句道，“我个卵脑壳，怎么就疏忽了那个地方?!”

千山通早已会意，将临羊带到白水崖侧的山岭上时，早已暮霭沉沉，夜色四起，月芽初绽。

白水崖是桓山一个险峻而壮观的瀑布。周边高岭里的数条山涧水汇集至此，直泻底下的鲇鱼潭里。瀑布水头有十数丈高，宽七八丈，大水终年翻银滚雪，磅礴大气。水雾四处弥漫，身在其中，对面不见人影。巨大的轰隆声，响彻数里之外。古传潭里有一个鲇鱼精，已修炼了八千年，生吞了数十个活人，再食二三十人，就成仙了。山里人哪个愿给鲇鱼精成仙去凑数，极少有人涉足这里。

临羊确信鲇鱼精吃人，不准山贼来此，自己也只是在峰岭上好奇地眺望过。而这荒凉野岭中的白水崖，却给他留下了深刻的印象，甚至还思索过，说不定某天，白水崖还可以为山贼所用呢!

而千山通则是少年时，与几个胆大的玩伴，把白水崖上上下下玩了个遍，却怎么也没见到鲇鱼精。

一路向白水崖奔去，千山通突然想起，拓申上山当师爷不久的一个秋日，以巡山为名，令千山通陪他看过多处山岭后，又提出要去看白水崖。也是时间已晚，刚远望了一阵，天地就一片混沌了。师爷却来了兴趣，要千山通把周边山岭作了详细讲述，又要他把白水崖外地势，在沙地上画了一张图。拓申俯身看了几遍，大笑着戏问千山通道：“你说，鲇鱼精藏在哪里?”一脚把草图踩了个坑。

听了千山通关于拓申往事的回忆，临羊乐得暗暗叫好：“对！这不正是选对路了吗?!”

千山通努力寻找旧时记忆，凭借迷蒙的月光，穿过重重密林和荆棘蓬，绕过数处险峻高崖，攀藤附葛，爬过陡峭山石，好不容易来到了鲇鱼潭边。

二人顶着水雾，沿着潭边陡峭崖壁，艰难地往上爬。朦胧中，千山通停下脚，手一指，临羊就看到了一种意想不到的情景。

在瀑布内的半山腰，高高的水头，将急泻的水幕送出丈远之外，凹进的石崖上，竟然有个斜斜的小平台，平台上长满了钻出地面不久的野草。临羊一喜，急忙登了上去。

俯下身子，瞪大双眼，临羊凭借熹微的月光，细细分辨着野草上的蛛丝马迹，看着看着，心头不免一冷。野草上并没有人为留下的活动痕迹，莫非又是跑的冤枉路？

既来之，则安之，再探！临羊向千山通做了个往下一压的手势，要千山通留下等候，他独自一人弓腰曲背，沿着平台，悄悄朝前摸去。

约莫半顿饭工夫，等得好不焦心的千山通看见，临羊轻手蹑脚，乐不可支地回来了。未待千山通开言，临羊早从身前蹿过，顺手拉了他一把，将他领到离瀑布十数丈远、长着稀疏灌木的一处怪石丛中，一屁股坐在一块石头上，笑得像个小孩一般道："我终于可以向吴大人交差了！"

"出口找到啦，大王？"千山通虽然心中有数，还是惊奇着，迫不及待地问询临羊。

"在本大王面前，还有不露尾巴的狐狸？"临羊一脸傲气，似乎他是一只更狡猾的狐狸，又津津有味地讲起他的机灵来。

这个斜斜的小平台时宽时窄，宽处有四五尺，窄处也有一尺余，贯通白水崖瀑布两边。左边有一条极不显眼的小径，径上有几处嫩草倒伏的痕迹，还有模糊的人脚印。他在小平台一处凹进的石崖上，摸到了一块活动的石头。他刚把石头移出一条缝……

讲到这里，临羊陡地问询千山通道："你说，本大王看见什么了！"

"看见……看见……"千山通支支吾吾。

"你不是'通通通'吗？哼！"临羊脸面骤然绷得老紧，一声冷笑后，又喜形于色，压低声音道，"那石缝竟然透出一丝微弱的灯光来。我忙贴上耳朵去听，哈！洞里还有说话声呢！只是离得老远，怎么也听不清楚说的什么，好可惜哟！"

临羊停了停，又脸面一变正色道："你快回军营去，把这里的情况报告黑猴师爷，要他带领弟兄们，连夜来白水崖两边布防，左边的出山小径上方，是伏兵重点。令弟兄们坚决截杀逃跑秦军，一个也不放过，一定要活捉拓申，交给吴大人。将他开膛破肚，千刀万剐，为星仙女公子报仇。到那时，本大王和山贼们就都长脸啦!”

“大王，你不回营，到哪里去?”千山通不解地问。

“老子要亲自在这里监视秦军。你返回来后，不准来找我。阻击战打响前，谁人暴露了目标，就是死罪。请师爷把我的命令告诉众弟兄，不得有误!”

“不行，大王，我留在这里，你回去指挥队伍作战。”

千山通还想争执，肚子上早被迎面踹了一脚，险些跌倒。千山通一缩身子，拔腿就消失在夜幕里了……

话说前一天夜里，拓申带领突围未成的秦军，又缩进了流水庙。事实告诉他，吴实已经向流水庙展开攻势了。他精心布防了庙外守卫，想着想着，狡黠一笑，欣然暗道：“吴实哪吴实，我们就要从一个你怎么也想不到的地方，翅膀一张开就飞走了，把这座无咸无淡的空庙，留给你做道人，青灯黄卷念白经去吧!”

“哼！就这么定。”拓申一声冷笑，好不得意。他考虑到地道的出口在深山里，那里人迹罕至，路不好走。加之秦军突围惨败，个个对夜晚突围心有余悸，他决定好好歇息两天后，带领大家白天突出山去。既安抚了众兵士的心情，也是在吴实意料之外。他又想，吴实小胜，定然会认为秦军要着急突围，令兵士四处忙碌设伏去了。而秦军则以静制动，再挨上两天，不仅敌方兵士懈怠，甚至连吴实也摸不着头脑了。他就出其不意……

撤回坑道的两天里，拓申闭口不谈突围之事，有说有笑，天天和兵士们一道，玩六博象戏，斗蟋蟀赌彩，又美美地吃上数顿酒肉。眼见众人情绪稳定了。

第一天傍晚，拓申又带领两个亲信，偷偷出了白水崖，在小径上走了一趟，无任何异常。他心中更有底气了。

第二天晚上，拓申把大小头领们召来，轻松地向大家宣布：“明天早晨，大家随我一道，从一个神不知、鬼不晓的地方，飞回江北，与家人团聚。”

“白天出山”“与家人团聚”，众头领听了将军的话，虽然心存疑虑，然则个个喜欢。

拓申回到屋里，把妻子儿女二人支开，独自关起门来。他要带头“睡”一个好觉。

其实，拓申哪里睡得着，眼睛一闭，脑袋里全是吴实带领临羊和山贼，大哄大骂在山林中捉拿他，在流水庙场上宰杀他的情景。他扯起被子裹住头，在床上辗转反侧，努力摆脱梦幻，直到夜半时分，他才迷迷糊糊睡去了……

“哦，明天不是要突围吗？白水崖出口的石头怎么撞不开了？”拓申使出全身力气，拼命地推，使劲地撞，猛力地砸，石头竟然丝毫未动。他不由自主滚下床，木呆呆地出了门。

“将军，夜深了，有什么事，请吩咐我们去做吧！”两个守值的秦军赶紧走上来，细声问。

拓申一声未哼，左手紧握拳头，右手拄着黑伞，双眼寒光闪闪，目不斜视，兀自快步朝前走。

“啊！将军的夜游病又发作了。”流水庙的秦军都知道，拓申每遇纠心事，就心神不定，四处夜游。守值兵士哪敢拦阻，更不敢唤醒将军讨打，只得像往昔一样，一声不响地悄悄跟着护着，穿过灯火摇曳的地道，径直向白水崖方向的出口急步走去。

“老子就要打开你？”来到出口处，拓申朝着掩盖洞口的箩筐大石头，抬腿凶狠地一脚踹去。

“哗啦”一声，石头掉落平台，又沿着小斜坡，轰隆隆地滚进了鲇鱼潭里去了。

“哈哈……出口开了，快逃！”拓申一阵大喜，一头钻出地道。

两个守值兵士和两个看守出口的兵士，风一般冲出地道口，几双手同时紧紧拉住了将军，才没让他掉下崖去。

拓申一怔，清醒过来，举起黑伞，正要向众人动手，兵士们一把按住了拓申的手，连呼“将军！”“将军！”“是我们！”

拓申突地醒过来了。他看了一眼手下人，又向平台望去，突见一个黑影，身体压得很低，几乎是伏在地上，朝小平台右边飞速离去。他顿时惊得大叫：“那是什么？快抓住它！”

黑影突然停下，四肢落地，朝着拓申们掉过头来，一阵“哼哼”的野猪怒叫声，随即传出。

“快射杀这头野猪！”拓申边喊边举起了手中的黑伞。

哪知，这只不想暴露行动目标、十分害怕鲇鱼精的“野猪”，恰似脖子上被捅了一刀般大嚎了一声，四腿一蹦，一头扎向瀑布，随着滚滚的水流，掉进黑洞洞的鲇鱼潭里去了……

第四十二回　布伏阵众人献智　歼秦军山贼显能

天黑了，在凤凰翅兵营里，黑猴急得团团转。按吴实预测，明天，流水庙里的秦军就要从地道口逃跑了。可是，去探出口的大王，竟然还没消息，误了阻截秦军怎么办？

两天前，领受吴实命令后，临羊吩咐了一声："请黑猴师爷组织兄弟们截杀秦军。"又特地强调了"活捉拓申，一个秦军也不准放过"，其他什么也未说，就亲自探地道出口去了。

说老实话，黑猴做梦也不知道，打仗究竟是怎么回事？眼前，他的对手，可是令官军说起都胆寒的秦军呀，他该怎么对付？这刀枪活路可不是躲猫猫的呀？

黑猴虽然心中无底，但谋划打仗，确实是师爷分内的事。他不仅不能推辞，还不能流露半点畏惧秦军的情绪，更不愿让大家看出，他的心是空虚的。他只得硬着头皮，召来大小头领。他打算从大家身上找出伏击秦军的办法来。

面对众头领，黑猴从对比敌我双方力量入手，推测着即将到来的战场态势。又试着从看到的情况分析起来道："弟兄们没有统一配制的武器，兵械杂乱，少有正规训练和作战经历，难以从正面敌过久经沙场、武器精良的秦军，特别是不适合与秦军近身格斗。这仗该怎么打？"

刚讲到此，黑猴一望众人，哪知，大家的兴奋情绪从脸上陡地消失了，个个愁眉不展。

士气不高，怎能打胜仗？黑猴想着想着，突然立起身，神情一振，拳头一举，气壮如牛吼道："我们山贼是土生土长，占尽人和地利之优势，还有自己的大大小小绝招，不是足可歼灭秦军吗？"

众人随着黑猴的话语神情大变，脸上有了笑容。他又赶紧乘机逼问众头领道："我们埋伏在山岭上、丛林中，在暗处；而秦军就在下头的山径上，像秃子头上的跳蚤，看得清清楚楚。这伏击仗该怎么打，你们应该明白了吧？"

头领们过去打东打西，都是听从大王和师爷的命令，哪与他们商量拿主意的？大家随着黑猴的话一阵思索，顿觉心里逐渐开朗了，齐声应答"知道了"！

"知道了就去抓紧准备吧！"黑猴好高兴，果断地手一挥，总算是把头领们打发走了。

"他们真的知道了，准备的是什么？"黑猴心里既忐忑不安，又十分好奇。他到山贼中四处看了起来，心里好不快慰！

一天下来，弟兄们把刀剑、枪尖磨得亮光闪闪，把强弓、硬弩抹得干干净净；把铜镖、投枪擦得锃亮如新；又削好了尖竹竿、竹签、跳棍；备下了套马索、弹索、网罩、强弹弓。

几个会打飞石的兄弟，在细细切磋交流技艺；一些刀箭功夫差的弟兄，凑头一商量，每人准备了一包石灰，信心满满对走到身边的黑猴说："师爷，你可不要看不起我们哟。大家使点小手腕，保证每人交上一颗秦军头来。"

"好好好！"黑猴感觉大家做的准备都是有用的，禁不住暗暗作乐，众人帮他解难了。

傍晚，吴实突然来了，拒绝黑猴陪同，独自看了一遍备战，一言未发就走了。

第二天上午，吴实又来了，黑猴心里十五个吊桶打水——七上八下，一定要陪着他到军营巡察。看吴实满意否？刚看完，黑猴生怕吴实发气，当着众山贼丢他的脸面，一把将吴实拉到偏僻处，忙不迭问询道："你说，这些准备可用吗？"

吴实未置一言，在黑猴肩头拍了几拍。

黑猴知道过关了，他又把下一步想法告诉吴实道："家里杀只猪，操刀的、拿盆的，扯尾巴的、捏脚的、揪耳朵的，一个都不能少，还必须打着号子，大家一齐动手才行。如今，要杀死秦军这只恶猪，准备得再好，如果大家不按号子一齐动手，零零落落，可是绝对难打胜仗的。这个号子要大王来打。"

吴实听了，忍不住扑哧一笑，又一副与己无关的神情答道："这都是你们的活路。”

又过了关。明天就要开战了，下午，黑猴按事先安排，又把大小头领找到一起，商量战场之事。黑猴坚持要把吴实请到首席位上坐。

吴实对苦苦相求的黑猴一笑，语调淡定道：“各人做各人该做的事。”就提把椅子，坐到一边。

黑猴清了清嗓子道，前天晚上，沙府家丁击杀秦军二十四人。刚说到此，众人一阵欢欣。黑猴乘机对各位头领道，明天，就要看我们各位好汉唱戏了。他又说，弟兄们的武器都准备好了，打一场胜仗，靠的是众人的合力。上战场后，大家不能各打各的。他又借杀猪之事，提醒各位头领道，手下兄弟该如何相互打配合？如何把单个战力拧成一条铜鞭，恶狠狠杀向秦军？

众头领七嘴八舌，你一个办法，我一个对策，纷纷讲开了……

议事快结束时，黑猴把临羊大王临走嘱他的“开战前，暴露目标是死罪”的命令，严肃地告知了各位头领。他又拿出个小令旗来，晃了晃道：“各头领回去后，要告诉弟兄们，明天战场上，一定要按大王的令旗行动，一道杀了这头秦猪。”

黑猴又要求吴实指教，众头领一齐击掌：“请吴大人指教！”

吴实也听出了一些准备上的缺失，比如利用滚石灭敌，只是他想私下教给黑猴，以提高黑猴的威望。他高拱双手，笑容满面道：“兄弟们比我聪明，让我受益匪浅。请大家按刚才说的去杀秦猪吧！”

大小头领们乐呵呵走了。

已是傍晚了，还不见临羊回来，黑猴着急了。他把心中的疑虑与纠结，告诉吴实道：“明天就要打仗，到现在了，探出口的大王还没有消息，我担心的是……”

“不要急，不出一个时辰，消息就来了。”吴实轻松道过，转而脸面骤然肃穆，无比心痛地把卜卦结果，告诉黑猴道，“兄弟呀，临羊大王这次有大难，指挥这场仗，不能靠他了。这次杀秦猪，你要把令旗拿在手上，毫不犹豫地扛起责任。我是特地来提醒你的。你要保密，不要影响众人的情绪。”

吴实停了停又说：“这次作战，你们准备得很好。在战场上，你要依据地势，多布大小滚石阵，从高处往低处滚石，不是杀敌效果更好，更省力吗？同时，你们要虚虚实实，诱秦军上钩挨打。待敌人惨败退回地道时，你们千万不要追击，更不能进洞去，否则，秦军就要关门打狗了。”

少顷，吴实又吩咐道：“打完仗，队伍撤退前，你们就捕五六个野麂，在明天战场前方小径上的密林里，在四五十丈远的地段上，东一只，西一只，绑在枝叶浓密的大树上，让它们用脚去敲牛皮鼓。你们就可回营了。”

临走，吴实又说：“山贼里有几个养鸟的，你与他们去商量，谁的鸟，能把拓申背上的狐狸尾巴啄来，我奖给他一把上好青铜剑。”

吴实走后，黑猴把吴实大人的悬赏，告诉了几个养鸟的山贼，众人喜滋滋忙活去了。

黑猴又让弟兄们饱饱地吃了一顿兽肉，要求众人带好器械，备好一天的饭食和水，集中待命，随时准备出发。

夜半时分，好不心焦的黑猴，终于等来了气喘吁吁的千山通。听了禀报，黑猴传达了千山通带来的大王死令，按临羊安排，命令千山通领二十个兄弟，去白水崖右边阵地布防，去接应大王，截击企图逃进深山老林的秦军。自己则带领八十来号人，一阵风赶到了白水崖左边的山岭上。

黑猴沿着那条不显眼的小径上方，仔细察看了地形，按吴实指点，结合头领们的建言，在八处大小突出的山岭上，安排了大小八个滚石阵，又在密林中，布置了数个适合各种暗器使用的密阵。

众山贼都是“夜猫子”，多年里习惯了白天睡觉、夜晚行事。他们在大小头领的带领下，不声不响，很快就布置好了阵地。

黑猴巡查了几遍，细细察看了每个山头的布防。十分满意后，又叮嘱大家道：“战斗打响前，千万不要跑动，不要弄出声响，就地警戒，以逸待劳，按他的令旗行动，杀得秦军一个不留。”

千山通带领手下兄弟，在白水崖右边布了防，却怎么也不见临羊。他又不敢违令去寻找，只得静下心，等待大王到来。直到天大亮了，还不见大王的影子。一种不好的预兆，浮上了他的心头。他一遍又一遍地责骂自己，为什么要抛下大王？大王怎么样了？

清晨，流水庙里的秦军，从白水崖出口，畏畏缩缩爬出来了。前天晚上，突围被截杀的情景，总是在他们的心头赶也赶不走，大家个个胆寒，心存恐惧。今天，他们能如拓申将军所言，平平安安回家团聚吗？

晨曦灿烂，清风徐徐，淡蓝的薄雾，从四野里渐渐消失，林中的鸟儿叽叽喳喳叫个不休。

在混浊地道里待了几天的兵士们，突然呼吸到这甜甜的空气，享受这平静的时光，顿觉神清气爽，好不舒畅。众人不由自主地昂起了头，眼前的一切，特别是小径上方的山岭，呈现的都是吉祥安宁。大家禁不住眉开眼笑，尽释前疑，胆子陡地壮了，有的人甚至哼起了家乡小曲。

“走！”随着秦军头领一声令下，士气大涨的兵士们，个个争先恐后，高兴地踏上了回家的路。

拓申夹在秦军队伍中段行进。他一声不响，一双三角眼四处逡巡个不停，努力支起耳朵听着周边动静。他两天里壮起的胆气，似乎突然消减了许多。虽然他知道，吴实绝不会让他轻易脱逃，却努力摆出一副镇静模样。当看到周围一切都是那样宁静，他才稍稍松了一口气。立即，他的目光滞留在前面两个亲信的背影上了。

拓申把十一岁的儿子，亲手绑在一个武功高强的亲信怀里，骑在马上。妻子则搂着女儿，骑着一匹马，由另一个亲信骑着快马，紧紧地护在身边。

回到眼前，一切都放心了，拓申又想起他在楚国历经的辉煌岁月。十数年里，他在陈郢经商致富后，觉得不能辜负了自己的聪明才智，雄心勃勃想着留名青史。他挖空心思，又以商人身份，要配合秦军行动，独自来到了楚国的江南，成功地策反了南郡官员和驻防官军头领，甚至在沙府、在桓山，与沙老爷及家丁、与临羊及山贼，这些丑陋的下等人相伴了两年多，眼看着这众多人就要收归麾下了。

想到此，拓申又神情大振。他的作为赢得了秦军统帅称道，甚至秦王亦有赞声，破例加封他为将军，还给他配了一个百人卫队。“值得，人生一搏精彩！”他在五光十色的梦幻里，反复盘算着，不出两个月，他就要高坐南郡府堂，拍响惊堂木，成为秦国的传奇英雄了。

谁知，眨眼间，形势急转直下，一切都成了泡影，还落得如此这般惨兮兮逃回江北的命运，他怎么向秦军统帅交差？他怎么甘心自己的英名和前程，被吴实白白葬送？

“吴实哪吴实，我一定要与你斗个你死我活不可！”拓申陡地满脸杀气，凶相大露。此番回去后，他一定要重整旗鼓，再回桓山，与吴实做最后一搏！

“轰隆！”“轰隆！”“轰隆！”三声巨响，骤然打破了山野的宁静，打断了众秦军急匆匆的脚步和幻想，惊扰了拓申的沉思。

拓申惊得刚抬起头来，冷不丁就见数颗斗大、碗大的石头，在头顶乱飞，东一坨西一坨，落在他身前身后的秦军队伍里，砸出一阵“哎哟!”“哎呀!”的惨叫，砸出一声声“砰”“砰”的身躯倒地声，更有连着“嚓”“嚓”的人体滚动声响，径直下到了鲇鱼河……

拓申不知自己是怎样下了马的。他惊慌失措，翻身几滚，避到小径下的一块大石后，张开大口，直喘粗气。

“哇……”突然儿女的哭喊声，震得他嘴一歪。拓申忙循着哭声望去，两个护着妻儿的亲信，正睁大眼睛瞄着他。

“这小径下面有条野畜路，可通山外，你们快走!”拓申骤然明白，今天，众秦军突围无望了。他转而急促地催逼两个亲信，赶快离开队伍，把他的家人悄悄送出山去。

两个亲信得令，忙领着拓申的妻儿，抓着树枝，迅速往陡坡下去了。

“哎哟!”“哎哟!”又是一阵沉重的呻吟声，哼哼唧唧，煞是惊心。刚吐了一口气的拓申，心里不禁又是一阵发颤。

拓申忙偏过头，往哀号声望去，只见他的卫队头领，侧躺在地上，头上鲜血直流，奄奄一息。他不觉脱口叫出声来：“啊！是你，你怎么啦?”

“将军，我……我被……石头打中脑袋……滚下来……又被倒埋在地上的……竹签……戳……戳进了腰里……”头领断断续续说完，就头一歪，气绝身亡了。

拓申听得头皮发麻，慌忙朝周边一看，向两个蹲在附近茅草坑里的副头领手一招。

两个副头领爬过来了，两双手在拓申身边地上乱摸了一遍。确定地上没埋竹签后，拓申才放了心。可是，头领死了，要他亲自指挥众兵士作战了。

无实战经历的拓申，身贴大石，战战兢兢爬起，伸手拨开眼前茅草，小心翼翼地仰起头，透过树丛，朝小径上头的敌方阵地窥望。

突然，拓申看见一个黑瘦身影，穿着便服，手拿一面小令旗，瞬间就在山岭上、树林里，隐隐约约来回跑了两趟。他突地喜得几乎叫出声来，“啊!阻截秦军的原来是山贼。”

拓申知道山贼底细，他们只会打家劫舍，从未参加过正规作战，一伙乌合之众，更谈不上战场合力。他又猜想，那指挥说不定就是接替他师爷职、用阴险手腕杀了他十个秦军的黑猴。若是山贼没了指挥，群龙无首，莫若一盘散沙。

拓申脸色骤然冷峻，转过身，瞪着三角眼，朝身边的两个副头领，坚定地打了个一左一右向上攻击的手势，又严令二人道："上头敌阵的那个指挥官，连护身的常识也没有。你们一定要用毒箭，想方设法射杀了他，我们突围就有希望了。你们给我快去做了！"

第四十三回　血洒丛林黑猴壮　败回地道秦师哀

“得令！”两个副头领立即行动了。

一个副头领爬上山径，陡地立身，召集躲避在树林里和茅草中的秦军，一边挥刀，带头从右边往山岭向上冲，一边大叫：“弟兄们，阻截我们的是山贼，他们没有武功的。我们身经百战，个个是英雄好汉，战则必胜。杀敌有赏，冲啊！”

“冲啊！冲出包围，回家团圆。”秦军兵士听了副头领的话，见山头上没有其他兵器动静，霎时兴致大起，猛发一声喊，刀枪舞得风响，分成数股，撇开滚石的大山岭，朝几个小山头疯狂地向上冲。

趁着右边大哄大闹冲锋的当儿，另一副头领则带着两个秦军弓弩手，迅速隐进了左边一处不显眼的小水沟，悄悄向山岭上摸去。

“哗啦！”“哗啦！”又是一阵阵碗口大小的石头，从右边几个小山岭上滚滚而下，砸进了冲锋的秦军队伍里。

又是一阵惨叫声传出，冲在前面的副头领和数个兵士，早被滚石砸倒在地。也有不少石头碰上树木岩石，弹起老高，从半空砸到了下面的小径下，躲避在那里的秦军，哀号声此起彼伏。

那些哀号声似乎并未惊动拓申。他双眼紧紧地盯着左边那条小水沟，三个时隐时现往上爬的秦军背影，眼看离山顶不远了。两个弓弩手突然停下，隐在一簇浓密灌木丛中，取下弓箭，攥在手中。

山岭上的黑瘦身影拿着小令旗，又在树林中晃动了。

“快放箭！”“快放箭！”拓申的心，骤地提到了嗓子眼，几乎要叫出声来了。

“嗖!”“嗖!”就在拓申急不可耐的瞬间，两声箭风尖厉响起。他看得清清楚楚，两支飞箭，同时射中了那个黑瘦身影。黑影再也没有晃动了。

拓申一手拍在大腿上，喜得还没叫出声来，山岭上一阵乱石翻滚，哗啦啦地砸进了灌中丛中。两个射箭秦军仰脸一翻，夹在飞泻的乱石中不见了。小水沟里的副头领也不见回转。

拓申并没有为失去两个副头领悲伤，而是高兴得手一挥，向一个贴身小头领大声命令道:“敌方的指挥官死了！你的对手全是临羊的山贼。我知道，他们没有刀枪搏斗功夫。你立即去组织众兵士，化整为零，利用密林掩护，迅速摸上去，杀得他们片甲不留。我们回家的路就畅通无阻了!”

“敌手没有指挥了，大家分散往上冲!”小头领立身大喊。众秦军兵士斗志大起，个个紧握刀枪，立即分散开来，零零星星蹿入了密林，向几个小山岭摸上去了。

“哎呀!”突然，东边一声惨叫，一个持枪兵士被树冠上的两支连弩击中，像一捆布般倒在了树蔸下。

“啊!”西边传出一声号叫，一支从树丫上飞下的投枪，扎进了一个兵士的上身。

林中秦兵们吓得不敢往大树上靠了。哪知，又是一阵“嘣!”　“嗖!”“啪!”的刺耳怪异声接连响起。兵士们不是被弹索绑了，挑在树枝上，被飞箭射杀，就是被网罩罩住，悬在树冠里，成了弩箭的活靶子。绊动了林中细绳机关的兵士，立即就有一支尖竹竿飞来，穿了个透心红。神秘的林中，悲鸣声、呻吟声、挣扎声，混成一片。

拓申双眼喷血，又唤过一个小头领，严声厉色命令他，带领一群兵士，从一处灌木丛中往上冲。

“杀山贼啊!”小头领满脸苦楚，紧闭双眼，声嘶力竭大喊了一声，给自己壮了胆，带领一群兵士，野兔般钻进了灌木丛里。

秦军个个不声不响，憋着气，凭借灌木掩护，弓腰曲背往上冲。哪知，稍有不留神的刚一露头，就是“嗖”的一声风响，或铜镖，或鸡蛋大的小飞石，冷不丁就砸在头上了，随即一声惨叫。

兵士们惊吓得乱跑开了。谁知道脚下，不是突地飞起一根跳棍，打断了脚骨，就是飞得老高，像量身定做的尺寸一样，“咚”地打破了脑壳。还有一些兵士，被尖利的竹签刺穿了脚板，倒地后，又刺穿了屁股、腰、背，痛得大号。

拓申三角眼里突地射出一道凶光。他再也按捺不住心中的愤怒了。他哪敢轻易放弃这最后的逃命机会？况且，他还要为家人的逃命，吸引敌方兵力，为他们争取时间呢。他狠狠地瞥了一眼小径上的神秘山岭，像输惨了的赌徒要下重注了。他唤过仅存的三个小头领，命令他们将所剩兵士，组成八股，从八个不同方向，一齐朝大小山岭上猛冲。他歇斯底里大叫："一定要打通这条突围路！"

眼看众秦军爬到数个山岭的半山腰了，没有受到任何攻击。拓申刚要吐出一口憋了老久的气，倏忽，平静的大小山岭上，投枪、铜镖、尖竹竿、滚石、箭矢、飞棍等杀器，飞蝗般地朝各路秦军队伍飞来了。

拓申绝望地眼一闭。当他再度战兢兢地睁开双眼时，不禁一喜，五个秦军冲上了一个山岭。可惜，树木遮挡得他什么也看不到了。

山岭上，五个秦军手持铜戟，结成一团，准备与敌搏斗，却不见一个敌人的影子。正在他们茫然四顾时，突然，一句山歌唱起，从一颗大石后，转出一个画着五色脸谱的野汉子来。

秦军愣住了。野汉子没拿任何兵器，挤眉弄眼，龇牙咧嘴，一边嘿嘿傻笑，一边手提一个包裹，左右晃动个不停，若无其事地朝他们迎上来。

秦军正想向他打听山贼下落，未料，近前的野汉子猛地挥手一撒，一包白粉末，劈头盖脸地打在几个秦军的头脸上，腾起一阵白雾，罩住了他们。

秦军个个感觉双眼一阵刺痛，泪水唰地流了一脸，就什么也看不见了。他们兵器一丢，捂着火炙一般疼痛的双眼，大号个不止。

这时，从大石后蹿出数个手握利刃的野汉子。随着五声绝命的悲号，五颗秦军头被剁下了。

拓申再看到的是，五具无头尸，被远远地摔下坡来。

此时，小径上方的大小山岭上，树林中，水沟里，惨叫声、悲哀声、呻吟声，鬼哭狼嚎，响成一片，似一个屠兽场。

拓申心惊肉跳。正在他不知所措时，"嗖"的一声风响，他感觉右肩一阵彻骨的痛。他吓得身子赶紧往大石下一缩，向身边兵士绝望地大叫了一声"快收兵"反手就往背上摸，哪知，他的狐狸尾巴早没有了。他不得不回头就往白水崖地道出口猛跑。

"锵！锵！锵！"拓申身边的兵士一边追赶将军，一边猛敲了三声锣……

站在山头上的吴实和戒夫看见，秦军残存兵士“哗”地退出了战场，像野兔般逃命去了。

吴实陡然泪水满脸。他弯腰抱起再也没有了气息的黑猴。他扯开嗓子大喊：“黑猴兄弟呀，你看，你睁开眼睛看哪！你指挥有功，兄弟们打败了拓申，你胜利了啊！”

这时，山贼的一个副头领满头大汗跑上前，咧开大嘴向吴实禀报：“此战，我们共歼灭秦军三十九人，我方除师爷外，再无其他伤亡。前头阵地的野鹿敲鼓也已布置就绪，大家可以撤退了。”

吴实擦了擦湿润的眼睛，叫来千山通，眉头紧皱，急迫道：“你立即带领十四个兄弟，从白水崖的鲇鱼潭，到今天战场下方，一寸不漏地去寻找大王。”而后，又掏出一个小包裹，一番叮咛，塞给他，又严肃道，“千万不要疏忽了，噢！”

“噢！”千山通亦是诧然。他双眼喷火，一副难为相，极不情愿地接过了小包裹，口气却坚定地回吴实道：“我们一定完成大人交办的任务！”说完，领着一众人，转眼就消失在丛林中……

戒夫从吴实手中接过黑猴，大步流星踏上了回程路。

回头再说昨天夜里，千山通离开白水崖回凤凰翅营地后，临羊趁着天黑，又好奇地摸到了地道口边，一心想从出口的石头缝隙里，细细看看地道里的秦军动静。

恰在这时，地道封口石头一滚，轰隆一声掉进了鲇鱼潭。临羊吓得浑身冷汗一迸，急忙转身，缩颈伏背，装只野猪赶快逃。哪知，拓申惊奇的问话声，在他身后响起来了。暴露目标了，该怎么办？临羊着急了。

“杀回去，与拓申拼命！”一转念里，临羊又想起，如果杀了拓申，就彻底暴露了吴大人的意图，歼灭流水庙秦军的计划就落空了。他极不愿意地停下步来，装作一头野猪嚎着，让拓申看。迷蒙中，临羊望见，拓申举起了手中黑伞，不由得大怵。吴实桃花坳杀叛官后，山贼们都知道了，那伞是把快弩，射出的是毒矢，百发百中。裨将军和叔文都死在毒矢下。临羊来不及多想，一头扎进了瀑布中。

临羊一边随水往下落，一边怨恨死了：“完了！仇敌未灭，小命休矣！为鲇鱼精成仙凑数了。”

随着“咚”的一声，身体掉落在潭边的一块大石上，临羊猛地感觉右腿一阵钻心痛，旋即，身体又是一转，一个倒栽葱扎进了鲇鱼潭，他就什么也不知道了……

不知过了多久，临羊仿佛听见一阵喊声，似乎在云天雾地里响起。他一惊，从迷糊里醒过来，睁眼一看，天已大亮，四周无人，只有流水声哗哗作响，然而，那喊声却仍犹在耳。“你是大王，还有大事未做完，怎么能躺在这里？快起来！”

临羊艰难地抬起手，往周边一摸，两边都是石头，身体下有一股流水急急穿过。原来，他被卡在两颗石头的中间了。

“这是哪里？我怎么躺在这里？”临羊怎么也找不到答案，难道是在做梦？他又突然感觉浑身发冷。他努力抽动身子，想爬来，可一双脚却怎么也不听话，似乎身体也不是他的了。他一番无效的挣扎后，疲惫极了，干脆闭上眼睛，打算醒睡了再说。

“今天，是吴大人安排歼灭突围秦军的日子，弟兄们都在阻截突围秦军，你怎么还躺着？快起来。”迷迷糊糊里，那个声音又在临羊耳边大喊。他又醒过来了。

临羊抬手拍拍额头，突然想起，昨夜，他探白水崖地道口，不是跳了鲇鱼潭吗？“啊！是呀，鲇鱼精没吃我。对，我是桓山大王，鲇鱼精岂敢吃我？！啊！我还要去参战，亲手宰了拓申呢！”

临羊好兴奋，一巴掌打在脸上，两眼金星一闪。他陡地感觉自己浑身蓄满了力量，双手抓紧身边的石头，奋力一挣，身体终于从两石间脱出，他爬到了河岸上。

“嗵！”“嗵！”突然数颗斗大的石头，从山上飞下，砸进了滚滚的河水里。

“啊！弟兄们阻截秦军的战斗已经打响了，我必须去参战。”临羊骤地像喝了人血的狂人，激奋不已，脸上的刀疤闪闪发亮。他要去投入战斗，杀秦军了！临羊习惯地一伸手，唰地拔出青铜锏，一蹦站起。哪知，他右腿一软，扑通摔倒在地。临羊又是一蹦立起，又是摔在了地上，右腿痛得他身上冷汗直泼。他气恼地骂了声“你这没用的东西，今天怎么啦”？

临羊伸手一摸，原来，右腿从膝盖以下，早断成了两截，下部竟然没有半点知觉，肿得老粗，成了一截圆木。膝盖里一阵阵彻骨的痛，在心上生出来。

“我是大王，这点小伤怕什么？”过往岁月里，临羊既剁过别人的手脚，也见过别人断手没脚，他们不是还要活吗？想到此，他鼓起劲，装好架势，用青铜锏支撑身体，稳稳站起。他衣裤上的水，直往下滴。他一瘸一拐，贴着石崖往山上爬。腿伤又痛得全身大汗淋漓了，他张开大口，喘了一阵粗气又爬，终于疲惫至极地爬到了山涧壁上一条野畜来往的路边。

刚歇息了片刻，临羊突然听到，头顶陡峭的山畔上，一阵慌慌张张的脚步声，伴着“快下快下”的外地口音，急促地传来。

临羊心里一顿，莫非是碰上了逃跑的秦军？他豪气陡增，“哼！你山贼大王爷爷在此，就是一堵铜墙。你休想飞过，爷爷的青铜锏下，哪里有逃命魔鬼？”

临羊一蹦起了身，哪知又一个趔趄，忽地倒在了地上。他又一个鲤鱼打挺坐起，气恼地一拳打在痛彻骨髓的右腿上。转而，他又擦去额头上的冷汗，动情地劝说右腿道：“你要为我争气，帮我的忙，我曾多次暗暗决心要做一个赎罪报答百姓的英雄。如果失去了这个机会，我临羊就再也没有比这更好，证明自己是堂堂正正男子汉的机会了啊！”

的确，临羊做了十几年的魔鬼，为虎作伥，被山乡人痛恨。自从跟着吴实，才光明正大做了人。这次，他多么想与秦军面对面，大杀一场，以赎前罪。未料到，战场上却没有他的身影，他能不惋惜，能不痛心吗？！

“临羊躲了？”“临羊藏了？”“临羊恶习难改！”临羊仿佛听见山乡人甚至山贼们，也在龇牙咧嘴地指责他。他哪里背得起这黑锅？身体不允许他与敌正面相斗，那就把准机会，杀几个残存或逃跑的秦军，他狠了狠心！

临羊调整了身体姿势，拖着伤腿，倚靠山崖站定，做了用左脚发力，迅猛出击的准备。他又抹了一把浸入眼中的汗珠，紧握青铜锏，睁大双眼，支起耳朵，努力搜寻和辨别刚才那声音的具体位置，等候秦军出现在他的眼前。

第四十四回　斩逃寇临羊殒命　道秘密哑巴气亡

“来了，魔鬼来了！”临羊侧耳一听大喜。

一阵沉重而急促的脚步声越来越近了。“砰”的一声响，一个身佩腰刀的秦军背影，陡地从丈多高的石崖上，跳落在前面不远的野兽路上。

“不能让他喘过气来，快动手。”临羊左脚猛地几蹦赶上去。听到动静，刚爬起身的秦军不及转向，青铜锏早狠狠地打在了他的脊背上。临羊复又一锏，打在秦军头上，秦军一声未哼，脑浆飞溅气绝了。

“哇”的一声哭叫，一个小孩被临羊打死的秦军压得大哭，不停地在死秦军怀里扭动。

“啊！这肯定是拓申的狗崽子。”临羊咬牙切齿腰一弯，一连数锏刺进了秦军怀里，孩子的哭声骤然中断。

正在这时，临羊突然感觉腰里一阵剧痛。他撑起青铜锏，左脚用力一踮，猛地转过身来，只见一个高大的秦军，手握血淋淋的剑，再次朝他刺来。

临羊身体一偏，避过剑尖，顺手一锏打去。秦军身体一缩，躲过锏。临羊迅速背靠石崖立定，一锏又一锏招架着秦军的攻击。

秦军发现，敌手腰伤了，腿断了，行动不便，体力也不支了，禁不住大喜。他利用临羊的不便，围着临羊急速转动起来，思索着如何尽快置敌于死地，以摆脱纠缠。

“快杀了他，为我儿子报仇，赶快离开这里啊！”树林里，倏地钻出一个疯狂的女人来，满脸泪水，左手牵一个小女孩，右手指着面前的临羊，口气恶毒地威逼着临羊前的秦军。

“噢，那女人准是拓申的家人。”临羊脑中一闪，星仙女公子的死，两年里的仇恨和屈辱，像铅流陡地灌满了胸膛。他两眼喷火，右手举锏挡开秦军劈剑的刹那间，左手从腰巾上的袋子里，迅疾掏出几把小飞刀，避面向秦军一甩。

秦军立时满脸鲜血，手捂脸面，哀号着急步窜到了一边。

虽然伤腿让临羊的武功大打折扣，但他还是抓住机会，鼓足力气，再次蹦起，几拐几蹦赶上，一锏打在那女人的头上。女人脑浆四溅，身体往后一倒，拉着手中的小女孩一道，栽下了石崖。

这时，临羊已是全身瘫软。腰伤痛得他喘不过气、挺不起胸，他再也没有力气和办法举起锏来了。他感觉眼前山在摇，地在晃，一头栽在了地上。他咬紧牙关，艰难地抬起头，看见那个企图夺路逃跑的秦军，满脸是血，双目刺瞎，到处乱吼乱钻。

临羊撇下锏，用尽最后的力气，艰难地向秦军爬去。他突地一把死死抱住了秦军的腿，左脚顶着一块大石，猛力一蹬，拖着秦军一道，滚下了高高的石崖……

且说千山通带领十四个弟兄，越崖附壁，迅速来到白水崖下。沿着鲇鱼河岸，一众人高呼着“大王”，细细地向下游搜寻。终于，他们在上午战场下方的山崖下，找到了紧紧抱着秦军，一道摔死在崖下的临羊。又看见了被锏打破头颅后，摔下了山崖的拓申内人和小女。他们在石崖野兽的通道上，找到了大王的锏，又发现了被锏打死的另一个秦军，还看见拓申的儿子，被刺死在秦军怀里。

地上的痕迹显示，大王拖着伤残的右腿，顽强搏斗，击杀了两个秦军、拓申的三个家人。千山通与众人无不肃然起敬。大家一同拜倒在大王遗体前，誓死要为大王报仇。

千山通将大王的青铜锏系在了腰带上，又把拓申儿女的各一只鞋捎上。众人采来山花，扎了一抬彩轿，四个兄弟抬着大王，送回凤凰翅营地去了。

带着剩下的十个兄弟，循着野鹿敲鼓的声音，千山通迅速来到了上午战场前方的密林里。他在那条不显眼的山径两边，细细察看了一番，安装了暗器，就与一众人悄悄埋伏下来了。

千山通心里忐忑不安。他虽然相信吴大人料事如神，但不免仍在嘀咕：“白天，秦军已在此山径上败得一塌糊涂。晚上，那个狡猾的拓申，还会来钻圈套吗……”

话说山贼队伍撤回凤凰翅，在场上给黑猴搭了个灵堂。午后，又把临羊的尸体安置在灵堂里。吴实宣布，待完成大王和黑猴师爷遗愿，消灭了流水庙的秦军，活捉了拓申，再来祭奠英雄。

吴实又要求山贼们吃好休息好，听候命令，参加歼灭秦军的最后一次战斗。

彻夜未眠的吴实灰头土脸、疲惫不堪。他守在临羊和黑猴身边，心思重重，睡意全无。早晨，他突然揉了揉眼睛，几步跨到场前，焦心地向大路上眺望个不止。

陪同吴实守灵的两个头领莫名其妙，赶紧跟了上去。他们不知吴实在张望什么，但又不便打听。

少时过去，大路上出现了两个人影，且越来越近了。白雀庄庄主搀扶着骨瘦如柴、脸色寡白的老乞丐来了。

吴实一喜，高兴地快步迎上前，双手扶着老乞丐，口里“老先生、老先生”地叫个不停，又无比欣喜道，“老先生来了，定有指教，晚生洗耳恭听！”

庄主正待开言，老乞丐示意止住了。他从吴实和庄主手里脱出身来，几个踉跄，手拄讨饭棍，坚毅地站定了。他虽然上气不接下气，却兴奋得声音直颤，欣然道：“子景先生，老朽估摸先生要打流水庙里的秦军了。老朽心里还藏有一个流水庙的秘密，或许对先生有用，就请庄主把我扶来了……”

老乞丐声音越来越小，几乎听不见了。突然，老乞丐努力昂起头，伸长脖子，脸憋得通红，努力却是低声道：“请庄主代我告诉先生秘密。先生哪，我终于等到你来桓山了。老朽感谢你，为老朽实现了报仇的这……一……天……”

老乞丐双手紧紧拄着讨饭棍，眼望吴实，脸带笑意。骤然，他双眼瞪得滚圆，憋得通红的脸，渐渐褪去颜色，整个人僵得一动不动了。

满是诧异的庄主一步冲到老乞丐前。哪知，刚触到老乞丐的手，老乞丐就砰地直挺挺倒在了地上。

吴实连忙半跪半蹲在老乞丐身边，大呼老先生，切了脉，试了鼻息，摇着头。他抖着手，郑重地为老乞丐合上了眼皮。

在灵堂里，又安放了老乞丐的遗体。

白雀庄庄主动情地对吴实说，今年正月初六，老乞丐回了白雀庄，仅住了三天，就不见了。一月前的傍晚，老乞丐突然来了，一头栽倒在白雀庄场上，通身发烫，眼窝深陷，不像人样了。庄人忙把老乞丐抬进屋，千方百计调理，才让他醒了过来。

从此，老乞丐顽强吃饭，噎得脖子直伸，仍然坚持着。后来，虽然他死去数次，庄人们为他穿了几次寿衣，但他居然又奇迹般活过来了。

昨晚夜半，老乞丐突然示意，执意要外出。将死之人的意愿，怎忍心违逆？他和弟弟抬着老乞丐，沿着老乞丐指点的一条山径，来到了流水庙约两里外一个废弃的野猪洞口。哑巴老乞丐突然开言道："你们一定要牢牢记住这里，并告诉子景先生！"

"老乞丐不是哑巴！"庄主兄弟好不惊奇。

听白雀庄庄主叙述到此，吴实突然激动得大喊："啊！感谢老先生，老先生在天之灵尽管放心，晚生一定不负老先生重托。"

庄主一怔，吴大人和老乞丐在玩什么把戏？

原来，吴实预计，拓申的流水庙地道，一定挖有三个出口。老鹰嘴和白水崖各一个，第三个出口在哪里？如果不能堵住，地道里的残存秦军，定会散落到桓山中，不知要给山乡百姓带来多大危害。就在吴实焦急难耐之时，乞丐老先生找到了的洞口，并用顽强的意志，来到他的面前，告诉了他。

吴实感激地一膝跪在老乞丐灵前，潸然泪下道："老先生呀，你生命的意志，让晚生钦佩不已。你对桓山乡人的深情爱意，山乡人记在心里。晚生一定要活捉拓申，歼灭流水庙残存的秦军，为几位老先生报仇。然后，将老先生和同砚一道厚葬。"

立时，吴实找来一个山贼头领，叮嘱他带上二十个兄弟，邀上白雀庄庄主，去指认和蹲守野猪洞地道出口；又安排另一个头领，去防守老鹰嘴地道出口。吴实严令两个头领，一定要截杀从出口逃出的秦军，不能让他们再入山林、祸害百姓。

却说拓申又一次败退回到了地道，他一门心思在想，怎样才能逃出吴实的手掌？更令他痛心的是，他那条花费重金，从秦国第一巫师手中求得的救命狐狸尾巴，不知掉落到哪里去了。他努力回忆，上午战场上，他感觉背后有几只鸟在飞，但用命之际，他哪去关注飞鸟？他彻底明白了，是吴实用飞鸟作祟，断了他飞离的后路，一种不祥的预感，隐隐爬上了他的心头。

就在他苦痛至极时，战斗中仅存的一个小头领上前禀报，秦军只剩二十七人了。他的心又是一痛，靠这点兵马，来保护他逃离桓山，是绝对不可能的。他只有另想办法、独辟蹊径了。

在地道里巡了一圈，拓申看到，新败的秦军兵士，个个六神无主、目光惊恐、垂头丧气。

“必须稳住他们！”拓申一遍遍告诫自己。他三角眼眨了几眨，脸上竟然浮起了一片快意。他亲切地鼓励了众兵士一番，又陡地提高嗓音，对愁眉苦脸的众兵士道：“这次，我来桓山时，江北的秦军大将已安排了兵马，近日就要过江。只要我们在地道里坚持几天，就可和大军会合，一举夺取南郡。届时，大家个个都是秦国的英杰了。”

过去，兵士们多次听将军说过“抓吴实”“夺南郡”的话，现在，却走上了如此绝境，谁还相信他？兵士们依然个个脸面呆板，无不唉声叹气。

拓申又轻松地踱了数步，忽然，他用一个最有说服力的事实，耐心开导大家道：“今天，在战场上，我的一家三口，就与接头的秦军一道走了。”

是呀，将军的家人，不是和大家一齐上了路，却没回返地道吗？若是不平安，将军会放他们走吗？若是他们被打死了，将军绝不会如此轻松呀？众兵士相互一望，会意一笑，个个放下心来。

拓申见众人释疑了，立即宣布，小头领任大头领，又选任了三个小头领，每人带兵八个。拓申信心满满，又宽慰兵士们说：“地道里有吃有喝，武器充足，足可坚持数月。如果敌人进了地道，大家依托多处暗器机关消灭敌人，莫若猫捉老鼠。”

拓申随即下令，将流水庙内的地道进口，彻底堵死，令三个头领，分别带领手下，去把守地道里的三个出口。他还风趣地提醒大家道：“除白水崖出口外，另外两个出口，是神不知、鬼不晓的。大家在地道里待得不耐烦了，本将军就带领大家，从那两个出口进入山林，去采花打猎。若是你们看中了哪个山姑，本将军就帮你成亲。”

众兵士听了拓申的话，顿时高兴起来，各守出口去了。

败退回地道后，拓申想起家人就牵肠挂肚。娘仨平安离山了吗？他十分害怕爱妾和儿女落入狡猾的吴实之手。他一直在思索如何逮着机会离去，尽快去寻得他们，一道逃回江北。现在，残余秦军稳定在地道里，他也该去与家人团聚了。想到此，他暗自高兴不已。

从哪个地道口出山最安全？他思来想去，最终选择了秦军新败的白水崖。他想，吴实绝不会又在这敌手新败的荒郊野岭，再次布防人马。

夜，拓申到地道的两个出口看了一遍，笑眯眯地鼓励了众人一番，就回到住处。他迅速把秦国授予的南郡府印、调兵虎符等紧要物品，紧紧地缠在身上。他手拄黑伞，以与秦军接头为名，骗过布防白水崖洞口的兵士，出了地道口。

山野万籁无声，伸手不见五指。拓申轻手蹑脚，踏上了这条熟识的小径。几年来，害怕鲇鱼精的山民，几乎从不涉足这条山径，但他却不知走过多少回了，甚至闭着眼睛也能出山去。这里曾是拓申的享乐之地。春花秋果，飞瀑流泉，蓝天白云，皓月当空，给他留下了无数美好的记忆。他倏地一笑，这条路，肯定是老天特地为他准备的一条坦途。前不久，他们一家人在这里欢快地踏春赏景，两个儿女各采了两大把鲜花，高兴地献给了父亲呢！

“啊，家人！”想起娘儿仨，拓申不由自主地加快了脚步。

哪知，上午战场的惨败情景，又陡地呈现眼前，他快步穿过去。而那些死去的兵士，又像魔鬼般出现在身前身后，拓申不禁毛骨悚然，双脚就像两截木桩般拖不动了。他的每根神经都下意识地绷紧了。他恨不得竖起双耳，努力地搜寻四周动静。

“啾啾……”“啾啾……”夜莺声声里，突然，一阵阵奇异的“咚咚”声夹杂其间，从前方的密林中隐隐若若传来。

这是拓申十分熟悉的林子，春木齐发，夏荫浓浓，秋果冬雪，百鸟喧闹，但他却从未听到过这种声音呀！

“噢！这不是鼓声吗？莫非吴实又在前方埋伏了人马？”拓申突地双腿发抖，急切地停下了脚步。又一番思前想后，他哪里甘心就此回转，再入那个该死的地道里？他认真地侧耳细辨，周边无异常动静哪？

唯有那鼓声，依然一忽儿敲在东边，一忽儿又响在西边，且都在树冠上。噢！鼓声里，不是还夹杂着“叽叽”的野麂叫声吗？拓申又细细再听，禁不住大喜过望戏谑道：“吴实哪吴实，你聪明一世，糊涂一时，竟想用野麂敲鼓，来充当布防人马，这点以实充虚的小儿戏，瞒得了别人，瞒得了我？”

拓申倏尔精神一振，快步来到野麂敲鼓的密林边。立时，他又想起，是否带上地道里残存的全部秦军一道归去呢？但转念一想，那样又要耗上不少时间去组织，且人多目标大，自己就不安全了。他心一狠，立即打消了这念头。想到马上就要同心爱的小妾见面了，一双可爱的儿女又要在怀里滚了，拓申禁不住嘿嘿两笑，仿佛娘仨都在向他招手呢！他迈开大步，兴奋地踏上了密林中的小径，快步朝全家团圆的前方奔去……

第四十五回　诱恶魔上钩送捕　灭残敌假手放毒

拓申心情畅快，疾步如飞。

才进入密林不远，拓申突感有什么东西在脚上一绊。他一个站立未稳，几个踉跄，扑通摔了个嘴啃泥。

拓申坐地顺手一摸，原来是一根藤蔓横在路上。他在山里见惯了藤蔓，忙爬起身来，气愤地一脚踩去，斥责道："你也敢来为难我?!"

"咚!"的一声闷响，藤蔓尾端缠着的一块石头，陡然飞起，尖尖的棱角，不偏不歪，正好扎在拓申头上。他眼里金星一闪，头皮一痛，立时感到一股热血，直流到了脖子上。

拓申大惊："莫非真有埋伏?"他习惯地往背上一摸，陡地心冷，只得悄悄地从黑伞里，抽出一把他经商数年、积蓄千金换得的宝剑，紧捏手中。他紧张地四下里一阵张望，然而，什么都看不见，也未感觉到周边有异样动静，倒是"咚咚"的敲鼓声和麂叫声，不时交织着，仍在密林顶上的树冠中响起。

站了老久，再三确认没有埋伏后，拓申又试探着向前走去。

哪知，又是"扑通"一响，拓申又一次被绊摔倒在地。同时，他感觉脸上一阵剧痛，伸手一摸，一支尖尖的小竹签，深深地扎进了面皮里。

拓申痛得发抖，却不敢声张。他咬紧牙关，猛地拔出竹签。顿时，他全身冷汗直泼。原来，坚硬的竹签上，有个半寸来长的倒挂钩，早从脸面上钩破了一块肉，又是鲜血直流。

"不好了，吴实真的布置埋伏了!"拓申再也不敢多想，掉头就回逃起来。

"扑通!"又是一根吊着的藤蔓，刚好挂住了拓申的脖子，将他仰面扳倒在地，一支竹签又扎进了头皮，另一支扎进了肩膀。拓申再也不敢拔了。

还是被吴实暗算了！拓申痛苦万分，爬起身，不敢走小径了，急步往密林中一拐，手摸一棵大树，慌忙往上一靠。哪知，一支小竹签又从背后扎进了他的脊背。他痛得再也忍不住了，更知道自己难逃罗网。他手握宝剑，高声大叫："你们是哪方好汉，不要阴招，能站出来，与本将军一试剑术吗？"

回答拓申的除了寂静，还是寂静。拓申不敢再走一步，气得哇哇大叫，举起手中宝剑，四下里一阵猛砍乱剁。

"嗖！""嗖！""嗖！"拓申不知道又是触犯了什么机关，一连数支小竹签，密集射来，先后有七支扎进了他的躯体中，所幸箭体力度不大，只伤了皮肉，均未伤到内脏。

拓申知晓自己掉入一个精心设计的圈套了。他遍身疼痛难忍，衣服已被鲜血浸透了。他数次心烦意乱，去摸背上的狐狸尾巴，巴望着奇迹出现，却数次落空。他又仰天长呼数声："师父快来救我！"

然而，周边仍是一片死寂。拓申明白，此时，任何逃跑的企图都是徒劳的，甚至会立即丢命。他把黑伞和宝剑一丢，艰难地站定，使劲击掌，以示放弃格斗。他又沮丧地恳求道："你们是哪方英雄好汉，请站出来，让我死个明白好吗？"

就在拓申击掌问话的当儿，早有一只手，从身边大树后伸出，把黑伞和宝剑捡走了。

突然，四个火把在距拓申不过数丈远的前后左右亮起来了。一众人围着拓申，一步步逼上前来。

拓申凭借亮光，认出了这些人是山贼。他迅即强打精神，亲热地喊起来："噢！弟兄们快来救我。我是你们的师爷。原来，我们是一场误会。"他转而又向千山通套近乎，"兄弟呀，我有把千金宝剑，正要送你呢！"

"师爷不要诳他，宝剑已给我了。"一个山贼高举宝剑大喊。

"好！好！好！宝剑我们要，你这人我们也要。过往出外行事时，你命令我们什么都要，难道师爷忘了？"众人嬉皮笑脸应答着，却早将拓申一阵拳脚打翻，强摁在地，拔去了他身上的竹签，绑在了一副早已扎好的竹床上。

拓申奋力挣扎，哪里脱得身，只是伤口的血流得更厉害了。一个山贼亲昵地问："师爷舒服吗？"

拓申又痛苦地恳求道："千山通兄弟，请助我一死吧？！"

千山通语气怜悯却不失挖苦地回复道："师爷呀，你过去从不说死，还说要干大事。今天，怎么把命看轻了？吴实大人可珍惜你呢！嘱咐捉拿你时，只准伤及你的皮肉，要你活得好好的，我怎能弄死你呢？吴大人还特地为你备了解痛止血药。此时，他正在凤凰翅营房里候着你呢！”

说完，千山通从一个小包裹里，抓出几把黑色药粉，撒在拓申的伤口上，流血立即止住了。

虽然拓申并未觉得伤口有痛感了，但陡然感受到了吴实对他的莫大侮辱。他明白此去必死无疑，恨不得立即就死。他拼命挣扎，破口大骂，想激怒众山贼杀了他。

“师爷千万不要心烦。来，请你尝尝甜瓜的味道。”拓申听了一悚。千山通早抬手一拳，击打在拓申耳后，叫骂声立即停止了。

众人抬起竹床，飞也似的回了凤凰翅。

活捉了拓申，山贼们喊杀声震天动地。两年多里，他们哪里知晓，黑伞里竟藏着弩矢、宝剑的秘密。一把寒光闪闪的宝剑，你摸我看，大家巴不得立即用它将拓申砍了，为临羊大王和黑猴师爷报仇，以解心头之恨。同时，看看宝剑的稀奇在哪里？

吴实来到临羊灵前，一番祭拜，把活捉拓申之事告诉了大王。而后，召来大小头领，商量歼灭躲进了流水庙地道里的残余秦军。

头领们还沉浸在活捉拓申的喜悦里，个个疯狂了一般，拍桌打椅，挥拳瞪眼，纷纷献出自己多年惩凶的拿手好戏来。有的叫着，要将拓申凌迟处死；有的嚷着要五马分尸；有的喊着下油锅；有的说要活埋；更有人大呼大叫，“绝不能亏待了这老小子，一定要把他做个满席菜来，祭祀大王和师爷，给兄弟们下酒。然后，众人齐心协力，一齐攻进流水庙地道，杀得秦军片甲不存”。

争得脸红脖子粗的头领们蓦地瞥见，吴实脸色从容，一言未发，在微笑地看着大家呢！头领相互一顾，个个脸带羞愧，鸦雀无声了。

大家明白，自己没有本事捉拿拓申，是吴大人的妙计，为众人报了仇，就已经足够了。至于怎么处死拓申，大人肯定早就心中有数了，还轮得着他们多嘴多舌？真是见天下之大笑了！

千山通一看头领们的窘相，眼珠转了几转，连忙扑哧一笑，对头领们道：“弟兄们，吴大人为我们捉了拓申，大恩不言谢，我们一齐来拜过大人。”

“对对对，拜大人！我们早就想好，怎么现在忘了？”头领们轰的一声又活跃了，忙不迭纷纷跑到吴实前，两脚两腿往地上一趴，“拜大人！”“拜大人!”地叫个不停。

“大家快起来，快起来!”吴实瞄着众人模样一笑。读圣贤书的他，哪里见过这些豪爽机灵，不遮掩内心，却又能乘机善变的山乡人?但他更明白，这些人都是被逼为贼的穷山汉，不仅一字不识，绝大多数人还没有出过大山，自然少明事理。涉及要众人一道行动的事，对他们不说明道理，就难以统一意志。他们可是十八头犟牛也拉不回头的呀!

众人满面春风眼望吴实。

“刚才，大家说得很好，为了楚国，为了黎庶，我们对敌人，就是要狠要凶。但我们也要想想，拓申害死了大王和师爷，害死了裨将军和叔文，更害死了一心为了拯救众兄弟的星仙女公子。我们在哪里杀他更好呢?”吴实从未忘记在裨将军坟前的誓言。但他未直接道明，而是问询众头领。

“大人，歼灭秦军后，可将大王和师爷，一同下葬桃花坳，与裨将军埋在一处，我们用拓申祭祀众英烈后，我再带着拓申的头，与几个兄弟去汨罗，祭祀女公子和叔文兄弟，岂不是更好?”千山通站起说道。

众人一齐附和:“好好好!”

“这事定得好。下一步，我们要歼灭流水庙地道里的残余秦军，这仗怎么打?”吴实又问。

“这还不容易，秦军不到三十人了，我们杀进地道，三对一，足可将他们生吞活剥了。”

“对!事不宜迟，该我们动手杀个痛快了。”众头领仇恨燃起，纷纷叫嚷个不休。

吴实笑容消失，黯然神伤，不无痛苦地自责道:“早些天，在歼灭秦军突围时，我们虽然取得了胜利，但失去了大王和师爷，二人都是我们的好兄弟、好乡亲。他们的家人失去了栋梁，以后的日子怎么过?这是我的罪过啊!”吴实说着说着，喉头哽塞了。

众人心里豁然开朗，理解了吴大人的用心，又像熄灭了一炉火，低下头来。

老久过去，吴实突然放下敲着额头的手，脸面铁青，一字一顿道:“拓申在地道里经营了两三年，野外出口就挖了三个，还不知在地道里设置了多少暗器机关，如果弟兄们要强攻死斗，不知又有多少兄弟要死于非命。现在，秦军已成了我们的囊中物，假如，我们再失去几个兄弟，你们甘心吗?”

吴实见头领们面面相觑，立即话锋一转下令："各头领带领各自队伍，严防包括流水庙在内的四个地道出口，将企图突围的秦军立斩，不得有误。如遇异样情况，立即报告我。"

"得令！"感情随着吴实情绪起落的众头领，异口同声答过，立即返回各自洞口的防地去了。

眼看时间过了三天，山贼们在布防的洞口附近，搭建了临时的茅草棚，每天由凤凰翅军营送来吃食。大家日日夜夜紧紧张张，手不离刀枪，眼盯洞口这方寸之地，极度无聊，个个心烦意躁了。吴大人究竟想怎样对付地下的秦军，大家还要固守多久？

吴实每天到各洞口防地转上一圈。他看出了山贼们的心事。其实，他比别人更着急。还在安排洞口布防时，他心里就在纠结，秦军绝不会投降的，怎么歼灭他们？吴实额头都敲肿了，也没敲出个好办法。虽然用毒气熏是最好的办法，但使这歹恶的阴招，他也下不了狠心。可何时才能结束这场战斗？

却说白雀庄人知晓了哑巴老乞丐的秘密，无不深受感动，又听说吴实正在组织山贼歼灭流水庙秦军，山贼守洞口多天了。早被激怒了的白雀庄人，想起恩人黄毛仙女和老乞丐三同堂，都是被庙里秦军头领拓申害死的。众人气不打一处来，他们采了几担消灭害虫的剧毒药草晒干后，送到野猪窝洞口来了，一个劲地劝诫山贼，不要去和秦军拼命："可用这种毒草去熏，地道里的秦军上天无路，入地无门，个个都会被熏死！"

毒草一下点亮了山贼们的眼光。其实，他们早想到了这办法，只是不敢向吴实提出，省得"圣贤"说他们心狠手辣，狗难改吃屎，喜欢杀人，看不起他们。

几个山贼头领深受启发，又借故告诉白雀庄人说，秦军的地道四通八达，加流水庙的进口共有四个口子，这点毒草做胡椒不辣。暗中唆使他们去准备充足的毒草送来，打算利用吴实不来的夜晚，与庄人一道，同时从几个洞口向洞里放毒烟，熏上一夜，歼灭秦军，结束战斗。若是吴实过问，他们就说是白雀庄人，为黄毛仙女和哑巴老乞丐报仇，担来毒草干的。

白雀庄人一商量，老老少少热血沸腾，一齐动手，两天两夜，就将一座小山般高的剧毒药草，晒干备好，连夜送到了各个地道出口。

夜半，庄人与山贼一道，点起了火，毒烟滚滚，一个劲地往地道里灌。直到天明，众人才将地道口用土石埋得严严实实。庄人吐了一口气，他们可以告慰黄毛仙女和可怜的老乞丐了。

第二天清晨，凤凰翅最高的山头上，朝霞簇拥着吴实清瘦而高大的身影。他背着手，远望着流水庙附近的数座山峰间，那从山石缝里飘出的缕缕黑烟，又徐徐消散在微风里。他禁不住轻轻一声叹息，转过身去。

太阳升起，阳光灿烂，普照着满目青山，照着吴实眼中这片充满辛酸苦辣的家乡土地。他的眼睛陡然湿润了。他大步向山下走去。他要抹去家乡的邪恶和不公，还乡亲们梦中的恬逸，还有很多事，在等待着他去做！

第四十六回　魔鬼断命了罪恶　山民喜庆沐春风

消灭了地道里的秦军，山贼们卸下心中的重负，大家不须再待在野外了。头领们谢过众白雀庄人，又怂恿地提醒庄主道：“你们知道吗，黄毛仙女是吴大人的义女？大人时常为失去义女而伤心落泪，你们去看看大人吧！”

这天早晨，吴实刚从野外进得凤凰翅营门，陪着一众山人待在场上的芷水，就走上前来告知他道：“白雀庄人在这里等候了许久，说是要见大哥。”

吴实忙向众人拱了拱手，询问是什么事。

庄人立即跪成一地。一群女人哭号着道：“吴大人哪，昨夜，我们用毒草熏死了地道里的秦军，为大人培育的好义女、我们的恩人——黄毛仙女报仇了！”

听了庄人道起粉儿，吴实心里一痛。他强忍泪水，高拱双手，以义父身份谢过众庄人，又苦楚道：“后天，请大家再来一趟，我义女有物品要送给你们作念想。”

第三天，老少庄人搬的搬，抬的抬，扛的扛，把从流水庙地道里清理出来的老大一堆秦军日用物，运回家去纪念恩人了。

吴实吩咐众山贼，去鹰嘴崖清理来了老乞丐两个同堂的残存白骨，又为所有与秦军作战死去或被害的死者，竖了灵牌，架起白鹤，做了三天功果道场，隆重祭祀了他们。

第四天上午，锣鼓、唢呐声响成一片。附近山乡人，听了新近发生在山里的故事，个个震惊，人人感激，一齐跑来，为拯救了他们命运的死者送葬。大家在桃花坳裨将军坟边，又添了五座新坟。

拓申赤身裸体，受伤的头颅肿得老大，通体布满了红红紫紫的大小伤点，流着血的肩胛，用一块肮脏的黑布包着。黑瘦的身躯紧紧地绑在六座坟边的一根木柱上。两个狮面脸谱，持杀威棒立在两边。一排虎面谱刀手，站立木柱后。

昨晚，吴实布置山贼头领安排刽子手，用临羊的青铜锏和拓申的宝剑行刑。众人争得面红耳赤，都要操刀锏斩杀拓申。千山通不紧不慢站出来，一副与己无关的模样，皮笑肉不笑地问询众人道："喂，拓申是谁人带领大家抓获的？"

众人一阵苦笑，不再争执了。

"斩奸贼，为英烈们报仇！"任祭奠主持的白雀庄主高声宣布。

末日已到，拓申声嘶力竭大喊："儿女们不要忘了为父报仇啊！"

千山通画着狮面、赤着肌肉凸凹的上身、肩扛青铜锏和宝剑，一步步逼近拓申。他将两只童鞋从裤带上拽出，劈面摔向拓申。

拓申从肿胀的眼缝里，一见那熟悉的童鞋，顿时傻呆了。他满脸苦楚地自骂着怨道："我不是人，他们是我特地从咸阳接来，害死在这山里的。我该死，我该死啊！"

转瞬，拓申似想起什么，又向众人大喊起来："大家上当了，其实，吴实早就与山贼勾结，坑害山民，一道分赃。去寿春时，他还收过山贼一大包茶水钱，是我安排的。"

顿时，山乡人鸦雀无声，面面相觑，一齐眼望吴实。

吴实轻蔑一笑，对众人讲述了收钱包袱的经过，又叫过白雀庄庄主和几个山贼一道，到栗树坳鸟窝里去取包袱。

不久，钱包袱取来了。当年，领狼狗到吴府送钱的两个山贼辨认后，高声证明，这"饿"字包袱和蚁鼻钱正是他们送去的。

拓申垂头丧气，合上肿成了一条缝的双眼。

"你个魔鬼也有今天！"千山通大骂了一声，伸手抓起一大碗酒，咕嘟咕嘟喝下，将最后一口酒，"噗"地喷在临羊的青铜锏和拓申的宝剑上。

仇人相见，分外眼红。千山通手举青铜锏，狂呼道："尊敬的裨将军，大王、粉儿仙女、黑猴师爷，我代表众人为你们报仇！"一锏将拓申的头颅打得稀烂。旋即，又大骂一声"杀畜生"，高举宝剑，猛力砍下，拓申腰以上，连同半截木柱，砰地掉落在地。

众人无不惊奇，剑面不见一丝血。

回过神来，众人大嚷大骂，把拓申的南郡府印和调兵符印砸得稀烂。

早在押解拓申出门前，几个山贼就用宝剑从他两肩胛和手臂上剐肉烹制了一大盆汤，一觞酒，端到临羊、黑猴坟前，高喊道："大王，过去你说的'来日下酒'，吴大人为你安排在今天……"

眼望拓申被斩，吴实又想起了粉儿、叔文、裨将军、老乞丐及其同堂。他拱手念着他们的名字，郑重告之斩了拓申。

葬礼毕，齿先、千山通、白雀庄庄主等人，又带着拓申破烂的头颅，赶去汨罗，隆重地祭祀了叔文和粉儿。

在凤凰翅军营里，从不摸兵器的吴实，细细端详了一番拓申的宝剑，郑重地将它赠给戒夫。

戒夫惊喜不已，双手捧着宝剑，看得双眼瞪得滚圆。他极少见过如此珍贵而稀有的宝剑，口里啧啧个不停。虽然他爱不释手，但突然觉得自己不配用它，就还给吴实。吴实却再三坚持，戒夫不得不叩头称谢接了。

灭了拓申和秦军，吴实向戒夫提出，解散山贼和沙府家丁队伍，将官衙多年里籍没的山民林山，划归原主。

戒夫与家丁和山贼两拨人，在一起相处了数月，早已知晓了他们多是失去林山，被逼为贼、为家丁的贫穷山民，要让众山民安居乐业，唯有解决林山归属问题。他立即同意并支持吴实的主张，又请吴实主持山民林山归还之事。他要去南郡和下隽县，察看他派去的手下，是怎样治理郡县的。同时，他要以官府的名义，配合吴实在幕阜桓山里的行动。

吴实嘱托戒夫，一定要把漏网的叛官、下隽县县令郎二除了。戒夫答应了一声，执意留下两个他带来的黑衣人，要他们切实保护好吴实，就与三个黑衣人，带领山贼与家丁队伍中，愿意从军的二十二人下山去了。

三天后，戒夫派人送来百份郡、县衙门的布告，张贴在山乡四处路口。布告严令：下隽县幕阜桓山地区，昔日被沙老爷勾结官衙，霸占的山民林山，一律归还原山民所有，权属永远不得变更，有不执行者立斩，头颅四乡示众，家产抄没归公。

吴实看了布告既喜又惊，戒夫将拒归林山者，与叛国罪同类，显然过了头。但谁人不怕重刑？戒夫是为他扫除障碍。

布告消息在破产山民们中一传十，十传百。昔日因林山被剥夺而离开山乡的山民，抱着试探的心情，从四面八方回归家园。吴实忙令乡、里吏员一一落实归还林山。乡人个个大喜。

瘪老头怎么也不相信这是真的。吴实做了一块石碑，将他的名字和林山四至刻在碑上，立在了山中。瘪老头如梦方醒，跪地大号。

有个被夺林山外出三十来年的六口之家归乡了。七十岁的老人非要拉着吴实来到还家林山上，举了数次刀却不敢向树木下手。吴实捏着他的手砍树。大树倒地的刹那，老人大笑数声昏过去了。

有个寡妇，丢了婆婆和两个小儿女一家四根讨米棍，在归还的林山上摆了一桌酒，央求吴实去赴宴。吴实把当地的头面人物都叫去了……

吴实又召集地方各姓族长、名人学士，讲述了裨将军、粉儿、老乞丐及其两同堂、临羊、叔文、黑猴等人献身桓山，山贼、沙府家丁勇斗秦军的故事。听者个个感慨不已。他们知道了桓山里竟然发生过这么多悲壮故事，特别赞扬了昔日里人们谈虎色变的恶魔，被吴实教化成了山乡人利益的保护者。吴实趁机劝导大家化解仇恨，接他们回家。众人听说要解散两支恶魔队伍，个个表示原谅他们的过去。

几天后，山南山北人选定吉日，扶老携幼来到桃花坳，隆重祭祀为拯救桓山乡人，献出了生命的英雄们。同时，各族长带领族人，接山贼和沙府家丁回家。

山贼与家丁们个个感激涕零。他们血泪控诉了沙老贼的种种罪行，承认了自己的不良，又向有冤仇的山民赔礼道歉，终于化解了民与贼、民与家丁间的仇恨。山贼和家丁们拜了吴实，拜了乡亲，放心地回家了。

戒夫配合吴实，为山贼和家丁还乡之事，发了一个合情合理合律法的布告，在下隽县广为张贴。山贼和家丁们个个从善，守着家人和自家回归的林山，重见了天日，活得自由自在了。

山乡人原谅了舍命拼杀秦军的临羊，又找到了老英雄饿狼的尸骨，隆重地落葬在桃花坳。又从洞庭湖中的小岛上，接回临羊失散了多年的老母。风烛残年的老人，见儿子是为山乡人献出生命的，哭拜在丈夫与儿子坟前，大号了三声“苍天有眼”、仰天大笑数声后，突然倒地归天了。

山民们将这对离散多年的老夫妻合葬了。

吴实又把属于沙府的数片林山和大宗的田地，划出部分来，补偿了季左、叔文、临羊、黑猴等为了桓山新生而献出生命的壮士。另将大部分山林田地，悉数分给了特别贫穷的山民，让他们的生活有了着落。

吴实把沙老爷在花蒲市、梓木里南虹桥的资产，本着接济贫穷的社会道德法则，悉数分给了在市集生活无出路的人们。

桓山一带的山民，自发卷起了一阵从未有过的喜庆狂潮，整日整夜锣鼓喧天，鞭炮齐鸣。山民们热血沸腾，通宵达旦，又唱又跳，个个喜笑颜开，比什么佳节都要热闹。

从此，郡、县官衙清澄公道，深山里没有了山贼为虎作伥，花蒲市里没有了沙老爷的残暴无道，桓山地区阳光如流，和风顺畅，干干净净，进入了一个昌盛发展时期，影响到周边数县。

三年里，不知吴实去寿郢朝廷下落的人们，特别是一些传言“吴实无真才实学，被朝廷赶走”的嘴巴，知道了有手持御牌的人，在做跟班，保护吴实；知道了有帅府裨将军，千里迢迢赶来营救吴实，死前还说“为拯救楚国留一线希望”！大家明了真相，再也不说吴实的坏话了。特别是桓山人，把子景先生奉若神灵。有要为他塑像的，有要为他立碑的，有要为他做生庙的，闹得轰轰烈烈。吴实找到落差和齿先，要他们去说服众人，劝阻了山民们的行动。然而，吴实主持的歼灭桓山潜藏秦军、斗拓申、斩郡县叛官等一系列降妖灭魔、除暴安良的故事，如同一个个神话，在山乡人口里越传越广、越传越奇，流传了千百年。这是后话。

这天，吴实松了一口气，又一次想起要回家去看看阔别近三年的年迈父母和妻室儿女了。上桓山大半年间，他十来岁的儿子吴霍，多次由落差陪同上山，为家人报平安，给父亲送寒衣和吃食。二人尊奶奶嘱，特意瞒下了镐公已逝，要他得空了就回家看看。此时，吴实山里之事均已办妥，实现了祖父圭公想为乡人办好却未能办到的遗愿。他打算下山回家去看望父母，和家人团聚。

齿先刚把吴实送到凤凰翅场前，就见两个黑衣人相护一伏在马背上的骑手，来到了身边。吴实一怔，他是谁？

伏马骑手艰难地抬起头来。

噢！这不是戒夫吗？仅数日未见，戒夫身体瘦了老大一圈，脸色苍白，双目无神，两颗虎牙伸出老长，通体失去了往日那种雄姿英发的光彩。吴实双目越瞪越大，满脸尽是惊异与疑惑，戒夫怎么变成这副样子啦？

戒夫一言未发，眼皮一耷拉，就一头倒栽下马来。两黑衣人赶快扶住了他，一个劲地呼着“戒夫大人”。

吴实似乎这才回过神来。他行囊一丢，猛扑了上去，高喊了一声“我的兄弟啊”连忙吩咐送进屋里施救。

两个黑衣人抱起戒夫，往屋内猛跑。吴实飞步跟上。

戒夫躺在床上，昏迷不醒，知觉全无。吴实一手卡住戒夫人中穴。许久，戒夫才喘过气来。

虽然黑衣人再三解释，戒夫大人没有外伤，但吴实还是双手忙不迭给戒夫摸遍了全身。吴实又赶忙给戒夫切脉，他切了左手，再换右手，换来换去，又敲着额头，围着床头直转，反复翻看着戒夫的眼珠，又抹着自己额头上的汗珠，手足无措。

芷水按捺不住焦急的心情，眼噙热泪，一会儿为戒夫送进茶水，一会儿又端来吃食，一会儿又待在一旁，不由自主地搓着手，直直地盯着戒夫，又瞧着吴实。她的心好痛，自从大哥帮她撮合戒夫后，她多次暗暗心喜。如今，她多么盼望大哥，像往时给病人切脉后一样，轻松地给她一声吩咐，为戒夫去备药。然而，她终未听到！

齿先也是急得不行。他们哪里见过，先生诊治病人，如此束手无策，忙乱无序，苦苦用功，却难得结果？

两黑衣人哭丧着脸，不知自己该做什么，急得团团乱转。

“先生……”戒夫终于动了动嘴皮，声音却微弱得几乎听不到。

芷水忙端上茶来，用调羹喂进戒夫嘴里。才喂了一匙，水就沿着嘴角流出来了。戒夫闭上了嘴。他用力张开眼皮，望了吴实一眼。

众人会意，芷水、齿先和黑衣人忙出了门。

“先生，我下山后，到郡县走了一趟，下隽县叛官郎二，早开溜了，不知了去向。另外，我令南郡和下隽县代办官员，在朝廷未派吏员前，要他们全听先生的。”戒夫顿了顿，又说，“我病半月了，水米未沾牙，吃什么呕什么。我的病在心里，在骨头里，不是先生能治得了的，你就不要操心了。我想，有个‘好人’，他生时寂寞，死后，肯定是要我去陪他了。我特地赶上山来，是与先生诀别的……”

两颗晶莹的泪珠，突破了戒夫从不曾有过的悲伤防线，滚出了他的眼角。

“你的病不要紧，一定会好的！”吴实忙操起热脸巾，为戒夫擦了脸。他的心在绞痛，双眼湿润了。他确实无力回天，救治戒夫了，却还是一个劲地宽慰着戒夫道：“大人哪，我的好兄弟哟，你会好的！你是英雄，桓山的天神地神、四方神灵都会保佑你。你要振作，你一定会好的啊！”

“感谢先生，我知道自己无救了。我来是要把一个‘好人’的故事，以及我藏在心底的特殊使命，一同告诉你。我不能把它带入土里去。”戒夫强打起精神，平抑心绪，脸上露出了灿烂的微笑。他又细声却是充满希望地道：“我看出，先生一直在质疑我的身份，我都告诉你。以后，先生就知晓该怎么走前路，肩负起我未完成的任务了……”

吴实大骇。他紧紧捧着戒夫伸过来的手，凝神静气听起来。

第四十七回　如梦如幻说好人　痛心痛肺失戒夫

楚国深山里有个小山村。二十来年前，一件新奇的事震惊了远近人们。两条小河交汇处，一个贫穷小男孩家的稻田里，一场山洪过后，忽然发现了不少闪闪发光的小金粒。山里人听说后，纷至沓来，眼望金粒好不羡慕，这贫穷家要大发了，山人纷纷来小男孩家致贺。

不久，又出现了另一件怪事。小男孩身健体康、年龄才三十出头的双亲，却突然得了一种怪异病。山里郎中什么药草都用上了，双亲怎么也不见病愈，反见病恶。

父亲离世时告诉儿子，祖上贫穷，无田可种，就垦出了两河交汇的河滩种了稻谷。这是祖业，什么高价都不能卖。男孩点了头，父亲才咽气。母亲病逝时，拉着小叔子的手，双眼盯着七岁的小男孩，将其千叮万嘱托付给了他。母亲走后，小叔子心一狠，请媒人断了已订婚的女子。叔侄俩相依为命，靠种田，挖金粒，日子过得饱满。

不久后的一个晚上，侄儿夜半才爬回家，早在翘首等待的小叔子一看，侄儿裤裆里满是血，雀雀没蛋蛋了。小叔子大怒，持了把开山大斧，一声不响出了门。从此，小叔子再也没有回来。

一个好心的邻居，趁夜摸进小男孩家，催他快走，将其送出了山。临别，邻居送了一包药，嘱他敷在伤口上，又对小男孩说："栢富豪要买你家水田，遭你父母拒绝后，就害死了你的双亲，你若是待在家里，迟早是个死。你到楚王家里去做寺人，只要讨得楚王欢心，官吏们就会来巴结你。你报仇的日子就到了。"

在陈郢一个金碧辉煌的大家庭里，小男孩与众不同。他从不怯场，勤快机灵，见事做事，有空就帮人人害怕、老远就躲着避着的主东捶背。小男孩直言直语，时常给沉闷的主东，讲老家山里的飞鸟、唱歌的蟋蟀、清溪里的小鱼，打着灯笼的萤火虫儿等。主东开心了，还要小男孩唱一段家乡的儿歌。

说到“好人”，还有一段令小男孩难忘的来历呢！

主东没有孩子，见了小男孩就欣喜地笑着。有一次，主东细细地询问了小男孩家的遭遇后，还抹了几抹湿润的眼角。从此，主东对小男孩的吃穿用特别关照，还赏过小男孩燕窝、熊掌等不少从未听说过的吃食尝鲜。

小男孩找到了家的感觉，得到父母般的温暖，好快乐，好幸福。他寸步不离地依偎和侍候在主东身边。

有一天，主东指着小男孩两颗突出的犬牙，笑眯眯地戏问：“你怎么长了两颗这么大的狗牙？”

男孩答：“不！是虎牙，待我长大了，要咬死天下所有的坏人！”

主东一乐欣然道：“好，有志气！往后，我就叫你虎牙好吗？”

男孩心一酸，差点没哭出声来，过去，父母就是这样呼唤他的。他激动地问主东道：“往后，我叫你‘好人’好吗？”

主东双眼一亮，急切地问：“你仔细看看，我是好人吗？”

小男孩头一点，肯定道：“在大家眼中，你是个最大的官。你待人却如太阳，似明月，为人有父母慈怀，是个大好人哪！”

主东满脸的笑容倏地收敛了，慢慢地抬起了迷惘的双眼，重重地叹了一口气，好不无奈地道：“你比那些‘大人’们懂事多了。他们嘴上甜如蜜，心里黑似漆。要是他们都像你一样对我，该有多好啊？！”

小男孩心里一抖，忙捧上茶，宽慰主东道：“你不要灰心哪，如果他们跟着你学，你耐心地教，他们不就都懂事了，都会认认真真帮你办事的。那样你不就天天高兴了？”

“好好好！”主东眼一亮，头一点，伸出手，在小男孩脸上一摸，兴奋道，“要是他们都学你，不就更好了吗？好，你说我是好人，以后，你就叫我‘好人’吧！”

从此，在二人世界里，好人称小男孩“虎牙”，小男孩叫主东“好人”。他又按好人吩咐，从不跪拜磕头。这个秘密，虎牙从未向任何人吐露过。好人更喜欢虎牙了。

一年后，虎牙才八岁。好人为虎牙准备了文房四宝，满脸肃穆要他去学馆读书。

“真的？”虎牙哪里相信自己的耳朵！在老家，学人特别受人尊重，穷人连读书梦也做不起，如今……虎牙一乐之余，突地又回过神，脚一跺，流起泪来，直直地盯着问好人问：“我不去行吗？我舍不得你。我怕以后没家了，就无去处了啊！”

“你一定要去。以后，不管你去到哪里，我这里永远是你的家。”好人双眼湿润，急步上前，摸着虎牙的头，忙不迭宽慰着。好人又从身上取下一块小玉佩，郑重地交给虎牙，叮嘱小男孩有空就来看他，有哪个要拦阻你，你就将玉佩给他看。

虎牙一把抱住好人大哭道：“虎牙一定要为你好好读书……”

在学馆里，虎牙与一群大人在一室读书，学业却不比别人差。虎牙每月都要回家看好人，除了带上读过的书、习写的字，每次还把街市人说好吃的“天下甜”或“千里香”，买上一小包，带给好人吃。

好人听虎牙背了书，看了他写的字，高兴地拿起虎牙买的吃食，大嚼起来。第一次尝鲜时，好人突然停下了手，盯着虎牙揶揄道：“这些东西你常吃吗？”

虎牙不由自主地舔了一下嘴皮，直言答道：“我至今从未吃过，只是听别人说好吃，名字又好听，就买来送你。”

“噢？”好人大眼一睁，抖着手，一把揽过虎牙，要他一同吃，否则，他也不吃了。虎牙高兴地陪着好人一同吃起来。

好人又戏问道：“你买这些吃食的钱，是偷来的吧？”

虎牙一脸严肃地告诉好人道：“不，我饿死也不做贼。钱为了买吃食，我在一府第扫了两天地，才赚到的，只是钱太少，买得不多，太对不起你了。”

好人将虎牙紧紧地揽在怀里，生怕虎牙飞了似的。

读了三年书，学馆结业了。好人问虎牙：“你不是想报仇吗，什么时候回老家？”

虎牙答：“想，从来没有忘记过。我时常担心，不知那个凶残的柘富豪，又害死了多少无辜的山乡人？”

好人说：“那你再去习练武功吧！”

第二天，好人派人把十一岁的虎牙，送进了一家出名的武馆。虎牙练了三年功，每月仍像读书时一样，去看望好人。又把在武馆学到的功夫，认真地演示给好人看。每次，好人尝过虎牙数年如一日的孝敬吃食后，都特别地吩咐御膳房，为虎牙安置饭食，嘱他尽管吃好，长个好身体。

眼望日渐长高，武功精进，且骑射、飞刀功夫特好的虎牙，好人一副兴奋模样。

又是三年后，好人把个子长成大人一样高，只是身体单薄的虎牙，派人送进了老远的边关守军军营。在军营里，虎牙利用空闲，猛攻兵书，根据边关地势地貌，研习排兵布阵。

虎牙无视一切艰难困苦，作战勇敢，两次负伤，屡建功勋，由士卒一路晋升。十九岁就任了那个边关的骑兵首领。几年里，虎牙从未离开过边关，与好人失去了联系，只是梦中时常和好人在一起。

有一天，突然从郢都来了两个便衣，向边关将军出示了一份缉拿证件。将军大怔，来不及为虎牙申辩，虎牙早被便衣带上重镣枷走了。一路上，虎牙吃不饱，若是走得慢了，便衣就棍棒侍候。行程近月，虎牙双脚腐烂，一瘸一拐来到郢都。已是骨瘦如柴的虎牙，又被下了大牢。在审讯堂上，在刑屋里，身背冤屈的虎牙已是遍体鳞伤，却绝口不承认对他的诬陷之罪。

两个月后，刑府无奈，只得要虎牙找人保释出狱。虎牙一口回绝在郢都“没熟人”。一个月后，刑府宣布，虎牙是冤案，对他赔礼道歉释放了。

回到阔别五年的好人家，好人早在后宫一间灯火辉煌的宴会厅里，准备了丰盛的酒宴，独自一人在等待他。

虎牙一见好人，来不及下跪，好人就喜得泪流满面，一把拉住了高出一头且身体虚弱不堪的虎牙，细心察看了他在战场上留下的两处伤疤、满身的鞭痕，立即唤来了御医……

从此以后，虎牙任了不穿军服的御林军副将、好人的便衣带刀侍卫，住在好人的后宫。好人为了他办事顺当，特制了一块闪闪发光的金牌赐他。他却从未与好人同场，在公众眼中露过脸。

一到只有他和好人在一起的时候，二人就又回到了过往岁月的那种愉快生活里。他们还数次偷偷出宫，以师徒相称，游山水，看日出，赏明月。又到街市上，到处寻找虎牙第一次买的天下甜，二人吃得好欢心。

一年后的一天，好人突然问虎牙道：“你什么时候回老家报仇？”

虎牙回道：“如今，我是你的人，只有国恨，没有家仇了。”

第二天，虎牙又兼任了朝廷鸥鸮的二头领，兼管、指挥调遣朝廷和昭、屈、景四家鸱鸮。

一晃又是十来年过去，朝廷搬到寿郢来了。三年前暮春的一些日子里，虎牙见好人有时垂头丧气，有时脾气暴戾，甚至在后宫乱骂，乱摔宫藏珍品。看着好人一副心力交瘁模样，虎牙心疼了，忙上前拉住他的手，急急地询问，究竟出了什么难事？

好人闷闷不乐道：“下隽县有个叫吴实的学士，满腹经纶，时策应对独到，被我召来了。可是，好端端一个拯救国家的机会，硬是被众大臣廷议推翻了。还诬吴实是秦国奸细，谏言我杀了吴实。我未点头。现今，不知有多少人想要除了吴实。若是吴实真的被杀了，不仅天下学士会嫁祸于我，怨我、骂我手段毒辣。更可惜的是，拯救楚国也就失去最后的一线希望了。虎牙，你说说，我能不着急吗，我该怎么办？”

虎牙禀报道：“据帅府报，有人在邮驿里对吴实下过毒手。昭氏鸱鸮告诉我，有人在策划，想怂恿或绑架吴实投秦，此事尚未坐实。”

“还有这些事？”好人更是神情焦灼了。

虎牙不假思索，就坚定地回好人道：“为了楚国，为了你，我去把吴实保护起来。”

好人一愣，过了老久，才无可奈何道：“有你去，我就放心了。总有一天，我要用上吴实的。只是目前要委屈你了。以后，你就叫戒夫吧！”

好人知晓屈化并非将才帅才，但想到老臣们靠不住，屈是少壮派，就将先生交给了屈化。好人想利用先生的才智教导屈化，提高军事素质，把这个徒弟带出来，为楚国培养后人。好人又嘱咐虎牙，要诚心诚意帮助屈化。

第二天，戒夫去了邮驿，撤了帅府派驻的兵士。他带领屈氏鸱鸮，在邮驿内外秘密保护吴实。吴实去帅府后，戒夫又当了跟班。

后来，好人数次专门听了戒夫关于先生的禀报。戒夫将先生谋划的垒沙抗秦偷袭战、两次黑风口战、新合纵方案以及先生的为人，都告诉了好人。好人利用胜利之机，数次拔擢屈化，目的是激励他和一伙少壮派快快成长。同时，倒逼屈柱国多多操心军事。好人也对屈化失望过，但只有他能用先生，也就忍了。越到后来，好人越加坚定了起用先生的决心！

“可惜，真可惜啊！半月前，好人突然就薨了……”戒夫苍白清瘦的脸面好一阵扭曲，又无比痛苦地喘息着。他的眼泪早就哭干了。

稍待平静，戒夫又道：“先生事国忠心，可你还蒙在鼓里。我身边的黑衣人里，肩负本氏鸱鸮责任，有要绑架你的，有要除了你的。两年来，我命令他们不准动手。他们绝不会对先生下毒手的。先生就不要去追问和责备他们了！”

“前天晚上，我做了个梦，好人嘱我把御牌转交给先生，并说他亏待了你。为了楚国，请先生保重，有机会就为楚国出力，万一没有机会，就为天下黎庶出力吧……”

“几年里，先生待戒夫亲如兄弟，又一番好心帮我撮合芷水，我做鬼也不会忘记先生的好意和恩情。但求先生在以后的岁月里，千万不要把我是寺人的底细，泄露给任何人。单可告诉芷水，让她忘了对我的爱，另找他人……”

“先生，为了社稷和黎庶，为了在下未完成的任务，你千万要保重啊……虎牙无福跟着你，我……要……走……了……”

戒夫声音微弱得几乎听不到了。他顽强地伸出左手，递给吴实黄金御牌后，他就再也没有了丝毫气息……

吴实听得惊奇不已，又感伤得不行，早已泪流满面。这些天，他处事太多，怎么就忘了观天象呢？他猛地擦了一把泪水，使出浑身解数，拼命地施救戒夫，然而，一切都是万般无奈。

哭得累得精疲力竭的吴实，突然疯了般立起，仰天狂啸：“戒夫大人哪，你为我俯下金贵的腰身，我竟无法营救自己的恩人，我枉为人医，枉为朋友啊……”

吴实一膝跪在戒夫尸体前，双手在地上乱打，直打得拳头滴血。

听见吴实痛苦的叫喊声，芷水突然冲进了门，见了气绝的戒夫，不由自主地身体一软，瘫倒在地，就人事不省了。

下葬戒夫时，黑衣人和齿先再三劝阻，吴实才留下了御牌，请齿先代为保管，仅把拓申的宝剑，亲手陪葬在戒夫身边。

一次次遭受强烈刺激的吴实，已然身疲心碎。他一屁股坐在地上，有气无力地嘱咐齿先道：“戒夫大人为了我，忍辱负重，历经苦难，相伴了两年多，我要和恩人说说心里话。”

吴实说着说着，又猛地按住了沉闷得发痛的胸口，坐在地上伤起心来。他失去了戒夫，又失去了信任他的楚王，破灭了几年里一直纠结在心中的晋谒希望。他突感眼中一片黑暗。

哪知，又一件伤心事落到了吴实身上……

第四十八回　苍苍茫茫走芷水　懵懵懂懂奔都城

祭奠戒夫回程，送走了陪伴戒夫上山的几个黑衣人，齿先骤然“啊”了一声，慌慌张张往芷水屋里跑，推开门，屋内空空如也。他迅速找遍了凤凰翅营地，却怎么也不见芷水。

“先生悲伤之时，我怎么就这样糊涂，忘了留人照顾她呢，她哪去了?”齿先又漫无目的地来到芷水屋里。他脚一跺，丑陋的脸面上又增添了一层酸楚和无奈。

齿先头一低，忽然看见桌面上，留有一条写满了字的丝绢。他拿起一读，震惊不已，转身就向戒夫坟地狂跑起来。

吴实接过丝绢，忙不迭展读起来，只见上面写着：“吴实大哥，如今，戒夫兄走了。大哥也要回家。小妹的心突然死了。我一生爱过四个人，家乡的那个小伙伴，因欠富豪的债被毁了；为了大哥清白，我去爱季左，季左战死了；大哥又给我撮合戒夫，戒夫又走了；小妹真诚地爱着你，你却成了我的大哥。大哥呀，失去了你，我就失去了一切！梦想中的家没了，我能去哪里？回到寿郢，我就不是‘我’的了。我是‘妈妈’的克星，她肯定不会认我，也没人保护我了。老当家们准会把我这个‘下脚货’卖到青楼去。我宁死也不从。我只有跟随自己的心，到有蓝天白云的地方，去寻找命运的归宿了……但我高兴的是，大哥清楚我是清白的女子，如果有人指责小妹，请大哥帮我证一言好吗？最后，请大哥再次接受小妹送上的千个吉祥！”

“芷水呀，我可没说要你走，你怎么就走了呢！”吴实一反常态，歇斯底里地狂呼大叫，手忙脚乱疯跑起来……

齿先忙追上去，一手拉住先生。

傍晚，朔风怒号，天地沉沉。吴实像个木头人一般，赖齿先搀扶着，高一脚低一脚，回到了凤凰翅一大片死寂营里。

此后的三天，吴实躺在戒夫坟地，时而长吁短叹，时而眼望天边发呆，时而紧盯着送茶送饭的齿先，几次张口，像有一肚子的话要说，却始终没有吐出一个字来。

齿先理解先生。来桓山后，先生身边老大一众人，都在先生眼前一个个倒下去，如今只剩下他了。先生能不痛心？但他绝不能让先生陷在这绝望的心境里挣扎。

“先生，门生送你回家去。”齿先恳切地对吴实道。

吴实一声未哼，头一摇。

劝说无效，又无法排解先生忧愁，齿先搓手干着急，只得暗暗猜度先生在思考什么，再图良策。

的确，芷水的出走，引起吴实思绪泛滥。季左、叔文、黑猴、粉儿、临羊、屈化、戒夫等一群生龙活虎的年轻人，个个身强体壮，或知书识礼，或一身武功。在光阴的一个转角里，就倒在了青峰翠岭间。他睁眼闭眼里，那欢笑声，那生动活泼的身影就在浮现……

吴实又想起了裨将军、山贼老郡丞、老军头县令、哑巴老乞丐。他们或武功或才华，都曾显赫一时。与他结识后，几缕淡淡的红尘，就轻易而悄无声息地把他们抹去了。

吴实总感觉这三年是在一场噩梦里纠缠，幻影迷离，虚无缥缈，却又明明留下了彻骨的疼痛！他要摆脱这种困境。他要去找芷水，绝不能让她有什么伤心事了！

这晚夜半，万籁无声。吴实眼望漆黑的窗外，怎么也睡不着。

突然，一阵窸窸窣窣的怪异声响在屋顶上。

这是什么东西爬到屋顶上去了？很明显，这并不是老鼠或猫的声音。吴实一把坐起，凝神谛听。

“嗖！”“嗖！”突然两声飞箭在屋顶上响起来，在这死寂的黑夜里显得格外清脆。

随即，屋前场上传出一声“哎哟”的惨叫来。

吴实赶忙起床，突然“啪”的一声，房门被闯开了，一个声音焦急地询问：“先生！先生没事吧？”

“没事!”吴实听出齿先的声音，忙又问，“场上发生了什么事?”

“先生，你千万别出门，待会儿我再来告诉你。”齿先急忙关上门走了。

这时，“砰”的一声，从屋檐上跳下一个人来。

齿先忙举起刀来猛扑上去。

“咣当”一响，齿先的刀早被对方架住了。对手小声却是急迫地对齿先道：“我是落差。你在这里守住门，保护子景，我去对付这些夜猫子。”

“好！我知道了。”齿先一惊一喜，连忙答过话。落差早已悄无声息地消失在场上的黑暗里了。

吴实住的房间没有后窗。他起得床来后，赶紧趴到窗台上张望，却什么也看不清楚。

骤地，场东一阵“噼噼啪啪”的刀具格斗声响传出，紧接着，又是一声“哎哟”的哀号传来。

正在这时，齿先大耳朵一阵转动，听出屋顶上又有怪异声响。他一颤，落差并未说还有他的人在屋顶上呀?他身子忙靠上一根廊柱，一把弩早操在了手上，仰头厉声大问：“屋上是谁?”

“嗖！嗖!”两支箭齐展展地扎在了廊柱上的同时，一阵更多、更加密集的箭声向屋内响去。

先生危险，齿先惊悚。他一蹦到前场上，大骂了一声“讨死鬼”双手一抬，二支弩矢随着三声急促的风响，向屋顶飞去。

两个黑影痛苦地哀号着，随着一阵“吱吱嘎嘎”的陶瓦破碎声响，“砰!”“砰!”地掉落在了前场上。

随着屋后一声尖厉的口哨声响，场上屋顶上的声音全部消失，显然，杀手撤退了。

“子景怎么啦?”漆黑里，落差飞步跑过来，一掌推开了吴实的房门，随着两声“叮咚”的火石声响，落差迅速点燃了一个大火把，只管向吴实床上凑上去。

“啊……”落差惊得合不拢嘴。

齿先赶上一看，小眼瞪得老大了。

“嘻嘻……我在这里，好着呢!”

二人突地转过身来，忙向吴实凑上去，只见他坐在窗边的木椅上，笑眯眯地看着二人。吴实道：“感谢你们了!”

三人复看床上，被裹上插了五支弩矢。

落差左手举起火把，右手操刀，一蹦出了门。他一一看过场地上的杀手尸体，向一个有气无力叫喊“饶命”的黑衣人举起了刀。

“刀下留人!”吴实站在廊上大喊。

落差哪有心思听吴实的，大叫了一声“去死吧”一刀捅进了杀手的胸膛，在尸体上将刀两面一擦，入了鞘，双手拍了几拍，大步走向吴实。

“我要你刀下留人，你为什么不听?”吴实拉下脸，转过身。

“是呀，老兄应该留个活口，问问是怎么回事嘛！冤有头，债有主。以后我们去找谁讨这笔账?”齿先也埋怨开了。

落差一笑道：“子景别急，杀手都该杀，仇家我早就弄清楚了。只可惜他未来。”

吴实一震，连忙进了屋，催促落差快快说出原委。

“今晚谋杀子景之事，我早就知道了。”落差道，“三天前的夜半，一个归还了林山、刀箭功夫极好的山贼，趁夜来到我家，一副愤怒状。我忙问他怎么了。”

山贼道：“郎二县令派人探得吴实身边只有一个寺人了，就请六人来杀了二人，许诺见人头后，每人赏三千鬼脸钱，将来还可去秦县衙当役，保家人平安，要我不要误了良机。吴实是我的恩人，我怎能忘恩负义，就以母亲病重为由推辞了。‘你一定要救下先生，如果需要我，就知会一声。’”

落差说，后来，又有两个沙府家丁和一山贼分别找我说了此事。他们都请求与他一道来保护先生。被他拒绝了。他悄悄来到凤凰翅，在这里隐蔽待了三天三夜，果然等来了杀手。

“郎二现在何处?”吴实急问。他多么想除了这个叛逆。

落差摇摇头答：“我问了山贼和家丁，他们都不知道。”

这天，数个知晓了吴实下落的弟子上山来了，他们高兴地赞扬先生为林乡山民造了福，有的提出，“要跟随先生执鞭随镫”，有的“要随先生存续学业”。

吴实心中的波澜骤起。昔时，他已经荒废了不少弟子的前程。他能再将弟子们召聚学馆吗?何况学馆已经毁了。以后，他给大家带来的将是什么结果?

同堂离去后，齿先提醒吴实道：“先生，桓山不宜久留，回家也有危险，甚至会连累家人。我们该离去了。”

对！自己生命事小，可不能害了家人，更不能害了昔时的弟子。吴实下决心离开桓山了。

这天，戒夫留下充任郡尉、县尉的几个黑衣人突然上山来了。他们拿出一束收到多时的简信交给了吴大人。

“啊！帅府的请柬。”吴实双眼一亮，这正是离开的好机会，说不定还可成就一番事业，亦可借机去寻找芷水。

“先生要慎重考虑，有必要去帅府吗？”未待回话，黑衣人就在提醒、试探脸现喜色的吴实。

“为国效力，我能不去吗？”吴实早忘记了前时帅府的缉捕令，忘记了过往在寿郢的艰难曲折，反问黑衣人道。

此时，几个黑衣人又收到了几份或斩杀、或抓捕、或绑架吴实的命令。他们敬重戒夫，同时，更惧怕朝廷鸱鸮，一直没有动手。为了应付上头，他们以“吴实病重”为由回了各家话。

这些黑衣人心明肚知，此时，六岁的楚王捍新登基。捍即黄歇与李嫣所生。国舅李园诬杀了黄歇，自立为相国。而朝臣们都在千方百计扩充自己的势力，斗得你死我活。各氏公族都盼望利用吴实，攻击屈氏。如今，吴实没有了戒夫大人的保护，去寿郢定是被人利用后丢了性命。况且，他们先前已报吴实病重，若吴实在寿郢露了面，他们就有“隐瞒真相”甚至有“叛逆”之嫌，生命就难保了。

眼看吴实的心喜模样，黑衣人赶紧劝阻道：“现时，天地一片混沌，阴晴未定，先生应以静观动，看准风向再说。”

黑衣人话中有话，让吴实骤然生出阵阵苦闷来。他一头雾水，满脸犹疑地回话道：“我听你们的。”

黑衣人听了吴实的话，放心地回任上去了。

哪知刚过了一天的夜半，吴实满头大汗惊醒了。他霍地坐起，刚才梦中的催促声，仍在耳畔回荡：“你快去寿郢呀，怎么还待在家乡？”

吴实怎么也辨不出这声音是什么人的。他睡意全无，想起楚国的命运，国丧新毕，少主寡后和门客出身的国舅执掌朝政，如何能捏紧人心、众志成城地抵抗一直虎视眈眈的秦军？啊，吴实又想起了戒夫临终前的话，先王曾说“以后一定要用他”。帅府有请，莫非是先王有密旨于帅府，要他去领抗秦大业，是哪方神灵在梦中催促他？

早饭后，吴实回到屋里，虔诚地拜了井神先生，拜了家乡，拜了祖父、父母，祝福了妻室儿女，望了一眼备好的行李，心思忡忡地找到齿先道：“今天，你回去看看父母，住上几天，也让我在此静静心。”

先生怎么啦？齿先觉得好蹊跷，眉一皱，反问吴实道：“先生，昨天，你不是要我回了一趟家吗？”

“噢……噢！这次你返回后，我也要回家。”吴实回答得好勉强。

齿先心一沉，先生在骗他！于是，他斩钉截铁道：“先生莫非是要远走，嫌齿先碍手碍脚，就要将弟子赶走？我是学馆的抓阄弟子，不是先生能赶得走的。不然，其道何在，其义何在？”

吴实倏地像不认识弟子一般，看着看着眼圈红了，只得道出实情：“先生此番是应帅府请柬去寿郢的。同时，我正想去寻找芷水。帅府一会儿捕我，一会儿请我。先生看不清帅府真意，若是我再害了你，我就百身莫赎了。”

师徒争论的结果是，二人一同打马上了路，朝寿郢方向疾驰而去。

帅府请柬究竟是怎么一回事？吴实哪里得知。

楚王捍刚登基，国舅李园执相国，昭、景二氏大臣心有灵犀，靠任何一方都是无法搞垮屈柱国的。他们不约而同结了盟。捍登基后，重回南郡的鸥鹗报，考烈王在世时，帅府曾缉捕吴实，他们正好借此攻击柱国。

这天朝堂上，早就眼热柱国职位的景氏大臣从容踱出班列，禀奏道：“先王病重时，有御批到帅府。帅府不知怎么就以御批去缉捕吴实。吴实是右领，无寸功，不知怎么就晋了郡尉。郡尉有罪，要先王御批去捕吗？微臣恳请楚王、相国彻查，以正律法。”

众臣哗然。昭氏大臣忙闪班随奏，将御批的捕风捉影之传言，绘声绘色地说了一遍，附应景臣。

“欺骗先王”“篡改御批”，这可是弥天大罪，非诛灭九族不可！

屈柱国一惊，当他想到屈化已死，立即有了对策。

屈柱国沉下气，不慌不忙前出奏曰：“微臣禀陛下相国，帅府缉捕吴实，是屈副将提出的，谓吴实谋划有误，畏罪潜逃，故捕吴实，实与御批无关。此前，吴实晋郡尉级，也是屈副将提议的。副将新任，保荐一有功手下晋级，帅府能推迟吗？这一晋一捕，恰恰说明帅府统军无私，赏罚严明。现今，强秦未灭，先王遗愿未竟，楚军责任重大。稳定楚军，是稳国之根基，可避免祸乱社稷。我们决不能做出亲者痛、仇者快之事。微臣乞请楚王、相国明察!”

眼见朝堂鸦雀无声，柱国暗喜。即使相国要派人找屈化对质，去哪里找得到?

此时，李园也在想，任门客时，他就读过主人黄歇带回府的吴实给楚王寄呈的奏章，令他钦佩有加，后又听暗中风传，吴实善用兵，帮屈化谋划打了大胜仗。现在，大臣们在谈吴实，他也来了兴趣。现在正是朝廷用人之际，特别是抗强秦的军事大才，绝不能闲之，本相也要组织抗秦呀。了解和起用吴实之意顿生。朝堂上，几大氏族大臣讥咀争斗，他当然欢欣不已，若是大臣们心地一致，就要找他的岔子了。只有大臣们各怀希望，心才能都向着他、依赖他。何况，楚军确实需要稳定。想到此，相国不阴不晴，一边和稀泥，一边向帅府下令:“务必请吴实来寿郢一见。”

吴实要来寿郢了!一石砸在了大臣们的心海里，涌起了汹涌的波涛。谁掌握和利用了吴实，谁就能战胜屈氏。一番激烈的暗中较量，又在各氏族间秘密展开了。

屈柱国一边冠冕堂皇派人去南郡送帅府请柬，一边又秘密遣人前往下隽县，令待在吴实身边的戒夫和屈氏鸥鸮，务必果断地除了吴实，绝不能让他鼻子出气地见相国。

同时，屈氏大臣们也在商议，不管出了什么事，都要全力以赴保下屈氏的柱国位，一定要让昭、景二氏竹篮打水一场空。

昭、景两氏也暗中着人，火速赶去江南，令早已跟随戒夫的鸥鸮，务必秘密绑了吴实，速速押解来寿郢，以抓获屈氏族的欺君证据。

且说被戒夫早已带来南郡下隽县的各氏鸥鸮，接到命令犯难了。两年来，他们亲眼见识了吴实，忠心事国为民的一系列举措，亦知其对官场一抹黑的短处，要斩杀或捉拿吴实，确实是冤枉了他，何况戒夫大人嘱咐在前。众人不知，持有金御牌的神秘戒夫背后，靠山是谁，山有多高多大，众人哪敢轻举妄动?

大家一商量，只要吴实待在桓山，他们就相安无事了。因此，就有了前番帅府送请柬要吴实去寿郢，而他们则要稳住吴实在桓山一事。

几天后，在郡县的几个鸥鸮，再行上桓山看望吴实时，却发现吴实已经离去，个个急得大叫:“坏了!坏大事了!”

的确，两年来，他们肩负重任，却听从了戒夫的命令，既未杀吴实，也未绑架他，现在吴实跑了。万一吴实落入其他鸱鸮之手，直直地道出了真情，在朝廷抢夺得了先功又该如何？戒夫死了，无人担责了，他们怎样向本氏鸱鸮交差？说不定还要掉脑袋！顿时，个个急得像热锅上的蚂蚁了。

黑衣人都在南郡或下隽县任了职，戒夫早已申报朝廷，擅自是离不得职的。他们间亦不愿让别氏去抓吴实。性命攸关之时，几个鸱鸮一合计，一齐找到了吴实的朋友落差……

第四十九回　寒鸟啼途遇白头　鸱鸮爪下逃先生

离开了桓山，吴实和齿先打马上路，为了甩掉黑衣人可能的追击，他们一连猛跑了五天，不见人追来，才放下心，歇息一天后又上路了。

时值寒冬腊月，越往北走天气越冷。这天下午，又是朔风猛刮，凌厉如刀。吴实二人冻得上牙磕下牙，脖子缩进了衣领里。吴实多想找一处客栈住下。无奈四野茫茫，大地像一张老阔灰脸，绷得铁紧，连个房屋的影子也不让安上。傍晚，朔风刚刚歇下，就有大朵大朵的雪花，从天空填进光阴里，转眼间，白茫茫就混淆在更大的黑暗里了。快马似也吓得不断地嘶鸣。

天黑好久了，师徒二人紧赶慢赶，好不容易望见一微弱火光，在远处明明火灭。二人希望一亮，赶紧趋火而去。一小茅屋赫然在一座山岭下。

齿先下马，轻叩柴门。许久，吱嘎一声门响，门缝里探出一个白头，一见来人，双眼越瞪越大，眉头紧结，满脸怒气斥问："这冷的天，你们打搅老朽干什么？"

"我们是过路人，误了打尖。天寒地冻，望老爷开开恩，留宿一晚。"齿先礼貌恳求道。

"哎呀呀，这里不是食肆，更不是客栈，你们找错门了，快走快走。"白首头一缩，身一转，就要关门了。

齿先急了，忙一脚插进门内，顶住了房门，气得厉声大骂："你是快见阎王的人了，怎么这样没有同情心？"

"哼！你这个丑八怪，老子……"白头满脸愤怒，陡地举起手。

吴实几步跨上前，喝止了齿先，一把挡住了白头的手，满脸歉意道："弟子无知，老伯鉴谅！在下一心想赶路，落得这前不着村、后不着店的，无处可投了，恳请老伯行个方便吧？！”

“他真的是你弟子？”白头惊讶地问过吴实，转身进了屋。

齿先往屋后柴房系马去了。那里拴着白头的老驴子。

吴实随白头进门一看，暗暗一震，狭小的小堂屋里，亮着一盏昏黄的豆灯，余光难辨屋内物什，灯光直直地照亮了小桌上一堆发黄的简册，白头在读书？

趁着白头进了灶屋的机会，吴实连忙翻起简册来，竟然是一大套老子经典。

正在这时，白头穿上了件破大袄，端出一碗热水来，招呼吴实喝了暖暖身子。见吴实在翻看简册，白头瞬间像只野狼般敏捷地扑上来，从吴实手里夺过简册，将小桌上一众经书打了个包。又白眼一翻，凶狠狠地斥责吴实道：“你小子怎么随便翻动人家的东西？！”

好久过去，吴实饿得肚皮贴后背了。白头才给客人焖出一碗热气腾腾的土薯来，边走边嘟囔个不停道：“明天，老朽又要饿肚皮了。”

白头先是未给齿先热水，现又未给吃食，齿先正要发怒，吴实忙向白头讨要了个碗，扒出半碗土薯，边递给齿先边道：“将就将就，老伯比我们更难哪。”

晚饭后，吴实寻着和白头说话。白头仅回了句“六十三”岁，就撇下客人，兀自钻进屋内一大堆茅草下的一个草洞里，手脚大摆睡了。被晾在一边的吴实和弟子，看前看后，哪有睡觉处？只得侧身挤在了白头两边。

翌日，天欲明未明，客人要走了。白头把昨晚留下的一碗冷土薯端出，往桌上一放。二人刚吃过，白头就脱下破大袄往吴实身上一披。

这怎么行？白头不收食宿钱，已经让吴实感动，大冷的天，他怎么能要一个老人的寒衣？白头坚持着，并严肃道：“如果你过意不去，就把你的皮袄换给老朽嘛。”

吴实刚向白头奉上自己脱下的皮袄，白头又放肆地对吴实道：“若是你觉得亏了老朽，可把你的快马留下，骑我的驴子去，一路慢慢走。以后，若是有人来打劫，甚至要抓你，你手牵个老驴子，一副寒酸相，有谁来惹你？”

白头真刁钻，还编了故事，齿先满脸狰狞，一蹦上前，直逼白头。吴实一手拉住齿先向白头道：“万般都是缘，驴马换了！”

“说得好！”白头一喜，又拿出昨晚包就的一大包经典，往吴实面前一递，慨然道："送你！"

吴实接过再三谢了。二人上路。快马换作了驴子，行进速度显然慢了许多。齿先一路埋怨个不停。到得寿郢已是大年三十傍晚了。

初一早饭后，住了一晚客栈、恢复了疲劳的吴实，只得等待新年后点卯的日子去帅府了。他拿出白头的书读起来，见齿先还在生气，埋怨白头误了先生行程。吴实道："你去街上走走，散散心吧。"

齿先一走，吴实又想起了芷水，她来寿郢了吗？他急忙赶到离别两年的小院，前前后后高喊了几声芷水，见无人应答，好不丧气。他又赶到熟悉的帅府前，望了望府第，背着手在场上溜达。

"这不是子景先生吗？"一个身穿便服、从场上路过的中年人，一副惊奇模样，挡住了埋头沉思的吴实。

"景将军新年吉祥发达！"吴实也认出了这个在帅府点卯、过去邀他喝酒未去的景氏武将，连忙高拱双手致贺。

"啊！真的是先生！"武将好不惊讶。转瞬，他眼一眨，一手拉住吴实，来到一偏僻处，神神秘秘地告诉吴实道："这里不是说话的地方，我有重要情况要告诉先生。我们不妨去先生落脚处一叙。"

二人来到客栈，武将前后看了一遍，又到吴实住的木板楼上看了，顿时脸一拉道："先生住这里怎么行？我去报告帅府，要他们来迎接先生。先生在此等候噢！"

来人刚走，突然从二楼的小阁楼上，"砰"地跳下齿先来，一把扭住吴实，急迫地催促道："快走！我们快走！"

原来，齿先上街，碰上了一过往几次谋面，却从未搭过话的屈氏武将。武将悄声问了吴实来寿郢，急问先生在哪里，见齿先支支吾吾，又忙道："我要接先生和你到家里过新年……"

齿先见武将急不可待，一副心事重重的模样，感觉不对头，就报了个寿郢出名的大客栈。二人分了手。"素昧平生，接先生过年？"齿先确实看出了武将必有企图，但不知内情。

不久前，相国李园主持朝会。昭、景二氏文武大臣，一致将先王没有明示、屈副将丢失黑风口之事，重新翻出发酵。二氏大臣一改以往口吻，一唱一和，一致赞扬屈副将熟读兵书，用兵如神，三胜一负，不足为怪，未辱战神名号，对得起楚国楚军，是一位难得的抗秦战将。

就在屈柱国和屈氏大臣们摸不着头脑时，昭氏大臣话锋一转启奏道：“如此可担重任的屈副将，却为帅府所不容，嫉贤妒能，以一负战，背着病重的考烈王私下追罪，屈副将不见了，说不定被杀人灭口了。微臣伏乞楚王、相国严查。”

屈柱国突然浑身发抖，暗暗大叫不好了，二氏大臣又是冲着他来的！他竖起耳朵，听取下言，准备应对。

哪知，一帅府昭氏武将，拿出那份先王御批“照准”的黑风口战斗《授赏有功军士名册》来，指着册中的绮里季、季左、叔文、齿先、粉儿等姓名念过，随即奏道：“在军队系列里，根本没有这些人的名字，不知怎么就出现在黑风口战斗中，也不知是什么战功，就授衔获赏了。帅府不知是凭哪国的《军功奖赏律》审定的？为什么要串通一气，瞒天过海，欺世盗名，哄骗先王？微臣伏乞楚王、相国明察。”

晴天霹雳，轰然炸开在朝堂上！

众大臣莫不惊眼圆瞪，你望我，我望你。而后，你指责，我斥问，一致对准屈柱国，一片愤懑之声。

屈柱国宛如雷轰五顶，头皮发麻，冷汗直泼。同时震惊的还有众多屈氏大臣，他们无不将眼光暗暗投向柱国，似乎在催促他说，这可是铁证，再不反击就被动了！

柱国则一遍遍警告自己，镇定神情，不能慌乱，否则，准会人头落地！他脑中迅速旋转，研判态势。看来，他不让出柱国位，抓到铁证的昭、景等氏大臣是绝不罢休的，说不定还要奏乞楚王降旨，让刑府彻查，不仅会查出吴实谋划的其他三次战事，还会扯起萝卜带出泥，牵扯出一大堆他欺上瞒下之事，届时定会罪上加罪，甚至要诛灭家族了。想到此，屈柱国心一痛，决定满足昭、景等氏的企望，辞去官位，唯求保命了。

未及相国开言，屈柱国赶忙闪出班列，垂首低眉，万般苦痛启奏道：“微臣失职，微臣有罪！审定黑风口军士战功之际，微臣染疾在床，只得委托屈副将代行。绮里季等人是干什么的，微臣也不知道，相国可向屈副将问个明白。至于屈副将黑风口战败后的下落，众将军都知道，他并未回帅府，微臣更无妒忌、刁难逼走、暗杀之事。微臣虽然年岁仅五十，无奈身体虚弱，难当重任。下官伏乞楚王、相国明察，选贤任能，替下微臣。”

刹那间，朝堂死寂，时间停顿。百官缄言，幸灾乐祸，静待上音。

“唉！用人之际，国家求贤若渴哪！”李园故作叹了一声，随即，连连高调夸赞起屈柱国过往的功劳来。

昭、景二氏大臣早已个个心里直乐，听到相国的夸奖之声，他们忽地又紧张起来，柱国要换人了，重位将花落谁家？

其实，李园早明了昭、景二氏的企望。他早就在思索，若是帅府落入此二氏任何一方之手，新柱国都会仰仗族上势力，绝不会甘心俯首听命于他。若选用一根基弱的小氏族人，氏上一定感恩戴德，不仅会全力以赴谋军事，巩固地位，还可任由他驱使。至于绮里季等人授赏，他大可不必去为这些小事操心，省得陷入泥淖。况且那是帅府的事，可让他们去狗咬狗。

嘿，到换人的时候了。李园心中暗喜，又装出一副沉思状，兀自嘟囔着屈柱国的年纪道：“五十岁？五十岁！身体虚弱。是呀，以后战事繁多，难免力不从心哪，唉！千军易得，一将难求啊！”

李园念着昭、景、屈等大氏族上数个战功显赫的老武将，又以大过五十岁一一摇了头。顿了顿，他突然道：“那就让年岁更小、身体更好的项燕将军任柱国吧！”

相国言罢，侧过脸，眼望龙椅上的楚王下旨定夺。

六岁的楚王见国舅在连连眨眼，忙按预先约定头一点，恩准了。

朝会散了。众臣默然离去，有的轻步阔迈，有的步履懒散，有的匆匆急急，有的脚板踩得地面咚咚直响！

昭、景二氏大臣不仅希望落空，陡地又增添了新的苦闷。若是不置下台的屈柱国于死地，彻底击溃屈氏，以后，屈氏大臣定会鸡蛋里挑骨头，疯狂报复他们。于是，他们各自严令鸱鸮，秘密抓捕来寿郢的吴实，务必从吴实口里，获取屈氏数次欺君的铁证，再到朝堂逼迫李园就范。

屈氏一门丢了柱国位，思索着再不能上当，要保命了！

昭、屈、景三氏鸱鸮又各自暗织了一张网，等候吴实应帅府之请，来寿郢的那刻了……

齿先连忙返回客栈，哪知，却不见了先生。他迅即收拾了二人行囊，正在焦急等候时，吴实和景武将一道来了。他连忙蹿到了阁楼上。

吴实抬头一看是齿先，又一看行囊，一屁股坐在木椅上，跷起二郎腿，高兴地称赞齿先道：“弟子真聪明，你也知晓帅府要派人来接我们了？”

“嘿！这武将是想稳住你，再派鸱鸮来抓你。再不走，几氏都要来争夺先生性命。弟子没时间向你解释了。”齿先望着无事一般的先生，急得左手挽着行囊，右手一把拉住先生，直往小木楼下拖。

吴实被懵懵懂懂地推上了驴子，跟着齿先，直奔城门而去。突然，一阵“快让路!”“快滚开!”的叫喊声，在二人身后响起，吴实边跑边回头一望，顿时倒抽了一口凉气，一伙疯狂的黑衣人，正向他们刚离开的客栈拥去了。

二人忙加快速度，前头就是城门口。齿先一望，骤然紧张了。

昨晚还是任由行人进出、扎了大彩的城门，现突地就增加了一大群兵士，刀光闪闪，个个牛头马面，厉声呵斥人们排好队伍，一一盘查出城人。

坏了坏了！齿先暗暗着急。联想到拥向客栈的黑衣人，齿先不禁大骇，这些兵士肯定也是冲着先生来的！若是先生落入任何一家鸱鸮之手，即使道出了他们需要的证据，也会轻易就被冠个罪，斩首市曹的。或者像个蚂蚁一样就捏死了。齿先狰狞的面目一阵抽搐，为了救得先生脱离险境，他必须去冒险了!

主意甫定，齿先附耳低声嘱咐吴实道：“待会儿，城门口人群大乱之时，先生什么都不要顾及，尽管随人群赶快出城，跑得越远越好。弟子一定会追上你的。”

未及吴实回话，齿先早已扬起手中鞭，催马向前冲向了城门。

到得城门口附近，齿先从怀里掏出戒夫留下的御牌，大大咧咧高高举起，朝众盘查兵士厉声大喝：“听令!”

众兵士一见金光闪闪的御牌，慌忙来到齿先前，跪成一片。

出城人一见盘查兵士离开了，争先恐后，撒腿就向城外一窝蜂跑了起来。

吴实方才领悟了弟子的苦心，忙夹杂在出城人里，拍打着驴子，飞一般跑到了城外。正当他勒住驴头，欲回望城门内的齿先，等待与他一道离去时，早有一只大手，挥鞭在他的驴屁股上狠命一抽，两匹驴、马撒开八蹄，朝远处飞奔起来……

吴实侧头一望，惊奇地喊了一声骑在马上、紧跟在他身边的落差，连连发问：“真的是你吗？你怎么到这里来了？”

“是我，别人求我来找你。”落差答。

“你快去接应齿先!”吴实又一勒缰绳，老驴子站下了。

落差又在驴屁股上一鞭，急急地催促吴实道：“我们快走，他会追上来的。”

一路上，落差把戒夫留在南郡的几个鸱鸮恳求他的话，简约说了一遍，又补了一句："你时刻都有危险呢！"

吴实听得脸面拉得老长，骤地一阵紧张。客栈黑衣人和城门口盘查之事，肯定是景氏武将出卖了他的行踪。寿郢是个陷阱，他不能去了。若是回老家，那里的黑衣人，一定会控制或杀了他，甚至还会连累家人。走投无路，他不知该去哪了。

约莫一个时辰过去，齿先急匆匆追上来了。

三人又跑了一阵，忽听远远的后头，一阵隐隐约约的马蹄声，急风暴雨般传来。吴实回头一望，老远的地方，扬尘遮天蔽日。

三人赶紧挥鞭催马飞奔。跑着跑着，吴实的老驴子掉在后头了。齿先、落差连忙停下，要与吴实换马。换马就是以生换死，吴实死活不肯。他忽地大声呵斥二人道："你们快走，去把追来的马队引开。"

"停下！前面的马停下！"后头的喊声，似也听得清清楚楚，逃走是不可能了。吴实干脆下了驴子，沉下气，慢吞吞走起来。

齿先、落差只得按吴实的话，无奈地打马前去了。

追赶的马队风一般卷来，停在吴实身边，草草望了望破大袄、老驴子、一张苦楚脸，与屈氏鸱鸮提供的学士画像相去甚远，又赶紧心急火燎往前追去了。

进退无路，往何处去？刚躲过一劫的吴实又绝望了。他有气无力地伏在驴背上，竟未感觉驴子识途般走了起来。驴子在一进山小径边，驴子拉了一堆粪，就拐进了一处灰黑色的荒山野岭中。

"哈哈"一阵狂笑倏然在前头响起。又遇上鸱鸮了？吴实像迎面泼来一瓢冷水。他战战兢兢一抬头，一张似曾相识的脸，坐在前头不远处的小山岭上，兀自哈哈大笑……

第五十回　识唐秉虔诚谢恩　诉冤仇殊途同难

“他是谁，在这荒郊野岭干什么，莫非是个老疯子?”吴实好不惊讶。

老驴子一见前头人，立即加快了步子，眼看离那人越来越近了。啊！是来路上那刻薄的白头。吴实又是一惊，他怎么在这里?

走近再看，吴实怎么也不相信自己的眼睛了。白头鹤发童颜，精神矍铄，哪里像个老人，明明是个壮汉。他迟疑着恭恭敬敬手一拱，叫过“大哥”，又好奇地问：“大哥为何在此?”

“哼！哼！哼!”白头站起身，脸面泛起了几分懑色，鼻孔白气直喷，手指吴实陡然正色道：“老朽从未见过如此忘恩负义之人，真个后悔救了你小子的贱命!”

白头骂完，伸手一捏嘴皮，一声尖厉呼哨响起。

老驴子一改多天虔诚侍候吴实的温和本性，骤的一声嘶鸣，后腿陡立，前蹄刚落地，屁股又往上笔直一翘，将骑术不精的吴实，“砰”的一声摔落地上。驴子昂首直奔白头，站定身边。

啊!“救命之恩?”吴实一阵大骇后回过神，手抚摔痛的腰背，一挺身坐起，扁平眼越瞪越大。他突然想起，早天离开茅屋，白头给他披上破大袄、换下驴子，回想一路经历，顿时大彻大悟。若不是老驴子误了赶路，挨到年关才进寿郢，那么，他入得城，或是进得帅府，准早被人捕了。若不是那件破大袄遮身，手牵老驴子，他肯定难以蒙混过鸥鸮的眼睛。

吴实又明白了，白头到这里，是特地来等候他的，连老驴子也知他在此。白头算计的时日、地点步步正着。

白头真是神了，智慧远在他之上！敬佩之心油然而生。吴实慌忙一膝跪在白头前，叩了三个响头，大喊："感谢老伯救命之恩!"

"哈哈哈……"白头一阵爽朗大笑，笑得前仰后合，喘不过气，手指吴实断断续续道："你……你小子起来吧，老朽……也是奉命，来救你……小子的。你害得老朽不浅哪!"

"嘚……嘚嘚……"正在这时，一阵马蹄声从山下传来，打断了吴实正要追问白头，是奉谁人之命救他的话。

莫非齿先和落差来了？吴实赶忙跑到小山岭上一望，喜得大叫，双手高挥个不停。

"你们怎么知道我在这里？"吴实兴奋地问询来到眼前的二人。

齿先手一指白头的老驴子道："是它的那堆粪告诉我们的。"

吴实三人眼望老驴子，连连赞叹不已。

三人说话的当儿，白头狠狠地瞥了一眼齿先，将他马背上的行囊，以及老驴子背上的那包书，尽行卸下，一股脑地绑到了齿先的马背上。又大喊了一声走，就兀自骑上他的老驴子，在前头先行了。

吴实忙示意齿先千万不要发火，又悄声告诉齿先道："白头是神仙。他是我们这回摆脱寿郢厄难的救命恩人哟!"

其实，齿先在此地见到白头时，就立即明了，是白头救了先生。"白头是一位难得的大智者!"齿先不但心里充满了感激之情，还对白头产生了极大好感。但他怎么也不理解的是，白头仅仅是挨了他一句骂，就耿耿于怀，反复作弄于他。白头的心胸怎么这样狭小？齿先气愤地爬上马，挤在了马背上大大小小的包裹间，和落差一道，催马跟上了先生。

这天傍晚，白头一行在一处老林里停下来。

"嘿嘿！今晚就在这里过夜，吃什么野味，你可安排好了？"白头一副客人模样，毫不客气地询问齿先。

"老伯累了，好好歇息。我们备好了饭食，就叫你。"吴实担心齿先发火，赶紧接过话头礼貌道。

"哼!"白头躺在一个草堆上，转眼鼾声如雷。

在桓山长大的人，要从山林里拿出一顿野味，莫若于探囊取物。落差、齿先在白头身边烧了一堆火，给先生二人御寒，就手持刀箭火把，走进漆黑林中去了。

不到半个时辰，野兔、野鸡和鸟雀肉，就从火堆边飘出香味来。

“嘿！真香！”鼾声戛然而止。白头一个鲤鱼打挺起了身，坐在身边的火堆旁。他看了看众人手中的尖木棍上，挑着伸向火中滋滋炸响的肉坨，一手夺过齿先为先生精心烤制的一只野鸡，迎风晃了几晃，就双手并用，撕扯下一只鸡腿大嚼起来。

齿先满脸苦笑，唏嘘不已。

落差无可奈何，担心手中物也被白头夺去，忙将一只并未烤熟的野兔递给吴实，又嘱道：“这野兔还未熟透，老弟再烤烤。”

“未熟，我来试试。”吴实伸手的当儿，又被白头一手揽过去了。

突然，白头停下了口里功夫，皱起了眉头，满脸冷峻向着齿先，像下命令般道：“野鸡和兔肉都没有盐，老朽吃腻了。你小子去弄点辣味来，为老朽转个口味。”

“可以。”吴实生怕齿先推却了恩人，又忙抢先答了。

吴实这一答，可真就为难齿先了。若是在桓山，齿先准会闭着双眼，凭耳朵听着虫鸣，闻着风，就能从林中轻取一样植物代之，可在这生疏之地，到哪里去寻得辣味？

望了一眼双手搓个不停，一脸尴尬的齿先，白头大口吞食了鸡肉、兔肉，又两个指头一伸，自我转圜地吩咐齿先道：“快搭棚！”

躺在厚厚的茅草棚里，吴实接着白天的话题，迫不及待地问询白头道：“老伯知道我是谁吗？你又是奉谁人之托来搭救我的？”

“你叫吴实。三年前，在楚国结识的朋友，就把你呈奏楚王的强楚抗秦主张，大略告诉了我，那是一篇多么精到的治策雄文，不意你宏志未得，却因此而成了落魄之人。不久前，你老家七里山的井神先生托梦给我，说你是他弟子，苦苦地央求老朽，一定要将你平安地搭救出寿郢城来。”

“井神先生？!”吴实怔得瞠目结舌。他战兢兢地“扑通”一声，朝着家乡方向跪下，往事一齐涌上了心头。他一个劲地磕头，直撞得额头流血，又无比懊恼地道：“先生哪，不肖弟子对不住先生的谆谆教诲啊！”

“算啦算啦！不说了，好话值几个钱。先生引进门，修行在自身。经历才是人生的无价之宝。睡吧睡吧！”白头戗白了吴实一顿，翻身侧向一边，好不耐烦。

吴实平静心情，又恳问白头道：“老伯是何方人氏，井神先生是怎样将弟子托付给老伯的？”

沉吟半晌，白头在吴实的再三追问下，才叹了一声，苦楚地讲了起来。

白头姓唐，名秉，字宣明，号东园公，是魏国襄邑人。十五年前，读了魏国学宫的唐秉，曾再三思忖，诸国中不少人瞧不起弱小的魏国。自己能否为魏国出一份力，争一份脸面呢？就去与时任魏军副将的同族老哥商量，要去秦国学宫求学。他可利用自己对老子《道德经》的独到见解，在秦国一展才华。同时，他还可了解七国中最强的秦军状况，研究秦军战略与战术，提供给老哥参考，在对付敌国的同时，又可强大魏军，提高战略与战术。

老哥坚决地拒绝了这个热心小弟的请求。哪知，唐秉却瞒着老哥，执意去了秦国。在咸阳学宫的两年里，唐秉以名列前茅的学业，赢得了先生和同堂们的尊重。他多次在咸阳学宫开坛讲经，引来了众多的喝彩声。他又场场不缺，出现在咸阳官宦和学人们举行的各种辩论会上，大抒己见。一时，他成了咸阳抢眼的名人学士，数个秦军武将对他钦佩不已，交往甚笃。

恰在这时，秦国唆使齐军，与宿敌魏国在接壤的边界上引发了战端。前往督战并数次赢得战役的老哥，却打了一场大败仗。魏国的三座城池被齐军占了。

常胜将军督战输了阵，朝廷震惊。大臣们发难，有指责的，有辱骂的，还有人煞有介事地推断，唐将军的同族小弟，在秦国学宫求学，与众多秦学士、官宦和武将交好，准是受其老哥之托，暗通款曲，向秦透露了魏军讯息。秦又将讯息传递给了与其联盟的齐军。

魏王犹疑，着刑府派细作去咸阳，打探到唐将军的小弟在咸阳广受器重，尤其是与几个秦军将领特别交好。魏王得报，不问青红皂白，就将唐将军革职逮捕下狱。虽然刑府和司狱用尽酷刑，但怎么也未撬开副将通秦的嘴。楚王又令太尉府彻查。太尉府着人冒名副将递信咸阳，请唐秉速速回归。

唐秉马不停蹄往家乡赶，以期为老哥鸣冤。哪知，刚到魏国边界，守边军士得知他就是唐将军的同族小弟，就拦下他，告知了一个惊人的消息。

早些天，刑府来人，到边关守军中了解败仗缘由。一长得与齿先一模一样，歪嘴歪鼻、诨号魔鬼的守关将军，害怕败仗牵连于他，就串通一批手下头目，臆造了唐副将的小弟去咸阳前，哥俩曾在边关军营里待了数天，交谈神神秘秘之事。一众人签字画押，将诬词上达刑府，坐实了唐副将通敌。

守关兵士又说，刑府以小弟是通秦眼线的确凿证据，判了唐副将的通敌罪，满门抄斩了。刑府已派捕快来到边关，若唐秉得将军递信未归，就赴咸阳刺杀叛逆。

“是我害死了老哥一家啊！”听到这冤情噩耗，二十三岁的唐秉一夜急白了满头青丝。他舍命也要去刑府敲鼓鸣冤，为老哥叫屈。

守关兵士几个小头目，知晓唐将军冤情，又知唐秉要去刑府惹祸，决心救他。大家把一身士卒服，硬生生地套在了唐秉身上，将他留在军营里。唐秉改名换姓隐藏下来了。

在军营里三年，唐秉操戈习剑，勤奋刻苦，终于练得一身好武功。他多次参战，斩得齐军首级十四颗，按军功律，擢拔为千户长。唐秉决心要像老哥一样，当上将军，以证明自己的清白，同时为老哥洗冤。未料，灾祸还是降临到了唐秉身上。

一天晚上，几个在战场上出生入死的百户长找到千户长唐秉，说他的身份已被刑府查出，派人来捉拿他了。

面对怔得还在发呆的唐秉，百户长们早扒去了他的千户长服，为他换上了便装，又递给他一把剑，一大包吃食，一头运载辎重的驴子，催促他“快逃！”“快逃！”

唐秉带上一包三年未离身的简书，连夜向南跑了。十来年里，他孑然一身，深山老林，荒凉之地，就是他的安身立命之所。当他换到第七次住处时，才知道自己已到了楚国境内。

讲到此，白头对吴实怒曰：“齿先若不是你弟子，老朽早就与他拼命了。多年来，我心早平静了，是齿先点燃了我心中的怒火。每每想起冤死的老哥，我的心就像被刀剐一样。刀剐过的心，什么苦难都可承受。我不相信没有云开日出的一天。”

两月前的一个夜晚，唐秉睡在一个山洞里。蓦地一个声音在耳边响起，“唐秉哪，你不是很孤独吗？有个伙伴寻上门来了。你到下隽县通寿郢的路上去，见一废弃茅屋，就住下来等待他。来者若是有难，你就搭救一把。以后，你们就要朝夕相处了。”

“你是谁？”

“我是下隽县钦上里七里山的井神。”

唐秉大喊了一声“好啊”就醒过来了。他回想梦中话，心喜不已。他拜过井神，再也睡不着了。他在猜度这个伙伴是谁。想起下隽县的吴实，在楚朝廷屡不得志，莫非是他？

骑着驴子，一连走了五天，唐秉来到了井神先生指定的路边，果然，那里有一个废弃的茅草屋。他忙了一七，才把破烂茅屋修理好，住下等那伙伴。

唐秉道："我一见你，就猜到了你是吴实。我相了面，见你印堂发黑，知晓有灾难缠身。当夜，我躺在草洞里，用八卦推算了你去寿郢和折回的行踪，思得办法后，就呼呼大睡了……"

听了叙说，吴实对唐秉既钦佩又同情，由衷地向老伯道了谢。

唐秉"扑哧"一笑，对吴实道："你就叫我大哥吧。我的真实年龄是三十六，才大你五岁呢。那晚，我气懑之中，报了假年龄，戏弄你的哟!"

吴实忙改口道："大哥，小弟已进退无路，从此，只有与你做伴了。来日方长，请大哥多多指教小弟。"

"你说哪里话。"唐秉道，"近年里，小弟游历宦海，阅览丰富，得益匪浅。多年来，大哥是个闲云野鹤，不闻天下事，唯独经学未丢。以后，还望你把握大势，决定行踪。至于生活里的小灾小难，由我来化解。我们一道讨个安宁，静待出头之日。"

"大哥谦逊了。"吴实又长叹一口气，悲哀道，"大哥，如今的六国朝廷，都是内讧有劲，外斗无力，惧秦如虎，唯求自保，而实则落得个江河日下。诸国的畏缩和治策举措，反养得秦国野心膨胀，虎视天下。据老弟测算，在这十余年里，天下就要大变了。秦国准会一统六国。我时常想，到那时，天下延续了两百多年的诸侯国兼并战就结束了。天下平和，黎庶得了安定，说不定就是我们这些遗老遗少的出头之日呢!"

"秦能一统六国?"吴实对天下大势的分析，惊得唐秉大震。

"唉，我不该提及这些空话，惹得大哥不安。我急的是眼下，家小还在下隽县，如何才能让他们不因我而惹祸上身，讨个平安呢?"

唐秉沉吟稍许，恳切地宽慰吴实道："小弟放心，只要你不在家乡露脸，各方势力迫于你的威望，以及捉拿到你的希冀，他们还不敢对弟媳及家人胡作非为的。"唐秉稍顿，又不无愁苦道，"老哥担心的是，我们一众人该往何处去?"

吴实着急道："我已在寿郢露了脸，各地官衙特别是那些刁钻而手段通天的鸱鸮们，能不想方设法捕捉到我吗?"

第五十一回　奔震泽蹉跎惊险　赖唐秉逢凶化吉

这天傍晚，吴实一行人用了整整三天的时间，才艰难地穿过一处深山老林。刚刚来到林边，就见到一片天日，疲惫不堪的众人，身心骤然轻松。水土不服拉肚子的吴实，瘦了老大一圈。他有气无力地滚下马来，瘫软在一处厚厚的枯草上。

“汪！汪！汪……”突地一阵恶犬狂吠，从上面的山梁上传来，像一口咬住了吴实的心。他一蹦立起身，傻呆呆地向山梁上张望。

落差与齿先相互一个对视，倏地眉头紧锁，刹那间，豆大的冷汗簌簌地从额角上冒出来。十来天，他们这是第三次遭遇阻截了。

“哼！该来的又来了。”唐秉瞥了一眼山岭，嘴一努，一阵冷笑，驴头一转，率先返回了密林中。

随着山梁上一阵急促的马蹄声响，一队黑衣人狂风一般卷到了林边，大呼小叫道：“子景先生留步！山野危险，我们是来解救你的。”

本来，莽莽苍苍的森林里，白天就阴沉沉的，此时，巨大的暮霭，早已从四面升起，吞噬了林中微弱的光芒。偶有一两束从林冠上透下的夕照，或涂抹在树干上，或漏落在攀缘纠结的荆棘藤萝上，或映照在四处升腾的灰黑色烟雾上，生发出一些淡蓝的幽光，像鬼魅一般忽闪忽闪。

刚从亮处又回到这恐怖氛围中的吴实，听着林外的喊叫声，心里不免产生了无限的惶惧。他直直地紧跟在唐秉身后，在黑沉沉的林中转悠个不停。他早已腹中空空、头脑麻木得不行了。

吴实身后的齿先、落差也在发呆，二人早已擎剑在手，时刻准备着与冲到吴实身边的敌手格斗。

“哈哈！子景先生哪，这林中可不是一天几天就能转得出去的，你就耐着性子转吧，我们以逸待劳，耐着性子在林外专待先生出来。”林外马蹄声歇，一个破烂嗓子在林边高声直嚷。

太阳下山了，东一堆西一堆的火光，随着林外锯齿形的山梁，错落燃起。火堆高高低低，曲曲折折，连得老远，直通灰黑色的天空。仿佛，那些闪闪烁烁的星星，也是从火堆里炸飞到天际的。

显然，要越过这防守严密的山梁，已是不可能了。退回到密林里，何处才是尽头？齿先与落差心里，焦急得不行了。

“停！”在一处大树下，唐秉率先下了驴子。众人随他下了马，只见唐秉搂着驴子的头，脸面贴着脸面，好一阵嘀嘀咕咕。

哼！这白头怪了，危险就在身边，还在亲驴子，真个是生死麻木！齿先、落差送上一个白眼，转向了一边。

说来也怪，驴子竟像听懂了主人话一般，轻轻地回了一个鼻息，又向其他三匹马一个示意，驴子就突地撒开四蹄，朝两堆火间的黑暗里疾驰而去。三匹马紧跟上去了。

“寻找子景的人，马上要进林中来了，现在，该是我们去避一避了。”唐秉以不容置疑的口气，向吴实等人道。

“啊！”吴实骤地蒙了，唐秉为什么要把坐骑放走了，这不是自绝后路？落差与齿先脸面铁青。

哪知，唐秉无事一般折了一根枝丫在手，去叶除杈，做成一根探路棍，手拉坡上的枝丫或小树，独自就向坡下的黑暗里摸去了。吴实他们无奈，只得赶紧做了拐杖，跟上唐秉。

果然，山梁上的人们，直愣愣看着四匹无人坐骑，从火堆边箭一般跑过了山梁，消失在黑暗里。他们怎么也不相信，吴实他们为什么要将坐骑放了？或是他们被几匹野马玩弄了？他们不放心地打起火把，在附近搜索了一阵，又三三两两地深入密林中来了。他们一路高喊着：“子景先生，我们接你来了。你千万不要乱跑哦。”

此时，唐秉他们早已探着高崖，拉枝攥藤下到了沟底。吴实一看，这是一条深涧，对面的山崖像墙壁一样又陡又高。众人凭借窄窄天顶上的星光，隐隐看见，涧底凹凸不平，乱石犬牙交错，枯枝败木横七竖八倒在涧中。灰蒙蒙的流水不深不浅，在乱石与枯木间左奔右突，叮叮咚咚，顽强地夺路而去。

吴实刚在涧里走了不远，突然感觉脚上一痛。他“哎哟”了一声，脚怎么也拔不出来了。

齿先与落差连忙几步赶上，一股淡淡的血腥味，早冲进了他们的鼻腔。齿先伸出手，顺着先生的脚向下摸，原来是一块尖石，透穿了先生的皮靴，扎进了右脚踝里，卡住了脚。齿先顿时心一痛，先生哪里受过这般苦？脸颊瘦削，已然骨瘦如柴，现又伤了脚，二人小心翼翼，费了九牛二虎之力，才把先生脚边的乱石头移开，搬出了先生鲜血直流的脚。

脱去皮靴，唐秉一看先生伤口，反手扯了一把草，在口里嚼了几嚼，一把敷在吴实的伤口上，反手一指伤处，口里咕噜咕噜念了止血咒，伤口的血立时不流了。

齿先从先生兜里掏出丝帕，为先生绑了伤口，滤干靴里的寒水，又用细柔干草认真沾过水，复穿在先生脚上。

众人停下脚步，喝了一回沟溪水，顿觉神清气爽，而心中的郁闷却越结越大，陷在这黑洞洞的涧底了，吴实又负了伤，坐骑也跑了，大家如何出得了这深涧？

“你知道恶狼争食是一种怎样的声音吗？”唐秉瞅着山坡上叫嚷的火把，陡地拉起脸，厉声斥问齿先道。

“当然知道，小意思。唐先生看着。”从寿郢解救了先生后，齿先十分佩服唐秉的神机妙算，听了先生告诉他的长相像陷害唐秉老哥的将军模样，他更是理解了唐秉，原谅和习惯了唐秉对他的任何作践。现在，他又明了唐先生的主意，高兴地答过。

齿先拉起落差，手捏鼻子，模仿着在桓山惯听的饿狼夺食之声，二人你一声嗥叫，我一声凶吼，激烈地响开了。恶狼凶狠的打斗声传出老远。

山坡上密林中的火把，蓦然停顿，从刀鞘拔出佩刀的声音，清脆地传出。少顷，几个火把迅速折回山梁去了。

“来，我们吃东西，吃得饱饱的，喝得足足的，马上就要出大山了。”唐秉眼瞅山坡上火把的动静，惬意一笑，轻松地对众人道。

大家这才想起还未吃晚饭，都饿着肚子，听了唐秉的话，众人一边吃干粮填肚子，一边心里犯嘀咕了。一行人陷落在这天高路远的荒野之处，深沟之地，况且，先生身体虚弱，又负伤了，如何走得出山？

唐秉三五口就吞了一包吃食，又喝了一顿涧水。他不顾山风凛冽，寒冷如冬，就兀自在乱石中瞄个小平地，双手往胸前一捧，侧身一躺，转瞬就鼾声如雷了。

刚才，白头不是说马上出山吗，他不去想办法，怎么就呼呼睡去了？落差与齿先瞅着唐秉睡相，不免心灰意懒。难道这白头转眼就忘记了自己的承诺，若是待到天明，大家不就成了山梁之人的瓮中之鳖？!

齿先与落差眼望深涧两边陡峭的山崖轮廓，心更冷了。他们一番商量后，气愤地向唐秉走去，打算叫醒他。

吴实一见，忙抬手止住了二人。

那就守着唐先生睡觉吧！二人狠狠地瞥了先生一眼，气呼呼地一屁股坐在了石头上。

少时，一阵隐隐约约的蹄子踏石击水声，从深涧的下游方向传来，随着越来越急促和清脆的声响，一个驴子引领着三匹快马的影子，也越来越清晰地显露出来，越来越近了。

“马！马！这不是我们的马又回来了吗？”齿先与落差双眼直直地盯着自己的马，心里激动得怦怦直跳，几乎要叫出声来！

“你们还愣着干什么？快去侍候先生上马，抓紧时间出山。”唐秉不知什么时候醒来了，催促着落差与齿先。

齿先与落差回过神，转头一望，唐秉早收拾了行囊。

大家兴奋地跨上马背，跟着唐秉的驴子，熟路般走了一段深涧后，又拐进了一条打猎、采药人行走的偏僻山径。天亮时，一行人早已走出了大山。

众人高兴不已，抱着那头通人性的老驴子亲了又亲。

“好啦好啦，多年来，它是我最亲的兄弟，数次救过我的命呢！”唐秉说完，带着大家进入一望无际的竹林里。众人在一处陡峻崖壁下系了马。落差与齿先迅速扯来四堆草料喂上。唐秉早寻得一处背风且不易被人发现的隐蔽处。四人各寻得厚厚的竹叶歇下，美美地睡了。

近午，唐秉被一阵拉风箱般呼呼喘气声吵醒，起来一看惊呆了，忙呼“齿先”“落差”，可哪里有人应答。唐秉突然想起前几天里，吴实数次催促二人回家，心里一咯噔，他们肯定是走了。他无可奈何地蹲在了吴实前。

吴实蜷缩在四人唯一的、唐秉的一条被窝里，瘦削的脸面和高高凸起的额头，烧得通红发烫。唐秉艰难地脱去吴实的靴子，看了看肿得发亮的脚，连呼："坏了，坏大事了！"

唐秉从行囊中摸出一个竹碗，来到竹溪边，一连喝了三碗水，又舀了一碗水，来到吴实身边。他脸面憋得通红，口里念念有词，伸出手指在水面上急速地画着。

立时，小小的水面成了一片汪洋，烟雾滚滚，波浪翻腾，水底似有闷雷炸响，水花溅起老高，四处洒下，滴滴落地有声。

唐秉画毕，随手从身旁竹竿上，扯下一个枝杈来，一手揭去吴实的被窝，他一边口中念念有词，一边用青青竹叶蘸起碗中水，均匀地洒下。顿时，吴实全身上下火星直闪。

"啊！"吴实大喝一声猛然坐起，脸面恢复了正常色。他就像从遥远的地方归来一般，微笑着，眼望唐秉。吴实肿胀的右脚，早已没有了痛感。

"好了，好了！"唐秉兴奋地说着，突然打住话，伸出手掌在鼻前扇了几扇，高兴得大喊，"美味来了！"

唐秉一转身，山坡上早走下落差与齿先来。二人各提一个用竹丫编织的大篼，散发着喷喷的香气。他伸手一把夺过齿先的大篼，朝篼里看了看，抓出一只老大的竹兔就大啃起来。

落差蹲在吴实身边，将香气扑鼻的竹鸡、竹兔、竹鸭、竹鸟、竹虫蛹摆满了一被面，一个劲地催促："子景快吃！"

"你怎么不吃？"吴实问。

"我们早吃饱了！"

齿先暗暗地瞅着唐秉。唐秉吃了四只仅有的竹兔后，又一连吃了十三只竹鸡，才搓搓手停了嘴。

这时，苦闷又陡地爬满了唐秉刚才还笑眯眯的脸颊，他的脑中在急速运转。在山野里独自熬过多年的他，一切苦难都适应了。可吴实……唉，公子生活过了多年，哪里受得了这般苦难折磨？若是再入老林，远走震泽，最少也要走上三四个月。且不说深山有鸱鸮紧盯，想方设法抓捕，官衙缉拿，就是吴实途中染个瘴气或什么病的，说不定未到目的地就小命休矣。再说眼下，吴实已无法骑马了。两人抬着他如何翻山越岭？现在，山下可通大路了，他该如何抓住这难得一现的空隙逃命呢？

唐秉与吴实又是怎样决定去震泽的呢？这晚，二人躺在一个草窝里。唐秉讲起逃难到楚国后，偶听文人学士朋友说起，震泽有个叫周术、字元道、号角里先生的饱学之士。他治水患的著作，深深影响着诸国。又说，三万六千顷的震泽湖离寿郢老远，众多的湖湖汊汊，特别是有一个叫洞庭西山的湖中岛，既便于隐身，又便于生活。吴实听了眼一亮，震泽偏远，又是南蛮之地，开氏先祖泰伯三让王位，也是远走南蛮，开了吴地的。说不定到了那里，他还可听到先祖的许多传奇之事呢！再说，周吴同宗，周术定可给他们提供方便。吴实忙道："我们可去投周术呀！"二人一拍即合。

"好，有了！"回到眼前去震泽，唐秉把自己由山路改走大路的想法，告诉了吴实。

"老兄所言甚好！"吴实在深山老林里走了十多天，四处碰壁，早就厌烦死了。听了唐秉言，甚至并未听个完全明白，他就立即同意了。此时此地，危难窘境，他唯一依靠的是唐秉。况且，他亦亲眼见识了唐秉的逃亡智慧。他能不立即赞成吗？

想着从此可走大路了，吴实又一次催逼齿先与落差回家去。

"嘿嘿！"唐秉听了一阵冷笑，偏头向二人道："若是子景前时催促，你们走了就走了，现在可是不行了。半个时辰后我们出发。你们立即去做活路……"

落差与齿先按唐秉吩咐忙去了。

唐秉也摸出一条布袋进入竹林不见了。

午后，从竹林的小径上，走出两拨人来。前头是一个白首老头，身穿破旧人袄，腰上系一条麻绳，赶着一头驴子三匹马，一看就是个贩卖驴马的。后头不远处，两个壮士抬着一副竹床，躺着一个求医病人。两拨人一前一后上了大路，不紧不慢地投东南而去。

这晚，华灯初上，前头是一座小城。做驴马生意的白首老头一到城门口，就和守城门兵士小头领攀谈起来。头领竟然是白头的"家乡人"，二人好不亲切。当老头操着一腔家乡话，指着城门口张贴的朝廷缉拿钦犯吴实的画像，好奇地问询原委时，头领悄悄地讲述了一桩流传于军中的秘闻。

这天早朝，李园再次追问帅府，吴实请到否？得到否定答复后，素来和稀泥的相国，感觉吴实不能为他所用了，嘿嘿两声冷笑，勃然大怒，道出一件震惊众臣的大事来。"这个野心勃勃的吴实，国丧前后，竟然组织一众叛逆，袭杀了南郡的郡守、郡尉等钦定命官，自派了吏员，掌控了官军，想把南郡献给秦国。本相得报后，挫败其阴谋。吴实正亡命在去秦国的路上。"

相国说完，又严令刑府缉捕吴实归案，回头请楚王御示。六岁的楚王头一点。吴实成了国家叛逆，朝廷钦犯，印着其画像的布告，迅速遍贴楚地。

两个家乡人谈兴正高之时，突然，一阵刺鼻且呛人的怪味，从一副前来入城的竹床上散发出来。

“这是哪里传来的梅毒气？啊！是竹床上的病人。”白头使劲闻了闻，一副大愕状高声喊过，又立即拉住家乡人小头领，快步离开越来越近的竹床，窜到了一边，神情恐惧。

进城的人们听见白头惊惊乍乍的呼喊，哪个不怕梅毒？众人“哎哟”一声，慌忙捂住嘴鼻，像躲瘟病一样，四散隔开了身边的竹床，直至离得老远，还在挤眉皱鼻，喘息不定。

两个走近竹床的守城门兵士，眼望众人惊慌，又听见已远离的头领在高声提醒他们，也突然停下脚步，挥手呵斥竹床“快走快走”！

两个用手巾捂着嘴鼻的抬竹床汉子，在众人的叫骂和催促声里，脖子一缩，弓腰曲背，急匆匆进城去了。

原来，这怪味是唐秉在山里扯的那袋青草作祟。每有检查，躺在竹床上的吴实就按唐秉嘱咐，把袋口张开。

又有一天，经过一座昭氏贵族封地城池，一队如狼似虎的巡城兵士，手拿吴实画像，刚揭开了竹床上的被子。未料一股刺鼻的异味，呛得兵士连打喷嚏。兵士慌忙丢下满脸红疮的病人，快步跑到一边，大口大口呕吐起来。

路畅人快，吴实的脚病好了后，在乡野之地就骑马，二十多天，唐秉一众人就来到了震泽。而他们的心，又陡地提到了嗓子眼。这个年代，未出仕的文人学士，惯是四处交友讲学，游说官宦。而治水患著述颇丰、颇有成就且享誉天下的甪里先生，可是在家中吗？

第五十二回　船家弄巧寻周术　唐秉无情斥水狗

早春的阳光很美很温暖。这天下午，站在湖风徐徐、白水连天的震泽边，眼望波光粼粼的湖水，展翅掠过湖面的水鸟，吴实禁不住想起少小读书时，祖父给他讲震泽湖的情景。

祖父讲过离家乡百里之遥的洞庭湖，浑浊老眼一亮，一番精心描述大地造湖，又介绍了震泽容纳百川，称其恢宏广阔，造福水乡黎民。还讲了水的利弊，古之治患方略。最后动情地说，水是柔软的，却是生命之骨。它可让万物立起身，将山河塑起形，鼓励弱小的人们树起宏志……整整讲了半天。祖父是偶以震泽为例说谈湖水，还是预测到日后孙儿要与此湖结缘？

震泽在幼小的吴实心里，曾涌起无数美好遐想，甚至数度于梦中到了震泽。他驾驭着浩荡的湖水，把天下的污秽浊垢冲刷得一干二净，纯净的阳光和飞鸟做证，天下的每滴水，都在激活每寸土地上的生长，为劳作的农夫，奉上一个金硕的秋大……可如今，面对这宽广的湖水，吴实不得不畏缩着低下眉头。祖父的教导何在，自己曾经的梦想何在，他能对着震泽说点什么人生作为？他有的仅仅是无可奈何。他窘态地一笑。

湖滨有个小水埠，旁边有条东西向的大路，虽然来往人不多，路边却有个简陋的客栈，房屋角上有一片酒幡在湖风中摆动。湖滨港湾里，停泊着一些歇息在寒冬中的渔船，一大片高大的柳树下，渔家低矮的芦苇屋顶上青烟袅袅。

“喂！请问大哥，你知道去甪里先生的家怎么走吗？”落差朝大路边一袖手闲逛的中年渔人拱过手，亲切地问。

渔人伫立一听，突然收敛了笑容，皱眉扫视了一遍问路者及随行人，又紧盯着落差，一副警惕神情反问："你们是哪里人？叫什么名字？找周先生干什么？"

"我们是特地从寿郢来拜访先生的。"落差哪敢把吴实、唐秉两个逃犯的名字说出？同时，省得多嘴舌费说复杂了，就随口道出了一个人人皆知的老大地名来。

渔人听了掉头就走，抽出袖中手，伸在身后摆个不停，把透着淡淡鱼腥味的一串话，丢在快步离去的脚下："不知道，我是打鱼人，只识得鱼。"

落差好奇怪，又迎着路上一穿戴学士服模样人走上去，致了学士礼，恭敬道过"先生吉祥"又把问询渔人的话重复了一遍。

读书人与渔人一样，也是一番询问查证，又打量了落差和同行人一番，哈哈几声大笑，摇头晃脑答道："周先生的家在天上，飘在云里雾里风里。我也不知道，他的船泊在哪条柳丝下，与人对弈哩。"

落差又连续问过多个路人，人们大都是手一摆，或不置一言，或回复几句不着边际的话，就手一甩走远了。

"先生快陪唐先生来，这船东答应送我们去周先生家了！"齿先站在水滨一船边，喜得歪嘴歪鼻挤在一起，他说服了一个同众渔人玩小贝壳游戏的渔人，朝早就候得好不着急的吴实等人挥手大喊。

原来，唐秉见落差连问数个路人，无角里先生着落，似乎看出了猫腻，就朝齿先嘴一努，示意他到湖滨港湾的渔船堆里去打听。

果然，一个壮健渔人上了岸，望着齿先眼珠一转，滑稽一笑："我送他们去洞庭西山试试看。"

船东吩咐齿先，把驴子和三匹马系在客栈后的柳树上，就嘴一努，示意客人登船。

吴实和一众人迅速上了船，他向还站在湖边的船东大哥手一拱，高兴地致过谢，表示可以开船了。哪知，船东却冷不丁伸出长长的篙头，往船体上猛力一推，那船像箭一般离了岸，直直地向湖中插去。

在山乡长大的吴实，哪里坐过船？他见船东未上船，慌忙站起身。正在这时，船东篙头一点飞船，渔船突地前后转了个身。吴实砰地四脚朝天摔在了船板上。

唐秉像是看出了船东想玩什么花招一般，一手拉起吴实坐好，口吐慰语道："别急别急！你看嘛。"

就在船上人一阵晕眩之时，船东如燕雀般轻飘飘地飞过众人头顶，落在了船头上。

行路中，船东满脸肃穆，盘问起唐秉和吴实的姓名来，被落差与齿先挡住，支吾过去了。船东狡狯一笑，再未说话。只有齿先在指点着湖水和飞鸟，与落差说个不停。

不久，渔船就沿着一座巨大的湖中岛，在湖汊里拐弯抹角地转了起来。那是一个美丽的小港湾，后山高耸，背北面南，虽冬青荫庇极好，却因遮蔽不住而露出数处青砖墙头。

渔船忽然减缓了航速。船东一改冷冰冰的脸孔，笑容满面，迎着湖风，一阵高声大号渔歌过后，又陡地拉长了脸，鼻子哼了几哼，瞥了一眼船上未通报姓名的诸人，又举起篙头，猛力一撑，渔船又飞箭一般离开了。

傍晚，渔船靠岸了。吴实想起马上要见到甪里先生了，火速收拾了行囊，高兴地下了船。

“呜!”唐秉刚上岸，就听到一声熟悉的驴叫敲响了耳鼓。他抬头一望，怎么也不相信自己的眼睛了。众人亦是惊诧，渔船怎么又回到了出发地？船东不是在耍大家吗？

齿先与落差望了望红霞飞舞的西山，心里好不光火。二人正要向并未讨要工钱，就无事一般离去的船东发作。只听唐秉突地一声大喊：“我们有着落了。”

唐秉向敲着额头的吴实，抛了个放心的眼神，就喜滋滋地独自跟上船东，大步追进了柳林里。

明月从浩渺的湖水中升起，像洗了一样干净，光洁如盘。深蓝色的天幕上，疏朗的星星，瞪着明亮的眸子直视人间。吴实一直坐在水边，伸长脖子等候唐秉的消息，等来的却是湿漉漉的月光，冷寂寂地洒满了湖滨。

正在这时，客栈突然亮了，大小门缝里，射出数道灯光来，随着“吱嘎”一响，栈门大开。唐秉走出来了。

吴实心中一阵忐忑，骤然立起，这门可是为绝路上的他打开的未来吗？他脖子伸得老长了。

唐秉疾步走来，笑眯眯地催促吴实道：“走，喝酒去!”

此时，吴实才忽地感觉肚子早已空空如也。店小二上了菜，吴实等四人刚在饭桌前坐定，船东竟然头一伸，大大咧咧地坐上了饭桌，拎着从自家船上带来的老大一葫芦酒，给众人大碗斟起酒来。

酒过三巡，刚刚礼毕，唐秉骤然色变，手指船东正色骂道："你这个刁钻的家伙，现在该收场了吧？你玩的这些小把戏，骗得了别人，骗得了老夫?!"

唐秉又怒眼一瞪，对船东吼道："老夫告诉你，前天，角里先生就卜了卦，知道我们今天要来。先生家里没人弄船，就请邻里的你到水埠候着，来接送我们。下午，你扯破嗓子号渔歌的绿色港湾，就是角里先生和你的家所在。老夫当时就明了，猜你要戏弄我等。另外，先生明确告诉你了，我们是不会通上姓名的，嘱你不要打听。你偏偏要逆着先生，在船上就盘问我们的姓名。你明明知道，角里先生家里的酒菜早备好了，在等待客人。你却又把我们送回客栈来试探。你是在作践自己，特别是……唉！作践了这葫芦好酒……"

吼到此，唐秉头一低，眼瞅酒碗咂咂嘴，一手提起大葫芦，口对葫芦嘴，头一仰，酒就咕嘟咕嘟下了肚。唐秉把空葫芦一甩，抬起衣袖一抹嘴，酒沫直飞，又朝船东继续呵斥道："你这个不良渔夫，已怠慢了我们，若不马上送我们去先生家，以后，先生斥责，你可别怨恨我们火上浇油，要烧死你噢！"

"啊……啊……角里先生和我的事，这白头都知道了?!"刹那，船东双眼越瞪越大，一副窘态，只得双手不停地抹着小雨点般喷在脸面上的酒沫，赔上苦笑听着，点头不是，摇头也不是。几年里，船东一直在湖中为周术接送客人。看见穿官服的，就不搭理。见了文人学士，看不中的，就作践一番打发走了。他哪里碰到过如此不讲情面，又如此直直地戳穿他惯玩鬼把戏的客人？

少顷，一脸尴尬的船东突然哈哈大笑，又拎来一葫芦酒，倒了满满一碗，自我转圜地双手递给唐秉，连道："请请请，请先生休怪我水狗了！"

趁唐秉喝酒之际，水狗又慌忙离席，把客人的驴子和马匹，托付给了客栈老板喂养，约定明天再来接走。他又回到酒席边，弓腰曲背，伸手向唐秉作了个请的姿势，亲热地催促道："水狗请先生快上船，速去周先生家登宴。"末了，像夸唐秉，实是为自己找回面子道："嘿嘿！别人都说我水狗是堵撑天高墙，说实话，也只有先生的智慧，才能飞越过这高墙呢！"

月光下的水路上，水狗一改下午的冷酷神情，一边摇桨，一边为周术大鸣不平。

周术也有冤情？下午，吴实见落差向路人打听角里先生，别人都是那般冷淡，正不解其故。他忙支起了耳朵。

水狗说，少时，周术聪慧过人，读书过目不忘。由父亲指教，读了不少圣贤，背得滚瓜烂熟。十五岁去陈郢学宫学成后，刚回到了震泽家里，封地景氏的儿子、时任郡守就登了门，送来一份厚礼，对年小二十的周术，开口闭口老弟老弟地叫着。“周术要退礼，我说，不接白不接，叫他接了。从此，郡守一副虔诚相，每月初一都要登门，向先生求策问治，我就去陪客。”

顿了顿，水狗又说，有一年夏时，楚地一连降雨近月，洪水泛滥，堤坝冲决，饿殍漂浮，乱民四起。江河湖海处处告急。长江下游的震泽湖地区，灾难更是深重。郡府多次祭祀天神，均不奏效。郡守急切切地来找周术。“周术连忙请我驾船外出，他察看河水，我就在岸上跺脚。百姓在我跺脚的地方，疏通了三条河道，洪水很快消退，年年夺得了丰收。”

秋后，官衙暗中出资，怂恿民众修了个功德祠。又重金收买一文人，召集学士们作颂词，大家个个称道周术。哪知，功德祠建好后，供奉的却是郡守雕像，石碑上，周术的名字统统改成了郡守的。后来，怪事出现了。一夜间，郡守的名字又变成了周术。郡守又改，又变。“第五次后，我水狗去看了，天立即刮了两天黑风，下了两天黑雨，江河泛滥后，周术的名字再也改不掉了。”

不久，郡守因治水有功，被钦点去陈郢，任了管治江河湖海的大臣。以后，大臣又多次来找周术，谋求根治江河湖海水患之法。周术花了整整一年，研究出了治理楚国江河湖海的方案。大臣办事如鱼得水，被百姓广为赞颂。水狗道：“鬼都说先生冤，先生却无事般，一笑了之。”

水狗还道，景家的二儿子，接任大儿子任了郡守。此子从不读书，是个斗蟋蟀、斗鸡、博彩的好手。收了三房妾，还四处寻花问柳，欺男霸女。百姓称其二流子。有一年春上，二流子到这小水埠游玩，碰上了一漂亮的渔姑，三两天来纠缠。渔姑被逼沉了湖。

后来，水狗邀约了几个伙伴，在水下装了招引鳄鱼的机关。再让一白皙面皮、高瘦身材的伙伴，身穿女衣，一步三摆，把二流子哄得哇哇大叫，诱到了水里，淹了个半死，果然几条鳄鱼来了，要吃他。“为了不给湖乡人惹祸，我水狗施法术把他救了。后来，二流子被家奴抬走了。嘿！凭斗智，郡守哪是我的对手？”

水狗好不自豪，再道，二流子任郡守后，奉周术为神仙，大小事都来求教。周术本就瞧不起他，但考虑到不能让他折腾百姓，揪着心为其谋划政务。二流子也想走哥哥的路到朝廷去，两年里，按周术安排，为郡地百姓办了几件好事。二流子又暗中派人到百姓中去煽情，号召大家为他送万人伞，建生祠，想利用周术名声，为其写赞立碑、上奏朝廷。哪知，生祠建了三次，“我去看了三次，就垮了三次”。

乡亲们气恼了，为周先生在离家老远的洞庭西山岛上，谋了块好地，就在我家隔壁，盖了房，请他隐居起来了。

二流子在原地找不到周术，四处寻找亦不得踪，就派手下到处放风，谓先生有“谋反之心”，想逼其出面。风传大了，朝廷鸱鸮暗中察访，一无所得。不久，二流子得花柳病死了。此事才了了。

景氏新人又登郡守位了。此后几年里，凡是寻找周先生的西山外人，当地人一概搪塞了事。

讲到此，水狗瞥了一眼唐秉，又好不自得道：“我水性好，身子壮，双眼透穿人心。做墙堵得海浪，做树拦得狂风，做关挡得神鬼。无数攀高枝的人，都被我赶走了，不然，先生哪有时间做大学问?!”

水狗重重地“嘿嘿”两声，又继续道，隐居的周术比原来更忙了。他想起震泽湖的水患，又忧心起天下百姓来。他想方设法弄来了各诸侯国的舆图，翻读了众多古书，潜心研究了各地时令气候变化、雨量分布，统筹在江河湖泽、山川走势中，谋划了各国治理水患方略。

几年里，周先生先后把治水方略寄给了秦、赵、魏、齐等数国。各国纷纷来人，用重金礼聘先生，去本国朝廷执掌治理水患。“我叫不去，先生就一一回绝了。”

“哗啦……”骤的一声巨响，在离船不远水中响起，刹那间，狂风骤起，波浪翻起数丈高，浪里数个茶碗大的绿光团闪烁个不停。

“啊!”船上人无不大骇。小船顿时像一片树叶在风中飘了。

“大家不要怕，这就是龙。让水狗来征服它。”水狗从身上抽出一片竹简，往水浪中一丢，立即风平浪静了。

唐秉早在心中暗笑。他再也忍不住了，又一笑赞道：“水狗真行!”

“哼!湖里功夫，我水狗排云赶水，无所不能!”

“这竹简上的巫咒肯定是你画的。”

“是……是周先生按我的意思画的!”水狗声音明显小了。

“哈哈……”唐秉一阵大笑。吴实和一众人都笑了。

月光下，湖中山影处处黛色，参差巍峨。渔船在水中欢快行走。不久，就靠近一处高山，在湖汊中穿行。附近山中的夜莺声，清晰地传到了船上。

吴实却浑然不知。他一直沉浸在水狗讲述的故事里，想着即将见到的甪里先生，心里生出深深的崇敬来。

“前面就是周先生的家了。”津津有味地欣赏着湖光月色的唐秉，兴奋地提醒吴实道。凭借记忆中的印象，唐秉一眼就辨出了下午水狗唱歌的湖湾，此时已覆上一层灰蒙蒙的面纱，格外幽静而美丽。

“对对对！我正要告诉先生们呢！这里就是周府和我水狗的家。”水狗忙接过唐秉的话，高声说。

拐过一座小山，吴实突地看见，港湾树荫里，数栋精美房屋，被灯光照得通亮，二十来个火把，早在湖滨渔船靠岸的地方燃着。数级台阶，直通到一个漂亮的八角亭里。亭里早已备好了酒宴。一个身穿学士服、满脸清瘦、眉清目秀的高个年轻先生，正笑容可掬，高拱双手。主东以震泽湖地方的最高礼仪，在迎接贵客的到来……

第五十三回　匿西山世弟尽诚　著楚史家兄倾心

晚宴上，周术刚把与吴实的关系道明，唐秉就大喊“结金兰”。

周术本无兄弟，正中下怀。眼望吴实欢喜模样，忙呼下人排案焚香。唐秉见证，二人拜了天地，拜了祖宗，换了帖。吴实大周术两岁。周术礼呼吴实“家兄”。吴实在这远离家乡和亲人的亡命之地，有了“世弟”，他能不大喜？忙执兄礼回了周术。

到西山的第一晚，吴实被酒醉得昏昏沉沉的。周术特地将“家兄”安排在一座精致小院里居住。吴实已是多时没有享受这般舒适了。躺在床上，他却怎么也难以入睡。酒宴上发生的一忧一喜两件事，还在强烈地震撼他的心！

周术告诉吴实，十多天前的夜半，一白首老先生来找他，自称是吴实老家七里山的井神。老先生眼含热泪道：“此时，弟子吴实危机四伏，正与学士唐秉亡命在震泽西山的路上，来投靠你，近日即到，你要收留二人噢！”又说：“你与吴实共着祖宗。此后，你三人就将命系一处了……”

周术大惊醒来，一看窗外天黑如漆，风雨交加，春寒肆虐，湖涛如吼。原来是一场梦，老先生的话却仍犹在耳。

吴实感动不已，未听井神先生劝阻而流亡在外的几年里，先生总是在他生命的危难关头，不是指点迷津，就是请贤人相助，能不令吴实热血发烫，感激涕零？而弟子到井神先生居地一拜谢恩，不知是何年何月的事了，能不让吴实深深不安？

那件喜事却让吴实高兴不已。周术从小听父辈讲，周姓源出姬姓，祖宗后稷居于邰，世尊为农神。其后古公亶父率族人迁于周原，称周族。亶父有三子——泰伯、仲雍和季历，是周、吴共同的先祖。如今，以强楚抗秦奏章名扬天下的吴实要来西山，周术大喜过望，他忙细考详查了族谱，二人还是同辈兄弟。隐居数年的周术得一高足兄长，又将会给他带来多少共同话语，开阔多少眼界，周术能不高兴吗？亡命在外的吴实有了世弟提供的落脚之地，亦是喜不自胜！

唐秉又领众人，连连祝贺二兄弟，直喝得杯盘狼藉，尽醉方休。

数天欢聚过后，吴实不时唉声叹气，愁容爬满了脸面。齿先与落差问是什么事惹恼了先生，吴实却未吱声。还是来西山两天后，吴实就催促二人回老家。二人猜想吴实不会久居周术家，放心不下未走。吴实带着满腹心思，邀唐秉一道去了周术屋里。

“家兄有什么为难事，还是小弟安排不周，或有失礼之处？请家兄告之，千万不要闷在心里，让小弟难受！”周术也瞧出家兄有心思了，连忙问询吴实。

吴实生怕引起世弟误解，直直道：“家兄与唐兄均是钦犯之身，虽然很想与世弟长住一起，但世弟家来往人多，天长日久，难免不身份外泄。若是鸱鸮与官衙知晓了，家兄与唐兄难逃被捉拿之险，还会连累世弟。可否请世弟在岛上，分谋两秘密之地，让我们隐姓埋名住到那里去。”

周术听了一脸苦楚，沉思良久。虽然他多么舍不得与家兄、唐兄分离而居，但更觉得他们的想法不无道理。他也没有更好、更充足的理由，来说服二人不担惊受怕。他只得牙一咬答应了。他知道吴实没了俸禄，唐秉亦是生活无着，又赶忙补充道：“家兄及两弟子、唐兄等四人，在西山的一切吃穿和居家费用花销，从此后，一概由小弟负担，请家兄和唐兄尽管放心。”

不久，周术请水乡风水大师，在遗存有一神秘古渔坞的幽静处，看了一宝地，建了一个隐秘住所，请吴实居住。屋后有座棋盘峰，古传有两神仙，时常来此对弈。又在缥缈峰下，为唐秉建了住所。

两处居所均与人烟离得老远，住房依山临水，既宽宽绰绰，又妥妥帖帖，特别是精心布置了存放有大量简册的书房。生活概由周术亲自安排。

这晚，吴实在新居里读书。齿先刚到门外，突闻一股异样气味让他一诧。他又支起耳朵一番细听，忙向屋内的落差，指了指鼻子和耳朵，打了个快来的手势。

落差出得门来，使劲闻了听了，白了齿先一眼，不耐烦地转身就要进门。

齿先左手拉住落差，右手唰地拔出青铜剑来，一本正经道：“为了先生平安无事，我们一定要把这怪物灭了。”

落差不得不带了弓箭跟上。他要看齿先在玩什么鬼把戏。

二人离湖边越来越近了。落差突地一惊，张大鼻孔嗅了嗅，迅速取出弓箭，攥在手中。

明亮的月光下，只见两条两丈长的硕大黑影，躺在湖滨的沙滩上。

齿先大步向前，被落差拉住道：“你是想给这怪兽送点心哪？”

二人隐在树丛中，落差捡了一块石头，向十来丈远的黑影抛去。

黑影一抬头，啊！两只闪着绿光的眼球，足有茶碗大。怪兽漫不经心地瞟了一眼，又埋头瞌睡去了。

“必须灭了这祸患！”落差兴致大起。他张弓在手，吩咐齿先抛石。趁着绿光又是一闪之际，落差早已连发两箭。绿光骤然熄灭了。只见中箭的怪兽在地上拼命翻滚，沙石乱飞，湖滩上一片迷蒙。

另一怪兽惊醒了，抬起绿光四顾，落差抓住机会又是两箭。两条怪兽一阵乱翻乱滚，旋即蹿入了湖中，搅得湖水白浪滔天。

“嘿！老兄箭术果然无人可匹。”过去，齿先听乡人传，落差是“神箭”手，今日得见，名不虚传。

翌日，周术家丁来了，寻得了两具鳄鱼尸体，大赞不已，谁有如此神箭功夫？忙报知周术。

周术听了大惊道：“我怎么就忘了这些水中祸害？!”

他迅速画了两幅避水乡百害的巫咒，亲手贴到了唐秉门上，又来到了吴实家贴了。当他看到扎在鳄鱼眼里老深的四支箭矢，一阵怔愣，连忙拱手，恭请落差为家丁箭师，教授技艺。

落差授箭术去了，齿先终日在吴实住宅附近山中巡查，打死了一些毒蛇，也猎得几只野鸡、野兔，特别是射得几只肥胖的野鸭。虽然世弟都安排了，但吴实对弟子的孝敬，还是更加满意。

这天，齿先又在山中溜达，不知怎么就念起了家乡桓山驯熊的咒语来。走着走着，突然感到一双毛茸茸的大脚搭到了他的后肩上，差点把他推倒在地。

齿先一阵慌乱里立即明白了。他大喊了一声“熊仔”，转过身，一只老大的棕熊伸出尺长的舌头，在他的身上直舔。齿先知道先生对野兽看家没有兴趣，就把棕熊带到了周府。

周府家丁见凶猛的棕熊在齿先面前服服帖帖，无不称奇。

齿先把驯熊的咒语和看家奥妙，一股脑告诉了家丁。周术见了十分高兴。从此，棕熊成了周府的看家熊。

半月后，齿先再未发现吴实住宅附近有其他危险隐患，落差的箭术也已传授结束，二人在吴实的再三催促下，明天要回家了。

这晚，在周术家的饯行宴上，吴实有说有笑，与齿先、落差相互敬酒，喝得好欢。回程后，二人再问吴实道："先生还有什么吩咐？"

"还是那句老话，你们有空了，就到我家去走走，看看我父母和家人，陪我父亲喝喝酒。家人若是问到我，你们就说我很好，官场之事，居无定所，东奔西跑。你们尽捡好话说，让他们宽心放心！"吴实嘱咐完毕，就催二人去早早睡了。

淡蓝的晨雾中，独自闷坐了一夜的吴实，又是有说有笑，将落差、齿先送到湖边，拱手致过祝福，二人依依不舍地登上了水狗的船，向吴实挥起了手。

当载着二人的渔船，从视野里渐渐消失时，吴实突然像针刺一般蹦起，飞步向湖滨一座最高的山头跑去。当他大汗淋漓爬上山顶，向二人远去的方向眺望时，湖中早已没了船影。

吴实迅速擦了擦双眼再望。

他努力伸长脖子，踮起脚尖再望，再望！然而，眼中的湖面已空空如也。陡然间，两行热泪唰地流淌在了脸颊上……

"家兄！"一个声音传来，吴实擦干泪水转过身。背后立着周术。

周术身边站着一个眉清目秀、皮肤黝黑的渔童。周术介绍说，他是渔家子，叫鱼儿，十二岁了，是来专门侍候家兄的。

鱼儿满面春风，乖巧伶俐地叫了吴实一声"先生"。听得吴实顿时转换了心情，觉得这声音好甜好甜。他连忙伸手摸了摸鱼儿头顶上的一绺桃形短发，想起桓山中的俏皮孩子，也是这般模样，吴实开心地笑了。

这天，在吴实住宅前场上，周术陪吴实对弈。二人下得难解难分。周术瞧得机会，不经意地让了家兄半子，吴实一连赢了两场。二人皆乐。

鱼儿做了两顿鱼宴，吃得吴实哈哈大笑，连声夸赞鱼儿烹艺出众。当晚，周术留下，兄弟俩抵足而眠，彻夜长谈，直至月下西窗，旭日东升。

往后的日子里，吴实以绮里姓名，与鱼儿父子俩一般，亲热地住在棋盘峰下。二人除定期得到周术的生活供给外，每逢时令佳节，特别是吴实思家或有心结苦闷的时候，周术总是知晓底细一般，不请自来。

周术还不时带着儿女，携来时令果品以及岛外朋友赠送的新奇吃食，或是千方百计弄到的新简书。听着侄儿侄女“伯伯”“伯伯”地呼叫，不断地请教这经那书，吴实总是哈哈大笑，一番细细讲解，甚至忘了吃饭。每每侄儿侄女离去，吴实总是送出老远，被世弟催逼才恋恋不舍地回返。当有一天，世弟偶尔发现，转过身的吴实眼望远方，骤然一副心酸模样后，他忍痛把儿子送去了稷下学宫。自此，侄儿侄女再未来过家兄住处了。

世弟隔上三四天，准来陪吴实尝时令鲜果，陪着读书、姨弈、登山，种花养草、湖边垂钓、对酒赏月，竞背诗文。吴实最高兴的，是周术带来的湖外的消息。

周术还不时邀吴实一道去访唐秉，三人一同快乐两三天。

这年春节前夕，周术携家丁挑两担年货来了。酒间，他试探着对吴实说：“家兄，有一渔姑，年方二八，如花似月，心灵手巧，初通文字。世弟想请她替下鱼儿，来侍候家兄过年。”

此言一出，吴实立即明了世弟的意思，眼圈突地红了。他心里刀绞一般痛，眼前立时浮起两个活泼的身影来。义女粉儿不在了，芷水至今无下落。他哽噎得说不出一句话，只是果断地摇了摇头。

周术一见暗暗吃惊，他知道自己戳到了家兄的痛处，又害怕询问缘由。从此，他再也未敢与吴实言及此类事了。

每天，吴实读书后，又安排一个时辰给鱼儿授课，布置鱼儿读书写文，一字一句细细指教。鱼儿忙完屋里事，就在山坡上挖地种菜。吴实偶尔到地里看看，问这问那。鱼儿总是一本正经地将菜事告诉先生，听得吴实满心欢喜。

虽然身隐西山，吴实却心心系念着他的楚国。这天，周术带来的消息，震惊了吴实。

六岁的楚王登基的第三年，齐、魏两国被秦使唆使，二王听信奸佞谗言，竟然连连派军骚扰楚国。结果双双被楚军击溃。吴实依据周术提供的资料，分析了战役经过，测算了楚军耗费，不禁唉声叹气。虽然楚国获胜，却是一场得不偿失的消耗战。同时，本身孱弱的齐、魏，亦是国力大伤。唯一的赢家是秦国。吴实的最后结论是，江河日下的楚国，再也无力回天，只是苟延残喘了。吴实捶着额头，痛苦不堪！

周术又是不请自来，奉陪家兄。吴实的话题总是楚国。兴起的前天，蓬勃的昨天，衰落的今天。史实齐全，尤其是楚军与外军的较大战例，以及对楚国的影响，一一明明白白道出。吴实时而讲得神采飞扬，时而悲悲切切，时而拍案而起。听得多年潜心天下水利的周术称道不已。

周术一边听，一边思索着。数月来，他见家兄说到楚国，就百般愁苦难堪，他该怎样顺势怂恿家兄，做一件对天下有益的事，来改善家兄的孤独而愁苦的心情呢？

吴实一讲就是六天。鱼儿不是为二人沏上周术冠名的“碧螺春”茶，就是奉上美酒。鱼儿也有失误的时候。这天，在一边旁听的鱼儿，竟然忘了做午饭。未时末了，周术突感饥肠辘辘，忙问鱼儿饭事。鱼儿舌头一伸，吓得不浅，赶紧往灶房跑。吴实与周术相对一视，哈哈大笑。吴实烧火，周术洗鱼剐鱼，鱼儿烹煮，熬了一大锅三人爱吃的鱼汤。饭后，吴实摸着脸儿红红的鱼儿的头，连连称赞他，聪明，烹饪术高明。

第七天早晨，周术家来人，说家里来访客了。周术打发来人回府，又支开鱼儿，亲自下了灶房。从来不问烹制的周术，满头大汗地弄出一桌饭菜，向吴实道：“小弟做的饭，家兄喜欢吗？”

“只要是小弟说的、做的、吩咐的，家兄都喜欢！”吴实眼望从未下过厨的周术，弄得满脸汗珠，一身油污，他还能说什么？

“此话当真？”周术双眼一亮。

结识周术数月，吴实对深情厚谊的世弟十分喜欢，忙回道：“为兄一语，永不反悔！”

“小弟就等家兄这句话。吃了这顿饭，家兄就答应了小弟，要写一部《楚国史》，以鉴后来者了。是吧？！”周术骑驴下坡，紧逼吴实。

吴实明知自己中了世弟的圈套，但有言在先，没有退路。同时，他亦觉得，自己有的是时间，应该为天下做件有益的事了，就断然答道：“小弟设的这顿陷阱饭，为兄不吃也得吃了。”

第二天一早，周术领着一大帮家丁，为家兄送来了三套崭新的文房四宝、十数担精美的空白简册，又将家中积攒的所有涉及楚国的简书，自己在郢都学宫读过的书籍，特别是学宫先生讲授的楚国史札记，全部送来了……

时光荏苒，季节轮回。花开花落，不觉已过了十年。不惑之年的吴实，早已是两鬓染霜，他瞅着耗费了自己无数心血，才得来的一百八十卷尚待杀青的《楚国史》，心里既高兴，又是百般无奈。

这十年间，楚国已被秦国灭了。十六岁的楚幽王在位十年薨了。幽王无嗣，群臣立宗人公子犹为楚哀王。哀王在位仅两月，即被庶兄负刍袭杀，负刍自立为楚王。

在吴实笔下，幽、哀二王虽然只是楚国的一抹余晖而已，却屡屡让吴实寝食难安。唯一稍稍让他心宽的是，封地震泽的景氏贵族，见楚国颓败已定，就在地方上招贤纳士，收买人心。

吴实立即要跟了他十多年的鱼儿前往应对治县策，被景氏相中，任了县令。

吴实教了他爱国为民之法，就催鱼儿去上任。鱼儿怎么也不离开先生，被吴实赶出了家门。鱼儿长泣着，在紧闭的先生门前守了三天三夜，终未见开门。鱼儿无奈地磕了九个响头。

在门内悄悄坐了三天三夜的先生，在门缝里偷偷看着一步三回头痛哭着走了的鱼儿，满是泪痕的脸上，又骤然挂上了两行老泪……

第二天，周术又给家兄送来了渔家子虎仔。

楚王负刍三年，秦国吞并魏国后，秦军兵锋一转，二十万大军直指楚国，秦楚战端又起。

任了知县的鱼儿，知道先生的苦心，着手下将得悉的秦楚战况，及时报告给先生。吴实守着楚地舆图，日夜察看。

这天，吴实发现，秦楚双方各以二十万大军相遇西陵。秦师一路进击。吴实日夜守着舆图，双眼紧紧地盯着鲁台山一带，心中一遍又一遍默默祈祷："楚军该有一次大捷了，但愿抓住这个良机哟！"

后来，鱼儿送来的战报是，楚军柱国项燕正面迎敌，顽强抵抗，却被秦军一触即溃。丢盔弃甲的楚军仍边退边战，得胜秦军挥师猛击，一气追击数十里。这时，楚军副将屈定指挥设于鲁台山中的七路伏兵连环杀出，直杀得秦军血流成河，尸积如山。秦军主帅、大将李信侥幸逃得性命。

吴实读着战报，连连拍案叫绝。一番慷慨激昂呼喊过后，立即吩咐虎仔备了一觞酒，放置案头。他连夜秉笔疾书，接续楚史，浓墨重彩地记述了这次楚军的辉煌战绩。吴实夜半收笔，突地酒干油尽，灯光渐渐缩成一个火星，熄灭了……

不久后的结果，证实了吴实的猜想，新败的秦军转头重来。秦大将王翦领兵六十万伐楚，屯兵天中山。

鱼儿送来的战报载，无论楚将如何搦战，秦军一概紧闭营门不出战。吴实大叫：“坏了坏了！秦军是在养精蓄锐，寻找时机出击。楚军千万不要麻痹懈怠，秦军绝不是怯战啊！”

一年多过去，楚军再也没了战报，鱼儿不断送来的仅是传言。某日，秦军突然倾巢而出，以一当百，洪水猛兽般直扑楚军阵地。楚军大败，统帅项燕率败卒东逃，被秦军赶上。双方再战于永安城，楚军复败，又丢了西陵、荆襄。秦军铁蹄所到之处，楚军兵败如山倒。楚地文武官吏见大势已去，纷纷献城纳降。

吴实听了莫不惊骇万分，天天为寿郢祈祷。

后来的传言是，秦军一路直捣寿郢，虏得楚王负刍，押往西北献给了秦王。王翦又分兵突击江淮之南。绝望的项燕自刎于兰陵。楚军残部作鸟兽散。至此，楚国浸满了先祖血汗的千里之地尽入秦图。八百年的楚国烟消云散。

“啊！”四十五岁的吴实长呼一声，哇地吐了老大一摊鲜血，卧床不起了。

周术急急忙忙请来唐秉。唐秉处方开药，周术精心调养。两月余，吴实才恢复了身体，却已是白发满头了。

周术心痛不已。他思量着，先时家兄悲楚险些命绝，若是他进入楚史终结煞尾，精通军事的家兄，定会找出战场上的数处危局扭转之机。岂不是要再次历经心灵的折磨，说不定家兄又会重病数场，甚至丢了命。他该怎么办？

周术早就看出，家兄过着寄人篱下的生活后，脾气变得越来越固执了。只要别人说不能办的事，家兄就非办不可。想到此，周术打算耍伎俩了。

从此，家兄每每与他探究楚国的未来时，周术一味坚持楚国还有希望，坚决反对楚史就此煞尾。

吴实苦笑，无可奈何。他研究了十数年楚史和秦史，知道楚国没有希望了。世弟多年研究治水，哪里懂得国势走向？可他又不能道明世弟无知，那不是耻笑了世弟？

双方时常隔着一堵心墙而言他，数次争得面红耳赤，互不相让，不欢而散。吴实不能说服世弟，又不忍伤害世弟，更不能给楚史续尾了。

因与周术对楚国未来看法相左，吴实再也没有提起笔来，《楚国史》无有终结。他痛苦地将一百八十卷柬书一一收起，码放在家里偏僻的阁楼上，仅仅留下放一把木椅的地方。吴实每天上去看两回，不时老久老久地坐在那里，眼望他的著作发呆……

这天，虎仔上楼告诉先生，周术陪着一位客人来造访了。

多年里，每每世弟到来，都是吴实最高兴的日子。这次，吴实得报，却依然呆着一动不动。

周术上得阁楼，一见吴实抚着额头，心里又是一痛，家兄还在对《楚国史》续尾耿耿于怀。他忙亲切相告："家兄，齐地的少通先生，即夏黄公，云游到岛上来了，今天特来拜访你。"

"啊，他可就是姜太公的后人崔广？"昔时，祖父圭公给吴实讲古之战例，没少赞扬过姜太公。吴实在寿郢时，每每体味自己的尴尬处境，就暗暗羡慕成功地辅佐了周文王、周武王的太公。吴实知道，姜太公建周有功，被封于齐，建了齐国，封为公爵。数代传至齐丁公时，嫡长姜季子坚辞而不受，让位于其胞弟。胞弟把崔邑赏赐给姜季子作食邑，子孙将"崔"用作了姓氏。吴实多么希望从太公后人的口里，听到一些他十分推崇的太公传说。

"好好好！"吴实一喜，随周术快步下了阁楼……

第五十四回　灭楚国秦将藏私　思策对先生获障

这天，周术到来，见家兄场边的水池里没了鱼儿浮动，就邀请在家闷坐的家兄去钓鱼。傍晚，吴实精心挑选了八尾尺多长的鲈鱼交给虎仔做晚宴。周术将余下的两大桶活鱼，全倒在了池中。

这晚鱼宴，吴实被世弟陪得大醉，美美地睡了一晚好觉。

两月前，秦军就到了震泽地区。周术着实为家兄捏了一把汗。吴实居西山已不是秘密了。他担心秦军来找麻烦，三两天来看一趟吴实，不时陪到傍晚才离去。哪知过了一天又一天，秦军竟无一人登岛。就在周术松了一口气的当儿，一件奇怪的事情发生了。

这天下午，吴实正在读书，突然三声“绮里季”的呼喊声清清晰晰地传来了。吴实奇怪地走出门，却不见一个人影。他正在纳闷，又一声“绮里季”的呼喊从头顶传来。

吴实抬头一望，两只漂亮的金刚鹦鹉，栖落在场前大树上，通人情似的朝他直点头，而后，长翅一展飞走了。

从此，这双不知从何处飞来的鹦鹉，每隔十天半月，就会来一次。吴实不解了，这两只鸟怎么识得我？

楚失寿郢后，吴实根据周术送来的秦楚战况，特地研究了秦军。王翦统兵攻楚后，放弃了秦军以往屠村屠寨、滥杀无辜的做法，以仁慈、友好待百姓。令吴实大为不解。

多天前，吴实就一直在测算，秦军往西南方向的进程，应该是一个月前，就到了老家的七里山。他是那样地牵挂家乡，思念亲人，不知他们怎样了？他卜了数卦，家人无恙，乡亲吉祥。这可是真的吗？他食不甘味，寝难入眠，人又瘦了许多。只有不时到来的世弟，给他带来些许宽慰。

这天傍晚，门前突然响起一个熟悉的乡音，大呼着“子景”。阁楼上的吴实飞步来到门前，站在眼前的，竟然是十多年未见的落差。他又惊又喜，不知如何是好。

吴实回过神，突地扁平眼瞪得滚圆，脸面肌肉直抽搐，嘴上像拴了一挂鞭炮似的朝落差连连炸开了：“秦军没有滥杀无辜吧？家乡都好吗？乡亲们都好吗？我的父母、内人和子女可好……”

虎仔接过落差行囊，一手拉住吴实道：“爷爷，老伯伯旅途辛苦，进屋喝茶再说吧！”

“对对对！”吴实忙把落差请进了屋。

落差喝了一口茶，就向双眼直直盯着他的吴实说，战端之初，南郡的官军就调走上战场了。秦军占南郡，没打什么仗，郡、县官衙就降了。乡亲们见秦军并未屠村屠寨，亦未杀人放火，就从躲藏之地走出来了。落差又笑眯眯道：“下隽一县人都得益于你呢！”

“什么意思！”吴实听得云天雾地，丈二和尚——摸不着头脑了。

落差喜滋滋道：“乡亲们在村寨和路口见了秦军布告，上写不准任何人在子景先生家乡滥杀一人。特别是郎二滋事后，吴府门前突然来了两个秦兵守着，将吴府保护了起来。除了你家人相识的乡亲们外，不准任何外来人侵扰吴府生活。秦军将领还带领我等几个习武之人登门吴府，安抚了一家老小。”

“什么，谁，郎二露脸了？”吴实吐了一口气又惊问。多年来，他一直耿耿于怀这个叛逆，终是家乡百姓的一个祸害。

“对！正是他。”落差怒道，“当年，你在桓山桃花坳斩杀郡、县两衙投秦叛逆时，县令郎二身穿便服，带着两个亲信，悄悄地跟在官军队伍后面，如果官军捉拿了你，他就赶上前去，助斩了你。不意看见的是奸佞们被杀，他吓得一溜烟般逃去，不知躲藏到什么地方去了。前不久，风传秦军要来，郎二不知从何处钻了出来，他以秦县令之名，网罗一帮泼皮，占领县衙，凶神恶煞般寻仇报复杀戮乡人了。”

落差又接着说，这天，郎二带领手下持刀结伙，杀了五个当年拒上凤凰翅谋杀吴实的山贼和沙府家丁，烧了他们的房屋，又来到吴府前，召集百姓。他大声痛骂吴实不忠不孝，不仁不义，又扬言要报昔日灭流水庙秦军之仇，悉数捉拿吴家老小，送给秦军治罪。此时，情况万分危急！

突然，齿先带着两条狼出现了。齿先从西山回家后，俸禄没了。他驯了两条狼，靠打猎撑起一家生活。齿先持刀堵在吴府前，高声为吴实辩护，又戳穿了郎二过往叛楚投秦之事。

郎二大骂齿先在凤凰翅杀了他安排去除吴实奸贼的数个壮士，喝令手下快快杀了齿先。泼皮们发一声喊，持刀舞械一拥而上。齿先挥刀一连砍翻数个泼皮，不幸身负重伤倒地，被郎二砍下了头颅。两条狼虽咬得泼皮满地滚，终也被杀了。郎二又令手下冲进吴府去抓人。明了真相、眼见吴实为山乡人讨还林山公道的众百姓怒了，个个痛骂郎二，一齐堵在了吴府前。郎二只得带领残兵败将跑了。

秦军到来后，把冒名秦县令的郎二及手下泼皮一众人缉捕归案，在花蒲市曹公开斩首。

落差见先生连连呼着“齿先!”“齿先!”，早已泪流满面，忙停下话题安慰吴实道：“秦军令里上将齿先厚葬了。”

少顷，吴实又突然无比牵挂地问：“我双亲都好吗?”

“二老早已去世了。”落差道过，随即又补上一件喜事掩饰道，“吴霍早已成婚，你做爷爷了!”

“啊!”吴实突然大叫一声，头一耷拉，浑身一软，木椅一翻，就瘫在了地上。多年里，吴实的心累极了，精神再也支撑不起身体了。

落差赶紧把他抱到了床上。虎仔用热巾为先生擦了脸。吴实喉咙一声“咕嘟”醒过来，“哇”地放声大哭。他双拳在头上乱打。父母在，不远游。而他却一去经年，甚至到了桓山，离家咫尺之遥，也未去请安，更未去尽孝，侍奉汤药。父母故去，在外为官的儿子都要回家丁忧三年，可他一介平民，却不能孝敬双亲，他哪里配做儿子，他能不痛心、能不遗憾终生?

吴实听了堂客和儿孙一切都好后，又重重叹了一口气。

吃晚饭了，吴实坐到了桌边。他端起酒杯，郑重遥祭了双亲，又劝着落差喝酒，自己却一滴酒也喝不下，竹箸也未挟。

是夜，二人又秉烛长谈。

“乡亲们都好，你的堂客孩子找到了吗?”吴实又是急切地问。

落差害怕吴实急病了，赶紧简明扼要，甚至自家的事，也用谎话回答道：“都好，我的家人也找到了，老弟千万不要牵挂!”

“真的?”

“真的！”

吴实稍稍平息了心情，忽然想起一人，又迫不及待地问：“你可有芷水的消息？”

落差顿了顿道，先生离开桓山后不久，白雀庄人发现，芷水穿戴得整整齐齐，头上插朵红山花，死在戒夫坟沟里。庄人以夫妻祭礼，把二人合葬了。

“我为什么不在桓山寻找芷水？我还未将戒夫的话转告她呢！”吴实不断地埋怨自己，陡地泪水长流，一阵哽咽后，吴实又问落差道：“那些求你去寿郢找我回桓山的黑衣人，都回寿郢了吗？”

“唉！”落差叹了一口气道：“我与齿先回到家乡时，刑府人早已去到南郡，将那些黑衣人以‘与叛逆吴实合伙，杀朝廷命官，充任吴实委之伪职，反楚投秦’罪，把他们斩首了。”

“怎么会是这样？”吴实一拳打在桌上。戒夫告诉他，这些人都负有斩杀或绑架吴实的命令，他们放过了他，而自己却丢了性命，吴实能不负疚！再说，他们代仕出职，戒夫申报了朝廷呀！此时，在吴实心里，一个结论顿时形成，秦军仁慈了，而楚官吏却是非不分，凶残无度。天下得失，能不随着人心向背而改变?!

三天后，落差再次提醒吴实道：“这次来西山前，我去了你家，但未挑明我来会你。你夫人就嘱我，若是碰上你，就一定要把你接回家。吴霍嚷着要与我同行，被我拒绝了。我们尽快回老家吧！”

吴实眼睛骤然湿润了。他哪里不想回家？但他犹豫、痛苦、难以自拔，他辜负了井神先生和祖父的教导，没有为拯救楚国出力，可谓不忠；未赡养和送别离世父母，是为不孝；从寿郢跟随他的戒夫及那么多生龙活虎的年轻男女，还有三个弟子，全都因他丢了性命，独自留下他，他是多么不仁不义。家乡成了他的伤心之地。多年来，他睁眼闭眼都是家乡，这群人就在眼前浮现。他有何颜面去直对他们的坟茔和活着的亲人？他痛苦着，一直未回答落差，挨了一天又一天。

这天，周术来了，得知落差的来意后，忙全力劝阻吴实道：“目前，我们尚不识得秦人真面目，家兄回家，岂不是贸然归附？秦军能饶过家兄过往对其杀戮吗？依弟愚见，家兄还是谨慎为妥！”

吴实叹了一口气，未置可否。

周术见家兄情绪不好，又担心他一时心血来潮，不辞而别，铸成大错，忙岔开话题道："落差兄弟千里迢迢来了，我也应尽地主之谊，请家兄陪同去我家做客。"

震泽游湖、围棋博弈、垂钓赏月，不觉已过一旬。落差再次向周术辞行。吴实又在焦躁不安。

"好，明天游了缥缈峰再走。"周术爽快答应了。

翌日，周术一行登山归来，已是红日西坠，月上柳梢。三人刚回屋前场上，唐秉与崔广就乐乐呵呵地迎上前来。虽然四人均住西山岛，但为了平安，相聚一起的时日极少。今日相见，大家能不高兴？落差见了一别十多年的"神仙哥"唐秉，好兴奋。唐秉也喜得大叫。

酒席上，落差感谢了神仙哥对吴实的救命之恩，又介绍了家乡情况，就向众先生辞行，明天要陪子景还乡了。

"什么？还那秦军占领不久的桓山乡里？你接子景去失节投秦呀?!"唐秉一片诧然，连连反问落差。

周术听了暗暗欢喜。他派家丁把唐秉和崔广接来，就是要他们说服落差呀！唐秉说得很认真。崇拜和信服唐秉的落差能不听？只要落差不劝家兄回家，家兄也就死心了。

"真的？是这么回事？神仙哥可不要欺负我这凡人哪！"落差震惊，一脸苦相。

"唉！或许是子景命该绝了。我只是担心落差兄弟，听着乡人说子景当年斩叛官，现他又投秦，今后的日子，子景里外不是人，落差将是多么痛苦哟！嘿！不说了，今朝有酒今朝醉。落差老弟，我们喝酒！"唐秉仍像过往一样，大大咧咧转了话题，端起酒碗一饮而尽。

唐秉的话句句先说后见。从吴实逃出寿郢，一路到西山，落差都是亲见亲历的。他的心暗暗地坚定了。

第二天，落差独自踏上了回家的路。吴实一直送到水狗的船边。

其后两年里，摆在面前的燕、赵、齐等国舆图上，吴实分别勾画了各国与秦交战的双方战场态势、战事发展和最终结果。他像参与了数场战役一般，见证了秦军的胜利和三国的覆亡。

秦王政二十六年，六国悉数并于秦图，天下一统。秦王政改始皇帝。始皇废了周室和各诸侯国的分封制，九州辖治三十六郡，是年，吴实四十八岁了。

不久后的一天，他遵吴实嘱，随景氏族一道降秦，又留任了秦县令这鱼儿进西山了。他将秦废分封，置郡、县管治天下，详细告诉了先生。

吴实听了，不由得摇了摇头，若是当年楚国实行了五策六政，削弱了封土贵族利益，强盛了朝廷，哪有这般悲哀覆灭的下场？他又叮嘱鱼儿道："此策甚好！"

几月过去，郡守陪着几个从咸阳来的大人们进了鱼儿的县衙，要鱼儿陪着他们进西山。鱼儿急得不行，他们去干什么？事先，他未告之几位先生避一避，若是两方碰上了面怎么办？

无法推却的鱼儿百般无奈，只得一同上了路。他心想，若是先生有难，他拼死也要解脱先生。船上路上，郡守有意无意告诉满是焦灼的鱼儿，朝廷想迎请天下贤士去咸阳共襄国是。鱼儿听了满是惊疑，是真的吗？难道他们对手上沾有秦军血的吴实，也无恶意吗？

令鱼儿不解之事连连出现了。渡船在一来客导引下，到先生居住的棋盘峰下停住。咸阳来人有说有笑，一阵指指点点。鱼儿不懂秦语，听不清他们说了些什么。

"大人上岸吗？"郡守问。

鱼儿听了，心咯噔一下提到了嗓子眼。

"不打搅吴先生了，开船！"咸阳来人手一挥。

渡船又先后到达唐秉、崔广和甪里先生住处下的湖湾里，亦是停下观赏了风景后，又欣然离去了。

咸阳来的大人们离开县衙后，鱼儿忙不迭连夜进了西山，将白天发生之事，详尽告诉了吴实。

吴实敲了一阵额头，同鱼儿一道去了世弟家。周术听了急得脸色煞白，立即吩咐家丁，连夜去把唐秉和崔广请来，共商对策。

四人一会面，明了来意，唐秉哈哈一笑，高声道："这是好事嘛！秦人想杀了我们，早就可以动手了。再说。我们也歇息得太久，该为国家和黎庶办点事了。不过，我们怎么办，还得听子景的。他在官场混了几年，比我等更知道官衙路数。"

众人眼光一起投向吴实。

本来，吴实未面见秦人，觉得并不是夸秦人的时候，见世弟一副焦急模样，又听了唐秉的话，觉得他说得有道理，只得直言讲了落差告诉他的，秦军在老家下隽县的一些仁义之举。又分析道："我们隐居西山，对秦人早已不是秘密了。现今，他们让鱼儿知道，就是要鱼儿来传话，知道我们在这里呢。"

"逃是逃不脱的，如果等来的是坐以待毙，小弟可就后悔死了。"周术仍在着急。三位先生来投奔他，他的责任可是十分重大啊！

吴实喝了几口闷茶，又特意提醒大家道："王翦统军攻楚时，一改以往的遍地杀戮，除歼灭拼死抵抗的楚军外，安抚无辜百姓，宣扬秦王威德，爱护黎民。占领震泽地区后，无一个秦军来西山岛作扰。难道不值得我们深思和重新认识秦王吗？"

"家兄此言差矣。秦人的仁慈是假装的。比如家兄，垒沙偷袭战、两次黑风口战，先遣桓山秦军被歼，手上还沾着那多秦军的血，他们能放过你？再说，他们绝不会长此以往放任我们，只是我猜不透，他们要把我们，特别是怎样处置家兄？"周术急切地提醒吴实和众人道。

数月来，崔广潜心研究了西周史，十分欣赏秦的郡县制治策，心里一改对秦王的看法，充满了好感。他据此揣摩始皇新政，反驳周术道："秦人一统天下了，四海皆为其所有，若要真正得到这些土地，靠的是征服人心。如果让敌方的文人志士为己所用，就可让占领国的一大批文人学士来投靠兴秦，不比杀戮的意义要大上十倍百倍吗？"

"你知道始皇帝也这么想，朝廷有这等胸襟的远见卓识之人？"周术言之凿凿，反问崔广。

"嘿嘿！"眼看大家你一言我一语，相持不下，谁也说服不了谁。唐秉一笑打圆场道："大家都说得有道理，只是没有眼见，难以定论。现在不争辩了，我们急切需要的是，平静地生活，睁大眼睛，瞄准风雨，再迈下步……"

此后的日子里，唐秉和吴实一商量，捡起荒废了多时的医术，来到岛上渔夫家，为他们看病。二人的医术依然是那样精湛，手到病除，深得岛民敬重。

两月过去，这天，心里一直担心众先生安危的鱼儿，大汗淋漓来到了西山，给四位终日忐忑不安的先生们，送来一个大喜讯。

第五十五回　奔秦都踌躇满志　熬咸阳意冷心灰

鱼儿送来的是始皇御批诏书复本，内载始皇帝雄才大略，一统天下，为寻治策，求贤若渴，诚请天下文人志士，一展才华抱负，佐国建勋，光宗耀祖云云。下开列着三十六郡秦土上，过往七国中，扬名显众的七十个文人方士姓名。这些人俱被朝廷封为博士官，御召到咸阳就职。随诏书送达的还有黄金聘礼，博士官上朝服饰和一应礼服。又令当地县令尽快将所在地的博士官亲送到都中，不得有半点怠慢。所有花销费用，概由沿途邮驿支付。

来不及进屋，吴实就站在大门口，翻看着鱼儿递上的诏书复本，见唐秉、崔广、吴实、周术四人姓名上赫然在册时，“对，快去告诉世弟和唐兄，看他们是何主意。”吴实骤然想起，慌忙和鱼儿一道，拿了诏书复本，向周术家赶去。

多年来，世弟为了他与唐秉，操尽了心血，耗费了无数家资。吴实要把这消息尽快告知世弟。

周术读了诏书，对吴实道：“昔时，信任你的楚考烈王，不是说你可为庶民办事吗？现在，你既可为朝廷，又可为办百姓事了！”

唐秉手按胸口，努力喘过气来，突地一挥手，挺身站起，昂起头来。他感觉前方有一轮冉冉上升的朝日，相伴着满天彩霞，地上是金碧辉煌的宫殿，在前头闪闪烁烁。啊！那里不正是自己憧憬的圣主所在之地吗？如今，又一个三皇五帝，或成汤，或周文王、武王这样的明君圣人出现了。不仅天下一统，消除了持续两百多年的诸侯战乱，其郡县制，不是先朝从未有过的治国独创之策吗？他兴奋地对吴实道：“老弟，十几年的东躲西藏，漫天的阴霾，无情的风雨，如今被始皇帝手一挥，轻轻地就抹去了。老弟苦读的诗书和兵书，积攒的智慧，终于有了扎根的沃土。可望一展在楚国时的百般难了心愿，无负家乡七里山井神先生、祖父圭公的希望了。去，我们一齐去！”

吴实点头同意了。

这晚酒席上，四人响应周术提议，按年龄义结金兰。大哥唐秉、二哥吴实、三哥崔广、四弟周术。四兄弟尽醉方休。

不久后的一个清晨，送载四位博士官的彩船，由鱼儿县令侍候启航，早已消失在震泽湖弥蒙的烟雾中了。西山岛水埠岸上，送行的人们余兴未尽，还在踮脚翘望，鼓乐、傩面狂舞、粗犷渔风；吴歌、依恋软语、祈祷祝福，余音袅袅不绝。

人们不得不相信，是西山岛上的神灵和精气，让这些蛰伏多年的心，终于修成了正果。可不，他们或才高八斗，或德行高尚，或医术精湛，被始皇帝相中。在全国诏任的七十个博士官，小小的西山有四个。西山不仅可容下大神，还可以护佑大神。

高车快马，坦途舒畅，不足一月，吴实等人早到了咸阳。

在咸阳，鱼儿作别先生，吴实送出老远。这个相处十多年的弟子，泪流满面，再三拜了先生，又把在家乡为先生特备的衣物，悉数交给了吴实。吴实双眼湿润，眼望弟子，教导他多用功力为民请命，分手时，又谆谆嘱道：“再过些年，我一定回来看你，并为楚史续尾！”

原来，鉴于一百八十册的楚史，足可装满两人车，携去咸阳极不方便，吴实只得将它交付鱼儿保管。鱼儿将先生十多年的心血，搬进县衙，存放在他住房的隔壁间，便于察看照护。

在咸阳，朝廷免不了数番酒宴，几经游历观光，将都中繁华昌盛的形象，种子般播撒在众博士的心田，揣摩着已经发芽，可以长成维护朝廷、佐理太平的栋材了，大家又随廷尉李斯晋谒了始皇帝。众博士又历一场春风沐浴，就各领命履职，去为秦国长叶开花了。

博士官多数去了巨大的皇家藏书楼。这些生性同书结缘、甘心于故简堆里的书呆子，整日校辨诸国遗存的《诗》、《书》、《礼》和诸子百家的真伪，查证史典。还要将古载的医药、卜筮、农林植树等精技挑出，推介到各衙门和广大的民间。

眼看唐秉、崔广、周术点卯几天了，吴实却还在驿舍等待。正在他百般不解之时，这天突然有人敲门了。

几个大司马府的将军，彬彬有礼进得门来，唤过吴实“先生”，拱手施了礼，稍许闲话，就进入了主题。

将军们热烈地议论起当年吴实呈奏给楚考烈王的五策六政，特别是对付秦军的五策，少不了一番赞扬。而后，就你一言，我一语，细细询问吴实，是怎样准确地把握到秦国的五处短缺和致命弱点的；垒沙反偷袭战、两次黑风口战役，是凭什么预测的；攻守方案又是如何编制的；黑风口交战过程中，又是如何变换手法、应对不测的。

吴实见将军们诚心诚意，也就敞开胸怀，娓娓述说了他如何利用秦军之弱，消秦之长，楚方如何取胜的预测、思考和经过。

一年老将军听罢，好不感慨道：“这几场小仗，虽然双方损兵折将并不多，但先生独辟蹊径的攻防布局，全在我们意料之外，实实值得称颂。”

“对！其时也太特殊了。这几小仗，对于楚国来说，简直是一次命运的转折；而对秦军士气，则是一次重创。可惜，楚朝廷未能抓住机遇，若是光明正大地重用了先生，对秦军来说，可谓是一场大灾难了！”一中年将军快言快语。

“其实，秦国一统天下，还要感谢先生呢！”又一巴姓将军兴奋道，秦军通过在楚帅府的细作，得到吴实奏章后，针对奏章分析的秦军弱缺之处，曾进行了大力整改，才使秦军实力大增且不可战胜了。

吴实一愣，众将军一阵大笑。

“隐藏在桓山的拓申将军，能通神役鬼，又策反了楚国郡、县衙门官吏，掌控了驻地楚军。据说先生未调用官军，仅靠家乡的一伙山贼和家丁，无多少伤亡，就将拓申和一百余秦军精卒尽灭，究竟是怎么一回事？”一将军又好奇地打探起这场小仗来。

吴实又介绍了破拓申巫术、活捉拓申、斩杀叛官和歼灭秦军的经过，听得将军们惊叹不已。

时已中午，将军们置酒款待吴实。酒至半酣，一老年将军向吴实手一拱，诚意道：“我们此来，是想请先生根据自己对秦军的把握，结合自己独到的思考，以及先生在震泽西山，耗费十年时间，所著《楚国史》中分析的秦楚战例，加之祖父圭公的体验，写一本用兵之道。同时，请先生预测以后的岁月里，天下战事将从何地、何事开启，如何发展，怎样结局，以飨来者。不知先生意下如何?”

吴实听了，不无惊疑道：“将军们怎么知道圭公是我祖父？又怎么知晓我写了《楚国史》的?”

“不瞒先生了，你呈奏楚王的五策六政，以及为屈化谋划的几场小仗，出手不凡，让我等钦佩。从那以后，我们就命令在楚地两个细作，及时向我们告知先生去向。我们又先后派遣了二人，扮作本地人，一直暗中跟踪先生，即使是你逃难的日子，他们也未放弃。先生隐居西山后。他们还数次进了你的住宅，又暗访了你的家乡。如果发现楚军若要重用你，就将你劫来秦国。我们一直不准细作伤害你，就是为了今天的相见!”

吴实听得浑身发麻，若是秦军要除了他，机会是何其之多，何其方便，简直比捏死个蚂蚁还容易。他为将军们的诚意所感动，不禁应允他们的要求道：“个人智慧，包括用兵之道，都是众人的聪明才智所汇集。只是被有心人归纳综合，在实践中利用了。这变作技法的智慧，理应还给天下和众人，让后来得到更高层级的发展，为天下百姓谋福祉。这件事我答应了……”

此后的日子，吴实只有晚上才与唐秉、崔广、周术等博士官偶尔相处在一起。他独自在大司马府的一僻静房间，一心一意扑在秦楚两军历史上交战的用兵之道里。

给吴实当下手的是巴将军。此人比吴实年龄小，天天和吴实在一起。过去，他就对吴实的用兵之道推崇备至，现亲切地称吴实为“先生”，为吴实著述提供了极大的方便。吴实小憩时，巴将军就陪先生聊天，时常将自己的军事困顿和不解认真请教先生。吴实则把自己对统兵用兵的见解、战场谋略，细细讲给巴将军听。时间一长，二人无话不谈，亲密无间。

其间，巴将军见先生未近女色，就提出是否把先生十数年未见面的家小，从老家桓山接来相聚？吴实答，众博士官们都在观望不定，琢磨时机。他也不知前程如何，先看看再说。

巴将军又问，弟子给先生找一女子，侍候生活起居如何？

吴实苦楚一笑，摇了摇头。巴将军对先生更是敬佩有加了。吴实亦是一心一意，将全部心血，都投入到他著述的楚秦两军争斗史例《兵行玄机》中去了。

与博士官们相处一起，吴实不时听到人家在悄悄议论，始皇挥金如土，不惜耗费大量钱财民力，为一己之利大搞营造。始皇有章台、上林等苑榭，供其享乐，然又在咸阳北坡，调集数十万百姓，仿造了为己享受的六国宫殿，诸国娇娃深藏宫中；复传，始皇又添信宫、甘泉前殿等。宫中无一处没美人，无一室没音乐，后又建阿房宫……役民怨声载道，天下怒气鼎沸。

“真的如此吗？这与秦军攻打家乡下隽县时，那些待民亲民的行为举止，有着天壤之别呀！莫非是有人造谣惑众?!”从未踏出深宫的吴实，始是一片惊讶和犹疑。他不相信，坚持以郡县制治理天下的有雄才大略的始皇，会做出如此荒谬之事。当与世弟等人得到证实后，他震撼甚至愤怒了！

这日，吴实向巴将军言问耳闻之事，以期得到证实。

巴将军听了闭口未语，慌忙转身左看右看，见无旁人，突地满脸肃穆，细嘱吴实道：“先生哪，我们是军士，只管研究打仗，千方百计战胜敌手，尽灭抵抗者，占领敌人的城池和土地。对于别人的事，我们是从来不去领会和过问的。以后，请先生千万勿要言及其他，以免生祸。”

吴实听了，深感事态严重，立即想起当年在寿郢帅府时，屈化和戒夫不也是这般叮咛他吗？可那些都是确凿存在且不能正视，也的确是摆不上台面的劣事。他心里不免一颤，忙点头应答道：“将军所言极是，我记住了，谢你了。”

事后，吴实思前想后越感不善。他细细琢磨王翦举止所为，倏忽大彻大悟了。

原来，王翦统六十万秦师攻楚，几倾秦国军力。秦王灞上为王翦统军出函谷关饯行，王翦不谈战事，却两度开出咸阳的田宅、园池数处，敬请秦王恩赐。秦王竟然没有半点被手下逼迫而不甘心的感觉，更没有推辞，而是开怀大笑一一照准。好个王翦，表面上，他是使尽手段敛钱聚财，想着战胜楚国后，回咸阳同子孙后代过富足幸福日子；而实则是他向秦王表白，他虽手握重兵，却未思谋反篡位，以表畏王而安王心。君臣演了一场心灵对话戏。之后，王翦一路攻楚，又废过去的屠村屠寨，以仁义待民，就是在为秦王广布功德，遍洒雨露，收买人心，以表敬王而忠心事王。老将军为了自保，保家人富贵，骗了天下人，而却媚了秦王。

“唉!”吴实唉声叹气，一个老军头的雕虫小技，却让他上当，错估了形势，看错了人，以致一再为秦王评功摆好。更重要的是，他竟心甘情愿，又一次被骗入了都中。以后，等待他的究竟是蜜糖还是泥淖，甚至是陷阱呢?吴实突感脊背上凉飕飕的！

这晚，吴实把白天与巴将军的对话，悄悄告诉了唐秉、崔广和周术。

唐秉听了，眉头紧结对吴实道："小弟所虑极是。不少博士官在暗中议论，秦始皇不是明君。他既不想社稷，又不思百姓，废分封制，只是为了个人独享天下，是个独裁暴君。不少人在后悔，说投奔了他，极有可能是个天大的错误。"

"对！这始皇不是值得我们卖力的主子，咸阳也不是我们的久留之地。否则，我们不仅一事无成，还会为虎作伥，遗臭千年。既然大家不想助纣为虐，就要从长计议，再谋前程了。"崔广早就对始皇行为做派持异议，不无愤慨道。

周术猛然立身，满是怪异道："来咸阳后，我数次莫名其妙地夜半惊魂，总感觉有什么危险在迫近，但又不知是什么？大家是否看出，这些博士官，满腹诗书，唯我独尊，却大都少长心眼。一些人口无遮拦，满嘴胡诌。我想总有一天要出大事的。"

"世弟说得好！"吴实虽然与博士官相处不多，却与周术有同感。他又道，"我们可是要多留心眼，对周边情况察言观色，遇有异动，就立即相互告知。我们无能力保全众多博士官，唯求保全我等四人性命无忧。"

其实，吴实从与巴将军的接触里，看出他也是个对现实不满，却深藏不露之人，但巴将军对他的关心却是真诚的。吴实早把他当作了依靠，以后，说不定他是四人的一条"活路"呢！

时过不久，吴实又耳闻，秦始皇下旨，九州遍筑驰道……又闻，始皇东巡，泰山封禅，花巨万筑琅邪台住了三月，返咸阳路上，始皇大风受惊，怪及湘山祠，一把大火将其烧了……秦伐匈奴后，又是行举国之力，筑万里长城……

"这么多的劳役，天子哪把黎民当回事？"吴实愤慨地对世弟说。

正在这时，巴将军进了门。显然，他听到了吴实的气话，忙岔开话题，兴奋地对周术道："先生的兵书快脱稿了，不知有多少人在等待开读呢！"

转眼，来咸阳近五年了，吴实的六十卷《兵行玄机》即将告成。每每看着大司马府的将军们，喜笑颜开地翻看简册的样子，看着巴将军为他组织兵书复抄事宜，吴实就很高兴。

这天，吴实接到请柬，去咸阳宫赴宴。原来，秦军平定塞北匈奴后，又征服了岭南蛮夷。始皇对这盖世功德，能不庆贺一番？

筵宴上，吴实看见，群臣争相向始皇献谀，偏有博士淳于越不以为然，又放肆地旧话重提，赞颂已废置六七年且早已被郡县制取代的分封制，一阵摆好后，又为其叫屈道“事不师古，终难持久”等语。

始皇闻之色变，未及开言，早有丞相李斯愤然起立，一番怒斥淳于越，又别有用心地展开话题，肆意挑拨道：“今诸生不思通今，反想学古，非议当世，惑乱黔首，这事如何使得？”

吴实心一紧，虽然他对郡县制先是赞成，后亦有反感，但从未道出。淳于越的个人主张，李斯怎么就随心所欲，放大成“诸生”的反对之声呢？

酒宴散后，回到住所，吴实还在愤愤不平。他不无责备地对唐、崔、周道，这个淳于越也太不识时务了，公然质疑郡县制。他又满是疑惑地谴责了李斯作祟，并提醒三人道，丞相把淳于越与众生扯在一起，莫非是一场大阴谋的发端？

结局果然被吴实言中。李斯揣摩始皇讳忌，轻巧就让博士官们等学人陷入了一场大灾难。

李斯秉笔上奏，诬众生是“入则心非，出则巷议”。夸奖主人是为了标榜自己，史志留名，论事唯显自己高明，与黔首一起诽谤朝廷。呈请将天下除秦国外的诸国史册、《诗》《书》和百家言，统统烧之，定会达到“庞言息而人心一，天下久安，永誉无极”等。

始皇读了奏章，心情舒畅，大笔一挥，批了个“可”字。

一时间，咸阳城鸡飞狗叫。士卒刀光闪闪，如狼似虎，搜书如搜贼。文人百姓，谁个为了几册古书去担杀头之罪？人人献之不及。

咸阳城阴风四刮，焚书之火乌烟瘴气，遮天蔽日，数日不散。

这天早晨，吴实又去公廨，推门一看，额头上突地迸出一层豆大的汗珠来：“啊！我著的兵书呢，哪里去了？”

正在吴实一头茫然之时，房门“吱嘎”一响，闪进巴将军，附在吴实耳边，道了声“先生随我来”。将军领着吴实，七弯八拐，进了一栋大司马府的杂物储存楼里，手指码放在一堆杂物里的吴实著书，忙不迭解释道：“先生所著有关楚国的兵书，也在朝廷清理焚烧之列。昨夜，我带几个亲信，将它悄悄转移至此匿藏起来了。”

“感谢将军！”吴实感动了，腰一弯，手一拱。

回到住所，吴实突然想起他留在鱼儿县衙里的《楚国史》来，不觉双腿发软，一屁股瘫在了木椅上。朝廷已号令郡县都要焚书，它能侥幸逃得脱这场火灾吗？那可是耗费了他十多年的心血啊！

时过不久的一天，吴实刚进大司马府，只见巴将军满脸乌黑，眼里凶光闪闪，一把将吴实拉进了他的公廨，反手关上门，舒了一口长气，惶恐道："先生，你要随时准备离开了，否则……"

第五十六回　友人施救商山路　岚风争颂《采芝歌》

巴将军稍稍犹豫，又严肃提醒吴实道："先生，我从御史府的朋友处得知，皇上已颁旨御史，要彻查不良众生。我为你的安全担忧。现特地来告诉你的。"

"不良者该查！"吴实愤懑至极。他知道，始皇统一天下后，不仅为己极尽享乐之能事，甚至还梦幻长生不老。朝廷博士官中的方士，投其所好，主动担当了炼丹求仙药的重任。徐福骗得五千童男童女，驾船出东海去蓬莱，带走重金，却不知所踪。在咸阳的卢生与侯生，得宠一时，锦衣玉食，享尽荣华富贵，几年过去了，并没炼出长生丹药。这些人搞坏了博士官名声。吴实巴不得杀了他们才解恨。

"事情并非这么简单。"巴将军又道，"朋友告诉我，始皇帝耗资巨万求仙药，卢生与侯生却逃跑了，皇上感觉被欺骗和玩弄了。他联想到淳于越等博士官的离心离德，恐又遭欺骗，圣颜大怒，可能要彻查所有博士官和学人了。"

吴实愤然道："那皇帝不是黑白不分，昏庸无道了吗？"

巴将军又严肃地问询吴实道："先生在咸阳可有亲人，或忠实的朋友可让你落脚吗？"

"我在咸阳没有亲人，更无立足之地。"吴实答。至此，他才浑身一颤，深感大事不妙。几年来，他对秦朝廷早就心灰意冷，于是一心一意埋头著述。吴实未料，人在房中坐，祸从天上来。灾难竟来得这么快。

巴将军眼看吴实越来越冷峻的脸孔，生怕吴实有贸然之举，又灵机一动，宽慰吴实道："先生尽管放心，我会暗中关注时局变化，若出现任何不测事，我会全力保护先生的。"末了，他又嘱了吴实一句，"先生要保密哟！"巴将军说完，把吴实送出了门。

吴实立即找到唐秉、崔广和周术，将巴将军的话告诉了他们。

“腥风血雨要来了！”唐秉听了脱口而出。转于又对吴实道，“若有机会，你要将我们一道带出去。”

“好，联络方法就是它。”吴实往腰带上的玉佩一指。

第二天深夜，吴实正准备就寝，突然响起了一阵急促的叩门声。一黑衣人进门就急道：“先生快随我来，巴将军有要事见你。”

在一黑暗角落里，身穿便服的巴将军一见愣头愣脑的吴实，就迫不及待道：“先生，我没时间向你解释了，先生必须马上离开咸阳，我已安排手下，将你送到深山老林里去避祸！”

吴实一看势头浑身一颤。他知道事态严重，便忙向巴将军道：“将军，在下还有三位生死兄弟在博士馆里，我决不能抛下他们不管，务必请将军帮忙，让他们和我一道离去！”

巴将军眼见吴实的坚定神情，知道推托是无用的，只得果断道：“先生返入博士馆，定会惊动众人，事不宜迟，请快拿出信物，我立即派人去把他们找来。”

吴实边从腰带上取下那块小玉佩，边把唐秉等三人的住所及房号，告诉了巴将军安排的两个便衣。

一碗茶工夫，焦急的巴将军终于盼来了唐秉他们。吴实四人刚一见面，不由分说，就被巴将军手下人，给各套上了一身军士服，被七手八脚摁在了马背上。

“先生吉祥！”巴将军迫不及待地向吴实手一拱，即令一个叫三丙的头领，带着一群兵士，裹挟着吴实等四人，风驰电掣般冲上大街，一窝蜂出了咸阳城。又像一股狂风，在黑暗的东南驰道上，向前疾驰而去……

此时，在咸阳博士官住宅街头，巴将军早带领一众身穿便服的兵士，在“恭请”众生去御史府。满街人喊马嘶，既有拳打脚踢的怒骂声，也有被硬生生拖出屋来的文人方士的斥责声；既有“要到皇上面前去告你们”的高叫声，也有惊魂未定、吓得哆哆嗦嗦的苦苦求情声。这寂静的寅夜，显得格外混乱而恐怖。

骑马出得城门，年届五十五岁的吴实，回看渐行渐远的咸阳，他像做了五年多迷离而可怕的噩梦，更是一个昔日梦的继续。他已记不清这是平生第多少次绝境亡命了，心里不免一阵沮丧。

吴实满脸扭曲，又想起前二十八年，他与家人在一起的天伦之乐，井神先生的深情，与弟子们一同度过的美好学馆岁月，勤劳而纯朴的乡亲，纷纷在脑海浮起，是那样清晰而亮丽。后来的近二十八年，留给他的是无数惊悸。前后两次王诏，接下来的是两次亡命。耗尽了他十多年心血的一百八十卷《楚国史》、凝集着他用兵智慧的六十卷《兵行玄机》，命运多么可怜可悲，甚至还未供人读过，就赫然在被焚烧之列。他生命里这段最美好时光，恍若一堆大火，烧得他百般痛苦，而火光却几闪几闪，若无其事地化作几缕青烟散去了……

“嘚嘚……嘚……”的马蹄声，在寒风中急促地叩响关中大地，第三天午后，马队大汗淋漓，停歇在一座大山下的偏僻之地。

三丙头领下了马，来到吴实前，手一拱，恭敬道：“先生，我们只能将你送到此处了。巴将军要我告诉先生，此时，他已奉大司马府令，配合御史府，领军已将咸阳城里的所有博士官和文人学士，共有近五百人，关押控制了。这些人命悬一线，凶多吉少。先生虽然逃出了罗网，但还要特别留心，千万不要暴露身份，否则，仍会有极大危险的。前头这山叫蓝田山。你们从此进山后，再朝东南走上三百多里路程，可去离咸阳更远、更高、更大的商山。隐居那里更安全。愿苍天护佑先生们吉祥如意！”

三丙说话的当儿，早有四个兵士帮四人脱下了军士装，又留下四匹马来，每匹马上拴着个大包裹，分别交给震惊得还在发呆的吴实等人。三丙说：“这包裹和快马，是巴将军临时为你们准备的。”三丙道完，郑重地拜过四人，带领马队飞转而去。

“唉！花甲之岁，老朽又欠巴将军一个大人情了。”唐秉抹了抹额头上的汗水，翻弄着包裹里的一应吃食和日用品，抚摸着身边的上等好马，无限感慨道。

吴实他们未敢停留，忙骑上马，往阴沉沉的苍天和乌云翻滚的青山投去。唐秉、吴实二人轮流在前领路。他们尽拣猎人或采药人留在山中的小道走，四人相隔里路左右的距离，既不易被人发现，又便于策应照顾，晚上则住在一起。

这天，带路的吴实见天之将晚，就与先后到来的周术和崔广，选择在一用水方便的涧边搭棚过夜。

“今晚，你们想乘洪水去东海龙王家做客呀？”从后赶来的唐秉望望天，看看地，皮笑肉不笑问吴实道。三人不解。唐秉又道，“棚下的那块土地，明晨准不存在了。”

吴实按唐秉指点，立即改换了搭棚地。崔广和周术虽未争执，却暗暗发笑。是夜，突如其来的一场山洪，果然把那块土地冲走了。二人莫不信服唐秉了。

在树木遮天蔽日的山里行走，晴天快马走得很欢，山径两边的树木枝杈和荆棘却不时打在身上，数天下来，大家的手上脸上早已是血痕斑斑了。

吴实见众人情绪低落，就求唐秉为大家改善吃食。唐秉爽朗答应道："找机会。"

"今晚，我们就在这破庙里安身吧?!"看着时已傍晚，暮霭渐起，四野迷蒙，在前头带路的吴实停留在路边，等候唐秉定夺。

"好啊！这老骨头累得都要散架了!"从后面赶来的唐秉望着破庙，一边眼观天色，一边反手捶着后背，高兴地答应了。

这是一座荒凉、残缺而又低矮的山神庙。唐秉里里外外一看，鼻子使劲几闻，趁天未黑尽，赶紧用巴将军赠送的快刀，做了四个简易木匣子，放进了庙里。唐秉吩咐众人，在庙外不远处搭了棚。

夜半，不时有野鸡叫，不时有说话声，不时有打闹声传进棚来。周术和崔广犯嘀咕了，连忙叫醒了唐秉。唐秉听了听，不耐烦道："几个小鬼任他去。"翻个身又睡着了。

第二天早晨，木匣被挂在庙外的树上，逮住了四只肥胖的野兔。

四人痛痛快快地喝了一顿鲜美的野兔汤。三个兄弟大赞唐秉是"山神"，唐秉一喜，又大言不惭道："再过几天，山神定要抓个野猪给你们尝尝!"

这晨，天阴沉沉的，青山藏在云雾里。唐秉主动要求带路。午后，老天下起蒙蒙细雨来，断后的吴实心一紧。在山里行走，大家最害怕的是雨天。虽然巴将军为每人准备了桐油雨衣，但一天下来，还是被雨水弄得全身透湿。领路的更是费心费力，还要在岔路口为后面的人做标记。唐秉是人老兄，他能吃得消吗?

看看天快黑了，前头还无停歇的消息。吴实火速打马往前赶，越过周术，赶上崔广，一问不见了路标。吴实深感不妙，连忙带领二人，沿来路往回找。走着走着，突地一声哀嚎，从山径的坡下传来。吴实细听，忙高兴地对二人道："我们快下坡去，大老兄抓到野兽了。"

三人下到坡上，只见一条绳索的那头，缠着一只百来斤重灰熊后脚，悬空吊在树上。一个脏兮兮的泥人，死死地将一条从树上垂下的绳索缠绕着勒在身上。若是他稍一松劲，灰熊落地，逃跑事小，伤人就麻烦了。

吴实与崔广赶紧去帮泥人拉住绳索，周术则手持利刃赶上去，一刀刺进了灰熊的胸膛。这是哪个猎人下的套，让他们获益了。

泥人唐秉站在灰熊前吼道："你小子还敢与山神作对呢！"

四人皆乐。是晚，吴实为唐秉采药熬药，发了一通汗。一众人欢欢喜喜大吃了一顿熊肉，余下的抹了盐，留作后用。

"这炖好的熊掌还是要大哥吃了吧！"三人劝唐秉。

"哼哼！"唐秉一笑道，"山里的什么我都吃过。我想，谁救了我们的命谁吃，一定要吃完。"

在众人逼迫下，吃饱了的吴实只得又吃下一只熊掌，但怎么也吃不下了。他唱了一首家乡的山歌，讨得一阵大笑，余者每人吃了一只。

又是雨水淋漓的一天。四人艰难跋涉，终于来到了商山地域。天黑时分，吴实等四人吃了晚饭，一众人在茅棚里的火堆边烤着湿衣。对于前路，大家的脑中一片空白，更有一件悲伤事纠结于心。

前几天，吴实从偶尔相遇的采药人口里听说，被朝廷御史府抓获的四百六十多个博士官和儒人，受尽了各种刑具的折磨，屈打成招认下"对朝廷不忠"罪，被秦始皇下令活埋了。四人庆幸逃生的当儿，又心生凄凉。吴实看准了众人的情绪，忙给唐秉递眼色，要他宽慰大家的心。

唐秉已六十多了，一生数度逃难，在野外待了三十多载。他翻弄着手中白气直冒的湿衣，突然放声大笑，对三人直言道："这次，若不是子景相救，我们早就变作冤死鬼了。现今，我们平安到了目的地，更要珍惜生命。为安全起见，大家分开居住，省得被人一锅端了。绝境之地，我们永远是兄弟，要像子景一样，事事相互照顾。"

停了停，唐秉又一拍大腿高声道："今后的前程，我用周易测算，又用巫术占卜，两种结果一样。无论天下如何变化，我们这次逃难的缘分，很可能与人生的最终结局连在一起了。大家不妨按下心绪，修身养性，莫问世事，不急不躁，无怨无悔，在青山白云间，安排好闲情野鹤的人生。"

吴实怎么也未想到，在众人情绪低落之时，唐秉竟说出这番无希望的惨痛前程。过往岁月里，唐老兄对未来生活的预测总是让人信服。他的话，对世弟和崔广无疑是一种伤害。吴实赶紧轻松一笑道："自古英雄多磨难。凡谋得天下大事者，谁个不是受尽煎熬？谁又计较个人的苦痛和得失？既然老天留下我们不死，必有付托。我们就按老兄的话，蛰居深山，等待时机。再说，即使不能为社稷出力，我们还可以利用自己的本领，为黎庶尽一份心力。”

吴实的话，让大家似乎看到了一线希望，心稍平静。

斯时为秦始皇三十五年。四个苦难的老兄弟，开始了在商山的隐居生涯……

考虑到四匹好马容易招人眼球，唐秉扮作马匹贩子，与吴实一道，将四匹马赶到圩市卖了，买回了四匹驴子，四大摞盐巴和日用品。

这天，唐秉和吴实为崔广、周术在山中分别找到了安身洞穴后，四人又察看了两天，在深山又发现了一被人废弃老久的崖窝。昔人在崖腹中取了少许土石，就形成了居窝。窝里积满了厚厚的尘土和野兽粪。崖窝背北面南，依山傍石，左边还有一条小溪流过。冬暖夏凉。

四人一齐动手，清扫了居窝，用石头垒好了崖窝口，砍树木撑起了门框架，用木棍编成了门，再用树干围了个小院。大家忙碌了半天，举目一看，还真是一个好住所！

“请大老兄住在这里吧？”吴实笑眯眯地眼望唐秉道。

“嘿嘿！我住的地方，必须有一朵白云。这里只是一个采药、晒药、制药的好地方。你不是准备行医吗？该你住！”唐秉直视吴实道。

“老兄凭什么说我要行医？你也可以行医呀？”吴实心结疑团，一副不解模样反问唐秉。

唐秉笑而未答，倒是崔广与周术，痛惜二老兄著述的《楚国史》《兵行玄机》的悲惨命运，心心系念想让他从简册里走出来。同时，他们亦要一人行走四方，了解天下大事，以好应对不测。二人忙起哄道：“唐老兄年事已高，该二老兄为山乡人疗疾，否则，你将来怎么向阎君交差……”

吴实哪敢违背二人意志，答应了行医。一段时日后，问题又来了。

吴实在山中采药发现，这里的药用植物，与家乡桓山很有些不同。怎样才能明了其药草性能和用途呢？他额头敲了无数遍，也没想出好办法。他操着几年里从咸阳学到的本地话语，装扮成采药人，走遍了周边三四十里范围内的山岭，也见到过两个采药人，但如果去求人问药，岂不是露了他是外地人的底细，他一片茫然。

这日，天气晴好，红日高照。吴实途经一山坳，突然双眼一亮。几间茅草屋场上，二十多个大小竹篾盘里，晾晒着多种精制了的药草。吴实大喜，一番细想，一个大胆的想法在他心中形成了。

吴实大步走到场上，放下药筐，双手轻巧地翻晒起药草来。

“喂！老伯，你是哪里人？你也熟悉制药？”一个十来岁的小男孩跑出大门，眼望吴实的举止，惊奇地问。

“噢……噢……噢……”吴实满脸憋得通红，装出一副哑巴神情，手上却仍然忙碌个不停。

小男孩既同情又高兴地朝吴实一笑，自我介绍叫“风儿”。风儿亲热地拉住吴实的手，邀他进屋去。

“爷爷，这采药老伯是个哑巴，在帮我家翻晒药草，看样子，他也是个制药好手。他也怪可怜的，你就留下他来帮忙吧！”风儿向一满头白发老汉道。老汉正埋头在火塘上的一个大陶罐里炒制药材，已然累得满头大汗。

吴实向老汉憨态一笑，接过老汉手中活，熟练地干了起来。

老汉先是惊诧，当看见吴实不时就着陶罐里的药草瞧一瞧，闻一闻，时而添柴，时而退火时，他高兴地伸出大拇指直翘。忙比画着请吴实留下来帮他制药。他吩咐风儿称哑巴为爷爷，就让下手中活，坐到一边擦汗去了。

吴实留下制药了。风儿遇事总是为哑巴爷爷着想。吴实有了一种回了家的感觉。

秋天是采药、制药的最佳时期。来山中的采药人，或将药草卖给老汉，或请老汉代为炮制，有做不完的功夫。这段时日里，老汉不停嘴地把各种炮制草药的名称、习性、用途和用量，如何对症用药，认真地讲给风儿听。吴实将老汉所讲的商山药草妙用，及地方土话，一一默记于心。尤其是一些动植物药用，竟与南方截然相反。

三个多月后，制药季结束，老汉拿出一小包布钱，为吴实开工钱。吴实坚辞不受。老汉特选了老年人在深山度冬避寒、滋补身体的八味好药，包了四大包，送给了吴实。

吴实一阵犹疑接过，辞别了爷孙俩，他立即将老汉给的药，分送唐、崔、周。三人听了吴实当学徒的经过，高兴得大笑。

吴实又把听咸阳药贩讲的一骇人听闻的消息告诉了三人。秦皇始坑儒后，又令各郡、县官吏，挑选在本地有影响的文人学士送到咸阳。七百多人尽封郎官。冬时一日，朝廷以山里结满西瓜为奇。将这些郎官骗至骊山马谷后，两边山上土石倾泻，统统坑埋了。

唐秉伤感叹息。崔广、周术一颗心死了。从此，他们以白云为伴，以洞穴为家。数年里，他们再也没有出过深山。遇有机会，三人就为深山山民做文化之事，为山里孩子开办了个免费读书的小学馆。

吴实一直为山乡人治病疗伤。闲暇就与世弟等三人吟诗作画，读书诵经，调琴弈棋，垂钓啜茗，游山览圣，唱诗饮酒。

第二年春夏之交的一天，吴实怎么也未料到，制药的爷孙俩不知怎么找到他的崖窝来了。老汉对吴实道："紫芝菜在你家乡桓山叫蕨菜，在商山叫拳芽菜。食此菜可益寿延年。现在正是采摘紫芝菜的时节，鲜菜用水煮沸，晒干储存，一年四季可食，你可不要错过良机。"

吴实大惊，这老汉怎么知道我的家乡？爷孙俩早转身走得老远了。风儿还在笑着回头招手。吴实回过神，赶紧去找唐秉、崔广和周术，邀他们上山采紫芝。一连数天，大家收获颇丰，心中甚喜。

四人站立高崖，松风高扬白发，唐秉敞衣撇襟，歌喉一展：

莫莫高山，深谷逶迤。

烨烨紫芝，可以疗饥。

吴实接过唱腔，举目四野，高声大问：

唐虞世远，吾将安归？

崔广高傲地直视远方，不屑一顾地耻笑道：

驷马高盖，其忧甚大。

周术大伸开双手，仰望苍天，哈哈大笑，歌声随山风一泻千里：

富贵之畏人兮，不如贫贱之肆志……

是夜，吴实回到崖窝，将四人合作的《采芝歌》，整理凿在崖壁上。其歌曰：

昊天嗟嗟，深谷逶迤。

树木莫莫，高山巍巍。

岩居穴处，以为幄裀。

烨烨紫芝，可以疗饥。

唐虞远矣，吾将安归？

秋天，四人又按当地人习惯，采松子备食，采松针泡茶。

不久，吴实按梦中制药老汉指点，去山中的松树坳见了爷孙俩。老汉已病重卧床，他支走身边乡人，拉着风儿，平静地对吴实道："子景先生，去年春上，你老家七里山的井神先生托梦，要我爷孙俩上山，在山坳里采药制药候你；今春，又要我提醒你采紫芝菜过生活。如今，我要走了，井神先生吩咐我，将孤独孙儿和这堆医药书交给你……”

说到此，老人手指床边一码简册，安详地咽了气。

吴实一膝跪地，泪如泉涌，撕心裂肺地呼着教导了他又为他操尽了心的井神先生，拜了再拜，又拜了老郎中。

“爷爷，”风儿满脸泪水，拉着吴实的手，声音嘶哑，却是亲切地喊着。

埋葬了老郎中，吴实带着风儿和简书，回到了崖窝。为了风儿的平安吉祥，吴实特地为他在门框上画了一幅巫咒，制止了百兽百病和妖魔鬼怪对崖窝的侵害。

这晚，吴实眼望风儿，突然想起了落差告诉的他孙子。孙儿尚未见过面，年龄与风儿相仿，他眼睛陡地湿润了。从此，吴实将风儿视为己出，将多年积攒的医技和棋技，双双传授给风儿。风儿不时把商山药草和民间风俗、土语，介绍或教给爷爷。

此后多年里，“爷孙”俩身背药篓医具，一腔土话，走村串户，为山乡人疗疾治病，解除苦痛，分文不取。山乡人将出产的吃食送给吴实。吴实总是转送世弟和唐、崔三人。

其时，山乡遗传有麻风病，不少人烂手烂脚，不仅丧失了劳动能力，还将家庭拖得贫穷如洗。吴实在风儿的协助下，经过近半年的反复试验和琢磨，终于使用商山药草，疗治好了这地方顽疾，救治了不少患者，给不少家庭送上了兴旺和欢乐。

“土郎中”名噪一时了。当百姓在商山里，怎么也查找不到这个土郎中的住址时，都以为他是神仙下凡，来解救深山人苦难的。直到神医帮义军夺下武关，秦王朝灭亡后，当地人才知道，这个隐居在崖窝的皓首神医，原来是当年秦朝廷的博士官吴实。这是后话。

秦始皇三十七年八月的一天，行医路上，吴实与两个来自咸阳、已相识两年的药商相遇了。二人欢快地告诉吴实一件大喜事。

“是真的吗?”吴实一阵惊奇，当两人回话得到证实后，他又突地拉下了脸面。

告别药商，吴实吩咐风儿去了病人家送药，他赶忙向唐秉家赶去，心里却在暗暗埋怨个不停：“老天呀，你为什么要在一碗甜汤里，又添加一把酸味呢?!”

第五十七回　想方设法报恩德　以身殉职壮武关

这天，又在一老松树下独自下围棋的唐秉显得格外烦躁，他不时抬眼四顾，当一见不期而至的吴实时，禁不住喜得大叫："是什么风把老弟吹来了？"

"怪风！"吴实坐下，一副喜忧参半的神情向唐秉道，"今天，两个咸阳来的药商朋友告诉我，夏时，秦始皇死在东巡路上了。可惜的是，丞相李斯串通赵高，伪造了遗嘱，将大公子扶苏赐死了，拥少子胡亥即位，称秦二世。"

"哈哈，苍天有眼，暴君不亡才怪了！"唐秉喜得大笑，转而立即怒骂李斯赵高"大逆不道"，又严肃地问询吴实道，"此番秦塌天后，老弟料天下大势将有何种变故？"

吴实敲着额头分析道："始皇当政十二年里，两千来万人的国家，朝廷征调了两百来万平民、民庶了和'刑徒'去建阿房宫、修骊山墓、建长城，戍守边关，乡间到处田地荒芜，民不聊生。而朝廷却大肆收取地租、口赋，滥用刑罚，草菅人命。秦朝廷早已把自己架在一堆干柴上了。如今，李斯赵高把持朝廷，极有可能会续施苛政。若是天下黎民仍然得不到生息之机，那么，只要某处有一个火星溅起，民怨立即就会燃着遍地大火烧起来。"

"老弟所言极是。现在，我们就看着，秦二世是灭火还是扇风吧！"唐秉接话道。

天下大势果然被吴实言中。秦二世元年，朝廷又从全国征调了更多的农民去修建阿房宫和戍边。这年七月，陈胜、吴广等九百农民被征为"戍卒"，令赴千里之外的渔阳戍守。途中，他们被暴雨洪水阻截在大泽乡，延误数日。按秦律，逾期到边关就要杀头。走投无路之时，二人率众揭竿而起，杀了两个押送官，愤而竖起反秦大旗。天下云集响应，从者如流。十来天时间，义军向西推进几百里，攻占五座县城，已拥有战车、骑兵、步卒数万人。

吴实又把行医路上听到的陈胜反秦消息，一五一十地告诉了唐秉。唐开心道："好啊！这把大火终于燃起来了。它将尽灭妖魔鬼怪。老弟说说，这个破烂的秦朝廷能撑多久？"

吴实早料唐秉会追问此事，就将自己的预测回复唐秉道："二世昏庸无道，最多不过三五年，秦朝廷准定覆亡。"

"秦朝灭亡是天大的好事。只是两百多年来，天下战事连绵。如今烽火又起，可是害苦了黎庶啊！"唐秉叹息不已。

吴实宽慰唐秉道："这仗迟早要打，迟打不如早打。若是天下能打出个尧舜一样的圣君来，百姓不就有出头日了？"

从此，吴实密切注视陈胜军动向。陈传檄四方，号召天下百姓一道推翻秦二世。东南郡县，多有戕杀守、令者，向义军献上城池的。陈胜军打下陈县后，毅然称王，建立政权，国号"张楚"。这对天下反秦势力鼓舞极大。在番阳一带反秦的"刑徒"英布，在巨野泽抗暴政的昌邑人彭越，逃匿在芒，砀山里的沛县泗水亭长刘邦，在吴县等地造反的项梁、项羽叔侄等，纷纷举兵策应，响应陈胜王。几千人一支的反秦队伍到处都是，烽火遍地，四处凯歌。不久，"打到咸阳去"的呼声传得老响了。

一天，吴实又走在行医路上。突然，山林里蹿出两个猎人来，一膝跪在吴实前，三拜起得身来，高兴地问："先生还记得我吗？"

吴实一看，欣喜得连连问道："你不就是奉巴将军令，送我们逃离咸阳的三丙头领吗？你们在这里干什么？巴将军可好？"

三丙急不可耐回吴实道："我们在山中寻找先生数天了。如今，乱民贼党如洪水猛兽，咸阳告急，朝廷令巴将军镇守武关。将军思念先生，要在下恭请先生到关隘一叙。"

"守武关？"吴实一怔，为巴将军担忧了。

武关是秦南的重要关隘，北依少习山，山崖险峻，东、西、南三面是武关河绝涧，是昔时的秦楚两国交界地。周文王向南扩张，殷纣王军与西周姜子牙会战，秦军伐楚等，这里是历代兵家必争之地。如今，义军誓夺咸阳，必先下武关。巴将军能抵挡得了如蜂似蚁的义军吗？义军若是攻下武关，秦朝廷和义军都会要了巴将军的命。吴实能不为恩人着急？！

这是一场十分高兴而又纠结的会面。劫后重逢，多年思念，巴将军陪着吴实饮至夜半。吴实几次想打听武关驻防和巴将军打算，还想打听《兵行玄机》的下落，却始终没有开口。他心中哽塞，莫非是巴将军对未来的武关之战心中有数了？

第二天，吴实为秦军将士疗伤治病后要离去了，巴将军送给吴实等四人大量衣物吃食，诚邀四先生常来关隘做客。

从此，三丙不时把吴实请到关隘，聊起战事。令巴将军惊奇的是，战事总是按吴实的预测在走。

吴实向巴将军讨要了一张秦国舆图，把它带回挂在崖窝壁上。吴实把巴将军提供的义军和秦军的战场态势，标记在崖窝的舆图上。

巴将军按吴实谋划，精心布防了武关的三万守军。巴将军十分高兴，而吴实心里却是酸酸的。

这天，吴实一到关隘，巴将军就喜滋滋地告诉他，秦军大将巡查武关，连连称赞武关布防“足可抵挡三十万乱民贼子”。

吴实无奈一笑，一副不以为然模样道：“义军何止三十万？”

其实，吴实心里是十分矛盾的。他一边担心巴将军的命运，一边为义军的节节胜利而高兴。即使后来陈胜、吴广先后被害，吴实仍对义军推翻秦朝廷充满了信心。每当听说义军攻下一座城池，重创一次秦军，吴实就是一阵欢喜，急步走向舆图。

每每这时，风儿总是眼一亮，适时递上一杯酒或茶。吴实一边品酒，一边把他对下步战事的预测，高兴地向风儿发布，像风儿就是他的手下战将一样。

风儿少见爷爷如此激动，兴奋得双眼眨了几眨，小手一叉腰，胸一挺，随声附和道：“爷爷当了大司马，风儿就是你的战将！”

酒气直呼的吴实，仿佛真的当了大司马。他激情高昂地对风儿道：“爷爷数次做梦，巴将军反水，他指挥巴将军和众多义军攻下咸阳，杀进了皇宫。”

云天雾地的风儿大笑，手拉爷爷直乐。他突地发现，爷爷眼里又掠过一片忧伤来。爷爷莫不是真的要去指挥义军，救下巴将军？风儿担心爷爷要走了，心里很苦闷。

吴实总是不忘把战事和下步预测，去告知唐秉、崔广和世弟，一同分享欢乐。每每此时，三人就会见到，吴实总是那样亢奋，像他在指挥义军攻秦一样，还不时地为战场谋划挑出一些刺来，指责义军的思考不周和失误之处，讲得神情飞扬，唾沫四溅。

三人高兴之余，不免心里暗自着急。他们数年未见吴实有如此激昂之情了。他们知道，吴实不仅熟悉战事，而且用兵之神妙，从楚朝廷的氏族争斗中被揭露出来后，又被传闻人添油加醋，早已名声在外。再说，四人避秦隐居商山，不少人已知道这秘密了。若是年近六十的吴实，陡然心血来潮，把握不住自己，被人煽动去参与指挥义军。那么，他的人生又将会卷入无情的争斗，不仅徒添新的烦恼，甚至还有性命之忧。特别是听了风儿悄悄告诉他们的“爷爷做梦”，周术和崔广满是焦虑，一同找到唐秉，要老兄出面警告二兄，他们一道帮腔劝阻，防止不测之事发生。

这天，吴实又是一阵高谈阔论后，周术与崔广向唐秉连递眼色。

唐秉觉得应该向吴实摊牌了。他耐着性子，却是脸面铁青地对吴实道：“子景哪，若是哪支义军里，再增加一个你这样的军师，战事向咸阳推进，岂不是更快吗？”

“当然是那样！”吴实听了一阵兴奋。当他突地看出唐秉和周、崔三人神色时，不觉心头一愣，感觉唐秉话里有话。

“老弟不要忘了，你活活地害了自己几十年，搞得人不人、鬼不鬼，有家难归。今天，老兄要提醒你，若是有任何义军要请你出山帮忙，你去了，我三兄弟以及你未谋面的孙子，准定永远见不到你了。请你记取过往固执己见的沉痛教训！何况，你年过花甲，还去凑什么热闹？”唐秉脸拉得老长，言之凿凿。

“大老兄说得好，这是我们三人的意思，请二老兄要切记于心。”崔广与周术异口同声道。

吴实一诧。陈胜举事，天下义军蜂起。他总是梦幻着自己的满腹兵书，可为埋葬秦朝廷出力，甚至可给他带来美好前程。他未向任何人吐露过心思，唐秉三人为什么一致警告他。再说，唐秉的话，也确实是深深刺痛了他！

风儿看着一张张紧绷的脸，连忙拉着吴实的手，满脸泪水劝说道：“爷爷，不去，你哪里都不要去，省得三位爷爷为你担忧，风儿也会日夜想念你的。”

吴实听了心一痛，忙蹲下身子，认真地对风儿道：“爷爷哪里都不去，就守着我的风儿。爷爷说话算话，决不食言。”

一年多后的一次行医路上，吴实骑着老驴子，风儿跟在后头。二人经过一偏僻山坳，骤地一句喊声从路边林中传出。

或许是声音突然，或许是陷入沉思，吴实未听清这声音是什么意思，只感觉与他有关。他忙勒住缰绳，驻足谛听。

“子景先生，你让我们找得好苦！”林中快步走出两个学士、四个从人和数匹快马来。两学士风尘仆仆，纳头就拜吴实。

这些人是谁，怎么识得我，找我干什么？虽然秦朝廷已风雨飘摇，再也无暇加害他们了，但吴实依旧觉得不宜暴露身份。他忙接过话头，一连串问：“你们说什么，从哪来，找谁？”

一学士恭恭敬敬向吴实道：“我们是奉刘邦义军军师张良之命，来商山寻找子景先生的。军师久仰先生用兵别具一格，多有神机妙算之举。起事后，到处寻先生不着。一个雨夜，军师在屋檐下抬起头来，突然发现西北天空，四颗星星闪了几闪，慢慢隐去了。天意指点，军师大喜，又算了卦，发现商山里隐着从始皇坑儒前逃出的先生和其他三位博士官。军师派在下来到山中寻访四个月了，想请先生和其他三先生一道出山，去共谋除暴秦、夺取天下之大业。”

“这是给先生的五百两黄金见面礼。军师说太寒碜了，不足为敬，来日方长，再得封地。”另一学士向吴实奉上个大包裹道。

“哈哈……要我是子景就好了，发财了，真可惜了这些黄金！”吴实摇着头，苦着脸，一副惋叹状。此时吴实心里，闪现着唐秉等三张脸，还有风儿，仿佛都在审视他。

学士向吴实深深一揖道：“军师说，初次见面，如果先生未答应，过一段，他会亲来求教先生的。”

“爷爷，我们快赶路吧，前沟庄里还有病人在等着你呢！”风儿见爷爷在推辞，灵机一动，忙岔上话来。

“你们不要来了，过去的子景已经死了。走，我们看病人去了。”吴实心情复杂地向学士和众人手一拱，一拍驴子快步走了。

虽然吴实未离商山，心却早到战场上去了。他最操心的是巨鹿之战前后的半年时光里。其时，秦军主力与数路义军，在巨鹿几百里内搅于一处，吴实预测这里必定要发生一场关系双方命运的大仗。他甚至数日未去行医，守在崖窝的舆图前，不停地敲额头。

“老天保佑，义军打赢这场大仗，秦军就再也无力回天了！”吴实拉着风儿坐在身边，像个大将军一般，把自己的战场设想，慷慨地讲给风儿听。

果然不出吴实所料，秦二世二年十二月，巨鹿大战打响。各路义军不遗余力紧密配合作战。特别是项羽义军，渡漳水后破釜沉舟，九战九捷，大败秦军，又乘胜掩杀，与众义军把秦军主力基本上歼灭了。

吴实得讯，忙邀世弟和唐、崔等三兄弟来到崖窝，喝得大醉。

第二天下午，吴实醒酒时，三人皆走了。他一骨碌爬起床来，对着舆图敲了一阵额头，突然一手拉着风儿，连连问道："巨鹿大战，刘邦的义军怎么没参战，到哪里去了？你说，你说呀！"

风儿眼望爷爷傻笑。

这天晚上，吴实的木架床一直在吱嘎吱嘎作响。翌晨，天蒙蒙亮，吴实硬是把风儿弄醒了。他神秘兮兮地对迷迷糊糊的风儿说："不久，我的风儿就要见到那个给我们送黄金的大才子了！刘邦义军走的可是一着妙招啊！"

第二天，吴实赶紧去了武关……

转眼就是秦二世三年七月底的一天晚上，吴实在崖窝里的灯下看书，突然，两个去年来找子景先生的学士进了门。学士拜过吴实后道："子景先生，我的主人子房先生来拜访你，在门外候着。"

"谁？你是说子房先生来了？"吴实惊问。近年里，吴实没少听说过张良"运筹帷帐之中，决胜千里之外"的传奇故事，心里充满了敬意。

学士点头证实后，吴实赶忙向门外迎去。

吴实与张良相互一阵打量，哈哈大笑，执手进了崖窝。

是夜，崖窝里的桌上，两杯清酒，四样山果。三杯酒后，吴实问张良道："老弟此行可是为武关而来？"

张良一指崖壁的秦国舆图，上有吴实标记的义军和秦军态势，高高举起酒杯道："我早知老兄心中有数，何必道明呢？来，喝酒！"

"慢，老兄有一事请问军师……"吴实把与巴将军的友谊与自己的打算细说了一遍。

张良高兴道："弟向老兄保证，巴将军反水献关后，仍统原军，官加一级。"

"好！"吴实一阵高兴。二人谈到鸡鸣头遍，在崖窝里抵足而眠。

送走张良，吴实又为巴将军着急了。近两年里，特别是巨鹿大战后，他没少给恩人提醒，秦朝廷难以避过义军这把冲天大火了。而巴将军总是忧心忡忡，默言不语。

第二天，吴实又急忙来到了武关。

“先生，张良亲来拜访了吧。”二人一见面，巴将军直言问询吴实道。

“是的。”吴实答过，又一次劝导巴将军道，“看来，对咸阳义军是志在必得。不知将军有何打算？老哥能为恩人做点什么？”

近两年来，吴实多么希望这位恩人能顺乎天意，反从义军。即使他多次导引，却始终未得恩人一丝口风。如今，义军兵临武关了。

“先生，你是大兵家，你说我的武关该怎么办？”巴将军愁容满面问询吴实道。

恩人终于开口征求意见了。吴实赶忙直言道：“要凭武关挡住义军，莫若以疏土去堵洪水，此乃天意。将军要为三万将士性命着想，莫做无谓抵抗，双方杀得血流成河。罢战吧！”吴实又把张良的保证说了一遍。

巴将军突地双泪长流，眼望苍天，许久过去，郑重地点了点头。

吴实终于吐了口长气，欣然宽慰道：“将军不值得为失去民心的秦朝廷卖命。”

翌日早晨，天阴沉沉的。武关偃旗息鼓，城门大开。吴实陪张良和众多将领，带领义军，旌帜如流，向武关徐徐而去。

巴将军全身披挂整齐，巍然屹立在雄伟的城头上。身后站立着满身戎装的三丙头领及十数个曾护送吴实等逃离咸阳的巴将军心腹。巴将军向来到城头下的吴实手一拱，高声大嚷：

“子景先生，认识你，在下大开眼界，学到了不少真知，我做鬼也牢记心头。可在下呢？在咸阳，保不住先生的《兵行玄机》大作，已让天下失之巨大，让后来指责，令在下终身懊悔；如今，在下领守武关，又挡不住敌方进击，失军人之责。在下决心听从先生的，顺天意，献武关，保全三万将士和众多义军兄弟性命。”

道到此，巴将军一阵唏嘘，又嚷：

“作为一个将军，在下可以不打胜仗，却没有竖起白旗的勇气和力量。在下不是殉秦，而是殉职。在下去后，兵士就举白旗，武关就是义军的了。在下于天堂祝福先生吉祥康健！”

巴将军大声喊完，唰地拔剑自刭，一头栽下城来。

三丙头领等一众人大喊着：“我等随将军去也！”从容自刎。

吴实大惊，狂呼了一声“恩人巴将军、三丙头领、众兄弟啊……”就一头栽下马来，不省人事了。

阴云翻滚的城头上，众兵士齐刷刷地向巴将军跪下，痛彻肺腑的哭泣声里，白旗飘起来了……

三天后，刘邦主祭，义军与已降的三万秦军一道，隆重地厚葬了巴将军、三丙头领及自刎的众兵士。

吴实数次哭得死去活来。张良带着医官，日夜守护着他。

数天后，义军西去。吴实拒绝了刘邦和张良的邀请，唯独向二人提了“照顾好巴将军家人”的要求。

刘邦与张良郑重地答应了。

张良立即吩咐镇守武关的义军头领，要特别照顾好吴实等“商山四皓”先生。从此，商山四皓传播开来。

张良去后，吴实等四皓为救命恩人巴将军等人守了一月坟，回商山去了。四人分手时，唐秉对吴实、崔广、周术道：“此后不久，秦朝廷就要彻底垮台了。义军中的刘、项肯定又要争斗夺天下了。刘邦在泗水任亭长时，拿学士帽子当尿器，辱没斯文。若是他得了天下，不会有我们好处的。”

“对！”崔广接过话，告诫三人道，“现今天下洪流滚滚，我们要看清水路，千万不要卷入旋涡了。”

此后，义军的武关守将头领数度进入商山，给四皓送吃食和衣物，却从未找到过四人。

守将禀告张良，张良叹了一气，好不羡慕道：“他们又到云雾里去了。凡人何以觅得？”

这年初冬，刘邦义军攻占咸阳。项羽封刘邦汉中王。其后是楚汉相争四年，垓下一战，霸王自刎。刘邦欣然称帝，国号汉，定都洛阳，同年又迁长安。

吴实在崖窝为巴将军立了灵位，天天上香。他埋头行医，不再关注山外事，更无兴趣关注汉朝廷之事了。

刘邦赖吴实得武关后，就一直心心念念着吴实。刘邦立汉，封了跟随他打天下的大小功臣，稳定朝廷后，皇帝想起如何稳定天下，安抚民心。吴实的身影又在他眼前浮起……

第五十八回　拒张良粪土权贵　丢彩儿痛彻心扉

“啊！吴实等四皓可是有大用了。”刘邦喜滋滋大笑。

刘邦想，秦始皇焚书坑儒，不仅毁了古老文化，还得罪了众多文人学士，备受天下各类人指责和诟议。如果他能把避秦而好不容易逃得性命的吴实等商山四皓请来朝廷，委以职任，既可为汉朝廷办事，还可显示汉秦的绝然不同，昭彰他的德性和魅力。更重要的是，如果吴实等四人追随了汉廷，他就轻而易举地收买了天下学士和民心，还可吸引其故乡所在的楚、魏、齐、吴等昔时四个诸侯国的有识之人，弄得个个心痒，钻破脑壳、甘心情愿为汉廷所用，这正是他稳定天下，梦寐以求的结果！

“对！一定要把吴实等四人轰轰烈烈地请进朝堂。”刘邦喜笑颜开，大大地伸出五指，猛地捏紧了拳头。突然，他头一偏，兴奋得大声喊起“子房子房”来。

一个涓人慌忙闪进跪禀道：“皇上要见留侯吗？他还在侯府。”

刘邦突地回过神，暗自一笑，快乐得头一摇，这不是当年打天下，整日整夜守在一个帐篷里了啊！他连忙吩咐涓人道：“你快去传留侯来见。”

张良刚养好病、结束道引不食谷的年余岁月。见皇帝传见，立即就往宫内去了。

刘邦一见张良，刚嘘问毕，就一副得意神情问道：“留侯猜猜，朕在想什么？”

张良早就心中有数，却故做沉思状。一年里，张良没少听人议论，皇上自登基以来，总认为自己是天下最聪明的人，早已不是当年打天下时，那般诚心诚意向手下谋臣和将军们讨教了。甚至对那些能窥出他心思的人，不经意地脸面上就现出一种疑虑神情。他该怎么办？但职位所系，责任使然，更不知有多少人在埋怨和羡慕他没有战功，却封了侯。他能不出计谋，讨皇上欢心吗？张良思忖毕，直言道："陛下莫非在想，把吴实等商山四皓请进朝廷来吧？"

刘邦突然一阵哈哈大笑道："知我者，子房也。那就请你亲自登门，去重金礼聘四皓吧！"

张良领旨，赶紧出得内宫，舒了一口气。一切准备停当，第二天，他就带着昔日找到吴实的两个学士经武关入商山去了。

"子景兄近日可好？分手后，小弟时常想念老兄及三老先生呢！"一见面，张良情真意切地对吴实道。

"感谢留侯挂念！老朽晨昏青山，云雾为伴，百鸟作邻，紫芝疗饥，日子好着呢！"吴实欣然答道。

"老兄满腹经纶，德道甚高，深受当今皇上喜爱，为弟是奉旨前来，礼聘先生，冀先生等四皓一道，早日赴朝，共谋国事，管治天下，为民造福。"张良手指黄金宝玉、锦织彩缎诚道。

吴实一见张良负厚礼前来，早明了来意，但唐、崔、周三兄弟都说过，不想给刘邦为臣。他不想得罪刘邦，于是不急不慢推辞道："老朽不中用，远非过往了。如今，记忆丢三落四，处事眼高手低，不得不辜负皇上与留侯错爱了。"

张良哑然笑过，又用激奋的口气劝进吴实道："男为名利女为家。老兄经年埋没，现遇一展才华、百世流芳的好机会，你可不能白白丢失了哟！"

吴实看着眼前的张良，觉得他虽然封了侯，却没有了当年打天下时的豪迈和坚定，似有心情沉重、思想压抑之感。特别是养病、避谷年余，更觉蹊跷。于是，他反问张良道："人活百年，有功即无功，无功即有功。留侯是皇上多年的左膀右臂，辛辛苦苦助其立汉后，为什么不享福，要去养病避谷？"

张良一愣，难道吴实看出了他的隐退之想？面对看透了他心思的吴实，张良一想，又托词道："为弟多年征战，确实辛苦，已然落得疾病满身，时常发作，寝食难安。假以时机，为弟还真的想独处青山，静养余生。"

"'功遂身退，天之道也。'留侯思虑极是。"吴实一语道破张良心思，又突地欣然道，"老朽家乡自古就有个张思山，极负神秘。莫非是天意为留侯安排的静养之地？！"

“先生家乡真有此山？！”张良一惊。

几年后，张良来到了江南下隽县的张思山，一见水光山色，就被深深吸引。他又云游到左港的善缘谷，眼望谷中一座古桥和附近地貌，倏忽热泪盈眶，纳头就拜。“这不是与当年师傅送弟子《太公兵法》的地方一模一样吗？莫非师傅到过此地，或是师傅为弟子备下的思师之地？！”他在张思山欣然隐居下来，常与师傅一道神游，留下众多传说。这是后话。

两天过去，张良见吴实辞意坚决，加之自己心思亦被吴实觅得，也不好再劝，只得无奈地返回了咸阳。

刘邦知道吴实态度后，大出意外，顿时气紫了脸。吴实不来，其余二人均不会来。为了挽回面子，刘邦眼一眨，信心满满对张良道：“这个不识抬举的‘竖儒’，还逃得出朕的大汉吗？留侯请看，四竖儒迟早都会自己找上门来的。”

张良口里附和，心里却一咯噔。皇上哪里容人与他作对，准会不择手段对付吴实。吴实要上当了……

寒来暑往，吴实已六十五岁了。

俗言曰，人到老来越思家。前几年在商山，吴实每每看见风儿，就想起从未谋面的孙儿，多么想回老家看看，但作为秦朝的钦犯，他哪敢走出商山一步？如今，秦朝灭亡了，他重见了天日，可以光明正大地回老家了。

想到此，吴实曾是多么高兴，仿佛每个早晨的太阳，都是为他升起的；天下条条大路，都在为他敞开！哪知兴奋之余，吴实突然感觉总有一片片阴云，在眼前挥之不散。啊！季左、叔文、齿先、粉儿、芷水、黑猴、临羊，还有戒夫、屈副将、裨将军，更有那些保护了他却不知姓名的黑衣人，这些生动活泼而又永远难以抹去的脸孔，都在阴云里闪现。人家似乎都是满身鲜血在问询他：“先生，我们在桓山等你多年了。你怎么还不回来看看我们？”

刹那间，吴实双眼湿润了。他怎样面对这些人，更无法面对这些人的亲人，还有家乡人的询问。他甚至害怕自己的小孙儿，若是他问：“爷爷，太爷爷、太奶奶过世，你怎么没有回来？这么多年了，为什么不回来看看孙儿？”他能说什么？想到此，刚刚生出的归意，又打消了……

“爷爷，你自由了，该高兴哪，为什么又流泪？如果是不孝风儿气了你，你就打风儿开开心吧！”风儿忙劝说道。

“不！风儿，你是个好孩子！”吴实深情答。多年里，是风儿陪着他，走过风雨行医路，掩护了他的身份，给了他平安；寂寞里，是风儿给了他一个家，给了快乐，慰藉了心灵。他暗暗感谢井神先生的安排，同时又想起，风儿十九了，该给他成个家，报答爷孙俩的恩情。他又想起彩儿来。

一年前，爷孙俩在行医时，相识了民女彩儿。彩儿高挑的个子，黝黑的皮肤，瓜子脸上长了一双能说话的眼睛。她与伙伴偷窥到爷孙俩住处后，以报答神医为其父母治愈痼疾恩情为由，每月来一次崖窝，给爷孙俩浆衣洗被，缝新补破，添鞋做袜。还不时送来爷孙俩喜吃的食物。彩儿一见风儿就脸一红……吴实瞧出了彩儿的爱意，留下了深刻而美好的印象。

这天，吴实对风儿道："今天，爷爷要独自外出，你在家制药吧！"

傍晚，吴实笑眯眯回来了，兴奋地告诉风儿道："彩儿的父母已经答应，把女儿嫁给你。"

风儿一惊一笑，呼了声爷爷，脸上挂满了笑。

彩儿要嫁过来了，得赶快准备新房。此后一月里，爷孙俩在紧靠崖窝的地方，搭了两间小石屋，制了床。竣工的这天，彩儿来了，低着头，捂着嘴暗暗发笑，孙儿陪着爷爷里里外外看了三遍，好高兴。从不沾酒的风儿邀彩儿一道，用清水一杯接一杯地恭敬爷爷的酒。吴实哈哈大笑，直喝得大醉。

就在吴实紧锣密鼓地为风儿操办婚事的一天，忽然来了两个客人，自我介绍是在咸阳办医馆的。他们带着厚重的聘礼，诚请吴实去他们的医馆里主事。

吴实哪里舍得离开商山。患难里，大度容留和保护了他的是商山人。现在，他又在为风儿准备成家。他果断地拒绝了客人的邀请。

不久，又来了两个商贾，找到吴实说，他们要借用先生的大名，在咸阳建客栈、开商铺，先生百事不管，只管分四成利。他们来请先生去露个脸。吴实亦拒绝了。

这天，吴实和风儿正在制药，彩儿的父母慌里慌张来了，惊问道："昨夜，彩儿未归，到你们这里来了吗？"

吴实、风儿和彩儿父母，费了数天，寻遍了彩儿可能去的地方，均不见彩儿影子。倒是在最后一天里，有两个山妇拿出一封别人托交的信，交给了吴实，信上说，彩儿去了咸阳。

吴实立即要去咸阳寻彩儿。风儿见前段一些不三不四的人，数度来请爷爷，生怕爷爷上当，怎么也不准爷爷去。他独自一人走了，两月后，风儿满脸憔悴，无功而返。吴实好痛心，一种不祥之感涌上了心头。

后来，又有一伙学士，要接吴实去咸阳养老。吴实避而未见，仍和风儿在山乡四处，一边为百姓看病，一边寻找彩儿。眼看一年又一年过去了，仍不见彩儿影子。

吴实心痛不已，时常在暗暗呼喊彩儿。然而，他哪里想过，彩儿的失踪，是他拒绝皇上，未去咸阳的后果呢？

无巧不成书。不再关心朝廷事，拒去咸阳的吴实，偏偏朝廷立太子之事，又风马牛不相及地扯上了他。

汉宫中妃嫔甚众，刘邦独宠戚夫人。这戚夫人不仅貌似西施，倾国倾城，而且吹拉弹唱，技同弄玉。加之知书识礼，品性温柔，善解人意。每当刘邦遇到烦恼事，她总是说唱润心，舞姿更是销魂。此等贴心贴肺的尤物，怎能不让在乡野长大的刘邦眼睛一亮、喜爱无比？

数年里，皇上处理朝政后，总是与戚姬形影不离。若是外出京城，就将其带在身边。耳鬓厮磨，卿卿我我，感情岂能不笃？特别是戚夫人生下一子如意，刘邦老来得子，奉若宝贝。

其时，刘邦糟糠之妻吕后，年纪大了，姑且不论色衰爱弛，单就常年难见皇上，就足令情感疏远。

得宠的戚姬便利用刘邦专宠优势，谋取长久富贵，思量起子荣母贵来。她一心想着废太子刘盈，改立如意。

如意七八岁了，早有师傅教他读书识礼。戚姬又精心授他如何对待父亲。每每见到刘邦，如意就格外亲近，端茶递水，背书习字，哄得父亲连连叫好。如意还时常询问父亲，他该读哪些书，怎样做人，如何养性立德，才能为父亲争气，为社稷出力？

少小如意，既有父子情，又有雄心壮志，眼光远大，怎能不让父亲高兴得眉开眼笑？刘邦即时想起已立为太子的大儿刘盈，刘盈这般年纪时，只知与一众顽童，在野外捉蛇捕鸟雀，打闹个不休。对比小儿，二人有着天壤之别。刘邦不由得偏了心。他时常抱着如意，亲了又亲，连连赞许他："像我，像我啊！生就了一副龙种相。"

刘邦对如意的特殊喜爱，被戚姬看在眼里，喜上心头。她感觉时机恰到好处，该自己行动了，况且，皇上已老，身体大不如前，一旦闭了眼，她怎能斗得过吕雉那乡野泼妇？

这晚，二人一番缠绵后，戚姬又突地紧紧抱住了刘邦，长叹一气道：“皇上呀，奴时常担心，教育不好如意，有负皇上厚望啊！”

“哪里哪里，如意教育得很好，在儿辈里，唯有他不仅相貌尤其是宏图大志，更是像我！”刘邦大加赞赏如意，安慰戚姬道。

戚姬暗喜，忙做感慨万端道：“奴时常想，皇上打天下，可谓是历尽艰险，九死一生，多么不易！这千秋万代的江山，将来，皇上千岁万岁后，可是要托付给像皇上一样圣明的儿子哟！否则，不仅不能掌控朝廷，威严天下，甚至还放不下像皇上一样志存高远的如意，闹出骨肉相残，加害奴身，让天下人看笑话的凶事来。”

一石激起千层浪。刘邦霎时想起打江山时，自己历经的无数凶险往事，特别是鸿门宴凶杀，不由得连连赞同道：“对对对，打一座江山多么不易，守江山更难。太子之事，朕一定会认真对待的。”

戚姬见刘邦对选太子松了口，以退为进，细语追问道：“皇上圣明！皇上可否告诉奴家，怎样保全奴母子平安，让如意施展才华，让奴放下这颗终日悬着的心？”

“这还不易，朕把太子刘盈废了，换成如意，爱姬母子担起天下大责，岂不是平安了！”刘邦曾琢磨了许久，反复对比如意与刘盈，多时就生出此念头，此时道出了心意。

戚姬喜得一颗心乱蹦了。她要抓住这话柄，把皇上废立太子的心意拴死。她又不露声色地激将刘邦道：“这可是社稷大事，皇上千万不要为了安奴母子之心，就暂作一说啊！”

“君无戏言。何况这是朕的家事，有谁人胆敢拦阻？”刘邦正色，信誓旦旦道。

这天，朝堂议事后，大臣要散朝了。刘邦突然对众臣道：“朕有件家事，要告诉众卿。朕想把太子刘盈换了，立如意为太子。”

众大臣好不突然，你望我，我望你，人人诧愕。

老久过去，丞相萧何启奏道：“立储君乃社稷大事。古制是立长不立幼，望我皇三思。”

紧接着，御史周昌、留侯张良等重臣，纷纷附奏丞相。朝堂声音一边倒，竟然没有一人同意换太子的。

刘邦虽然脸色越来越不好看，但仍然稳坐龙椅，并不作声。看来，他是做了充分应对准备的。待众人奏完，刘邦不慌不忙哼了一声，又道："立储君乃社稷大事，亦乃朕的家事。朕比众爱卿更操心，更看重。众爱卿听着，此事就议到这里为止！"

皇上关了门，众大臣咋舌，未再作声，个个怏怏而去。

正在这时，朝堂一侧的偏堂里，疯了般冲出一个满脸凶相、怒不可遏的中老年妇人，飞步离去了。

原来此人就是吕后。多年里，刘邦不来她宫里。她也极少见到当了皇上的丈夫，更不知道朝廷在干些什么。她就不时到这偏堂里来偷听廷议。她怎么也没想到的是，皇上被那狐狸精戚姬迷得如此神魂颠倒，竟要把早已立为太子的大儿刘盈废了，换成狐狸精的儿子。群臣的启奏，皇上不仅听不进，还堵塞了谏言。若是儿子真的被换了，她的皇后尤其是将来的皇太后，也就跟着都换了。以后，她就要看那狐狸精的眼色行事了。富贵所系，生死攸关，她能不着急，不愤怒，不疯狂吗？

回到后宫，吕后立即找来亲弟、建成侯吕释之，边流泪边把在偏堂偷听到的换太子之事，怒气冲天地告诉了他，又焦急地问："你有什么办法，阻住那老家伙改变主意，断了念头吗？"

吕释之亦是诧然，想了想道："姐可找几个族人重臣，一齐去找皇上理论哪？！"

"不行！这做法只能是火上浇油。这事只能让老家伙信得过又与我们无关的人去扭转态势。你赶快去把张良找来。"吕后说过，又嘱了一番弟要如此这般。

吕释之找到张良，既是恭维，更是胁迫道："留侯是皇帝的重要谋臣，打江山可是立下了盖世大功的。如今，皇上要擅改祖制，换了太子。这可是社稷大事，如何说服得了天下之人，朝廷规矩何在？留侯怎么熟视无睹，不闻不问呢？"

张良听了这尖刻口气，猜想一定是吕后所授，忙解释道："打天下时，皇上时常陷于水火，迫切需要解危脱厄，自然会倾听谋臣的话。现已立国，天下安定，谋臣话的分量就大打折扣了。皇上要在骨肉之间换储君，我已在朝堂之上劝阻皇上废立，可谓尽了臣子心意。若是一个外人，对皇上的家事干预过多，说不定还会招惹是非呢！"

吕释之无话可说，急得直搓手，他可不能空手回去见正在恼怒的姐呀？

他倏地脑中灵光一闪，忙恳求道："那留侯也要帮我出个主意呀！"

张良稍顿，沉思道："这事只能独辟蹊径，在太子身上加分量，或许可保地位。秦时坑儒，商山里避隐了四位博士官，现已是皓首。尤其是吴实，曾帮义军夺得武关。皇上很尊重他的为人、才华和影响，曾要我去招他们来朝廷为官。四老谓皇上傲慢学人，坚辞未从。皇上听了大怒，又叫下人去办。下人使尽了手段，甚至暗绑了吴实视同孙媳的山姑彩儿，说是来了咸阳，也未让吴实就范。你若要请来四皓，就要不惜金银财宝，遣一能说会道之人，驾上舒适的车辆，持太子刘盈一封言辞恳切的求教信，谦卑地恭请他们来做太子宾客。四皓对皇上废立太子，肯定是不满的，不给金银他们也会来。只要他们露了脸，太子的地位或就保住了。"

说完，张良想了想，又嘱道："你们办这事，千万不要走漏了风声。你们的人进山后，就去找在山里行医的吴神医。"

听吕释之回禀，吕后欢喜，立即吩咐弟，要不惜一切代价，按张良的主意去秘密办好。

再说吴实在山中行医，前些时的一日，两个熟悉的咸阳药商告诉他，长安满是传言，当今皇上爱美人戚夫人，想废吕后所生的现太子，改立戚姬之子。

吴实听了怔惊不已，刘邦怎么如此不计后果，为身后埋下祸患？他死后，两儿之间，极有可能要陷入一场争嫡夺帝位之战，大臣们定会见风使舵，各投新主。岂不是又要将黎民百姓推向战火？他立即吩咐风儿骑上他的驴子，去把唐秉等三兄弟找来。

崖窝里，四白头个个激愤。吴实想起了足智多谋的张良，善于借力打力，不由得双眼一亮，对唐秉道："大老兄，在废立太子的问题上，很可能有人要打我们的主意呢！"

"对！"唐秉领会了吴实的意思，稍作思忖，立即吩咐道，"你在外行医，消息灵通。只要一遇机会，我们就要出手，尽力扭转态势，为社稷安宁，为天下黎庶尽一份责任和爱心。"

正在这时，建成侯吕释之带领儿子吕禄和几个亲信，扮作一伙药商进山来了。

第五十九回　入长安四皓赴义　止废立白首建功

吕释之按张良的指点，很快就找到了吴实。

随后，四皓神不知鬼不晓进了咸阳，住进了太子刘盈的府第。吕后欣喜不已，不时来太子府探望四皓，热情得全亲一般。她又叮嘱侄儿吕禄，去太子府专心侍候四皓。

吴实五十五岁逃离咸阳，再入都城，已然七十有一了。他避居山野十六载，吃尽了苦头。如今，受到太子、吕后尊重，舒适的环境，安定的生活，四个老兄弟居一起，读书、围棋、聊天，他能不神清气爽、十分高兴？当然，他们始终在观望时机，时刻把保太子牢牢地放在心上。

太子刘盈年轻气盛，乖巧活泼，虽然不是满腹诗书，却勤奋读书。对四皓更是礼遇甚佳，情同师长，时常诚心讨教。

四皓对太子也是十分喜欢，莫不从内心视为亲人。他们知道太子已失爱于皇上，就教他如何诚待父皇，又勉励他自立自强，谨慎处事，礼待众臣，苦学勤政，勇敢担当太子责任。

“太子懂事理了，大变了?!”皇上不时听到大臣们的赞声，又见刘盈对他的孝顺和果断处政，时生好感，常常暗喜，甚至把对戚姬的承诺，也当成自己的鲁莽，生出了丝丝悔意来。由于找不到换太子的由头，即使戚姬再三催逼，皇上只得无话编话敷衍，废立之事拖延了一时又一时。

住在太子府第的吴实，时刻不忘失踪的彩儿。他托吕禄找来画匠，将画有彩儿一模一样头像、悬有重奖的寻人告示，遍贴都城。然而，告示贴了一遍又一遍，始终无彩儿的消息。吴实每每眼望彩儿画像，就偷偷抹泪。彩儿在哪里，是谁人把她弄来咸阳，又怎样了？一种不祥之感袭上心头。

这天，张良来了。见吴实捧着彩儿画像拭泪，就有意无意劝诫道："老兄呀，咸阳不见彩儿，肯定就在商山嘛……"

听了张良的宽慰语，吴实谢过留侯。

汉十一年初秋的一个晚上，吕释之陪着满脸愁苦的吕后，急急忙忙地来到四皓居住的太子府客院。吕后未及叙话，就双手抖得老高，从怀里掏出一幅黄绢递给吴实，又战兢兢道："怎么得了，请先生们快给我拿个主意吧！"

吴实一看圣旨，陡地双眉紧皱，递给了唐秉等三人。

原来，韩王信谋反被吕后诱杀后，淮南王英布公开竖起了反汉大旗。皇上议旨，令太子刘盈统军，速去讨逆平叛。

被吕后收买的宣旨寺人，先期将圣旨送到了吕后手里。太子从未上过战场，又担心皇上是借此找岔子的，做母亲的哪里不急？万般无奈间，吕后找四皓来了。

"这是皇上设的一个陷阱，单等太子去跳。"唐秉直言不讳道。

"对，皇上早有换太子意，若是太子征战获胜，则再不能加封了；若出征不利，则正中下怀，借故将太子废了！"周术一语中的道。

"前番数个侯、将已反，将军们已是忧虑甚多，各怀异心，太子统着这些忧心忡忡的将领上战场，能同心一志，打得了胜仗吗？"崔广语气坚定地分析道。

吕后听了，更是噤若寒蝉，话语结巴道："那……那怎么办呢？"

吴实手敲额头，一番思索后，胸有成竹地劝慰吕后道：

"皇后不要急。老朽认为，若是向皇上道明了三层意思，他定会收回成命，亲自统军进剿。一言现军中，都是当年随皇上打天下的猛将，太子统军，莫约于以羊统狼群。若是征战不利，英布定会放胆西来，中原大乱，国家就动摇了。二谓皇上立汉以来，已有彭越、韩信谋反，现陈豨逆未灭，又有英布起兵，唯有铁腕一举荡平，诛灭叛逆，方能震慑后来。唯皇上统军，才能更彰天威，让众将惧畏，邪心尽灭。再则，军中将、侯人等，生怕上疑，皇上督军，定会齐心合力，舍命以战，做给皇上看。同样，皇上亦可细辨，将侯们是否真心护朝。三语皇上早有废太子言在先，若太子征战不利被废了，天下人定会认为，我皇心地歹毒，父子间也要耍阴谋手腕，骨肉相残。俗言虎毒不食儿，皇上定会感觉输不起这名声，从而回心转意，亲自出征的。"

刚刚说完，吴实又嘱道，向皇上述达上三意，劝其统兵时，还要以亲情疼皇上。宽慰其虽年老体弱，仍为子孙万代着想，有苦自己吃，做表率给储君和天下看了，黎庶定会大受感动，历史也会大书特书。皇上权衡利弊，能不乐做统兵平叛事?!

“好好好！这主意真好。”吕释之连连称赞。

吕后满脸阴云大散，感谢之声不绝。少时，脸上又是乌云四合，愁苦不堪道：“这主意确实好，只是谁与那老东西去道明呢？同时，废太子之事，仍未说服皇上呀？”

“这是两码事，若是搅在一起，皇上定会认为，能当太子就该统兵，正好看看太子能量，反倒坚定了旨意……”

吴实话语未完，吕后早插上话，双手直摆连道：“对对对！使不得使不得！”

吴实又满有把握道：“说服皇上，唯有皇后出面，带点往昔动情之物，将上话以夫妻之情，诚心絮叨与皇上，定能说服他。”

“对！这办法好。”吕后品出吴实话中况味，脸现笑容。

翌日，吕后提了一瓦罐在泗水时，刘邦特爱食的泥鳅煮豆腐，好不容易寻得机会，送给刘邦。

刘邦一见瓦罐，立时脸现喜容，忙开罐细闻。吕后又恰到时宜地递上一个调羹。刘邦接过大吃起来。

吕后忙说了一通心疼皇上的话，还挤出了几滴眼泪。又将吴实的话，以自己的口气，情真意切地诉给了刘邦。

刘邦听着，停下调羹，瞥了吕后一眼，知其此话必是高人指点，但话语动心，关系利害，也未深究，只得改变主意，毁了议就的圣旨，带上戚姬亲自出征了……

第二年春上，刘邦平定英布凯旋，又得报陈豨已斩，不禁大喜。但数月征战中，他患下的病情日见沉重。戚姬生怕刘邦就此故去，母子无着落，赶紧催促皇上换太子。刘邦一口答应，在宴请群臣时，就宣布废立之事。戚姬甚喜。

这天，刘邦摆酒设宴，群臣到来。刘邦一坐上首席，就举目四望寻太子。太子终于出现在门口了。

“他们是谁？”刘邦一怔，只见太子身后，跟进四个须眉皆白，精神矍铄，衣冠楚楚，气势不凡的老者，一道随太子趋步上前。

“啊！你不是子景先生吗？”刘邦一眼认出了助他夺得了武关的吴实，忙立身迎接，又手指其他白首，新奇地问，“这三位老先生是谁？”

三人向皇上手一拱，各自报上姓名，曰“东园公唐秉”，曰“角里先生周术”，曰“夏黄公崔广”。

“啊！你们不就是商山四皓吗？！”刘邦好不惊讶。他怎么也没想到，请不来的四皓，会出现在这种场合。一阵细细环顾后，又奇怪地问四皓道：“早年，朕曾着留侯去商山邀请各位入朝为官，共谋大业，治理天下，各位谓年龄大了坚辞不就。时至今日，各位为什么又和朕的儿子交好？”

唐秉性直，担心自己直言，把握不住度，伤害了皇上，影响了气氛，忙向吴实递了个眼色。

吴实会意，忙迈前一步，手一拱，腰微欠，对刘邦道：“老朽们闻听，陛下轻贱士人，喜欢辱骂。老朽们年高，不愿受陛下的侮辱，所以托词躲避了。近年，老朽们时常听百姓说，太子仁义孝顺，礼贤下士，天下人都愿意追随太子，为他效力。所以，老朽们就一齐来做太子宾客了。”

“哈哈……”刘邦没听到恭维，反倒听了这些且难听的话语，但在这种欢庆场合，他又不能对吴实及四皓计较发作，只好硬着头皮听下，一阵大笑掩饰过去。转而，刘邦又故装兴奋地叮嘱四皓道：“那就烦劳各位老先生，一如既往地好好照顾太子吧！”

吴实等四人一齐向刘邦敬酒，恭贺平叛大捷，祝皇上福体安康，社稷永春。酒毕，四皓礼貌招呼了皇上，辞别离去了。

刘邦见四皓离去，眉一皱，眼一眨，连忙召近戚夫人，手指四人背影，苦着脸，无可奈何道：“朕本想今日宣旨换太子的，朕刚才知道，太子有这四老辅佐。看来，太子羽翼已经丰满，朕很难动他了。吕后真的要成你的主人了。”

戚夫人一副木呆相，望望随太子的四人背影，又望望刘邦。当证实刘邦是真言后，骤然痛哭流涕道：“皇上呀，你不是信誓旦旦说，‘君无戏言’吗？怎么就被这四个老头轻易左右了呢？”

刘邦顿时心里酸溜溜的，苦楚道：“朕不是不能换太子，若是朕强行换了，一旦朕不在了，恐怕朝廷就要乱套了。如意也就坐不了天下，甚至你母子都有生命危险了。你是聪明人，认真地想想朕对爱姬的关爱之心吧！”

“皇上啊……”戚夫人痛心疾首，长呼一声扑向刘邦。

刘邦长舒了一口气，缓过心情，拍着戚夫人的肩膀道："来来来，爱姬，你给朕跳楚舞，朕给你唱楚歌。"

腰肢舒展，长袖飞起，戚夫人泪流满面，舞姿呆滞，早没有了往日的飘逸神情。

刘邦心一痛，五味杂陈地唱道："鸿鹄高飞，一举千里。羽翮已就，横绝四海。横绝四海，当可奈何。虽有矰缴，尚安所施！"

刘邦一连唱了数遍。戚夫人始终是边舞边泣不成声。刘邦不忍心看下去，悄无声息地走了。

过往，刘邦曾高兴地谋划过，让张良请四皓来朝廷，为自己撑门面。未果后，又要下人不惜手段，一定要把吴实逼来咸阳，也未果。他万万没有想到，四皓竟是这样出现的，既丢了他颜面，又给他弄出这种尴尬事来。转念一想，他也解了一个心结，没有废、立太子，省得了群臣埋怨，世人及后人指责啊！

这天夜半，一被吕后买通的戚姬后宫宫女，躲躲闪闪溜出戚宫侧门，立即就被一守门兵士，引到一辆停在黑暗里的马车上，接到吕后后宫去了。

宫女把在戚姬宫内的见闻告诉吕后。这晚，刘邦回到上书房，把早已写成的换太子圣旨，看了看，又看了一眼跪在一旁连连哀求的戚姬，摇头叹气间，牙一咬，转过身，把圣旨点火烧了。戚姬哭得死去活来。刘邦说尽好话，戚姬仍是悲号无止。

吕后脸色铁青，又是一番细细问询，得到满意的答复后，她高兴地向宫女道："将来，你要钱财，要自由身都行，本后一定满足你。"

宫女刚谢恩离去。吕后欣喜若狂，大伸手仰头高叫："老天有眼，刘盈保住太子了！"

三更尾，吕后兴冲冲来到太子府，吩咐大摆宴席，把已经喝醉就寝的四皓，又请上席来……

从此，吕后不时过府探望四皓，嘘寒问暖，关怀备至。

"四皓定太子"一时震动朝野。不少重权在握的大臣纷纷拜访四皓。

这天，一景氏大臣登门了。吴实想起当年投秦离开景氏封地震泽时，寄放在鱼儿县衙的《楚国史》，连忙打听鱼儿和楚史的下落。

"唉，听说那次焚书真是悲壮啊！"大臣边叹息边摇头道，秦焚书督查官来到震泽一县衙里，在一偏僻阁楼上发现藏着的一百八十卷《楚国史》，立即下令衙役，搬到衙前场上点燃了。大火冲天之际，从外回衙的县令一见，狂喊了一声："鱼儿怎么对得起先生？先生还说要来续尾，我拿什么交差啊?!"就不顾一切地扑进火堆抢书。众衙役忙去拉县令，却怎么也不见人影了。大火熄灭后，知县的白骨躺在一堆灰烬里，好惨啊！停了停，大臣又道，"话说回来，知县不自焚，私藏楚史，也逃脱不了斩首的命运。"

"是我害死了鱼儿啊！"吴实大喊毕，踉踉跄跄返回房间，眼前一黑，就晕倒在地，不省人事了。

吕后带着御医把脉问诊。刘盈天天问安。周术日夜守候。唐秉、崔广再三宽慰。十多天后，吴实才强撑身体起了床。

不久后的一天，一封邮驿转来的南郡官邮，在吴实已经平静的心海，又投进一块巨石，掀起万丈波涛。

却说南郡郡守和下隽县知县得到吴实参与定太子的消息后，连忙携礼赶来钦上里。二人将数十年里杳无音信的吴实下落，报喜般告知了吴府。郡守和知县给吴实儿子吴霍、孙子吴庄一番精心谋划，拿到了父子给父亲和爷爷两封情真意切的思念信后，二人欣然离去了。冷落了数十年的府第，骤然又像当年吴实接到楚考烈王诏书时那样热闹了。乡宿里员、文人学士、地方豪强人等纷纷上门致贺。

几十年与家里断绝来往的吴实，手抖得老高，迫不及待地展开了孙儿来信。孙儿甜甜地问候了爷爷后说，继太爷爷太奶奶走后，奶奶也在三年前离世了。读到此，吴实蒙了。

父母过辈，吴实早在西山就知道，眼泪早哭干了。堂客去世，是他怎么也没想到的。堂客是大户家之女，与他恩恩爱爱，却仅度过了九年夫妻时光。她在守活寡的几十年里，担起丈夫责任，撑起一个包括家丁在内的八十多人的大家，又养育儿女。他欠下堂客的债，来世当牛做马也难以报答。吴实伏案大恸，双泪泉水一般汹涌，直哭得手脚麻木，全身瘫软……

许久过去，吴实续读孙儿信。他又为难了，郡守和知县要将日思夜想爷爷的孙儿全家，送来咸阳团聚。

吴实一脸酸楚放下信来。他还在寄人篱下，家人来了哪有居所？再则，他既无积蓄，又无俸禄，拿什么养活全家？另则，郡守和知县送儿孙前来，无非是巴结他讨个好前程。他们是何种人？他向权臣们举荐，权臣又要他在太子那里帮办什么事？两边都是不了解的人，他能闭着眼睛说瞎话，做出有辱他人格的低贱交易吗？可老家的父母官，他是怎么也不能得罪的呀?!

孙儿一封短短柬书，吴实竟整整读了老半天。从未谋面的孙儿，家书多么珍贵，吴实久久地捧着，又紧紧地靠在心上，直到下午，吴实才读了儿子的信。

一连思考了两天，吴实向家乡各方回信了。头两信是分别给郡守和知县的，吴实真诚地感谢了多年来，倾心尽力照顾吴家的父母官，又客气地婉拒了他们送儿孙全家来都城心意，祝福家乡繁荣昌盛。

后两信是分别给霍儿和孙子庄儿的。吴实写了又改，改了又换竹简，扶起筷子又放下，刚端起饭碗又离桌，夜半起床复躺下，不时哽咽得再也提不起笔来。他感觉这是自己一生里最最难写的文章。足足写了两天两夜，他额头几乎要敲破了，才勉强敲出“代不孝孙，给祖父上香祭拜；代不孝儿，给双亲上香祭拜；代不良夫君，给你母亲上香。全家暂不来咸阳，有事再告”的三五言信。他抖着手，撇过头，递了出去。他竟然连望一眼信使的勇气都没有。而后，他关上门，睡了一天一夜，水米未进……

再说刘邦停止换太子后，戚夫人的眼泪，粒粒打在了刘邦的痛处。他赶紧下旨，把如意封到赵地，做了赵王。

数月后，皇帝驾崩，刘盈即位，即汉惠帝。被刘邦晾在一边数年的吕后，美滋滋地戴上了皇太后的桂冠。

这天，惠帝和太后双双驾临四皓居住的太子府，宴席上，酒过三巡，太后对四皓一阵感恩与恭维后道：“皇儿新登基，百事待举。这天下如何管理，首要治策何定？还望四老不吝指教。”

四皓早料有这一天，吴实按四人议论的意思，回太后道：“昔尧舜禹汤等圣王在位时，处处为百姓想，办百姓难愁之事，被后世奉为圣主。此前的两百多年间，战火连天，百姓四处亡命，不堪涂炭。先帝在位十二年，北剿匈奴，南镇蛮夷，内灭叛逆，亦是多年耗战，百姓负重如牛。却为当今天下稳定打好了基础。吾皇可乘机满足百姓愿望，全力发展农桑，建立一个富裕的天下。老朽认为，朝廷的至要，莫若是轻徭薄赋，与民休养生息。我皇定会被百姓赞颂，被青史称道。”

“老先生所见极是!”吕太后连连点头称善。

惠帝更是兴奋道：“师傅指教，弟子记在心上了。”

“皇儿新登基，急需四老指点谋划治国。本后与皇儿商量好了，想给四老封爵，出任三公，共襄国是。请各老千万不要推辞！”太后一副诚恳相道。

四老相视一笑，吴实又道：“汉室千秋伟业，是从连绵征战中转向的，确实需要与往不同的治理大才。只怪我等已是行将就木之人，力不从心了。再则，尸位素餐，我等绝对不为。为我皇长远着想，还是请皇上和太后另任年轻高才。封爵之事，我等亦不受。再说，为了皇上治理天下，我等仍会呕心沥血，绝不置之度外。”

“对！我等绝不能为了一己名声和地位，误了我皇大业。但老朽们仍会不遗余力出主意的。”唐秉、崔广、周术异口同声附和道。

接下来，太后与皇上三请，四皓三辞，却再三表示了为皇上出力的诚意。太后与皇上一番赞扬后，方才作罢。

酒宴后，皇上与太后离去了。周术满是不解地问吴实道：“家兄，你是否看出，与我们说话时，太后就像在家当主妇一样，把皇上仅仅当个儿子而已，这正常吗？”

“世弟不要想多了。母亲对待儿子，还有异心吗？”吴实忙化解着反问。

“但愿如此……”

此后不久，本已志得意满的吴实等四皓，怎么却突然离开了咸阳，又回商山过野人生活去了？

第六十回　三代相逢商山乐　千峰披孝丹凤悲

光阴荏苒，春后，又一个百姓盼望的芒种节到来了。

这是一个风和日丽的早晨。吴实正在回忆，此时老家的乡亲们，正挥汗如雨，忙着各种作物的下种。突然门被推开了。进门的崔广道："走，二老兄，皇上在外等候，邀请我们去郊游呢！"

一众人轻车简从，和风微服，有说有笑来到郊野，只见平坦的农田，半数在荒草中，半数只有老叟妪孺人等在劳作。皇上与四皓大疑之时，宽阔的驰道上，一大队背着行囊食具、挑着农具的农人和几个兵卒一道过来了。

"你们这是去干什么？"身穿便服的惠帝拦下一个兵士头领问。

头领眼望这个气宇轩昂的年轻人和身后的四个白头，停下脚步道："我们是奉太尉令，征集百姓去边关加固长城。"

惠帝看着这些满脸忧虑的农人，眼光停留在面前的一中年人脸上，疑惑地问道："你走了，家里农活谁做？"

"唉！家里农活由年老父母、堂客和小孩做。新近，官衙催促继续整修长城，抵抗匈奴。小人只得丢下农活离家了。小人也不知以后一家人的生活怎么过。"中年汉一副无奈相，重重地叹了一气。

原来，各衙门仍按先帝旨意在办事。惠帝果断地对头领道："你立即放了他们，回返家园去做农活。请大家告知其他去整修长城的农人，一律回返。皇上马上下旨，秋后再修长城。"

头领双眼越瞪越大，傻乎乎地望着这个转身离去的年轻人和四白头，不知该怎么办了？

这时，一中年随从走上前，掏出一件有皇权标志的精美玉佩，朝头领一亮，手指年轻人背影道："他就是惠帝，四老人是商山四皓。"

"万岁！万岁！"头领和众农人早跪作一地，呼声震天动地。

是夜，四皓喝得醉醺醺的。吴实乘兴唱起了老家的山歌，回屋睡了一晚好觉。

第二天上午，惠帝垂头丧气起来。在吴实等人的再三询问下，皇帝才怏怏道："母后说我年幼，朝廷是她称制。像昨天发回农夫之事，弟子不能自作主张，下不为例。"

四皓听了无不一惊。

翌日，四皓被吕释之热情迎进了住宿更佳的建成侯府，却离皇宫老远了。

尔后不久，宫中发生的另一件事，又让吴实们心一冷。

人传吕太后主内宫后，第一件事，就是将先帝宠爱的戚夫人关押起来了。后又传，戚夫人受髡钳刑律，满头青丝被宫役尽行拔去，改穿赭服，被圈禁舂米。戚夫人一边舂米一边唱："子为王，母为虏！终日舂薄暮，常与死相伍！相隔三千里，谁当使告汝。"

传言凿凿，听者无不愤懑太后残忍。吴实联想起先皇在世时，统领千军万马、闻之令人胆寒的韩王信"谋反"，被太后诱杀了。四皓又担心起赵王如意来，若是被太后加害，即使天下无乱，也要冷了多少人心，还要惠帝背黑锅。事关重大，四皓赶忙提醒了惠帝。

不久，赵王在太后的三催五逼下回咸阳了。惠帝乘辇出迎，又亲自陪其去见太后。惠帝看见母后甚是不欢，想起四皓提醒，又将赵王携入自己宫中，一同食宿，形影不离。

年底的一天，惠帝清晨出猎，不忍唤醒赵王。待晚回宫，只见赵王七窍流血，尽黑已枯，早呜呼哀哉了。惠帝知其死与母后有关，忍下怒气，哪敢彻查？

吴实等四皓闻听此事，亦是只能唉叹！

此后不久，吴实见惠帝郁郁寡欢，细问方知，宫监奉太后命，引惠帝去见了"人彘"，即被剁了手脚，挖了双眼，丢在厕内的戚夫人。

从此，皇上傻了的消息，在宫中不胫而走。

这天，四皓去探视惠帝。惠帝痴痴迷迷躺在床上，侍者上前喊了两声"皇上"，见没反应，就回头呼了声"子景先生……"

吴实双眼一直盯着床上，突然看到惠帝浑身一震，眼一亮，二人四目一对，惠帝又赶忙闭上了眼睛。吴实忙借故支走了侍者。

“师傅！”惠帝连忙起床扑上前，紧紧地抓住了吴实的手，又呼过各位师傅，双泪流个没完没了。

“皇上不要急，有什么为难事，就告诉师傅，师傅们来为你想办法！”吴实好不心痛，急急忙忙开导惠帝。

“唉！”惠帝抹了一把泪，又长叹了一声，咬牙切齿对众师傅道：“母后生性残忍，从诱诛韩王信到杀赵王，如今又杀戚夫人，举止行为都不是人所能接受的。弟子为其子，即使当了皇帝，就能自作主张治天下，留下好名声吗？朕心已死，就让太后去主朝政吧！”惠帝万般痛苦又道，“弟子诚劝各位师傅，千万不要管弟子的事了，若是招惹祸患，弟子就百身莫赎了。”

吴实等四皓听了，莫不悲哀。但为了惠帝，他们仍然怀着希望，坚持着留下来了。

“张良病重，无法履职，已离开了咸阳！”又一个传言钻进吴实耳中。得到证实后，吴实几声冷笑，心中去意顿生。最后赶走四皓的是吕后的封王封侯，特别是封吕禄。

这天，四皓去看视惠帝。寻得无他人机会，惠帝突然满腔怒火对四皓道：“师傅，母后真以为弟子没用了，擅自将他人五子，强加为弟子之子，一一封了王。母后就知道弟子婚后无子？真是太伤害弟子了，天理难容！”

四皓个个心酸，连忙安慰惠帝。

原来，太后追封生父吕公、长兄吕泽王侯后，又假惠帝诸子名，封了他人五子为王，开了这个头，太后封了数个吕氏或王或侯。

这天，太后又对众臣道：“各位爱卿，当年，留侯曾亲自出马去商山，都没请动四皓。其后，吕禄历尽艰辛，显才用智，从深山请来四皓。入太子府后，吕禄又日夜相伴四皓，五人推心置腹，无话不谈，相处甚欢。吕禄护太子，不可谓功莫大焉，理应加封为侯。”

众大臣谁个不知太后歹毒，哪个敢说不，一阵唯唯诺诺里，五吕氏又被封了侯。吕禄请四皓有功，封为胡陵侯。

吴实等四皓被激怒了。他们来朝廷，怎么是吕禄之功？禄乃一白痴，四皓怎甘心把己之名声，与这小子牵扯一起受辱？何况先帝在世时，曾与众大臣一道宰马为誓：“此后非刘氏不得封王，非有功不得封侯。”先帝尸骨未寒，太后就公然违背先旨。另则，太后称制，大权独揽，惠帝不能多言，多言也无用。四皓留之何益？

吴实怒喊道："齐汉不吃嗟来之食，我等不食怄气之粮。回商山去，过赤日清风生活。"

"对！马上回商山去。"唐秉、崔广、周术自从搬进建成侯府，姑且不论离惠帝老远了，单就身边的那些鬼魅身影，防盗防贼一般，早就让他们心死了。

吴实即刻修了一封家书，请侍人送去了驿站。

任凭太后和惠帝如何挽留，吴实等四人以年老为由，执意要走。

惠帝面对四皓，流下了苦楚的泪水。四皓再三劝慰，他反倒哭得更厉害了，还朝自己脸上左右开弓，"啪""啪"打了两记耳光，两个面颊，各留下四个红红的指痕。四皓个个眼含热泪。

翌日，太后在建成侯府置办了一桌丰盛的酒宴款待四皓。太后、建成侯等人，好不殷勤地连连敬酒，直把四皓喝得烂醉。

第三天一早，太后为四皓各备一包金银财宝来了。四皓以"年老用不着"为由婉拒了。

建成侯早安排了高车快马。四皓们背着来时的包袱，脱下了"山里不适应"建成侯为其制作的貂皮轻裘，换上了来时穿戴，登上了高车。四人左右一望，纷纷四顾。

"噢！这皇儿怎么还不来？"太后眼望四皓，脸拉得老长了，满是埋怨道。

正在这时，突然一驾马车飞也似的来了。惠帝撩开门帘，伸长脖子，焦急地朝着四皓大喊："师傅们哪，你们怎么今天就要走？"

双方刚在车上远远打过招呼，不见驾车人吆喝，亦未有驭鞭响过，马车就载着四皓，飞快地跑起来了。

吴实忙把车篷后帘撩开，只见下得车来的惠帝，撒开两腿，在车后猛追了一阵，一屁股坐在地上。马车早从侧门出了建成侯府。

马车一上街，热泪盈眶的吴实，又撩起了座侧的窗帘，双目在人群中紧张地巡睃起来。他多么希望在咸阳的最后一刻里，突然发现他苦苦地寻找了近三年的彩儿！马车早跑到了城郊，吴实双眼还在直直地盯着窗外……

回到商山已是傍晚了，吴实急急忙忙向崖窝奔去。老远里，他就看见场边立着一个和他一样高大的人影。吴实一惊，"是风儿?！啊！是风儿，风儿还守在崖窝?"

"爷爷！"风儿大喊着扑上来，紧紧地抱住了吴实。

吴实一看风儿，只见他满是沧桑的脸面上，眼角刻上了鱼尾纹。他的心一痛，眼睛湿润了。他赶紧抱住风儿，从背后抹去了自己脸上的泪水。他为风儿和彩儿成婚砌就的石屋，静静地映在了眼帘，吴实的心又是一痛。他低下头，急忙拉着风儿进了崖窝。吴实又是一愣。崖窝的摆设，仍然是他离开时的模样。那副老军头县令赠他、他教习风儿的围棋，仍然摆在小桌上。

吴实心一热，顿时笑容堆满了脸面。他好奇地动问风儿道："你在场边望谁?"

"爷爷，你走后，我按你教的八卦一算，你一定会回家的，就每天早早回来，在场边眺望你近三年了。"说到这儿，风儿脸上的笑容，骤地消失，又现出一种神秘模样，向吴实道，"爷爷，昨晚我做了一个梦，一个白发老头，说他是七里山井神。神仙告诉我，说你明天回来，再不走了。我在场上望了一整天，果然……"

风儿看着吴实眼窝突地冒出的泪珠，陡地打住了话。

吴实任凭泪水流满脸庞，依然不声不响。他整了整衣服，恭恭敬敬朝着老家的方向，郑重地跪在地上，磕了三个沉重的响头。

风儿把浑身颤抖的吴实搀起，扶到饭桌边坐下，岔过话题道："爷爷，我早为你准备了酒饭呢!"

说话间，风儿早把煨在火塘陶罐里的酒饭菜，摆满了一小桌。

"风儿，爷爷对不起你。在咸阳，爷爷没有找到彩儿。"吴实好不心酸道。

"感谢爷爷操心，彩儿……彩儿……"风儿话语哽咽。

"快告诉爷爷，彩儿怎么啦?"吴实停下筷子，急切地追问。

风儿一阵犹豫，告诉爷爷道，他从咸阳归来后，在山里一边行医采药，一边寻找彩儿。寻了两年后，在一人迹罕至的深涧里，找到了彩儿的衣服、一条麻绳缠在一架白骨上……

吴实唰地泪水流了一脸。他又突然想起，张良提醒过他，彩儿不在咸阳，肯定在商山。张良口气是那么坚定。啊!吴实一切都明白了，是朝廷绑架了彩儿，送信说是去了咸阳，是骗他去朝廷。他未去，朝廷就把彩儿害死了。

吴实陡然立身，擦干了眼泪，眼里喷出两束仇恨的光芒来。

他与风儿爷孙俩，默不作声地祭祀了彩儿。

此后，白云风雨又将老少二人，送到了山乡人家渴盼的病床前。

三个月后，收到了吴实家书的吴霍和妹妹、妹夫、儿子吴庄一道，风尘仆仆来到了商山。

这天，七十三岁的吴实和阔别四十六年的儿女、从未谋面的孙子和女婿抱在一团时，晴天里骤地落下一声炸雷。

“落差伯伯可好？”这晚，吴实刚听了吴霍介绍家人情况，就迫不及待地问。

吴霍道：“落差伯伯孤身一人，活到七十三岁，在七里山古井边，喊着你的名字过世了。”

吴实一阵心酸，他明了落差并未找到家小，双眼骤地湿润，又嘱儿孙道：“你们要代我，年年给他去上坟……”

吴实又细问了叔文、齿先、季左、黑猴、临羊等人的家庭状况，吩咐要照顾他们的后人，又嘱咐子孙，别忘了给屈子、裨将军、屈副将、戒夫和芷水、粉儿和叔文，还有那些被斩首的黑衣上香，老人说着说着哽咽了……

才住了两天，吴霍望着一声不响，在细细地品尝着家乡的熏豆腐干、炒饼折皮、土茗片、甑蒸糕，喝着七里山井水的老父亲，欣然道：“我们是来接父亲回家养老的，请父亲早作安排起程吧！”

吴实听了，心头骤地刀割一般痛。他低首一阵沉闷，就意志坚定地反劝儿孙尽快回家，去照顾他的八个内外曾孙。

此后几天里，儿女孙子又多次规劝，吴实始终以“年老不能远行”为由，对回老家之事一直没有点头。双方僵持着，四天、十天、一个月过去了，谁也没让步。

风儿急得直挠头，两边劝解均无效。

爷爷的三个结拜兄弟来了，帮劝吴实回老家，也未奏效。

这天饭桌上，吴实端起酒杯，骗儿女们说，父亲算了卦，此次回家，他定然会死在路上。他不愿用那种方式回家啊！

儿女知道父亲通阴阳，不愿违背其意愿，就决定留下儿子和女婿二人，陪同父亲在商山养老。

吴实坚决地拒绝了。

见父亲留意坚定，一群人忙了数天，紧靠石屋又搭了两间房，里外布置一新。吴霍将父亲拜托给风儿后，痛哭流涕地走了。

四人早看不见了，吴实还在朝路的尽头眺望，使劲地擦了擦眼睛再望……突然，他再也憋不住了，唰地流下了见儿女面后的第一次泪水，一屁股坐在地上大号。

风儿赶紧抱起爷爷进了石屋。

从此，吴实一蹶不振。风儿使出了爷爷往时教给的所有方法，给爷爷调理汤药吃食，怎么也无法让爷爷再现昔日风采。他只听见过，爷爷在梦里给天岳学馆的弟子授课，气势还是那般豪迈，声音仍是那般洪亮……

吴实身体稍一恢复，就不顾风儿劝阻，强撑身子，去为深山百姓疗伤治病，从不懈怠。奇迹出现了，吴实的身体竟然好多了。

风儿好高兴，每天早晨都默默地拜山神，为爷爷祈祷。

这年，吴实突感身体不适，他心中有数，自己来日无多了。他又为自己算了一卦，得到证实后，赶紧思考其身后事来。

这天晚饭后，吴实坐在月光下纳凉。一阵沉闷后，他把风儿叫到跟前，喘了几口气，满脸肃穆道："爷爷想为你找一个山姑，把婚事办了。不然，老朽怎能对得起爷孙俩的一片真情?!"

风儿看着瘦骨嶙峋的吴实爷爷，心中一片痛楚。他知道爷爷一直在为他的婚事着急。失去彩儿后，风儿决心不再娶了。为了不伤害和让爷爷省心，他忙接过话把，善意地骗说道："孙儿心中有人了，待爷爷身体再好一点，风儿一定陪爷爷去看孙媳。"

"好！一言为定。"吴实霍地笑容满面，声音突地洪亮了。

一个春暖花开的早晨，一阵香气铺天盖地刮过。风儿刚把吴实扶上老驴子去行医，驴子并未像往常一样欢步快迈，而是长"呜"了数声在原地打转。吴实的心刚一咯噔，一匹飞马送来讯，唐秉故去了。吴实和风儿急忙往大老兄家赶去。

数天后，商山人将唐秉埋在丹凤一处风水宝地的向阳山坡上。

这年的仲秋，严寒陡生，商地映山红带霜怒开。老三崔广升天了。

同年冬天，朔风怒号，惊雷炸了一夜，老四周术与世长辞。

汉惠帝六年暮春，吴霍带着子孙第四次探视了父亲。三月后的盛夏夜，虚年八十的吴实坐在崖窝场上，面向家乡桓山方向，安然地合上了那双充满智慧的扁平眼。

那晚，大地含悲，商山变色，苍天飞雪，千峰戴孝。

这夜，远在数千里之外、吴实老家七里山的古井里，井水喷出数丈高，许久未歇。井边的三棵古樟，突然枝枯叶落。

对吴神医充满爱戴和感激之情的商山父老兄弟，成千上万，从四面八方赶来祭祀神医。

风儿把吴实爷爷生前的吩咐告诉了众人。大家遵吴实嘱，没有将神医送回老家，也未通知吴实家乡人来赶尸还乡。一七祭礼结束后，众人把吴实与唐秉、崔广、周术四个结拜兄弟，葬在了一处。吴实面朝老家方向。从此，时常有山人来吴实墓前祭神讨水治病……

此后不久，冷落深宫，抑郁病重，却念念不忘师傅的汉惠帝，方知四师傅全故去了。惠帝一番大恸，为四皓分写了墓碑，备了祭品，身负十斤长安土，要亲往商山丹凤凭吊四师傅，为坟墓培土。

时刻秘密监视惠帝的侍者，立即报告了皇太后。太后眉一皱，脸一拉，令侍者坚决阻止惠帝成行，她随后就到。

惠帝见侍者拦阻，顿时像头发怒的雄狮，唰地拔出御剑，剑指阻挡侍者，厉声斥骂道："通风报信的狗奴才，不让路者立斩！"

"皇儿，你这是怎么啦，哪个奴才敢对你不尊？"正在这时，门外快步走进笑盈盈的太后来。侍者忙闪立一旁。

惠帝御剑入鞘，一声未哼，目不斜视，抬腿就往门外走。

太后忽然脸一拉，手指侍者向武士厉声喝道："你个狗奴才，竟敢欺骗皇上，快拉下去砍了。"

两个武士一拥而上，将大呼"冤枉""冤枉"的侍者拖走了。

"皇儿，还有哪个狗奴才该杀？"

惠帝脸面一阵扭曲，已抬起的脚骤地放下了。

太后眼一眨，忙一手拉住惠帝，亲切地唤着皇儿，边解下了他身上的负土包袱，边亲切道："皇儿，母后早已安排了三千御林军，各背十斤长安土，代你去丹凤为四皓墓培土、立碑。母后已为皇儿下旨，在四皓墓旁，立下'文官下轿，武官下马'的碑石。不知母后所为，还有哪些不周之处，请皇儿尽管言说。"

惠帝一言未发，倏地双泪长流，转身大步进了内宫。

太后脸一拉，去备办在皇儿前许下的话了。

一年多后的仲秋时节，突地阴风惨惨，黑雨泣泣。十七岁登基，在位七年的汉惠帝，驾崩归西。

再说风儿，吴实故去后，他在崖窝里立了爷爷和彩儿的两个灵位。一年三节，均到丹凤祭祀吴实爷爷。每两年接待一次吴实爷爷家乡来的祭祖亲人。每遇山乡人的疑难病症把握不了，他就祭拜吴实爷爷。爷爷总是在梦里教他如何处理，他亦手到病除。风儿终生未娶。他把心中只有彩儿，再也放不进别人的缘由，细细告诉了吴实爷爷。当晚，吴实爷爷梦里吩咐他，收个在周术学馆识了字的小弟子为徒。风儿像当年吴实爷爷教他学医一样，教习弟子读爷爷留下的医药简册。闲暇时，他用吴实爷爷留下的围棋，教习弟子。后来，风儿成了商山神医。他的小弟子成年后，医术亦是名噪商山。多年过去了，商山人还在传说，深山的白云里，住着一个皓首神医，带个小弟子，保山乡人无恙。故事越传越神，越传越远……

后记：我写吴实的初衷和期冀

汉初的政治舞台上，避秦隐入商山的秦博士官“四皓”，曾发生过一件影响当时朝廷政治走向的传奇之事。

晚年的汉高祖刘邦，在权力交接之时，犹疑不决，导致了“立储君”的政治危机。在此情形下，已隐商山多年的四皓挺身而出，果断谏言，表演了一出中国政治史上的大义剧。由于其在社会上的特殊地位和影响，改变了刘邦的主意。终于避免了一场像发生在秦、隋、唐、明等代，都曾出现过的君王争位流血事件，甚至避免了一场刘邦身后极有可能发生的、千万人头落地的战争。从而结束了从战国至此，延续了二百六七十年的诸侯国间的相互吞并、朝廷内讧的大混战，让天下百姓得到了两百来年较为安定的发展期。

特定的时代，特定的环境，特定的事件，让史书记下了“商山四皓”这个特定的名词，其功绩更为后来历朝历代所赞颂，让人们口口相传至今。

绮里季吴实是商山四皓之一。其他三人是东园公唐秉、夏黄公崔广、角里先生周术。

绮里季吴实是我通城人。

吴实其人

吴实，字子景，号绮里季。生于公元前 268 年（即楚顷襄王四十七年），卒于汉惠帝后期（无记载），约近八十岁。

吴老先生与其他三皓不同，众多介绍或涉及“商山四皓”的历史文献中，均无出生地记载。

二〇〇八年，陕西商洛地区，大力宣传弘扬“商山四皓文化”，打造“商山四皓”品牌，发展旅游经济。商洛商山四皓研究会常务副主任郝臣杰先生，来到通城县档案局，找到吕杏庐等人，了解吴实家乡有否吴老先生遗存、家乡传说等。此时，档案局和通城人方才知道，秦汉时大名鼎鼎的吴实，是通城人。

二〇一三年，陕西又来了一摄制组，实地拍摄吴老先生家乡遗存和风光，在中央和一些省电视台播放，广受好评。

通城人为什么不知道吴实？远古通城有吴氏人吗？答案有三。

一是因年代久远和战乱，县档案馆仅存清代《通城县志》两册。上溯两千多年的史实，从文字记载上断续，是不足为怪的。

二是通城《吴氏族谱》，并非从吴姓开氏始祖泰伯始，而是从吴氏宋时迁隽开始，才承续了八百来载吴氏延脉事，之前亦断续了。

三是远古时，通城就有土著吴氏居民。冯金陵提供笔者，二〇一三年十二月，山东淄博来了三个“隽”姓人，曾步贤、冯金陵、舒中甫、李小星等人接待了他们。三人在隽水河边长哭不起，泣诉着他们是通城的吴氏人后裔，先祖公元前141年移居淄博。为了记得家乡，改姓隽，还携来族谱为证。

商洛的郝臣杰老先生等专家学者，是怎样认定吴实是通城人的？

先周时期，周太王有三个儿子，泰伯、仲雍、季历。季历颇有才干，其儿姬昌自幼聪慧。周太王想传位季历，再传姬昌。泰伯、仲雍知父意后，托言采药，奔东南沿海。二人用中原文化为土著人办事，赢得信任，被土著人推为君长，建立了吴国，时为句吴。春秋末，仲雍十九世孙寿梦即位称吴王。其子季扎以国为姓，始姓吴。

《吴氏源流序》载：“延陵季子吴王诸樊义其让而封之，故凡吴之出季子（即季扎）后者，世称延陵郡。季子之子二：长禾熹，幼子醮……圭生镐及铨，镐生实，实生霍，霍生庄，庄生清河令森……”

查证《吴氏宗谱世系表》记，始祖皇帝……二十五世周太王古亶公，二十六世泰伯、仲雍……五十三世圭公，五十四世镐公，五十五世实公，后霍公、庄公、森公……“实”的上下数代，与《吴氏源流序》一样，此“实”就是号绮里季的吴实。

《宋徽宗皇帝御制吴氏族谱序》开言即：“连云太岳之灵，幕阜黄龙之秀，厥惟蕴涵钟毓，故有吴氏聚族其间。”“幕阜黄龙”，将通城古吴姓，最少定格在了桓山（三国时，吴国将其改黄龙山、花蒲市即今麦市）周边。

《宣公裔迁徙源流》言："隽水者，三楚之胜地也。有乡曰天城，里名钦上。地舆廖廓，山清水秀，吴氏实居焉……"直道吴实居地。

由上可见，"幕阜黄龙""隽水"字样，确认吴实是通城人无疑了，并在现今的麦市一带。族谱能在皇帝所作御序中，写上具体地名的，绝对是史上影响极大的名人或望族所在。

在我国浩如烟海的经史子集等各种书籍中，记述吴实等商山四皓的文字颇多。《辞海》《汉语大词典》《中国历史辞典》《中国名人志》，特别是《史记》的《留侯世家》中，都详细记录了四皓之事。《资治通鉴》、《东周列国志》、《中国历史通俗演义》，亦用大量篇幅，宣扬四皓功绩……《四库全书》中，可检索到四皓的有一千多处。而吴实则多以号"绮里季"出现，就连著于南北朝时的少儿启蒙读本《千字文》，也有"绮回汉惠，说感武丁"句。

由此可见，吴实等"商山四皓"，是我国历史进程中，一座绕不过的高峰。究竟是件什么事，让吴实等四皓名扬千古的呢？

吴实历事

现有史书上，找不到吴老先生曾当过什么大官，亦未见其有重要著作，文字记载了三件事。

首先是秦统一天下后，始皇从原七诸侯国中，曾封七十个（也有说七十多人的）名声极大的文人方士为博士官，到咸阳上任。现今能稽存有姓名的，仅有十四人。吴实等四皓名列其中。

其次，史书记述较为详尽的，是发生在汉高祖晚年的两件事。

汉高祖当皇帝后，十分宠爱后宫的戚姬，即戚夫人。刘邦处理朝政之余，都与戚夫人厮磨一处，出外征战也带上她。与糟糠之妻吕雉和太子刘盈就疏远了。戚夫人惧怕咄咄逼人的吕后，就怂恿越来越年老体弱的刘邦换太子。却遭到众臣谏言反对。刘邦不悦，说这是我的家事，你们就不要管了。吕后急坏了，换了太子就要换她的皇后、以后皇太后就无望了，她的地位就在戚姬之下。她忙找张良出主意。张良说是请商山四皓来，或可保全刘盈的太子。

绮里季等四皓避秦坑儒，隐商山多年了。刘邦称帝后，为了"安汉"，曾请四皓入朝为官，被四皓拒绝。收到太子邀请信后，吴实等四皓觉得，换太子之事若是不管，刘邦身后定会引发争“帝位”之战，届时百姓就要遭殃。四皓毅然到太子府做了宾客。

不久，匈奴北犯，刘邦要刘盈太子监军反击匈奴。经四皓谋划，刘邦改变主意亲自出征。

北驱匈奴，南击蛮夷，刘邦打算在两次大胜的庆功宴席上，宣布换太子。吴实等四皓随刘盈赴宴，与刘邦一番精彩对话，打消了他换太子的念头。吴实等四皓从此扬名九州。

汉初是一个“拨乱反正”的时期。《吕太后本纪》篇末，司马迁以“太史公曰”形式，赞扬了刘邦及身后与秦大不相同的“休息乎无为”的政治导向，并延续于汉代。这不能不说与吴实等“商山四皓”曾发生的积极作用有关。

再次，是对后来隐士文化的影响。唐以前，“隐士”称“处士”，亦有“逸民”“高士”之说。吴实等四皓极有可能是历史上最早且留下深刻印迹的“逸民”。他们回避权力追逐，志求清净人生的精神情操，被历朝历代人们尊崇和景仰。

吴老先生在秦嬴政三十四年焚书后，三十五年坑儒前逃离咸阳，时年五十五岁。汉高祖十一年赴咸阳保太子，已然七十有一了，后又隐居商山。吴老先生等四皓在商山两次隐居共二十多年，于山中留下了众多纪念地，现今被当地辟为旅游胜地。四皓留下的字证极少，留传的《紫芝歌》（又名《采芝歌》）最有名。

晋陶渊明的《桃花源记并诗》，其诗开篇就是“嬴氏乱天纪，贤者避其世。黄绮之商山，伊人亦云逝。”“黄绮”就是夏黄公和绮里季。有人臆断，陶晚年所作的《桃花源记并诗》文，实际上发端于吴实等四皓。作者把对现实社会的不满，把广大人民对美好生活的追求与向往，表述和寄托在与世隔绝的“桃花源”中。

陶渊明对吴实等四皓，并非《桃花源记并诗》文偶尔提及，而是长期羡之慕之。他还将其荐给朋友。在《赠羊长史》诗中，陶大发感慨道：“多谢绮与角，精爽今何如？紫芝谁复采？深谷久应芜……”

其后的历代隐士都谈四皓。有结论说，吴实等四皓，是隐士文化的鼻祖。当然，史上隐士多矣，只是吴老先生等名气更大，影响更深更广如已。

纪念四皓

“商山四皓”在汉代名望很高，过辈后，后人为纪念他们，辟下的纪念地、物、文字甚多。

四皓坟墓在商山地域有六处，其中，墓在一块的有三处。另有三人各一处。吴老先生墓共有六处。上有四处，另两处如下。

河南省济源市档案馆藏的清乾隆《济源县志》，在《陵墓》条下载，有“绮里季墓，在绮里村”。

乾隆《续商州志》的《四皓墓》条下，有绮里季墓在南里的记载。

墓的真赝多有争议。丹凤县商镇街的四皓墓，有三座坟（传甪里先生坟已被亲属他移），为省级重点文物保护单位，内设管理所。史载汉惠帝亲为四皓墓竖碑，并立有“文官下轿，武官下马”碑石。

纪念四皓的画像类有：四皓石刻像、四皓画像砖、木刻商山四皓六扇屏（今藏日本东京国立博物馆，现摆放于该馆大厅）、商山四皓图（现存韩国）、商山四皓壁画（北京颐和园长廊梁枋上，第二十三幅画为商山四皓），历代和当代四皓画像无法计数。

各种史书载，多地有四皓庙、祠。晋时《关中记》、北魏《水经注》记，终南山、商州金鸡原、高车岭、安陵，东晋前均有四皓庙，今已无存。华县的商山庙、澄城县的商山神庙，均供奉四皓。太湖洞庭西山，有多处四皓庄、庙、祠、庵、泉、巷。泰国曼谷，也有一座为游人开放的商山四皓庙。

商山纪念地很多，有四皓乡、四皓庄、四皓村、四皓学校等。

丹凤有四皓石刻碑林园。由原全国政协主席李瑞环题写园名，有中国书协主席沈鹏等咏四皓诗文刻石八十二方。

商洛馆藏有唐柳宗元、王禹偁等人的《四皓赞碑》十多方。

肯定四皓的史学大家有司马迁，在《史记》中记载。东汉班固在《汉书》里，有十多处记述，评价四皓高风亮节。

赞美四皓的古诗文，现已发现的有五百多篇。

西汉扬雄、《汉纪》作者荀悦，均对四皓有评价。

汉末文学家曹植，大唱四皓赞歌。诗云：“嗟尔四皓，避秦隐形。刘项之争，养志弗营。不应朝聘，保节全贞。应命太子，汉嗣以宁。”

由于晋皇甫谧《高士传》、晋陶渊明等人的著述宣扬和推广，四皓作为文化现象早就出现了。

南北朝梁朝的《千字文》有“绮回汉惠，说感武丁”向，千字文从隋朝流传至今，一直是儿童启蒙识字读物。

诗仙李白写有《商山四皓》等诗多首。《过四皓墓》诗曰：“我行至商洛，幽独访神仙。园绮复安在，云萝尚宛然。”诗仙把四皓视为“神仙”。在另一首《山人劝酒》中写道：“苍苍云松，落落绮皓。春风尔来为阿谁？蝴蝶忽然满芳草。秀眉霜雪颜桃花，骨青髓绿长美好。称是秦时避世人，劝酒相欢不知老……”

唐代诗人白居易，笔下涉及四皓的诗多达三十九篇。李商隐、陆畅、彦谦、司空图均有七绝诗赞。

还有蔡京、温庭筠、杜牧、元稹等，对四皓废立太子持不同观点，亦有指责四皓诗存。他们认为，如果四皓不保刘盈太子，就没有后来的吕后专政，几乎断送了刘家天下等。

北周建德四年，骠骑大将军庾信，接到任洛州刺史令，立即写了《奉报寄洛州》，说任后首拜四皓，当好刺史。

唐朝柳宗元、丞相张说、张九龄、宋代宰相王安石、尚书左仆射司马光，都写诗作文，论说四皓。

宋代理学家邵雍，写诗向往四皓生活。北宋王禹偁，被贬官商州团练副使，一到任上，即去拜四皓庙，写有咏四皓诗文十九篇。

明代理学家马理、清代郑板桥等，都有赞四皓的碑记或诗文留存。还有更多古时诗人学者，留下了大量诗歌散文。

不知从哪代开始，许多民间艺人，就把商山四皓的图像或与之有关的诗文，镌刻在神龛上、门额上，刻在砚台、茶具、屏条等心爱的器物上，还有木雕、陶雕、石雕等，或友谊赠送，或珍藏。

近年来，歌赞四皓的诗文、图画、制品、各种类别的四皓文化研究如火如荼……尤其是“揽名人”“争四皓”，对其出生地、隐居地、埋葬地，争相“据为己有”。地以人名，辟为胜地。由此可见，通城古时的吴实，就不仅仅是某个姓氏人了，而是通城的地标之一，通城的精神文化标志之一，是属于通城人民的。

我写吴实

二〇一二年，我参与编写《通城县文化系列丛书》时，知道通城历史上有个吴实。曾步贤、吕杏庐先后向我介绍了他们知道的吴实。我对通城历史素有兴致，吴老先生引起了我的兴奋。

当进入具体的老先生研究和写作时，我从资料上看到，在众多古籍里，四皓中，唯有绮里季没有介绍原籍，留白了。有些地方乘机在“争绮里季”。我打算依据手中资料，创作《商山四皓之一 ——吴实》历史小说，将一个本属于通城的绮里季，告诉世人。不至于像死于通城的李自成，被人“改死”又“改葬”。我是通城子民，身上有责任，不能让后人埋怨。至于小说写得好不好，是水平问题了。来者会诠释得更深刻更好的。

这一钻进去，就是没日没夜的一年又大半年了。

二〇二〇年新春，闹新冠肺炎，在家隔离。从正月初一始，我就寻找吴老先生资料，构思作品。舒中甫、冯金陵、吴白雪等人给了我不少资料书，后又从西山弄来十多本。我查阅了不少于四五十本古今书籍。

作为历史小说构思，一连串问题摆在我面前。笔者无权给老先生戴上官帽扬名。他前大半生在干什么？为楚国、为家乡做了什么事？无疑，老先生是个学富五车、才华盖世之人，怎样表现他的才干？为什么没有出仕？又是凭什么杰出才干当了秦朝博士官的？刘盈当皇帝后，他不仅不当皇帝要他们任的“三公”，还要离开朝廷？老先生为什么不回家乡养老，却要重隐商山？他为什么要逝在异乡？怎样表现他的品德和情操……

于是，我在材料组织与写作上，就围绕解答上述众多问题，在文中铺展开来。郝臣杰著《商山四皓》、王甲训主编的《商山四皓评传》给了我不少帮助。

写作过程中，朋友吴政文牵头，组织方方面面的力量，给了我极大的支持和帮助。他曾安排我们去拜访了陕西商洛的郝臣杰先生，了解四皓。吕杏庐、舒中甫、朱红星、吴义明和我，又去丹凤朝拜了吴实墓。

这个管理所不准有香火。深秋的风雨中，水泥地上的雨水在静静流淌。我伫立坟前，拱手拜了老先生，口里默念着：“老先生，您老家的通城人来拜望您了。家乡人祝您在天堂快乐！请您护佑家乡，人民康健，繁荣昌盛！”

老先生的坟墓很大，用近米高的水泥墙四围着，秋草在秋风中连连摇曳，仿佛是老先生用高兴的手势在回应我。

墓园左右墙壁上，有几十幅表现四皓在商山的生活画图。墓后就是前文提到的那个刻石碑林园。

这里的一切都是那样静，像怕惊扰了老先生一般。我们在陵园里细细看过，怀着依依不舍的心情，再次在坟前拱手，就悄悄离去了。当地图书馆馆长李喜存等热情地招待了我们一行。

今年三月中下旬，刘亚敏、曾步贤、吕杏庐、朱红星、吴雄伟和我，又去宁波，走访了夏黄公崔广老家。已退休的区文体中心龚成先生，穿过风雨来到我们所在地，讲述四皓。又去苏州西山，走访了角里先生周术家乡。这里的四皓纪念地颇多。我等特地游了绮里村，村里有绮里旅馆、绮里商店、绮里饭庄、绮里酒家……西山金庭镇文化站站长邹永明，为我提供了十来本资料。本县在宁、苏两地的企业家黄文明、黎宇、纪中华、教授李济球、特级教师刘大勇，热情接待了我等一行。

五月下旬，吕杏庐、吴虹、吴雄伟和我，又去了东园公唐秉家乡商丘睢县，该县文化馆馆长张祖营、张书记，又带我们到档案馆、图书馆寻找资料。

几次走访，虽然收获不是很大，却让我收获了深深的“感动”。几次车马旅途费用，几乎都是舒中甫承担；几地文化馆部门，如亲人般接待，提供方便，招待饭食；我地文化馆馆长朱红星、吴虹等，分内分外全方位、积极支持民间文化之事，可谓有求必应，倾力帮忙，我多次受益；曾步贤和七十多岁的吕爹，尽心尽力为地方文化献计出力。以上这些朋友，都是我创作的原动力。

成书过程中，吴中文、蔡琦、徐钦、续红林、吴雪奎、吴红艳、吴彤、周益斌、赵伟岭、胡银州、何成林、陈婉、金新民、吴味清、胡斌、朱万辉、吴贵龙、金定、胡玉良、杜学坦、吴德楼等众多朋友，优秀企业家吴三刚、吴纯阳、陈远明，都给了我不少指教和鼓励。

初稿出来后，吴新来、刘亚敏、舒中甫、吴清明、曾步贤、吕杏庐、何成林、李斌、冯金陵、吴林艳、吴文胜、车雄兵、苏文胜、丁海帆等朋友，家人丁塔明帮看稿改稿，我十分感谢他们。

写此稿时，有一方闹钟始终陪着我笔的进程走着。它是一九七六年，我调县办工作，在关刀供销社买了送给在家没日没夜劳作的母亲掌握时间的。

二十多年后，母亲又回赠了我。出身富家的母亲吴尧英，在我家吃尽千般苦，终年穿一身自织自染、黑不黑灰不灰的土布服，当大队妇联主任，在生产队劳动。我六岁时，母亲买了几尺蚊帐布，染成黑色，做了两件短袖衫，送我上小学。一字不识的母亲，从小就鼓励我，学某某、某某读了大学，在外工作，为国家做事。母亲巴不得把她所知道的奋斗形象，都立在儿子心中，让儿子检测前进方向。二〇一〇年仲秋的一天，母亲又找我谈了半个小时话，教我如何努力。四个月后，她终于永远闭上了那张一步步驱赶儿子奋争的嘴。七个月后，我内退离开了工作岗位。我的外祖父吴练甫，家住磨桥自泉龙。他常常摸着我的头，嘱我好好读书，要勤快努力。20世纪40年代，他同情穷人闹革命，将国民党四处捉拿的共产党地下县委书记黄菊庄，藏在家中楼上数天，躲过了敌人的搜查。《黄菊庄革命春秋》记下了他的救助。我不能辜负母亲和外公嘱咐，努力做该做的事，数年里，我关掉手机，除去老家讨点蔬菜吃食外，几近断绝了社会及朋友来往，好可惜。

成稿后，成都力扬文化传播有限公司及公司的几位老师，给我很多指教和帮助，我十分感谢！

我们通城

通城是个精神文化富矿。解放后的七十多年里，在党的正确领导下，通城发生了翻天覆地的变化。通城人民奋斗创造的众多奇迹，就像吴实老先生一样，所做之事，在全国都是拿得上台面的，都有待发掘，介绍宣传推广。

罗荣桓“八·二〇”秋收暴动，建立全国第一个县级“劳农政权”；赵世当、黄云岸、吴国珍、刘永康、黄全德等，在大革命时期为国捐躯。

大革命时期的黄袍苏区，一应红色政权组织齐全；黄菊妈五个儿女的鲜血，染在共和国的旗帜上；开国上将傅秋涛、钟期光等在通城革命奋斗多年。

20世纪50年代后期，通城人民响应毛主席号召，在山坡上开辟茶园，县、公社、大队都建有茶场。20世纪70年代初，全国茶叶边贸现场会在通城召开。20世纪80年代改革开放之初，通城茶叶率先全国突破统购统销的计划经济模式，走向市场。被当时政策视为“投机倒把”，在打击之列。而数万县人努力抗争，“买全国，卖全国”。引来一场在《湖北日报》展开的“茶叶风波”大讨论。实际上起了全国市场经济破冰之举的作用。与凤阳小岗村以十八个血手印，打破农村计划经济建有同样的巨大功勋。改革开放新时期，双狮茶业刘立生把茶叶生意做到了欧洲。还有皮绪斌、刁晓光、吴海燕等各领风骚。毛主席进北京后，在杯中抓吃二十几年的茶叶，就是药姑山的。药姑山栽培性野茶，抗虫抗病叶大，被武汉大学、华中农业大学教授呼吁保护。围绕茶业，通城是一个多么好的创业典型。致富了多少农人，又为后来出外做药业、酒业、建筑业，赴沿海办厂，锻炼储备了大量经济人才。四个历史时期，几代人的努力，茶叶改变了多少通城人的命运，好一部厚重的史诗。

通城工企业创业典型更多：玉立黎珊玉老、福人吴石平老、吴宇新、平安电工潘协保老、黄袍山绿色食品晏禄金、瀛通黄晖、三赢兴刘传禄、青海互助成丰酒业陈远明，通成高新材料黎凌刚、楚风瑶韵陶瓷有限公司李豪林、民联医药胡明豪、广西通城商会杨伟平、通城商会徐子富、干部典型金凌应、续辉、何华平、国家优秀乒乓球运动员方博等，近十年与外隔绝的我，孤陋寡闻，无法一一点出众多的通城创业精英，他们谁人不是奋争多年，谁人不是一本厚重、激励后来奋进、改变通城面貌的大书？

石溪地方特色紫米，营养独特。退休干部徐惠坚守山区数年，一身水一身汗，与山乡人开发形成品牌。袁隆平老赞其“前程甚佳”。如果有人配合投入，让紫米走得更远，又是改变山乡人命运的传奇。

通城土地上的历史遗存众多，也在静静等待文化开发。

前几年，武汉有个教授，在药姑山待了数天，笔者陪其从白云寺下山，教授说，他初步发现，通城有一旧石器时代遗址。

黄龙山的崖壁上，刻有蝌蚪文字，其谜待解。

麦市陈缎尧家林，经小规模发掘，被认定为新石器时代一种文化类型，上了考古历史教科书。

黄袍山上蓝若寺，相传是古时我国为数不多的最早寺庙之一。那些数人合抱的红豆杉，要告诉后人什么事。

秦汉“商山四皓”之一、扬名众多古籍的绮里季吴实。

晋时来龙窖山（明改药姑山）的瑶族先民，建立了瑶民的精神家园千家峒，在族内影响深远。冯金陵的长篇小说已动笔多时了。

唐代真人罗思远，我记得在少小读过的唐宋传奇古籍里，都曾写到这个神仙。他的出生地是通城，现墓存锡山。

唐宋时，黄龙山为二十四洞天之一，山上有五千僧众，创造了黄龙教，后流传日本，成为该国四大教之一。日本的黄龙宗认定黄龙山是其宗发源地。

黄庭坚在通城留有诗、众多遗迹和传说。

古鸣郎中吴元四揭榜，为皇太后治愈乳疾，被宋理宗诰封名医。

黄袍山方琼勤王抗金，大义凛然，战死疆场，追封兵部尚书。现方小桃女士为其建了纪念馆。

与文天祥同榜的南宋状元杨起莘。

南宋末，北港桂家二女，分嫁岳州府尹、通城知县，元灭南宋不愿受辱，各写一词后自尽，其一词入《宋词》。

塘湖刘绣衣御史，受皇上赐匾《清朝鸣凤》。

药圣李时珍采药草标本于药姑山，写《本草纲目》。

李自成兵败身亡通城九宫山，有大顺二年留下的石刻（现存县博物馆）为证。

乾隆皇帝微服游江南，在武昌偶遇高冲何乾隆，解除误会后，欣赐何乾隆三宝。

“卢沟桥事变”中，二十九军大刀队队长李延臣——北港籍国军军人，率众挥大刀，“向鬼子们的头上砍去”，其歌广为流传，唱响华夏，振奋国人抗战，至今唱来激动人心。

抗战时期的九岭防线，坚持数年，日军不可逾越，成为全国唯一没有被日军攻破的抗敌防线。吕杏庐写了《不可逾越》的电视剧脚本待拍。

轰动全世界的上海抗战“八百壮士”，实为四百多人，其中通城有两百多人。通城被认定为“八百壮士故乡”。可喜石南中学校长苏文胜，描写通城籍八百壮士秘闻的长篇小说已杀青，正在修改定稿中。

我党杰出领导人邓小平，其外公淡景符，清朝在通城任过多年知县。堂弟邓自力是解放后通城第一任县长……

稍稍一屈指，史事惊人。不少人比我知道得更多。何中奇爹女婿、在咸宁市委工作的王匆宁，几十年来，遍查全国各地档案、博物馆，掌握了大量通城古时秘闻。

前人现人流血的，流汗的，显智的，显才的，大手笔走天下的，勤勤恳恳坚守家乡的……是他们建设了我们的家乡，富裕了我们的家园。更重要的是，他们创造了沉甸甸的精神财富，留在这方土地上熠熠生辉。文化人有责任把这些记下来，供奉在县人的精神家园中，留给后人参照，去创建我们更加美好的家乡。我知道，通城有水平有能量的人，比我多到哪里去了。当县人看到我的作品时，肯定有不少人指责其浅薄。这点不假，我翘首以盼的就是引出众多人来，一齐唱响古今通城。朋友，通城人不写通城，唱通城，谁人来写，谁人来唱？

改变一个人、一家人、一群人生活的是物资；而改变众多人命运的却是精神。物资富，富不久（通城俗语富三代），精神富，富众人，富久远。精神靠文化来挖掘、表述和传承。

通城是块精神文化厚重的土地，受其养育与熏陶，像前人一样勤学苦做、奋发作为的来者，谁人能否定，国家未来的著名专家学者作家教授、世界级优秀企业家、大英雄、国之栋梁，不就在我们的后人中吗？

杨弃

二〇二一年秋